Leo Katz

Totenjäger

Leo Katz

Totenjäger

Roman

Mit einem Vorwort von Konstantin Kaiser
und einem Nachwort von Friedrich Katz

Rimbaud
Theodor Kramer Gesellschaft

Vorwort

Siret ist heute eine kleine Stadt im Nordosten Rumäniens von etwa 10 000 Einwohnern. Die Stadt liegt an dem gleichnamigen Fluß, der den Ostteil Rumäniens von Norden nach Süden durchfließt und bei Galaţi in die Donau mündet. Von den Verwüstungen, die der liebliche Fluß, wenn er Hochwasser führt, anrichten kann, erzählt Panaït Istrati. Das alte Sereth oder Seret (in jiddischer Schreibung) indes war auf einen Hügel gebaut, an dessen höchstem Punkt heute die katholische Kirche mit ihrem spitzen Glockenturm steht. Die Bürgerhäuser des 19. Jahrhunderts wurden in der Ära Nicolae Ceauşescus geschleift und durch mittlerweile sanierungsbedürftige Wohnblocks ersetzt; erhalten haben sich die große Synagoge und die vielen kleinen Häuser der Bauern und Handwerker, die abseits des kleinen Zentrums an den sich durchs Hügelland schlängelnden Wegen liegen.

In dem knappen Geschichtsabriß, den die heutige Stadtverwaltung ins Internet gestellt hat, wird an die ‹heroische› Periode der im 13. Jahrhundert gegründeten Stadt erinnert, in der sie ein bedeutendes Handelszentrum und zeitweise auch Residenz Moldauischer Fürsten war. So residierten hier Bogdan I. und nach ihm Laţcu Voda von 1363 bis 1375; Alexandru cel Bun und Stefan cel Mare bestätigten 1408 bzw. 1460 die Marktrechte der Stadt. Dann wird noch erwähnt, daß Siret, beginnend mit dem 16. Jahrhundert, an Bedeutung verlor, nur mehr lokales Verwaltungs- und Wirtschaftszentrum war. Danach hört die Geschichte einfach auf. Erwähnt wird nur mehr, daß mit der Wiedererrichtung der Bahnverbindung Dorneşti-Siret im Jahre 1980 ein gewisser wirtschaftlicher Aufschwung einsetzte.

Eine Geschichte, die eine jahrhunderteweite Kluft aufweist, ist entweder eine Geschichte von Katastrophen oder Resulat eines katastrophalen Geschichtsverständnisses. Über die große jüdische Gemeinde der Stadt findet sich kein Wort. Verschwiegen werden die langen Zeiten nicht-rumänischer Herrschaft: der polnischen (im 15. Jahrhundert), osmanischen (ab dem Ende des 15. Jahrhunderts) und österreichisch-ungarischen (1775–1918), unter welch letzterer Sereth, heute zum «judeţul» (Bezirk) Suceawa gehörend, eine Bezirkshauptmannschaft und ein Bezirksgericht beherbergte. 60 743 Einwohner hatte der Bezirk bei der Volkszählung vom 21. Dezember 1900; 7 614 davon lebten in Sereth selbst.

Die größte Sehenswürdigkeit der Stadt ist der aufs 18. Jahrhundert zurückgehende, um 1840 geschlossene alte jüdische Friedhof auf dem Hügel Horodişte; er wurde Gegenstand groß angelegter historischer Untersuchungen und reich bebilderter Publikationen. In Leo Katz' Roman «Totenjäger» ist er ebenso ein wichtiger Schauplatz wie in Soma Morgensterns später (ab 1946) entstandenem Buch «Die Blutsäule. Zeichen und Wunder am Sereth» (zuerst erschienen 1964 in Wien). Soma Morgenstern dürfte einige Anregung aus Katz' Roman geschöpft, doch die Stadt Sereth und ihre Umgebung überhaupt nicht gekannt haben. So leben bei Morgenstern 26 000 Juden in einer Stadt, von deren 7 773 Einwohnern nach der Enciclopedia României (Bucureşti 1938) in den 1920er Jahren 3 014 Juden, 2 407 Rumänen, 2 304 Deutsche waren.

Ist der Friedhof bei Morgenstern letzte Zuflucht der verfolgten Juden, wird er bei Katz von den Verfolgern als Sammellager für die dem Tode geweihten Juden mißbraucht. Das eine wie das andere hat sich im christlichen Abendland immer wieder ereignet, ob in der Reichsstadt Frankfurt am Main zu Zeiten eines Vinzenz Fettmilch und eines Kaisers Maximilian I., ob in dem Vernichtungskrieg, den Hitlerdeutschland 1939 bis 1945 im Osten Europas führte, so bei den Massenerschießungen im ostgalizischen Stanislau, nicht allzuweit von Sereth, und im Zuge der Ausrottung des größten Teils der jüdischen Bevölkerung Weißrußlands.

Historisch nahmen die Ereignisse in Sereth freilich einen anderen Verlauf. Im Juni 1941 wurden die Juden Sereths von der rumänischen Militärverwaltung ins walachische Calafat im Süden Rumäniens abgeschoben, im September dann wieder zur Zwangsarbeit in die Bukowina zurückgebracht, um im Oktober dann nach «Transnistrien», in die von

Rumänien besetzten Gebiete der Sowjetunion, deportiert zu werden. Unter ihnen befand sich der 1938 aus Deutschland nach Sereth, der Heimatstadt seiner Mutter, geflüchtete spätere Schriftsteller Edgar Hilsenrath, der das Getto von Mogilev-Podolsk überlebte.

In der Abwesenheit der Juden wurden ihre Wohnungen und Geschäfte geplündert. Darüber schreibt auch Leo Katz, nicht weil er im fernen Mexiko des Jahres 1943 Kenntnis von den aktuellen Vorgängen in Sereth hatte oder haben konnte, sondern weil ihm dies aufgrund seiner Kenntnis der jüdischen Geschichte und der vielen schlimmen Nachrichten, die die Exilierten auf verschiedensten Wegen erreichten, höchst wahrscheinlich dünkte. Während die Nationalsozialisten indes in anderen ehemals österreichisch-ungarischen und nun rumänischen oder ungarischen Gebieten, vor allem in Siebenbürgen und im Banat, die Formierung der deutschen Volksgemeinschaft bis hin zur Aufstellung eigener SS-Einheiten forcierten, wurden die Deutschen aus der Nord- und Südbukowina bereits im Herbst 1940 bzw. Winter 1940/41 ausgesiedelt, «heim ins Reich» geholt. Von den etwa 100 000 deutschen «Volkszugehörigen» verblieb weniger als ein Zehntel im «Buchenland». Insofern entspricht Leo Katz' Darstellung der Rolle der «Deutschen Volksgemeinschaft» zwar den Verhältnissen in anderen Teilen Rumäniens, nicht aber der Situation in Sereth. Die unumschränkte Herrschaft deutscher Gestapo- und Arisierungs-Emissäre im rumänischen Grenzgebiet, wie sie Leo Katz schildert, wurde nicht wie in anderen Ländern zur Realität. Verwirklicht hat sie sich in Ungarn nach dem Sturz des «Reichsverwesers» Admiral Horthy; in Rumänien war die Tendenz zur völligen Unterordnung eines formell souveränen verbündeten Staates unter deutsches Kommando vorhanden. Doch anders als in Ungarn folgte in Rumänien der Absetzung Marschall Antonescus im August 1944 die Kriegserklärung an das Deutsche Reich. Die relative Selbständigkeit Rumäniens im Zweiten Weltkrieg bedeutet, daß die Verfolgung der rumänischen Juden und Roma mit ihren Hunderttausenden Opfern von Rumänien zumindest mitzuverantworten ist. (Diese Verantwortung wird um so größer, je hartnäckiger sie heute geleugnet oder heruntergespielt wird.)

Leo Katz erzählt in «Totenjäger» nicht nur von der Korruption und Verkommenheit der rumänischen und deutschen Funktionäre, von Repression und grausamer Verfolgung, sondern ebenso vom Widerstand. Eigentlich ist der Widerstand für Katz die Achse, um den die Geschichte und mit ihm die Handlung des Romans sich dreht. Widerstand begegnet in dem Roman in den verschiedensten Schattierungen: in den spontanen Erhebungen der ausgeplünderten ukrainischen und rumänischen Bauern, im Deutschenhaß des nationalistisch gesinnten rumänischen Geheimdienstoffiziers, in der in der christlichen Religion begründeten Ablehnung der NS-Ideologie durch den griechisch-orientalischen Pfarrer, in der Sabotage kriegswichtiger Produktion durch die Arbeiter, schließlich in der Bildung einer bewaffneten Organisation unter kommunistischer Führung. Für Weißrußland, Belarus, ist die Tätigkeit jüdischer Partisaneneinheiten verbürgt, die sich in schwer zugängliche Sumpfgebiete, auf Inseln im Sumpf, zurückzogen. Die Insel im Sereth-Fluß, der Sumpf im einstmaligen Grenzgebiet zwischen Österreich-Ungarn und Rumänien sind auch für Leo Katz die Zufluchtsorte sowohl der politisch bewußten Partisanen, als auch der in der Tradition der Haiduken stehenden Banditen, die sich aus verarmtem Landvolk und Deserteuren der rumänischen Armee rekrutieren. Die Insel als ein Ort, an dem der Widerstand oder zumindest eine unaustilgbare Resistenz überleben können, spielt auch in Katz' Jugendbuch «Tamar» (1952) eine Rolle, in dem er den Spartacus-Aufstand gegen die römischen Sklavenhalter aus der Perspektive eines jüdischen Mädchens schildert. Finden in «Tamar» die Reste des geschlagenen Sklavenheeres auf der Insel Sizilien Zuflucht, können sich einige Serether Juden zu einer kleinen Partisanengruppe auf eine Insel im Sumpfgebiet retten.

Die Entwicklung all dieser Motive ließe sich anhand der Aufsätze, die Leo Katz für Exilzeitschriften 1941 bis 1944 schrieb, nachzeichnen. So analysiert er in einem Beitrag für «Freies Deutschland» im März 1942 die zunehmende Abhängigkeit Rumäniens von Hitlerdeutschland, das Rumänien für Erdöl und Agrarprodukte tschechoslowakische Beutewaffen liefert. Die Kriegsführung an der Seite Hitlerdeutschlands, meint Katz, ziehe Rumänien immer tiefer in die Abhängigkeit hinein.

Mit dem «Nazismus als Religion» beschäftigt sich Katz in einem Artikel vom August 1943 in der in New York erscheinenden «Austro American Tribune»: «... man kann nicht den Kampf gegen die Juden als Rasse führen, ohne das Christentum in seinem Grundwesen zu verletzen ...» Daraus ergebe sich für die Nationalsozialisten die Notwendigkeit, «eine neue Religion zu verkünden». Daß dies mit erheblichen Schwierigkeiten verbunden ist, versucht Katz in «Totenjäger» in der Figur des Pfarrers Glurzanski zu zeigen.

Bemerkenswert ist in dieser Zeit der Wandel in Katz' Auffassung des Antisemitismus. Im Jänner 1942 interpretiert er in einem Aufsatz für das «Freie Deutschland» den Antisemitismus noch als «soziales Ablenkungsmittel» der jeweils herrschenden Schicht und als ein Propagandainstrument des deutschen Imperialismus. Der Antisemitismus, meint Katz, werde «mit dem Verschwinden des Nazismus» ebenso verschwinden, wie er «mit dem Untergang des Zarenreichs in Rußland» verschwunden sei. Doch im November 1945 sieht er klar, daß «der militärische Sieg über den Nazismus erst die Voraussetzungen für den systematischen Kampf gegen ihn» (den Antisemitismus) geschaffen hat. («Der Kampf gegen den Antisemitismus in Österreich», in «Austria Libre», México D.F.). Was dazwischen liegt, ist nicht nur das Fanal des Warschauer Gettoaufstandes vom April 1943. Es ist das Wissen um das Ausmaß des nazistischen Vernichtungswerkes, das in seinen ungeheuerlichen Dimensionen nicht mehr als die Untat einer kleinen Minderheit erscheint. Dieses Wissen war selbst für die Hitlerflüchtlinge, die den Nationalsozialismus doch am eigenen Leib erlebt hatten, nicht selbstverständlich. Und für Leo Katz, der sich als deutsch- und jiddischschreibender Autor dem Judentum nicht als Religion, sondern als seinem eigenen Volk verbunden fühlte, war es eine historische Katastrophe.

Das drückt sich auch darin aus, daß Katz den geplanten Zyklus seiner Sereth-Romane nie vollendet hat. Begonnen hatte er, teils autobiographisch, in New York mit «Brennende Dörfer»; mit veränderter Erzählperspektive und mit einem breiteren Handlungsgeflecht wurde daraus der Roman «Seedtime» («Saatzeit»), der 1947 in englischer Übersetzung in New York erschien. Das deutschsprachige Manuskript ist im Nachlaß ebenso erhalten wie der gleichfalls teilweise autobiographische Roman «Cäsar», der die Entwicklung eines Talmud-Schülers aus Sereth zum Dichter und Historiker schildert, der in Wien Anschluß an die sozialdemokratische Arbeiterbewegung findet. Weiter in die Vergangenheit zurück und zugleich in die Zeit rumänischer Herrschaft reichen die fragmentarisch überlieferten Erzählungen um David Bach, den reichsten Mann von Sereth, und dessen Tochter Ruth, die vom rumänischen Geheimdienst wegen ihrer Beteiligung an einem sozialistischen Lesezirkel verfolgt wird.

Die Geschichten um David Bach zeigen, mit welcher Aufmerksamkeit Leo Katz die politische und soziale Entwicklung in seiner Heimatstadt verfolgte. Sereth mit seinen vielen Nationalitäten (Juden, Deutsche, Rumänen, Ukrainer, Armenier, Polen, Griechen) und Kirchen (katholisch-uniert, griechisch-orientalisch, katholisch, evangelisch), mit seinen ausgeprägten, oft skurrilen Typen, vom Postboten Justfan zum Geschichtslehrer Hilarion Tofan, vom Essigmacher Zalek Einhorn zum Diener der Kultusgemeinde Jossel Schames, war für Katz die Lebensmaterie, aus der seine Erzählungen wie von selbst entstanden, deren Vergangenheit und Zukunft er zu kennen glaubte.

Leo Katz' Roman «Totenjäger» ist neben Ernst Sommers «Revolte der Heiligen» eine der frühesten Darstellungen des nationalsozialistischen Massenmordes an den Juden. Katz' und Sommers Bücher sind beide erstmals 1944 beim Verlag El Libro Libre in Mexiko-Stadt erschienen. Am Ende von Leo Katz' dramatisch bewegtem Roman verlassen die Widerstandskämpfer die brennende Stadt Sereth. Es ist ein kleiner Zug voller Hoffnung auf eine andere, bessere Zukunft. Und doch kann die Hoffnung den dröhnenden Schmerz des endgültigen Abschieds kaum übertönen.

Konstantin Kaiser

I

Obwohl der neuernannte Subpräfekt Carol Barbarescu noch verhältnismäßig jung war, kaum 33 Jahre alt, hatte er ein bewegtes Leben hinter sich. Als fünfundzwanzigjähriger Student geriet er in einem Bukarester Nachtlokal in eine Schlägerei, die solches Aufsehen erregte, daß die Universität ihm nahelegte, selbst von den Studien Abschied zu nehmen, um nicht ausgeschlossen zu werden. Eine weitere Folge des Zwischenfalles im Nachtlokale war, daß er sechs Monate in einem Krankenhaus verbringen mußte, um sich von den erhaltenen Schlägen zu erholen. Er beschloß, es gar nicht an einer anderen Universität zu versuchen und gründete damals, es war Ende 1925, die vaterländische Organisation «Erzengel Michael».

Es erwies sich bald, daß alles Böse auch seine guten Seiten hat. Die zurückgebliebenen Narben nützten ihm jetzt. Es hieß, er hätte die Wunden im Kampf gegen die Juden bekommen. Und er wurde ein nationaler Märtyrer. Der «Erzengel Michael» nahm einen raschen Aufschwung und verbreitete sich im ganzen Land.

Wie es nun einmal in der Welt ist, machte sich hier der Neid bald geltend und gönnte ihm den Erfolg nicht. Er vermochte die Reichsobmannstelle des «Erzengels Michael» nicht zu behaupten. Aber immerhin war seine Stellung in materieller und moralischer Hinsicht gesichert. Die Organisation wurde von den Behörden begünstigt, reichlich finanziert. Er organisierte Pogrome und behauptete – wer konnte und wollte es kontrollieren? – daß er mit eigenen Händen 63 Juden aus fahrenden Zügen hinausgeworfen hatte. Als man auf Einladung des Münchner Büros der Nationalsozialistischen Partei Deutschlands im Jahre 1931 zehn nationale Kämpfer aus Rumänien in die dortige Schule für Rassenforschung und jüdisches Wesen entsandte, war er einer der zehn.

Anfang Dezember 1932 kehrte er mit einem Diplom, unterzeichnet vom Theoretiker der Nazipartei Alfred Rosenberg, als Rassen- und Judenspezialist nach Rumänien zurück. Der Zufall wollte es, daß er sich auf dem Wege nach Bukarest einige Tage in Czernowitz aufhielt. Und hier geschah es. Bei einem Offiziersball im Czernowitzer Militärkasino lernte er die hübsche, schwarzäugige Silvia Radianu kennen. Auf einem Spaziergang im schneebedeckten Czernowitzer Volksgarten am Nachmittag des folgenden Tages erklärte er Silvia seine Liebe. Die Zeit der Schüchternheit hatte er längst hinter sich. Er erzählte ihr von seinen Abenteuern, seinen Taten und Erfolgen und sagte: «Meine Liebe zu Ihnen ist tief in meiner Rassenerkenntnis begründet. Heute weiß ich, was echte Rasse und was Fälschung ist. Ich spüre es, Sie sind vom Schicksal für mich bestimmt.»

Fräulein Silvia, in Czernowitz als Offiziers-Freundin bekannt, fand an dem dreiunddreißigjährigen Mann Gefallen. Bisher stand sie hoch im Range, hatte es nur mit Generälen zu tun und der jüngste ihrer Freunde war ein Sechziger. Mit jungen Offizieren, die nie einen Groschen besaßen, wollte sie sich nicht einlassen. Aber Carol Barbarescu hatte auf sie schon beim ersten Tanz einen starken Eindruck gemacht. Sie nahm seine Liebeserklärung ruhig auf und antwortete: «Ich hatte stets viel Verständnis für Idealismus, und gehörte ich nicht dem schwachen Geschlecht an, so könnte ich manches für unser Volk leisten. Aber vom Idealismus allein kann man heutzutage nicht leben. Ein Mann wie Sie ist ohne Zweifel zu Höherem berufen. In der Armee bringt man es erst im hohen Alter zu etwas. Wenn Sie sich dagegen der Verwaltungskarriere zuwenden, könnten wir Großes leisten.»

Carol Barbarescu hatte das wir nicht überhört. Er schloß sie in seine Arme, der erste Kuß wurde gewechselt und er sagte: «Liebling, ich bin ganz in deinen Händen. Du hast nur zu wollen und ich füge mich.»

Zwei Tage später überbrachte sie ihm die Ernennung zum Subpräfekten von Sereth. Carol Barbarescu – er sprach es wohl nicht aus – hatte etwas Höheres erhofft. Aber er sagte sich schließlich: Aller Anfang ist schwer. Da Silvia damit einverstanden war, war er es auch.

Auf einem schönen Schlitten zog er an einem frostigen Dezembertag 1932 in sein Königreich Sereth ein. Ihm zur Rechten saß wie eine Königin seine Silvia. Getraut waren sie noch nicht. «Dafür», sagte sie, «ist noch immer Zeit. Bis wir es zum Präfekten gebracht haben.»

Der Bürgermeister, einige Honoratioren der Stadt und Vertreter der Jüdischen Kultusgemeinde hatten sich im Gebäude der Subpräfektur zum Empfang eingefunden. In einer rührenden Ansprache hatte der Bürgermeister Dr. Patrasch auf die Geschichte von Sereth hingewiesen. «Eine kleine Stadt», hatte er gesagt, «ist Sereth, aber mit einer großen Vergangenheit. Von Ihnen, Herr Subpräfekt, erwartet die Bevölkerung dieser Stadt, daß Sie es bei den hohen Regierungsstellen durchsetzen, daß diese heute vergessene Stadt wieder zu dem Recht kommt, das sie unter Österreich besessen hatte. Daß sie von einer Subpräfektur zu einer Präfektur erhoben wird». Mit diesen Worten hatte der Bürgermeister dem neuen Subpräfekten wie aus dem Herzen gesprochen. Es war, als hätte er seine geheimsten Gedanken erraten.

Tief gerührt antwortete er: «Ihre Worte, Herr Bürgermeister, sind für mich eine Aufmunterung am Anfang meiner neuen Ära. Seien Sie versichert, daß ich alles, was in meiner Kraft liegt, tun werde, um Ihre Hoffnung und die Hoffnung der Bürger in der Stadt, die von diesem Augenblick an die meine ist, nicht zu enttäuschen.»

Und damit begann der neue Lebenslauf Carol Barbarescus. Sein Gehalt belief sich auf 8 000 Lei im Monat. Für Serether Verhältnisse vielleicht nicht wenig. Denn Wohnung und Ausstattung kosteten nichts. Aber schließlich wollte Barbarescu seine Geliebte Silvia glücklich machen. Der bescheidenste Pelz, den die Freundin und zukünftige Frau eines Subpräfekten und ohne Zweifel künftigen Präfekten noch tragen konnte, kostete mindestens 40 000 Lei.

Alle Sorgen im Leben sind leicht zu überwinden, wenn man stets eine treue und beratende Seele zur Seite hat. Silvia war mindestens eine beratende Seele. Sie nannte ihn nie beim Vornamen. Für den Namen Carol hatte sie überhaupt nichts übrig. Ein Name, der sich nicht verzärteln läßt. Sie nannte ihn daher ihren Erzengel. Darin war auch für ihn die Erinnerung an seine ruhmreiche Vergangenheit enthalten.

Kaum sechs Wochen herrschte der Erzengel in seinem Reiche Sereth, als die Zeitungen die Nachricht brachten, daß sich in Berlin die große Umwälzung vollzogen habe. Adolf Hitler, den er einmal in der Schule zu München von Angesicht zu Angesicht gesehen hatte, war Machthaber Deutschlands geworden. Besonders beeindruckt wurde er beim Lesen der Nachrichten beim Worte Arisierung. Widerwillig hatten sich bisher die jüdischen Kürschner von Sereth seiner Forderung gefügt, Silvia einen Fuchspelz zum Geschenk zu machen. Widerwillig gaben die jüdischen Kaufleute ihm einen Zuschuß von 9 000 Lei. Als er jetzt seiner Silvia die Nachricht über die Ereignisse in Deutschland vorlas und ihr die Bedeutung des Wortes Arisierung, wie er es in der Münchner Naziakademie für Rassenforschung gelernt hatte, erklärte, griff sie mit Begeisterung die Arisierung auf. «Was Hitler in Deutschland kann, mein Erzengel», sagte sie, «kannst du in Sereth auch. Fangen wir mit der Arisierung an. Der Fuchspelz ist plebejisch. Einen Fuchspelz trägt heute jede Steuerbeamtin und jedes Postfräulein. Für deine Erzengelin ist das nichts. Sie sollen froh und glücklich sein, die jüdischen Kürschner, wenn wir vorderhand mit einem Persianerpelz vorlieb nehmen. Aber sie sollen sich nicht einreden, diese Gauner, daß sie mir einen Pelz aus Abfällen zusammenstückeln. Ich kenne die Kürschner zur Genüge. Der Pelz muß aus den besten neuen Fellen bestehen. Außerdem brauchen wir ein schönes Auto.»

Carol Barbarescu machte mit der vollen Würde eines Subpräfekten einen Mittagsspaziergang über den Ringplatz in Sereth. Der ihm vom Schneider Berlocker angefertigte Winterrock hätte sich sogar auf dem Czernowitzer Ringplatz sehen lassen können. Die vom Galanteriewaren-Geschäft gelieferten Gummischuhe glänzten im auftauenden Schnee und erhöhten die Würde und das Ansehen Carol Barbarescus. Beide Hände auf dem Rücken ineinander gelegt, spazierte er, jeden Schritt gemessen, den Ringplatz in der Richtung zum Viehmarkt hinauf. Es war ein gewöhnlicher Mittwoch. Kein Markttag. Die Kaufleute standen in Gruppen vor ihren Läden, besprachen und kommentierten die vom «Glasul Bucovinei» gebrachten Nachrichten über Hitlers Sieg. Als Carol Barbarescu vorbeischritt, grüßten alle ehrerbietigst. Der Subpräfekt blieb stehen. «Schwarze Zeiten für Juden», sagte er.

Hermann Salzberg fragte: «Glauben Herr Präfekt, daß die Nachrichten stimmen?»

«Wenn der Glasul Bucovinei es schreibt!», sagte Carol Barbarescu in einem vorwurfsvollen Ton. «Eines merken Sie sich, meine Herren, rumänische Zeitungen sagen stets die Wahrheit.»

Eine schüchterne Stimme fragte: «Ist sowas möglich?»

«Und ob. Das ist erst der Anfang.» Er sagte es und schritt weiter. Nachdem er einige Schritte weitergegangen war, die erschreckten Juden hinter sich zurücklassend, wandte er sich um, winkte Hermann Salzberg zu sich heran und sagte: «Wenn Sie und Ihre Freunde mich zu sehen wünschen, so stehe ich heute um 8 Uhr abends zu Ihrer Verfügung. Teilen Sie das auch dem Herren Präsidenten der Israelitischen Kultusgemeinde, Abraham Prager, mit.»

Die Kürschner hatte er gar nicht zu einer Besprechung zusammenberufen. Er ließ nur den bestgestellten unter ihnen, Salomon Pelzer, am Nachmittag des gleichen Tages zu sich kommen und sagte ihm: «Meine Braut» – so nannte er Fräulein Silvia in der Öffentlichkeit – «ist am Fuchspelz nicht interessiert. Ich danke Ihnen schön für den guten Willen, aber ich möchte Sie dringend bitten, von diesem Geschenk abzusehen.» Wobei er die Betonung auf das Wort diesem legte.

Salomon Pelzer war ein sechzigjähriger Mann, und seit fast fünfzehn Jahren war Sereth rumänisch. Er wußte, daß es nichts Gutes zu bedeuten hatte, wenn ein rumänischer Beamter auf ein Geschenk verzichtet. «Der Pelz ist schon in Arbeit, Herr Präfekt. Wunderbare Füchse, seltene Füchse. Eine Ware, die heute schon schwer aufzutreiben ist. Ich garantiere Ihnen, daß es keinen zweiten Pelz dieser Art in Sereth und Umgebung gibt.»

«Nein, ich kann das Opfer nicht annehmen. Übrigens ist es eine Sache, die mein Fräulein Braut betrifft. Wenn Sie es bei ihr durchsetzen, bitte, sprechen Sie mit ihr.» Und er ließ ihn durch seinen Sekretär in die Gemächer des Fräulein Braut führen. Nach etwa zehn Minuten teilte ihm

Salomon Pelzer mit einem Lächeln auf den Lippen und mit trauriger Stimme mit, es sei ihm gelungen, das Fräulein Braut dazu zu bewegen, einen Persianerpelz als Geschenk und Huldigung der jüdischen Kürschner von Sereth entgegenzunehmen. Der Pelz werde in einer Woche geliefert werden. Carol Barbarescu antwortete: «Sie ist ein seelenguter Mensch, mit dem Herzen eines Engels und kann keiner Bitte eines Menschen widerstehen.»

Am Abend hatten sich im Empfangssaal der Subpräfektur der Präsident der jüdischen Kultusgemeinde Abraham Prager, der Tuchhändler Hermann Salzberg, der Galanteriewarenhändler Jakob Klausner, der Besitzer der Petroleumraffinerie Jankel Kraft, der Spezereiwarenhändler Baruch Klifer und der Rabbiner Dr. Gerson Gelehrter eingefunden. Der Subpräfekt war huldvoll wie nur selten. Am runden Tisch, in den Lederstühlen, die ihm die Serether Juden zum Geschenk gemacht hatten, ließ er seine Gäste Platz nehmen. Vor jedem stand ein Teeglas und in der Mitte des Tisches ein dampfender Samowar.

«Meine Herren», sagte er, während er jedem den Tee einschenkte, «meine Herren, ich habe euch kommen lassen, weil ich das Gefühl habe, daß für die Juden schwere Zeiten kommen. Wie Ihr alle wißt, bin ich und kein anderer der Begründer des Erzengel Michael. Aber die Zusammenarbeit mit euch hier in Sereth hat mich die Juden von einer anderen Seite kennen gelehrt. Heute weiß ich, daß die Juden unter gewissen Umständen und Bedingungen auch gute Untertanen Seiner Majestät des Königs und unseres Landes sein können.»

Nach dem rumänischen Gesetz gab es Staatsbürger, Untertanen und Staatenlose. Die Juden gehörten nur den letzteren Kategorien an.

Er forderte sie auf, Tee zu trinken, sprach vom wirtschaftlichen Aufschwung des Landes, unterbrach sich wieder und wartete auf ein Wort von den Juden.

Der Rabbiner sagte: «Für uns Juden gilt der Grundsatz des Talmud: Bete stets für das Wohl der Regierung und des Landes, in dem du lebst.»

«Die Zeiten, meine Herren, haben sich geändert», sagte der Subpräfekt. «Sich heute auf den Talmud zu berufen, ist eher eine Belastung als eine Empfehlung. Ich habe seit heute morgen viel über die Juden nachgedacht. Noch niemals bedurften die Juden in einem solchen Ausmaße eines kräftigen Schutzes wie im gegenwärtigen Augenblick. Dabei ist es mir zum Bewußtsein gekommen, daß der Erzengel Michael ja ursprünglich eine jüdische Schöpfung ist, das heißt, gewissermaßen ein jüdischer Schutzengel. Und ich versichere Ihnen, meine Herren, daß ich als Begründer des Erzengel Michael hierzulande – ich bin wegen meiner Eigenschaft als höchster politischer Beamter dieses Bezirkes in ihm nicht mehr aktiv tätig – der Schutzengel der Juden sein will. Ich bin von nun an Euer Erzengel Michael.»

Wohin will er hinaus, dachte der Rabbiner. Abraham Prager und die Kaufleute stellten sich diese Frage nicht. Sie wußten ganz genau, wohin er hinaus wollte. Und als der Rabbiner sagte: «Der Segen unserer Erzväter komme über Sie, Herr Präfekt», nickten alle mit ihren Häuptern.

«Was Hitler will, meine Herren, ist die sogenannte Arisierung. Wißt Ihr, was das ist? Die Überführung alles jüdischen Besitzes in nichtjüdische Hände. Ich gebe es offen zu, daß für ein Land wie Rumänien eine solche Maßnahme eine Katastrophe bedeuten würde. Denn die jüdischen Untertanen sind für uns, für unser Wirtschaftsleben, besonders in Sereth, von großer Bedeutung. Aber der Druck Deutschlands auf unsere Regierung wird wachsen. Ich weiß es, meine Herren, und Sie wissen es ebenso genau, daß der größte Teil unserer hiesigen Schweine und unseres Getreides nach Deutschland exportiert wird. Was also ist zu tun? Wir müssen Schutzmaßnahmen ergreifen. Wir müssen der Arisierung durch eine besondere Serether Arisierung zuvorkommen. Noch ein Tee gefällig, meine Herren?»

Die versteinerten Gesichter blickten schweigend. Kaum jemand von ihnen hatte an seinem Glas genippt. Carol Barbarescu wartete auf ein Wort von ihnen und es kam nicht.

«... Es geht um Ihre Existenz, um die Zukunft Ihrer Kinder, meine Herren. Ihr wißt, meine Herrschaften, daß in den neuen Gebieten, in der Bukowina, in Bessarabien und in Transsilvanien, nach den Gesetzen des Jahres 1930 keines Juden Staatsbürgerschaft geregelt ist. Jeder Jude kann nach Beurteilung des Präfekten oder Subpräfekten als Untertan oder als Staatenloser angesehen werden. Staatenlose sind Fremde. Und dürfen keinen Besitz haben. Es sei denn, daß ein rumänischer Staatsbürger, ein Vollrumäne, am Unternehmen der Staatenlosen mit mindestens 51 Prozent beteiligt ist. Ich habe mir viel Gedanken darüber gemacht, meine Herren, wie ich euch im Interesse unserer Stadt helfen kann. Mein Fräulein Braut hat zwei Brüder. Wenn ich mit ihnen spreche – sie befinden sich leider augenblicklich nicht hier – könnte ich sie vielleicht dazu bewegen, gegen ein Entgelt 51 Prozent der jüdischen Unternehmungen auf ihren Namen umschreiben zu lassen. Meine Braut selbst kann es nicht machen. Sie verstehen ja, meine Herren. Es müßte jeder ab heute für diesen Schutz der Serether Judenschaft eine Summe an mich abführen, denn das alles ist mit großen Kosten verbunden. Ihr werdet ja am besten wissen, wie ihr es unter euch aufteilen könnt. Ich will natürlich nichts für mich selbst und hoffe, daß mit 40 000 Lei monatlich vorderhand die Ausgaben gedeckt werden können.»

In diesem Augenblick erschien sein Sekretär und überbrachte ihm einen Stoß von Telegrammen. «Entschuldigen Sie», sagte er, «für einen Augenblick die Unterbrechung. Ich will nur die dringendsten Telegramme durchsehen.» Er blätterte hastig in den Papieren herum und sagte dann, nachdem er dem Sekretär ein Zeichen gegeben hatte, den Raum zu verlassen: «Schrecklich, einfach schrecklich. Hunderte und Tausende von Juden in allen Städten Deutschlands verhaftet. Viele versuchen über die Grenze zu entkommen. Die Berliner Jüdische Gemeinde bietet der rumänischen Regierung und den anderen Regierungen je 800 Dollar, 80 000 Lei, für je ein Visum für ein jüdisches Ehepaar,»

Er wartete auf den Widerhall seines Vorschlages und seiner Mitteilung von seiten der Juden. Und diesmal blieb der Widerhall nicht aus. Baruch Klifer fragte: «Sind in dieser Summe von 40 000 Lei zu unserem Schutz auch schon die Siguranza und der Bürgermeister inbegriffen?»

«Was stellen Sie sich vor, meine Herren. Wir leben in einem Ordnungsstaat. Das wißt Ihr ja am besten. Wenn Ihr schon dem Bürgermeister 2 000 Lei und der Siguranza 2 000 Lei zahlt, dann habt ihr mehr geleistet als die Leute Anspruch haben. Ja, was ich noch sagen wollte: Was die hiesige Organisation des Erzengel Michael anbetrifft, so überlassen Sie die Sorge ruhig mir. Ich bin, wie gesagt, heute euer Erzengel. Und betreffs der Arisierung, das heißt, der Überschreibung von 51 Prozent, werde ich die Brüder meiner Braut, sobald sie hier eintreffen, informieren. Dagegen bleibt die Frage des Fonds von 40 000 Lei ein amtliches Geheimnis zwischen mir und euch, meine Herren, sozusagen Staatsgeheimnis, über das wenig gesprochen werden darf wie über jedes andere Staatsgeheimnis. Die Summe wird am besten durch euren Präsidenten Abraham Prager allmonatlich direkt und diskret an mich persönlich abgeführt.»

Jahrelang blieben diese Abmachungen geltend. Sereth wurde wohl keine Präfektur, dagegen hatte Carol Barbarescu oft Gelegenheit zum Präfekten eines anderen Bezirkes ernannt zu werden. Er lehnte es ab, weil ihm, wie er sagte, Sereth ans Herz gewachsen war. Auch seine Silvia hatte sich zur Ehe mit ihm entschlossen, ohne auf der Präfektur zu beharren. Er war einer der reichsten Männer der Stadt geworden, bis Ende 1938 der Sturm durchs Land ging. König Carol hatte Goga zum Regierungschef ernannt und die Nürnberger Judengesetze für ganz Rumänien eingeführt. Gleichzeitig wurde eine Verordnung erlassen, daß von seiten christlicher Schuldner bis auf weitere Verfügung jüdische Wechsel nicht einzulösen seien. Äußerlich nahm das Leben Sereths einen normalen Verlauf: Leichenbegängnisse, Geburten, Hochzeiten.

Der Subpräfekt Carol Barbarescu betonte gegenüber den Juden, daß sie arisiert seien. Sie aber wußten, daß sie schutzlos jeder Willkür ausgeliefert waren.

II

Kerzengrade, stramm, daß man ihm kaum die fünfzig Jahre glauben würde, in Gedanken versunken, spazierte der Brauereiarbeiter Simjon Straub die Allee auf und ab, die im Wäldchen, den Sereth-Fluß entlang, verlief. Ungeduldig, wie ein Junge seine Freundin, erwartete er den angekündigten Treff. Das Rauschen des Flusses, das Summen der Fliegen und der Gesang der Vögel harmonierten mit der Ruhe dieses schönen Maitages 1940. Die Badesaison hatte noch nicht eingesetzt, so daß weit und breit kein Mensch zu sehen war. Es herrschte der Aberglaube, daß man im Sereth-Fluß nicht baden dürfe, bevor nicht zu Beginn der Saison eine Katze oder ein Hund ertunken wäre. Die frohe Botschaft vom Ertrinken des Tieres überbrachte jedes Jahr der Hundefänger, der gleichzeitig der Müllabfuhrmann der Stadt war. Er zog es immer in die Länge, bis die Badelustigen ungeduldig wurden und bei ihm die Nachricht für ein schönes Trinkgeld erkauften. Zur Bekräftigung pflegte er die ertrunkene Katze oder den toten Hund vor der Treppe der Auskleidekabine aufzuhängen.

Der Freitag war ein arbeitsfreier Tag, da die Bierbrauerei seit langem nur dreimal wöchentlich arbeitete, mangels Rohmaterialien. Seit Wochen hatte Simjon den Treff herbeigesehnt. Denn in Stadt und Umgebung ging allerhand vor. Die Bauern waren unruhig. In vielen Dörfern der Umgebung war es zu Zusammenstößen mit den Gendarmen gekommen, als die Bauern sich weigerten, das Vieh noch weiter gegen Schuldscheine abzuliefern. Simjon wollte Weisungen haben, wollte wissen, welche Verhaltensmaßregeln und Ratschläge er den Freunden sowohl in seinem Betrieb als auch in den Dörfern geben könnte. Als ihm gestern das Rendezvous für heute Mittag in der Allee am Sereth-Fluß angekündigt wurde, war er, der sonst ruhige, der Mann mit der eisernen Maske, so ungeduldig geworden, daß er vor Erwartung die ganze Nacht kein Auge geschlossen hatte.

«Ist es schon zwölf?» – hörte er eine Stimme hinter sich.

Obwohl er seit gestern dieses Losungswort erwartet hatte, blickte er freudig überrascht auf. Der Mann war ihm bekannt. Er war ihm einmal bei einer illegalen Konferenz in Czernowitz begegnet. Nein, er hatte nicht erwartet, daß einer der führenden Freunde selbst kommen würde. Vor Überraschung vergaß er die verabredete Antwort und der Mann ging an ihm vorbei. Simjon faßte sich, lief dem Vorbeischreitenden nach und sagte: «Zur Sekunde». Der andere blieb stehen, blickte Simjon durchdringend an und bemerkte: «Bei solcher Gelegenheit muß man seine Gedanken beisammen haben.» Sie reichten einander die Hände. Simjon entschuldigte sich. Er ging gleich auf die Sache selbst ein, berichtete ausführlich über die Lage in Stadt und Umgebung, über den zunehmenden Warenmangel, über die Verelendung der gesamten Bevölkerung, über die Erpressungen Barbarescus, über die verzweifelte Lage der Juden und die Unzufriedenheit der Bauern. «Der ‹Erzengel Michael› und dessen Nachfolger, die Eiserne Garde, haben hier seit Jahren gegen die Juden gehetzt. Die Bauern merken aber, daß es heute nur einen Feind gibt, den sie nicht einmal zu Gesicht bekommen, den Deutschen oder, wie sie ihn nennen, den Preußen. Für das Getreide, das man ihnen abgenommen hat, für das Vieh, das ihnen die Gendarmen jetzt noch täglich mit Gewalt wegführen, erhalten sie nur 25 Prozent in bar ausgezahlt, und 75 Prozent in Schuldscheinen, die kein Mensch annimmt. Aber auch für das wenige Geld ist kaum noch etwas zu haben. Seit Wochen gibt es kein Petroleum in der Stadt, keine Streichhölzer und seit einer Woche auch kein Salz. So stehen die jüdischen Läden leer, der Schuster kann keinen Schuh zum Flicken übernehmen, weil kein Stückchen Leder mehr aufzutreiben ist. Und der Bauer hat erkannt, daß alles nach Deutschland weggeführt wird. Sie halten den Bauern für dumm, wollen ihm einreden, daß die Juden an allem schuld sind, aber das schlägt nicht mehr an, denn der Bauer sieht, daß der Jude heute noch ärmer und noch schlimmer dran ist, als er selbst. Ich weiß nicht, wie die Lage drüben in der Moldau, in der Walachei und in Transsilvanien ist. Hier bei uns gleicht alles einem Pulverfaß. Wenn wir die Losung zum offenen Widerstand ausgeben, steht bald alles in Flammen. Geben wir sie aber nicht aus, dann fürchte ich, daß die Ereignisse über uns hinweggehen. Du mußt verstehen, daß man hier mit Spannung auf eure Beschlüsse und Weisungen wartet.»

Der andere hatte ihn die ganze Zeit ruhig angehört. Er war ein Vierziger mit Hornbrille und graumeliertem Haar. Als jener schwieg, fragte er: «Kennen dich jetzt mehr als die drei nächsten Freunde?»

«Nein.»

«Bist du auch ganz sicher, daß keiner sonst und besonders der Subpräfekt Barbarescu von deiner Tätigkeit weiß?»

«Ich glaube schon.»

«Hat dieser komische Kauz, dein Chef, der Brauereibesitzer Hermann Beil, seine Stellung zu den Deutschen und zu den Behörden noch nicht geändert? Steht er noch immer in offener Opposition?»

«Darin alles unverändert.»

«Und ist sein Verhältnis zu dem jüdischen Mädchen noch immer das gleiche?»

«Man spricht sogar davon, daß er sie demnächst heiraten wird.»

«Dann wird es ihm schlecht ergehen. Höre Simjon! Wenn nicht alles täuscht, stehen wir vor großen und entscheidenden Veränderungen. Nicht so ganz zugespitzt wie hier, aber doch sehr gespannt ist die Lage im ganzen Lande. Die Bauern sind unzufrieden, der Warenmangel ist katastrophal, die Teuerung wächst ins Ungeheuere. Noch gehen täglich ungestört die Schiffs- und Waggonladungen mit Petroleum, Getreide und Vieh nach Deutschland. Aber Rumänien ist für Hitler und seine Kriegsmaschine ein zu wichtiger Faktor, als daß er diesen unsicheren Verhältnissen für die Dauer untätig zusehen könnte. Stell dir mal vor, welche Gefahr es für ihn bedeuten würde, wenn Unruhen oder gar Aufstände ausbrechen würden.»

«Umsomehr» – sagte Simjon, «haben wir die Pflicht rascher loszuschlagen.»

«Du irrst. Heute sind die Verhältnisse noch nicht reif. Ein zu frühes Losschlagen würde uns für Jahre lahmlegen. Und gerade weil alles so unsicher ist, wird Hitler nicht lange von der Ferne zuschauen und sich allein auf die hiesigen Gendarmen und auf die unzuverlässige rumänische Armee verlassen. Hitlers Leute sind jetzt daran, im ganzen Land, in Städten sogar, wo es nur zwei bis drei deutsche Familien gibt, sogenannte Volksgemeinschaften der Auslandsdeutschen zu errichten. In Transsilvanien stellen diese Auslandsdeutschen bereits seit Jahr und Tag einen Machtfaktor dar. Ich zweifle keinen Augenblick, daß sie es hier versuchen werden. Aber auch darauf allein werden sie sich nicht verlassen. Wir sind der Meinung, daß die Deutschen in Rumänien einrücken werden. Dabei werden sie alles wegschaffen, was ihnen Widerstand leisten könnte, in der Regierung, in der Bürokratie und sogar in der Eisernen Garde. Das gibt große Veränderungen. Und noch mehr: Wir sind uns doch darüber klar, daß der Zusammenstoß zwischen Hitler und der Sowjetunion früher oder später unvermeidlich ist. Und für diese Zeit müssen wir uns vorbereiten.»

«Du meinst also, daß wir jetzt die Bauern von Aktionen zurückhalten müssen?»

«Absolut. Und das ist eigentlich der Hauptgrund, weswegen ich selbst hergekommen bin: Unseren deutschsprechenden Freunden hier – leider haben wir nicht viele – fallen große Aufgaben zu. Wir müssen selbst in die Volksgemeinschaft eintreten. Nur so können wir jeden Schritt erfahren, den sie vorhaben. Es ist möglich, daß sie sich schon in den nächsten Tagen an dich wenden, denn du bist ja väterlicherseits Deutscher. Du darfst natürlich nicht nein sagen. Im Gegenteil. Du mußt zusehen, dort eine führende Stelle zu bekommen.»

«Ich bin ja zu allem bereit, was unserer Arbeit nützt. Aber glaubst du nicht, daß das meine Lage den rumänischen Behörden gegenüber erschweren würde, die doch bis jetzt nicht den geringsten Verdacht gegen mich haben?»

«Du sprichst wie ein Kind. Du vergißt, daß die rumänischen Präfekten, Subpräfekten und Siguranza-Chefs schon morgen nur willenlose Werkzeuge in den Händen der Deutschen sein werden. Was heute unsichtbar vor sich geht, wird morgen offenbar sein. Hitler wird offen und unverhohlen der Herr des Landes sein und diese unwürdigen rumänischen Kreaturen, all diese korrupten Elemente werden vor jedem Deutschen kriechen. Also für den Augenblick muß es unsere Aufgabe sein, frühzeitige Aktionen der Bauern nach Möglichkeit zu verhindern und mit hinein in die deutsche Volksgemeinschaft für jeden Freund, dem durch Sprache und Abstammung dieser Weg offensteht. Sollten in der nächsten Woche grundlegende Veränderungen eintreten, dann erfährst du es rechtzeitig.»

Unermüdlich goß Mikita eine Kanne kochenden Wassers nach der anderen in den Ofen mit den rotglühenden Steinen. Der Dampf, der dem Ofen entstieg, füllte den Raum mit einem undurchdringlichen Nebel. Keiner, der nicht an ein Dampfbad gewöhnt ist, hätte beim Eintreten bemerken können, daß die holzgedeckten Stufen bis oben hinauf mit Menschen dicht besetzt waren. Diese Menschen nahmen jede Dampfwelle mit Lauten auf, die Lust und Wohlbehagen ausdrückten. Sie saßen da, jeder eine Kanne kalten Wassers an der rechten Hand, tauchten immer wieder ein Taschentuch in das kalte Wasser und hielten es vor Mund und Nase.

Die Dampfkammer war noch das einzige Vergnügen, das den Serethern in dieser schweren Zeit geblieben war. Hierher flüchtete man Freitags vor allen Sorgen des Alltags, vor den schweren Lasten, die auf den Schultern eines jeden lagen. Hier suchte man Vergessen vor den Schikanen der Siguranza, den Erpressungen Barbarescus und vor dem Gefühl einer nahenden Katastrophe. Unter den Juden der Stadt hatten die Verhältnisse längst eine Nivellierung herbeigeführt. Die Reichen und Wohlhabenden waren arm geworden, die Armen hatten nichts mehr zu verlieren. Waren früher schon in der Dampfkammer alle gleich, hatte man früher schon vor dem Betreten dieser Kammer mit den Kleidern jeden Rang- und Standesunterschied abgelegt, so war jetzt durch das gemeinsame Leid und die gemeinsame Gefahr noch mehr jeder Unterschied verschwunden.

Der gewesene Briefträger Justfan, der sich immer noch nach der schönen Zeit zurücksehnte, wo er Briefe austrug und den Lese- und Schreibunkundigen die Briefe vorlas und Antworten abfaßte, pflegte in der Dampfkammer vom Galgenhumor gepackt zu werden. «Schön schauen wir alle miteinander aus» – sagte er «Margulies, der Bankier, ist kein Bankier mehr. Die Tuchhändler haben kein Tuch zu verkaufen. Abraham Prager, Präsident der Jüdischen Gemeinde, ist kein Präsident, weil die Jüdische Gemeinde nichts mehr zu sagen hat, und Justfan ist kein Briefträger mehr. Und reden darf man auch nichts.»

Pfarrer Glurzanski stieß Justfan an und bat ihn, doch nicht zu reden.

«Sorgen hat man draußen genug. Hierher kommt man, um wenigstens für eine Stunde die Sorgen auszuschwitzen. Man soll den Teufel nicht schwärzer malen als er schon ist. Letzten Endes ist alles in Gottes Hand.»

Der alte Jossel Schames, der den Ruf eines Kabbalisten und Mystikers genoss, der Diener der Synagoge, hätte sich gerne mit dem griechisch-orientalischen Pfarrer Glurzanski in eine Diskussion eingelassen. Er achtete den Pfarrer sehr, hielt ihn für einen edlen Christen und für würdig einer Diskussion. Aber hier in der Dampfkammer, ohne Kopfbedeckung, wagte er nicht über so erhabene Dinge zu sprechen. Er sagte nur: «Wer will es bezweifeln, daß der, dessen Namen anzurufen ich unwürdig bin, die Feinde vernichten wird, alle Feinde der Juden und der edlen Menschen, wie ER vernichtet hat Pharao, Titus und Haman.»

Bei diesen Worten entstieg ein Seufzer vielen Herzen und es war, als würden die Seufzer aus einer Brust kommen. Ja, wenn dieser Haman, dieser Adolf Hitler, schon vernichtet wäre! «Gäbe Gott», schrie Justfan. Pfarrer Glurzanski bat nochmals, hier von solchen Dingen nicht zu reden. Ein Dampfbad ist kein Tempel oder eine Kirche. Man soll Gott anrufen von dort, wo er angerufen werden soll.

In diesem Augenblick hörte man von der Ferne, vom Eingang eine laute Frauenstimme rufen: «Er soll sofort herauskommen.» Der Bademeister Hermann antwortete der Frau ebenso laut: «Haben Sie zehn Minuten Geduld. Jetzt, wo sechs Aufgüsse erfolgt sind, ihn herauszurufen, ist doch einfach eine Sünde. Einmal in 14 Tagen gibt es jetzt ein Dampfbad und da lassen Sie ihm das Vergnügen nicht.» Die Frauenstimme ließ sich nicht abweisen: «Wenn Sie ihn nicht sofort herausrufen, gehe ich hinein.» Diese Worte verfehlten ihre Wirkung auf Hermann nicht. Denn schon der Gedanke allein, daß jemand angekleidet den geheiligten Raum der Dampfkammer betreten könnte, war ihm ein Greuel – und gar eine Frau, wenn sie auch über 70 war.

«Ich gehe schon, ich laufe, ich renne» – schrie Hermann. «Daß mich Gott behüte. Da bleibe ich lieber 150 Jahre Witwer als so eine Frau zu haben.»

Justfan, der die Meisterschaft in der Dampfkammer besaß, der immer die Würde des gewesenen Hauptbriefträgers mit sich trug, war zu Hause alles eher denn ein Held. Das wußte jeder und nahm es ihm nicht übel. Beim Klang dieser Stimme erschauerte er. Er hätte sich am liebsten noch stärker in Dampf eingehüllt, aber er wußte, daß das alles nichts nützte. Er sagte: «Einen Trost habe ich wenigstens. Auch aus der Hölle wird sie mich herausholen. Den Teufel möchte ich sehen, der es wagen wird, ihr den Ein- oder Ausgang zu versperren.» Der Pfarrer bemerkte begütigend: «Gehen Sie, Justfan, gehen Sie.»

Aber noch bevor der Bademeister Hermann die Tür der Dampfkammer geöffnet hatte, um Justfan den Befehl seiner Frau zu überbringen, schrie ihm der entgegen: «Fragen Sie die Alte, um was es sich handelt, ob ich nicht ein halbes Stündchen bleiben kann.»

Sie antwortete direkt: «Soll sofort kommen, ein Brief ist da.»

«Aus Amerika?»

«Wirst es rechtzeitig erfahren.»

«Sind Dollars drin, ist er von Heini?»

«Kommst du bald oder nicht?»

Wie ein Besiegter und nicht wie der, der er hier in der Dampfkammer seit Jahren war, der Champion, der acht Aufgüsse vertragen konnte und es immer als letzter auf der obersten Bank durchhielt, schritt Justfan die Treppen hinunter, der Ankleidekammer zu.

Auf den Stufen der Dampfkammer ging das Rätselraten los. Was kann denn so Dringendes sein? Wegen eines Briefes aus der Dampfkammer herausholen – das macht eine Frau Justfan nicht. Es muß ein außergewöhnlicher Brief sein. Die meisten erinnerten sich, daß es im Jahre 1914 Justfan war, der als erster die Ermordung des Thronfolgerpaares, die Kriegserklärung an Serbien und alle Geheimbefehle der Regierung in der Stadt verbreitet hatte. Denn Justfan war damals die Seele des Serether Postamtes. Er las jedes Telegramm, wußte alles früher als jeder und pflegte alles, was er wußte, unter dem Siegel der Verschwiegenheit jedem geheim als Staatsgeheimnis mitzuteilen. Vielleicht gibt es jetzt auch wieder Krieg. Vielleicht ist Adolf Hitler gestorben. Amen.

Fast 22 Jahre waren verflossen, seitdem sich die Bukowina aus einer österreichischen in eine rumänische Provinz verwandelt hatte. Diese Wandlung war bedeutungsvoll im Leben des Briefträgers Franz Justfan. Es wurde aus einem österreichischen Beamten ein rumänischer. 18 Jahre waren verflossen, seitdem er eines Tages, ohne Pensionsberechtigung, vom Amt entlassen wurde. Und trotz dieses langen Zeitraumes konnte seine Frau ihm das nicht vergessen. Sie machte ihm bei jeder Gelegenheit Vorwürfe, als ob es erst gestern geschehen wäre. Als Justfan jetzt angekleidet das Bad verließ und auf der Straße von seiner Frau den Brief verlangte, sagte sie: «Warte. Wärest du heute noch Briefträger gewesen, dann hättest du den Brief vor mir. So aber mußt du warten, bis wir zu Hause sind.»

«Sieh, Margarita, wie konnte ich anders handeln. Ich konnte ja nicht schweigend zusehen, wie der Postdirektor die Dollarnoten aus den amerikanischen Briefen herausnahm und dann noch die Briefe verbrannte. Wäre es dir angenehm, wenn man meine Briefe verbrennen würde, statt sie mir zuzuschicken?»

«Wenn du Briefträger wärest, würde man deine Briefe nicht verbrennen.»

«Ich bin aber keiner.»

«Gerade das werfe ich dir ja vor.»

Justfan sah ein, daß er gegen diese Logik nicht aufkommen würde, wappnete sich mit Geduld und folgte seiner Frau nach Hause, um endlich den Brief zu bekommen, um dessentwillen er mitten aus dem größten Vergnügen, das ihm im Leben noch geblieben war, herausgeholt worden war.

Die erste Enttäuschung, als seine Frau ihm den Brief überreichte, war die rumänische Marke. Also kein Brief aus Amerika. Aber es war ein vornehmer Brief, und schon rein wegen der äußeren Form liebte Justfan solche Briefe. Das war ihm aus der Zeit seines Glanzes verblieben. Der Brief war bereits geöffnet. Bevor Justfan ihn entfaltete, um ihn zu lesen, sagte seine Frau: «Von wem ist er und was will er?»

«Ich weiß nicht, ich kenne mich da nicht aus.»

Justfan setzte sich unter einen Kirschbaum in seinem Gärtchen, setzte seine Brille auf und begann den Brief zu studieren. Die gedruckte Überschrift lautete: «Deutsche Volksgemeinschaft für Rumänien, Sektion Bukowina, Czernowitz, Datum des Poststempels.» Nein, von dieser Firma hatte Justfan noch niemals gehört. Seine Frau fragte ungeduldig: «Nun, was schreiben sie?»

«Hab Geduld, laß einen doch zu Ende lesen.»

«Ich meine», sagte die Frau, «wer die sind, die uns schreiben. Sind es Verwandte von uns? Ist es eine Bank, ein Gericht, ein Steueramt? Denn sie sprechen da etwas von Gemeinheit.»

«Nicht Gemeinheit», sagte Justfan, «sondern Gemeinschaft.»

«Gemeinschaft oder Gemeinheit, für mich ist es dasselbe. Ich glaube, das ist nichts Gutes.»

«Laß einen doch lesen», sagte Justfan ungeduldig.

Aber schon bei der Lektüre der Überschrift wurde er blaß, schob die Brille hin und her, nahm sie von der Nase wieder herunter und sagte zu seiner Frau: «Etwas stimmt nicht. Und dabei haben wir noch Glück, daß man den Brief nicht zuerst geöffnet hatte, denn das hätte uns ins Unglück bringen können.»

«Was denn?» fragte seine Frau erschrocken.

«Lies doch selbst. Werter Volksgenosse. Weißt du nicht, daß die Genossen verboten sind. Wenn man den Brief gelesen hätte, hätte man glauben müssen, auch ich sei ein Genosse.»

Je weiter Justfan sich in die Lektüre des Briefes vertiefte, desto rätselhafter erschien ihm das Ganze. Justfan hatte sich bisher für einen Spezialisten in Briefen gehalten. Er verfaßte die Briefe für Frauen, deren Männer in Amerika, in Kanada, in Argentinien und Brasilien waren. Er war stolz darauf, daß seine Briefe in solchen Weltstädten wie New York, Montreal, Buenos Aires und Rio de Janeiro gelesen wurden. Ja, sie wurden nicht nur gelesen, sondern auch beantwortet. Das heißt, daß man ihn ernst nahm und seine Fähigkeit als Briefschriftsteller anerkannte. Und nun hat er vor sich einen Brief, liest und liest und sein Hirn faßt es nicht. Der Text lautete:

«Die Zentrale der Bukowina Sektion der Deutschen Volksgemeinschaft, gemeinsam mit der Leitung der Auslandsdeutschen Gruppe hat mit Bedauern festgestellt, daß in Sereth, dieser uralten Stätte arisch-deutscher Kultur, sich noch keine Gruppe der Deutschen Volksgemeinschaft befindet. Diese Tatsache ist um so bedauerlicher, als Sereth einmal zwei deutsche Volksschulen, eine deutsche Mittelschule, eine deutsche Bierhalle und einen deutschen Gesangsverein besessen hat.

Im Einvernehmen mit dem deutschen Sippenforschungsamt der Bukowina haben wir einwandfrei festgestellt, daß Ihre Familie nachweisbar bis mindestens in die vierte Generation reinrassig arischer Herkunft ist, daß mindestens bis in die vierte Generation in Ihrer Familie germanische, soldatisch kriegerische Zucht und Tradition vorhanden ist. Demnach betrachten wir Sie als einen der Berufensten, sofort die Bildung einer deutschen Volksgemeinschaftsgruppe in die Hand zu nehmen, sich zu dem Zweck mit dort lebenden Volksgenossen gleicher Gesinnung ins Einvernehmen zu setzen.

Wenn Sie sich vor Augen halten, werter Volksgenosse, daß im Zeichen des Hakenkreuzes heute Hitlers Legionen die Welt erstürmen, daß bereits Polen, Norwegen, Belgien und Holland zu Füßen des Führers liegen und daß Frankreich daran ist, den unwiderstehlichen deutschen Waffen zu erliegen, und daß für das hinterlistige Albion die Todesstunde bereits geschlagen hat, so werden Sie begreifen, daß auch Sie, werter Volksgenosse und mit Ihnen alles, was in Sereth von arisch-rassisch-germanischer Tradition besessen ist, nicht zurückbleiben dürfen. Dies erscheint um so notwendiger, als auch hier zu Lande Marxismus und Juda ihr Haupt erheben.

Also, werter Volksgenosse, im Geiste Adolf Hitlers – heran an die Arbeit. Briefe ähnlichen Inhalts sind auch anderen Volksgenossen zugegangen. Und mit vereinten Kräften wird Ihnen die Arbeit nicht schwer fallen.

Heil Hitler

Für die Sektion Bukowina der Deutschen Volksgemeinschaft

Theodor Podrutzki

Je mehr Justfan las, desto wirrer wurde es in seinem Kopf. Nachdem er den Brief zweimal still gelesen hatte, bat er seine Frau, sich neben ihn zu setzen und ihm zuzuhören. «Es ist», sagte er, «oft so, daß, wo ein Hirn nicht reicht, ein zweites nachhelfen muß.» Das zweite Hirn, das seiner Frau, hielt das Hirn ihres Mannes für lebensuntauglich, maß ihm aber große Intelligenz bei. Denn wie könnten sonst solche diesem Hirn entsprungenen Briefe Ozeane durchkreuzen, gelesen und beantwortet werden. Hielt sie ihren Mann in praktischen Dingen für einen Schlemihl, so in geistigen Dingen für eine große Autorität, ja für einen richtigen Schriftsteller. Sie war der Überzeugung, daß er die beste Handschrift in ganz Sereth besaß. Es schmeichelte ihr daher, daß er sie in dieser Frage jetzt zu Rate zog. Sie hörte ihm zu, schüttelte den Kopf, bis er zu der Stelle kam, wo das Wort Rasse stand. Da unterbrach sie ihn: «Siehst du, siehst du, man hat mir schon immer gesagt, daß unsere zwei Kühe die besten rassigen Kühe sind. Auch unser Flocki ist ein echter rassiger Schäferhund. Das haben sie in Czernowitz erfahren und schreiben uns.»

«Was soll in diesem Zusammenhang arisch und deutsch bedeuten?»

«Das verstehst du nicht. Das ist doch klar. Was arisch ist, weiß ich nicht. Aber die Schäferhunde sind ja bekanntlich eine deutsche Rasse.»

«Und soldatisch-kriegerische Tradition?»

Sie dachte einen Augenblick nach und sagte: «Haben wir den Hund nicht seinerzeit vom General Mrasik geschenkt bekommen? Also ist er ein Armeehund und hat soldatisch-kriegerische Traditionen.»

«Dann kann es sich aber nur auf den Hund beziehen und nicht auf die Kühe. Aber was hat das mit Norwegen oder mit Belgien zu tun? Da steht auch» – er zeigte auf das Wort Holland und sagte verzweifelt «… und was sind das für Füße eines Führers?» Justfan verstand nicht und seine Frau noch weniger. Er las es noch einmal laut und stockte. Bei der lauten Lektüre fiel ihm das Heil Hitler auf. War nicht von demselben Hitler heute im Dampfbad die Rede gewesen? Ja, da hat man von einem Hitler gesprochen und alle waren gegen ihn. Beim vierten Lesen des Briefes fiel ihm die Stelle mit dem Hakenkreuz auf. Seine Frau sagte: «Wenn es sich um ein Kreuz handelt, ist es am besten, wir wenden uns an unseren Pfarrer Schickler.»

«Hochwürden ist», sagte Justfan, «gestern verreist. Aber ich glaube, er wird es uns nicht übel nehmen, wenn wir uns als Katholiken an den griechisch-orientalischen Pfarrer Glurzanski wenden.»

Wenn ich jetzt – dachte er – ins Bad renne, schwitzt der Herr Pfarrer noch. Und über eine so heilige Sache wie über das Kreuz kann man doch nicht schwitzend reden. Und sich an seine Frau wendend: «Hast du bemerkt, was das für ein feines Briefpapier ist? Nicht einmal die amerikanischen Briefe sind von dieser Qualität». «Was aber bedeutet dieser rote Stempel?» fragte Frau Justfan.

«Streng vertraulich», las er laut und sagte: «Weißt du, ich werde doch lieber warten, bis der Pfarrer nach Hause kommt. Vertrauliche Briefe sind eine direkt geradezu delikate Angelegenheit. Ich weiß, wie man vertrauliche Dinge behandelt. Darüber muß man mit jedem persönlich, sozusagen unter Ehrenwort, reden.»

III

Justfan lief mit dem Brief von einem zum andern: «Aber ganz streng vertraulich», sagte er, «laß deine rechte Hand nicht wissen, was deine linke tut.» Und danach las er den Brief vor, mit Kunstpausen und starker Betonung der Länder, die besonders weit weg waren wie Norwegen und Holland. Den einen übersetzte er es ins Jüdische, den anderen ins Ukrainische und den dritten ins Rumänische. Aber weil da nichts drin stand, was mit ihren Sorgen und Hoffnungen zu tun hatte, zuckten sie nur die Achseln.

Dann klopfte er bei Pfarrer Glurzanski an. Briefträger sind gewöhnt anzuklopfen aber nicht einzutreten. So ließ er sich auch von der Pfarrersfrau zweimal einladen, einzutreten, machte dann eine Verbeugung und sagte: «Ich bin so frei», was in rumänischer Sprache ein völlig unverständlicher Satz war, und überschritt die Schwelle.

Der Pfarrer saß unter dem Heiligenbild in der Ecke und trank Tee. Denn er hatte vom Schwitzen einen starken Durst bekommen. Das Trinken von viel Tee trieb jetzt erneut den Schweiß heraus. Daher las er den Brief der Volksgemeinschaft mit der Ruhe eines Mannes, der stark gearbeitet hat. Dann reichte er Justfan den Brief zurück: «Ich verstehe kein Wort von dem, was die da wollen, aber ich rate Ihnen: Lassen Sie die Finger davon.»

Justfan ging nachdenklich nach Hause und sagte zu seiner Frau: «Was die da mit Holland, Belgien und Norwegen und mit des Führers Füßen meinen, weiß ich nicht und was ich nicht weiß, macht mich nicht heiß. Aber das mit der Rasse beunruhigt mich. Denn sie sind jetzt auf der Suche nach Rassevieh. Vergangene Nacht ist es in mehreren Dörfern zu Zusammenstößen gekommen. Barbarescu sagt, daß wir den Preußen das Vieh geben müssen, sonst kommen sie selbst her. Und die Bauern wollen nichts geben. Jetzt fürchte ich, daß, wenn man in Czernowitz, wie aus dem Brief hervorzugehen scheint, etwas von unserem Rassevieh gerochen hat, sie uns die Kühe wegnehmen werden. Denn ich sag dir: Wenn es blitzt, kommt Donner.»

Justfans Ausspruch: «Wenn es blitzt, kommt Donner» hatte eingeschlagen, auch bei Barbarescu. Er fühlte ein Gewitter heraufziehen, und obwohl er Absolvent der Nazischule in München war, waren ihm die Ursachen nicht klar. Zu sehr hatten ihn die fetten Jahre seiner absoluten Herrschaft in Sereth verwöhnt, als daß er sich in dieser Zeit viel um Politik gekümmert hätte. Aus Bukarest kamen Erlasse und Verordnungen, die das Leben der Bürger erschwerten. Aber er verstand alles, wie er es nannte, zu erleichtern. Denn schließlich war er der Herrscher in Sereth und nicht irgendein Unbekannter aus Bukarest.

Mit wachsendem Einkommen wuchsen die Ansprüche. Carol Barbarescu selbst war, was seine eigene Person betrifft, eher ein bescheidener Mensch. Was kann auch ein Mann für sich selbst verbrauchen, wenn er kein Kartenspieler ist und kein Trinker? Und Carol Barbarescu war keines von beiden. Anders geartet aber war seine Silvia. Im dritten Jahre ihrer Herrschaft in Sereth begann sie alljährlich zum Sommeraufenthalt ans Schwarze Meer zu fahren und zur Nachkur in den weltberühmten Bukowinaer Gebirgsort Dornawatra. Sowohl am Schwarzen Meer als auch in Dornawatra gab es Spielkasinos. Und wer konnte es Silvia verargen, daß auch sie ihr Glück am Spieltisch versuchen wollte?

Die Entwicklung in Sereth hielt aber mit den wachsenden Ansprüchen der ersten Dame der Stadt nicht Schritt. Geschäftlich ging es abwärts. Die Einkommen der Juden sanken immer mehr und auch für Barbarescu galt der Grundsatz: Wo nichts ist, hat der Kaiser sein Recht verloren. Er kontrollierte die Bücher der Geschäftsleute, zerbrach sich sogar den Kopf, wie man die Lage der Juden verbessern könnte, um selbst wieder hochzukommen und kam zu keinem Resultat. Die Juden waren rechtlos gemacht. Das war für Barbarescu gut, denn dadurch konnte er sie zum Zahlen zwingen. Aber wenn das ganze Geschäftsleben stockt, wenn keine Waren mehr ins Land kamen, wenn die Bauern nichts kauften, weil man ihnen ihr Getreide und Vieh gegen Schuldscheine abnahm, wenn die Felle nach Deutschland verfrachtet wurden und die Kürschner und Schuster kein Material mehr besaßen, aus dem sie ihre Produkte herstellen konnten, von wem sollte Barbarescu noch Erpressungen erzielen können? Die ersten grauen Haare in seinem schwarzgelockten Kopf zeugten von seinen großen Sorgen. Dazu kam, daß Silvia die veränderte Lage einfach nicht zur Kenntnis nahm. Sie war in ihren Ausgaben so großzügig wie in den ersten Jahren ihrer Herrschaft, den fetten Jahren. Wenn Barbarescu ernst mit ihr darüber sprechen wollte, wies sie ihn schroff zurück: «Ich habe dich zum Herrscher in Sereth gemacht und du mußt die Herrschaft zu nützen wissen.»

Schwer wurde die Lage für ihn im Frühsommer 1940. Täglich kamen sowohl aus der Bukowinaer Hauptstadt Czernowitz als auch aus der Reichshauptstadt Bukarest neue dringende Verordnungen und Telegramme. Die Deutschen forderten mehr Getreide, mehr Vieh, und der Bezirk Sereth sei in der Ablieferung lässig, weit hinter dem zurück, was im Plan vorgesehen war. Konnte er, Barbarescu, was dafür, daß der Serether Bezirk, besonders der Teil am linken Sereth-Ufer, in seiner überwiegenden Mehrheit ukrainisch war und die Ukrainer der Ablieferung ihrer Erzeugnisse einen starken Widerstand entgegensetzten? Dabei wurde ihm aufgetragen, zu Gewaltmitteln nur im äußersten Notfall zu greifen. Auch die rumänischen Bauern begannen sich zu wehren. Das Beispiel der ukrainischen wirkte ansteckend. Die Märkte waren verödet. Die Bauern brachten ihre Produkte nicht mehr auf den Markt, aus Angst, die Ablieferungsstelle könnte sie ihnen rauben. Und die Zusammenstöße mit den Gendarmen häuften sich. Diese amtlichen Sorgen, verbunden mit den häuslichen, drückten schwer auf seine Schultern. Er, der zu Beginn seiner Herrschaft den Aufstieg Hitlers zur Macht begrüßt hatte, verfluchte Hitler in seinem Innern. Denn in ihm erblickte er die Ursache seines eigenen Niederganges. Eine Depression bemächtigte sich seiner, und er hatte das Gefühl, etwas noch Unangenehmeres sei im Anzuge.

Und eines Morgens geschah etwas, was sich in all den Iahren seiner Herrschaft in Sereth – es waren bereits siebeneinhalb Jahre verflossen – noch nicht ereignet hatte. Ohne daß man ihn vorher verständigt hätte, ohne daß in einem amtlichen Schreiben je die Rede davon gewesen war, war überraschend ein rumänisches Regiment in Sereth einmarschiert. Seit Menschengedenken besaß Sereth keine Garnison, obwohl schon zur Zeit, da Sereth noch österreichisch war, sich Wirtsleute und Besitzer von Vergnügungslokalen darum bemüht hatten. Bei Wahlen pflegte man das von Parlamentskandidaten zu fordern. Diese versprachen und erfüllten nie. Jetzt aber kam ein ganzes Regiment, 4 000 Mann stark. Er, Barbarescu wurde um sieben Uhr morgens aus dem Schlaf geweckt und vom Kommandanten, einem Obersten, beauftragt, sofort für Quartiere zu sorgen. Das Gebäude der Mittelschule, sowie der Knaben- und Mädchen-Volksschule, die Lokale der Volksküche wurden zur Verfügung gestellt. Aber das reichte nicht und der Kommandant verlangte von Barbarescu, daß er eine jüdische Synagoge für diesen Zweck beschlagnahme. Barbarescu wehrte sich zuerst. Denn immerhin bezog er von den Juden noch Einkommen. Aber da nützte kein Widerstand. Von den zwei Synagogen der Stadt wurde eine eine Kaserne, und die Juden erblickten darin das erste böse Vorzeichen, das erste große, nach den Hunderten anderen kleineren, die dem vorangegangen waren.

Nach dem Einmarsch der Truppen griff auch Barbarescu den Ausspruch Justfans auf, «wenn es blitzt, kommt Donner». Die Truppen manövrierten entlang des Sereth-Flusses und machten den meisten Serethern das Baden im Fluß unmöglich. Böse Zeichen, sagten alle. Etwas ist im Anzuge.

Justfan tat um diese Zeit noch einen Ausspruch, der wenig originell war und ebenso stark einschlug: «Das Pech des einen bringt oft das Glück des anderen.» Barbarescu empfand den Einmarsch der Truppen, richtiger gesagt, die Verlegung einer Garnison nach Sereth, als einen Schlag gegen sich selbst, als eine Einschränkung seiner persönlichen Macht. «Habe ich es nicht», sagte er oft zu seiner Silvia, «ohne Truppen gut gemacht? Die Kunst des Herrschens, das hat mich die Erfahrung gelehrt, besteht nicht in der Gewalt, sondern in der Weisheit der Maßnahmen. Diesen Maßnahmen stehe ich machtlos gegenüber.»

Und während Barbarescu diese Veränderung in Sereth aus tiefstem Herzen haßte, gab es jemanden in der Stadt, der darin eine Verwirklichung seiner langjährigen Träume erblickte. Das war der Besitzer des Serether Vergnügungsetablissements, Andreas Manisali. Einst, als Sereth noch Kaiserlich-Königliche Grenzstadt gegenüber dem Königreich Rumänien gewesen war, damals, vor dem Ersten Weltkrieg, als das Habsburger Reich noch bestand, hatte Manisali das Vergnügungslokal erworben. Rumänische Bojaren mit gefüllten Brieftaschen gehörten zu seinen Kunden. Das Geschäft blühte. Und dann kam der Zerfall der Monarchie. Aus der Grenzstadt Sereth wurde eine kleine Provinzstadt, und auch das Nachtlokal paßte sich den veränderten weltpolitischen Verhältnissen an. Manisali war in ein kleines Lokal übersiedelt. Und die Zahl der bei ihm beschäftigten Damen war auf zwei gesunken. Als jetzt eine Garnison nach Sereth gelegt wurde, erwies sich Manisali den neuen Ansprüchen gewachsen. Er mietete ein großes Haus, unweit vom jüdischen Friedhof, richtete es sehr rasch ein, mit Bar, Empfangssalon und mit über zwanzig Chambres séparées. Auch die Damen waren bald zur Stelle und sein Unternehmen blühte.

Gram- und sorgenvoll saß Carol Barbarescu spät nachts an seinem Amtstisch, auf dem Berge von Verordnungen, Weisungen und Erlassen aus Bukarest gehäuft waren. Die rührte er gar nicht an. Er studierte vielmehr, zum so- und sovielten Male, die Liste der Vermögensverhältnisse aller jüdischen Kaufleute und Handwerker von Sereth und stellte zum eben sovielten Male mit Bedauern und Schrecken fest, daß hier kaum noch mehr herauszuholen sei. Da fiel sein Blick auf eine Firma, Andreas Manisali, Vergnügungsetablissement. Den Manisali kannte er sehr gut. Ein schlauer Fuchs, sagte er sich. Schade nur, daß dieser Andreas Manisali kein Jude ist. Sein Geschäft geht jetzt sicher infolge der Anwesenheit so vieler Offiziere und Soldaten ausgezeichnet. Nein, er griff sich an den Kopf ... Nein, das kann doch nicht mit rechten Dingen zugehen. Ich, der Subpräfekt, ich, Carol Barbarescu, habe Sorgen, daß ich nicht mehr aus noch ein weiß, und so ein Andreas Manisali wird reicher von Tag zu Tag. Es kann doch nicht so bleiben. Was kann ich von dem schlauen Fuchs schon herausholen, wenn er kein Jude ist? Aber ist er sicherlich kein Jude? Er durchstöberte die Archive und fand, daß Andreas Manisali bei der letzten Volkszählung als Religion armenisch-katholisch, als Muttersprache armenisch angegeben hatte. Was ist das für eine Nation, sagte er sich. Hat man je von Armeniern gehört? Oder gar von armenisch-katholisch? Nein. Da kann man sicher was herausholen.

Er hatte keine Geduld, bis morgen zu warten. Wozu auch? Blühen doch solche Unternehmungen gerade des Nachts. Gesagt, getan. Er machte sich gleich auf den Weg. Den Mantel zugeknöpft, schritt er, der wohl nicht mehr absolute Herrscher von Sereth, in ein Gebiet seines Reiches, wo der Wohlstand noch zu Hause war. Als er den jüdischen Friedhof hinter sich hatte, drangen die Klänge einer Zigeunerkapelle an sein Ohr. Er hatte gehört, daß Manisali ein schönes Lokal eingerichtet hatte. Aber schon der äußere Anblick übertraf alle seine Erwartungen. Der Betrieb im Inneren entsprach vollkommen der Würde des Hauses nach außen. In einem großen Saale, Empfangssalon genannt, stand in einer Ecke ein Klavier. In der anderen war eine Tribüne errichtet, auf der drei Zigeunergeiger und zwei Ziehharmonikaspieler saßen. Ihm strömte beim Eintritt ein Parfümduft entgegen, der ihm bekannt vorkam, fast wie der seiner Silvia. An den schönen grün überzogenen Tischen saßen eine Menge Offiziere der Garnison auf Samtstühlen. Er erblickte auch seinen Gewerbeinspektor und zwei andere Beamte der Subpräfektur. Der Wirt

Andreas Manisali und seine Gemahlin, eine noch frische Vierzigerin, liefen ihm etwas erschrocken, aber mit sehr freundlichem Lächeln entgegen. Na, welch ein Glück, endlich auch Sie, Herr Präfekt, bei uns begrüßen zu können. Wollen Sie unter Bekannten Platz nehmen oder einen Extratisch haben? Ich schicke Ihnen gleich die Maria, das fescheste deutsche Mädchen. Oder wollen Sie lieber eine Rumänin? Wir haben sogar zwei Polinnen. In Bezug auf Geschmack werden heute große Ansprüche gestellt.

Einen Moment lang war Carol Barbarescu unschlüssig. Aber schon stand die Banaterin Maria neben ihm, eine mollige, vollbrüstige hübsche Blondine. Und wieder einmal derselbe Duft seiner Silvia, nur weniger aufdringlich. Bevor er wußte, wie ihm geschah, saß er allein bei einem Tisch, Mariechen, wie sie von ihm genannt sein wollte, auf seinem Schoß. Er war im ersten Moment zerstreut, versuchte aber, seine Gedanken zu konzentrieren. Ich darf mich von dem schlauen Zuhälter nicht hereinlegen lassen. Er glaubt offenbar, er hat es bei mir mit einem grünen Jungen zu tun, und weiß nicht, daß ich schon vor zwanzig Jahren in dieser Branche tätig war. Nein, mein lieber Manisali, dachte er. Um einen wie mich zu überrumpeln, mußt du schon früher aufstehen.

«Leider ist echter Champagner im Moment nicht aufzutreiben, aber ein guter deutscher Schaumwein» – sagte der Wirt und schenkte gleichzeitig drei Gläser ein. Die Holde nahm eines und überreichte es ihm. Manisali stieß auf König Carol an. Barbarescu mußte dazu ein Lächeln zeigen, ärgerte sich darüber und zog ziemlich unvermittelt die Brauen zusammen: «Das Geschäft scheint ja gut zu gehen», sagte er.

«Aber Herr Präfekt, ahnen Sie, wie hoch die Abgaben sind? Man arbeitet heutzutage für den Staat. Glauben Sie mir, Herr Präfekt, daß, wenn es nicht um der Offiziere willen wäre, ich mir diese schwere Arbeit gar nicht aufbürden würde. Für meine bescheidenen Verhältnisse genügt schon das kleine Lokal, das wir früher hatten. Aber es heißt, daß große Zeiten bevorstehen. Und unsere Armee muß ihren Aufgaben gewachsen sein.» Er schenkte nochmals drei Gläser ein und man trank auf das Wohl der rumänischen Armee.

Carol Barbarescu blieb nicht länger als eine halbe Stunde im Lokal. Maria verabschiedete er mit den Worten: «Ein anderes Mal.» Er beharrte darauf, gegen das Widerstreben Manisalis, die Flasche Schaumwein zu bezahlen und beim Aufstehen, als ihm der Wirt in den Mantel half, sagte er: «Sprechen Sie morgen um zehn Uhr bei mir vor.»

Als Manisali am nächsten Morgen dem Subpräfekten in dessen Amtsbüro gegenüber saß, suchte jeder von beiden den anderen in Höflichkeiten zu übertreffen. «Ich kann Ihnen kaum sagen, Herr Präfekt, welche Ehre es mir und meinem Hause bereitete, daß Sie uns letzte Nacht einen Besuch abstatteten.»

«Nur meine amtliche Pflicht erfüllt, nur amtlich, und muß anerkennen, daß Ihr Betrieb in der Tat ein lebenswichtiges Unternehmen ist.»

Andreas Manisali war sich vom ersten Augenblick an darüber im Klaren, daß das Kommen von Carol Barbarescu in sein Lokal so wie das gegenwärtige Gespräch nichts Gutes zu bedeuten hatten. Er hätte nur gerne gewußt, wieviel jener verlangte? Seine Betonung, daß es sich um ein lebenswichtiges Unternehmen handelte, deutete darauf hin, daß die Ansprüche nicht klein sein würden. Den Betrieb auch nur vorübergehend sperren, dachte er, das kann er nicht. Das würde der Militärkommandant nicht zulassen. Auch er wollte daher die Lebenswichtigkeit betont wissen. Denn was lebenswichtig ist, darf keinen Augenblick unterbrochen werden. Er sagte: «Das glaube ich, daß es ein lebenswichtiges Unternehmen ist. Wenn man so mitten in der Arbeit steht wie ich, und Gelegenheit hat, alles aus der Nähe zu beobachten, so sieht man, wie unsere Offiziere und Mannschaften hier neue Kräfte sammeln für die große Entscheidung, die unserem Vaterlande bevorsteht.»

«Ja, Herr Manisali, Sie haben das richtige Wort ausgesprochen. Die Armee ist das Wichtigste, das wir besitzen, die Garantie unserer Zukunft. Und aus dem Grunde gerade erblicke ich in Ihrem Unternehmen die Lebenswichtigkeit, und auch deswegen müssen solche Unternehmen besonders geschützt werden.»

Also da will er hinaus, dachte Andreas Manisali. Er will mir eine Art Schutzwache geben, die natürlich nur auf dem Papier existiert, und dafür eine Rente verlangen. «Das ist sehr nett von Ihnen, daß Sie an den Schutz meines Unternehmens gedacht haben. Aber ich glaube, dafür sorgt schon die Garnison. Ich darf ohne Übertreibung sagen, daß Offiziere und Mannschaften mein Haus wie ihr eigenes Heim betrachten.»

«Sie haben mich mißverstanden, Herr Manisali. Wir leben Gott sei Dank in einem Lande, wo Gesetz und Ordnung herrschen. Besonderer Schutz ist nicht notwendig und schon gar nicht in Sereth, der Stadt, für die ich die Verantwortung trage. Wenn ich von Schutz spreche, so meine ich das natürlich im rassischen Sinne.»

«Lauter rassige Mädels. Eine rassiger als die andere.»

«Herr Manisali, ich bedauere, daß Sie mich noch immer nicht verstehen. Sie wissen, daß es ein Bestreben seiner Majestät des Königs und unserer Regierung ist, im Sinne der neuen Zeit die Wirtschaft und die Kultur unseres Volkes und unseres Landes rassenrein zu erhalten.»

«Ach so, Sie meinen wegen der Juden, Herr Präfekt. In dieser Beziehung können Sie vollkommen beruhigt sein. Weder ich noch meine Mitarbeiterinnen sind jüdischer Rasse. Wir haben mit Judentum nichts zu tun. Und es wagt sich auch kein Jude in mein Etablissement hinein.»

«Sind Sie Rumäne?»

«Nein.»

«Sind Sie römisch-katholisch, griechisch-orientalisch, griechisch-katholisch, protestantisch?»

«Nein, aber armenisch-katholisch.»

«In unserer Verfassung, die den Schutz aller auf rumänischem Boden lebenden Nationen und Konfessionen vorsieht und auch in unserer neuen Gesetzgebung, in der die Angehörigen jener Nationen und Konfessionen aufgezählt werden, die lebenswichtige Betriebe besitzen oder verwalten dürfen, sind weder Armenier noch eine armenisch-katholische Religion aufgezählt. Es sei denn, daß Sie mir vom hiesigen römisch-katholischen Pfarrer Dr. Schickler eine Bescheinigung bringen, daß die Armenisch-Katholischen dasselbe sind wie die Römisch-Katholischen und daß er Sie vom konfessionellen Standpunkt für geeignet hält, der Inhaber eines so lebenswichtigen Unternehmens zu sein.»

«Herr Präfekt, es ist nicht meine Art, zu erzählen, wer mein Lokal besucht. Aber Herr Pfarrer Schickler macht selbst kein Geheimnis daraus, und so kann ich Ihnen sagen, daß er ein häufiger Gast bei mir ist. Aber ich glaube nicht, daß er in der Lage ist, mir eine solche Bescheinigung auszustellen, da die armenisch-katholische Kirche vollkommen unabhängig ist von Rom. Mit Stolz darf ich sagen, daß unsere Kirche zu den ältesten der Christenheit zählt, wenn sie nicht gar die älteste ist. Und unser Volk ist eines der ältesten arischen Völker der Welt. Darf ich Sie daran erinnern, Herr Präfekt, daß der Berg Ararat auf armenischem Boden liegt und daß die Arche Noahs auf diesem Berge einen Ruhepunkt gefunden hat.»

«Nun ja, damit ist ja die Sache eindeutig klar. Noah als biblische Gestalt ist ein Jude. Seine Nachkommen haben Armenien bevölkert. Folglich sind die Armenier, wenn auch nicht der Religion nach, aber der Abstammung gemäß, eindeutig Juden. Ich habe für Sie persönlich die größte Achtung und halte gerade Sie für den geeigneten Mann eines solchen Unternehmens. Aber auch ein Subpräfekt, und gerade ein Mann in meiner Stellung, kann und darf die bestehenden Gesetze nicht mißachten und nicht übergehen.»

Andreas Manisali sprang von seinem Sitz auf. «Ich bin ein Mann des Gesetzes. Noch niemals hat mir jemand vorwerfen können, daß ich irgendwie mit dem Gesetz in Konflikt geraten wäre, trotz meiner 52 Jahre. Aber daß man mir vorwirft, daß das armenische Volk, das so heroisch gegen die Türken gekämpft hat, jüdischer Abstammung ist – das kann ich auf mir nicht sitzen lassen, auch wenn ich bis nach Bukarest gehen müßte.»

Andreas Manisali dachte natürlich nicht ernstlich daran, nach Bukarest zu gehen. Denn er wußte, daß das einen Weg ins Endlose bedeuten würde und daß Carol Barbarescu, wenn er einmal eine Sache in die Hand genommen hatte, sie nicht so leicht fallen ließ.

Carol Barbarescu sagte ruhig: «Der Weg nach Bukarest steht jedem frei. Ich werde nur gezwungen sein, bis zur Entscheidung das Lokal unter kommissarische Verwaltung zu stellen.»

Kommissarische Verwaltung? – Das war es, was Andreas Manisali am meisten befürchtete. Er hatte im letzten Monat im Steueramt sein Einkommen mit 5 000 Lei angegeben, wie zur Zeit der Ankunft der Garnison in Sereth, als er noch ein kleines Häuschen besaß. Er und seine Frau hatten gerade vor zwei Tagen berechnet, daß das Unternehmen jetzt einen Reingewinn von 150 000 Lei monatlich abwerfe und sich Gott sei Dank noch in aufsteigender Linie befinde. Ein kommissarischer Verwalter mußte unter allen Umständen vermieden werden.

«Daß ich kein Jude bin, Herr Präfekt, steht fest. Ebenso steht es fest, daß die armenische Nation eine der ältesten arischen Nationen der Welt ist, wenn es auch leider im Gesetz dieses Landes nicht festgelegt ist. Mir ist klar, daß es Ihnen nur darum zu tun ist, dem Gesetz zu entsprechen. Was schlagen Sie vor?»

«Arisierung.»

Andreas Manisali versuchte noch eine schwache Abwehr: «Arier sind wir ja, wie gesagt, alle. Aber wenn ich Sie recht verstehe, wollen Sie damit sagen, Arisierung, dem Landesgesetz entsprechend.»

«Für mich hat nie im Leben ein anderer Gesichtspunkt gegolten als der des Gesetzes. Mich in Rassen- und Religionsforschung einzulassen – dazu bin ich weder beauftragt noch befugt. Aber um zu einem Schluß zu kommen: Dem Gesetz würde Genüge geleistet sein, wenn Sie einen Vollarier oder eine Vollarierin mit fünfzig Prozent beteiligen.»

«Mit fünfzig Prozent?» Andreas Manisali sprang wie von einer Natter gebissen auf. «Sie meinen wohl nur formell?»

«Wo es sich um Gesetz und Recht handelt, bin ich unerbittlich. Da gibt es für mich keine Formalitäten. Die Form muß den Tatsachen entsprechen.»

Andreas Manisali erkannte: Hier gibt es kein Entrinnen. Seit mehr als zwei Jahrzehnten lebte er unter rumänischer Verwaltung und wußte, daß jede Berufung, jeder Rechtsstreit seine Lage nur verschlimmern konnte. In seiner Verzweiflung klammerte er sich an Zukunftshoffnungen und fragte: »Glauben Sie nicht, Herr Subpräfekt, daß angesichts der gespannten internationalen Lage eine Vergrößerung der hiesigen Garnison bevorsteht?»

«Die internationale Lage berechtigt in dieser Beziehung – das kann ich Ihnen versichern, Herr Manisali – zu den kühnsten Hoffnungen. Ich kann Ihnen garantieren, daß Ihr Unternehmen unbegrenzte Wachstumsmöglichkeiten hat. Und es liegt daher gerade in Ihrem Interesse vorzusorgen, daß der regelmäßige Betrieb nicht durch einen Konflikt mit dem Gesetz gestört wird. Ich schlage Ihnen daher vor, daß Sie gleich heute hier im Gewerbeinspektorat der Subpräfektur das Fräulein Else Borke als Mitbeteiligte eintragen. Sie ist Postbeamtin und wird als Firmeninhaberin an erster Stelle stehen, und dadurch ist das Unternehmen geschützt. Ich werde mit ihr sprechen und sie veranlassen, im Interesse dieses lebenswichtigen Betriebes ihre Stellung als Stellvertreterin des Postverwalters aufzugeben.»

Fräulein Else Borke war zur Stelle, ohne daß Manisali gemerkt hatte, wie und wann sie hereingekommen war. Auf dem Tisch standen, wie hergezaubert, plötzlich eine Flasche Champagner und drei Gläser. «Sehen Sie», sagte Carol Barbarescu, «mit ein bißchen Anstrengung ist echter französicher Champagner doch noch aufzutreiben.» Man trank auf das Wohl der Armee und das ebenfalls dem Wohle der Armee dienende Unternehmen Borke und Manisali.

«Damit Sie Ihre kostbare Zeit nicht verlieren», sagte Barbarescu, «habe ich die amtlichen Dokumente bereits ausfertigen lassen. Es fehlen nur Ihre und Fräulein Borkes Unterschriften.»

IV

Für Justfan waren es qualvolle Tage und schlaflose Nächte. Ihn plagte nicht nur die Angst um seine Rassetiere, seitdem er den von niemandem verstandenen Brief erhalten hatte, der noch dazu mit Volksgenosse betitelt war. Dann regte ihn noch die Phrase auf, daß für den perfiden Albion die Todesstunde geschlagen hat. Albion hieß in Sereth der Aufsichtsratsbeamte für die Eisenbahnstrecke. Justfan kannte ihn seit Jahren. Er war ein rumänisierter Italiener, der vor Jahrzehnten irgendwie nach Sereth verschlagen worden war. Ein gutmütiger alter Herr, der niemandem etwas zu Leide tat. Diese Phrase in dem Brief fiel Justfan erst am zweiten

Tag auf. Denn der Brief enthielt so viele Rätsel, daß er Monate, vielleicht Jahre darüber hätte nachdenken können. Er sagte zu seiner Frau: «Eigentlich wäre es unsere Pflicht, den Alten zu warnen.» Frau Justfan lehnte sich entschieden dagegen auf, denn streng vertrauliche Sachen müßten vertraulich behandelt werden. «Albion ist in Gottes Hand ebenso wie wir.» Justfan wagte nicht, seiner Frau zu widersprechen, aber das Gewissen plagte ihn unaufhörlich. Er hatte das Gefühl, daß etwas nicht stimmte.

Da, vierzehn Tage etwa nach Empfang des rätselhaften Briefes, tauchte in der Wohnung Justfans ein schlanker, blonder, etwa 50jähriger Mann auf. Es war ein eleganter, glattrasierter Herr mit Trenchcoat, gebügelter Hose und einem weichen grauen Filzhut. Vorsichtig blickte er um sich, fragte, ob auch kein Fremder in der Wohnung sei. Bat Frau Justfan um Entschuldigung, denn er müsse ihren Gemahl streng vertraulich, unter vier Augen, sprechen. Das Wort streng vertraulich wirkte. Frau Justfan erriet durch dieses Wort einen Zusammenhang mit dem Brief. Nicht sehr willig ließ sie die zwei Männer allein. Der Fremde stellte sich vor: Otto von Raubnitz, Beauftragter der Auslandsdeutschen Zentrale in Stuttgart. Also wieder ein Zusammenhang mit dem Brief. Justfan erwartete jetzt die Lösung aller Rätsel.

«Sie sind doch wohl, Herr Volksgenosse», sagte der Fremde, «über mein Kommen avisiert.»

«Kein Mensch hat mir ein Wort gesagt.»

«Haben Sie nicht einen Brief erhalten, der Ihnen mein Kommen ankündigt?»

«Ich habe einen Brief erhalten, Herr Deutscher, Ausländer von der Volkszentrale. Aber ich habe den nicht ganz verstanden. Der kam aus Czernowitz. Aber von Ihrem Kommen ist dort keine Rede.»

«Also scheint mein Brief, der mein Kommen ankündigte, verloren gegangen, unterschlagen oder bewußt vom Feinde gestohlen worden zu sein.»

«Ja, sie stehlen hier die Briefe.»

«Ist Ihnen darüber etwas Näheres bekannt? Wissen Sie, wer es ist?»

«Ob ich es weiß.»

Frau Justfan, die offenbar an der Tür gehorcht hatte, kam hereingestürzt und schrie: «Deswegen haben sie ihn ja entlassen. Ich war ja schon damals der Meinung, daß er sich nicht mischen soll in Angelegenheiten, die ihn nichts angehen. Heutzutage muß jeder froh und glücklich sein, wenn man ihn in Ruhe läßt. Andere kümmern sich nicht um uns und wir sollen uns nicht um andere kümmern.»

Justfan fiel ihr ins Wort – das wagte er nur, wenn ein Fremder dabei war: «Siehst du, siehst du. Jetzt passiert uns das mit dem Brief. Hatte ich nicht recht gehabt, dagegen aufzutreten?»

«Wenn du aber noch Briefträger wärest, würde ja so was …»

Der Fremde sagte mit einer kleinen Verbeugung: »Gnädige Frau, würden Sie uns nicht allein lassen?»

Frau Justfan gehorchte. Dieser Fremde flößte ihr Respekt ein.

«Also, Herr Volksgenosse, der Brief, der Ihnen mein Kommen ankündigte, wurde Ihnen nicht zugestellt. Das steht fest. Sie kennen sogar die Verbrecher, die dieses ruchlose Handwerk verrichten, unsere Arbeit zu hintertreiben. Das trifft sich ja ausgezeichnet.»

«Ob ich ihn kenne, er hat mich ja aus dem Amt gejagt. Es ist der gottselige Postdirektor Kafenku. Im vorigen Jahr ist er plötzlich verstorben.»

«Aber, Herr Volksgenosse, der Tote kann doch nicht einen Brief unterschlagen, der frühestens vor vier Tagen bei Ihnen eintreffen sollte. Gehen wir zur Sache selbst über. Soweit ich Sie verstanden habe, haben Sie den ersten Brief, die Gründung einer Volksgemeinschaft Ihrer Heimatstadt betreffend, erhalten. Können Sie mir sagen, was Sie in dieser Sache unternommen haben?»

Justfan zog den Brief aus der Tasche, der ihn so lange gequält hatte, und sagte: «Ich bin glücklich, daß Sie etwas mit dem Brief zu tun haben, denn seit vierzehn Tagen plage ich mich und kein Mensch kann mir sagen, was es ist, obwohl ich der berühmteste Briefschreiber von Sereth bin. Meine Briefe werden gelesen in Montreal, New York, Buenos Aires und Rio de Janeiro. Durch meine Briefe hat schon manche Witwe wieder heiraten können, so manche Frau hier in Sereth ihren Sohn in der Fremde wieder aufgefunden und Geld von ihm erhalten. Ich kann Ihnen zeigen …»

«Was soll das bedeuten, Herr Volksgenosse, daß kein Mensch den Brief versteht? Haben Sie ihn vielleicht anderen gezeigt? Haben Sie den Vermerk ‹streng vertraulich› übersehen?»

Instinktiv begriff Justfan, daß er hier nicht die Wahrheit sagen durfte: «Wenn ich sage keiner», antwortete er, «meine ich natürlich mich und meine Frau, ein Justfan weiß, wie streng vertrauliche Dinge zu behandeln sind. Nicht umsonst war ich 25 Jahre lang kaiserlich-königlicher Briefträger. Als die ersten Telegramme, die den Ausbruch des Krieges ankündigten …»

«Ist schon gut, ist schon gut. Ich möchte Sie nur aufmerksam machen, daß die Volksgenossen, die unser und des Führers Vertrauen genießen, auch vor ihren Frauen vertrauliche Dinge geheim halten müssen.»

Frau Justfan riß die Tür auf und schrie: «Nicht bei mir, dann soll er sich eine andere Frau suchen.» Aber wieder einmal genügte ein Blick des Fremden und sie verließ den Raum.

Von Raubnitz sagte: «Hören Sie, Herr Volksgenosse Justfan. Wir haben Sie gewählt, weil Sie nachweisbar vier Generationen arisch-deutscher-germanisch-reinrassiger Herkunft sind. Wenn Sie auch heute noch nicht alles verstehen, so wird es sich im Laufe der Arbeit ergeben. Sie haben jahrelang unter Fremdherrschaft gelebt, waren geknechtet, und es wäre ein Wunder, wenn Sie heute schon voll und ganz in unserem Geiste leben würden. Was von Ihnen verlangt wird, ist nichts anderes, als was heute der Führer von Hunderten Millionen Deutschen verlangt. Gehorchen und schweigen. Sich Gedanken machen, ist nicht unsere Sache. Wir müssen augenblicklich daran gehen, die Volksgemeinschaft hier aufzurichten. Wir dürfen keinen Tag länger verlieren, sonst könnten uns die Ereignisse über den Kopf wachsen.»

Zwölf Deutsche waren es, die Justfan für diesen Abend im Auftrage Otto von Raubnitz' zu sich in die Wohnung eingeladen hatte. Während von Raubnitz über die volksdeutsche Organisation sprach, während er erzählte, wie es dem Genie des Führers gelungen war, nicht nur solche Militärmächte wie Dänemark und Norwegen, Luxemburg, Belgien, Holland und ganz Frankreich niederzuwerfen, sondern durch ein Netz von auslandsdeutschen Organisationen, die Vereinigten Staaten von Amerika und alle lateinamerikanischen Länder, den Balkan und noch andere entlegene Winkel der Welt kampfunfähig und dem Führer botmäßig zu machen, prüfte er die Reihen der Zuhörer. Er durchdrang jeden mit seinem Blick und kam zum Entschluß, daß der bedeutendste, intelligenteste und fähigste dieser Gruppe entschieden der Brauereiarbeiter Simjon Straub wäre. Das Unglück, dachte er, sei nur, daß der Vater dieses Straub jahrelang Sozialdemokrat war und daß er selbst eine Ukrainerin zur Frau hatte. Man muß ihn aber doch ranziehen.

Von den Siegen bei Paris, vom bevorstehenden entscheidenden Schlag gegen Albion und der Unterwühlung Amerikas durch die auslandsdeutschen Gruppen auf Sereth übergehend, umriß Otto von Raubnitz die Aufgaben der an diesem Abend zu gründenden Volksgemeinschaft. «Rumänien», sagte er, «ist der feste Boden, auf dem wir stehen. Für seinen Siegeszug durch die Welt benötigt der Führer Petroleum, Getreide und Vieh, funktionierende Eisenbahnen und Straßen. Die Volksgemeinschaft im Lande hat darüber zu wachen, daß alles in bester Ordnung ist. Was sich uns in den Weg stellt, wird erbarmungslos vernichtet. Wir müssen mit allem aufräumen, was hier veraltet und antideutsch ist. Vor allem müssen wir selbst das Bewußtsein haben, daß der Boden, auf dem wir uns befinden, die Operationsbasis ist und gleichzeitig uralte deutsche Heimat. Hier waren germanische Stämme vor Jahrtausenden. Hier war eine Stätte deutscher Kultur vor Jahrzehnten, und Sereth muß es wieder werden. Vor allem müssen die Bauern das Vieh abliefern, muß der Boden bearbeitet werden, damit die deutsche Armee nicht durch Mangel in ihrem Vormarsch gehemmt werde. Jeder von uns muß wachsam sein, wachsam und noch einmal wachsam.»

Von der langen Rede fielen Justfan wieder einmal nur die Worte Albion, Eisenbahn und aus dem Weg räumen auf. Er konnte sich eines Gefühls des Mitleids für den armen Eisenbahnstreckenaufseher Albion nicht erwehren. Gewiß, der Beauftragte des Führers, Otto von Raubnitz, wird schon recht haben, wenn er sagt, daß die Eisenbahnen nicht funktionieren. Justfan braucht man nicht viel zu erzählen, wie es in Rumänien zugeht. Hat er doch selbst seine bittere Erfahrung mit der Post. Aber ist es nicht wahrscheinlich, daß es dem Albion bei der Eisenbahn so ergeht, wie es ihm bei der Post ergangen ist? Warum also gleich einen Unschuldigen aus dem Weg räumen? Aus seinen Gedanken wurde er aufgerüttelt, als er plötzlich seinen Namen hörte. Es wurde ihm mitgeteilt, daß er zum Vorsitzenden und Straub zum Sekretär der neubegründeten deutschen Volksgemeinschaftsgruppe Sereth bestellt werde. Ein Telegramm der Huldigung wurde an den Führer sowie an die Zentrale der Auslandsdeutschen in Stuttgart abgesandt. Justfan bat nur, ihm den Auftrag zu geben, die Telegramme morgen früh zur Post zu bringen. Er würde es den Leuten zeigen, daß man nicht straflos den alten Justfan beleidigt und erniedrigt.

Otto von Raubnitz hielt noch eine Schlußansprache, in der er darauf aufmerksam machte, daß von nun ab jeder Deutsche sich als der Herr im Lande betrachten könne. «Wir sind», sagte er, «der Staat im Staate, der den gesamten Staat beherrscht. Aber wir brauchen die Leute hier und wollen vor allem kampflos alles herausbekommen, wobei jeder sich dessen bewußt sein muß, daß es uns schwere Mühe und Arbeit kosten würde, den Laden in Ordnung zu bringen. Schon in den nächsten Tagen kann die Aufgabe an uns herantreten, aus der Volksgemeinschaft eine Art Regierung zu bilden, das heißt, alles in unsere eigene Hand zu nehmen. Aber für jeden Fall nicht eigenmächtig vorgehen, sondern sich immer an die gegebenen Weisungen halten.»

Mit den aufgesetzten Telegrammen in der Tasche verblieb Justfan, zufrieden wie schon lange nicht, beim Lichte der elektrischen Lampe allein in seinem Zimmer, nachdem sich alle verabschiedet hatten. Es fiel ihm bei der Lektüre nur auf, daß das Telegramm an den Führer den Namen Adolf Hitler trug. Überrascht teilte er das seiner Frau mit. «Jetzt wird mir vieles klar. Der Führer, von dessen Füßen im Brief in Zusammenhang mit Belgien und Holland gesprochen wird, ist derselbe, dem man bei der

Unterschrift des Briefes ‹Heil› wünscht. Der Herr von Raubnitz hat doch gesagt, daß es jetzt keinen Guten Morgen und keinen Guten Abend mehr gibt, überhaupt nichts Gutes, nur Heil Hitler.»

Frau Justfan seufzte bei dieser Mitteilung sehr auf.

«... und so sind alle untergeordneten Beamten aufzuweisen, dem Deutschen unbedingt und ohne Widerrede Gehorsam zu leisten. Die Beamten sind ferner darauf aufmerksam zu machen, daß jede Widersetzlichkeit gegenüber den Deutschen als eine militärische Insubordination angesehen werden wird.

Für das Innenministerium.»

Einige Wochen früher noch hätte ein solcher Erlaß des Innenministeriums in Bukarest den Subpräfekten Barbarescu ganz aus der Ruhe gebracht. Denn was in diesem Erlaß gesagt wurde, bedeutete nicht nur die Aufhebung seiner absoluten Herrschaft in Sereth, sondern seine Degradierung zu einem willenlosen Werkzeug irgendeines landfremden Deutschen. Jetzt aber, da Barbarescu zu fünfzig Prozent Miteigentümer des Vergnügungslokales Borke und Manisali war, mit der stillen Hoffnung, Manisali ganz aus diesem einträglichen Unternehmen hinauszumanövrieren, berührte ihn dieser Erlaß kaum.

Als er aber dem Deutschen gegenübersaß und dieser ihm Fragen stellte, als wäre er, der Subpräfekt Barbarescu, ein Laufjunge oder gar ein Angeklagter, begann sich in ihm ein Gefühl des Widerwillens zu regen. Ein solches Gefühl empfand er, wenn Silvia ihn allzu sehr erniedrigte, ein Gefühl ohnmächtiger Auflehnung, das er aber nicht zum Ausdruck zu bringen wagte. Er antwortete auf alles mit «Jawohl» und «Zu Befehl». Nach halbstündigem Gespräch sagte der Deutsche: «Was soll da alles Jawohl und zu Befehl, wenn der Bezirk Sereth in der Ablieferung von Vieh und Flachs hinter den anderen Bezirken der Bukowina zurücksteht.»

Barbarescu antwortete: «Herr Kommissar, die Schwierigkeit in diesem Bezirk ist, daß er zu achtzig Prozent aus Ukrainern besteht. Die ukrainischen Bauern sind am widerspenstigsten und stützen sich anscheinend darauf, daß die russische Grenze nicht fern von hier ist. Aber ich werde alles tun, was in meiner Macht steht.»

«Wenn die Ukrainer widerspenstig sind, gibt es Mittel genug, sie zur Vernunft zu bringen. Ihr Bezirk, sagen Sie, besteht zu achtzig Prozent aus Ukrainern. Vergessen Sie nicht, daß der Norden der Bukowina hundert Prozent ukrainisch ist. Weichen wir deswegen zurück? Und was die russische Grenze betrifft ...»

Otto von Raubnitz ertappte sich dabei, daß er daran war, eine Dummheit zu machen, etwas zu sagen, wozu er noch nicht berechtigt war. Er bog das Gespräch rasch nach einer anderen Richtung ab und sagte: «Übrigens übernehme ich jetzt die Durchführung dieser Arbeit allein und ganz auf meine Verantwortung. Was ich von Ihnen verlange, ist nichts anderes, als daß Sie mir für übermorgen mindestens fünfundzwanzig Gendarmen zur Verfügung stellen. Sie werden dann sehen, was deutsche Ordnung vermag. Wir werden hier die ukrainische Frage lösen, Sie können sich darauf verlassen – und alle anderen Fragen dazu.»

«Zu Befehl, Herr Kommissar.»

Als der Deutsche sich erhob und Barbarescu lässig die Fingerspitzen reichte, meldete sein Sekretär ihm eine Delegation der Lehrer und Gerichtsbeamten. Der Deutsche blieb aus Neugier im Büro des Subpräfekten, um zu hören, was die Beamtendelegation verlangte. Als die Delegation, bestehend aus sechs Mann, den Raum betrat, herrschte einen Augenblick lang peinliche Verlegenheit. Barbarescu wußte nicht, wie er sich verhalten sollte, die Delegation ebensowenig. Konnte man denn in Anwesenheit eines Fremden sprechen? Der Deutsche weidete sich an diesem Anblick. Dann sagte er zu Barbarescu in deutsch: «Lassen Sie sich nicht stören, Herr Subpräfekt, wollen mal hören, was die Leute verlangen.»

Barbarescu sagte etwas verlegen: «Sprechen Sie nur, Herr Richter, sprechen Sie nur, Herr Professor. Ich bin ganz Ohr. Der Herr da, darf ich vorstellen, ist der Vertreter des großen deutschen Reiches, der sich lebhaft für unsere Institutionen und Einrichtungen interessiert.»

Dem Führer der Delegation fiel zuerst das Reden schwer. Aber schließlich blieb ihm nichts anderes übrig und er sagte: «Wir kommen in einer sehr delikaten Angelegenheit, die Ihnen, Herr Subpräfekt, nicht unbekannt sein wird. Außer den schon seit Jahren rückständigen Gehältern von sechs Monaten haben wir seit vier Monaten keinen Groschen Gehalt ausbezahlt bekommen. Im Steueramt wird erklärt, daß kein Leu in der Kasse vorhanden ist. Auf Borg bekommt man nichts. Ist es doch heute schwer, für bares Geld etwas zu bekommen, geschweige denn geborgt. Wir können einfach nicht weiter.»

Da mischte sich plötzlich der Deutsche ein: «Wenn ich ein Wort sagen soll, ist mir der Sinn Ihres Verlangens nicht ganz klar. Erstens ist es in einem geordneten Staatswesen üblich, daß Beamte ihre Pflicht erfüllen und ihre Zeit nicht mit Vorsprachen beim Subpräfekten vergeuden. Zweitens stellen Beamte in einem geordneten Staatswesen keine Forderungen, und drittens, wenn Sie für Geld sowieso nichts kaufen können, wie Sie sagen, wozu brauchen Sie es? Wenn Sie als Beamte des Staates hier solche Reden führen, untergraben Sie nicht nur die Währung des Landes, sondern auch die ganze Moral.»

Ein anderer aus der Reihe der Delegation bemerkte: «Wir haben hier Zeit genug, mehr als genug. Die Schulen sind geschlossen. Es ist gar nicht vorauszusehen, ob und wann sie wieder geöffnet werden ...»

«Wenn die Schulen geschlossen sind, wenn Sie nicht arbeiten, wofür verlangen Sie Gehälter? Müßiggang ist aller Laster Anfang. Dann wird es Aufgabe der Behörden sein, Ihnen Arbeit zuzuweisen. Für Nichtstuer ist in dieser Zeit kein Raum vorhanden.»

Er winkte Barbarescu, das Gespräch abzubrechen. Barbarescu aber tat, als hätte er nichts bemerkt. Es war ihm peinlich, daß der Deutsche hier so offen den Herrn spielte und er sagte zu den Beamten: «Ich werde heute noch nach Bukarest dringend schreiben. Unsere Kassen sind in der Tat leer, da seit Jahr und Tag der Bauer keine Steuer mehr zahlt und die Juden verarmt sind.»

Der Deutsche sprach jetzt aufgeregt: «Ob die Juden verarmt sind, wollen wir noch sehen. Mit denen werde ich schon fertig werden. Aber diese Fragen gehen die Herren hier nichts an. Die Unterredung, meine Herren Beamten, ist beendet. Gehen Sie nach Hause und warten Sie weitere Weisungen ab.»

Keiner sprach mehr ein Wort.

Das Läuten aller Kirchenglocken zu so früher Morgenstunde überraschte alle in der Stadt. Es war kaum sechs Uhr morgens. Der Tag vorher war ein katholischer Feiertag gewesen. Jeder aber wußte, daß dieser Freitag, der letzte des Monats Juni, kein Feiertag war. Weswegen läuteten gleichzeitig die Glocken der römisch-katholischen, der griechisch-orientalischen und der griechisch-katholischen Kirche? Teils in Nachtgewändern, teils mit der Decke umhüllt, stürzten die Menschen auf die Straße. Man sah Truppen mit geschulterten Gewehren durcheinander rennen, ohne Ziel und Ordnung. Die zwei Leiterwagen der Feuerwehr waren aus dem Magazin herausgefahren. Die Feuerwehrleute blickten um sich und wußten nicht, wohin. Keiner vermochte eine Antwort zu geben. Da kam der Deutsche, der seit vierzehn Tagen in der Stadt weilte, an der Spitze eines Zuges von Gendarmen von der Richtung der Sereth-Brücke heraufmarschiert. Barbarescu lief ihm entgegen und fragte ganz erschrocken: «Ist es wahr oder sind es nur Gerüchte. Sollen wir abziehen oder das Kommende abwarten?»

«Verfluchte Bande noch einmal», antwortete der Deutsche. «Dreimal mußten wir uns zurückziehen, bis wir in den Dörfern Oprischeni, Pojeni und Stenesti die Bauern zur Vernunft bringen konnten. Wir hatten das Vieh beisammen, dreihundert Bauern als Gefangene, als plötzlich und unerwartet die russischen Abteilungen dastanden.»

«Ist das Krieg? Sollen sich unsere Truppen verteidigen?» fragte Barbarescu.

Als ob er diese Frage nicht gehört hätte, schrie Otto von Raubnitz noch aufgeregter: «Das hätte man sehen sollen, wie dieses ukrainische Bauernpack die Russen begrüßt hat. Und merken Sie sich das, Herr Subpräfekt» – er wandte sich an die Leute, die ihn umstanden, und stierte auf den kleinen Nathan Silberstein, ohne sich klar zu sein, wohin er den

Blick gerichtet hatte, so daß er den barfüßigen Jungen anschrie: «Auch die rumänischen Bauern haben sich nicht besser benommen, das ist die Frucht der Luderwirtschaft, weil man es versäumt hat, hier aufzuräumen. Gestern noch haben sie demütig geklagt, sie hätten nichts mehr! Und heute? Da brachten sie den Russen Brot, Salz und Milch.»

Barbarescu ärgerte sich, daß er wie ein Nichts neben dem kleinen Nathan stand, fand es aber auch wieder gut, daß er nicht selbst so angeschrien wurde. Trotzdem mußte er etwas sagen und tat es in einem kühlen, etwas süßlichen Ton: «Aber was ist jetzt zu tun?»

Raubnitz wandte sich mit so wütendem Blick Barbarescu zu, daß der, um den Zorn von sich abzulenken, sagte: «Hier liegt ein Regiment Infanterie, was sollen die Soldaten tun? Sollen sie kämpfen? Ich könnte auch die Beamtenschaft mobilisieren?»

In diesem Moment hörte man vom Ringplatz militärische Zapfenstreich-Signale und Kommandorufe. Die Soldaten, die bisher wild und ziellos durcheinander gerannt waren, schlugen jetzt die Richtung zum Ringplatz ein. Von dort kam auf einem braunen Pferd der Major als Vertreter des Kommandanten des in Sereth stationierten Regiments angeritten. Sein Pferd drängte sich durch die zusammenströmenden Soldaten und er hielt vor Barbarescu und dem Deutschen. Er griff in seine Seitentasche und reichte Barbarescu ein Telegramm hinunter. Dabei sagte er: «Ich habe aus Bukarest die Weisung bekommen, die Truppen in den Kasernen zu konsignieren. Die Russen kommen nur bis zur Brücke. Die Stadt wird nicht besetzt. Der Sereth-Fluß wird mit dem heutigen Tag die Grenze zwischen Rußland und Rumänien. Die im Norden in den bereits von den Russen besetzten Gebieten stationierten Truppen erhalten freien Abzug, sofern sie nicht aus den besetzten Gebieten stammen. Sie, Herr Subpräfekt, müssen in den nächsten achtundvierzig Stunden Unterkunft und Verpflegung für 6 000 Mann besorgen.»

«Aber Herr Major», schrie Barbarescu verzweifelt, «wo soll ich Brot und Fleisch hernehmen?»

«Fleisch ist nur für die Offiziere notwendig. Dafür genügt schon die Schlachtung von einigen Viehstücken.»

«Ja, aber woher Brot nehmen?»

«Das ist Ihre Sache. Beschlagnahmen Sie alles, was in der Mühle vorhanden, durchsuchen Sie die Läden. Das ist ein Auftrag an Sie und Sie müssen ihn durchführen.» Er änderte plötzlich seinen Gesichtsausdruck und wandte sich höflich an von Raubnitz: «Herr Kommissar, darf ich Sie im Namen der Offiziere einladen, heute Mittag unser Gast zu sein? Es wäre uns eine große Ehre, wenn Sie unsere Einladung annehmen würden.»

Den ganzen Tag herrschte in der Stadt Bewegung. Von der andern Seite kamen Großgrundbesitzer mit vollbeladenen Wagen die Brücke herüber, von dieser Seite gingen Bauern über den Sereth-Fluß den Russen entgegen. Der eine trieb eine Kuh vor sich her, der andere ein paar Schafe. Viele Leute, besonders Juden, sah man, die nur so viel mit sich nahmen, als sie unter dem Arm tragen konnten – vielleicht besaßen sie gar nicht mehr. Erst gegen Abend, als der Deutsche nach einer Beratung mit den Offizieren am Ringplatz erschien, bemerkte er, daß viele Arme der Stadt nach der anderen Seite davonzogen. Er erblickte Barbarescu mitten unter einer großen Menschenmenge stehend und schrie diesen schon von weitem an, wobei er vor Wut seine sonst zur Schau getragene Würde verlor: «Wieso können die Leute da ungehindert über die Brücke? Haben Sie nicht den Befehl gegeben, niemanden hinüber zu lassen?»

Barbarescu schwieg. Der Deutsche holte Atem und sagte etwas ruhiger: «Wer über die Grenze will, ist ein Bolschewik und muß dementsprechend behandelt werden! Die Grenze ist zu schließen.»

Barbarescu sagte ruhig: «Herr Kommissar, ich habe von meiner Regierung noch keine Anweisung über den Verlauf der Grenze erhalten.»

«Ochsenkopf!» schrie Raubnitz und an alle Umstehenden gewendet: «Seht Ihr denn noch immer nicht, was die Stunde geschlagen hat?»

Die Blicke, denen er begegnete, waren eisig. Denn der Ochsenkopf war das Wappen Rumäniens und die Leute verstanden genügend deutsch, um die Beleidigung sofort zu begreifen. Barbarescu öffnete den Mund und sagte langsam: «Es gibt noch keine Grenze.»

«Dann stellen Sie Gendarmen hin!» und da er bemerkte, daß irgendwie keine Logik in dem Befehl war, fügte er rasch hinzu: «Ich werde das übrigens selbst tun!» und im gebrochenen Rumänisch wandte er sich an die Gendarmen: «Marschiert sofort zur Sereth-Brücke! Zwölf Mann zur Fahr- und Gehbrücke! Ihr seid verantwortlich, daß von hier keiner hinübergeht. Aber der Weg von drüben ist frei. Wer kommt, gibt an Namen, Nationalität, Muttersprache. Aber gesperrt ist für Juden – falls einer denkt, herüber zu kommen.»

Der Gendarmeriewachtmeister stellte sich stramm hin: «Herr Kommissar, wie sollen wir es mit dem Eisenbahnzug machen, der abends um neun von drüben kommt. Sollen wir ihn durchlassen oder die Geleise sperren?»

«Die Russen werden keinen Zug mehr hierher schicken, jedenfalls nicht, bevor alles geregelt ist.»

«Aber Herr Kommissar, der Vieruhrnachmittagszug war voll besetzt und ist wie jeden Tag nach Hliboka abgegangen. Dabei hatte der Eisenbahnvorstand angeordnet, daß alle leeren Viehwagen nach drüben mitgenommen werden. Wir hatten nämlich hier auf den Viehtransport gewartet. Und jetzt, wo das nicht mehr geschehen wird, hat er sie hinübergeschickt, damit die Leute reisen können, die aus dem neuen russischen Gebiet nach Rumänien zurück wollen. Dabei sind übrigens alle Eisenbahnbeamten mit hinüber, außer dem Vorstand und dem Schalterbeamten.»

«Ihr Idioten, ihr Ochsenköpfe. Und das habt ihr alles stillschweigend zugelassen? Keine Sekunde kann man euch allein lassen. Ihr Zig…» Er wollte offenbar Zigeuner sagen und verschluckte das Wort in der Mitte. In diesem Augenblick sprang ein junger Student auf den Deutschen zu und versetzte ihm einen Faustschlag. «Wer hat Ihnen das Recht gegeben, das rumänische Volk und sein Wappen unausgesetzt zu beleidigen? Wer hat Sie überhaupt hierher geschickt? Wer sind Sie hier?»

Barbarescu und die Gendarmen wichen entsetzt zurück. Der Deutsche erholte sich von seiner ersten Überraschung, er holte mit der Reitpeitsche aus, die er immer bei sich trug und schlug dem Studenten ins Gesicht, daß das Blut aus Nase und Mund strömte und ihm die Augen aufquollen. «Du Hund», schrie er außer sich vor Wut, «du Zigeuner, weißt du nicht, daß du hier vor einem Abgeordneten des Führers stehst? Euch allen werde ich noch Benehmen beibringen.»

V

Vielleicht der einzige glückliche Mensch in Sereth war jetzt der alte Justfan. Daß er zum Präsidenten der Deutschen Volksgemeinschaft in Sereth ernannt worden war, machte wenig Eindruck auf ihn. Er verstand nicht, um was es sich handelte, verstand die Terminologie nicht, mit der hier umgegangen wurde. Er gehorchte blind, weil er den Eindruck hatte, daß sein Traum von zwanzig Jahren auf die Weise verwirklicht würde, der Traum, wieder bei der Post angestellt zu werden. Und er wurde es. Er wurde es in einem solchen Maße, wie er es nie auch nur zu träumen gewagt hatte. Otto von Raubnitz war abgereist kurz nach dem Ereignis, als die Russen bis zur Sereth-Brücke gekommen waren, und bei der Rückkehr hatte er Justfan die Ernennung zum Postdirektor von Sereth mitgebracht. Die Tatsache, daß Sereth wieder Grenzstadt geworden war, hatte in Justfan Illusionen der Rückkehr in eine längst entschwundene Zeit geweckt, in eine Zeit, als Sereth kaiserlich-königlich-österreichische Grenzstadt gegen Rumänien gewesen war. Damals blühten in der Stadt Schmuggel, Handel und Verkehr, und Justfan hatte unter den fünf Briefträgern den besten Austrags-Bezirk. Während in den ersten Wochen des Erscheinens der Russen jenseits der Sereth-Brücke Otto von Raubnitz und die aus dem russischen Gebiet geflüchteten neuen Mitglieder der Deutschen Volksgemeinschaft unzufrieden schienen, sagte Justfan überall:

«Wir müssen den Russen dankbar sein. Sie haben Sereth wieder zur Grenzstadt gemacht. Jetzt fehlt uns nur noch ein Kaiser und alles wird sein wie einst.»

Eines Tages ließ ihn Otto von Raubnitz rufen und erklärte ihm laut und deutlich, er solle diese Redensarten lassen. Die Stadt schien verödet. Ein Teil der Judenschaft, sowie viele Ukrainer waren zu den Russen übergegangen. Von den sechsunddreißig Dörfern, die zum Bezirke Sereth gehörten, lagen achtundzwanzig am linken Sereth-Ufer und waren jetzt russisch. Waren die Märkte in Sereth schon vorher wenig besucht, so wurden sie jetzt kaum noch abgehalten. Die in der Stadt hatten nichts zu verkaufen, den Bauern nahm man ihre Produkte gegen ihren Willen schon zu Hause ab, und die Grenze mit Rußland war geschlossen.

Das Baden im Sereth-Fluß war nur mit besonderer Erlaubnis des Subpräfekten gestattet. Otto von Raubnitz hatte Verstärkung erhalten. Anfang August waren zwei neue Deutsche in der Stadt aufgetaucht. Der eine, ein schlanker Vierziger mit dunkelblondem Haar, in die Höhe gekämmt, der Aussprache nach ein Bayer. Otto von Raubnitz hatte ihn in der Volksgemeinschaft als Franz Zimmerle vorgestellt. Der andere, untersetzt, beleibt, Mitte Vierzig, mit überhängender Oberlippe und mit blondem Haar. Nach der Art, wie Otto von Raubnitz ihn in der Volksgemeinschaft vorstellte, schien er der im Rang Niedrigere zu sein. Schon am Tage nach ihrem Erscheinen in Sereth erhielten sie im Gebäude der Subpräfektur die drei schönsten Räume zu ihrer Verfügung. Justfan erzählte seiner Frau unter dem Siegel strengster Verschwiegenheit: «Die Gestapo ist da.» Auf die Frage, was denn die Gestapo sei, wußte er keine Antwort. Frau Justfan erzählte es weiter und Justfan selbst vertraute es unter dem Siegel strengster Verschwiegenheit mehreren Personen an. Bald wußte jeder, daß im Gebäude der Subpräfektur ein Schlanker und ein Untersetzter die Gestapo repräsentierten. Nun durfte auch Barbarescu keinen Schein zum Baden im Sereth-Fluß, keine Reiseerlaubnis ausstellen, ohne daß Franz Zimmerle oder sein Gehilfe Hans Kruhle gegenzeichneten.

Als Justfan eines Mittags aus dem Postamt nach Hause kam, strahlte sein noch immer nicht gut rasiertes runzliges Gesicht: «Frau, mir scheint die Wiederkehr der alten Zeit steht doch nahe bevor. Da kommen vielleicht auch bald die Banner wieder und die kaiserlich-königliche Musikkapelle. Heute haben nämlich alle Juden den Befehl erhalten, gelbe Binden auf ihren Röcken um den Bauch zu tragen.»

«Und was hat das mit der Musik zu tun?»

«Mit der Musik noch nichts. Aber unsere hochselige kaiserlich-königliche Monarchie hatte doch die schwarz-gelbe Fahne. Es ist nur eine Schande, daß bisher allein die Juden diese altangestammten Farben tragen. Ich traue mich ja nicht zu reden, weil mir der Kommissar von Raubnitz immer das Wort abschneidet. Er sagt, daß wir hier in einer Lage sind, wo wir vorderhand sehr vorsichtig vorgehen müssen. Gestern Abend sagte er bei der Sitzung: ‹Was Juda betrifft, so werden wir ihn zerschmettern. Was den Bolschewismus betrifft, darf man darüber überhaupt nicht reden und muß alles dem Führer überlassen. Den Rumänen gegenüber muß unsere Taktik die eines Mannes sein, der sich auf die Ecke eines besetzten Stuhles setzt und sich vorsichtig weiterschiebt, bis der andere ganz unten ist und man allein den Stuhl hat.› Wen er mit Juda meint, weiß ich nicht. Denn der Juda Sterlin ist seit einem Jahr tot und Juda Rachmud ist längst schon nach Brasilien ausgewandert. Aber ich hoffe, daß der Führer doch bald gestatten wird, daß wir alle so eine gelbe Binde auf schwarzem Hintergrund tragen. Ich sag dir, mich täuscht das Gefühl nicht. Dieser Tag ist für uns nicht mehr fern.»

«Gebe Gott», sagte seine Frau, die ihm kaum zugehört hatte.

Allmählich belebte sich die Stadt wieder. Der Serether Bahnhof wurde ausgebaut. Zwei neue Straßen wurden von Sereth nach dem Süden gelegt. Man requirierte große Frachtwagen und Pferde bei den Bauern und Juden, die noch welche aus besseren Zeiten besaßen. Täglich kamen Punkt elf Uhr morgens Züge mit Getreide, Mehl und Vieh nach Sereth aus dem Süden und wurden von hier über das russische Gebiet nach Deutschland verladen. Justfan erzählte seiner Frau: «Otto von Raubnitz hat sich gestern sehr aufgeregt. Er hat im Vertrauen erzählt, daß die Russen die Waggons unterwegs lange aufhalten, so daß die Waren oft in beschädigtem Zustande in Deutschland ankommen. Aber man dürfe noch nicht darüber sprechen.»

Außer dem wirklich glücklichen Justfan waren noch Carol Barbarescu und seine Gemahlin Silvia beinahe glücklich. Gewiß, er führte in der Subpräfektur nur mehr ein Schattendasein. Aber sein Nachtlokal blühte wie noch nie zuvor. Die Zahl der Truppen in Sereth war verstärkt worden. Es gab mehr als dreihundert Offiziere aller Waffen, die sein Lokal besuchten.

Auch die geflüchteten deutschen Großgrundbesitzer gehörten zu den häufigen Besuchern. Vom späten Nachmittag bis in die frühen Morgenstunden spielten zwei Musikkapellen im Lokal Borke und Manisali.

Der Sommer verging, der Herbst kam. Der Herbst ging, ohne daß man es merkte, in den Winter über. Tiefer Schnee lag auf den Straßen. Die Juden mußten Schnee schaufeln, die Chausseen für den Autoverkehr freihalten. Aus Transsilvanien begann man Flüchtlinge nach Sereth zu bringen und sie in jüdischen Wohnungen einzuquartieren. Justfan, der einen tiefen Haß gegen die Rumänen empfand, seitdem sie ihn vor zwanzig Jahren aus der Post entfernt hatten, erzählte seiner Frau mit Genugtuung: «Auf Befehl des Führers hat man Rumänien Transsilvanien abgenommen und den Ungarn gegeben. Ich hätte es zwar lieber gesehen, wenn man daraus wieder eine schwarzgelbe Monarchie, wie wir sie einmal hatten, gemacht hätte. Aber ich glaube, das kommt noch. Jetzt bringt man auch diese daher, die vor den Ungarn geflüchtet sind. Sollen sie auch mal sehen, wie es ist, wenn man als Flüchtling leben muß. Früher haben sie die Juden gejagt und sie staatenlos gemacht. Jetzt erleben sie es selbst. Mit dem Führer ist nicht zu spaßen.»

Es kamen mehrere hundert Flüchtlinge nach Sereth und sie wurden in der jüdischen Volksküche einquartiert. Die meisten von ihnen befanden sich in einem elenden Zustand. Es waren Rechtsanwälte, Lehrer, Beamte aller Art und Kleinkaufleute, die über die Grausamkeiten der Ungarn berichteten. Da waren auch Emigranten deutscher Sprache. Die waren aus den Gebieten gekommen, die von den Russen besetzt worden waren. Aber sie wollten nichts mit den rumänisch sprechenden Flüchtlingen zu tun haben. Sie waren wohlgenährt, gut gekleidet und hatten reichlich Geld. Jeden Nachmittag wollten sie zur Jause ausgehen und schimpften laut, daß es in Sereth nicht einmal ein anständiges Café gäbe.

Die Rumänen aber waren froh, wenn sie am Morgen einen Tee und eine Wassersuppe zum Mittag hatten. Und schämten sich, mit ihren abgetragenen Kleidern und zerrissenen Schuhen auf die Straße zu gehen. Sie saßen vergrämt in der kahlen Volksküche, wo Wäsche zum Trocknen hing, Kinder schrien und die Frauen von ihren Sorgen sprachen. So entwickelte sich eine Kluft des Hasses zwischen den anmaßenden Deutschen und diesen Armen, die zum Teil nur in dem einen Ideal gelebt hatten, daß ihre Kinder einmal in einem Rumänien arbeiten sollten, wo man nicht mehr auf Korruption angewiesen wäre.

Und da kam auch noch eines Tages ein Befehl der Gestapo, daß die Flüchtlinge aus Transsilvanien arbeiten müßten. Sie sollten auf dem Bahnhof ein- und ausladen, – in schwarzen Anzügen, ihren einzigen! Dafür sollten sie sechshundert Lei monatlich bekommen. In deutsches Geld umgerechnet waren das zehn Mark oder vier amerikanische Dollar nach offiziellem Kurs.

Da zeigten sich auf den Wänden Plakate, die die Deutschen zu einer großen Silvesterfeier riefen, im Festsaal des Hotels Hammerhof. Allerhand Belustigungen wurden angekündigt und ein Festmahl mit deutschem Pfannkuchen und deutschem Schaumwein. Einlaß samt Gedeck sechshundert Lei. Diese Plakate, die am 29. Dezember angebracht wurden, trugen viel zur Aufreizung der Stimmung bei. Als am 31. Dezember unter den großen Plakaten kleine Handzettel erschienen, sammelten sich große Menschenmassen. Sie standen da, die Hände in die Taschen gesteckt, denn es war bitter kalt, und lasen: «RUMÄNEN DÜRFEN ALS NEUJAHRSGABE DES FÜHRERS AN DIE RUMÄNISCHE BEVÖLKERUNG VON SERETH AM MORGEN DES ERSTEN JANUAR NACH VOLLENDETEM DEUTSCHEN FEST DIE ABFÄLLE AUFKLAUBEN.»

Man wunderte sich, wieso diese Zettel stundenlang hingen. Hatte es denn niemand von den Behörden bemerkt? Viele der Beamten hatten es gemerkt und wollten es nicht gesehen haben. Der rumänische Gendarm, der am Ringplatz Wache hielt, erinnerte sich plötzlich, daß gestern ein Hund von der andern Seite des Sereth-Flusses, das heißt von russischer Seite, herübergelaufen kam. Er ging zur Wachstube und meldete es.

Der Wachtmeister gähnte, nahm eine Prise Schnupftabak, zwinkerte mit den Augen und fragte: «Na und?»

«Ja, Herr Wachtmeister, gestern habe ich mir ja auch nichts dabei gedacht. Aber heute plötzlich sagte ich mir, wenn so ein Hund von der bolschewistischen Seite kommt ...» «Eine ernste Angelegenheit», sagte der Wachtmeister. Und während sie so sprachen, drangen von draußen Lärm und Geschimpfe an ihre Ohren. Der Wachtmeister lief mit dem Gendarmen hinaus und bemerkte die Klebezettel. Er rannte sofort zur Gestapo und meldete den Vorfall. Franz Zimmerle fragte: «Haben Sie die Zettel abgerissen?»

«Nein, Herr Kommissar, ohne jede Erlaubnis?»

Franz Zimmerle und sein Assistent Hans Kruhle hatten Erfahrung in solchen Dingen noch aus Deutschland. Sie liefen in die Druckerei, die sich noch im Besitze des Juden Bernhard Setzer befand. Sie durchstöberten die Druckerei, kontrollierten genau alle Typen und mußten feststellen, daß die kleinen Handzettel nicht hier angefertigt worden waren. Man riet herum, wer der Verfasser dieser Antinazi-Flugzettel sein könnte. Es gab zwei Möglichkeiten: Die Kommunisten, deren Existenz in der Stadt Franz Zimmerle ahnte. Aber er hatte bisher noch keine Spur feststellen können. Oder die Eiserne Garde. Das war eine nationalistische Organisation, zumeist aus Studenten bestehend, durchs ganze Land verbreitet. Sie standen auf demselben Boden wie die Nazis. Seit dem Einmarsch der Deutschen ins Land, seit der Abtrennung Transsilvaniens von Rumänien, auf Befehl des Führers, geriet die Eiserne Garde in immer schärferen Gegensatz zu den Nazis und zu der deutschen Besatzung. Franz Zimmerle wußte, daß die kleine Gruppe der Eisernen Garde in Sereth unter den transsilvanischen Emigranten einen Anhang besaß.

Die Abendstunden des Silvester waren herangebrochen. Zu Ehren des Abends brannten in der Stadt die beiden elektrischen Bogenlampen, die das Licht bis auf die andere Seite der Brücke hinüberstrahlten, so daß man gerade in dieser Nacht die rote Fahne mit Hammer und Sichel drüben sehen konnte. Vor dem Gemeindehaus hatten sich große Massen von Emigranten und rumänischen Studenten angesammelt. Gegenüber, auf der andern Seite des Ringplatzes, am Eingang zum Hotel Hammerhof, kamen bereits die ersten Festgäste an: Frack, Smoking, Zylinder, Abendtoilette. In seinem Büro saß Franz Zimmerle und beriet mit seinem Assistenten und mit Carol Barbarescu: «Es darf unter keinen Umständen auf diesem Boden zu Zusammenstößen kommen, so lange fünf Minuten von uns entfernt eine fremde Armee steht.» Man kam überein, die Führung der Eisernen Garde und einige der transsilvanischen Emigranten, die sich besonders hervorgetan hatten, in Schutzhaft zu nehmen.

Schon morgens hatte man fünf Juden aus den Wohnungen geholt. Sie waren alle Familienväter. Ihr Alter war zwischen dreißig und sechzig. Geholt wurden sie von zwei rumänischen Gendarmen. Es gab in den Wohnungen schreckliche Szenen. Die Familienmitglieder und der Präsident der Jüdischen Gemeinde, Abraham Prager, liefen zum Subpräfekten Barbarescu, weinten und flehten. Er zog die Schultern hoch und erklärte, er wäre machtlos. «Im übrigen», sagte er, «besteht für die Leute gar keine Gefahr. Der deutsche Kommissar hat die Juden nur holen lassen, damit sie an einem für den heutigen Abend vorgesehenen Festspiel als Artisten mitwirken. Ihr könnt ja versuchen, beim deutschen Kommissar, dem Herrn Franz Zimmerle, vorzusprechen.»

Als die Führer der Jüdischen Gemeinde bei Zimmerle vorsprechen wollten, ließ er ihnen sagen, er empfange keine Juden.

Der Festsaal des Hotels Hammerhof war bis auf den letzten Platz gefüllt. Von den Rumänen waren nur Carol Barbarescu und Gemahlin sowie der Bürgermeister Dr. Patras als Ehrengäste geladen und zugelassen. Alle anderen waren Deutsche. Denn es handelte sich hier um ein deutsches Neujahrsfest. Das Festspiel, das den Abend einleiten sollte, war, wie es auf den Plakaten und im Programm hieß, ein symbolisch-historisch zukunftverkündendes. Als sein Verfasser war Otto von Raubnitz angegeben. Es führte den Titel: Germania bannt den Fluch der Welt.

Der alte Justfan hatte sich schon den ganzen Tag auf den Abend gefreut. Im Kino war er schon mehrere Male gewesen, aber trotz seines Alters wußte er vom Theater nur vom Hörensagen. Gewiß, vor dem Ersten Weltkrieg, als er noch kaiserlich-königlicher Briefträger war, kamen oft Schauspielertruppen nach Sereth. Aber Frau Justfan erlaubte nicht, für solche Dinge gutes, bares, schwerverdientes Geld auszugeben. Heute nun sollte er selbst im Theater mitspielen als alter Vandale.

Der Vorhang ging auf. Eine blaue Decke im Hintergrund der Bühne symbolisierte das Schwarze Meer, und damit die Phantasie der Zuschauer nicht allzu sehr angestrengt würde, hatte man mit weißen Buchstaben Schwarzes Meer draufgeschrieben. Bewaffnet mit Bogen und Spieß marschierten die Vandalen ein. Justfan trug die Standarte, auf der geschrieben stand: Wir sind die unbesiegbaren Vandalen. Und der Zug von zehn sang «Deutschland, Deutschland über alles.» Dieses Lied hatte man länger als eine Woche mit Justfan eingeübt. Aber die Melodie von «Deutschland, Deutschland über alles» ist dieselbe wie die der früheren Habsburger Hymne, die Justfan schon als kleines Kind in der Schule und später bei jedem Anlaß als kaiserlich-königlicher Briefträger zu singen pflegte.

Während die andern jetzt auf der Bühne den Text des Deutschland-Liedes sangen, übertönte Justfans Stimme alle andern mit den Worten: Ewig bleibt mit Habsburgs Krone Österreichs Geschick vereint.

Otto von Raubnitz als Regisseur hinter der Bühne biß die Lippen zusammen und konnte nichts machen. Polternd marschierten die Vandalen vom Schwarzen Meer nordwärts hinaus. Es gab eine kleine Verzögerung, und man hörte ein wütendes Flüstern hinter der Bühne. Dann traten scheu fünf Juden herein, dieselben fünf, die heute morgen verhaftet worden waren. Der eine von ihnen, ein Mann nahe den Sechzigern, mit langem Kaftan und wallendem weißen Bart, trug ein Plakat mit großen Buchstaben in der Rechten und ein Kreuz in der Linken. Er hielt dem Führer der Vandalen das Kreuz entgegen und sagte langsam und traurig: «Keinen Schritt weiter. Siehst du denn nicht auf meiner Standarte geschrieben, daß ich Paulus von Tarsus bin, der Apostel Judas, der ausgesandt wurde von den Weisen von Zion, um unter der Maske eines Neojudentums, genannt Christentum, die Welt zu unterwerfen? Das ist heute mein Symbol. Früher hatten wir den Davidstern, jetzt das Kreuz. So arbeiten wir unter zwei verschiedenen Firmen. Eure Siege sind zunichte, Eure Waffen bedeutungslos gegenüber meiner Demagogie. Das Kreuz wird die Welt unterwerfen, Germania an unserm Willen zerschellen. Auf die Knie, Vandale. Beugt euch vor dem Kreuz, anerkennt Judas Weltansprüche.»

Die Vandalen fielen auf die Knie und küßten das Kreuz. Und da begannen die Juden zu tanzen, ungeschickt in ihren alten, breitgelatschten Schuhen, und mußten dazu noch singen: «Mir dienen Völker, mir beugen sich Nationen, ich bin der Löwe von Juda, bin der Beherrscher der Welt.»

Das ging fast tonlos aus. Und sie blieben stehen, außer Atem und schienen nicht zu wissen, was sie jetzt noch tun sollten. Da wurde die Bühne dunkel.

Als das Licht wieder anging, stand da Raubnitz im dunklen Anzug und einer weißen Chrysantheme im Knopfloch. Man klatschte und er verbeugte sich geschmeichelt.

Zweite Szene. Wieder kamen die Vandalen und zeigten ein Plakat, auf dem man las: «Heute gehört uns Deutschland und morgen die ganze Welt.» Nochmals wurden die fünf Juden hereingeschoben und schrien mit leisen Stimmen und etwas durcheinander: «Halt, keinen Schritt weiter.» Aber die Vandalen bewegten sich auch gar nicht und die Juden ebenso wenig, bis sie plötzlich etwas zu schreien begannen. Es war sehr schwer zu verstehen, das sollte wohl den Eindruck des Wüsten machen. Immerhin hörte man Humanität, Demokratie und Zivilisation heraus.

Ebenso unvermittelt wie sie angefangen hatten, hörten sie wieder auf, und alles stand steif da. Was soll das eigentlich? fragte sich Barbarescu, ein sehr genialer Bühnendichter ist ja der Raubfritze nicht.

Aber da ging das Spiel plötzlich weiter Hitler mit Charlie Chaplin-Bärtchen und wenig guter Haltung trat von links herein und deklamierte: «Deutschland erwache! Zu Ende ist der Spuk – Unsere Stunde hat geschlagen! – Die Weltgeschichte wird umgeschrieben! – Dem Starken gehört die Erde!» Genial, dachte Barbarescu und machte ein undurchdringliches Gesicht. «Das Hakenkreuz», wurde weiter deklamiert, «ist für die nächsten zehntausend Jahre das Symbol der Welt und von da an immer!»

Die Juden hatten ängstlich zu Hitler hinübergesehen. Da knallte ein Pistolenschuß. Hitler selbst erschrak. Der Alte machte den Mund auf und griff sich an den Arm.

Schüsse!

«Die schießen wirklich», schrie eine Frau und zeigte auf die Vandalen.

Einige waren aufgesprungen. Schreie.

Ein Vandale hatte den Alten am Bart und schoß ihm mitten ins Gesicht.

Unterdessen war draußen in der kalten Nacht etwas ganz anderes geschehen. Vor dem Hotel Hammerhof standen sechs Gendarmen und stampften sich im knirschenden Schnee die Füße warm. Sie hatten strengste Anweisung, keinen Rumänen in das Hotel zu lassen, und langweilten sich. Drüben, jenseits der Brücke war ein grelles Licht aufgeflammt. Man montierte dort einen Lautsprecher an. Bald mußte die Übertragung der großen Neujahrsrede aus Moskau beginnen. Aber diesseits der Brücke, in Sereth, war es still wie meistens, und nur in der Ferne hörte man eine Art Trommel. Das kam von dem Umzug der Kürschner. Jede Silvesternacht hatte es den gegeben. Schon die Urgroßväter hatten sich zu viert vor einen Schlitten gespannt und waren durch die Stadt gezogen. Und so war es noch. Auf den Schlitten war ein oben ausgeschnittenes Faß gebunden. Voraus trug man ein Plakat, auf dem in rumänischer Sprache geschrieben stand: Das Jahr 1940 bittet um ein milde Gabe für das Jahr 1941. Der Schlitten kam die abschüssige Suczawaer Straße herunter. Vor jedem Haus blieb das Gefährt stehen, und überall gab man ihnen etwas Zucker und Weizenkörner.

Der Zug wuchs immer mehr an. Und unterwegs erfuhr man von den Verhaftungen einiger Studenten, des Führers der transsilvanischen Emigranten und einiger Mitglieder der Eisernen Garde. Man befand sich schon nicht weit vom Ringplatz. In allen Sprachen wurde durcheinander gesprochen. Das aufreizende Fest im Hammerhof, das Fortschleppen der fünf Juden, alles steigerte den Haß, selbst bei denen, die noch der Judenhetze glaubten. Jetzt kam auch eine Frau mit zwei halbwüchsigen Kindern aus einem niedrigen Hause gestürzt und schrie auf rumänisch mit jüdischen Worten dazwischen: «Helfen Sie mir, vielleicht können Sie es erreichen.» Sie redete so hastig und verwirrt, daß man zunächst gar nicht wußte, was sie wollte. Man sah nur, daß ihre Kinder barfuß im Schnee herumliefen und vor Aufregung und Kummer die Kälte gar nicht zu bemerken schienen.

Man umringte die Familie und der alte Arzt, Dr. Klodnitzki, fragte in begütigendem Tone: «Nun, Frau Kahane, was ist denn?»

Sie riß die Augen auf, und hob beide Hände: «Mein Mann! Sie haben ihn in den Hammerhof geschleppt!»

«Wir gehen zum Hammerhof», sagte jemand laut.

Vielen war bange zumute. Aber sie gingen hinter dem Schlitten weiter, jetzt ganz stumm. Nirgends hielt der Umzug mehr, um Süßigkeiten zu erhalten.

Als sich der Schlitten dem Hammerhof näherte, stellten sich die sechs Gendarmen in eine Reihe vor den Eingang.

»Wer hat da geschossen?», schrie jemand.

Die vielen Leute drängten sich zu beiden Seiten des Schlittens vor.

Die Gendarmen hoben die Karabiner: «Zurück, oder es wird geschossen.»

Aber die Menge ließ sich nicht mehr aufhalten.

Die Gendarmen legten an und schossen.

Das gab einen Augenblick Durcheinander. Mehrere im Zug waren getroffen worden. Aber dann sprangen die Leute vor, rissen den Gendarmen die Karabiner aus den Händen und wollten in das Hotel, als Franz Zimmerle heraustrat und auf rumänisch schrie: «Zurück!» Aber bevor er den Revolver aus der Tasche hatte, bekam er einen Kolbenstoß vor die Brust und fiel seitlich gegen die Wand. Die Menge stürmte hinein.

«Lampen ausschlagen»! rief es.

Im Nu war es stockfinster. Schreie, dumpfe Schläge, Wimmern.

Als die Soldaten vor dem Hammerhof erschienen, konnten sie nur noch einige Personen festnehmen, die bestimmt nicht die Erstürmer des Hammerhofes waren. Die rumänischen Offiziere hatten auch kein großes Interesse daran, Schuldige zu finden. Unter ihnen gab es eine ganze Reihe Mitglieder der Eisernen Garde. So standen sie herum, beobachteten die Vorgänge auf der andern Seite der Brücke. Man hatte dort eben gesungen. Dann hörte man die gewaltige rauhe Lautsprecherstimme in moldawischer Sprache. «Das Jahr 1940 ist zu Ende. Ein neues Jahr hat begonnen. Es soll ein Jahr des Aufbaus und des Friedens werden. Ein Jahr …»

VI

Simjon Straub, der Brauereiarbeiter, hatte manchmal das Gefühl, daß er einfach nicht weiter könne. Als er seinerzeit, es war jetzt ein Jahr her, vom Abgesandten der Landesleitung den Auftrag erhalten hatte, der zu gründenden deutschen Volksgemeinschaft beizutreten, machte er sich keine Vorstellungen von den Schwierigkeiten der Aufgabe. Niemals in seinem Leben war er Schwierigkeiten ausgewichen oder gar vor ihnen zurückgeschreckt. Seit seinem elften Lebensjahr stand er im Berufsleben. Der Vater hatte als Müller nicht genug verdient, um die Familie zu ernähren. Noch bevor er die Volksschule ganz beendet hatte, kam er in die Beil'sche Brauerei als Lehrling. Gelernt hatte er in den ersten Jahren nichts. Jeder ritt auf ihm herum, er war jedem untertan, dem Chef wie dem Arbeiter, arbeitete 14 Stunden am Tag und wußte kaum von einer Jugend. Zwei Wochen war er verheiratet, als der Weltkrieg ausbrach. Er kämpfte gegen Serbien, kämpfte gegen Rußland, geriet in Kriegsgefangenschaft, durchwanderte als Kriegsgefangener das ganze europäische Rußland, kam während eines schweren, kalten Winters in Kriegsgefangenenbaracken nach Sibirien, litt Hunger und Kälte. Viele seiner Mitgefangenen waren während des Marsches auf der Strecke geblieben, so mancher ging in den Baracken zugrunde. Er hatte eine zähe Natur, trotzte Strapazen, Hunger und Kälte. Als zu Beginn des Jahres 1918 die Kriegsgefangenenlager geöffnet wurden und gleichzeitig von der neuen Regierung in Moskau der Ruf an die Kriegsgefangenen erging, sich der Revolution zur Verfügung zu stellen, war er einer der ersten, der sich meldete. Er kämpfte gegen Koltschak, überlebte den Zusammenbruch der Internationalen Brigaden in Sibirien, kämpfte später in Südrußland gegen Denikin, Wrangel, und als er von Sehnsucht nach seiner Frau gepackt, aus Rußland nach Sereth zurückkehrte, war seine Frau nicht mehr unter den Lebenden. Er wollte wieder nach Rußland zurück, hatte aber von der Organisation, der er nunmehr angehörte, den Auftrag erhalten, den alten

Posten in der Serether Brauerei wieder aufzunehmen und dort eine illegale Organisation aufzuziehen. Die Lage war eine schwierige gewesen. Für solche Arbeit wurde man ohne Gerichtsurteil erschlagen. Das schreckte ihn nicht.

In seiner zweiten Frau, einer Ukrainerin aus Sereth, hatte er eine Freundin und Mitkämpferin gefunden. Aber nach einigen Jahren glücklichen Zusammenlebens wurde er zum zweiten Mal vom Unglück betroffen, Witwer zu werden. Seine engeren Mitarbeiter, sowie die Leitung in der Landeshauptstadt hatten das vollste Vertrauen zu ihm und schätzten seine Leistungen. Aber in einer so schwierigen Lage wie jetzt, oft der Verzweiflung nahe, hatte er sich noch nie befunden. Er war Leiter der illegalen Gruppe, die ihr Zentrum in der Brauerei selbst hatte. Von den fünfzehn, die die Gruppe umfaßte, kannten ihn nur vier persönlich. Nun war er seit fast einem Jahr Sekretär der Naziorganisation, der deutschen Volksgemeinschaft. Es war ihm gelungen, das Vertrauen der führenden drei Abgesandten Hitlers, Otto von Raubnitz, Franz Zimmerle und Hans Kruhle so weit zu gewinnen, daß man ihn zu den engsten und vertraulichsten Beratungen heranzog. Das war ohne Zweifel ein Erfolg. Er konnte der Leitung über alles berichten. Man bekam Kenntnis von Aktionen, die der Feind plante, von Schlägen, die er zu führen beabsichtigte. Aber? Ja, dieses ABER quälte ihn immer und immer wieder. Er hatte sich während dieser Zeit den Haß und die Verachtung des größten Teiles seiner Kollegen im Betrieb zugezogen. Juden, Rumänen, Flüchtlinge und Einheimische in der Stadt gingen ihm aus dem Wege. Man hielt ihn für einen, der zur Gestapo übergegangen war. Das wäre noch nicht das Schlimmste gewesen, obwohl schwer genug. Aber wo war die Grenze? Machte er sich nicht an allen Verbrechen direkt mitschuldig? Er konnte sich doch jetzt nicht die Silvesternacht aus dem Gedächtnis wischen – als kalten Blutes, nur um des Spieles willen, fünf Juden auf der Bühne erschossen wurden, dann unter den Rumänen ein Blutbad angerichtet wurde. Nun stand er als Mitbeteiligter da, machtlos, ohne auch nur das Geringste abwenden zu können.

Diese Gedanken bemächtigten sich seiner besonders stark an diesem

Abend des ersten Junitages 1941, da er als Sekretär der Volksgemeinschaft gemeinsam mit den drei Sendlingen Hitlers und zwei deutschen Großgrundbesitzern über eine Liste der jüdischen Einwohner von Sereth gebeugt saß. Ein Massentodesurteil sollte an diesem Abend ausgesprochen werden. Der Auftrag des Kommandos Südost der deutschen Armee lautete: Wer von der jüdischen Bevölkerung nicht unmittelbar für Hilfsarbeit, für die Ziele des Führers in Betracht kommt, ist als überflüssiger Ballast aus dem Wege zu räumen.

Otto von Raubnitz verlas die Liste, als handele es sich um eine Warenbestandsaufnahme in einem Magazin. Das ging der Reihe nach folgendermaßen: Mutter, Vater und sechs Kinder, neben dem Namen stand die Anmerkung des Stadtarztes: Für Schützengrabenaufwerfen Eltern und vier erwachsene Kinder vorderhand geeignet. Bei anderen waren die Anmerkungen: Kränklich, kaum für schwere Arbeit verwendbar. Bei den Geeigneten wurde ein Strich, bei den Nichtgeeigneten ein Kreuz gemacht. Es wurde ferner beschlossen, Chaskel Wagner, der der einzige Schmied der Stadt war, sowie einen Schuster, einen Klempner und einen Schneider am Leben zu lassen. Bei den Kürschnern bemerkte Hans Kruhle: «Ich glaube nicht, daß wir hier jemanden von den Juden schonen brauchen, da in diesem Handwerk Rumänen sehr stark vertreten sind.»

Otto von Raubnitz war der Meinung, daß man alle die, bei denen ein Kreuz gesetzt wurde, an einem der nächsten Tage aus den Wohnungen herausholen, sie auf die Wiese führen und durch ein Maschinengewehr erledigen sollte. Hans Kruhle sprach sich dagegen aus: Solange noch die russische Armee auf der andern Seite des Flusses stehe, dürfe man hier mit keinem Maschinengewehr hantieren. Den Weisungen gemäß dürfe man nichts unternehmen, was die andere Seite provoziere, bevor der Befehl des Führers zum Handeln da wäre. Man müßte es überhaupt für die nächsten Wochen vermeiden, Spannungen hervorzurufen. Er hielte es daher für richtiger, den Juden zu sagen, daß man für sie Arbeit und Wohnplätze in der Nähe des Schwarzen Meeres reserviert hätte. Sie müßten den Eindruck haben, daß man sie wohl aus ihrer Heimat entferne, aber immerhin verschone und ihnen noch Lebensmöglichkeiten gebe. Er würde diese Aufgabe übernehmen. Er fühlte sich dafür geeignet mit den Leuten streng, aber sehr freundlich zu sprechen. «Und wenn man sie dann erst mit Frauen und Kindern in Waggons oder Lastwagen verfrachtet hat, könnte man sie unterwegs ohne Schwierigkeiten umbringen. Die Arbeitsfähigen dagegen müssen im Laufe der nächsten Tage herausgezogen und dem Kommando Radautz für Befestigungsarbeiten zur Verfügung gestellt werden.»

Simjon Straub verließ die Sitzung mit einem schweren Kopf. Ihm war es, als bewegten sich Sereth und Umgebung, ja die ganze Welt um ihn. Dabei mußte er alle seine Kräfte zusammenreißen, um es die andern nicht merken zu lassen. Otto von Raubnitz wollte ihn überreden, für diesen Abend mit den übrigen als sein Gast ins Vergnügungslokal Borke und Manisali zu kommen.

«Da sich sicher unter den jüdischen Mädchen viele finden werden» – sagte er – «die wir dem Vergnügungslokal schenken können, ist es notwendig, daß Sie sich auch das Lokal von der Nähe ansehen. Keuschheit, lieber Volksgenosse, gehört einer vergangenen Zeit an und ist bei Ihnen um so weniger angebracht, als Sie Witwer sind!»

Wieder einmal mußte Simjon alle Kräfte zusammenreißen, um nicht über diese widerlichen Fratzen, über diese kalten Mörder herzufallen. Er schützte Müdigkeit vor. Ein Stück des Wegs gingen sie gemeinsam, da seine Wohnung sich nicht weit vom Vergnügungslokal befand. Sie gingen die Straße hinunter, die entlang des jüdischen Friedhofs zum schönen Wäldchen von Verpuli führte. Die Akazienbäume dufteten. Vom Sereth-Fluß her drang das Quaken der Frösche an sein Ohr. So tiefer Frühlingsfriede herrschte.

Selbstzufrieden, lustgierig schritten neben ihm fünf Menschen, die soeben kalten Blutes, ohne mit der Wimper zu zucken, ein Todesurteil über Tausende Unschuldige gefällt hatten. Noch am Nachmittag, als er zur Sitzung ging, hatte er an der Ecke der Stefanstraße eine Gruppe jüdischer Kinder spielen sehen. Sie sollten nun abgeschlachtet werden. Als er sich jetzt von seinen ‹Volksgenossen› trennte, kam ein Jude an ihm vorbeigeschlichen; er war kaum fünf Schritte von den andern entfernt. Warnen?

Ein Wort sagen? – das durfte er nicht, ohne sich zu verraten. Für Juden galt seit der Silvesternacht der verschärfte Belagerungszustand. Nach sechs Uhr abends durfte keiner ohne Erlaubnis die Wohnung verlassen. Der Jude blieb stehen, um sich zu entschuldigen. Die andern kamen wieder hinzu. «Mein Kind ist krank» – sagte der Jude. «Es hat hohes Fieber, ich muß zum Arzt.»

Die andern spuckten ihm ins Gesicht, wandten sich um und gingen rechts ins Vergnügungslokal. Auch er, Simjon schritt weiter. Seine Beine waren ihm schwer wie Blei, ihm war, als wollten sie ihn nicht mehr tragen. Da läuft ein Vater, spät nachts, von Angst um sein krankes fieberndes Kind befallen, nicht ahnend, daß der Henker das Beil bereits schärft, daß das Todesurteil gefällt ist. Und er, Simjon, ein Mensch, der sein ganzes Leben lang für etwas Besseres gekämpft hat? Er redet sich vielleicht ein, daß er schon etwas getan hätte, wenn er mit den andern nicht ins Bordell gegangen ist. Er geht jetzt nach Hause, sein Abendbrot einnehmen, sich schlafen legen und ruhig das Kommende abwarten. Nein, er kann nicht. Er kann einfach nicht weiter. Wenn doch der Abgesandte der Leitung, der von Zeit zu Zeit mit ihm Verbindung hielt, der Mann mit dem klaren Blick, der stets auf jede schwierige Frage eine Antwort wußte, wenn er doch da wäre! Nein, es mußte gehandelt werden. Und doch, er durfte keinen unbesonnenen Schritt machen. Was tun? Von der Kirchturmuhr schlug es zwölf. Es war Mitternacht, eine sternenvolle klare Nacht. Da kam ihm der Nachbarsjunge Petruschka, ein siebzehnjähriger Junge, über den Weg gerannt. Der Vater Petruschkas war ebenfalls Brauereiarbeiter, soviel Simjon wußte, nicht organisiert, vielleicht gar wie viele der Brauereiarbeiter politisch vollkommen uninteressiert. Aber – in solchen Augenblicken arbeitet der Gedanke rasch – es fiel ihm jetzt ein, daß der Vater Petruschkas zu denen gehörte, die ihm in letzter Zeit aus dem Wege gingen. Das war ein gutes Zeichen.

Bevor sich Simjon Rechenschaft darüber gab, was er tat, hielt er Petruschka an. Der hochaufgeschossene blauäugige Junge mit hellblondem Haar blieb stehen und blickte ihn fragend an. Erst jetzt wurde ihm klar, daß er, ohne sich dessen bewußt gewesen zu sein, den Jungen gefragt hatte: «Wo treibst du dich eigentlich so spät nachts herum?» Das war eine Frage, geeignet, den Jungen mißtrauisch zu machen. Aber der Junge stand, blickte gar nicht mißtrauisch, sondern wartete auf eine Frage oder gar auf eine Mitteilung. Ihm, Simjon, war es jetzt, als wollte er sprechen und könnte nicht.

Und da geschah etwas Merkwürdiges, für ihn Unerwartetes. Der Junge sagte: «Ich komme von Chaskel Wagner.»

Der jüdische Schmied Chaskel Wagner gehörte zur engeren Gruppe von Simjon. Ebenso wie er genoß auch Chaskel Wagner das volle Vertrauen der Leitung. Infolge der seit einem Jahr hier herrschenden Verhältnisse konnte Simjon mit Chaskel Wagner nicht öffentlich verkehren. Chaskel erhielt seine direkten Weisungen. Er galt als der geeignetste Mann für Massenarbeit, denn als Schmied verkehrten bei ihm sehr viele Bauern, ohne daß es Aufsehen erregte. Aus Vorsichtsgründen durfte aber keiner der engeren Gruppe Simjon mit dem Schmied in Verbindung bringen. Und jetzt lief ihm dieser Junge in den Weg und nannte plötzlich den Namen Chaskel Wagner.

Simjon war verwirrt und verlegen. Durfte er eine solche Weisung übergehen? Eine andere Stimme sagte ihm: «Du darfst nicht nur, du mußt es. Weisungen gelten für eine bestimmte Situation. Man erwartet von dir, jawohl man erwartet von dir, daß du in der Arbeit die Fähigkeit hast, eine Lage abzuschätzen und im Augenblick selbst Entscheidungen zu treffen.» Er sagte zum Jungen: «Deine Eltern schlafen wohl?»

«Jawohl» – antwortete der Junge, ohne über die Frage erstaunt zu sein.

Jetzt erst erinnerte sich Simjon, gehört zu haben, daß Petruschka mit der Tochter Chaskel Wagners, der sechzehnjährigen Rebekka, befreundet sein sollte. Er dachte: Ohne Zweifel wird ihm Chaskel Wagner gesagt haben, daß mit ihm, Simjon, alles in Ordnung war, wenn auch der äußere Schein trüge. Er fragte: «Hat dir Chaskel Wagner über mich was gesagt?»

«Ja, er sagte mir, daß er Sie sprechen müsse und ich soll Sie fragen – ich wollte morgen deswegen zu Ihnen kommen und Sie unauffällig fragen –, ob Sie eine Möglichkeit wissen, wann und wo Sie Chaskel treffen können, ohne daß es jemand bemerkt.»

Simjon zweifelte nicht an der Aufrichtigkeit des Jungen und antwortete: «Hör mal, ich weiß nicht, wie du zu Chaskel stehst, aber du machst den Eindruck eines guten, aufrichtigen Menschen. Von dem, was ich dir jetzt sage, hängt nicht nur mein Leben ab, sondern das Schicksal von Hunderten und Tausenden Menschen. Du bist erwachsen. Wenn ich mich genau erinnere, dürftest du siebzehn Jahre alt sein. Du wirst den Ernst meiner Mitteilung begreifen. Sage Chaskel: «Ich kann ihn im Augenblick nicht treffen. Das ist nicht in unserem Interesse. Sage ihm spätestens morgen früh, daß über die Juden von Sereth das Todesurteil gesprochen wurde, daß jeder Versuch, durch Barbarescu und durch rumänische Behörden Abhilfe zu schaffen, zwecklos ist. Ich sehe nur einen Weg: Er hat die Möglichkeit, sich durch Bauern, die bei ihm verkehren und auch auf die andere Seite hinüberkommen, mit dem dortigen Kommandanten in Verbindung zu setzen. Die Russen werden keine Schwierigkeiten machen, wenn sie im voraus informiert sind. Wie er das bewerkstelligen kann, weiß ich nicht. Vorläufig sind die Linien nur schwach besetzt. Er kennt die Übergänge so gut wie ich. Wie er sich mit den Juden verständigt, wie er ihnen die drohende Gefahr bekannt gibt, das muß er selbst wissen. Aber sage ihm, daß jede Stunde zählt. Es bleibt nur noch eine Gnadenfrist von einigen Tagen für die Juden. Es muß rasch gehandelt werden. Wenn du morgen Nachmittag an der Brauerei vorbeikommst, um deinen Vater zu sprechen, und zweimal hustest, dann weiß ich, daß Chaskel meine Weisung zur Kenntnis genommen hat. Gute Nacht. Gehe zu Bett – und du hast mich nicht gesehen.»

Es war am Morgen des jüdischen Pfingstfestes oder, wie die Juden es nennen, Wochenfestes. Das Fest fällt auf den Tag sieben Wochen nach Ostern. Die Wochen zwischen Ostern und Pfingsten gelten bei den Juden als Trauerwochen. Der Sage gemäß sollen in diesen sieben Wochen im Kampfe gegen die Römer im Jahre 132, während des letzten jüdischen Aufstandes unter Bar Kochba, 24 000 Schüler des großen Rabbi Akiba gefallen sein. Der Aufstand Bar Kochbas war das letzte Aufflackern jüdischer Selbständigkeit auf ihrem eigenen Boden. Seit diesem Aufstand ist die Selbständigkeit der Juden dahin. Das Pfingstfest ist der offizielle Abschluß der Trauer. Rituell wird es das Fest der Lehreempfängnis genannt. An diesem Tag soll Moses unter Blitz und Donner die zehn Gebote empfangen haben. Es ist das einzige Fest bei den Juden, an dem nicht nur die einzelnen Wohnungen, sondern auch die Synagogen mit grünem Laub und mit Flieder geschmückt werden.

Diesmal sah es in der Synagoge gar nicht festlich aus. Hinter der Bundeslade waren einige grüne Blätter angebracht. Die Trauer war nicht abgeschlossen. Noch ahnte keiner unter den in der Synagoge Versammelten, was bevorstand. Die Lage war ohnedies so bedrückend, alles schien so hoffnungslos, daß nicht die leiseste Spur von Feststimmung vorhanden war. Der Kantor las das im Mittelalter entstandene Epos in aramäischer Sprache, das in höchsten Tönen Gottes Ruhm besingt. «Wenn alle Himmelsgewölbe Pergament wären, wenn alle Meere Tinte, wenn alle Bäume und Äste Federn und alle Bewohner der Erde Dichter – es würde nicht reichen, um Gottes Ruhm zu beschreiben.» Dieses Epos war zu einer Zeit der schwersten Judenverfolgungen entstanden, es klingt aus: «Wenn mir wieder erscheinen wird das Licht, dann wird euch die Finsternis umhüllen.»

In diesem Augenblick betrat Chaskel Wagner die Synagoge. Seit dreißig Jahren war der Schmied Chaskel Wagner nicht in der Synagoge erschienen. Vielleicht wäre trotzdem sein Kommen an einem solchen Tage, da Trauer und Hoffnungslosigkeit alle erfüllten, nicht auffallend gewesen. Aber etwas in der Bewegung des Schmiedes, in seinen schweren Schritten ließ alle erschauern. Ohne Gruß ging der etwa fünfzigjährige, breitschultrige, untersetzte Chaskel direkt auf die Tribüne zu, wo Abraham Prager, der Präsident der Jüdischen Gemeinde, stand. Er nahm ihn beiseite und flüsterte ihm einiges zu. Was die Männer sprachen, konnte niemand hören. Jedoch jeder fühlte, daß Chaskel Wagner eine Botschaft überbracht hatte, schicksalsschwer. Abraham Prager wandte sich in Hebräisch an den Rabbiner und sagte ihm nur das eine Wort: «Die Todesboten sind in der Stadt; der Würgeengel ist bereits unter uns.» Wenige hatten es verstanden, alle hatten es erfaßt. Ein Schauer ging von unten bis hinauf in die Frauenabteilung und von da bis zum Vorraum, wo kleine Kinder spielten. Es war, als hätten die Boten des Todes jeden Einzelnen erfaßt und hielten ihn bereits in ihren Krallen. Außer dem «ewigen Licht der Öllampe» brannten auf der Tribüne nur zwei Kerzen. Der gotische Bau der Synagoge war halbdunkel, obwohl draußen helle Sonne leuchtete. Gebete, die der Kantor jeden Samstag sprach, an die Erinnerung der «heiligen Gemeinden, die geopfert haben ihr Leben zum Bekenntnis Israels», die man sonst nachzulallen pflegte, ohne je sich Gedanken zu machen, nahmen plötzlich Gestalt an. Wer hatte nicht in seiner Kindheit erzählen gehört von Scheiterhaufen, die zu brennen pflegten, von Juden, die sich, ihre Frauen und Kinder selbst umgebracht hatten, versammelt in den Synagogen, um nicht dem Feind in die Hände zu fallen. All das wurde jetzt lebendig, schien Wirklichkeit zu werden. Von der Frauenabteilung hörte man tiefes Schluchzen, es übertrug sich auf die ganze Gemeinde.

Der Kantor setzte plötzlich, anstatt mit den üblichen Gebeten, mit einem Satz von Jeremia ein: «Ich blicke zur Erde und sie ist öde, ich blicke zum Himmel und er strahlt kein Licht mehr aus. Ich blicke zu den Bergen und sie beben, und zu den Hügeln, sie sind nicht mehr. Ich suche den Menschen, aber es gibt keinen. Soll wüst und öde werden die ganze Welt? Über Euch, Ihr Haus Israel, kommt ein Volk, also spricht Gott, dessen Sprache Ihr nicht versteht. Wo es hinschreitet, läßt es Gräber hinter sich zurück, es verzehrt Dein Brot, verzehrt Deine Söhne und Deine Töchter, vernichtet euch alle. Und doch wirst Du es überleben ... Und wenn Menschen fragen werden, warum ist diesen Menschen so viel Böses geschehen, dann wird man antworten: Weil sie dem Weisen kein Recht gesprochen und gebeugt haben das Recht der Armen meines Volkes ... Ja, über Euch kommt ein mächtiger Stamm aus dem Norden, der alles zerstampft. Er kennt kein Erbarmen. Hört Ihr sein Gebrüll, das die Wellen und Brandungen des Meeres übertönt? ... Tochter meines Volkes, gürte einen Sack um Deine Lenden, streue Asche auf Dein Haupt, denn plötzlich und unerwartet ist der Räuber über Dich gekommen, unendliche Trauer bringend.»

Der Kantor verstummte. Es war so still, daß jeder das schwere Atmen des andern hören konnte. Was weiter? Draußen brannten keine Scheiterhaufen, alle erwartete ein ruhmloses Ende. Denn wer fragte nach Bekenntnis? Hier drohte eine sinnlose Abschlachtung.

Als der Kantor aus den Klageliedern Jeremias den Satz sang: «Bäche Wasser entströmen meinen Augen über das Unglück meines Volkes», da weinten alle. Ahnungsvoll und instinktiv klammerten sich die Kinder an ihre Eltern. Es war ein Weinen der Hoffnungslosigkeit. Worte des Trostes, die der alte Abraham Prager sprach, ebenfalls Jeremias zitierend, konnten keinen beruhigen. Er sprach: «Also spricht der Herr, spare Deiner Stimme das Weinen, Deinen Augen die Tränen, denn erhört ist Dein Flehen und rückkehren werden die Söhne in ihr Land.»

Da erhob Chaskel Wagner seinen muskulösen Arm und sagte: «Brüder! Vielleicht komme ich euch als Fremder vor. Mir ist die schwere Aufgabe zugefallen, euch die Todesbotschaft zu bringen. Vor allem, bevor ich spreche, laßt uns schwören, daß kein Sterbenswörtchen von dem, was ihr vernommen und was hier gesprochen wird, nach außen dringt. Denn davon hängt unser aller Heil ab. Jawohl, es gibt noch Heil, noch ist die letzte Hoffnung nicht erstorben. Es ist wahr: die Todesengel sind in der Stadt, unser Urteil ist gesprochen. Aber sollen wir elend und kampflos zugrunde gehen, ohne den Versuch zu machen, alle oder einen Teil von uns zu retten? Das wäre wider unsere Tradition. Feiern wir doch jetzt das Fest, das den Abschluß der Trauer verkündet. Vierzehn Jahre lang haben unsere Väter als kleines Volk gegen das Römische Weltreich gekämpft. Der Aufstand unserer Väter, der Kampf für Freiheit hat das große Römische Reich erbeben gemacht. Unter Kaiser Trajan hatte der Aufstand auf Zypern begonnen, hat er sich nach Libyen und Mesopotamien ausgedehnt, hat Kaiser Trajan überlebt und wurde erst unter dem großen Bar Kochba und Meisterrabbi Akiba zu Ende geführt. Die letzte jüdische Festung Bether ist gefallen. Mehr als eine Million Juden hat dieser Aufstand gefordert. Wir sind besiegt worden, und doch war der Freiheitskampf nicht vergebens geführt. Eingedenk dieser heldenhaften Kämpfer haben die Juden zwei Jahrtausende lang den Mut und die Kraft gefunden, allen Verfolgungen zu trotzen, die Jahrtausende zu überleben. Wir wären unserer Vergangenheit nicht würdig, wenn wir heute nicht versuchen würden, das Letzte für unsere Rettung zu unternehmen. Nein, wir sind kein Schlachtvieh, das tatenlos des Kommenden harrt. Meine Brüder und Schwestern, nicht überall ist es so wie hier! Wenn ich euch sagen werde, daß jenseits der Ozeane, in Amerika, in England, in Palästina, Juden in Freiheit leben, dann werdet Ihr mit Recht fragen: Was hilft es uns hier? Aber auch unweit von uns, jenseits der Sereth-Brücke, winkt Freiheit. Auch dieser Weg ist weit, weil für uns verschlossen. Verschlossen ist er nur, meine Brüder und Schwestern, von dieser Seite. Wir haben nichts zu verlieren. Auf dieser Seite ist der sichere Tod. Wenn wir nachts uns durchschlagen, werden manche von uns fallen, aber viele werden hinüberkommen. Dort, ich kann euch die Versicherung geben, wird man uns aufnehmen, uns Arbeits- und Lebensmöglichkeit geben. Denn dort sind Juden ebenso wie Nichtjuden – Menschen! Hier herrscht der Henker. Aber wehe uns, wenn man von unsern Absichten erfährt!»

Diese bedrückten Menschen in der düsteren Synagoge kannten einander zum Teil kaum, obwohl sie in der gleichen Stadt geboren und aufgewachsen waren. Viele haßten einander. Und doch – man hatte nichts geschworen und nichts gelobt – dachte jeder mit Grimm: Verflucht der, der draußen ein Wort verlautbart über das, was hier gesprochen wurde. Man trocknete die Tränen, damit der Feind nicht merkte, daß man etwas ahnte, und ging nach Hause, von Todesgrauen erfüllt und doch von einem leisen Hoffnungsstrahl durchzuckt, wartend auf die Botschaft Chaskel Wagners, wann, wie und wo man den letzten Rettungsversuch unternehmen sollte.

Nach jener Szene im Tempel war es vier Nächte später einem ansehnlichen Teil der Serether Judenheit gelungen, auf die andere Seite zu entkommen. An der Sereth-Brücke war es beim Übergang der Männer, Frauen und Kinder zu einem Zusammenstoß mit rumänischen und auch einigen deutschen Soldaten in rumänischen Uniformen gekommen, die den Grenzdienst versahen. Aber die meisten Juden waren mit heiler Haut davon gekommen, denn den Grenztruppen waren seit Wochen die strengsten Weisungen gegeben worden, alles zu vermeiden, was zu einem Zusammenstoß mit der andern Seite führen könnte. Es war klar, daß die Juden Wind bekommen hatten, denn wie wären sie darauf gekommen, ihr letztes Hab und Gut – wenn es auch nicht viel darstellte – zurückzulassen und auf die andere Seite zu gehen. Zimmerle fragte sich: Wer kann es gewesen sein? Er hatte sich einen Ausspruch Justfans eingeprägt: «Es gibt Menschen, die sagen, was sie wissen, und Menschen, die wissen, was sie sagen.» Justfan zählte er zu den ersteren. Er traute ihm deswegen nicht und zog ihn zu keiner Geheimsitzung heran. Sechs waren sie bei der Sitzung gewesen, in der der Plan der Judenausrottung besprochen wurde. Welcher von den sechs konnte verraten haben? Otto von Raubnitz sicher nicht, denn der war am meisten enttäuscht und sprach die Überzeugung aus, daß die auf die andere Seite gegangenen Juden sicherlich Gold und Wertgegenstände mitgenommen hätten. Hans Kruhle ist ein zu erfahrener Gestapomann, um hier auszurutschen. Bleiben Straub und die zwei Großgrundbesitzer. Von Straub hielt er sehr viel. Er hatte sich eingehend mit seinem Lebenslauf befaßt, hatte erfahren, daß Straub zwei Auszeichnungen im Kriege bekommen hatte und daß er, obwohl sein Vater ein alter Sozialdemokrat war, niemals der Sozialdemokratie angehörte oder auch ihr nahe gestanden hätte. Die Großgrundbesitzer konnten es ebenso wenig gewesen sein, denn sie machten sich große Hoffnungen auf Beerbung der Juden, wenn es einmal so weit war, das heißt, wenn der Krieg gegen die Russen, von dem sie alle wußten, daß er kommt, Tatsache werden würde.

In der Gestapo sitzt ein Feind. Alle Kalkulationen der Vernunft, alle kühlen Erwägungen versagten. Und bestehen blieb das eine: Der Feind sitzt in den eigenen Reihen. Das Unangenehme war, daß man nicht mehr wußte, wem man trauen konnte. Es stieg ihm ein Verdacht auf, den er zurückwies, mit aller Kraft. Er wußte, daß Hans Kruhle sehr geldgierig war. Sollte er den Juden das Geheimnis verkauft haben? Andererseits war Hans Kruhle ehrgeizig und auf Karriere bedacht. Er hatte in der Partei schon große Schwierigkeiten hinter sich und würde es kaum wagen, um Geld ein solches Spiel zu treiben. Er erwog das eine und das andere, analysierte jeden einzelnen zum hundertsten Mal und konnte nichts Vernünftiges herausfinden.

* * *

Es war Befehl gekommen, unauffällig Schützengräben längs der Grenze auszuwerfen. Ein Pionieroffizier würde morgen erscheinen. Der konnte sich also den Kopf darüber zerbrechen, wie man das unauffällig machen sollte. Zimmerles Aufgabe aber war es, Arbeitskräfte zu beschaffen. Aber woher nehmen? Zwar war in Rumänien keine allgemeine Mobilisierung angeordnet worden. Aber man hatte fast alle wehrfähigen Männer in den letzten Wochen einberufen. Es war Juni. Jede Arbeitskraft war dringend auf den Feldern notwendig. Von den Dörfern und auch aus der bäuerlichen Bevölkerung der Stadt konnte er niemanden für diese Arbeit heranziehen, ohne die Ernte zu gefährden. Denn in Rundschreiben wurde immer wieder darauf hingewiesen, daß die einzelnen Gestapochefs für eine gute Ernte verantwortlich gemacht würden. Für die Arbeit blieb daher niemand anderes übrig als die in der Stadt noch vorhandenen Juden.

Das Unangenehme war, daß gerade die gesündesten, kräftigsten und arbeitsfähigsten unter den Juden auf die andere Seite gegangen waren. Verschwunden waren aus der Stadt alle jüdischen Fuhrleute, Fiakerkutscher, Fleischhauer und auch Chaskel Wagner, der einzige Schmied der Stadt. Die Fuhrleute hatten sogar ihre Pferde mitgenommen. Zimmerle wagte nicht einmal die Details an die vorgesetzte Behörde zu berichten. Was war zu tun? An einem Frühmorgen ließ er alle jüdischen Wohnungen von den in der Stadt zusammengezogenen Gendarmen umstellen und alle Juden verhaften.

Diese Vorgänge erregten mehr Aufsehen als ihm lieb war. Denn die in der Stadt verbliebenen Juden hatten wohl nicht die Kraft gehabt, mit den Anderen den Durchbruch über den Fluß zu versuchen. Aber als jetzt die Gendarmen zu ungewöhnlicher Tageszeit kamen, setzte ein solches verzweifeltes Schreien der Frauen und Kinder ein, daß die Umwohnenden aufwachten und so, wie sie waren, auf die Straße kamen.

Da die Gendarmen den Auftrag hatten, keinen Lärm zu schlagen, sagten sie: «Aber ihr kommt ja in eure Häuser zurück! Nur arbeiten sollt ihr!»

«Kann ich denn arbeiten mit meiner Gicht», schrie eine Alte, «und die kleinen Kinder?» Jetzt wurde sie sich selbst erst klar, und gellend schrie sie: «Ermorden wollen sie uns, ermorden wollen sie uns.»

Zimmerle, der die Verhaftungen möglichst unauffällig hatte überwachen wollen, rief den Gendarmen zu: «Schluß jetzt mit dem Lärm! Wo Widerstand geleistet wird, ist Gewalt anzuwenden!»

Die Gendarmen, unsicher und primitiv, stießen nach den Kindern mit Gewehrkolben, was sehr wenig nützte, aber die Umstehenden erregte. Eine Rumänin trat auf einen Gendarmen zu; «Was wollen Sie denn mit den Kindern? Wie können denn die arbeiten ...? Und mit den Gewehrkolben stoßen!»

«Recht hat die Frau», rief eine andere, «was wollt ihr mit den Kindern?»

Schließlich war die gesamte jüdische Bevölkerung im Gefängnis und dem Schuppen der Feuerwehr zusammengepfercht. Davor standen die Gendarmen.

In der ehemaligen jüdischen Volksküche und den anderen Notquartieren der Transsilvanier war bekannt geworden, daß die Wohnungen der Juden leer stünden. Man sprach davon, daß jetzt den rumänischen Flüchtlingen sicher solche Wohnungen zur Verfügung gestellt würden. Einige machten sich schon auf, die Häuser zu besehen. Immer mehr sammelten sich vor den ehemaligen jüdischen Wohnungen. Und dann ging überall das Plündern los.

Transsilvanische Emigranten und heimische Nichtstuer kämpften miteinander um Bettzeug, Möbelstücke, Geschirr und andere Haushaltungsgegenstände. Es war, als wäre ein Damm gerissen und jede Ordnung aufgelöst. Verzweifelt lief Otto von Raubnitz durch die Straßen und versuchte der allgemeinen Plünderung Einhalt zu tun. So viel hatte er sich von dieser Aktion versprochen, hatte sich dem Glauben hingegeben, daß sich nach der Verhaftung der Juden verborgene Schätze offenbaren würden. Er hatte eine systematische Durchsuchung einer jeden Wohnung geplant. Und nun fluchte er dem Pöbel, der keine Zucht und Ordnung kennt, der raubgierig, wie Aasgeier sich auf die Beute stürzt und ihn um alles brachte. Als alle Moralpredigt nichts nützte und die Massen von der Plünderung nicht abließen, verlangte er vom Kommandanten eine Kompanie Militär, um die Ordnung herzustellen. Erst gegen Abend trat wieder Ruhe ein.

Die Stadt bot einen traurigen Anblick dar. Zerbrochene Fensterscheiben. Vom Winde umhergetriebene Gansfedern aus zerrissenen Polstern, Überreste von Möbelstücken lagen überall herum. Aber Ruhe und Ordnung waren hergestellt. Otto von Raubnitz erschien in Begleitung von Franz Zimmerle und Hans Kruhle bei den Juden und erklärte, daß sie dankbar sein müßten, daß man sie vor der Wut und dem gerechten Zorn des Volkes geschützt hätte. Sie würden ja bald, wenn sie über die Straße marschierten, sehen, wie der Zorn des Volkes zum Ausbruch gekommen wäre. «Hätten wir euch in weiser Voraussicht nicht in Schutzhaft genommen, keiner von euch befände sich jetzt noch am Leben. Wir sind bereit, Gnade statt Recht zu üben, und euch das Leben zu schenken. Wir werden euch in Arbeitskompanien einreihen, wenn ihr gutwillig angebt, wo die großen Vermögen und besonders die Gold- und Juwelenschätze versteckt sind.»

Schweres Schluchzen war die Antwort. Nur einer unter allen erhob sich, der Wucherer Kalman Wiegler. Er wäre bereit, den Herren zu dienen und ihnen zu geben, was er geben kann und zu sagen, was er weiß. Die drei Deutschen nahmen ihn mit sich. Er händigte ihnen Stöße von Wechseln aus, ausgestellt von Bauern der Stadt und Umgebung, in der Zeit, bevor König Carol ein Moratorium für alle Schulden an Juden erlassen hatte. Es waren Wechsel länger als fünf Jahre alt und dem Gesetze nach vollkommen wertlos. Aber von Raubnitz bemächtigte sich ihrer, um sie, wenn der geeignete Zeitpunkt käme, eintreiben zu lassen. Er war aber damit anscheinend nicht zufrieden. Länger als eine Stunde schlugen die drei Deutschen auf Kalman Wiegler los, um aus ihm das Versteck von geheimen Schätzen herauszubekommen. Hunderttausend Lei Papiergeld war alles, was er ihnen aushändigte. Er schwor und beteuerte, daß er nichts mehr besäße und von keinen geheimen Schätzen Kenntnis hätte. Blutig zerschlagen wurde er dann zu den übrigen gebracht, und jeder rückte von ihm ab, so weit es in diesen Räumen möglich war, wo so viele zusammengepfercht waren.

Abends trieb man die verhafteten Juden samt Frauen und Kindern vom Gefängnis auf die Straße und ließ sie hier in geschlossenen Reihen antreten und zu einem Zug formieren. Der Zug setzte sich vom Gemeindehaus aus in Bewegung, den Volksgarten entlang in der Richtung nach dem jüdischen Friedhof. Oft und oft seit Menschengedenken hatten sich nach dieser Richtung geschlossene Züge von Juden bewegt. Es geschah, wenn sie einem Toten das letzte Geleit gaben. Es ist Brauch bei Juden, daß solche Totenzüge sich in Eilmärschen bewegen, als würde der Tote etwas versäumen, als könnte man die Leiche nicht rasch genug unter die Erde bringen. Der Tote fordert sein Recht, heißt es bei den Juden. Und das Recht ist, rasch ins Grab zu kommen, um, noch bevor vierundzwanzig Stunden verflossen sind, vor dem höchsten Richter zu erscheinen. Dem Sarge mit der schwarzen Decke voran geht ein Mann mit einer Sammelbüchse und ruft: «Wohltat erlöst vom Tode.» Und ein anderer ohne Büchse spricht singend: «Denke daran, daß Gerechtigkeit dir voranschreitet und deine Wege ebnet.»

In der Richtung, von der es kein Zurück gab, bewegte sich der Zug durch menschenleere Straßen, die vom Militär vorher gründlich gesäubert worden waren. Dem Zuge voran schritten mehrere Gendarmen mit aufgepflanzten Bajonetten. Es war kein Laufschritt. Die meisten wankten, Kinder klammerten sich angstvoll an die Arme der Mutter, und Mütter drückten ihre Säuglinge und Halbwüchsige an ihre Brust. Eine junge, hübsche Frau, Frau Langmann, deren Mann beim Silvesterspiel erschossen worden war, hielt ihr zweijähriges Töchterchen so fest umklammert, daß das Kind vor Schmerzen jammerte. Und plötzlich wurde sie von Wahnsinn befallen. Sie begann zu singen und zwar so, als wäre das Kind erwachsen, und sie, die Mutter, führte ihre Tochter zum Traualtar. Mitten im Anfall hatte sie helle Momente. Hysterische Schreie, Lachkrämpfe,

Gesang und Angstrufe lösten einander ab. Der Wahnsinnsanfall übertrug sich auch auf andere. Da sprang der Gestapochef Franz Zimmerle auf Frau Langmann zu, schoß aus seinem Revolver zuerst dem Kinde in den offenen Mund eine Kugel hinein und erschoß dann noch die Mutter. Der Zug schritt weiter.

Es schritten in zerrissenen Kleidern mit aschfahlen Gesichtern Juden, die einst zur Aristokratie der Stadt gehörten. Reiche Bürger, die einmal bessere Tage gesehen hatten. Es schritten neben ihnen die Bewohner der Elendsstraßen, die armen Schneider, die Talmud-Lehrer, die Bettler. Ein grausamer Feind und die Nähe des Todes hatten jeden Rangunterschied vollkommen weggewischt. Die Gesichter vieler waren versteinert. Die Augen versagten die Tränen. Keiner glaubte den Versicherungen, daß es zu einer Arbeitskompanie gehe.

Gleich hinter den Gendarmen, dem Zuge voran, ging der Präsident der Jüdischen Gemeinde, der alte Abraham Prager. Er dachte: «Daß ich in diesem Alter die Erde verlassen muß, ist natürlich. Achtzig Jahre habe ich auf dem Rücken. Viele gute Jahre hinter mir und auch viel Leid. Aber wer hätte sich vorstellen können, daß ich zu meinem Begräbnis nicht getragen würde, sondern selbst gehen müßte. Und mit mir die ganze jüdische Gemeinde.»

Neben Abraham Prager ging mit gleichmäßigem Schritt der alte Jossel Schames, der Synagogendiener, den alle als Kenner der Kabbala schätzten.

Jossel Schames war vielleicht noch älter als Abraham Prager. Häufig warf er einen Blick zurück auf die vielen Hundert, die zu ihrem Begräbnis schritten, und mit greiser Stimmer begann er halb singend aus Jeremia: «Eine Stimme ist in den Höhen vernommen worden, ein Weinen und bitteres Wehklagen. Rahel beweint ihre Kinder, denn sie sind nicht mehr. Und Gott antwortet: Spare Deinen Augen die Tränen, Deiner Stimme das Weinen. Denn erhört ist Dein Flehen und zurückkehren werden Deine Kinder in ihre Grenzen.»

Sie hörten die Botschaft. Vielleicht für Sekunden war da ein leises Hoffen. Wird wieder einmal, wie einst, als der babylonische Schlächter die Überreste Jerusalems am Grabe Rahels zu Bethlehem in Judäa vorbeijagte, die Mutter Rahel ihrem Grabe entsteigen und von dem Höchsten Gerechtigkeit für ihre Söhne fordern? Oder ist es wie unlängst in der Synagoge gesagt wurde: «Ich blicke zur Erde … und sie ist öde.»

Es war Abend, als der Zug am Friedhof anlangte. Wenn man das Schlimmste erwartet, erscheint die Wirklichkeit einem etwas weniger schlimm. Als die Serether Juden, getrieben von den Gendarmen, unter Leitung Franz Zimmerles zum Friedhof marschierten, hatten sie alle das Gefühl, daß sie von ihren eigenen Beinen zu Grabe getragen würden. Aber beim Eintreffen auf dem Friedhof wurden keine Schüsse abgefeuert und erfolgten keine Hinrichtungen, sondern Franz Zimmerle teilte ihnen mit, daß alle, die das zehnte Lebensjahr überschritten, sich im Morgengrauen für eine Arbeit bereit zu halten hätten. Denn die Arbeitsfähigen sollten vorderhand noch ausgenützt und dann alle gemeinsam vernichtet werden. Den Juden erschien dies im ersten Augenblick als ein Wunder, als hätte die Mutter Rahel sich doch bei Gott bemüht und Gnade gefunden. Dieses Gefühl währte nicht lange. Jedem gläubigen Juden ist der Friedhof des Nachts ein Ort des Schreckens und des Grauens. Es besteht die Legende, daß um Mitternacht die Seelen der Toten ihren Gräbern entsteigen und zur Synagoge gehen, um dort ihre Gebete zu verrichten. Die Toten wollen von den Lebenden nicht gestört werden.

Die Gendarmen pflanzten sich in der Nähe auf, um darüber zu wachen, daß kein Jude den Friedhof verließ. Die Straßen waren wieder belebt, als die Herren von Sereth, die drei Deutschen und Carol Barbarescu, vom Leichenbegängnis der Lebenden zurückkehrten. Bei Carol Barbarescu hatte sich für Augenblicke ein menschliches Fühlen geregt. Vor allem sah er in diesem Ereignis einen Spiegel seiner eigenen Machtlosigkeit. Früher war er der Herr von Sereth gewesen. Nichts konnte hier unternommen, nichts durchgeführt werden ohne seinen Willen. Jetzt wurde er nicht einmal gefragt. Er dachte: Wie ist es möglich, daß drei Deutsche hier machen können, was ihnen beliebt, ohne daß sich jemand entgegenzustellen wagt? Er erblickte in den Juden, wie sie gebeugt und schweren Schrittes zum Friedhof dahingingen, die Ruinen seines einstigen Wohlstandes. Waren nicht diese Juden für ihn Jahre hindurch der Quell seines Aufstieges und seines Reichtumes gewesen! Als man aber am Friedhof anlangte, ertönte von gegenüber, aus dem Vergnügungslokal, das ja zur Hälfte sein Eigentum war, fröhliche Musik. Da sagte er sich, daß ein einflußreicher rumänischer Beamter nie verloren ist. Die Einnahmequelle ist untergegangen, eine andere blüht auf.

Barbarescu ahnte nicht, daß die Deutschen inzwischen schon ein Auge auf die neue Quelle seines Wohlstandes geworfen hatten. Auch Otto von Raubnitz und die zwei andern Deutschen hörten die fröhliche Musik. Und da fiel Raubnitz ein, daß so ein Unternehmen in deutsche Hände überführt werden müßte.

VII

Franz Zimmerle sagte immer mit Stolz von sich, er wäre ein Feind jeder Romantik. Die Romantik, sagte er, wäre etwas für Schwächlinge und vor allem das Produkt einer glücklich überwundenen Vergangenheit. Im Zeitalter Adolf Hitlers dürfe es keine Romantik geben. Wer für solche Dinge noch etwas übrig habe, der wäre unserer großen Zeit nicht würdig. Wie der Führer, so wollte auch Franz Zimmerle Junggeselle bleiben. Er war ein Kind der ersten Kriegsgeneration. Dreizehn Jahre war er alt, als auf Befehl Wilhelm II. Millionen von Deutschen Belgien und Nordfrankreich überfielen, als man täglich von Siegen Hindenburgs und Ludendorffs in allen deutschen Häusern erzählte. Die Mutter erhielt einige Monate lang die Unterstützung, die für jede Soldatenfrau in Deutschland festgesetzt war. Und als an einem Wintertage der Postbote die Nachricht brachte, daß der Vater, im Zivilberuf Gerichtsschreiber, auf dem Felde der Ehre für Kaiser und Vaterland gefallen war, da sagte die Mutter zu ihm, dem einzigen Kinde: «Nun ist es aus mit der Schule. Von der Pension allein können wir nicht leben. Du hast große Verpflichtungen im Leben. Du bist der Erbe eines Helden. Nach dem Kriege wird man es uns sicher vergelten.»

Die Preise stiegen, aber die Pension blieb die gleiche. Es wurde knapp zu Hause. Die Mutter ging in eine Munitionsfabrik, um etwas dazu zu verdienen. Den Franz hatte sie zu einem Delikatessenhändler in die Lehre gegeben. Als Kaufmann, sagte sie, hat man immer bessere Möglichkeiten, es zu etwas im Leben zu bringen. Franz lernte hier Lebensmittel zu vergraben, sie des Nachts um das Zehnfache des festgesetzten Preises zu verkaufen und des Morgens vor den Schaufenstern Zettel anzubringen: Schmalz ausverkauft! Schokolade nicht vorhanden! Zucker bereits ausgegeben! Der Kaufmann wurde reich und Franz bewunderte ihn immer mehr. Er blieb bei ihm bis zu seinem neunzehnten Lebensjahr. Eines Tages, Franz kannte die Gründe nicht, schiffte sich der Kaufmann nach Argentinien ein und hinterließ Franz als Belohnung für die treuen Dienste von sechs Jahren ein Paket mit Geldscheinen. Es waren Banknoten von Hunderttausenden und Millionen. Als Franz sie einlösen wollte, gab man ihm gerade so viel, daß es für ein Paar Würstchen und für ein Glas Bier reichte, denn es waren Inflations-Banknoten. Arbeit war nicht zu bekommen. Auf der Straße begegnete er einem Jugendfreund, den er viele Jahre nicht gesehen hatte. Dieser lud ihn in ein Café ein und erzählte ihm von neuen Möglichkeiten. Das deutsche Volk solle aufgeweckt werden. Irgendein Adolf Hitler würde in kurzer Zeit alle Juden vernichten, die Franzosen nach Afrika vertreiben und in Moskau einmarschieren. «Wenn du dich anschließt, kannst du gleich schießen lernen, bekommst Uniform und Essen und noch ein Taschengeld dazu. Außerdem wird man von allen Mädels bewundert. Ein Leben wie es nicht schöner sein kann. Wenn du willst, kann ich dich gleich mitnehmen.»

Wie sollte er nicht wollen? Seine Mutter hätte er zwar gerne noch vorher um Rat gefragt. Aber Franz hatte keine Geduld zum Warten. Sein Freund, Hans Kruhle hieß er, hatte ihn bei der Nazipartei eingeführt, und dort erzählt, daß Franzens Vater fürs Vaterland gefallen sei und nach dem Tode eine Auszeichnung bekommen hätte. Franz war daher nicht irgendwer, sondern der Sohn eines Helden.

Jetzt begann ein flottes Leben. Schießübungen, Märsche durch die Nacht, Kampieren in Lagern und Mädels nach dem Dienst. Franz hatte gelernt, daß die Frauen etwas Minderwertiges sind. Besonders hatte ihm eingeleuchtet, was einer von seinen neuen Parteigenossen sagte: «Wäre die Frau ein vollwertiger Mensch, dann hätte ja Adolf Hitler auch geheiratet, und würde Kapitän Röhm ebenfalls eine Familie gründen.» Franz hätte es gerne dem Kapitän Röhm nachgemacht. Aber, obwohl er sich sagte, daß Frauen zu verachten sind, zogen ihn Mädels immer wieder an. Um aber zu zeigen, daß er kein Schwächling und kein Schürzenjäger wäre, spuckte er immer, wenn er bei einem Mädel gewesen war, kräftig aus und murmelte vor sich das Wort Hure hin.

Franz machte Karriere in der Partei und galt als einer der besten Schläger. Unter der Republik wurde er dreimal von der Staatsanwaltschaft steckbrieflich verfolgt, weil er auf seinem Rekordblatt acht Marxisten und zwei landesverräterische Katholiken hatte – wie er sie nannte. Er hätte es, weiß Gott, in der Partei noch viel weiter gebracht, wenn man ihn nicht im Jahre 1934 verdächtigt hätte, zur Clique des von Hitler verfemten und ermordeten Hauptmanns Röhm zu gehören. Es dauerte Jahre, bis er sich von dem Verdacht gereinigt hatte. In diesen Jahren waren viele, die weniger Marxisten erschlagen hatten, vorwärts gekommen und hatten ihn überholt. Erst nach Kriegsausbruch wurde er in die SS aufgenommen und kam dann nach Polen, wo er in einer kleinen Stadt der dritte Mann der Gestapo war.

Ein Zufall wollte es, daß er in derselben Stadt in Polen seinem Jugendfreund Hans Kruhle begegnete, der ihn seinerzeit in die Partei gebracht hatte. Auch Hans Kruhle hatte irgendwie Schwierigkeiten in der Nazipartei gehabt und war auf einer mittleren Stufe der hierarchischen Leiter stehen geblieben, noch auf einer tieferen als Franz Zimmerle. Für Franz war es ein Trost, Hans zu begegnen, im Rang doch etwas höher zu sein, als der, der gewissermaßen sein Führer und Lehrer gewesen war. Die Freundschaft wurde bald erneuert. Gemeinsam setzten sie im polnischen Städtchen den Willen des Führers durch. Sie brachten in kurzer Zeit gemeinsam Hunderte Juden und Polen um. Aber jetzt wogen hundert Polen und Juden für die Karriere nicht so viel, wie vor Hitlers Machtergreifung ein Marxist. Das Aufwärtskommen war nicht so leicht.

Franz war, wie gesagt, kein Romantiker. In Gesprächen mit Hans machte er sich oft über die vorhitlerischen Zeiten lustig. Was waren das für Schlappschwänze und Schwächlinge damals! Wenn man einen Menschen hinrichten sollte, wurde weiß Gott ungeheures Aufsehen gemacht. Man führte den Delinquenten durch die Straßen. Armesünderglöckchen läuteten. Priester begleiteten ihn und Tausende Menschen liefen zusammen, um dem Schauspiel beizuwohnen. Heute aber, im Zeitalter Adolf Hitlers, drehen wir täglich Tausenden den Hals um, ohne daß ein Hahn danach kräht. Und das ist richtig. Nur so kann ein zur Weltherrschaft berufenes Volk sein Ziel erreichen. Franz und Hans waren in jeder Hinsicht verschiedene Charaktere, und vielleicht lag auch darin das Geheimnis ihrer Freundschaft. Franz war redselig, liebte es zu philosophieren, während Hans stundenlang schweigend sitzen konnte. Franz trank hie und da ein Glas, erfüllte in dieser Hinsicht in Gesellschaft seine Pflicht, aber er war dem Alkohol eher ab- als zugeneigt. Hans dagegen war ein Freund des starken Tropfens. In seinem Zimmer befanden sich immer Vorräte von Likören und Weinen. Franz gab in den ersten Jahren seiner Zugehörigkeit zur Nazipartei nicht viel auf Geld und Erwerb von Besitz. Hans war stets käuflich und geldgierig gewesen. Mit Geld konnte man bei ihm alles erreichen. Unbestechlich war er nur dann, wenn er das Geld oder Vermögen seines Opfers durch Umbringen des Opfers an sich reißen konnte. Unter dem Einfluß von Hans lernte Franz allmählich auch das Geld schätzen. Hans sagte zynisch: «Gemeinnutz geht vor Eigennutz – das ist eine schöne Losung. Aber haben nicht Adolf Hitler, Göring, Göbbels und Himmler ungeheuren Besitz erworben? Je reicher man ist, desto mehr gilt man in unserer Partei. Stirbt man arm, dann läßt man nur ein Holzkreuz als Andenken zurück. Ist man reich, dann erreicht man eine Stellung, in der man weniger gefährdet ist und läßt einen Namen zurück.»

Zuerst wehrte sich Franz gegen diesen Einfluß. Er sagte sich, daß Hans so redete, weil er mindestens drei Frauen in Deutschland hatte und jeder Geld schickte. Er, Franz, hatte aber niemanden zu versorgen und kannte kein anderes Streben, als das Verlorene rasch nachzuholen: in der

Partei Karriere zu machen. Aber die ermordeten Juden hatten Besitz, wenn auch nicht großen. In dieser Zeit, wo der Krieg alles verschlang, konnte der wertloseste Gegenstand in Geld umgesetzt werden. Nach jedem durchgeführten Mord überbrachte ihm Hans seinen Anteil. Ob er sehr genau berechnet war? Franz prüfte nicht nach. Jedenfalls stellte er eines Tages fest, daß er der Besitzer eines recht ansehnlichen Vermögens war. Hans war in jeder Hinsicht der praktischere. Ein treuer Anhänger der Welteroberung durch Adolf Hitler, legte er seine erworbenen Besitztümer in Dollarbanknoten an und tat dasselbe auch für Franz.

Es war merkwürdig: Was die Natur nicht zu erreichen vermochte, weckte der Besitz. In Franz stieg ein unbekanntes Sehnen auf, ein Sehnen nach Familie und Nachkommen, denen man das so schwer Erworbene vererben könnte. Es war ein geheimes Sehnen, das ihm selbst als Schwäche erschien, so daß er es nicht einmal Hans anvertraute. Wie in diesem Sturm, in dieser bewegten Zeit die geheime Sehnsucht in die Tat umsetzen? Das quälte Franz oft. Aber wie so manches Mal im Leben kam auch diesmal das Entscheidende unerwartet.

Es war am Morgen nach dem Marsch der lebenden Juden zum Friedhof. Franz war mit sich selbst zufrieden. Er hatte die Weisungen seiner Vorgesetzten, alle Vorbereitungen für die Vernichtung der Juden seines Bereiches zu treffen, noch vor dem festgesetzten Datum erfüllt. Die Weisungen an ihn lauteten, Spannungen und Erregungen in der Stadt zu vermeiden, bevor große Veränderungen eintreten würden. Er ahnte, was diese großen Veränderungen zu bedeuten hätten. Die Verhaftung aller Juden und ihr Wegschaffen zum Friedhof hatten in der Stadt wohl unliebsames Aufsehen erregt, aber wie geschickt, wie genial psychologisch – Franz Zimmerle zollte sich selbst Anerkennung – war er doch vorgegangen, als er die Bevölkerung mehrere Stunden hatte plündern lassen, scheinbar ohne es zu bemerken. Nicht einmal Otto von Raubnitz ahnte, daß die Plünderung der jüdischen Wohnungen durch den Pöbel von Franz ins Werk gesetzt worden war, um die Massen bei guter Stimmung zu halten. Nicht umsonst betrachtete er sich als treuen Schüler des Führers.

Obwohl ein Teil der Juden die Stadt schon längst verlassen hatte, obwohl die Juden schon seit langem im sozialen Leben der Stadt keine Rolle mehr spielten, hatte ihre Überführung auf den Friedhof doch das Bild der Stadt verändert. Gleich in der Nacht nach der Plünderung hatte man die Glassplitter von den Straßen gekehrt, sowie die zerschlagenen Gegenstände und Bettfedern entfernt. Aber die leergebliebenen Wohnungen erweckten jetzt den Eindruck von Gräbern.

Franz Zimmerle spazierte an diesem schönen Julimorgen die Hauptstraße der Stadt entlang, vom Ring-Platz in der Richtung zum Sereth-Fluß hinunter, bis zur Eisenbahnstraße. Niemals ging er weiter, weil er dann an die Brücke gekommen wäre, wo jenseits die russischen Soldaten standen. Und diesen Anblick konnte er nicht ertragen. Wenn es nur schon losginge! dachte er, wenn es nur schon losginge. Warum zögert der Führer noch, warum wirft man diese Leute nicht nach Sibirien und weiter hinaus in den Pazifischen Ozean? Für den Führer ist es doch sicher ein Leichtes, im Verlauf von wenigen Wochen mit dem ganzen Spuk aufzuräumen, der sich Sowjetstaat nennt.

So in Gedanken versunken, bemerkte er plötzlich, wie aus einem schönen, von einem Garten umrahmten Einfamilienhaus am Eingang der Bahnhofstraße Möbel getragen wurden. Das Haus war ihm bekannt. Es war Eigentum des Präsidenten der Jüdischen Gemeinde, Abraham Prager. Auf dieses Haus mit seinen Möbeln, mit seinen schönen Blumen und dem Obstgarten, hatte er längst ein Auge geworfen. Es war verwoben – er wußte selbst nicht wieso und warum – mit seinem geheimen Sehnen nach Familie. Oftmals hatte er es schon besichtigt. Zuerst hatte ihn etwas an diesem Hause abgestoßen. Es dauerte lange, bis er darauf kam, was es war. Hinter dem Hause lag der alte, seit Jahrzehnten nicht mehr benützte jüdische Friedhof mit seinen uralten Grabsteinen und seinen verwitterten Inschriften in hebräischen Lettern. Nein, er gehörte sicher nicht, das sagte er sich immer und immer wieder, zu den Weichlingen und Schwächlingen. Er, der solch einen aktiven Anteil hatte an der Ausrottung Judas, sollte vor toten, längst verwesten Juden unter Grabsteinen Angst haben? Und doch: Als er einmal in Deutschland einen jüdischen Friedhof umgraben ließ, um auf dem Platz ein Heim der nationalsozialistischen Jugend zu errichten, gruselte es ihn nächtelang. Jeder Mensch, auch der stärkste, hat seinen Aberglauben und seine Schwächen. Auch der Führer, erzählte man, habe seine schwachen Stunden und sei von gewissem Aberglauben nicht frei. Irgendjemand hätte ihm einmal gesagt: Das Zeichen eines jeden großen Helden wäre eine bestimmte Sentimentalität. Erzählte man denn nicht, daß die griechischen Helden bei jeder Gelegenheit geweint hätten?

Das Heraustragen der Möbel lenkte von neuem seine Aufmerksamkeit auf dieses Haus. Er hatte gestern am Vorabend, nach einer Aussprache mit Otto von Raubnitz, den strikten Befehl gegeben, daß keiner mehr ohne behördliche Genehmigung eine der leerstehenden jüdischen Wohnungen betreten und kein Stück in einer solchen Wohnung angerührt werden dürfte. Wer wagte es hier, seinen Befehlen zu trotzen. Er ging näher, und als er an die Tür kam, trat ihm eine hochgewachsene, blauäugige, elegante junge Dame mit hellblondem Haar entgegen. Sie nahm von ihm kaum Notiz und erteilte zwei Männern, die sie offenbar für diesen Zweck als Taglöhner gemietet hatte, weiter ihre Befehle: «Achtung auf den großen Spiegel. Für diesen Teppich lasse ich Packpapier herbringen.»

«Was suchen Sie hier?», schrie er die junge Frau an.

Ohne sich ablenken oder gar in der Arbeit unterbrechen zu lassen, antwortete sie ruhig: «Das sehen Sie doch, Herr Kommissar.»

Für einen Augenblick nur bemächtigte sich seiner ein Gefühl des Zornes und der Wut. Sie weiß genau, wer ich bin, und antwortet mir doch so herablassend. Er wollte ihr sagen, sie wäre verhaftet und er ließe sie wegen Plünderung von Gemeingut vor Gericht stellen. Aber sie warf ihm einen Blick zu und gegen seinen Willen wurde er weich. Ja, er mußte sich gestehen, daß die Ruhe und Systematik, mit der sie arbeitete, bei ihm Bewunderung erregte. Und diese Bewunderung verband sich mit seiner geheimen Sehnsucht. Er versuchte, streng zu erscheinen, versuchte seinen Worten eine herbe Note zu geben, indem er sagte: «Wissen Sie nicht, daß solche Aktionen nur systematisch durchgeführt werden dürfen, seitens der Behörden, entsprechend dem nationalsozialistischen Grundsatz: Gemeinnutz geht vor Eigennutz?»

Er war gewöhnt, Leute, die nicht der Volksgemeinschaft angehörten, in Rumänisch, und wenn sie diese Sprache nicht verstanden, in Ukrainisch anzusprechen. Zu dieser Blonden aber sprach er, ohne daß er sich im ersten Augenblick dessen bewußt war, deutsch. Anscheinend wegen ihrer blauen Augen und des blonden Haares. Sie antwortete in einem guten Deutsch: «Gemeinnutz verstehe ich so, daß, was den Juden entrissen wird und in nichtjüdischen Besitz kommt, dem Gemeinnutz dient.»

Ihre Antwort imponierte ihm. Sein Ton wurde milder. Man kam von einem ins andere. Etwas abschreckend wirkte ihr Name: Henriette Popovic hatte sie sich vorgestellt. Ein deutscher Vorname, ein echt rumänischer Familienname. Aber dieses blonde Haar, diese blauen Augen. Warum sollten eigentlich die Vandalen, die vor fünfzehnhundert Jahren vorübergehend diese Gegend bewohnten und von denen ein Teil dageblieben war, nicht rumänische Familiennamen angenommen haben. Schließlich haben die Goten in Spanien ja auch spanische Namen angenommen. Um vollkommen sicher zu sein, daß es sich hier auch um eine Nachkommin der Vandalen handelte, fragte er sie: «Woher kommt es, daß Sie so fließend deutsch sprechen?»

«Wir stammen von einer altösterreichischen Beamtenfamilie. Mein Onkel war viele Jahre hindurch der Gouverneur der österreichisch-ungarischen Bank und jahrzehntelang haben alle österreichischen Banknoten die Unterschrift Popovic getragen. Trotz mehr als zwanzigjähriger rumänischer Herrschaft in diesem Lande wird in unserer Familie noch deutsch gesprochen.»

Franz folgte einer Einladung zu einem Abendessen und bat um die Erlaubnis, seinen Freund Hans Kruhle mitbringen zu dürfen. Fräulein Popovic war 28 Jahre alt. Sie hatte viele Bewerber gehabt. Aber da ihre Ansprüche sehr weit gingen, da sie niemals vergessen konnte, daß so viele Milliarden Banknoten einst ihren Namen getragen hatten, hatte sie alle Bewerber abgewiesen. Keiner entsprach den von ihr gestellten Anforderungen.

Ebenso wie sie auf Franz, hatte auch Franz auf sie Eindruck gemacht. Denn im Augenblick war er der Chef von Sereth und sie sagte sich: Wir leben in außerordentlichen Zeiten. Wer heute der Chef von Sereth ist, kann es morgen vielleicht von Czernowitz sein, übermorgen von Bukarest und dann – wer weiß – von wo sonst noch.

Der alte Justfan hatte Otto von Raubnitz eingeredet, daß es in Sereth einen Juden gäbe, Jossel Schames, der Kabbalist und Mystiker sei und Geheimnisse über Goldschätze wisse, die in alten Zeiten vergraben worden waren. Ja, noch mehr: Dieser Jossel Schames wäre fähig, wie einst im 16. Jahrhundert ein Rabbi in Prag, mit kabbalistischen Formeln Gold selbst zu machen. Als Otto von Raubnitz dann herumfragte, stellte er fest, daß fast unter der gesamten Bevölkerung der Stadt diese Legende verbreitet war. Was die Juden betraf, wußte er nichts, da er sich mit keinem Juden in ein Gespräch darüber eingelassen hatte und auch nicht einlassen konnte. Aber Rumänen, Ruthenen und Deutsche jeden Ranges glaubten an diese Legende. Sie hielten den alten Jossel Schames für einen Menschen mit überirdischen Kräften. Und Otto von Raubnitz hatte von Franz Zimmerle verlangt, daß dem Jossel Schames unter keinen Umständen ein Haar gekrümmt würde.

Am ersten Abend, an dem Franz Zimmerle gemeinsam mit seinem Freund Hans Kruhle bei Henriette Popovic eingeladen war, wo es ihm klar wurde, daß Henriette die wäre, nach der er sich so lang gesehnt hatte, die Erfüllung seines geheimen Traumes, brachte er das Gespräch auf Jossel Schames. Denn einerseits wollte er nicht, wenn es einmal so weit wäre, überflüssigerweise einen Juden am Leben lassen, und andererseits wollte er ungerne wegen eines Juden sich mit Otto von Raubnitz verfeinden, der an hohen Stellen großen Einfluß besaß.

Als dieser Name bei Tisch genannt wurde, sprangen Mutter und Tochter Popovic – die Familie bestand jetzt nur mehr aus diesen zwei Personen – von ihren Sitzen auf. «Um Gotteshimmelswillen! Dem Mann darf nichts geschehen! Der ist ein Wundertäter. Viele Ukrainer und sogar Rumänen haben festgestellt, daß, wenn er zu ihnen kommt, hoffnungslos Kranke gesund werden.» Henriette fügte hinzu: «Glauben Sie nicht, Herr Kommissar, daß wir etwa judenfreundlich wären. Keineswegs, aber mit diesem Jossel Schames ist es eine ganz andere Sache. Der Mann – das sagt jeder – ist ein Sterndeuter, ein Mystiker, ein Wundertäter, trotz seines Judentums. Wenn ihm etwas geschieht, dann kann der Stadt ein furchtbares Unglück zustoßen.»

Franz war sich schon bewußt, daß er dieser Frau hörig war. Und so spannten sich seit diesem Abend zwischen Franz Zimmerle und Fräulein Henriette Popovic zarte Fäden, in denen ein Haus am Friedhof, schöne Möbel, ein kabbalistischer Jude Jossel Schames, die Errichtung einer deutschen Familie mit vandalischen Traditionen eng und wirr verwoben waren. Ein anderes Mal vielleicht hätte sich Franz dagegen aufgelehnt, daß ein Jude an seinen Zukunftsplänen und Vorstellungen mitbeteiligt wäre. Aber jetzt gingen die Ereignisse zu rasch. Jeden Moment kamen neue Geheimbefehle, wegen Errichtung von Schützengräben, wegen Alarmbereitschaft, wegen bevorstehender großer Ereignisse. Und die Abende bis in die frühen Morgenstunden verbrachte er im Garten seiner Henriette. Er saß an ihrer Seite und träumte von einer großen Zukunft. An die Gendarmen erging die Weisung, daß für einen Juden eine Ausnahme bestünde: Jossel Schames. Ihn dürfe man zu keiner Arbeit heranziehen, ihn dürfe man in seiner Bewegungsfreiheit nicht einschränken.

VIII

Justfan hatte seinerzeit, nach der Wahl zum Präsidenten der Volksgemeinschaft, Franz Zimmerle den Eid abgelegt, über alles, was in einer Sitzung gesprochen wurde, strengstes Stillschweigen zu bewahren. Justfan war kein Eidbrecher. Aber er betrachtete diesen Eid nicht als bindend gegenüber seiner Frau und nicht gegenüber Freunden, die ihm versicherten, daß sie es nicht weitererzählen würden. Franz Zimmerle zog ihn nur selten zu Sitzungen bei. Wenn er ihn aber heranzog, nahm er ihm vor der Sitzung unter vier Augen nochmals einen Eid ab. Und von der letzten Sitzung berichtete Justfan seiner Frau folgendermaßen. «Der arme Mann wird immer zur unrichtigen Zeit kommen. Nicht umsonst sagt man, wenn der Arme tanzen will, gehen die Musikanten pinkeln. Früher war ich Briefträger, da hatte ich viel zu tun und bekam von allen Kaufleuten und von jedem, der Verwandte in Amerika hatte, Dank, Anerkennung und Trinkgeld. Heute bin ich Postdirektor. Aber gibt es denn noch eine Post? Außer amtlichen Schriftstücken kommt nichts an. Amerika, sagt man, schickt keine Dollars mehr, weil der Führer das deutsche Volk so reich machen will, daß man keine amerikanischen Dollars mehr braucht. Jetzt bei der Sitzung fragte ich, warum man alle Juden verhaftet hätte. Da sagte Otto von Raubnitz, daß die Juden zum Krieg hetzen. Sagte ich, daß, wenn die Juden zum Krieg hetzen würden, wären ja nicht viele von ihnen auf die andere Seite zu den Russen herübergegangen. Da schaut mich Franz Zimmerle so an, als wäre ich ein Idiot, und fragt mich, ob ich denn noch nichts von Juda und Marxismus gehört habe. Da erinnerte ich mich, daß ich einmal hier in einer Versammlung, es war noch in der schönen Zeit unseres Kaisers, gehört habe, daß die Juden protestieren, weil man in Rußland Pogrome macht, und daß sie gegen den Zaren gesprochen haben. Da sagte ich gar nichts mehr. Aber klar ist es mir doch nicht, weswegen die Juden auf die andere Seite hinübergehen, wenn man dort Pogrome macht. Dann erzählte Franz Zimmerle, daß es jeden Moment losgehen könnte, daß man auf einen Befehl des Führers warte. Ich verstand schon gar nichts. Das sind doch Verhältnisse, die ein Mensch mit einem einfachen Verstand nicht mehr begreifen kann. Ich bin Postdirektor und es gibt keine Post. Früher pflegte man die Toten am Friedhof zu begraben. Heute gräbt man den Friedhof aus und macht dort Schützengräben. Man nimmt die Toten heraus und die Lebendigen bringt man auf den Friedhof. Früher, wenn einer sich fremdes Gut angeeignet hat, hat man es genannt Diebstahl, Raub oder Plünderung. Heute sagt man Arisierung. Als ich bei der Sitzung fragte, auf welchen Befehl des Führers man warte, antwortete mir keiner, und dabei bin ich doch Präsident. Später flüsterte mir der Ritter von Sauer zu: Verstehen Sie denn nicht, Sie sind doch ein deutscher Mann und sollten begreifen, um was es geht. Wir erwarten den Befehl des Führers, um gegen die Russen loszuschlagen. Also Krieg, sagte ich. Selbstverständlich Krieg. Warum sagt man also, daß die Juden den Krieg wollen? Keiner antwortete. Franz Zimmerle sagte mir später nur: «Sie sind zu alt, Justfan. Die Präsidentschaft ist für Sie eine zu schwere Last.»

Jossel Schames, Abraham Prager und noch einige ältere Leute bemühten sich auf dem Friedhof um die Kinder. Zum Glück brachten Bauern Lebensmittel, so daß man in der Lage war, wenigstens teilweise den Hunger zu stillen. Alle, die über zehn Jahre alt waren, Männer und Frauen, führte man frühmorgens zur Arbeit weg, um Schützengräben auszuwerfen. Sie arbeiteten ununterbrochen bis zum Anbruch der Dunkelheit und bekamen einmal des Tages Suppe und Brot. Des Nachts legte man sich zwischen die Grabsteine. Die Juden haben ein eigenartiges Verhältnis zu ihrem Friedhof. Das ewige Haus nennen sie ihn. Der Lebende fühlt sich auf dem Friedhof während des Tages irgendwie der Unendlichkeit näher. Er betrachtet den Verstorbenen als seinen Fürsprecher dort, wo über das Schicksal des Menschen entschieden wird. Und spricht zu seinem toten Verwandten so, als hörte er ihn. Er erzählt ihm von seiner Not und seinen Sorgen und wenn es sich um schweres Leid handelt, wiederholt er es zum Grabstein nochmals und nochmals, damit dem Toten ja nichts entgeht. Des Nachts aber bringt der Jude auf dem Friedhof keine Klage vor. Da wagt er kaum zu atmen, wenn er in die Nähe des Friedhofs kommt. Und diese Scheu hat sich auch auf die Kinder übertragen. Man kam mit Anbruch der Dunkelheit von der Arbeit, wagte sich kaum bei den Alten nach dem Befinden der Kinder zu erkundigen. Die Kinder lagen oft schlaflos. Sie blickten mit offenen Augen in die dunkle Nacht und wagten nicht einen Ruf auszustoßen oder ein Wort zu sprechen. Die Erwachsenen fühlten, daß sich etwas Schrecklicheres vorbereitete. Wozu wirft man sonst Schützengräben aus. Aber was kann Menschen, die sich am Rande des Grabes befinden, noch Schreckliches drohen? Wenn man noch Befehlen folgte, arbeitete, die Suppe und das Brot gierig zu sich nahm, so nur um der Kinder willen. Und doch irgendwo unbewußt schlummerte eine Hoffnung. Jossel Schames sagte: «Es gibt einen Grundsatz, vor dem Unglück kommt der Aufstieg. Vielleicht kommt vor dem Aufstieg das Unglück. Vielleicht ist die schwere Prüfung, die uns der Herr gesandt hat, das Zeichen eines Glückes, das uns bevorsteht.» Welchen Glückes, fragten sich viele. Ein Glück wäre es, wenn man wieder einmal ein Dach über dem Kopf hätte. Ein Glück wäre es, wenn man nicht jeden Augenblick befürchten müßte, daß die Kinder von den Bajonetten der Gendarmen erstochen werden. Ein Glück wäre es, wenn man mit Ruhe dem kommenden Tag entgegensehen könnte.

Wie immer tröstete Jossel Schames: «Es ist wahr, daß sich an uns erfüllt hat der furchtbare Fluch Moses: Und schweben wird Dein Leben vor Deinen Augen. Schrecken wirst Du Dich des Tages und des Nachts. Des Morgens wirst Du sagen: O, wäre es doch Nacht. Und des Abends: O, wäre es doch Morgen. Aber heißt es denn nicht weiter in demselben Fluch: Und wenn Dein Überrest zerstreut sein wird bis ans Ende des Himmels, von dort wird Dich der Herr sammeln und Dich wieder aufrichten.»

Da erschien plötzlich am Friedhof eines Nachts Otto von Raubnitz und rief laut Jossel Schames an. Als Jossel Schames zu ihm kam, sagte er: «Hören Sie, alter Mann. Was da geschieht, geschieht auf höheren Befehl. Es ist der Wille des Führers. Von Ihnen aber habe ich viel erzählen hören. Sie sollen, so sagt man, Kabbalist und Mystiker sein. Sie sollen Geheimnisse wissen, die allen andern verborgen sind. In unserem Sinne sind Sie demnach ein wirtschaftlich wertvoller Jude. Wenn Sie uns Ihr Wissen und Ihr Können zur Verfügung stellen, dann können Sie den übrigen Juden viel nützen und ihr Leben wird geschont. Was wir von Ihnen wissen wollen, sind die Geheimnisse des Goldes. Wenn Sie mir im Augenblick keine Antwort geben wollen oder können, dann merken Sie sich: Ich bin jederzeit für Sie zu sprechen, wenn Sie mir eine wichtige Mitteilung in dieser Sache zu machen haben. Ich habe Weisung erteilt, daß Sie frei ein- und ausgehen können. Ihnen sind keine Beschränkungen auferlegt.»

Von all dem, was der Deutsche zu ihm gesprochen hatte, hatte Jossel Schames nur den letzten Satz verstanden. Er kam sich vor wie der Prophet Jeremias, als die Chaldäer Jerusalem erstürmt und den Tempel zerstört hatten. Damals kam Nebuzaradan, der oberste Feldherr der Chaldäer, dem die Juden den Namen «Der Schlächter» beigelegt hatten, zum

Propheten Jeremias und sagte: «Du bist frei. Dir stehen alle Wege offen. Du kannst gehen, wohin du willst und kannst hier bleiben. Ich hab' Weisung erteilt, daß dir kein Haar gekrümmt wird.»

Jeremias, so dachte Jossel Schames, wollte vom Schlächter der Juden keine Begünstigung für sich selbst entgegennehmen. Was ihm als Begünstigung aufgedrängt wurde, wollte er nützen, um seinen Brüdern in ihrem schweren Unglück behilflich zu sein. Aber der Fluch Gottes hatte damals über den Juden gelegen. Der Prophet Jeremias konnte ihnen nicht viel helfen. Wird es ihm, Jossel, besser ergehen, in dem Moment, da ohne Zweifel der HERR allein ihn ausersehen hatte, den Brüdern in der Not beistehen zu können, ihn, Jossel Schames, der seinem Range nach als Synagogendiener früher der letzte gewesen war? Nicht umsonst heißt es in den Psalmen: Vom Staube erhebt er den Armen, aus dem Misthaufen den Erniedrigten, um ihn gleichzusetzen den Fürsten seines Volkes.

Jossel verließ am nächsten Tag den Friedhof, um eine Wanderung vor allem durch die Synagoge und durch die jüdischen Wohnungen zu machen. Die erstere war unberührt. Sogar das ewige Licht der Ölflamme war noch nicht erloschen. Der Tempel war demnach noch nicht zerstört. Aber Jerusalem – für Jossel symbolisierten die jüdischen Wohnungen Jerusalem – war zur Wüste geworden. Gott hat mich als einzigen freigemacht von den Ketten, befreit vom Joch der Heiden. Aber schwer ist mein Los, wenn ich trotzdem nicht weiß, was ich machen kann. An wen mich wenden, mit wem sprechen? Wo gibt es einen Ausweg, welchen Rat kann ich meinen Brüdern erteilen, welchen Weg ihnen weisen?

Eigenartig, der Vernunft oft unbegreiflich, ist die Mentalität der Menschen. Als alle Juden der Stadt verhaftet waren und der Wink von oben kam, die leergebliebenen jüdischen Wohnungen zu plündern, hatte sich ein großer Teil der Bevölkerung auf diese Wohnungen gestürzt. Der eine erinnerte sich, daß ihm Kalman Wiegler einmal Wucherzinsen abgenommen hatte, der andere, daß der jüdische Ladenbesitzer keinen Kredit mehr geben wollte. Eine Frau hatte sich jahrelang eine Nähmaschine gewünscht und hoffte jetzt, in einer jüdischen Wohnung das für sie Unerreichbare finden zu können. Hätte man von den Vorgängen des damaligen Tages auf die Stimmung der Massen in Sereth schließen wollen, so wäre man zur Ansicht gekommen, daß die Beauftragten des Führers in Sereth die geheimsten Wünsche der Serether Bevölkerung in die Tat umsetzten.

Nach der Überführung der Juden auf den Friedhof hatte sich kein Serether, der nicht in dieser Gegend wohnte, in die Nähe des Friedhofes getraut. Alle waren überzeugt, daß man die Juden zur unmittelbaren Abschlachtung geführt hatte, und keiner wollte Zeuge der grauenhaften Vorgänge sein. Von Bewohnern in der Nähe des Friedhofes erfuhr man dann, daß sich die Juden noch am Leben befänden und daß mit Ausnahme der kleinen Kinder und Greise alle zur schwersten Arbeit gezwungen würden. Man hätte gerne den Kindern Lebensmittel gebracht, wagte es aber nicht. Denn auf die ganze Stadt hatte sich nach diesen Vorgängen ein lähmender Schreck gelegt. Ohne daß jemand sagen konnte, woher das kam, und wo es seinen Ursprung hatte, war in der Stadt das Gerücht verbreitet, daß blutige Ereignisse bevorstünden, und daß der Krieg jeden Moment ausbrechen könnte. Man befürchtete, daß Flugzeuge bald Bomben abwerfen und Sereth zum Schauplatz furchtbarer Ereignisse werden würde.

Plötzlich erblickten die Serether Jossel Schames mit einem geflochtenen Körbchen in der Rechten durch die Straßen schreiten. Jossel Schames war, wie gesagt, Synagogendiener gewesen. Jeden Freitag pflegte er mit einem Körbchen in der Hand von Haus zu Haus zu gehen, um bei den Mitgliedern der jüdischen Gemeinde Kerzen für die Synagoge einzusammeln und gleichzeitig gab ihm jeder seinen Lohn. Denn ein festes Einkommen besaß der Synagogendiener auch in den besten Zeiten nicht. Jeder gab ihm am Freitag einige Münzen und daraus bestritt er seinen Lebensunterhalt.

Es war an einem Freitagmorgen, als Jossel den Friedhof verließ und die Synagoge noch unversehrt vorfand. War es eine Störung seines Gedächtnisses? Jossel nahm das Körbchen, das im Vorraum der Synagoge hing, und trat seinen Marsch durch die Straßen an, als gäbe es noch Juden, bei denen er Kerzen und Münzen einsammeln könnte. Vor jeder leeren jüdischen Wohnung blieb er stehen und rief hinein: «Einige Kerzen zu Ehren des heiligen Sabbath.» Daß keine Antwort erfolgte, schien ihn nicht zu stören. Er hielt sich einige Sekunden auf und ging weiter. Am nächsten Judenhaus wiederholte er denselben Ruf. Da ereignete sich etwas Unerwartetes: Ihm kam der Pfarrer der griechisch-orientalischen Kirche, der alte Glurzanski entgegen, mit seinem silberweißen, über den Nacken wallenden Haar. Er nahm ihn an der Hand und sagte: «Kommen Sie mit mir.» Ohne zu fragen wohin, folgte Jossel. Vor dem Portal der alten griechisch-orientalischen Kirche, die im Zentrum der Stadt liegt, machte ihm der Pfarrer ein Zeichen, stehen zu bleiben, ging in die Kirche hinein, kam von dort mit Wachs- und Talgkerzen wieder heraus und legte sie Jossel in den Korb. Darauf nahm er wieder seine Hand, führte ihn zu sich nach Hause unweit vom Sereth-Fluß, von wo man bis auf die andere Seite hinüberblickte und die russischen Patrouillen auf- und abmarschieren sah. Der Pfarrer nahm ihn mit ins Haus, öffnete ein Schränkchen, in dem zwölf weiße Brote lagen, geflochtene Brote, wie sie die Juden für den Sabbath backen, gab sie Jossel und sagte: «Nehmen Sie das mit für die Juden von Sereth. Es ist heute Freitagabend. Ich weiß, daß es wenig ist. Aber es ist alles, was ich auftreiben konnte.» Und über die Brücke hinweisend, sagte er: «Sagen Sie den Serether Juden von mir, daß der alte Gott noch lebt, daß die Nacht nicht ewig dauert.»

Unbehindert, gemäß der Weisung der Gestapo, konnte Jossel wieder zum Friedhof kommen. Müde und erschöpft, begleitet von den Gendarmen, kehrten die Juden nach Anbruch der Dunkelheit auf den Friedhof zurück. Jossel hatte stundenlang zwischen den Gräbern gearbeitet, auf einem freien Rasen hatte er ein Tischtuch ausgebreitet, das er von der Synagoge mitgenommen hatte. Dann hatte er mehrere Kerzen angezündet. Als säße man friedlich bei einem Tisch, begann Jossel die freitag abends üblichen Gebete zu sprechen: «Tretet ein, ihr Engel des Friedens, ihr Engel des Herrn … Sehet, ich habe hergerichtet mein Haus, ich habe gewechselt meine Kleider, zu Ehren der Prinzessin Sabbath.»

Allen standen die Tränen in den Augen. Jossel lud den alten Abraham Prager ein, den Segen über die Brote des griechisch-orientalischen Pfarrers zu sprechen. Abraham Prager segnete die Brote, reichte jedem ein winziges Stückchen und begann dann die Tischgesänge, die am Freitagabend üblich sind, mit gesenkter Stimme vor sich hinzusingen: «Und wenn eine Seele noch so beladen, wenn das Leid überquillt, kommt Sabbath, kommt Ruhe. Verzehre mit Freuden Dein Brot, denn der HERR beschützt Dich und der Sabbath, er wird Dich erlösen.»

Um den Friedhof herum, im weiten Bogen schlich ein Junge. Zweimal schon hatten die Gendarmen ihn gefragt, was er denn hier in der Nähe suche. Er wies sich mit einer Legitimation aus, er wäre Petruschka, der Sohn des Brauereiarbeiters, der hier in der Nähe wohnte. Den ganzen Tag hatte er in den Büchern gebüffelt. Die Schule wäre zwar geschlossen, aber jetzt wäre ein Erlaß gekommen, daß die Schüler sich auf das Examen vorbereiten könnten, das nächstens in einer andern Stadt abgehalten werden sollte. Jetzt spazierte er herum, nach schwerer Arbeit am heißen Tag, um sich zu erholen und Luft zu schöpfen. Sie ließen ihn laufen.

Petruschka sann die ganze Zeit darüber nach, wie er auf einem Umweg, von den Gendarmen unbemerkt, auf den Friedhof gelangen könnte. Er, der rumänische Junge, fühlte sich eins mit denen hier, die als lebendige Leichen jetzt ihren Sabbath auf dem Friedhof feierten. Das war ein Gefühl, das er selbst nicht hätte beschreiben können. Seine Rebekka war weg. Erst jetzt, nachdem sie nicht mehr hier war, war ihm klar, wie sehr er an ihr hing. Die Fäden zwischen ihnen hatten sich seit drei Jahren gesponnen. Sie war eine der zwei jüdischen Mitschülerinnen, die nach den Ausnahmegesetzen gegen die Juden, erlassen von König Carol im Jahre 1938, noch in der Schule verblieben waren. Ihre dunklen Augen, ihre Zurückhaltung hatten ihn angezogen. Zuerst war das Mädchen zurückweisend. Er pflegte immer nach der Schule hinter ihr einherzugehen, mißachtete den Spott und die Verhöhnung der anderen. Dann kam er in ihr Haus. Er befreundete sich mit ihrem Vater, dem Schmied. Er half mit fröhlichem Gesicht in jeder freien Stunde in der Schmiede und führte mit

Chaskel Wagner Gespräche und war erstaunt darüber, wieviel Wissen dieser Schmied besaß. Der philosophierte bei der Arbeit gerne. Bei Chaskel Wagner hatte er zum ersten Male gesehen, wie frei ein Mensch von jedem Vorurteil, religiösem und nationalem, sein kann. Bei Chaskel Wagner hatte er zum ersten Mal von einer Arbeiterbewegung gehört. Nachdem Chaskel zu ihm Vertrauen gewonnen hatte, erzählte er ihm viel von seinen Erlebnissen im vorigen Krieg. Er erzählte von Sibirien, wo er sich in Gefangenschaft befunden hatte, vom Bürgerkrieg, von der Umwälzung in dem weiten, weiten Rußland. An Sonntagen, wenn die Schmiede geschlossen war, machte man Ausflüge zu dritt. Und später kam es oft vor, daß Chaskel zu Hause blieb und er und Rebekka allein weit hinausgingen. Man las gemeinsam Bücher, pflückte die ersten Schneeglöckchen und Veilchen. Und später, als Rebekka eines Tages wegen ihrer jüdischen Herkunft brüsk aus der Schule gewiesen wurde, mußten Chaskel und Rebekka all ihre Überredungskunst aufwenden, um Petruschka davon abzuhalten, ebenfalls die Schule zu verlassen. Es gelang ihnen nur, als Rebekka versprach, daß sie unter seiner Leitung privat die Stunden fortsetzen würden. Regelmäßig kam er dann von der Schule direkt zu ihr hin, trug alles vor, was sie in der Schule durchgenommen hatten, und sie machten gemeinsam die Aufgaben, als wäre Rebekka noch Schülerin. Sie waren gleichaltrig. Niemals, bis jetzt, war zwischen ihnen ein Wort über das gefallen, was sie beide erfüllte oder über eine gemeinsame Zukunft. Sie gingen oft Hand in Hand, sie wußten, daß sie zusammen gehörten.

Dann kamen die schweren Tage. Petruschka war der gewesen, der Chaskel im Auftrage von Simjon die Botschaft der drohenden Gefahr überbracht hatte. Wie Rebekka hatte auch Petruschka keine Mutter mehr. Ein Zufall hatte es gewollt, daß ein Stipendium ihm zugefallen war und ihm das Studium ermöglichte. Sonst wäre er wahrscheinlich genau so wie sein Vater längst Brauereiarbeiter geworden. Der Vater hatte Vertrauen zu seinem Jungen und kümmerte sich nicht viel um seinen Umgang. Als man dem Vater erzählte, daß sein Junge einem jüdischen Mädchen verfallen sei, und seine freie Zeit im Hause des Juden verbringe, antwortete er: «Der Junge kennt seinen Weg. Er versteht von der Welt mehr als ich. Er wird schon seinen Weg finden.»

Als die Juden in jener Nacht über den Fluß gegangen waren, wollte Petruschka mit ihnen mit. Aber Chaskel Wagner und Rebekka beharrten darauf, daß er Simjon darüber befragte. Und der sagte ihm sehr ernst, er verstünde den Wunsch, aber Petruschka sollte vorderhand in der Stadt bleiben. Die geheime Botschaft Simjons durch ihn an Chaskel Wagner hatte Petruschka zum Mitwisser eines großen Geheimnisses gemacht. Er schätzte das Vertrauen, das Simjon, der doch in der Stadt als der engste Mitarbeiter der Gestapo galt, in ihn gesetzt hatte. Er erfaßte die Schwierigkeit, in der sich Simjon befand, in der Doppelrolle, die zu spielen er gezwungen war. Mit einer Bewunderung und Verehrung, zu der nur ein Junge in dem Alter befähigt ist, blickte er zu Simjon auf. Seitdem Chaskel und Rebekka gegangen waren, war ihm Simjon der nächste Mensch auf der Welt. Aber Simjon hatte wenig Zeit. Er kam jetzt spät nachts von Sitzungen nach Hause und war schon vor Tagesanbruch wieder weg. Petruschka schlich sich um das Haus Simjons herum, wollte ihn um die Erlaubnis bitten, sich über den Fluß auf die andere Seite zu machen. Und nun hatte ihm heute morgen Simjon wieder einen Auftrag erteilt. Er solle dem alten Prager sagen, daß für die Juden das Ende herannahe und daß, so weit man es übersehen konnte, im Verlaufe der nächsten achtundvierzig Stunden der Krieg ausbrechen würde. Und dann würden sie keine Juden mehr am Leben lassen. Man sollte daher versuchen, Samstag nachts auf die andere Seite zu gehen. Gewiß sei der Weg mit Gefahr verbunden, aber die Lage der Juden wäre so, daß man nichts zu verlieren hätte. Und Simjon gab Petruschka die Erlaubnis, als Führer zu dienen und mit den Juden mitzugehen.

Die Gefahr war nur, wie herankommen, ohne bemerkt zu werden. Von der andern Seite, aus dem Lokal Borke und Manisali drang Zigeunermusik herüber. Sobald Petruschka merkte, daß Leute in das Vergnügungslokal gingen oder von dort kamen, mischte er sich unter sie, um den Eindruck zu erwecken, als interessierte ihn das Haus dort und nicht der Friedhof. Das verfehlte auch nicht die Wirkung bei den Gendarmen.

«Du brauchst dich nicht zu genieren», sagte einer der Gendarmen. «Ich in deinem Alter hatte längst schon mit Mädels zu tun. Hübsche fesche Mädels sind hier, aber viel Geld verlangen sie. Es ist bei denen, besonders seitdem der Subpräfekt, der Herr Barbarescu, dort ist, so teuer geworden, daß unsereiner sich nichts mehr leisten kann. Aber vom Herumdrehen um das Haus wirst du nichts haben, wenn du kein Geld besitzt. Ich werde dir einen Rat geben, du mußt mir aber schwören, daß du niemandem darüber ein Wort erzählst. Versuchs doch bei den jüdischen Mädels, da drüben am Friedhof. Es sind einige sehr hübsche darunter. Und wenn du Erfolg hast, sage mir, welche es war. Ich hoffe, du verstehst zu schweigen.»

Die meisten Juden lagen zwischen den Gräbern hingestreckt, müde von der schweren Arbeit während des langen Tages, in einem halbwachen Zustande. Das Tischtuch lag noch ausgebreitet, um das Tischtuch herum saßen Jossel Schames und Abraham Prager, bewegten ihre Oberkörper und summten das Nachtischgebet vor sich hin: «Und lasse uns nicht abhängig sein, o HERR, von der Hilfe von Fleisch und Blut, sondern speise uns aus Deiner Hand, der vollen und großzügigen, der heiligen und immer spendenden ... Laß uns einschlummern, HERR, in Frieden und erwachen in Frieden.»

Aufgeschreckt blickte Abraham Prager um sich, als Petruschka ihm die Hand auf den Rücken legte. Er kannte den Jungen nicht. Als der Junge ihm sagte, um was es sich handelte, wollte der alte Prager wissen, wer ihn hergesandt hatte.

«Ein Freund Chaskel Wagners.»

«Gibt es denn hier in der Stadt noch einen Freund eines Juden?» Abraham Prager sprach dieses Wort aus und bereute es gleich. War doch der Junge ein Nichtjude. Ihm vertrauen? Wieso ist er hier hereingekommen?

Dann versuchte er in seinem Ton so milde als nur möglich zu erscheinen. Er wollte mindestens äußerlich jedes Mißtrauen löschen und fragte den Jungen: «Wieso haben sie es dir erlaubt?»

«Ich verstehe Ihre Frage» antwortete Petruschka. Und er erzählte ihm alles, wie es sich abgespielt hatte. Noch immer vermochte Abraham Prager das Mißtrauen nicht zu überwinden. «HERR, bat er im Herzen, HERR gib mir ein Zeichen, auf daß ich weiß, was ich zu tun habe. Wem kann man noch glauben, wem vertrauen?» Den Jungen zurückzuweisen, wagte er nicht. Vielleicht ist er doch der Bote Gottes für eine Rettung, mindestens der unschuldigen Kinder und einiger weniger Erwachsener.

In diesem Moment fuhr jenseits der Straße ein Motorrad und machte vor dem Vergnügungslokal halt. Hier auf dem Friedhof war es dunkel, dort strahlte alles im Lichterglanz, so daß man jeden Vorgang beobachten konnte. Abraham Prager bemerkte, wie zwei Minuten, nachdem das Motorrad halt gemacht hatte, Otto von Raubnitz, Franz Zimmerle, Hans Kruhle und eine Anzahl von Offizieren aus dem Lokal rannten. Einer der Offiziere kam an den Friedhof heran, flüsterte den Gendarmen etwas zu, und von den Vieren verließen drei den Zugang zum Friedhof. Nur einer blieb zurück.

Der Vorgang war auch Petruschka nicht entgangen. Ein Schauer durchlief den Leib des alten Abraham Prager. Für eine Sekunde hatte ihn ein Hoffnungsstrahl gestreift. Vielleicht, sagte er, vielleicht ist es wie damals, als Jerusalem in höchster Not, als vor den Toren der assyrische General Sanherib mit einem Heer von 185 000 Mann lag und für Jerusalem jede Hoffnung erloschen schien. Da kam der Prophet Jesaia zum König Hiskijahu und sprach: «Nicht wird der König von Aschar diese Stadt betreten, seine Pfeile nicht herschleudern. Denn den Weg, den er gekommen ist, wird er wieder umkehren ... Und in der gleichen Nacht noch hat ein Engel Gottes in das Lager Aschurs geschlagen, und als man des Morgens erwachte, lagen 185 000 Kadaver da.» Da rennen sie, die Deutschen und mit ihnen die Offiziere, da ziehen sie die Gendarmen ab. Vielleicht ist das große Wunder geschehen. Er sprach vor sich hin das Gebet des Königs Hiskijahu: «Denn nicht anerkennt Dich das Grab, nicht lobt Dich der Tod, nicht hoffen auf Deine Wahrheit, die am Rande des Grabes stehen.»

Und wieder bemächtigte sich seiner eine grenzenlose Hoffnungslosigkeit. Stehen wir denn nicht alle am Rande des Grabes? Welchen Grund haben wir zu hoffen? Wunder geschehen nur selten. Haben wir denn heute einen Jesaia? Er sagte zum Jungen: «Ich kenne den Freund Chaskel Wagners nicht und weiß nicht, wer dich hergeschickt hat. Aber höre auf die Stimme eines alten Mannes. Du bist jung. Binde dein Los nicht mit dem unseren. Was Gott beschlossen hat, können wir nicht ändern. Wissen wir denn, wie man uns aufnehmen wird, bei dem Versuch den Fluß zu überschreiten? Jeder unserer Schritte ist bewacht. Fliehe, rette dich selbst.»

Der Verzweiflung nahe, verließ Petruschka den Friedhof. Er lief, obwohl Simjon ihm das strengstens verboten hatte, zu dessen Haus. Aber dort war kein Zeichen von Leben. Nach Hause gehen und schlafen konnte er nicht. So viel Hoffnung hatte er auf die Unterredung mit Abraham Prager gesetzt. Warum hatte Abraham Prager ihn zurückgewiesen? «Weil du dich nicht geschickt genug erwiesen hast. Aus der Art wie du gesprochen hast, hätte der alte Mann fühlen müssen, daß du der Bote einer stärkeren Kraft bist, die auch die Juden schützen kann. An dir liegt die Schuld. Und wie sollst du dich für wichtige Arbeit nützlich erweisen, wenn dir diese Mission mißlungen ist?»

In Gedanken versunken, mit sich selbst unzufrieden, langte er am Sereth-Fluß an. Und der Eingebung einer Sekunde folgend, ohne zu überlegen, was er tat, durchwatete er den Fluß. Er war schon fast am unteren Ufer, als er sich seiner Handlungsweise bewußt wurde. Wie durfte er das wagen? Nicht daß er die Gefahr scheute. Aber er kam sich fahnenflüchtig vor. «Dich selbst willst du in Sicherheit bringen. Aber welche Gefahr droht mir denn?» – wollte er sich selbst rechtfertigen. «Für mich besteht doch keine Gefahr. Doch, das Bleiben hier, das Zusammenarbeiten mit Simjon ist gefährlich. Will ich nicht zu Rebekka hinüber? Was sonst könnte mich veranlassen, den Fluß zu durchwaten?»

Schon stand er am jenseitigen Ufer und wollte wieder umkehren, als ihn jemand am Arm packte. «Kein Laut, kein Schrei, folge mir.» Durchs

Gebüsch führte ihn der Soldat, an dessen Kappe Hammer und Sichel zu sehen war, ein weites Stück Weg, zu einer Baracke und übergab ihn dort seinen Vorgesetzten. Jener begann ein Protokoll mit ihm aufzunehmen. Petruschka hatte keine Hemmungen alles zu erzählen. Er berichtete, wie vor kurzem Simjon ihn mit dem Auftrag zu Chaskel Wagner geschickt hatte, und wie er ihn heute wieder beauftragte, die Juden zu warnen. Er erzählte ausführlich von seinem Gespräch mit Abraham Prager und was sich inzwischen um das Vergnügungslokal herum abgespielt hatte. Der Sowjetoffizier blickte ihm in die Augen, verzeichnete jedes Wort, das er sagte, klopfte ihm dann auf die Schulter: «Deine Angaben stimmen. Für uns ist es jetzt wichtig zu wissen, wann es erfolgt. Daß es eine Frage von Tagen oder gar Stunden ist, wissen wir. Wir möchten nur von Simjon genauer erfahren, ob sie dort die festgesetzte Stunde kennen. Fühlst du dich stark genug, den Weg nochmals zu wagen? Sollte Simjon wissen, wann der Angriff erfolgt, dann versuche morgen früh an derselben Stelle, an der du jetzt den Fluß überschritten hast, zu erscheinen und ein Bad zu nehmen. Du tauchst im Wasser unter und immer wieder auf. Den Rücken uns zugedreht, bedeutet Nacht, das Gesicht Tag, die Zahl der Tauchungen die Stunde. Wenn du von Simjon nichts erfährst, dann brauchst du dich nur zu zeigen, nicht aber zu baden. Den Juden sage in meinem Namen, daß der Übergang meiner Meinung nach nur möglich sein wird, unmittelbar nach dem Angriff. Sie müssen sich bis einen Kilometer östlich durchschlagen und dort versuchen, den Fluß zu überschreiten. Leicht wird es nicht sein. Die ganze Strecke ist von Truppen besetzt, aber sie haben nichts zu verlieren. Sage ihnen noch, daß wir einige Wagen bereit halten. Ohne Zweifel werden die Wagen von Flugzeugen beschossen werden. Das brauchst du ihnen nicht zu sagen, sonst wagen sie es nicht. Was Chaskel und Rebekka anbetrifft, so kannst du beruhigt sein.»

Inzwischen tagte im Gebäude der Subpräfektur der engere Rat der Volksgemeinschaft, gemeinsam mit dem rumänischen Divisionskommando. Carol Barbarescu hatte man ausnahmsweise zu dieser Tagung hinzugezogen. Franz Zimmerle berichtete über die Depesche, die ihm soeben von der Kommandantur in Radautz zugestellt worden war. Der

Angriff würde um Mitternacht am 21. auf den 22. erfolgen, das heißt morgen Nacht. Der Feind würde keinen Widerstand leisten. Man habe Nachricht erhalten, daß der Feind von irgendwelcher Seite gewarnt worden sei. Denn schon seit Tagen hätte er seine Vertrauensleute weggebracht, sowie die Maschinen der Kollektivwirtschaft, einen großen Teil des Viehs, die schweren Geschütze und die eingebauten Maschinengewehre. Geblieben seien nur einige Nachhuten.

Bis zum Anbruch der Dunkelheit am Samstag dürfe man in der Stadt nichts merken lassen. Im Gegenteil: Man müsse so handeln, als wäre alles normal, als dächte kein Mensch daran, daß etwas bevorstünde. Man sollte sogar, damit der Feind nichts merke, ein Auge zudrücken, wenn Bauern von der andern Seite herüberkämen und dann wieder zurückgingen. Denn militärische Geheimnisse könnten dem Feinde nicht mehr verraten werden. Wichtig wäre nur, ihn über Tag und Stunde in Unklarheit zu lassen. Nach Anbruch der Dunkelheit aber würde durch Trommelschlag der Belagerungszustand verhängt. Für die Ordnung in der Stadt solle eine deutsche Abteilung sorgen, die im Laufe des Tages als Zivilisten in Sereth eintreffen würden.

Es war bereits Morgengrauen, als der Kriegsrat von Sereth auseinanderging, jeder in seine Gedanken versunken. Jeder hatte auf diese Stunde gehofft. Was würde sie bringen? Franz Zimmerle zweifelte keinen Augenblick, daß man mit den Russen rasch fertig werden würde. Sonst hätte der Führer die Sache gar nicht unternommen. «Wenn erst der Krieg im Gange ist und ich in Sereth als Kommandant bleiben kann, dann werden sich auch meine Ehepläne verwirklichen lassen.»

Otto von Raubnitz ließ im ersten Morgengrauen seinen Blick schweifen. Rechts sah er vor sich den Schlot der großen Bierbrauerei und links führte der Weg zu dem so ertragreichen Nachtlokal. Welches von beiden wird ihm als Erbe zufallen? Was bringt diese Stunde für seine Zukunft?

Simjon hatte keinen Augenblick gezweifelt, daß die Stunde der Entscheidung heranrückte. Welche Aufgabe fällt ihm zu? Er hatte die Stunde herankommen sehen und jetzt, da sie da war, die Stunde, von der man lange Jahre gesprochen hatte, da war er erschüttert und ergriffen.

Wankend vor Müdigkeit langte Simjon vor seinem Hause an. Er mußte viele Dinge rasch entscheiden. Vor allem gab es in der Brauerei zwei seiner engeren Freunde, die als gewerkschaftlich Organisierte und Linke bekannt waren und noch dazu Juden. Sie waren die einzigen, die man nicht verhaftet hatte, weil sie für den Betrieb im Moment als unersetzbar galten. Simjon war es klar, daß sie keine Stunde länger hier bleiben dürften. Sie müßten so rasch wie möglich, noch vor Ausbruch der Feindseligkeiten, auf die andere Seite gehen. Außerdem müßte man versuchen mit der Leitung der Bewegung noch einmal zu reden, bevor es die Verhältnisse vielleicht für längere Zeit unmöglich machten. Vielleicht weiß man auf der andern Seite gar nicht, daß es schon heute losgeht. Den Juden hatte er in der Vorahnung des Kommenden eine Warnung für die nächsten achtundvierzig Stunden zukommen lassen. Damals war er der Meinung gewesen, daß es sich doch noch länger hinausziehen würde. Und nun kam es sogar früher, als er selbst es erwartet hatte.

In Gedanken versunken, erblickte er plötzlich aus dem halbaufgeschossenen Mais in seinem Garten einen Mann auf sich zukommen. Es war Petruschka. Der Junge erzählte ihm alles. Weit und breit sah man keinen Menschen. Der einzige Gendarm, der vor dem Eingang zum Friedhof geblieben war, sollte um diese Zeit abgelöst werden. Und da die Ablösung nicht kam, legte er sich auf die Steinmauer und war eingeschlafen. Simjon fiel es ein, daß man bei der Besprechung ganz die Juden vergessen hatte. Er wußte, daß die Ablösung für den Gendarmen nicht kommen würde, weil diese auf der andern Seite den Polizeidienst übernehmen sollten. Er schickte daher Petruschka zu seinen zwei jüdischen Kollegen aus der Brauerei und ließ ihnen sagen, sie sollten ohne Verzögerung den Fluß überschreiten. Es würde ihnen um so leichter fallen, da sie ja beide Junggesellen waren und keine Familie in der Stadt besäßen. Bevor sie aber weggingen, sollten sie Petruschka auf Jiddisch einige Worte an Abraham Prager schreiben, damit er dem Jungen vertraue.

Petruschka verließ ihn. Simjon war wegen seiner politischen Stellung jetzt nicht mehr an feste Arbeitszeit gebunden. Er wollte etwas ruhen. Aber kaum hatte er die Augen geschlossen, da riß er sie wieder auf und starrte auf die getünchte Wand. Er mußte ein Arbeitsprogramm für die kommende Zeit entwerfen. Alles würde sich ändern, das wußte er. Er wußte auch, daß Otto von Raubnitz auf die Brauerei ein Auge geworfen hatte und nach Mitteln suchte, um sie in seinen Besitz zu bringen. Das würde ihm ohne Zweifel gelingen, obwohl der Brauereibesitzer Beil selbst Deutscher war, sich aber von der Volksgemeinschaft fernhielt. «Sereth wird jetzt Hinterland werden in diesem Kriege gegen die Sowjetunion. Da werden vielleicht die Aufgaben unserer illegalen Gruppe ganz andere. Bisher gab es die Verbindung bis ins russische Gebiet hinüber. Aber was jetzt? Otto von Raubnitz hat angedeutet, daß Sereth und besonders auch der Brauerei neue Aufgaben zufallen. An die Stelle der unfähigen Siguranza wird jetzt die Gestapo treten. Es wird ...»

Nur kurzer Schlaf war ihm vergönnt. Wie lange er geschlafen hatte, wußte er nicht. Da drangen plötzlich Stimmengewirr und Schreie an sein Ohr. Er rieb sich die Augen, sprang vom Bett, zog den Vorhang hoch und erblickte eine große Bauernmasse vor dem jüdischen Friedhof. Die Sonne stand bereits hoch am Horizont.

In der zweiten Junihälfte ist jeder schöne Tag im Dorfe besonders kostbar. Der Mais wird umgesetzt, junge Kartoffeln werden ausgegraben. Selten sieht man um diese Zeit Bauern in der Stadt. Wenn sie die jungen Kartoffeln, Gemüse, Eier und Milchprodukte in die Stadt zum Verkauf tragen müssen, dann besorgt es gewöhnlich ein Bauer für zehn. In letzter Zeit aber waren die Märkte in Sereth ganz leer geworden. Man hatte den Bauern viel Vieh gegen Quittungen abgenommen, und eine Woche zuvor hatte man sogar begonnen, Pferde zu requirieren. Die Bauern beschwerten sich und versuchten Widerstand zu leisten. Aber es nützte nicht viel. Und nun kamen die Einberufungen noch dazu. Zuerst waren es Einzelne gewesen, die in den Dörfern Einberufungen zum Militär erhalten hatten. In den letzten Tagen aber erhielten fast alle, die beim Militär gedient und das vierzigste Lebensjahr noch nicht überschritten hatten, Stellungsbefehle. Sie sollten sich beim nächsten Ergänzungsbezirkskommando in Radautz melden, je zwei Hemden und ein Paar starke Schuhe mitnehmen. Die wenigsten besaßen zwei Reservehemden und noch weniger eigene Schuhe. Im Winter trug man hohe Stiefel, im Sommer ging man barfuß, oder trug selbstgebastelte Sandalen. Was den Militärbehörden eingefallen ist, noch Schuhe zu verlangen. Um Manöverübungen konnte es sich nicht handeln, denn seit Menschengedenken finden solche erst Ende Oktober statt, nachdem alle Erntearbeiten abgeschlossen sind.

In den Dörfern begann man zu munkeln, daß ein Krieg bevorstünde. Gegen wen? Die meisten Bauern glaubten, daß es wie im vorigen Krieg gegen Deutschland gehen würde. Man kam zu diesem Schluß, weil die Pferderequirierungen in Begleitung eines rumänischen Gendarmen von Deutschen durchgeführt worden waren. Die Bauern wollten sich vergewissern und begleiteten ihre eingezogenen Söhne. Aber nicht in die achtzehn Kilometer südlich gelegene Garnisonstadt Radautz, sondern nach Sereth. Hier wollten sie vom Subpräfekten eine klare Antwort haben: Was bedeutet es? Ist es Krieg? Dann sollte man ihnen was sagen, damit sie bei den Erntearbeiten sich einrichten könnten und wüßten, mit welcher Arbeitskraft sie zu rechnen hätten. So strömten seit dem frühen Morgen Bauern in die Stadt. Es war Samstag, der einundzwanzigste Juni 1941.

Wenn Bauern schon einen kostbaren Arbeitstag verlieren, wollen sie ihn nützen. Man nimmt einige Sachen aus dem Dorfe zum Verkaufen mit, Eier, Hühner, Käse, junge Kartoffel, um für den Erlös in der Stadt Petroleum, Salz und Streichhölzer einzukaufen. Sie wußten, daß dieser Tag dafür nicht geeignet war, denn am Samstag waren sonst die meisten jüdischen Läden geschlossen. Aber sie waren mit den Juden gut bekannt und hofften, daß diese ihre Lage verstehen und mit ihnen eine Ausnahme machen würden. Denn, daß seit vier Tagen alle in der Stadt verbliebenen Juden verhaftet waren und sich auf dem Friedhof befanden, wußten die meisten Bauern noch nicht. Wie erstaunt waren sie, als sie alle jüdischen Läden offen sahen, ohne Türen, ohne Fenster und vollkommen ausgeleert. Kein Laden, kein Wirtshaus. Wem sollten sie ihre Produkte verkaufen?

Im Hotel Hammerhof hatte man seit einem Jahr, seitdem die vielen deutschen Großgrundbesitzer und deutschen Händler aus den von den Russen besetzten Gebieten nach Sereth gekommen waren, einen deutschen Verkaufsladen eingerichtet. Verkauft – wurde da nur an Deutsche. Hier mangelte es an nichts. Hier gab es schönstes weißes Mehl, Butter, Käse, Hülsenfrüchte, Zigaretten, Petroleum und Streichhölzer. Während die Rekruten darauf warteten, daß die Subpräfektur geöffnet wurde, wiesen die Bauern jeden ab, der ihnen ein Huhn oder Eier abkaufen wollte und warteten in aufgeregtem Zustande auf dem Pflaster des Ringplatzes, zwischen der griechisch-orientalischen Kirche und dem Hotel Hammerhof. Unterdessen wurden die Rolläden am deutschen Kaufhaus aufgezogen. Die Bauern blickten hinein. Ein großer schöner Laden. Da sahen sie mehrere Faß Petroleum stehen, da standen ganze Kisten Streichhölzer und die zylinderförmigen Salzmassen. Die Bauern begannen hineinzuströmen, um zu kaufen. Aber sie erhielten zur Antwort: «Das ist ein deutsches Kaufhaus. Waren werden nur an Deutsche abgegeben.»

Die Bauern blieben verdutzt stehen. Der eine fragte: «Und wo soll der Bauer kaufen?» Als Antwort zuckte der Verkäufer seine Schulter.

«Ich möchte ein Päckchen Tabak haben», schrie ein anderer.

«Petroleum her. Du Bohnenstange», rief eine Bäuerin dem hageren deutschen Verkäufer zu. Ein Bauer griff nach einem Päckchen Tabak.

«Schaut, daß ihr hinaus kommt, ihr Bauernpack!»

Bald war der schön geordnete Kaufladen ein wüster Haufen, ein buntes Durcheinander von allerlei Waren. Ein Petroleumfaß war umgekippt und im Petroleum, das zur Türe hinausfloß, schwammen Schachteln Streichhölzer, mischten sich Mehl, Butter und zerschlagene Eier. Jemand warf ein brennendes Streichholz hinein. Der deutsche Laden im Gebäude des Hotels Hammerhof stand in Flammen.

Wutschnaubend kam Franz Zimmerle durch die Straßen gerannt. Er sprang behend über den Zaun des Volksgartens und wischte sich im Laufen den Schweiß von der Stirne. Da war gerade das eingetreten, was er vermeiden wollte. Der Tag sollte ruhig verlaufen und nun war der Rummel da. Natürlich könnte er das meistern. Einige Gendarmen, und wenn notwendig eine Kompanie Militär, würden sofort die Ruhe herstellen. Er könnte es sogar mit seinen eigenen Leuten schaffen. Denn die Abteilung SS befand sich bereits geheim seit mehreren Stunden in der Stadt. Aber kaum achthundert Meter entfernt, jenseits der Brücke, stehen die Russen. Und sein Auftrag lautete, daß nichts gemacht werden dürfe, was jenseits als Unruhe oder gar als Vorbereitung angesehen werden könnte. Mit beiden Ellenbogen verschaffte er sich Zugang zum brennenden Laden. Er lief durch den Laden in den Hinterraum und holte den Verkäufer heraus. «Bauern», rief er, «ich werde den Menschen hier verhaften, weil er sich ungebührlich benommen hat. Natürlich könnt ihr kaufen, was ihr wollt. Gerade dazu hat man ja die Waren. Und damit die Waren nicht versteckt oder verschoben werden, hat man die Juden verhaftet. Also jetzt kommt her und sagt, was ihr haben wollt.»

Was sie haben wollten? Es gab keine Waren mehr im Laden. Eine Flamme vom Boden bis zur Zimmerdecke hüllte das Kaufhaus ein. Was zu nehmen war, nahm man sowieso. Da erblickte Franz Zimmerle in seiner Verzweiflung unweit von sich den griechisch-orientalischen Pfarrer Glurzanski. Franz Zimmerle liebte Glurzanski nicht. Dieser Pfarrer war ihm immer schon ausgewichen und hatte öffentlich geäußert, daß das Vorgehen gegen die Juden das größte Verbrechen gegen den HERRN wäre. Aber jetzt in seiner Not wandte er sich an den Pfarrer. «Hochwürden, walten Sie Ihres Amtes und beruhigen Sie das Volk.»

«Wer Wind sät, wird Sturm ernten», antwortete der Pfarrer. «Das Volk war ruhig, man hat es gereizt.»

«Hochwürden, es ist jetzt keine Zeit zu Auseinandersetzungen.»

In diesem Moment zeigte sich an dem unmittelbar über dem Laden liegenden Fenster des Hotels Hammerhof die Gestalt Hans Kruhles. Er hatte anscheinend im tiefen Schlaf gelegen und war erst durch den Rauch, die Hitze und den Lärm auf der Straße geweckt worden. Er wurde vom Fenster von einer unsichtbaren Hand weggerissen, und bald kam nackt aus dem brennenden Hotel Silvia, die Frau des Subpräfekten Carol Barbarescu herausgestürtzt. Offenbar war sie so erschreckt und noch so verschlafen, daß sie sich dessen gar nicht bewußt war, was sie tat. Dieser Anblick trug mehr zur Beruhigung bei, als es irgend etwas anderes in diesem Augenblick zu tun vermocht hätte. Die nackte Frau, die erste Dame der Stadt sozusagen, die ihren Mann mit einem Deutschen betrogen hatte, von den Flammen überrascht, von Angst gepackt, erregte mitten in der großen Aufregung Heiterkeit. Es stürzten aus dem Hotel in dieser Morgenstunde viele Deutsche in ihren Nachtanzügen heraus. Eine Abteilung Militär rückte heran, einen durchlöcherten Wasserschlauch mit sich schleppend, um zu löschen.

Pfarrer Glurzanski rief den Bauern zu, vom Hotel wegzugehen und zur Kirche zu kommen. Er möchte einige Worte sprechen. Die Bauern folgten. Vor dem Portal der Kirche begann er zu reden:

«Ich bin nicht gekommen den Frieden zu bringen, sondern das Schwert. So sprach unser Erlöser und Heiland. Und viele werden fragen: War denn nicht unser Erlöser der Friedensfürst, er selbst in seiner Person die Inkarnation des Friedens? War er es nicht, der gesagt hat: Verzeiht denen, die euch Böses tun? Warum also predigt unser Heiland und Erlöser das Schwert? Er predigt es gegen die, die die Welt in das Verderben stürzen, gegen die, die die Gesetze seines Vaters, liebe deinen Nächsten wie dich selbst, mit Füßen treten. Nur denen wird der Friede werden, die den Frieden im Herzen tragen, die Brüderlichkeit und die Liebe. Ihr Bauern habt die im Schweiße eures Angesichtes erarbeiteten Produkte zum Markte gebracht, aber ihr könnt sie nicht abgeben, weil ihr für den Erlös nichts mehr kaufen könnt. Aber heißt es denn nicht: Gebt, auf daß euch gegeben wird. Da unten am Friedhof liegen unschuldige Kinder, die noch nicht zwischen Gut und Böse unterscheiden können, die man lebendig hingebracht hat. Sie strecken ihre kleinen Händchen nach Brot aus, ihre verschmachtenden Zungen lechzen nach Wasser und Milch. Bauern, gebt es ihnen. Unser Heiland war selbst aus dem Stamme der Juden. Hätte er die Juden vernichten wollen, hätte er es seit Jahrtausenden schon machen können. Die Juden sind Gottes Volk wie wir alle. Und unser Heiland hat gesprochen: Ich bin nicht geschickt worden zu den Heiden, sondern zu den verlorenen Schafen des Volkes Israel, das sind wir alle, Juden wie Nichtjuden. Alle, die den Grundsatz der Heiligen Schrift anerkennen: Liebe deinen Nächsten wie dich selbst, kommt mit mir zum Friedhof.»

Franz Zimmerle hörte diese Rede und war sich im Moment nicht im Klaren. Wollte der Pfarrer aufreizen? Wahrscheinlich. Aber doch hatte er ihm für den Augenblick einen großen Dienst erwiesen. Denn was er in diesem Moment benötigte, war, diese aufgewühlte, aufgeregte Masse vom Ringplatz wegzubringen. Nur keine Zusammenstöße, nur keine Unruhe, mindestens diesen Morgen nicht.

So erhielten die Juden am Friedhof unerwarteten Besuch. Mitten im Leid und in der Hoffnungslosigkeit erstrahlte nochmals ein Licht, wenn auch nur für einen Augenblick. Allein, verlassen von der ganzen Welt, lebendig den Toten zugesellt, erhielt man plötzlich eine Berührung mit dem Leben. Man weinte vor Schmerz und Glück, vor Freude und unendlicher Trauer.

Das geschah in dem Augenblick, da Simjon, durch den Lärm aufgeweckt, zum Fenster hinausblickte.

IX

Franz Zimmerle war schon lange nicht mit sich so unzufrieden wie an diesem 21. Juni 1941. Es schien, als hätten sich alle Mächte der Welt gegen ihn verschworen. Gerade weil es sein Ehrgeiz war, gemäß den Instruktionen von oben, daß dieser Tag vor der Entscheidung ruhig sein soll, löste sich alles in Unruhe auf. Schon im Morgengrauen, als er die Sitzung verließ und bei seiner Braut anklopfte, um ihr mitzuteilen, daß entscheidende Dinge bevorstünden, hatte er mit ihr einen Zusammenstoß. So wie an diesem Morgen hatte er sie noch nie gesehen. Unter allen Umständen erklärte sie ihm, wolle sie das Leben des Juden Jossel Schames geschont wissen. Möge mit allen Juden was auch immer geschehen, Jossel Schames dürfte kein Haar gekrümmt werden. Sie hatte sich in den Gedanken hineingelebt und hielt krampfhaft daran fest, daß ihr eigenes Glück, ihre eigene Zukunft von dem Schicksal dieses alten Juden abhinge. Ihm graute vor diesem Gedanken. «Ich», so rief sie, «werde bestimmt aus Jossel Schames das Goldgeheimnis herauslokken.» Was würde man in höheren Kreisen denken, wenn man erführe, daß ausgerechnet die Braut von Franz Zimmerle sich an einen Juden klammerte? Verstimmt ging er in seine Wohnung, um wenigstens einige Stunden noch schlafen zu können. Kaum aber war er eingeschlafen, wurde er geweckt und man teilte ihm mit, daß die Bauern sich vor dem deutschen Laden zusammengerottet und den Laden angezündet hätten. Die Art, wie dann die Gefahr abgewendet wurde, sowie die Ansprache des Pfarrers Glurzanski hatten ihn gar nicht befriedigt. Aber für den Moment blieb ihm nichts anderes übrig, als diese bittere Pille zu schlucken. Der Zug der Bauern hatte sich am Friedhof ohne Zwischenfall aufgelöst. Franz Zimmerles Beschluß stand jetzt fest, an den Juden mit Ausnahme von Jossel Schames blutige Rache für diese Vorfälle zu nehmen. Jetzt wollte er, obwohl müde und unausgeschlafen, an die Arbeit gehen, um alle Vorbereitungen, soweit sie ihn angingen, für den entscheidenden Moment zu treffen.

Im Amt angelangt, begann er die Depeschen zu lesen. Da hörte er plötzlich eine starke Explosion. Er stürzte zum Fenster. Menschen rannten die Straße entlang. Er lief hinaus, riß die Tür seines Wagens auf und befahl dem Chauffeur, ihn in die Richtung zu fahren, woher die Explosion kam. Die Eisenbahnbrücke war in die Luft geflogen. Einige Minuten, bevor fahrplanmäßig der Zug von der andern Seite die Brücke überqueren und in den Bahnhof von Sereth einlaufen sollte. Einen Personenverkehr zwischen den beiden Seiten gab es nicht. Täglich ging um zehn Uhr morgens von Sereth ein Zug nach der russischen Seite, nach Czernowitz ab. Er führte zumeist leere Eisenbahnwaggons und Öltanks. Gemäß den Handelsabmachungen zwischen Deutschland und der Sowjetunion kam um elf Uhr ein Zug von der Gegenseite, der Lebensmittel und sonstige Rohstoffe führte. Hier und da brachte der Zug auch einen Postsack mit und manchmal einige offizielle Persönlichkeiten. Russische Begleitmannschaften kamen bis in den Bahnhof von Sereth herüber, und rumänisches Eisenbahnpersonal begleitete den Zug auf dem Rückweg bis zur nächsten Eisenbahnstation.

Beim Hinunterfahren zur Eisenbahnbrücke las Franz Zimmerle die letzten Depeschen und Weisungen, in denen ihm der Befehl erteilt wurde, aus irgendeinem Grunde den heutigen Morgenzug nicht mehr abzulassen. Er hätte sich das Haar ausraufen mögen. Diese verfluchte Auseinandersetzung mit seiner Braut und die Vorgänge im deutschen Kaufhaus hatten es mit sich gebracht, daß er erst jetzt dieses Telegramm las, und er selbst hatte morgens die Erlaubnis erteilt, den Zug mit allen leerstehenden Waggons, sowie drei Waggons Salz und fünf Waggons Paraffin abfahren zu lassen. Gewiß, er hatte es gut gemeint. Er hatte gedacht, auf diese Weise die Russen um so leichter irreführen zu können. Er wußte, daß es der letzte Zug nach jener Richtung war. Aber er hatte geglaubt, daß noch von der andern Seite ein Zug ankommen würde. Und nun flog die Eisenbahnbrücke in die Luft. Als er hinunterkam, stand die rumänische Patrouille und blickte auf die andere Seite hinüber. Der Fluß hatte jetzt wenig Wasser. Man hätte vielleicht sogar mit dem Wagen hinüberfahren können. Er zog es aber vor, über die Holzbrücke hinüberzugehen, um mit den Russen zu sprechen.

Der russische Kommandant kam ihm in der Mitte des Weges entgegen. Man begrüßte einander zeremoniell und er mußte gute Miene zum bösen Spiel machen. Der Russe fragte, in wessen Auftrage denn die Brücke gesprengt worden sei. Er sprach sehr besorgt davon, daß das für einige Tage den Warenverkehr verhindern könnte. Er habe sofort die Weisung erteilt, daß der schwerbeladene Zug in der nächstgelegenen Eisenbahnstation Terbelestie halt mache. Erstens müßte eine gemischte Untersuchungskommission eingesetzt werden, um die Ursache des Unglückes zu prüfen. Es schienen ja böse Kräfte am Werke zu sein, um die gegenseitigen freundschaftlichen und gutnachbarlichen Beziehungen zu stören. Und zweitens müßte die Wiederinstandsetzung der Brücke sofort in Angriff genommen werden. Franz Zimmerle war mit diesen Vorschlägen einverstanden und versprach im Laufe der nächsten Stunden zwei Mann von dieser Seite aus für die Untersuchungskommission zu schicken. Er bat den Russen, ob es nicht möglich wäre, die in den Waggons vorhandenen, für Deutschland bestimmten Waren mit Lastwagen herüberzubringen. Der Russe erklärte, daß – obwohl in den Abmachungen, diese Strecke betreffend, ein solcher Fall nicht vorgesehen wäre – er dennoch dem Notzustande Rechnung tragen wollte. Wenn Lastwagen und Arbeitskräfte herübergeschickt würden, stünde einem Transport der Waren nichts im Wege.

Der russische Kommandant teilte ihm noch mit, daß sich im Zug auch ein Postsack befinde. Er könne spätestens in einer Stunde in der Mitte der Brücke abgeholt werden. Franz Zimmerle dankte überschwänglich, versprach das Notwendige zu veranlassen und spätestens in zwei Stunden wieder zu kommen, um ihm die Mitglieder der Untersuchungskommission vorzustellen und ihm mitzuteilen, ob er die notwendigen Lastwagen aufgetrieben habe. «Denn», fügte er hinzu, «bei der Ruhe und dem Frieden, die Gottseidank in diesem Gebiete herrschen, stehen uns normalerweise so viele Lastwagen gar nicht zur Verfügung.»

Schon während der vergangenen Nacht hatte Franz Zimmerle Plakate drucken lassen, in denen die Bevölkerung wegen Seuchengefahr davor gewarnt wurde, in den nächsten vierzehn Tagen im Sereth-Fluß zu baden. Dieser Druckauftrag wurde rasch durchgeführt und die Plakate prangten bereits in der Stadt, als er wieder heraufkam. Die meisten in der Stadt schüttelten beim Lesen dieser Plakate verwundert den Kopf. Es hatte seit Tagen nicht geregnet, der Fluß war normal und in den Plakaten las man, daß das Hochwasser des Sereth-Flusses Seuchengefahr mit sich brächte. «Aber» sagte Justfan, «man kann nie wissen, was inzwischen im Gebirge vorgegangen ist. So ein Fluß ist sehr tückisch. Da regnet's im Gebirge, das klare Wasser wird gelb, undurchsichtig und schleppt tote Katzen, Ratten und sonstige Kadaver mit, die allerhand Krankheiten erregen.»

Franz Zimmerle rief telefonisch in Radautz an, wo sich das Hauptquartier befand, berichtete über das Vorgefallene, aber nur was die Eisenbahnbrücke betraf. Die Vorgänge im deutschen Kaufladen verschwieg er vorläufig. Schon nach einer Stunde wurde er angerufen und man teilte ihm mit, daß die Lastwagen unterwegs seien. Die Russen erwarteten den

Angriff erst in einer Woche. Daß sie die Eisenbahnbrücke gesprengt hätten, sei darauf zurückzuführen, daß sie wüßten, daß die Herstellung der Brücke für schweren Lastverkehr mindestens zehn Tage in Anspruch nehmen müsse. Aber sie würden sich schwer hüten, die Lastwagen zu beschlagnahmen, da sie ja den Ausbruch der Ereignisse so weit als möglich hinausschieben möchten.

Franz Zimmerle ließ Justfan zu sich kommen und beauftragte ihn als Postdirektor, selbst den Postsack zu übernehmen. Er machte ihn darauf aufmerksam, daß es sich diesmal um eine sehr delikate Angelegenheit handele, die keinem Angestellten anvertraut werden könne. Er selbst würde ja die Arbeit machen. Aber es widerspräche dem internationalen Postgesetz, daß jemand anderer als ein Postbeamter den Sack übernehme.

Justfan war ob dieser ihm erteilten Mission sehr zufrieden. Denn schon lange hatte er vieles auf dem Herzen, was er gerne mit den Russen sozusagen von Mensch zu Mensch gesprochen hätte, wie sich Justfan auszudrücken pflegte. Unter vier Augen, ohne Zeugen, läßt sich vieles klären. Vielleicht könnte er, Justfan, manches zur Bannung der Kriegsgefahr beitragen. Denn daß eine solche bestand, war auch ihm nicht verborgen geblieben, obwohl man ihm ja nichts gesagt hatte. Er war überzeugt, daß es sich nur um ein Mißverständnis handeln könne und daß er der berufene Mann sei, solche Mißverständnisse aus dem Wege zu räumen. Ja, noch mehr: Es erfüllte ihn mit Schmerz, daß man die Juden als Kriegstreiber verhaftet und auf den Friedhof gebracht hatte. Nachdem er seinerzeit von Franz Zimmerle so schroff zurückgewiesen wurde, hatte er sich nicht mehr getraut, mit ihm darüber zu sprechen. Aber wenn er von den Russen, mit denen er jetzt sprechen sollte, eine schriftliche Zusicherung bekommen würde, daß man in Rußland keine Pogrome mehr machen werde, dann würde man die Juden zu einer Loyalitäts- und Friedenserklärung veranlassen und sie vielleicht aus ihrer verzweifelten Lage befreien können.

Voller Hoffnung machte sich der Alte mit einem Fahrrad auf den Weg zur Brücke, um den Sack zu übernehmen, und vertraute auf seinen guten Stern, daß ihm seine geheime Mission gelingen würde. Der Zugang zur

Brücke war von rumänischen Soldaten streng bewacht, ebenso wie die Zugänge zu den Trümmern der Eisenbahnbrücke, die sich kaum hundert Meter entfernt befand. Mit Entsetzen nahm Justfan wahr, daß einige russische Soldaten am linken Ufer badeten. Anscheinend hatte man vergessen, sie rechtzeitig vor der Seuchengefahr zu warnen. Justfan zeigte seine Legitimation, wurde durchgelassen und höflich kam ihm der russische Kommandant mit einem Postbeamten entgegen, der den Postsack mitschleppte. Justfan kannte diesen Postbeamten. Vier oder fünf Mal während des ganzen Jahres waren solche Postsäcke angekommen. Sie enthielten zumeist Zeitungen aus Moskau, Kiew und Czernowitz und waren an Franz Zimmerle adressiert. Justfan dachte: Wie merkwürdig, daß dieser Deutsche, der ja nicht sehr russenfreundlich zu sein scheint, sich so für russische Zeitungen und Bücher interessiert. Er begrüßte den russischen Postbeamten höflich, ja herzlich, wie einen alten Bekannten, salutierte stramm vor dem russischen Kommandanten, überreichte ihm seinen offiziellen Auftrag und nahm den Sack in die Hand. Die zwei Russen waren schon im Begriff, zeremoniell die Umkehr nach der andern Richtung zu machen, als Justfan sie ansprach. «Verzeihen die Herrschaften. Wissen Sie denn nichts von der Seuche?»

«Von welcher Seuche?», fragte der Kommandant.

«Die Seuche, die von diesem Fluß aus uns alle bedroht.»

Der russische Kommandant lächelte: «Leider kenne ich die Seuche zu genau.»

«Wieso erlauben Sie dann Ihrer Mannschaft zu baden?»

«Mit dem Baden» sagte der Kommandant, «hat es nichts zu tun. Vom Baden droht keine Gefahr und dadurch wird niemandem ein Leid zugefügt.» Der Kommandant machte nach diesen Worten kehrt und ließ Justfan allein mit seinem Sack zurück. Aber Justfan, dem das Herz übervoll war, der schon lange sprechen wollte und es niemals mehr wagte, wollte die Gelegenheit nicht vorübergehen lassen.

«Einen Moment noch, wenn ich bitten darf. Sind Sie mir nicht böse, wenn ich Sie etwas frage, das mich nichts angeht und was mich sozusagen als Mensch interessiert. Warum verfolgt man die Juden?»

Der Russe zögerte einen Augenblick. Darf er reden? Ja, heut darf er es bereits. Und dieser Alte war ihm nicht unsympathisch. Er sagte: «Mit dieser Frage, Väterchen, müßten Sie sich eigentlich an Ihre Leute wenden. Bei uns verfolgt man keine Juden.»

«Verfolgt man keine Juden? Warum wollen denn die Juden den Krieg?»

«Haben Sie je von einem Juden gehört, der zum Kriege auffordert?»

Wirklich nicht, dachte Justfan. Niemals, weder im Dampfbad noch auf der Straße hat ein Jude zu ihm über den Krieg gesprochen. Ja, man nimmt ja auch keinen Juden zum Militär, dachte er weiter. Mich selbst hatte man ja auch mal zum Militär genommen, ohne daß ich den Krieg wollte. Die alle, die man einberuft, wollen ja auch keinen Krieg, die meisten zumindest nicht. Warum also verfolgt man die Juden?

«Wissen Sie, Herr Kommandant», sagte er «ich bin ein alter Mann, aber ich verstehe vieles nicht. Da sperrt man die Juden am Friedhof ein, was doch eine Lästerung der Toten ist. Und ich als Präsident der Volksgemeinschaft darf nicht einmal fragen wozu. Da kommt seit Wochen neues Militär in die Stadt, man darf darüber zwar nicht sprechen, aber Sie werden es ja niemandem erzählen. Da haben sie Schützengräben ausgeworfen, Kanonen eingebaut, und große Wagen, die sie Tanks nennen, stehen bis Negustina, wissen Sie, zwei Kilometer hier von der Stadt. Gestern Abend haben sie die Kanonen wieder ausgegraben und die Wagen weiter hinauf nach Czerepkoautz am Sereth geführt, fünfzehn Kilometer von hier. Die Wagen, sagten sie, gehen nach Moskau. Ich glaube, sie haben sie nach Czerepkoautz geführt, weil wir ja hier, wie Sie wissen, nur eine Lokalbahn haben. Von Czerepkoautz führt ja die Hauptstrecke. Da wollen sie sie möglicherweise dort verladen. Aber darüber werden Sie ja, Herr Kommandant, besser Bescheid wissen. Ich verstehe schon gar nichts mehr. Ich bin kein Freund der Rumänen, denn sie haben mir alles ruiniert. Aber ich als Deutscher muß gestehen, daß es jetzt noch ärger ist. Ich habe mich gefreut, daß Sereth wieder Grenzstadt geworden ist. Da ist immer guter Verkehr. Aber es ist doch nicht wie früher einmal. Das Nachtlokal geht ja sehr gut, aber eine Stadt kann ja nicht nur von einem

Nachtlokal leben. Die Post ist keine Post und den Juden möchte ich doch gerne helfen. Aber auf mich hört man ja nicht. Meine Frau sagt mir immer: Beiß' dir die Zunge ab. Denn dieser Führer, sagt sie, sieht aus wie der Teufel nach dem Regen.»

«Väterchen», antwortete der Kommandant, «wenn ich Ihnen einen Rat geben darf, beißen Sie sich zwar die Zunge nicht ab, wie Ihre Frau es sagt, aber reden Sie nicht viel. Erzählen Sie auch niemandem ein Wort von dem, was Sie mit mir gesprochen haben. Denn es könnte sonst ein anderer Ihnen die Zunge abbeißen.»

Als Justfan mit seinem Sack in die Stadt heraufkam, befand sich am Ringplatz eine große Anzahl schwerer Lastwagen. Vor dem Hotel Hammerhof waren rumänische Soldaten unter Leitung deutscher Zivilisten mit Aufräumungsarbeiten beschäftigt. Das Feuer im deutschen Laden war gelöscht und man versuchte aus den Trümmern solche Dinge zu retten und zusammenzuklauben, die noch gebrauchsfähig waren. Die Frau Carol Barbarescus wurde gerade ins Gebäude der Subpräfektur überführt, denn sie hatte sich beim Rennen aus ihrem Zimmer Haare und Hände versengt.

In der Subpräfektur selbst hielten die Militärs gemeinsam mit Franz Zimmerle, Hans Kruhle, Carol Barbarescu eine Beratung ab. Es war zum ersten Mal, daß man den Subpräfekten zu einer intimen Beratung zugezogen hatte. Franz Zimmerle war trotz der Weisung aus Radautz unschlüssig, ob er die Lastwagen hinüberfahren lassen sollte. Wer weiß? Vielleicht haben die Russen doch Wind bekommen. Denn warum haben sie gerade heute die Eisenbahnbrücke gesprengt? Wer weiß, ob überhaupt an der Station in Tereblesti sich der Zug mit den Waggons befindet? Woher die Arbeiter nehmen? Nach langen Beratungen kam man zu dem Entschluß, unter den Juden des Friedhofs eine Anzahl Arbeitsfähiger herauszuholen und sie auf die andere Seite zum Überladen der Waren auf die Lastwagen hinüberzuschicken. Franz Zimmerle bemerkte: «Wir haben sie ja in den Händen. Wir schicken nur solche hinüber, deren Frauen und Kinder hier sind.»

Das Hinübergehen zur Arbeit auf die andere Seite, vor allem das Weggehen zur Arbeit vom Friedhof, hätte bei den Juden weiter kein Aufsehen erregt. Waren sie doch seit mehreren Tagen gewöhnt, daß man sie morgens zur Arbeit abholte und abends zurückbrachte. Im Gegenteil: Sie hatten das Gefühl, daß sie, solange sie noch zur Arbeit abgeholt würden, vor dem Schlimmsten geschützt wären. Aber Franz Zimmerle richtete an sie folgende Ansprache: «Wenn es jemandem von euch einfallen sollte, dort ein Wort zu reden oder gar nicht zurückkommen zu wollen, dann wird hier eure Brut ausgerottet, dann findet ihr keinen mehr am Leben. Und nun marsch zur Arbeit!»

Der Jammer der Juden war grenzenlos. Nach dem Erlebnis mit den Bauern, in dem man Trost und Hoffnung gefunden hatte, kam dieses Fürchterliche. Seit Tagen hatte man mit Sehnsucht auf die andere Seite hinübergeblickt. Dort schien Hoffnung, dort Rettung. Und nun blieben die Kinder in den Händen eines grausamen Tieres. Es gab gar keine Zeit zum Nachdenken. Sie wurden in die Wagen hineingeworfen. Es war gegen drei Uhr nachmittags und man erklärte ihnen, daß sie spätestens wieder bei Anbruch der Dunkelheit an Ort und Stelle sein müßten.

Den ganzen Nachmittag hindurch herrschte im Gebäude der Subpräfektur ein aufgeregtes Treiben. Kuriere kamen und gingen. Das Telefon läutete unaufhörlich. Aus Radautz rief man an, daß ein großer Teil der Rekruten aus Sereth und Umgebung nicht eingetroffen sei, und man müßte sich beeilen, da ja die Möglichkeit bestünde, daß die Stadt vorübergehend in den Besitz der Russen geriete. «Die Umgebung der Stadt», so lautete eine Weisung, «ist nach fahnenflüchtigen Rekruten abzusuchen. Alle wichtigen Dokumente und Akten sind sofort in Sicherheit zu bringen.» Franz Zimmerle hatte beide Hände voll zu tun. Mit den Lastwagen hatte man zehn unbewaffnete rumänische Soldaten und zwei Deutsche mitgeschickt. Die kamen zurück mit den ersten Lasten und teilten mit, daß auf der andern Seite, an der Bahnstation Tereblesti nichts Verdächtiges zu sehen wäre. Die ersten zehn Wagen seien verladen und herübergekommen, man würde wahrscheinlich bis in die frühen Morgenstunden arbeiten müssen, denn auf der andern Seite befänden sich unzählige Waggons mit Waren. Die Russen seien sehr freundlich und entgegenkommend. Man sehe nur wenig russische Soldaten auf der Strecke.

Es war neun Uhr abends geworden. Da kam ein Bote mit einer Schrekkensnachricht. Mehrere russische Wagen seien am Friedhof erschienen und hätten Frauen und Kinder aufgeladen und über den Fluß gesetzt. Am Friedhof befinde sich nur mehr ein kleiner Teil der Juden, hauptsächlich ältere Männer, die den Friedhof nicht verlassen wollten. Im gleichen Augenblick kam ein telefonischer Anruf vom Hauptquartier, daß sofort alle Wagen, die noch auf der andern Seite vorhanden wären, mit oder ohne Waren zurückberufen werden sollten. Die Behörden müßten sich in der Richtung nach Radautz zurückziehen.

Otto von Raubnitz wurde beim Vernehmen dieser Nachrichten kreidebleich. Jawohl, er glaubte fest an die geheime überirdische Kraft dieses alten Juden Jossel Schames. Gespräche mit Henriette hatten ihn in diesem Glauben bestärkt. Er rannte ins andere Zimmer zum Telefon, rief Henriette an: «Es ist schrecklich! Fast alle Juden sind geflüchtet. Nur einige Alte sind da geblieben. Vielleicht ist unter ihnen Jossel Schames. Bitte, kommen Sie doch sofort herüber und üben Sie Ihren ganzen Einfluß auf Franz aus, damit dem Alten nichts geschieht.»

Unterdessen rief Franz Zimmerle den Hans Kruhle und den Carol Barbarescu zu sich. Er selbst trug ein leichtes Maschinengewehr, sprang in seinen Wagen, gefolgt von den zweien. «Zum Friedhof», befahl er dem Chauffeur. In ihm kochte es vor Wut. «Also die Juden haben mich betrogen! Sie sind auf der andern Seite geblieben und haben noch die Frauen und Kinder weggenommen. Ich werde sie ausrotten! Das überlasse ich keinem andern! Ausrotten will ich sie! – Und wenn es auch nur alte Leute, Frauen und Kinder sind.»

Vor dem Friedhof begegneten sie Henriette. «Kind», sagte er ihr, «hast du meine Botschaft nicht erhalten? Ich habe dir einen Wagen geschickt, der dich nach Radautz bringen sollte. Wir kommen jeden Augenblick nach. Ich habe hier nur noch eine Mission zu erfüllen. Jeder Augenblick ist kostbar. Der Tanz kann in einer halben Stunde, vielleicht schon in Minuten losgehen.»

Als er diese Worte sagte, sprang Carol Barbarescu vom Wagen. «Ich muß ins Vergnügungslokal hinein. Wir dürfen die Damen hier nicht zugrunde gehen lassen.»

Franz hörte ihm nicht zu. «Henriette, geh doch weg von da. Es ist nichts für Frauen.» Sie ließ sich nicht abweisen. «Eine tapfere Frau schrickt vor nichts zurück. Ich bin mit dir, mein Franz.»

Eine Minute später standen sie vor dem Friedhof. Weiße Bärte, Greise, die vom Leben nichts mehr erwarteten, auf alles gefaßt. Sie umringte eine Schar von Kindern, die elternlos hier waren und sich verlaufen hatten, als die andern mit den Wagen abgeholt wurden. Die Juden machten sich keine Illusionen. Jossel Schames versuchte noch, um das Leben der Kinder zu bitten, aber Otto von Raubnitz riß ihn aus der Reihe heraus und übergab ihn dem wachhabenden Gendarmen vor dem Tor mit dem Auftrag, ihn ins Gemeindegefängnis zu bringen und bis auf weiteres zu bewachen. «Kein Mensch darf ihn anrühren. Wir müssen ihn noch verhören!»

Die Schar der Juden, die stumm und entsetzt dastanden, war noch etwa sechzig, mit den Kindern. Franz Zimmerle rief ihnen drohend zu: «Ihr könnt euer Leben noch retten, wenn ihr mir jetzt sagt, ob jemand von den Christen euch behilflich war.»

Abraham Prager, der Präsident der jüdischen Gemeinde, sprach: «Mein Gott! Wir schämen uns unsere Augen zu Dir zu erheben. Beschämt stehen wir vor Dir, denn unsere Sünden haben die Kopfhöhe überstiegen und unsere Vergehen reichen bis zum Himmel ...»

«Wird es?» – schrie Franz Zimmerle, «wird es, ihr Kanaillen?»

Abraham Prager, der gebeugt mit dem Kopf zur Erde dastand, antwortete: «Eher werden Sonne und Mond ihren Lauf ändern und die Gesetze der Gestirne und des Firmaments zu wirken aufhören, als daß Israel von Erden verschwindet.»

Zimmerle riß das Maschinengewehr an die Backe und zog den Hahn zurück. Raben flogen von den Bäumen auf. Ein Schrei nur drang durch das Rattern des Maschinengewehrs. Ein kleiner Junge, irgendwie unverletzt, lief hinter einen Grabstein und verbarg sich dort. Hans Kruhle sprang vor und zog den Revolver. Das Kind hielt sich die Hände über den Kopf und schrie. Da krachte der Schuß. Kruhle sah sich schnell um und rannte zurück zum Wagen. Die andern saßen schon drin. Die Stätte, die von den Juden das Haus der Ewigkeit genannt wird, lag still und vereinsamt da.

Zweiter Teil

X

Die Rolle und die Funktion Otto von Raubnitz' in Sereth waren nicht so klar umschrieben wie die Franz Zimmerles und Hans Kruhles. Franz Zimmerle und Hans Kruhle waren die Gestapo für Sereth und Umgebung. Ihre Aufgabe war es gewesen, den Krieg in diesem Gebiet vorzubereiten, die faktischen und potentiellen inneren Feinde noch vor Ausbruch des Krieges zu vernichten und die Kräfte zu organisieren, die in diesem nichtdeutschen Gebiet das Fundament für die Naziherrschaft legen sollten. Diese Aufgabe hatten sie erfüllt. Jetzt, da der Krieg um hunderte Kilometer weiter vorgetragen wurde, sollten sie das neu eroberte Gebiet befrieden. Otto von Raubnitz dagegen war mit dem Auftrag der ökonomischen Vorbereitungen gekommen. Er stammte aus einer heruntergekommenen Adelsfamilie aus dem Baltikum. Seine Familie war schon vor hundertundfünfzig Jahren verarmt. Im Ersten Weltkrieg hatte er als zaristischer Soldat gegen die Deutschen bei Warschau und später in den Sümpfen von Pinsk gekämpft. Er hatte es bis zum Rang eines Leutnants gebracht, als in Rußland die Revolution ausbrach. Da kehrte er in seine Heimatstadt Libau an der Ostsee zurück. Das Gebiet war damals, im vierten Kriegsjahr, von den Deutschen besetzt. Er wurde unter deutscher Besatzung Chef einer Gendarmerie-Abteilung und ihm fiel die Aufgabe zu, den lettischen Bauern das Getreide wegzunehmen, das die deutsche Armee so dringend für den Entscheidungskampf gegen Frankreich, England und Amerika benötigte. Diese Arbeit brachte ihm nicht viel Vertrauen und Beliebtheit unter der einheimischen Bevölkerung ein. Als dann im Herbst 1918 der Zusammenbruch Deutschlands erfolgte, fürchtete er die Rache der Bauern und flüchtete nach Finnland, wo ihn General Mannerheim in seine Garden aufnahm. Er blieb aber dort nur kurze Zeit. Inzwischen hatten deutsche Söldner und einheimische Barone in seiner Heimat ein Korps zum Kampf gegen die

Roten organisiert. Länger als ein Jahr kämpfte er in den Reihen dieser Freischärler. Die Truppe wurde von Deutschland finanziert und mußte später auf Drängen der siegreichen alliierten Mächte nach Deutschland zurückgezogen werden. In Lettland entstand eine nationale lettische Regierung.

So kam Otto von Raubnitz nach Deutschland. Er trat in die Schwarze Reichswehr ein, beteiligte sich an verschiedenen Putschen und Überfällen, gehörte geheimen Terrororganisationen an, die wohl die gleichen Ziele wie die damals noch kleine Nazipartei verfolgten, aber doch in einer Rivalität zu ihr standen. Zur Nazipartei kam er erst nach Hitlers Sieg und wurde nur auf besondere Empfehlung aufgenommen.

Otto von Raubnitz war fünfzig Jahre alt, als er nach Sereth kam mit dem Titel eines Kommissars zur besonderen Verwendung. Trotz seines Alters hatte er die Hoffnung nicht aufgegeben, eine Familie zu gründen und den seit hundertundfünfzig Jahren verloren gegangenen Wohlstand wieder aufzubauen. Mit großen Hoffnungen war er nach Sereth gekommen. Ihm wurden Legenden über den Reichtum der Judenschaft dieses Gebietes erzählt. Daß die Juden ins Grab gegangen waren, ohne ihm greifbaren Reichtum zu hinterlassen, trug er ihnen schwer nach. Wirklich ein hartnäckiges Volk, sagte er sich oft. Er bedauerte, daß man noch keine Strafen erfunden hatte, die die Juden auch nach dem Tode erreichen könnten. Mit Toten kann man nicht rechten und von ihnen nichts erpressen. Einige Wechsel waren ihm in die Hände gefallen, die dem Gesetze nach wertlos waren. Ein lebender Jude war in der Stadt geblieben, seiner Meinung nach ein Geistesgestörter, Jossel Schames. Für dessen Leben hatte er sich selbst eingesetzt, weil er in ihm den letzten Rest der Hoffnung der Legende des jüdischen Reichtums sah. Aber es war vorderhand nur eine Legende. Was weiter, wo zupacken?

Schon längst hatte er auf zwei Betriebe in Sereth sein Augenmerk gerichtet: Auf die Bierbrauerei und auf das Nachtlokal Borke und Manisali. Beide Lokale waren sehr ertragreich. Denn Sereth blieb Etappe, auch nachdem die Front weit nach Nordosten und Südosten abgerückt war. Beide Unternehmungen versprachen große Hoffnungen für die Zukunft, da vom

Oberkommando die Weisung gekommen war, daß Sereth als Speicher und Nachlieferungszentrum für die Front ausersehen wäre. Besonders die Brauerei von Sereth sollte auf volle Kapazität umgestellt und für Armeelieferungen spezialisiert werden. Er sagte sich, daß, wenn er etwas Reales erreichen wollte, um dem Namen von Raubnitz wieder Ansehen zu verschaffen, er jetzt entweder in der Brauerei oder im Nachtlokal festen Fuß fassen müßte. Obwohl sein Geschlecht bis in die Zeit des Deutschen Ordens zurückdatiert werden konnte und so zum Uradel gehörte, pflegte er eine Freundschaft mit dem alles eher als edlen Franz Zimmerle und hoffte, daß er ihn in seinen Plänen unterstützen würde. Die Frage war nur, wie die Sache rasch und mit Erfolg angepackt werden könnte. Denn er wußte, daß am Nachtlokal der offizielle Subpräfekt der Stadt, Carol Barbarescu, mit fünfzig Prozent beteiligt war. Und was die Bierbrauerei betraf, so war sie Eigentum eines Deutschen. Gewiß, dieser Deutsche, Hermann Beil, war ein Eigenbrödler. Er hatte es bisher abgelehnt, der Deutschen Volksgemeinschaft beizutreten, für die Nazipartei Spenden zu geben oder auch nur seinen Namen unter Aufrufe zu setzen. Aber das allein reichte noch nicht, um ihm die Bierbrauerei und die mit ihr verbundenen Besitzungen zu entreißen. Denn die Weisung von oben lautete, die reiche einheimische deutsche Bevölkerung unter allen Umständen zu schonen, es sei denn, daß der Nachweis erbracht würde, daß jüdisches Blut vorhanden wäre oder man sich offen gegen die Nazipartei betätigt hätte. So sehr Otto von Raubnitz sich bisher um den Nachweis des einen oder des anderen bemüht hatte, es war ihm nicht gelungen.

Da tauchte eines Abends im Bierlokal des Hotels Hammerhof ein neues deutsches Gesicht auf. Es war ein Mann ungefähr in seinem Alter. Ein Gesicht voller Falten, roter Trinkernase, einige Haare, die man abzählen konnte, waren sorgfältig über die weite, strahlende Glatze ausgebreitet. Ein breiter Rücken und auffallend kurze Beine. Dieser Mann kam auf ihn zu und erkundigte sich bei ihm nach der Möglichkeit der Mitgliedschaft zur Deutschen Volksgemeinschaft. Im Verlaufe des Gespräches erfuhr Otto von Raubnitz, daß dieser Mann Althof hieß, hier in der Stadt geboren und seit seiner frühesten Kindheit bei der Familie Beil angestellt war. Später war er vollkommen verludert, geriet mit dem Gesetz in Konflikt, wurde steckbrieflich verfolgt und war aus der Stadt verschwunden. Er erzählte Raubnitz, daß er in Konstanza am Schwarzen Meer ein Hotel geleitet hätte. Aber aus seiner Erzählung war zu entnehmen, daß es kein Hotel, sondern ein Nachtlokal gewesen war. Jetzt, nach Ausbruch des Krieges, war er wieder in Sereth aufgetaucht, in der Hoffnung, daß die Deutschen ihn vor dem Zugriff der rumänischen Behörden schützen könnten. Im ersten Augenblick hatte Otto von Raubnitz keine große Lust, sich mit diesem heruntergekommenen Individuum einzulassen. Aber als der Name Beil gefallen war, kam Otto von Raubnitz ein Gedanke. Vielleicht wird sich durch diesen Menschen ein Weg finden, um Beil zu vernichten und sich der Brauerei zu bemächtigen. Er bestellte Althof für den nächsten Tag in sein Büro, das sich im Bürgermeisteramt befand und dessen Eingangstür die Aufschrift trug: Arisierungsamt für Sereth und Umgebung.

Im Laufe der Nacht hatte der Gedanke, daß Althof ihm zum Besitz der Brauerei verhelfen könnte, bei ihm feste Formen angenommen. War Jossel Schames für ihn eine vage Hoffnung, so Althof eine Realität. Der mußte die Voraussetzung für die Enteignung der Brauerei, die gesetzliche Voraussetzung für die Neuerstehung der Familie von Raubnitz schaffen. Mit Spannung und Ungeduld wartete er an diesem Morgen auf das Kommen Althofs.

Mit «Heil Hitler» betrat Althof schweren Schrittes den Raum. «Heil Hitler» antwortete von Raubnitz und ging dem Gast einige Schritte entgegen, als handelte es sich um einen alten Bekannten. Er bot ihm einen Sitz in einem Lederfauteuil an, hielt ihm Zigaretten hin und fragte zuerst, wie es da unten am Schwarzen Meer aussehe, wie es da um Krieg, um das Verhältnis zu den Deutschen, um das Klima und um die Kolonisationsmöglichkeiten bestellt wäre. Althof wußte darüber nicht viel zu erzählen. «Verstehen Sie, Herr Baron, ich war dort ein Fremder. Wer kannte mich schon? Ich hatte kaum Gelegenheit, mich um öffentliche Dinge zu kümmern. Ich bin ja deswegen nach Hause zurückgekehrt, um aktiv an unserem deutschen Kampf teilzunehmen.»

Raubnitz dachte: Ein schlauer Kerl. Er ist ja ein Deutscher, aber soweit ich Erkundigungen über ihn eingezogen habe, hat er sich bisher kaum um sein Deutschtum gekümmert und das Wort deutscher Kampf in seinem Munde mutet recht komisch an. Aber der Mann ist anpassungsfähig. Er hat rasch erfaßt, um was es geht. Bei einem solchen Mann muß man direkt aufs Ziel losgehen:

«Sie wissen, Herr Althof, weswegen ich Sie herbestellt habe. Es handelt sich um eine außerordentlich wichtige nationale Frage. Der Führer hat uns Aufgaben gestellt und unsere Pflicht ist es, sie zur vollen Zufriedenheit zu erfüllen.»

«Zum Dienst für den Führer bin ich jederzeit bereit.»

«Das Wort allein genügt nicht. Der Führer fordert von uns Taten und mit Recht. Er gönnt sich keine Ruhe. Seit seiner frühesten Kindheit wirkt er für die Wiedergeburt des deutschen Volkes und für seine Befreiung vom jüdischen Joch. Jeder von uns muß sich fragen: Habe ich meine Pflicht erfüllt?»

«Herr Baron, ich bin ein bescheidener Mensch. Jeder wird Ihnen bestätigen, daß ich, solange ich in Sereth lebte, bei allen Pogromen der erste war. Was der Führer verlangt – ohne jede Einschränkung stehe ich zu seinen Diensten.»

«Ich zweifle nicht daran, möchte Sie aber darauf aufmerksam machen, daß ich von einem braven und tapferen Deutschen vor allem strengste Diskretion erwarte.»

«Was das anbelangt, Herr Baron, ich bin verschwiegen wie das Grab. Ich weiß zum Beispiel, mit wem die Frau des Unterpräfekten ein Verhältnis hat und daß der Unterpräfekt schon seit Jahren Beziehungen zu Fräulein Borke unterhält. Ich wußte und weiß noch heute so manches Geheimnis in Sereth und könnte Ihnen darüber, wenn Sie interessiert sind, alle Details erzählen.»

Von Raubnitz wehrte ab. «Ich sehe, daß Sie verschwiegen sind wie das Grab. Möchte Sie aber trotzdem darauf aufmerksam machen, daß das, worüber ich mit Ihnen sprechen will, tiefstes Staatsgeheimnis ist. Also es handelt sich darum: Sie waren zwanzig Jahre lang Diener bei Herrn Beil, der Eigentümer der hiesigen Bierbrauerei ist. Stimmt das oder nicht?»

«Jawohl, engster Haussekretär war ich, wenn ich bitten darf. Schon als Kind war ich intimer Laufjunge und Vertrauter von Frau Beil, der gottseligen Mutter des Herrn Hermann Beil.»

«Gerade diese Periode Ihrer Tätigkeit interessiert mich.»

«Der Beil'sche Garten, davon können Sie sich überzeugen, Herr Baron, ist noch heute der schönste in Sereth. Die schönsten Erdbeeren werden dort gezüchtet. Im Teiche gibt es die besten Karpfen der ganzen Bukowina. Ein Vermögen, erzählte man damals, hatte Rachmut an diesen Karpfen verdient. Er pflegte alljährlich sowohl die Karpfen als auch alle Nüsse und Pflaumen des Beil'schen Gartens abzukaufen.»

«Ja, erzählen Sie weiter», sagte von Raubnitz ermunternd. «Gerade dieser Jude Rachmut interessiert mich.»

Diese Interessiertheit fiel Althof auf. Also da will der Raubnitz hinaus. Er ahnte, daß es sich um ein Geschäft handelte, und begann zurückhaltender zu werden. «Der alte Rachmut ist schon seit fünf Jahren tot. Er war Jude, aber ein schöner Mann. Einen schwarzen, schön gepflegten Bart hatte er, immer elegant gekleidet, der schönste Mann der Stadt und ...» Althof verstummte. Mit gespitzten Ohren wartete Raubnitz. Er schenkte ein Glas ein, bot nochmals Zigaretten an. Althof leerte das Glas, ließ sich Feuer reichen und schwieg.

«Reden Sie nur ruhig weiter, Herr Althof, ungeniert. Ich bin ganz Ohr.»

Althof schwieg beharrlich.

«Ich möchte Sie daran erinnern, Herr Althof, daß es vor dem Führer keine Geheimnisse gibt. Ich bin hier der Vertreter des Führers. Der Führer will wissen, verstehen Sie doch, um was es geht. Unsere Armeen erobern Europa. Wir Deutschen sind zu Hohem berufen. Und da können es nur reine Deutsche sein, auf deren Rasse kein Makel liegt. Sind Sie sich dessen bewußt, welche Verantwortung Sie auf sich laden? Stellen Sie sich einmal nur folgendes vor: Die Serether Bierbrauerei soll die Front beliefern. Es ist doch nicht auszudenken, wenn es sich eines Tages herausstellt, daß der Schöpfer dieses Bieres nicht reinrassig ist. Mit den Juden, die jeder als solche kennt, sind wir fertig. Die Gefahr für uns sind die, die nach außen als Deutsche erscheinen, aber in deren Adern jüdisches Blut fließt. Verstehen Sie, Herr Althof, um was es geht?»

«Herr Baron, schicken Sie mich heute, um für den Führer alle Juden zu erschlagen. Ich gehe ohne Zögern. Schicken Sie mich mit Biersendungen an die Front. Ich zögere in keinem Augenblick. Aber, wie ich schon gesagt habe, bin ich ein verschwiegener – ich kann es ruhig sagen – ein zartfühlender Mensch, ein Kavalier, wie man es nennt. Ich möchte nicht über geheime Beziehungen von Damen sprechen, obwohl ich mit eigenen Augen so manches gesehen habe. Da könnte ich Bände erzählen.»

«Wir sprechen offen, Herr Althof. Es liegt im Interesse des Führers zu wissen: Besteht nicht die Gefahr, daß dieser Hermann Beil die Frucht verbrecherischer rassenschänderischer Beziehungen ist zwischen Herrn Rachmut und Frau Beil? Ich habe es ausgesprochen, habe Ihnen das schwere Wort erspart und frage Sie, ob Sie bereit sind, unter Ihrer Verantwortung als Deutscher vor dem Sippenforschungsamt in Radautz auszusagen, wie Sie es mit eigenen Augen gesehen und wie Sie es mit Ihrem Gewissen vor dem Führer verantworten können? Ja, was ich Ihnen noch sagen wollte. Es wird Ihnen allerhand nachgesagt. Sie sollen in letzter Zeit ein etwas unnormales Leben geführt haben. Und wenn Sie als Zeuge auftreten sollen, müssen Sie makellos dastehen, ein einwandfreies Leben führen. Ich werde Ihnen das notwendige Geld zur Verfügung stellen, damit Sie sich eine Wohnung einrichten, anständig kleiden und Ihrem Gewerbe nachgehen können.»

«Gerade über diesen Punkt wollte ich mit Ihnen sprechen, Herr Baron. Sie haben mir wie aus dem Herzen geredet. Als Deutscher habe ich heute das Bedürfnis, ein anständiges Gewerbe zu besitzen. Wenn ich seit Jahren herumlungere, so nur, weil mich dieser Hermann Beil weggejagt hat. Er besitzt gar kein deutsches Herz. Wenn der Führer von mir fordert, daß ich rede, wenn er mich jeden Gewissens enthebt, werde ich natürlich meine Pflicht erfüllen. Aber, wie gesagt, ich will ein anständiger Mensch werden, bevor ich rede.»

«Nichts leichter als das. Niemals stand die Welt uns Deutschen so offen, wie jetzt unter der Führung Adolf Hitlers. Wählen Sie sich, welches jüdische Haus in Sereth Sie wollen, und es gehört Ihnen. Wählen Sie sich ein Haus mit einem schönen Garten und Sie werden Ihrem Gewerbe nachgehen können. Das notwendige Geld für Investierungen steht zu Ihrer Verfügung.»

«Innigsten Dank, Herr Baron, aber ...»

«Was aber? Ihnen bietet sich das Glück an, wie selten einem im Leben und Sie sagen mir aber.»

«Ich wollte nur aufmerksam machen, Herr Baron, daß ich eigentlich nie Gärtner war. Mein Vater war Gärtner. Als Kind hat er mich zu Beil in Dienst gegeben. Ich war immer der intime Sekretär der Frau Beil und später des jungen Herrn Beil. Niemals aber Gärtner. Mein Beruf, und jeder, sagt man, fühlt seinen Beruf in sich, ist auf was anderes gerichtet. Ich möchte im Sinne des Führers ein anständiger Mensch werden, möchte einen großen Betrieb leiten, und wollte Sie fragen, ob ich nicht das Vergnügungsetablissement bekommen kann.»

«Sie verlangen viel, besonders in der jetzigen Zeit muß der Mensch bescheidener sein.»

«Bescheidener? Warum? Sagten Sie nicht selbst, daß der Führer für uns Deutsche ungeahnte Möglichkeiten eröffnet? Was bedeutet schon das Vergnügungsetablissement? Ich glaube, daß wir im Sinne des Führers handeln, wenn wir gerade nicht bescheiden sind. Der Führer strebt Großem zu und kann sein Ziel nur erreichen, wenn jeder Deutsche dem Höchsten zustrebt.»

Otto von Raubnitz konnte sich nicht verhehlen, daß ihm dieser Mensch immer mehr gefiel. Mit ihm läßt sich zusammenarbeiten. Er weiß, was er will. «Schön, Sie sollen das Vergnügungsetablissement haben, natürlich unter der Voraussetzung, daß ihr Beweis für das rassenschänderische Verhalten der Mutter von Hermann Beil erbracht ist.»

«Daß Rachmut ein Jude war, daran zweifelt doch kein Mensch.»

Herr von Raubnitz ließ einige belegte Brötchen und zwei Flaschen echtes Beil'sches Lagerbier hereinholen. Man füllte die Gläser und von Raubnitz sagte: «Wir wollen jetzt anstoßen, gemäß dem Goethe'schen Spruch:

Ein starkes Bier, ein beizender Tabak,

Und eine Magd im Pitz, das ist nun mein Geschmack.»

Althof leerte das Glas in einem Zug und erinnerte zum Schluß noch, daß etwas vergessen worden sei, und holte es nach: «Heil Hitler! Sieg Heil!» Dann sagte er: «Ihr Bier schmeckt ausgezeichnet. Nicht umsonst hat es den Ruf des besten Bieres der ganzen Bukowina. Ich habe Ihr Bier genossen, nun lade ich Sie als meinen Gast ins Vergnügungsetablissement ein. Bitte sagen Sie nicht nein.»

«Wir Deutschen haben ein Sprichwort: Man soll den Tag nicht vor dem Abend loben. Noch ist die Bierbrauerei in Beil'schen Händen, noch das Vergnügungslokal im Besitze Manisali und Borke, das heißt in Wirklichkeit Manisali und Barbarescu. Ich liebe nicht halbe Arbeit. Wir müssen jetzt alle Details festlegen. Der Erfolg des Führers liegt darin, daß er nach bis ins kleinste Detail ausgearbeiteten Plänen arbeitet. Es ist unsere Pflicht denselben Weg zu gehen. Denn der kleinste Fehler im Aussagen, die kleinste Gedächtnisschwäche kann schwere Folgen nach sich ziehen. Also wie alt sind Sie jetzt?»

«Vierundfünfzig Jahre, Herr Baron.»

«Hermann Beil ist fünfundvierzig Jahre alt, richtiger gesagt, nach dem Register des Pfarramtes und des hiesigen Gemeindeamtes ist er am 12. März 1896 geboren. Damals waren Sie neun Jahre alt. Wie alt waren Sie, als Sie zum ersten Mal ins Beil'sche Haus kamen?»

«Genau kann ich mich nicht entsinnen».

«Aber kann man sagen, daß Sie schon mit sieben Jahren ins Haus gekommen sind?»

«Natürlich. Ich war ein kleiner Bub und wenn ich um zehn Uhr von der Schule ging, pflegte ich direkt zu Beil ins Haus zu gehen. Frau Beil hatte damals nur einen Sohn, den Herbert, der sich von der Brauerei losgesagt hat und heute in Brasilien lebt. Er war ein kränklicher Junge, und es hieß sogar, daß Frau Beil die Absicht hatte, mich zu adoptieren. Der Vater sprach oft davon. Frau Beil war zu mir wie eine Mutter. Sie nahm mich oft auf ihren Schoß und nach der Schule verblieb ich den ganzen Tag im Beil'schen Garten. Ich half dem Vater, ich begleitete Frau Beil bei jedem Schritt. Nur wenn der Rachmut kam und Frau Beil ihn zum Teich führte, durfte ich nicht mit. Einmal vernahm ich ein Geräusch, ich ging dem Geräusch nach und bemerkte, wie Frau Beil mit Rachmut … kurz wie in einem Vergnügungsetablissement.»

«Haben Sie denn damals – Sie waren ja noch sehr jung – begriffen, was das Ganze bedeutet?»

«Offen gesagt, nein. Aber als mich dann Frau Beil zu sich rief und mir sagte, daß ich über nichts und zu niemandem sprechen dürfte, und als ich später unfreiwillig ein Gespräch belauschte, wurde mir die ganze Sache klar.»

«Welcher Art war dieses Gespräch?»

«Ich hörte, wie Herr Rachmut zu Frau Beil sagte: Wenn es ein Junge ist, dann muß er Hermann heißen nach meinem gottseligen Vater. Und da ging mir, dem Kinde, ein Licht auf.»

«Und wenn man Sie im Sippenforschungsamt fragen wird,» sagte von Raubnitz suggerierend, «woher Sie sich so genau entsinnen können, daß jene Szene zwischen Frau Beil und dem Juden Rachmut sich um Mitte Juni abspielte? Was werden Sie antworten?»

Daran hatte Althof in der Tat nicht gedacht. Erst jetzt fiel ihm ein: Da Hermann Beil im März Geburtstag hatte, mußte es im Monat Juni geschehen sein. Dabei fiel ihm aber gleichzeitig ein, daß er selbst am 14. Juni Geburtstag hatte. Er antwortete: «Ich entsinne mich deswegen so genau des Datums, weil ich gerade an diesem Tage meinen Geburtstag hatte. Es war mein neunter Geburtstag. Frau Beil hatte mich reichlich beschenkt. Ein Schaukelpferd hatte ich von ihr bekommen und Pfeil und Bogen. Alle Kinder in der Schule haben mich darum beneidet. Wie eine Mutter war sie zu mir.»

«Ihre Pietät ehrt Sie. Das ist eine deutsche Tugend. Aber ich habe die größte Achtung für Ihr Gedächtnis. Ich werde die Sache gleich an das Sippenforschungsamt in Radautz berichten und hoffe, daß der Termin und die Entscheidung für nächste Woche angesetzt werden. Wir leben in einer Zeit, wo große Entscheidungen rasch gefällt werden. Und am Tage der Entscheidung wird auch die Entscheidung über das Vergnügungslokal fallen. Heil Hitler! Heil!»

XI

Obwohl die Front sich von Sereth entfernt hatte, war es in Stadt und Umgebung nicht ganz ruhig. Am Ringplatz hatte man einen Lautsprecher aufgestellt, der unzählige Male des Tages in deutscher, rumänischer und ukrainischer Sprache Siegesnachrichten verbreitete. Eines Tages erzählte man im Radio, daß Stalin bei der japanischen Regierung um Friedensvermittlung mit Deutschland gebeten hätte, und da die Japaner abgelehnt hatten, hätte sich Stalin vergebens um ein Einreisevisum nach Mexiko bemüht. Das Radio erzählte ferner, daß der amerikanische Senat daran wäre, Präsident Roosevelt abzusetzen und Colonel Lindbergh zum Diktator von Amerika zu machen. Aber all das trug nicht zur Hebung der Stimmung bei.

Barbarescu wurde dauernd von Franz Zimmerle von einem Dorf ins andere gehetzt, da die Ablieferung von Vieh und Gemüse nicht den Plänen entsprach. Es zeigte sich schon nach einer Woche, daß Barbarescu unfähig war, einen Erfolg zu erzielen. Franz Zimmerle berichtete darüber nach Czernowitz und bat, ihn entweder direkt mit außerordentlichen Vollmachten für die Durchführung dieser Arbeiten zu betrauen oder ihm einen Rumänen mit mehr Energie und Ansehen zur Verfügung zu stellen. Barbarescu verblieb formell im Amt, aber es nahm kaum jemand von ihm Notiz. Außer dem Unterschreiben von Personalurkunden übte er kaum noch Funktionen aus.

Carol Barbarescu wußte, was los war. Längst hatte er sich damit abgefunden, daß die Zeit seiner absoluten Herrschaft in Sereth vorüber war. Er hatte sogar eine Genugtuung, daß er in dieser Beziehung nicht allein dastand. Zu Silvia sagte er einmal: «Hat denn der König mehr zu sagen? Es ist doch ein offenes Geheimnis, daß er das Schloß nur mit Zustimmung der Deutschen in Begleitung einer deutschen Garde verlassen darf. Man erzählt sogar, daß die Deutschen ihm eine Urlaubsreise ans Schwarze Meer verweigert hätten. Was dem König recht ist, kann mir als seinem treuen Diener nur billig sein.»

Barbarescu hätte sich vielleicht damit nicht so leicht abgefunden, wenn ihm nicht andere Ereignisse Trost gebracht hätten. Nach Sereth wurden die Ersatzbataillone dreier transsilvanischer Regimenter verlegt. Das gab dem Nachtlokal neuen Auftrieb. Anstelle der früheren Offiziere, die beim Ausbruch des Krieges Sereth verlassen hatten, befanden sich jetzt in der Stadt Hunderte junger Offiziere. Es waren zumeist Söhne von Bojaren, deren Eltern dafür sorgten, daß sie nie an die Front gingen. Sie warfen mit Geld um sich. Da waren auch Rekruten, die hohe Beziehungen im Kriegsministerium besaßen, so daß man dort dafür sorgte, daß sie dauernd oder zumindest für längere Zeit in Sereth blieben. Kurz, das waren alles junge Leute, die keine Geldsorgen kannten. Auch das Geldausgeben war in Sereth nicht so einfach. Denn zu kaufen gab es kaum etwas. Also mündeten die Abflußkanäle des Geldes in das Vergnügungslokal Borke und Manisali. Dort konnte man zu dem Drei- bis Fünffachen der amtlichen Kurse rumänisches Geld in Dollarnoten und längst aus dem Verkehr gezogene Goldmünzen umwandeln. Dort blühte ein Tauschhandel und Barbarescu wurde von Tag zu Tag reicher.

Mit zunehmendem Wohlstand verbesserte sich auch das Verhältnis zwischen ihm und seiner Silvia. Der Vorfall im brennenden Hammerhof war längst vergessen und verziehen. Barbarescu dachte den Dienst zu quittieren und offen als Mitbesitzer des Lokals zu gelten. «Man soll», sagte er zu Silvia, «zu einer Sache stehen. Schließlich ist es das Lokal, das uns reich gemacht hat. Wir haben nicht den geringsten Grund, uns dessen zu schämen. Die Frage ist nur die, ob ich gleich versuchen soll, Manisali herauszudrängen und der Firma den Namen zu geben: Barbarescu und Borke, oder ob ich vielleicht die Firma Borke und Manisali durch Barbarescu und Manisali ersetzen soll.»

Es war an einem schönen Juliabend. Die Kirschen gingen zu Ende, jetzt kamen die Aprikosen. Die Pflaumen, die so gut gediehen waren, daß die Äste unter ihrer Last fast brachen, begannen von der grünen in die blaue Farbe überzugehen. Es blühte auch der rote Mohn. Das Vergnügungslokal glich äußerlich einem Paradies. Manisali hatte den Ehrgeiz, den Garten um das Lokal schöner zu gestalten, so daß dieser Garten sogar den Beil'schen übertreffen sollte. Carol Barbarescu sog den Duft der Blumen ein, sog mit vollen Zügen, und es tat ihm wohl nach der Schwüle, die im Lokal selbst herrschte. Auf den Bänken unter den Bäumen saßen Offiziere. Kellner schenkten Schaumwein ein und junge Mädchen regten zum Genuß an. Carol Barbarescu entwarf in seinem Hirn den Plan, einen großen Teich, eventuell mit Ruderbooten, anzulegen und dachte darüber nach, ob die Deutschen ihm Schwierigkeiten machen würden, wenn er den jüdischen Friedhof mit in den Bereich des Vergnügungslokales hereinzöge. Dagegen, dachte er, werden sie wahrscheinlich nichts einzuwenden haben. Die Schwierigkeit ist nur die, daß zwischen dem Nachtlokal und dem jüdischen Friedhof, den man umgraben könnte, eine Straße liegt. Es ist zwar keine Hauptstraße, aber immerhin eine Straße. Solange ich selbst Herrscher war, hätte ich es machen können, ohne jemanden zu fragen. Aber jetzt?

Er wollte die Sache noch mit Silvia besprechen, denn Silvia drängte auf eine rasche Lösung. Sie wollte jetzt sowohl Manisali als auch Fräulein Borke verdrängen. «Wir schaffen es beide, ohne Hilfe von außen.»

Seine Wohnung hatte Barbarescu noch immer im Gebäude der Subpräfektur. Voller Pläne und Zukunftshoffnungen traf er um zehn Uhr abends in seiner Wohnung ein. Silvia erwartete ihn in guter Stimmung wie schon lange nicht. Er entleerte seine Taschen, die Goldketten, Schmuckstücke und Dollarbanknoten enthielten. Es war das Ergebnis des Tauschhandels eines Abends im Vergnügungslokal. Sie setzten sich beide auf den Balkon und Barbarescu entwickelte ihr seine Pläne. Silvia erklärte sich bereit, mit Hans Kruhle betreffs der Straße zu sprechen. Carol Barbarescu war einen Augenblick unangenehm berührt. Silvia sagte: «Ich tue es ja nur um deinetwillen, mein süßer Erzengel.»

Diese Worte brachten Barbarescu in Entzücken. Schon lange hatte er aus ihrem Munde diesen Kosenamen nicht gehört. Er erinnerte ihn an seinen Frühling, an die Zeit, da er, Silvia zur Seite, in einem eleganten von zwei Pferden gezogenen Schlitten als absoluter Herrscher Sereth betrat.

«Als ich jung war, dachte ich, daß die Politik die Möglichkeit für eine Karriere bildet. Ich hatte ein einträgliches Gewerbe in Händen und ließ es dann fallen, um mich der politischen Laufbahn zu widmen. Aber heute, im gesetzten Alter …»

Silvia unterbrach ihn: «Mir erscheinst du noch immer wie ein Jüngling.» Sie legte den linken Arm um seine Schulter und beide blickten verträumt in die weite mondhelle Nacht hinaus. «Was für ein Glücksgefühl», sagte Carol Barbarescu, «hier so ruhig zu sitzen, fern vom Getümmel der Schlacht und zu wissen, daß hier unweit von uns in einem Unternehmen, das zur Hälfte uns gehört, morgen vielleicht ganz unser ist, Menschen sich vergnügen und in diesem Vergnügen für unsern Wohlstand arbeiten.»

Ein heftiges Pochen weckte sie aus ihren Träumereien auf. Den Raum betrat Franz Zimmerle. Seinen Mund umspielte ein Lächeln. So freundlich hatten sie ihn kaum je zuvor gesehen. «Entschuldigen Sie, meine Herrschaften, daß ich zu so später Stunde eindringe. Ich bin immer froh, wenn ich glückliche Gesichter sehe. Es ist für mich ein freudiges Gefühl zu erkennen, daß wahre Liebe durch die Zeit keine Abschwächung erfährt. Seit zehn Minuten fast poche ich hier an die Tür und werde nicht gehört, was ein gutes und schönes Zeichen ist. Eine solche Liebe ist auch für mich ein Muster.»

Alle lachten. Silvia sagte: «Ja, dafür hat man nur dann Augen, wenn man verliebt ist und selbst daran ist, in den heiligen Stand der Ehe zu treten. Es gibt nichts Schöneres und Erhabeneres im Leben als ein glückliches Familienleben.» «Um also auf das Reale zurückzukommen», bemerkte Franz Zimmerle, «entschuldigen Sie, daß ich eine so schöne Stunde gestört habe. Aber Pflicht geht allem voran. Gnädige Frau, sind Sie mir nicht böse, wenn ich Ihnen Ihren Mann für einige Minuten, vielleicht für ein halbes Stündchen entführe.»

Es war zum ersten Mal, daß Carol Barbarescu von diesem Deutschen, den er aus tiefstem Innern haßte, ein freundliches Wort vernahm. Er war heute Abend in so glücklicher Stimmung, daß ihm die ganze Welt rosig erschien. Ohne Mißtrauen, ohne jeden Verdacht folgte er Franz Zimmerle. Sein Vertrauen wurde noch verstärkt, als der Deutsche zwei Glas eisgekühlten Weins einschenkte und man auf das Wohl der Armee trank.

Der Raum des Deutschen erschien ihm jetzt freundlich, Vertrauen erweckend. Und voller Spannung wartete er auf die Mitteilung. Denn, daß es sich um etwas Wichtiges handeln müßte, entnahm er daraus, daß Franz Zimmerle ihn nicht hatte rufen lassen, sondern spät nachts selbst gekommen war, um ihn um eine Unterredung zu bitten.

«Ich habe Sie zu mir gebeten, weil von der Kommandantur einige wichtige Verordnungen eingetroffen sind und ich hier nichts unternehmen möchte, ohne es mit Ihnen zu besprechen. Man will jetzt den Wiederaufbau der verfallenen Petroleumraffinerien in Angriff nehmen, ferner ist die Bierbrauerei zu einer wichtigen Heereslieferungsstelle ausersehen. Außerdem sollen hier große Lebensmittelmagazine sowohl für die Etappe als auch für die Front angelegt werden. Sie werden ja gemerkt haben, daß man den Bau großer Baracken begonnen hat.»

Carol Barbarescu antwortete: «Natürlich ist mir von all dem nichts entgangen. Aber es ist nicht meine Art, mich in militärische Dinge einzumischen, wenn man es für richtiger findet, mich nicht einzuweihen. Sereth gehört zu den ältesten Städten der Bukowina und es ist in der Tat erfreulich, daß man bei so wichtigen Unternehmungen vor allem an Sereth gedacht hat.» Er blickte von neuem fragend auf den Deutschen. Denn daß der nicht gekommen war, nur um ihm etwas mitzuteilen, was jeder ohne weiteres sehen konnte, war ihm klar. Er wollte nicht gerne mit Arbeiten belastet werden, gerade jetzt nicht, wo er so erfüllt war von Plänen.

Der Deutsche füllte noch einmal die Gläser und sagte: «Die Zukunft und das neue Fundament des vom Führer zu schaffenden neuen Europa ist die Jugend. So ist es in Deutschland, so wird es in allen Ländern Europas werden. Ohne die Jugend hätten wir es nie so weit bringen können. Darin liegt das Genie des Führers, daß er das rechtzeitig erkannt und in die Tat umgesetzt hat. So soll es auch in Rumänien werden. Ich arbeite mit Ihnen, Herr Subpräfekt, jetzt länger als ein Jahr zusammen und es ist mir eine Ehre und ein Vergnügen, Sie kennen gelernt zu haben. Mir ist es klar, daß es keinen Berufeneren für die Schaffung einer gesunden, von den höchsten Idealen erfüllten rumänischen Jugend gibt als Sie, Herr

Barbarescu. Für mich sind Sie die Verkörperung aller Tugenden des rumänischen Volkes. Nur eine von Ihnen geleitete, mit Ihren Hoffnungen und Idealen erfüllte Jugend kann der Baustein des neuen Rumänien werden, wie es der Führer vor Augen hat. Ich wollte Sie daher fragen, ob Sie schon in allernächster Zeit, wenn möglich schon morgen, daran gehen wollen, in Sereth und Umgebung eine solche Jugendorganisation zu schaffen?»

Carol Barbarescu fühlte sich in der Tat durch diesen Antrag geehrt, ja aufs Tiefste gerührt. Gewiß wollte er sich nicht mit allzu viel Arbeit belasten. Ihm blitzte es auch durch den Kopf, daß er als Jugendleiter vielleicht nicht das Vergnügungslokal offiziell auf seinen Namen übertragen könnte. Andrerseits aber kann man nie wissen, ob man dadurch nicht bald einen schönen Titel bekäme. Meine Verdienste sind so ziemlich in Vergessenheit geraten. Die von mir gegründete Organisation ist außerhalb des Gesetzes gestellt. Es wäre vielleicht doch gut, sich oben in Erinnerung zu bringen, und hier bietet sich die Gelegenheit dafür. Er streckte dem Deutschen seine Rechte entgegen und sagte: «Ich nehme den mir erteilten Auftrag gerne an und werde, wie ich es stets im Leben getan habe, alle meine Kräfte daran setzen, um die mir gestellten Aufgaben zur vollen Zufriedenheit zu erfüllen.»

«Ich habe von Ihnen auch nichts anderes erwartet. Und rechnen Sie, Herr Subpräfekt, stets auf meine Unterstützung. So sehr auch ich mit Arbeit überlastet bin, ich stehe Ihnen jederzeit zur Verfügung.»

Diese Unterredung schien Carol Barbarescu als die Krönung des so schön begonnenen Abends. Er fragte sich im Stillen, ob er nicht die günstige Gelegenheit ausnützen sollte, um gleich die Zustimmung des Deutschen für die Überlassung des Friedhofs und der dazwischen liegenden Straße zu erhalten. Schon wollte er diese Frage stellen, wich aber zurück und dachte nochmals nach. Da hörte er plötzlich die Stimme des Deutschen. «Ja, Herr Subpräfekt, über eine Frage wollte ich mit Ihnen noch sprechen.»

«Ich stehe ganz zu Ihren Diensten».

«Es handelt sich um das Vergnügungslokal.»

Carol Barbarescu erschien es wie ein Fingerzeig Gottes. Wenn der Deutsche diese Frage anschneidet, da wäre es ja dumm, nicht jetzt diese Bitte zu stellen. Eine bessere Gelegenheit bietet sich kaum dar. «Um was handelt es sich, Herr Kommissar?» fragte er ihn.

«Ich bin dahinter gekommen, Herr Subpräfekt, daß dieses Fräulein – wie heißt sie nur? – ja, Fräulein Borke, die Mitinhaberin der Firma Borke und Manisali, mütterlicherseits jüdischer Abstammung ist. Und wollte Ihnen sagen ...»

«Wie, was sagen Sie?» Seine Stimme verlor den Klang, heiser kam es hervor: «Wie, Fräulein Borke jüdischer Abstammung?»

«Nun ja, Sie können ja nichts dafür, Herr Subpräfekt. Wir sind in Deutschland schon bald acht Jahre an der Macht, säubern unausgesetzt und sogar jetzt noch kommt es vor, daß wir plötzlich entdecken, daß Menschen, die wir für echte Arier gehalten haben, die verantwortliche Posten bekleiden, mütterlicher- oder väterlicherseits einen jüdischen Verwandten haben. Ich weiß, Herr Subpräfekt, daß Sie im besten Willen und im besten Glauben gehandelt haben, als Sie diese Firma genehmigten. Aber die Sache ist ja weiter nicht tragisch. Ich glaube auch in Ihrem Sinne gehandelt zu haben, wenn ich Herrn Althof, der vor einigen Wochen nach Sereth zurückgekehrt ist, zum kommissarischen Verwalter des Unternehmens bestimmt habe. Er eignet sich ausgezeichnet für diese Arbeit und dürfte jetzt bereits dort sein, um die Geschäfte zu übernehmen.»

Carol Barbarescu stand stocksteif da. Er mußte sich am Stuhl festhalten, um nicht umzufallen. Während er hier steht, sind Fremde in sein Heiligtum eingedrungen, wird sein Tempel entweiht. Daß Fräulein Borke geächtet wurde, seine treueste Sklavin, das machte ihm nicht viel, jetzt da die Liebe zu Silvia wieder von neuem aufgeflammt war. Aber Fräulein Borke war nicht nur seine Maitresse, sie war die Säule des Nachtlokals. Sie war die Verkörperung der Banknoten-Pakete, der Schmuckgegenstände, sie war die Zukunft, der Sinn seines Lebens. «Unmöglich», sagte er. «Es muß hier ein Irrtum vorliegen. Ein böser Wille seitens dieses verfluchten Armeniers. Ich habe schon längst gemerkt, daß dieser Armenier

Fräulein Borke heraus haben möchte. Wir müssen uns ernstlich fragen, ob der das Recht besitzt, an einem so lebenswichtigen Unternehmen wie es das Vergnügungslokal ist, beteiligt zu sein. Gerade heute morgen habe ich in der Zeitung gelesen, daß der armenische Katholikus, das ist eine Art Papst der armenischen Kirche, einen Aufruf für den Bolschewismus erlassen hat. Dadurch steht eindeutig fest, daß die Armenier Bolschewiken sind. So ein Manisali muß, Herr Kommissar, meiner Meinung nach nicht nur vom Unternehmen entfernt, sondern verhaftet und abgeurteilt werden. Man müßte ihn gleich erschießen. Jawohl, Herr Kommissar, es war mein Fehler, daß ich das nicht schon rechtzeitig erkannt und diese unarische Brut unschädlich gemacht habe. Aber was Fräulein Borke betrifft ...»

«Ich sehe, Herr Subpräfekt, daß wir in dieser Hinsicht vollkommen eines Sinnes sind. Denn das, was Sie mir vom Armenier erzählen, bestätigt nur die Richtigkeit meiner Maßnahmen. Wenn man so bedenkt: Fräulein Borke jüdischer Abstammung, Herr Manisali ein Bolschewik und beide zusammen eine Firma Borke und Manisali, Besitzer eines so wichtigen Unternehmens! Aber machen Sie sich keine Sorgen, Herr Subpräfekt. Auf den Althof kann man sich verlassen. Er wird schon Ordnung schaffen.»

«Aber Herr Kommissar, Fräulein Borke, betreffs Fräulein Borke, ich wollte sagen in Bezug auf Fräulein Borke ...»

«Nun, was Fräulein Borke betrifft. Sie ist Jüdin dritter Generation und nur mütterlicherseits. Wenn Ihnen an ihr gelegen ist, kann man sie ja wieder an der Post oder in irgendeinem Büro beschäftigen. Das ist von so nebensächlicher Bedeutung, daß wir uns darüber den Kopf nicht zerbrechen brauchen.»

Carol Barbarescu hielt den Stuhl fest umklammert. Um ihn bewegte sich das Gebäude, die ganze Welt. Er bemerkte gar nicht, daß der Deutsche inzwischen den Raum verlassen hatte. Er wollte noch Argumente vorbringen. Er wollte ... Was wollte er sagen? Kalter Schweiß brach ihm aus. Er ging hinaus und wußte nicht wohin. Dann fand er sich bei Silvia, die ihn anlächelte, aber plötzlich ernst wurde. «Was ist geschehen?»

Er hatte ihr Lächeln gesehen und mochte es nicht. Er wollte vor allem nicht sprechen. Es war ja zu spät zu allem!

Sie sah, wie er die Hand sinnlos an den Mund nahm und sich unentschlossen umdrehte. Er erschien ihr in diesem Augenblick so bedeutungslos wie noch nie.

XII

Dem Polizeihauptmann im Geheimdienst Stefan Zertian war es eigentlich recht, daß sein Wagen hier am Fuße von Terescheni eine Panne hatte. Im ersten Moment, als ihm von seinem Vorgesetzten in Czernowitz die Ernennung zum Leiter des Geheimdienstes von Sereth und Umgebung bekannt gegeben worden war, hatte er sich gefreut. Er wollte aus Czernowitz weg. Sein Heim war ihm zur Qual geworden. Er konnte die Atmosphäre nicht mehr ertragen und hatte nichts so sehr herbeigesehnt als eine Abkommandierung. Unterwegs aber kamen ihm Zweifel. Fühlte er sich überhaupt noch für den Dienst geeignet? Abends sollte er in Sereth mit dem Deutschen – wie war nur sein Name? – Franz Zimmerle in Verbindung treten. Als Gleicher mit Gleichem soll er dort arbeiten. Weder soll der Deutsche ihm, noch er dem Deutschen vorgesetzt sein. Es wurde ihm betont, daß man diesen Posten im Augenblick als einen der wichtigsten betrachtete. Es sei geplant, in Sereth die seit langem nicht mehr in Betrieb befindliche Petroleumraffinerie in Gang zu bringen. Die Bierbrauerei sollte für die Heereslieferung ausgestaltet und große Umlade-Magazine für das Getreide auf der Moldau angelegt werden. Der Chef hatte ihm im letzten Augenblick noch versichert, daß Sereth für ihn das Sprungbrett für eine große Karriere sein könnte. Kaum vierzig Minuten waren sie mit dem Wagen unterwegs, als die Panne kam. In diesen vierzig Minuten hatte er vergebens versucht, sich über seine Lage klar zu werden. Er konnte keinen Gedanken festhalten oder fortspinnen. Die Gedanken jagten einander. Je mehr er sich anstrengte, sich zu konzentrieren, desto chaotischer wurde es in seinem Kopf. Seit drei Wochen hatte er es vermieden, einem Deutschen von Angesicht zu Angesicht gegenüberzutreten. Und heute soll er in Sereth kameradschaftlich, ja, wie sein Chef ihm eingeprägt hatte, herzlich mit diesem Franz Zimmerle sprechen.

Im Graben und darüber hinaus auf den Feldern lagen Trümmer, Überreste von Autos und Stacheldrähten, zersägte Telegraphenstangen, leere Fässer, ein wüstes Durcheinander. Bauern und Bäuerinnen waren unter der Aufsicht von rumänischen Soldaten und Deutschen in schwarzen Uniformen mit Aufräumungsarbeiten beschäftigt. Das erste, was ihm in die Augen fiel, als er den Wagen verließ, hier am Abhang des Hügels von Tereschení, am Rande des Wäldchens, war das Gasthaus. Die vordere Wand war weggerissen. Es mutete wie eine Bühne an, aber es war Wirklichkeit, so unwirklich es auch aussah.

Er betrat das Gasthaus. Es war ihm nicht fremd. Hinter dem Schanktisch stand der alte Mandelbaum. Stefan Zertian hatte eine angenehme Kindheitserinnerung an dieses Lokal. Vier Jahre war er damals alt gewesen, als sein Vater, der Grenzbeamte auf rumänischer Seite, ihn zum ersten Mal nach Czernowitz mitgenommen hatte. Geld für die Eisenbahn hatten sie nicht besessen. Sie fuhren mit einem schweren Lastwagen Sonntag abends von Sereth ab, in umgekehrter Richtung denselben Weg, den er jetzt von Czernowitz herkam. Und sie hatten im gleichen Lokal halt gemacht. Es war ebenfalls Sommer gewesen. Wie anders hatte es damals hier ausgesehen. Das Bild stieg so lebendig vor seinen Augen auf. Zwei Bauern spielten Ziehharmonika, ein Junge Flöte und unzählige Paare tanzten zum Takt, im Lokal selbst und am Platz um das Lokal herum. In den Stallungen und Baracken wieherten die Pferde. Im Lokal schlängelte sich der alte Mandelbaum, nein, damals war er gar nicht alt gewesen, hatte einen kohlschwarzen Bart, zwischen den Paaren herum, reichte dem einen Wein, dem andern Bier, andern wieder Schnaps und Tee. Es war ein Fest gewesen, wie er zuvor noch keines gesehen hatte. Jüdische Fuhrleute, ruthenische und rumänische Mädchen mit ihren schönen selbstgewebten, blumengestickten Leinenkleidern mischten sich bunt durcheinander. Zur gleichen Melodie führten verschiedene Paare verschiedene Tänze auf. Am liebsten wäre er damals für immer dort geblieben.

Auch jetzt war es ein Sonntagnachmittag. Aber nirgends Tanz, nirgends Gesang. Die Felder waren verwüstet, das Wäldchen gelichtet. Nichts hätte hier unsinniger angemutet als Gesang und Tanz. Seit der damaligen ersten Reise in seiner frühen Kindheit war er oft hier vorbeigekommen. Und immer wieder beeindruckte ihn dieser Weg. Obstbaumalleen. Alle Bauernhäuschen waren weiß getüncht, von einer peinlichen Sauberkeit, die Zäune bunt angestrichen, die Bäume gepflegt. Nirgends hatte er so schöne Kirschen gesehen wie hier.

Aber von all dem war jetzt keine Spur. Der Friedhof, auf den sein Auge blickte, war der vierte auf dieser kurzen Strecke von Czernowitz hierher. Er wunderte sich, wieso der alte Mandelbaum noch hier stand. Woher kommt es, daß sie den alten Juden am Leben gelassen haben? Er rief den Alten zu sich, erkundigte sich nach seiner Frau, nach seiner Tochter. Der Alte blickte ihn verständnislos an. Es war, als hätte er die Sprache verloren. Seine Augen waren erloschen, der weiße Bart dünn, gelichtet wie das Wäldchen, das gegenüberlag. Eine Bewegung mit der rechten Hand, die in eine unendliche Weite zu deuten schien, war die einzige Antwort des Alten. Stefan Zertian fragte noch – und kaum war die Frage seinem Munde entschlüpft, bereute er –: «Hatten Sie nicht auch Söhne?» Keine Antwort. Und er verstand den Alten. Er verstand ihn heute. Vielleicht hätte er ihn einige Wochen vorher noch gar nicht verstanden. Er fragte, ob er ein Glas Bier haben könne. Der Alte zuckte mit der rechten Schulter. Ein Glas Tee? Eine Limonade? Vielleicht einen Schnaps? Der Alte brachte ein Glas Schnaps.

Er leerte es in einem Zug, wischte sich den Schweiß von der Stirne. Sein Blick fiel wieder einmal auf die vielen Kreuze jenseits des Wäldchens. Er senkte den Kopf, lehnte ihn zwischen beide Hände und starrte vor sich hin. Er versuchte, gewaltsam seine Aufmerksamkeit auf etwas anderes zu lenken. Am Nebentisch saßen rumänische Soldaten. Er wollte ihrem Gespräch folgen und sich sogar zu ihnen setzen, um nicht allein zu sein. Aber kaum blickte er auf, verstummte das Gespräch wieder. Die Soldaten waren eingeschüchtert und mißtrauisch.

Unwillkürlich tastete er mit der Hand an seine linke Brusttasche. Ja, da lag das Stückchen Papier mit den Abschiedsworten seiner Frau. Er griff danach, zog es aber nicht heraus. Wozu? Den kurzen Inhalt kannte er allzu genau:

> Sechs Deutsche waren es, die sich auf mich gestürzt haben. Ich schrie, ich flehte, ich sagte, daß ich selbst die Frau eines rumänischen Offiziers bin. Aber es half mir nichts. Ich kann die Schande nicht überleben. Sei mir nicht böse und denke gut von mir.
>
> Deine Virgilia

Mit welchen Hoffnungen war er gemeinsam mit den vorstürmenden deutschen und rumänischen Truppen eingezogen! Wenn er jetzt seine damalige Verfassung überblickte, so hatten schon früher Zweifel an ihm genagt. Dann waren die Russen nach Czernowitz gekommen. Er mußte die Stadt verlassen und seine Frau infolge Krankheit Verwandten zur Pflege anvertrauen. Als dann die Deutschen ins Land kamen und die Herren wurden, da kamen die Zweifel, ob das richtig war, wofür er jahrelang gekämpft hatte. Auf diplomatischem Wege wollte er mit seiner Frau in Verbindung treten. Aber die Deutschen verhinderten es. Er dachte oft daran, den Dienst zu quittieren und illegal auf die russische Seite hinüberzugehen. Ein in langen Jahren gewachsenes Pflichtgefühl hielt ihn fest. Er vermochte sich nicht loszureißen. In der Nacht der Erstürmung von Czernowitz mißachtete er jede Gefahr. Er war in den vordersten Reihen, glaubte unter den ersten zu sein, die die Stadt betraten. Aber als er durch die Siebenbürgerhauptstraße mit einer deutschen Kompanie im Laufschritt den Ringplatz betrat, wehte vom Rathaus bereits die Hakenkreuzfahne. Atemlos war er die Herrengasse hinaufgestürmt in seine alte Wohnung. Es war die Sehnsucht nach seiner Frau gewesen, die ihn für alles andere, was ihn umgab, blind machte. Es war Morgengrauen, als er vor dem Eingang seines Hauses stand. Ihm schien es, als sähe er im Schlafzimmer Kerzen brennen. Der Portier hatte ihn verstört angesehen und gab auf keine Frage eine Antwort, sondern schritt ihm stumm voran, barhäuptig und öffnete die Tür der Wohnung. Die Frau lag entseelt auf dem Bett und neben dem Bett brannten mehrere Kerzen. Der Portier schwieg, er deutete auf das Briefchen am Tisch. Ohne Zweifel – es war die Schrift seiner Frau.

Man hatte sich bei ihm entschuldigt, zwei Stunden, nachdem er seine Frau mit aufgeschnittenen Pulsadern im Bett aufgefunden hatte. Ein deutscher Oberleutnant war bei ihm erschienen, um ihm im Namen der deutschen Kommandantur das Beileid auszusprechen. Er faßte es noch jetzt nicht, wieso er seine Hand in die des Deutschen legen konnte. Vielleicht war dieser Oberleutnant selbst einer der sechs gewesen, die seine Virgilia in den Tod getrieben hatten. Mit einem Deutschen soll er jetzt zusammenarbeiten, soll er, der Geschändete und Erniedrigte, das Land säubern.

Wohin und wozu? Diese Frage beschäftigte ihn jetzt dauernd. Er war dem Befehl seines Vorgesetzten gefolgt, und wäre nicht die Panne, stünde er jetzt bereits dem Deutschen gegenüber. Wie soll er sich da benehmen? So sehr er sich bemühte, in seinen Kopf konnte keine Klarheit kommen. Seit drei Wochen beschäftigte ihn ein Gedanke: Rache. Aber Rache an wem? Kennt er sie denn, die Lumpen? Sechs waren es – von vielen vielen Tausenden gewesen.

Lautlos, ohne daß er es merkte, hatte der alte Mandelbaum ein zweites Glas Schnaps vor ihn hingestellt. Wieder leerte er es in einem Zug. Er war nie ein Freund von Schnaps gewesen. Schnaps verwirrt, verhindert das Denken, betäubt. Aber jetzt hatte er das Gefühl, daß der Schnaps reinigend in seinem Hirn wirkte, daß er sich durch die Windungen schlängelte und ihm Ausblick gewährte aus dichtem Nebel in eine unendliche Ferne. Er bestellte ein drittes Glas, schluckte es wie im heißen Durst hinunter und lehnte von neuem den Kopf in die Hände. Da hörte er plötzlich eine Stimme. Er blickte auf und sah vor dem Schanktisch einen Bauern stehen, einen etwa fünfzigjährigen Bauern, mit aufgezwirbeltem Schnurrbart, gerötetem mageren Gesicht, schmutziger Leinenhose und umgehängter zerschlissener Jacke, wie sie die Bauern dieser Gegend tragen. Diese tiefen schwarzen Augen. Es können nur die seines einstigen Freundes Chaim sein. Er bestellte wieder ein Glas Schnaps, bestellte mit lauter Stimme und bemerkte, daß der Bauer beim Klang dieser Stimme aufzuckte. Ein Schauer durchdrang ihn. Soll er auf ihn zugehen, soll er ihn ansprechen? Kein Zweifel: Er war es, sein Freund Chaim Lander, der Sohn des jüdischen Kleinbauern diesseits der einstigen Grenze. Sein Häuschen war kaum hundert Meter von dem seines Vaters entfernt gewesen. Chaim, der erste und einzige Spielgefährte seiner frühesten Kindheit, der nur um zwei Tage jünger war als er, sein Freund und Schulkamerad bis zum sechzehnten Lebensjahr, bis zum Ausbruch des Ersten Weltkrieges. Wie oft mußte er daran denken, wie er zum ersten Mal zur Schule kam und geglaubt hatte, durch den Umgang mit Chaim die deutsche Sprache zu erlernen, dann aber erfahren mußte, daß das, was er erlernt hatte, Jiddisch und nicht Deutsch gewesen war. Wie oft erschien ihm die Kenntnis dieser Sprache als das böse Gewissen. Denn nur dadurch, daß er so vollständig jiddisch sprach wie ein Jude konnte er sich, ohne Mißtrauen zu erregen, oft in Bukarest und in Jassy, in Dorohoi und Botoschani in jüdisch-sozialistische Kreise einschleichen und auf diese Weise den raschen Aufstieg bis zum Rang eines Kapitäns des Geheimdienstes erklimmen. Wenn es einen Menschen gab, durch dessen Gegenwart die Träume seiner Jugend lebendig wurden, so war es Chaim. Er wußte mehr über die Tätigkeit Chaims, als der ahnte. Er wußte in all diesen Jahren, daß Chaim Arzt geworden und dann in der revolutionären Bewegung tätig war, daß er in der bessarabischen Stadt Kischinew die letzten Jahre bis zum Einmarsch der Roten Armee verbracht hatte. Um Chaims willen war er zweimal einer Versetzung nach Kischinew ausgewichen, obwohl ihm eine solche Versetzung eine Rangerhöhung gebracht hätte.

Als er aufblickte, war Chaim gerade daran das Lokal zu verlassen. Offenbar hatte dieser auch ihn erkannt und wollte der Begegnung ausweichen. Ohne daß Stefan Zertian sich Rechenschaft darüber gab, was er tat, sprang er auf, legte dem Mann in der Bauernjacke die Hand auf die Schulter und ohne ein Wort zu sagen, brachte er ihn an seinen Tisch und drückte ihn sanft auf einen Stuhl nieder.

«Was wollen Sie von mir?» fragte der Bauer.

«Chaim», sagte er mit bewegter Stimme, «hast du unsere Freundschaft vergessen?»

Chaim sprach ukrainisch und er antwortete ihm jiddisch. «Chaim, du warst der einzige Freund meines Lebens. Was auch immer ich heute bin und was ich in den letzten Jahren war, zwischen dir und mir ist mindestens bei mir etwas geblieben, das stärker ist als alles, was sonst einen Menschen bindet. Sprich doch zu mir. Sag ein Wort. Sag, daß du mich erkennst.»

In diesem Augenblick betraten ein Deutscher in schwarzer Uniform und ein Zivilist das Lokal. Stefan Zertian kannte den Zivilisten, er kannte und haßte ihn. Er hatte ihn, Vintila Fischku war sein Name, vor Jahren auf der Universität kennen gelernt, war ihm später in der terroristischen Organisation des «Erzengel Michael» begegnet und dann im Geheimdienst der Siguranza. Fischku war ein kleiner Agent, einer dieser Leute, die zu Dutzenden in jeder Siguranza-Abteilung herumliefen und auf Provision arbeiteten. Er wurde je nach Fall bezahlt. Fischku hatte es aber dann durch Beziehungen durchgesetzt, daß man ihn fest anstellte. Er folterte mit Vorliebe, führte Erpressungen durch und schrak sogar vor Diebstählen nicht zurück.

Die zwei kontrollierten die Dokumente der Soldaten, die am Nebentisch saßen und wandten sich dann Stefan und Chaim zu. Stefan blickte auf und sein Gesicht verfärbte sich. Aus einem Blick Fischkus wurde ihm klar, daß dieser Chaim erkannt hatte. Jetzt fiel es ihm ein, daß Fischku längere Zeit in der Hauptstadt Bessarabiens, Kischinew, gearbeitet hatte. Er blickte auf Chaim, bemerkte, daß auch er Fischku erkannt hatte und sich trotzdem bemühte, die Ruhe zu bewahren. Chaim war verloren. Fischku würde keinen Augenblick zögern, Chaim dem deutschen SS-Mann, der Gestapo auszuliefern, er hörte Fischku an Chaim die Frage richten: «Ihre Papiere?» Die Frage kam gedehnt, als wollte Fischku den Augenblick verlängern, um sich an der Qual des andern zu laben. Und da hörte Stefan eine zweite Stimme, die sagte: «Er steht in meinem Dienst.» Als Stefan das hörte, war er sich nicht einmal ganz bewußt, daß es seine eigene Stimme war. Er zog aus seiner Tasche die Legitimation, die unterzeichnet war vom Chef der Siguranza und mitunterzeichnet vom Oberkommandierenden in Czernowitz und dem Leiter der Gestapo für den Abschnitt Südost. Er überreichte diese Legitimation dem Schwarzuniformierten. Die Identität Stefan Zertians war eindeutig festgestellt, über jeden Zweifel erhaben. Der Mann in der schwarzen Uniform fragte noch einmal: «Ihr Mann?» Stefan nickte nur zustimmend mit dem Kopf, worauf der Schwarzuniformierte Fischku ein Zeichen gab ihm zu folgen. Beim Verlassen des Lokals warf Fischku den beiden einen haßerfüllten Blick zu.

Dieser Vorgang hatte Chaim für einen Augenblick wirr gemacht und ihn noch mehr verwirrt als die Begegnung zuerst mit Stefan und dann mit Fischku. Die Ereignisse waren zu rasch aufeinander gefolgt. Einen Augenblick lang hatte er angenommen, daß es sich um eine verabredete Sache handelte. Stefan hätte ihn zurückgehalten, um ihn Fischku und der Gestapo auszuliefern. Denn Chaim wußte ja genau, daß Stefan einen hohen Rang in der Siguranza bekleidete. Als er Stefan gegenüber saß, war er entschlossen, es, wenn notwendig, auf einen Kampf ankommen zu lassen. Er wollte sein Leben teuer verkaufen. Als dann Fischku und der Gestapo-Mann an seinen Tisch traten, hatte er bereits den Revolver, der sich in seiner rechten Hosentasche befand, in Händen und hielt den Griff fest umklammert. Dann aber kam das Überraschende. Stefan hatte sich für ihn eingesetzt und hatte für den Augenblick sein Leben gerettet, aber seine Karriere und auch seinen Kopf aufs Spiel gesetzt. Daß der Gestapo-Mann diese Legitimation für den Augenblick respektierte, war klar. Denn er wußte noch gar nicht, um was es sich handelte. Ebenso klar aber war es, daß Fischku nicht ruhen und nicht rasten würde.

In diesem Augenblick erschien der Chauffeur und teilte Stefan mit, daß er von den Deutschen einen Ersatzreifen erhalten hätte und sie nun weiter reisen konnten. Chaim blickte zu Stefan und erkannte, daß der sich erst jetzt der Tragweite seiner Handlungen bewußt zu werden begann. Er fragte sich: Was kann den Hauptmann im Geheimdienst dazu bewogen haben, sich für mich einzusetzen, einen so entscheidenden Schritt in seinem Leben zu tun? Alte Freundschaft? Kindheitserinnerungen? Wenn man jahrelang im Dienste der Siguranza steht, wenn man durch die Schule des «Erzengel Michael» und der Eisernen Garde gegangen ist – was besagt dann noch eine Kindheitserinnerung? Oder handelte es sich hier um den Gegensatz zwischen der Eisernen Garde und dem gegenwärtigen Regime? Chaim wußte, daß nach der durch Hitler erzwungenen Abtretung Transsilvaniens an Ungarn ein großer Teil der Eisernen Garde in Gegensatz zu den Nazis und dem gegenwärtigen Regime geraten waren. Wenn das das Motiv war, wenn Stefan im Gegensatz zum Regime stand und nur aus diesem Motiv gehandelt hatte, dann war es um so unvernünftiger. Denn damit hatte er sich ja offen gezeigt.

Stefan, dessen Gesicht äußerste Anspannung verriet, sagte dem Chauffeur, daß er vorfahren und draußen einige Minuten warten sollte. Und als der Chauffeur gegangen war, wandte er sich an Chaim: «Ich kann leider hier nicht länger bleiben, möchte aber mit dir noch über vieles sprechen. Willst du mich nicht ein Stück Weg begleiten?» Und als Chaim schwieg, sagte Stefan mit tief bewegter Stimme: «Ich verstehe dein Mißtrauen. Aber habe ich dir nicht vor einem Augenblick einen Beweis meiner Anhänglichkeit gegeben? Du bist erstaunt, ohne Zweifel. Du begreifst mein Vorgehen nicht und der Beweggrund ist dir unbekannt. Ich möchte dir, dem einzigen Freund, den ich noch besitze, in der schwersten Stunde meines Lebens einige Worte sagen. Höre, Chaim, ich habe vor drei Wochen meine Frau verloren, an der ich mit allen Fasern meines Herzens gehangen habe. Sie ist ein Opfer dieser Barbaren geworden, die in unser Land gekommen sind.»

Chaim antwortete: «Und wer hat sie hergebracht, wenn nicht du und deinesgleichen? Wieviele Frauen sind durch eure Tätigkeit vergewaltigt und umgebracht worden? Wieviele Juden habt ihr ermordet, bevor die Deutschen noch ins Land kamen!»

Stefan senkte den Kopf. «Was du mir sagst, Chaim, habe ich mir in den letzten drei Wochen unzählige Male gesagt. Der Verlust des Menschen, der mir alles war, hat mich aus einem tiefen Schlaf aufgerüttelt. Vor vier Wochen hätte ich dich vielleicht nicht verstanden. Damals hätte ich anders gehandelt. Denn ich wußte mehr über dein Tun und Handeln, als du ahnst. Gewiß, ich hätte mich früher nicht so eingesetzt wie jetzt.

In so einem entscheidenden Augenblick wäre ich wahrscheinlich zurückgewichen, wenn mir auch das Herz geblutet hätte, dich in den Händen dieser Leute zu wissen. Damals gehörte ich zu ihnen. Heute – das wird mir erst jetzt klar – nicht mehr. Denn weißt du, was ich gemacht habe? Sollen wir jetzt so auseinandergehen? Morgen kann ich unter Umständen ein gehetztes Wild sein wie du oder gar nicht mehr leben. Es fällt mir heute nicht schwer, aus dem Leben zu gehen, aber so will ich nicht! Rache will ich nehmen, blutige Rache! Ich muß mein Leben gesühnt haben und das Verbrechen an meiner Frau. Chaim, steig zu mir in den Wagen, damit wir noch ein paar Minuten sprechen können, denn ich kann hier keinen Augenblick länger bleiben.»

Chaim folgte ihm.

Der Wagen bewegte sich nur langsam bergaufwärts. Stefan hielt die Hand seines einstigen Freundes in der seinen. Er wollte reden und brachte kein Wort hervor. Wozu auch reden? Alles war nicht wahr. Waren sie nicht beide noch Kinder, sie hatten sich an einen Lastwagen angehängt, der von der Grenzstation von Sereth nach Mihaleni fuhr, und würden dann gemeinsam spät abends nach Hause rennen. Chaim würde ihn bei seinen Eltern verteidigen und er Chaim gegenüber des Freundes Eltern. Sie würden den Zukunftstraum fortspinnen von einer gemeinsamen Reise durch die Welt, von, ja wer weiß wovon, von etwas, wovon nur Kinder träumen und was so schön ist.

Brüsk hielt der Chauffeur an. Chaim blickte zum Fenster des Wagens hinaus. Da standen Fischku und der Schwarzuniformierte. Der Schwarzuniformierte sagte in einem sehr fließenden Rumänisch: «Verzeihen Sie, Herr Hauptmann, wenn ich Sie nochmals belästige. Aber Sie wissen doch am besten, man kann nicht vorsichtig genug sein, wir müssen uns doch die Legitimationen Ihres Begleiters ansehen.»

Stefan antwortete im gereizten Ton: «Meine Legitimation sollte Ihnen genügen.»

«Ihre Legitimation, Herr Hauptmann, betrifft nur Sie und keine Begleiter.»

«Sie wissen, daß ich das Recht habe, Leute zu engagieren und nur meinem Vorgesetzten Rechenschaft darüber schuldig bin. Ich habe es eilig und möchte Sie bitten, uns nicht länger aufzuhalten.» Er salutierte und gab dem Chauffeur den Befehl weiter zu fahren. Aber kaum setzte sich der Wagen in Bewegung, als Fischku einen Schuß ins Rad abfeuerte. Die Panne war wieder da. Es entstand eine gereizte Stimmung, der Chauffeur sprang vom Sitz herunter und schlug Fischku den Revolver aus der Hand, wobei er schrie: «Dich kenne ich. Du bist der Letzte, der hier was zu sagen hat. Wie kannst du es überhaupt wagen, gegen den Herrn Hauptmann deine Fresse aufzutun?» Der Deutsche aber forderte Chaim auf, seine Legitimation zu zeigen und Fischku schrie: «Er ist es, Herr Standartenführer, der Leiter einer illegalen Partisanengruppe. Ich hatte ihn selbst schon zweimal in Kischinew verhört. Er ist zuletzt aus dem Gefängnis in Bukarest entkommen. So einen Hecht lassen wir uns nicht entschlüpfen. Und» – schrie er den Chauffeur an – «dich werde ich noch lehren, im Wagen Bolschewiken herumzufahren.»

Zwischen Fischku und dem Chauffeur entstand ein Handgemenge. Fischku hatte dem Chauffeur einen heftigen Stoß in den Bauch versetzt und in der Aufregung schlug der Chauffeur Fischku mit einem Revolver auf den Kopf. Ein Schuß ging los, offenbar gegen den Willen des Chauffeurs, und Fischku brach tot zusammen. Der Schwarzuniformierte schoß den Chauffeur nieder. Zwischen dem Schwarzuniformierten auf der einen Seite, Chaim und Stefan auf der andern entstand ein Ringen um Leben und Tod. Der Deutsche war ein kräftiger Bursche, der beide um Kopfhöhe überragte. Er versuchte seine Rechte aus der Umklammerung Chaims zu befreien, alle keuchten und schließlich wurde er von den beiden überwältigt. Chaim versetzte ihm einen Schlag auf den Kopf und knallte ihn dann nieder.

Sie befanden sich am Ausgang des Wäldchens, einige Minuten vom Bahnhof Tereblesti entfernt, der an der Heeresstraße lag.

«Was nun?» – fragte Zertian. Sie blickten um sich. Weit und breit war kein Mensch zu sehen, aber eines tat not, denn jeden Moment konnte der Zug vorbeifahren oder ein Wagen. Da Stefan von Chaim auf seine Frage keine Antwort erhalten hatte, sagte er: «Ich glaube, das Beste wäre, wir versuchen uns hier links durchzuschlagen. Denn ich kann jetzt nicht mehr auf meinen Posten. Der Fall ist eindeutig klar und schon im Verlauf einer Stunde werden die ganze Gendarmerie, die Gestapo und die Siguranza hinter uns her sein.»

Chaim antwortete: «Nur nicht übereilt handeln. Wer kennt hier Fischku in der Gegend? Kaum jemand oder ist er hier bekannt?»

«So weit ich weiß, ist er erst vor drei Tagen hierher abkommandiert worden. In Sereth dürfte ihn überhaupt kein Mensch kennen. Aber was hat das mit uns zu tun? Ob man ihn kennt oder nicht, der SS-Mann ist erschlagen und sie werden blutige Rache nehmen, wenn wir nicht sofort verschwinden.»

«Warum sollte ich mich nicht in Fischku verwandeln können, wenn du entschlossen bist, ein großes Risiko einzugehen? Mich kennt kein Mensch hier. Gewiß, ich gebe zu, daß die Gestapo mißtrauisch sein wird. Aber wenn ich als Fischku auftrete, welchen Grund hätten sie anzunehmen, daß du, der Spezialbeauftragte, dich gegen sie gewandt hättest? Ihr, du und dein Chauffeur, seid überfallen worden. Ich und der Schwarzuniformierte kamen dir zu Hilfe. Der Chauffeur und der Deutsche sind auf der einen Seite gefallen, ich auf der andern. Ohne Zweifel: Wir setzen viel aufs Spiel. Denn wenn zu der Untersuchung einige aus der SS-Abteilung beigezogen werden, können sie ja sofort feststellen, daß ich nicht Fischku bin. Wenn uns aber die Sache gelingt, dann wird sich manches gelohnt haben. Denn was ist dein Ziel, Stefan? Rache an den Deutschen. An einem bist du gerächt. Das kann aber nicht dein Endziel sein. Rache an den Deutschen bedeutet vor allem einen zähen, unermüdlichen Kampf, bis die Bande aus dem Lande gejagt ist. Du hast viel aufs Spiel gesetzt, Du hast etwas gewagt. Wage weiter. Wenn man dir vertraut, wird man die Gegend absuchen lassen und ich bleibe für den Moment in deinem Dienst. Denn du mußt ins Amt. Du kannst uns so viel nützlicher sein, als wenn du dich jetzt in den Untergrund zurückziehst. Das ist mein Rat.»

XIII

Chaim Lander wußte ganz genau, daß sein Schritt mit großen Gefahren verbunden war. Denn würde er jetzt verschwinden und Fischku den Tatsachen gemäß als tot gelten lassen, wäre es einfach. Aber seitdem die deutschen und rumänischen Truppen das linke Sereth-Ufer besetzt hatten, das heißt seit Ausbruch des Krieges gegen die Sowjetunion, war jede Verbindung mit der andern Seite, vor allem mit der Stadt Sereth abgerissen. Denn es war vorderhand mit großen Schwierigkeiten verbunden, in das von den Deutschen und Rumänen neu besetzte Gebiet zu kommen und umgekehrt. Man mußte eine besondere Erlaubnis haben und jeder, der um eine Erlaubnis ansuchte, wurde auf Herz und Nieren geprüft. Die Verbindung aber mußte hergestellt werden. Denn Sereth sollte ja ein wichtiges Zentrum werden und außerdem war Sereth vorderhand die beste Verbindungsmöglichkeit in das gesamte Moldau-Gebiet. Tagelang bereits hatte er nach Mitteln und Wegen gesucht, Verbindungslinien zu finden. Und nun bot sie ihm der Zufall. Er setzte Stefan Zertian die Gefahren auseinander. Der aber erklärte sich trotzdem bereit und stimmte zu.

Die Dunkelheit war bereits angebrochen, als Chaim Lander die Telefon- und Telegraphendrähte, die nach dem Norden, das heißt nach Czernowitz führen, durchschnitten hatte. Dann legte er den Anzug Fischkus an und warf dem toten Fischku sein Bauernhemd und seine Bauernjoppe um. Der Eisenbahnzug nach Sereth war vorbeigefahren, ohne daß man sie bemerkt hatte. Denn sonst wäre ja sicher jemand von der Begleitmannschaft des Zuges ausgestiegen. Nun gingen sie beide zum Bahnhof Tereblesti. Der Hauptmann rief von dort Sereth an. Er berichtete, daß sie beim Ausgang des Wäldchens von einer Bande überfallen worden seien und daß es dabei zwei Tote gegeben habe. Von der Bande sei ein Toter da. Dagegen hätten sie ihre Verwundeten beim Abzug mitgenommen. Es dauerte kaum zwanzig Minuten, da kamen Franz Zimmerle und sein Assistent Hans Kruhle, sowie der Gendarmerie-Kommandant von Sereth im Auto angesaust. Sie versuchten noch einmal, sich mit Czernowitz in Verbindung zu setzen und stellten fest, daß die Verbindung nicht funktionierte. «Die Banditen» – schimpfte Franz Zimmerle – «haben die Drähte durchschnitten.»

Man untersuchte den Tatort und Franz Zimmerle zweifelte keinen Augenblick an den Angaben Stefan Zertians und seines Begleiters. Er hatte auch zu große Sorgen im Augenblick, um auf den Gedanken zu kommen, daß der neue rumänische Kollege, den er erst jetzt kennenlernte, verdächtig wäre. Denn seit drei Tagen war der Subpräfekt von Sereth, Carol Barbarescu, verschwunden. Er war verschwunden seit der Aussprache über das Nachtlokal Borke und Manisali. Auch seine Frau wußte über seinen Verbleib keine Auskunft zu geben. Franz Zimmerle hatte sich zum entscheidenden Schritt in der Frage des Nachtlokals von Otto von Raubnitz drängen lassen. Und jetzt war es ihm unangenehm, daß er mit dem höchsten rumänischen Beamten der Stadt in schweren Konflikt geraten war. Er befürchtete, daß Carol Barbarescu vielleicht in Bukarest über große Verbindungen verfügte, und man ihm, Franz Zimmerle, Schwierigkeiten machen könnte. Sie nahmen die drei Leichen mit und fuhren nach Sereth. Von Sereth aus mobilisierte man eine kleine Abteilung der Pioniertruppen, um die telefonische und telegraphische Verbindung mit Czernowitz wiederherzustellen. Noch in der Nacht berief Franz Zimmerle eine Sitzung seiner engsten Mitarbeiter ein und stellte ihnen den neuen Kommandanten der Siguranza für Sereth und Umgebung, Hauptmann Stefan Zertian, und auch Fischku vor.

Nicht wenig erstaunt war Simjon Straub. Er hatte Chaim beim Namen nicht gekannt. Aber für ihn war er der Leiter der Untergrund-Bewegung, der Freund, den er vor einem Jahr jedenfalls unter anderer Maske in Sereth gesehen hatte. Damals hatte ihm Chaim Lander Mitteilungen gemacht von den großen bevorstehenden Ereignissen, die auch bald eingetroffen waren. Er wußte, daß Chaim Lander in der Untergrundbewegung ganz Rumäniens eine führende Rolle spielte und das uneingeschränkte Vertrauen aller genoß, die mit ihm zusammen arbeiteten. Jetzt saß dieser Chaim Lander vor ihm als Assistent oder Gehilfe des neuernannten Siguranza-Chefs. Er fragte nichts, sondern wartete das Kommende ab.

Chaim Lander hatte noch in der Nacht ein ausführliches Gespräch mit Simjon Straub. Er informierte ihn über das Vorgefallene, erzählte ihm besonders ausführlich von Zertian und meinte, daß Zertian nach dem Vorgefallenen nicht mehr zurück könne, und wenn auch mit Vorsicht, aber immerhin, ins Vertrauen gezogen werden solle. «Noch steht uns Zertian ideologisch fern, aber bei guter kameradschaftlicher Beziehung kann man ihn uns nahe bringen und kann schon jetzt in allem, was gegen die Nazis gemacht wird, ganz auf seine Unterstützung rechnen.» Es wurde auch besprochen, daß Petruschka nach Sereth zurückkehren und als Kurier dienen sollte. Auf welche Weise wußte man noch nicht. Aber man würde Mittel und Wege hierfür finden müssen. Chaim informierte Zertian auch darüber, daß Simjon Straub als Freund anzusehen sei.

Chaim verließ am frühen Morgen wieder die Stadt, nachdem er seine Mission in Sereth erfüllt hatte. Das fiel niemandem auf, weil er ja nicht für den Dienst in Sereth bestimmt war. Auch mit den vorgesetzten Behörden in Czernowitz ergaben sich keine Schwierigkeiten, wie es Zertian im ersten Augenblick gefürchtet hatte. Man war dort zuviel mit eigenen Sorgen beschäftigt. Denn besonders im Norden der Bukowina, im rein ukrainischen Gebiet, entfalteten die Partisanen eine sehr rege Tätigkeit und gaben den deutschen und rumänischen Behörden sehr viel zu tun. Es waren Überfälle, wie sie sich nach der Darstellung Zertians vor dem Bahnhof von Tereblesti ereignet hatten. Ihnen fielen SS-Leute und Siguranza-Agenten täglich zum Opfer. Man gab Franz Zimmerle die Weisung, sowohl dem gefallenen SS-Mann als auch dem Chauffeur ein militärisches Leichenbegängnis mit allen Ehren zu gewähren und den erschossenen Bolschewiken als Zeichen der Verachtung auf dem jüdischen Friedhof zu verscharren. Damit war diese Sache erledigt.

Es vergingen weitere Tage und von Carol Barbarescu hörte man nichts. Vor dem Sippenforschungsamt in Radautz war Althof als Zeuge in der Frage Hermann Beil aufgetreten. Hermann Beil wurde das Recht abgesprochen, den deutschen Namen Beil zu führen, und Otto von

Raubnitz wurde als Kommissar für die Verwaltung der Bierbrauerei eingesetzt. Silvia war am vierten Tage nach dem Verschwinden Carol Barbarescus zu Althof ins Nachtlokal gezogen. Nach dem Begräbnis der Toten hatte Franz Zimmerle Stefan Zertian in die Geschäfte eingeführt. Das Benehmen Zimmerles Stefan gegenüber war höflich. Aber sie fanden keinen Kontakt zueinander. Hans Kruhle war faul, oft betrunken und kam als Arbeitskraft kaum in Frage.

Stefan Zertian war seinem Wesen nach ein sehr gefühlvoller Mensch. Jahrzehnte hatte er im Sturm dahin gelebt. Er kam nur selten dazu, sich Rechenschaft über sein Tun und Handeln abzulegen. Denn er steckte immer ganz in der Arbeit, ohne daß sie ihn je befriedigt oder gar ausgefüllt hätte. Manchmal war ihm die Arbeit zuwider.

Zum ersten Mal seit so vielen Jahren hatte er sich durch die Begegnung mit Chaim in die Jugendzeit versetzt gefühlt. Chaim war aufgetaucht und verschwunden. Er war aufgetaucht in einem Moment, als Stefan nach dem Tode seiner Frau aufgewühlt war und sich selbst und allem, was ihm bisher lebenswert erschienen war, kritisch gegenüberstand. Chaim war gekommen wie ein Traum und wie in einem Traum waren die Ereignisse rasch und unwahrscheinlich aufeinander gefolgt. Jetzt befand er sich, nachdem die ersten Tage der Amtsübernahme, der offiziellen Besuche und Gegenbesuche vorüber waren, allein in seinem Amtsraum. Telegrafisch hatte er an diesem Morgen die Ernennung zum Subpräfekten der Stadt erhalten. Er wollte sich Rechenschaft darüber geben, wohin er eigentlich gehörte. Er schaute zum Fenster hinaus und überblickte von da den ganzen Ringplatz und das frühere kaiserlich-königliche Gymnasium.

Nichts wirkt so aufwühlend, wie die Rückkehr in den Ort, wo man seine Kinder- und Jugendjahre verbracht hatte. Stefan war sechs Kilometer von Sereth geboren, aber in Sereth hatte er die Volks- und Mittelschule besucht. Als er jetzt an diesem Sommermorgen von seinem Amtsraum aus über den Volksgarten auf das Schulgebäude blickte, in dem er so viele Jahre verbracht hatte, erwachten in ihm Erinnerungen, stiegen Bilder auf, die mit dem, was er jetzt tat und dachte, in keinem Zusammenhang standen. Die Begegnung mit Chaim hatte Träume der Kindheit und der Jugend wachgerufen. Der Blick auf seine einstige Schule rief Erlebnisse, Sorgen und heitere Szenen in die unmittelbare Gegenwart. Ihm schien es, als sähe er durchs Fenster des Schulgebäudes – da war jetzt eine Kaserne – den Lehrer vor den Schulbänken auf- und abgehen. Er selbst sitzt in der Bank und es reizt ihn, dem Lehrer Fragen zu stellen. Ja, daran hatte er immer eine besondere Freude. Ob er es nur tat, um den Lehrer in Verlegenheit zu bringen oder weil er die Dinge nicht begriff oder tiefer erfassen wollte? Nein, ihm war er nicht sympathisch gewesen, dieser Geschichtslehrer Hilarion Tofan. Er schlug immer hohe Töne an, tat so, als hielte er alle Weisheit der Welt in seiner Westentasche, und wenn man ihn was fragte, war er erstaunt, daß man so etwas Selbstverständliches nicht begriff.

Ihm, Stefan, fiele also jetzt vor allem die Aufgabe zu, eine Antonescu-Jugend zu organisieren. Franz Zimmerle hatte ihm gesagt: «Unsere Aufgabe ist es, den Feind nicht nur auf die Weise zu bekämpfen, daß wir ihn verfolgen, sondern wir müssen etwas aufbauen, das die alten Ideale ersetzt, daß jedes Haus, jede Wohnstätte eine Burg von uns wird. Wir müssen den Eltern die Kinder nehmen, damit sie im Geiste der neuen Zeit erzogen werden. Die alte Erziehung war falsch. Ihre Aufgabe, Herr Hauptmann, ist es, dieser Jugend neue Zielrichtung in unserem Sinne zu geben. Vor allem müssen Sie ihr einen andern Blick auf die Vergangenheit beibringen.»

Jetzt blickte er in das Gebäude der Schule hinein und das geschlossene Fenster weckte in ihm Illusionen, als wäre dort im Schulgebäude alles das Gleiche wie vor einem Vierteljahrhundert, als er noch auf der Schulbank saß, als trüge dort noch der Lehrer Geschichte vor. Da fiel ihm die Frage ein, die er dem Lehrer damals gestellt hatte: «Was waren die Ursachen der Völkerwanderung?» Und gleichzeitig erinnerte er sich der Antwort, die ihm der Lehrer gegeben hatte: «Weil die Völker gewandert sind.» – «Ja, aber warum gab es eine Völkerwanderung?» – fragte er beharrlich. Der Lehrer dachte einige Augenblicke nach, blickte ihn feindlich an und sagte: «Das hätte Ihnen gepaßt, daß es keine Völkerwanderung gegeben hätte, daß es überhaupt keine Geschichte gäbe, daß Virgil und Ovid keine Verse geschrieben hätten oder Livius keine Geschichtsbücher. Dann hätten Sie nichts zu lernen und könnten Ihre Tage in Faulenzerei verbringen. Nein, so leicht macht es Ihnen Gottseidank die Geschichte nicht.» Die Klasse hatte gelacht.

Er erinnerte sich, wie er im Volksgarten vor der Schule zu einer Nachtragsprüfung für eben denselben Lehrer gelernt hatte. Ein Kaiser war mit einem Papst in Streit geraten, um einen Ring und um einen Stab ging es. Investitur-Streit hatte es der Lehrer genannt. Es war der entscheidende Kampf der Weltgeschichte, hatte der Lehrer ihm gesagt, und der Kampf endete damit, daß zuerst der Papst und dann der Kaiser in Gefangenschaft starben. Deutsche Kaiser waren es, die immer mit ein paar hundert Mann nach Italien gingen über hohe Berge, mit Eis und Schnee bedeckt. Und das lernte er in diesem Garten vor dem Schulgebäude, auf das er jetzt blickte. Die Prüfung war streng, man drohte mit Entziehung des Stipendiums, wenn er keine gute Note erhielte.

Wozu waren eigentlich die Kaiser nach Italien gezogen? Er fand es komisch, daß ihm jetzt diese Frage aufstieg. Wozu waren die Deutschen jetzt nach Rumänien gekommen? Kaum achtzehn Jahre war er alt, als ihn in einem kleinen Städtchen der Moldau, wohin er mit seiner Familie geflüchtet war, der Ruf des Vaterlandes erreichte. Die Deutschen hatten Bukarest und die ganze Walachei besetzt. Sie rückten unaufhaltsam vor. Ein Schreckensruf war ihnen vorangegangen. Man befand sich im Frühling 1917. Leute, die aus dem besetzten Gebiet entkamen, erzählten von Plünderungen, von Prügelstrafen, ja von Massenerschießungen durch die Deutschen. Er hatte damals einen rumänischen Lehrer und keinen deutschen mehr wie in Sereth. Dieser stand unter dem Eindruck der furchtbaren Taten der Deutschen und seine Empfindungen übertrugen sich auf die Schüler. «Für das rumänische Volk», sagte er, «steht jetzt alles auf dem Spiel. Wenn man den Deutschen jetzt nicht entgegentritt, wenn es nicht gelingt sie aufzuhalten, ist Rumänien für immer verloren! Sie werden alles, was rumänisch ist, auslöschen, alle Rumänen zu Sklaven machen, denn sie, die schon vor Jahrhunderten unter dem Namen der Vandalen und Goten durch diese fruchtbaren Täler gezogen kamen, betrachten sich als Herrenvolk, dem die ganze Welt frönen muß. Wenn wir aber den Krieg gewinnen, dann steht dem rumänischen Volke die Welt offen. Jenseits der Grenzen in Transsilvanien, unterdrückt von den magyarischen Magnaten, leben Millionen Rumänen. Als Preis des Sieges winkt ein geeintes, freies, großes Rumänien, wo jeder Rumäne als freier Mensch wird leben und schaffen können.» Stefan war einer der ersten, der sich freiwillig gemeldet hatte. Gemeinsam mit russischen Truppen brachten sie den deutschen Vormarsch bei Marasesti zum Stillstand. Damals war in Rußland eine Revolution ausgebrochen. Die russischen Truppen erzählten vom Sturz der Tyrannen, von dem baldigen Frieden. Und dann kam ein Zusammenbruch. Not, Hunger und Verzweiflung. Aber eines Tages verkündete man doch den Sieg. Die Deutschen waren geschlagen. Geschlagen für immer, sagte man. Es läuteten alle Kirchenglocken, Musik spielte in allen Straßen, Grenzpfähle verschwanden – das erträumte Transsilvanien gehörte zu Rumänien. Diese Nachricht hatte ihn in einem Spital erreicht, wo er als Verwundeter lag. Er war ein Held des Vaterlandes und erhielt die Möglichkeit, auf Staatskosten auf die Universität zu gehen. Da schien es, als wäre alles, was der Lehrer gesagt hatte, Wirklichkeit geworden: Ein neues großes freies Rumänien. Die Universitätsjahre gingen im Sturm vorüber. Es hieß, daß die Fremden den Aufstieg Rumäniens stören. Mit den neuen Gebieten waren Millionen Ungarn, Ukrainer, Juden und Deutsche zu rumänischen Staatsbürgern geworden. Weit und groß war jetzt Rumänien. Schöne Städte besaß es, fruchtbare Felder, Erz- und Kohlengruben, eine große Küste am Schwarzen Meer. Aber die Fremden, so sagte man, stehen hindernd im Wege. Als er die Universität beendete, war ein neuer Krieg im Gange. Ein Krieg gegen die Juden. Gibt es denn, fragte er sich damals schon, in diesem großen weiten Land nicht Platz für alle? Aber er wurde in den Strom hineingerissen. Man warf Juden aus fahrenden Eisenbahnzügen, man jagte sie von der Universität und auch von den Mittelschulen. Er kam durch Dörfer und sah die Bauern im Zustande der gleichen Not und des gleichen Elends, wie damals, als Rumänien noch klein war. An allem, sagte man, wären die Juden schuld. Zur

Frage wieso und warum kam er kaum. Er wurde von der Organisation der Eisernen Garde in den Sicherheitsdienst, Siguranza genannt, abkommandiert. Manchmal fragte er sich: «Sollte das das Ziel meines Lebens sein?» Wenn es im Dienste des Vaterlandes geschehe, sagten ihm Freunde, sei jeder Beruf geadelt. Der Kampf ging eigentlich nie zu Ende. Als er einmal in Begleitung des Chefs eine Inspektionsreise durch die Gefängnisse des Landes machte, fand er sie mit Bauern, Arbeitern und auch Juden gefüllt. «Sind die denn keine Rumänen?» fragte er seinen Chef. Dieser zuckte mit den Schultern: «Unsere Aufgabe ist es für die Ordnung zu sorgen, für die Sicherheit».

Und dann kam der Krieg, nicht gegen die Deutschen, gegen die er vor einem Vierteljahrhundert gekämpft hatte, die damals als der Erzfeind galten. Der Krieg kam, nachdem die Deutschen Transsilvanien weggenommen und es den Ungarn gegeben hatten. Und sie haben meine Frau in den Tod getrieben. Der Alte da drüben würde auf die Frage «warum?», wahrscheinlich geantwortet haben: «Das ist so, so war es und so wird es immer sein!»

Auf der Straße und dem Ringplatz herrschte reges Leben. Wie anders sieht die Stadt heute aus als zur Zeit meiner Kindheit. Das ist eigentlich natürlich. Bin ich denn derselbe geblieben? Da laufen Menschen herum, der eine kommt aus Norddeutschland, der andere aus Transsilvanien, der eine ist in diesem Dorf mobilisiert worden, der andere in einem andern. Juden gibt es keine mehr. Der alte Justfan – wie gut erinnere ich mich seiner! Damals kam er mir vor wie ein großer Mann und gestern bei der offiziellen Vorstellung wie ein recht kleiner, trauriger. Er muß schon gar nicht mehr verstehen, was er redet. «Versuchen Sie nur einmal, Herr Hauptmann», sagte er mir in Gegenwart der Nazis – «sich in der Stadt einen Anzug zu nähen, ein Paar Schuhe zu richten, einen Pelz zu flicken. Sie werden keinen finden, der es ihnen macht. Wir haben keine Juden mehr, aber auch keine Schneider, keine Schuster. Alle sind sie hin. Warum man sie umgebracht hat, weiß ich nicht. Man sagt, weil sie den Krieg wollten. Aber als man sie abschoß, da begann man gleichzeitig den Krieg. Ich bin zu alt, um das zu verstehen, und mich fragt man ja auch nichts.»

Ich bin jünger, habe gekämpft, habe studiert, bin herumgereist, habe ein Stück von der Welt gesehen und verstehe es auch nicht. Die Deutschen und die Ungarn haben uns Transsilvanien entrissen und wir kämpfen in der Ukraine, in der keine Rumänen leben, gegen Rußland, von dem wir nichts gewinnen können, auf Seiten der Deutschen und der Ungarn. Die deutschen Truppen, mit denen ich gemeinsam in Czernowitz einmarschiert bin, haben gesungen «Heute gehört uns Deutschland, morgen die ganze Welt». Und was gehört den Rumänen? Chaim hat mir vor seinem Fortgang gesagt: «Jetzt morden sie die Juden und morgen werden sie die Rumänen morden. Denn was sie wollen, ist die absolute Herrschaft über alle.» Morgen erst? Haben sie nicht meine Frau in den Tod getrieben? Bin ich nicht von vielen Frauen in Sereth angesprochen worden, die sich um ein Stück Brot verkaufen? Ich soll die rumänische Jugend organisieren und erziehen. Ich soll nach denen suchen, die dem Stellungsbefehl nicht gefolgt sind, damit sie in der Ukraine und vor Moskau kämpfen. Wozu eigentlich?

Ein heftiges Pochen an der Tür weckte ihn aus seinen Träumereien. Vor ihm stand Simjon Straub. Simjon begrüßte ihn äußerst herzlich. Einen Augenblick war er sich nicht im klaren, welcher Simjon vor ihm stand. Simjon, der Mitarbeiter Franz Zimmerles und Sekretär der Deutschen Volksgemeinschaft, Simjon, der in der Brauerei, wie Otto von Raubnitz sagte, die Stütze des Betriebes war, oder Simjon, von dem ihm Chaim gesagt hatte, daß er mit ihm offen und frei und ganz vertraulich sprechen könnte? Die herzliche Begrüßung von seiten Simjons deutete auf den Freund Chaims. Aber ihm war doch nicht klar, wie er sich benehmen sollte. Noch gestern, nachdem Franz Zimmerle ihn in die Geschäfte eingeführt hatte, rief er Simjon heran, stellte ihn nochmals vor und sagte mit Betonung: «Mein engster Mitarbeiter. Ich hoffe, er wird auch der Ihre. Er wird Ihnen ohne Zweifel eine große Hilfe sein, denn er kennt das Gebiet und kennt die Menschen hier.»

Nachdem sich Simjon gesetzt hatte, sagte er: «Herr Zimmerle hat vom Sippenforschungsamt einen Anruf bekommen und ist mit seiner Braut nach Radautz gefahren, um seine Heiratsangelegenheiten zu regeln. Herr Kruhle ist auch nicht da. Der Großgrundbesitzer Sauer hat ihn auf sein Gut eingeladen, weil sich dort in der Nähe in einem uralten Sumpfgebiet Bolschewiken oder Partisanen und sonstige Bauern eingenistet haben sollen. Ich bin also zumindestens heute der Vertreter der Volksgemeinschaft und der deutschen Interessen. Da ich heute auch in der Brauerei abkömmlich war, möchte ich zur Neuernennung zum Subpräfekten, von der ich eben gehört habe, herzlich Glück wünschen.»

Nach dieser förmlichen Einleitung blickten sie einander weniger prüfend als verlegen an. Keiner zweifelte an der Vertrauenswürdigkeit des andern, zweifelte deswegen nicht, weil sie beide unabhängig voneinander zu Chaim Lander volles Vertrauen hatten. Aber wie beginnen? Schließlich sagte Zertian:

«Sind Sie aus dieser Stadt? Ich meine, ob Sie hier geboren und aufgewachsen sind?»

«Mit Ausnahme der Kriegs- und Gefangenenzeit habe ich alle Tage meines Lebens hier verbracht.»

«Große Veränderungen sind hier vorgekommen?»

«Das kann man wohl sagen.»

«Woher kommt es, daß man sich all das gefallen läßt?»

Simjon blickte Zertian etwas erstaunt an: «Bilden wir denn eine Ausnahme? Wird denn mit anderen Städten anders umgegangen? Ich glaube sogar, daß es heute in Frankreich und in den andern Ländern, die von den Deutschen besetzt sind, ebenso sein wird, wie bei uns. Wir sind doch nicht in der Lage, einen offenen Krieg gegen die Deutschen zu führen.»

Krieg gegen die Deutschen? Zertian dachte: Merkwürdig, daß das mir bisher noch gar nicht eingefallen ist. Formell sind wir ja Verbündete Deutschlands. Aber entspricht es denn nicht den Tatsachen, daß wir, wenn nicht im Krieg, so im Kampf gegen die Deutschen stehen? Wenn man heute, nach all dem, was hier vorgefallen ist, jeden befragen würde, gegen wen man eigentlich kämpft oder kämpfen muß und der es wagen könnte, offen seine Meinung auszusprechen, würde er nicht das Gleiche sagen? Vielleicht gibt es einen kleinen Prozentsatz, sicherlich gibt es ihn, der an einem Krieg auf Seiten Deutschlands interessiert ist. Aber die Mehrheit der Bevölkerung? Da fiel ihm plötzlich ein: Wie hätte ich gedacht und wie stünde ich heute, wenn das Unglück mit meiner Frau nicht gekommen wäre?

Er fühlte die Blicke Simjons auf sich gerichtet. Er hatte bei diesen Betrachtungen fast vergessen, daß er sich nicht allein im Raum befand. Er versuchte eine freundliche Miene anzunehmen, sich ein Lächeln aufzuzwingen. «Wie sagten Sie, wir können keinen offenen Krieg gegen die Deutschen führen? Glaubt denn nicht das Volk, daß die Deutschen unsere Befreier sind? Oder betrachtet in seinem Innern jeder Rumäne doch den Deutschen als seinen Feind?»

«Leider noch nicht. Wenn es schon so weit wäre, dann würde es hier zu Lande anders aussehen. Man ist erbittert gegen die Deutschen, glaubt aber doch, daß sie unsere Verbündeten wären. Sonst würden ja nicht Hunderttausende mit ihnen marschieren. Gewiß, es ist der Zwang, die Pflicht, der Terror, die Angst, aber das allein reicht nicht. Können Sie sich vorstellen, daß im vorigen Krieg unmittelbar nach der Schlacht bei Marasesti, die Rumänien gegen die Deutschen und Ungarn ausgefochten hat, es möglich gewesen wäre, die rumänischen Soldaten dazu zu bewegen, ihre Bajonette umzudrehen und auf Seiten der Deutschen zu kämpfen? Nein. Weil das Volk das Bewußtsein hatte, daß der Deutsche der Feind war. Heute ist es vielleicht ein dumpfes Empfinden der Massen unseres Volkes, aber keineswegs ein Bewußtsein.»

Aus Simjons Stimme klang etwas vom Ton seines Freundes Chaim heraus, etwas von jener Stimme, bei der Stefan auftaute. Er sagte: «Unsere Aufgabe ist es, mit den Deutschen so umzugehen, wie sie mit uns. Wir müssen sie aus dem Wege räumen, wo sich die Gelegenheit bietet.»

«Wen meinen Sie mit wir. Mich und Sie? Natürlich können wir Franz Zimmerle und seine Freunde aus dem Wege räumen. Dann werden andere Zimmerles kommen, wir werden vernichtet und die Deutschen können ungehindert ihre Arbeit fortsetzen. Wir müssen gegen die Deutschen mit den gleichen Waffen kämpfen wie sie. Worin liegt unter anderem das Geheimnis der großen Erfolge der Deutschen in diesem Kriege? Vor allem darin, daß sie es verstanden haben, dort als Freunde aufzutreten, wo sie feindliche Absichten haben. Sie sind die Feinde Rumäniens, haben dem Lande Territorien weggerissen, fressen uns kahl und gelten als unsere Verbündeten. Sie haben es so weit gebracht, daß unsere Söhne auf den Schlachtfeldern für ihre Interessen das Blut vergießen. Auch wir können nur dann mit Aussicht auf Erfolg arbeiten, wenn wir uns der gleichen Methode bedienen. Wir müssen als ihre Freunde in ihren Reihen arbeiten und gleichzeitig im Volke die Erkenntnis wecken, wer der wahre Feind ist.»

Mitten im Gespräch pochte es kurz und heftig an die Tür und Otto von Raubnitz fragte: «Störe ich?»

«Aber keineswegs», antwortete Simjon. Stefan, der eigentlich hätte antworten sollen, sprang auf und ging Otto von Raubnitz entgegen: «Treten Sie nur ein.»

Simjon sagte: «Ich habe gerade den Herrn Subpräfekten über die Verhältnisse in der Brauerei informiert, besonders über die Sprachen- und Nationalitätenverhältnisse.»

«Da ich daran gehe, meine Herren», griff Stefan Zertian ein, «die rumänischen Jugendlichen hier zu organisieren, wollte ich gerne wissen, wie es in dieser Hinsicht in der Brauerei aussieht. Gibt es dort unter den Arbeitern jugendliche Rumänen? Aber es scheint, daß dort viel zu machen ist.»

«Leider nicht», bemerkte Otto von Raubnitz «ich weiß nicht, woher das kommt. Ich habe den Betrieb bereits so übernommen. Wir haben wenige deutsche Arbeiter, die meisten sind Ukrainer und nur wenige ältere sind rumänischer Nationalität. Man sagt, daß sich hier in der Gegend viele Deserteure herumtreiben. Aber darüber, Herr Subpräfekt, wissen Sie ja besser Bescheid. Sind Sie doch selbst diesen Banden fast zum Opfer gefallen. Wir haben eigentlich Ihre glückliche Rettung noch gar nicht gefeiert, wie es unter Freunden üblich ist. Ja, weswegen ich eigentlich zu Ihnen gekommen bin? Ich wollte Ihnen nochmals unsern Freund Simjon Straub besonders empfehlen und es trifft sich gut, daß er gerade hier ist. Ich nehme keinen Anstand, es in seiner Gegenwart zu sagen: Er ist ein bewußter deutscher Mann und als solcher ein Patriot dieses Landes. Er kennt hier jeden Menschen, jeden Weg und jeden Steg.»

Bei diesen Worten Otto von Raubnitz' blickte Simjon bescheiden zu Boden.

In Hans Kruhle waren, seitdem er wußte, daß er über ein großes aufgestapeltes Vermögen verfügte, Veränderungen vor sich gegangen. Früher war er unternehmungslustig, ja draufgängerisch. Jetzt aber, besonders seitdem er in Sereth als zweiter Mann der Gestapo Dienst tat und seitdem es in Sereth keinen Juden mehr gab, den man noch ausrotten konnte, mit Ausnahme des Jossel Schames, der eine Art Immunität genoß, war er schwerfällig geworden. Er hatte keine Lust, gewagte Dinge zu unternehmen, glaubte daran, der Krieg werde in kurzer Zeit zu Ende sein und er dann in Deutschland als vermögender Mann eine große Rolle spielen. Auf dem Gutshof von Sauer, in der Nähe des Dorfes Pojeni, hörte er allerhand von einer Partisanengruppe, die sich im dortigen Sumpfgebiet eingenistet haben sollte, er umkreiste allein dieses Gebiet und sah, daß die Bekämpfung ein sehr riskantes Unternehmen wäre. Er sprach mit vielen Bauern, machte sich Aufzeichnungen und beschloß, seinen Bericht so abzufassen, daß es im Augenblick nicht lohne, hier etwas zu unternehmen.

XIV

Chaim Lander war, nachdem er Sereth verlassen hatte, in der Kleidung und mit der Legitimation des Siguranza-Agenten Fischku in das Sumpfgebiet von Pojeni zurückgekehrt, wo er vor mehreren Wochen eine Partisanengruppe geschaffen hatte. Die Gruppe bestand aus ca. vierzig Personen. Es waren Bauern, die aus dem Gutshof Sauer nach dem Abzug der Russen und vor dem Einmarsch der Deutschen hierher geflüchtet waren. Es befanden sich unter ihnen einige jüdische Fiakerkutscher und Fleischhauer aus Sereth mit dem Schmied Chaskel Wagner und seiner

Tochter Rebekka. Diese Juden waren freiwillig hiergeblieben, als die andern aus Sereth geflüchteten Juden ins Innere Rußlands befördert worden waren. Sie waren hier geblieben, um gegen die Deutschen zu kämpfen, um Rache für das vergossene Blut zu nehmen.

Dies Gebiet war seit Jahrzehnten ein Problem. Es befand sich unweit der alten österreichisch-rumänischen Grenze. Seit fast einem Jahrhundert ging ein Streit um den Besitz dieses Sumpfgebietes, und zwar erhoben sowohl die griechisch-orientalische Kirchenverwaltung als auch die Familie von Sauer, der das Gebiet Pojeni gehörte, Anspruch darauf. Endlose Prozesse und Gerichtsverhandlungen wurden um dieses Gebiet geführt und niemals entschieden. Deswegen kam man nicht dazu, das Gebiet urbar zu machen. Vor dem Ersten Weltkrieg, als es noch zur österreichisch-ungarischen Monarchie gehörte, hatten sich hier Räuberbanden festgesetzt, die in Rumänien und in den andern Balkanländern ihr Handwerk trieben. Das nahm besonders in starkem Maße zu und dehnte sich auch auf das Bukowina-Gebiet aus, als die Bukowina nach dem Ersten Weltkrieg rumänisch wurde.

Als Ende Juni 1940 die Rote Armee in die Bukowina einmarschierte, verwandelten die Bauern den Rittergutshof von Pojeni in eine Kollektive. Nachdem die Umorganisierung vorüber war und die Kollektive funktionierte, wollte man darangehen, das Sumpfgebiet urbar zu machen und in die Kollektive einzubeziehen. Aus Czernowitz waren bereits Agronomen eingetroffen, Pläne ausgearbeitet und Finanzvorschläge gemacht, als es klar wurde, daß der Krieg zwischen Hitlerdeutschland und der Sowjetunion unmittelbar bevorstand. Daher wurde beschlossen, dieses Sumpfgebiet im Zustande der Unzugänglichkeit zu belassen und es zum Sitz einer Partisanengruppe zu machen. Chaim Lander wurde zum Leiter dieser Gruppe bestimmt. Er war dazu gekommen, als sich dort bereits eine Anzahl von Bauern des benachbarten Gutshofes befanden sowie die paar Serether Juden. In kurzer Zeit hatte er das Vertrauen der kleinen Gruppe gewonnen. Er war es, der die meiste politische Erfahrung besaß und auch Erfahrung im illegalen Kampf. Man baute das Sumpfgebiet im Innern aus, so weit das möglich war. Ohne Zweifel: es war kein bequemes Wohnen und Leben hier. Aber alle wußten, worum es ging und weswegen sie sich hier befanden. Man hatte schon früher, vor dem Abzug der Russen, eine Menge von Lebensmitteln hergebracht und besaß auch eine Kanone, mehrere Maschinengewehre und eine Anzahl Gewehre. Man wollte aber auch Ausfälle machen. Chaim hatte es damit nicht eilig. Er hielt seine Leute zurück, weil sie noch nicht genügend geschult waren. Es handelte sich ja nicht darum, irgendetwas zu unternehmen, sondern das mußte einen Sinn im Gesamtplan haben. Er sagte ihnen immer wieder: «Wir sind nur ein Teil der großen unsichtbaren Armee. Wenn wir jetzt losschlagen, so werden wir den Deutschen wenig Schaden zufügen.»

Er war froh, daß ihm ein glücklicher Zufall die Herstellung der Verbindung mit Sereth ermöglicht hatte. Nach der Rückkehr aus Sereth beschloß man, auch mit der Landesleitung in Czernowitz Verbindung zu suchen. Chaim machte sich auf den Weg dahin. Zertian hatte ihm, bevor er Sereth verließ, noch eine Legitimation ausgestellt, mit der er die Reise wagen konnte. Nach drei Tagen Aufenthalt in Czernowitz trat er den Heimweg an.

Er saß in der Fensterecke des Eisenbahnwaggons im Zuge, der sich von Czernowitz, in südlicher Richtung den Karpatenbergen zu, gegen Bukarest bewegte. Es war ein regnerischer Sommerabend. Dünne Regentropfen schlugen an die Fensterscheiben. Im Waggon war es schwül, verraucht und dunkel. Es gab gar keine Beleuchtung. Der Zug bewegte sich mit Schnecken-Geschwindigkeit. Er bewegte sich so, als müßte er jeden Schritt zuerst abtasten, als lägen die Schienenstränge auf einem Vulkan. Chaim war der einzige Zivilist in dem Waggon. Es war ein Zug, der Schwer- und Leichtverwundete, Urlauber und Feldpolizei von der Front weg in die Etappe und ins Hinterland führte.

Chaim hatte ungern diesen Zug genommen. Von Czernowitz bis Pojeni waren es etwa dreißig Kilometer, Autobusse und Wagen gab es seit Ausbruch des Krieges nicht. Er hätte den Weg gerne zu Fuß zurückgelegt. Aber die Straße war von deutschen Feldpolizisten und SS-Mannschaften bewacht. Besonders seitdem der SS-Mann und der Siguranza-

Chauffeur getötet worden waren. Und seitdem der Siguranza-Agent Fischku spurlos verschwunden war, hatte man auf dieser für die Versorgung der Armee wichtigen Heeresstraße die Bewachung verschärft. Mit der von Stefan Zertian ausgestellten Legitimation hatte er bei der Kommandantur in Czernowitz einen Erlaubnisschein für die Benutzung der Eisenbahn erhalten. Von Czernowitz bis Hliboka, einem Eisenbahnknotenpunkt und gleichzeitig der nächstgelegenen Eisenbahnstation nach Pojeni, waren es sechsundzwanzig Kilometer. Und für diese sechsundzwanzig Kilometer hatte der Zug zwei Stunden gebraucht. An jeder kleinen Station wurde halt gemacht und für die Lokomotive Holz und Wasser geholt.

Daß er nicht in den Bahnhof einfahren durfte, war ihm klar. Denn er reiste auf den Namen des Gutsverwalters von Pojeni, den man am Bahnhof kannte. Man hätte dort feststellen können, daß er es nicht war. Der Zug bewegte sich aber mit einer solchen Langsamkeit, daß es ihm leicht fiel, etwa einen Kilometer von Hliboka unbemerkt vom fahrenden Zug abzuspringen. Er kannte hier jeden Weg und jeden Steg und hoffte im Dunkel der Nacht, den deutschen Patrouillen entwischen und sich nach Pojeni durchschlagen zu können.

Er wich von der Hauptstraße ab und schlug den Weg ins Wäldchen ein, das bis zur Heeresstraße führte, in der Hoffnung dort durchzuschlüpfen und dann wieder durch Nebenwege bis Pojeni zu gelangen. Etwa zehn Minuten war er marschiert, als er plötzlich mit einer elektrischen Lampe angeblendet wurde. «Halt!» rief ihm eine Stimme auf Rumänisch zu. Die Uniform konnte er im ersten Augenblick infolge der Dunkelheit nicht erkennen. Das Rumänisch verwunderte und beruhigte ihn zugleich. Soweit er in Czernowitz informiert worden war, hielten diese ganze Gegend die Deutschen besetzt, und es sollte hier überhaupt keine rumänischen Gendarmen geben. Er wurde nach seinen Papieren gefragt. Der rumänische Soldat, der ihn anhielt, hantierte mit der Blendlaterne herum und Chaim bemerkte, daß es sich nicht um einen Soldaten schlechthin und auch nicht um einen Gendarmen handelte, sondern um einen Mann aus dem privilegierten Grenzregiment, das heißt um einen

Soldaten, der dem Dienst der Siguranza zugeteilt war. Das steigerte noch seine Verwunderung. Denn soweit ihm bekannt war, waren die Gebiete der Siguranza und der Gestapo im Wachdienst voneinander gesondert. Nur im Zivildienst arbeiteten sie zusammen. Der Mann – Chaim unterschied jetzt auch die militärischen Abzeichen und sah, daß er einen Unteroffizier vor sich hatte – prüfte seine Ausweispapiere ganz genau und sagte: «Gerade Sie suchen wir.»

Chaim dachte: Sollte man mich auf der Kommandantur in Czernowitz erkannt und meinen wahren Namen hierher mitgeteilt haben? Wozu? Welchen Sinn und welchen Zweck hätte es für sie? Wenn sie gewollt hätten, hätten sie mich ja gleich in Czernowitz festnehmen können. Für eine Sekunde tauchte bei ihm ein Verdacht gegen Zertian auf, aber er wies ihn gleich von sich. Der Unteroffizier forderte ihn auf, ihm zu folgen und brachte ihn nach einigen Minuten zu einer großen Gruppe, die im Wäldchen kampierte. Der Unteroffizier erstattete einem Hauptmann Bericht, Chaim wußte nicht, was er von der ganzen Sache halten sollte. Alles kam ihm fremd vor und widersprach den von ihm in der Leitung angenommenen Voraussetzungen. Der Hauptmann übernahm vom Unteroffizier die Legitimation Chaims, las sie nochmals aufmerksam durch, und zu Chaims Überraschung streckte er ihm die Hand entgegen und sagte: «Mein Name ist Hauptmann Morarescu. Sie dürften sicher von mir schon gehört haben. Sie sind doch wohl Rumäne und kein Deutscher?»

«Jawohl, Herr Hauptmann.»

«Sind Sie schon lange Gutsverwalter bei diesem Deutschen?»

«Seit Ende des vorigen Weltkrieges.»

«Ist Ihnen, Herr Zapatanu – das ist wohl Ihr Name? – etwas Näheres über die Tätigkeit der Strolche und Tagediebe im Sumpfgebiet von Pojeni bekannt?»

«Ja, es sollen sich dort mehrere Bolschewiki herumtreiben. Von meinem Gutshof sind sechs Bauern ausgerissen und es heißt, daß sie ins Sumpfgebiet gegangen sind.»

«Sind Sie bereit, mir einen Dienst zu erweisen?»

«Aber mit größtem Vergnügen, wenn es mir möglich ist.»

«Es handelt sich um ein Unternehmen, das für die Verhältnisse unseres Landes und für die künftige Entwicklung von großer Bedeutung sein kann.» Der Hauptmann zog bei diesen Worten seine Feldflasche, tat einen kräftigen Schluck und bot die Flasche dann Chaim an. «Trinken Sie, trinken Sie auf das Gelingen unseres Unternehmens. Ach ja, ich habe Ihnen ja noch gar nicht gesagt, um was es sich handelt. Aber erschrecken Sie nicht, ein patriotisches Unternehmen.» Er tat noch einen Schluck und sagte: «Sie arbeiten ja bei einem Deutschen. Eine verfluchte Bande, die Deutschen, sag ich Ihnen. Ich habe ja allen Respekt vor ihnen. Sie kämpfen wie die Teufel. Niemand kann ihnen widerstehen. Wir Rumänen waren die einzigen, die ihnen im vorigen Krieg Respekt eingeflößt haben. Plündern können sie wie kaum jemand. Sie führen Rechnung über jedes Hemd, das einer trägt. Sie behandeln alle andern geringschätzig. Uns Rumänen trauen sie nichts zu.» Er lachte laut und schon etwas angetrunken. «Einen Hauptmann Morarescu verachtet man nicht. In den Sümpfen sind die Deutschen machtlos. Da ist Morarescu der Herr. Sie sollen sehen, was ich vermag, diese Deutschen. Und da zähle ich auf Sie, mein lieber Zapatanu. Als Gutsverwalter von Pojeni müssen Sie ja das Sumpfgebiet kennen. Sie sollen uns den Weg weisen. Ich werde Sie dann im Befehl nennen. Sie sollen eine Auszeichnung bekommen. Warum nicht? Ehre wem Ehre gebührt. Was für Augen die Deutschen morgen machen werden, wenn sie hören, daß die ganze Partisanenbande ausgehoben ist und daß Hauptmann Morarescu das Sumpfgebiet beherrscht.»

Chaim hatte im ersten Moment den Namen des Hauptmannes überhört. Denn er war so überrascht, hier plötzlich rumänischen Grenzsoldaten zu begegnen und vom Hauptmann so freundlich empfangen zu werden, daß er auf den genannten Namen kaum achtete. Jetzt aber, da Morarescu im Verlaufe von wenigen Minuten mehrere Male seinen eigenen Namen wiederholte, stieg der Begriff Morarescu wieder in seiner Erinnerung auf. Ja, Morarescu war Jahre hindurch in Bessarabien zu einem Begriff geworden. Er befehligte einen Grenztrupp im Djnestr-Gebiet an der sowjetischen Grenze. Er war zum Schrecken des dortigen Sumpfgebietes geworden. Es ging damals das Gerücht, daß er Tausende Grenzgänger und Bauern der Umgebung ermordet hatte. Man nannte ihn den Teufel der Sümpfe und den Todesengel der Bauern. Die Empörung gegen ihn wegen seiner Schreckenstaten war – es dürften mehr als fünfzehn Jahre her sein – so groß gewesen, daß nach wiederholten Interpellationen im Parlament, die Regierung sich genötigt gesehen hatte, ihn vom Dienst zu entheben und ihn in den Zivilstand zu versetzen.

«Ich zweifle nicht, Herr Hauptmann», sagte Chaim, daß Sie, wenn Sie eine Sache unternehmen, sie auch voll und ganz durchführen werden. Und ich bin glücklich, Ihnen mit meinen bescheidenen Kräften behilflich sein zu können.»

«Keiner, auch nicht mein Oberst, zweifelt am Gelingen meines Unternehmens. Keiner ahnt, was ich in dieser Nacht unternehmen will. Ich will die Herren in Czernowitz wie auch die Deutschen vor eine fertige Tatsache stellen. Wie vor fünfzehn Jahren wird morgen die ganze Presse voll sein mit dem Namen Morarescu. Von Bukarest bis Berlin. Welch ein Glück, mein lieber Zapatanu, für uns beide, daß wir einander getroffen haben. Ohne diese Begegnung hätte ich mich an den deutschen Gutsbesitzer um Führung wenden müssen, und er hätte mir Schwierigkeiten gemacht. Denn die Deutschen gönnen einem Rumänen keinen einzigen Erfolg. Alles wollen sie für sich selber. Also wollen Sie uns führen? Natürlich, wie sollten Sie nicht? Eine Glückschance für Sie und für mich.»

In der Tat, eine Glückschance, dachte Chaim. Von so einem Glück hatte er nicht geträumt. Er war stolz darauf, daß die kleine Gruppe von Partisanen, die er geschaffen hatte, die noch kaum irgendwelche Tätigkeit ausübte, den Herren in Czernowitz bereits Kopfzerbrechen machte. «Mit Begeisterung will ich Sie führen, Herr Hauptmann. Es ist mir eine Ehre. Und wer sonst als ein Morarescu ist dazu berufen, das Sumpfgebiet zu beherrschen.»

Der Hauptmann, der bereits viel aus der Schnapsflasche heruntergeschluckt hatte, umarmte Chaim und wiederholte nochmals: «Morgen wird man in der ganzen Presse nicht nur von Morarescu, sondern auch von Zapatanu sprechen. Aber nicht nur das. Ich werde direkt an Antonescu telegrafieren. Ich kenne ihn persönlich. Ich war sein Lehrer in der

Artillerie-Schule. Heute ist er General, Regierungschef, Führer Rumäniens und ich bin nur Hauptmann. Aber morgen? Morgen werde ich nach dem Siege über diese Strolche hier der Chef aller Abteilungen gegen die Partisanen sein.»

Es war gegen elf Uhr nachts. Morarescu ließ seine fünfzig Mann antreten. Der Ton, der hier zwischen dem Offizier und seiner Mannschaft herrschte, war nicht der in der Armee übliche, sondern der einer Kameradschaft. Es gab hier wohl Disziplin, aber Vorgesetzte und Untergeordnete waren durch gemeinsame Gefahren enger miteinander verbunden. Viele von dieser Mannschaft dürften unter Morarescu schon vor fünfzehn Jahren am Djnestr gedient und seine Verbrechen mitgemacht haben. Morarescu stellte ihnen Chaim als den Führer ins Sumpfgebiet vor und der Zug mit Morarescu und Chaim an der Spitze setzte sich in Bewegung. Sie hatten eine Strecke von etwa sechs Kilometern vor sich. Es regnete noch immer. Hätte man die Chaussee genommen, die gut geschottert war, so hätte man den Weg in ungefähr einer Stunde zurücklegen können. Aber Morarescu wollte unter allen Umständen eine Begegnung mit Deutschen vermeiden, und sie schlugen einen schmalen Waldweg ein. An den Schuhen und Stiefeln setzte sich immer mehr Lehm an, so daß die Füße schwer wurden. Man geriet in kleine Pfützen und rutschte auf Wurzeln aus. Man stampfte einer hinter dem andern, in einer langen Reihe und vorne konnte man nicht wissen, ob das Ende nicht längst gerissen war. Morarescu befand sich geradezu in einem Fieberzustand. «Denken Sie, Herr Zapatanu, seit fünfzehn Jahren ist das mein erstes Unternehmen. Mag sein, daß dieses Sumpfgebiet schwierig ist. Aber was habe ich nicht schon alles geleistet und muß heute neu beginnen, um mich durchzusetzen. Und es ist wichtig, sage ich Ihnen. Solche Banden im Rücken sind gefährlicher als ganze Armeen in der Front. Jawohl, tapfer sind die Deutschen, aber nur wenn sie wissen: Hier ist die Front, hier sind ihre Tanks, hier ihre Kanonen. Ich habe ihnen ja schon bei Marasesti einen Streich gespielt, als ich damals als junger Leutnant mit einem Zug in ihrem Rücken erschien – wir waren nur dreißig Mann – und ihren Train vernichtete. Wenn man mir die Bekämpfung der Partisanen in ganz Rumänien übergibt, wird das die entscheidende und siegreiche Front werden. Moraresc u wird der zweite Mann dieses Krieges sein.»

Er drückte Chaim die Hand und sagte: «Sie scheinen ja auch nicht wenig erregt zu sein.»

«Ich kann es nicht leugnen, Herr Hauptmann. Mit Ihnen zu arbeiten, Ihnen behilflich zu sein, mit Ihnen vielleicht in einem Atemzug genannt zu werden, das ist doch wahrlich kein kleines Glück.»

Plötzlich umklammerte Moraresc u fest seine Rechte und fragte im Flüsterton: «Hören Sie was?» Wirklich, es waren Schritte zu vernehmen. Sie waren jetzt aus dem Wäldchen herausgekommen und befanden sich am Rande einer großen Straße. Das war die Gefahrenzone, die Straße, die von den Deutschen besetzt gehalten war. Sie wollten diese Straße rasch überschreiten, um zwischen den auf der andern Seite vorhandenen Weiden zu verschwinden und ihren Weg fortzusetzen. Da aber donnerte ihnen in deutscher Sprache ein Halt entgegen. Zwei Blendlaternen blitzten auf. Moraresc u sah sich einem deutschen Oberleutnant gegenüber, begleitet von einem Unteroffizier, beide in schwarzen Uniformen. Er wußte, mit wem er es zu tun hatte. Der Oberleutnant verlangte von Moraresc u die Ausweis-Papiere, prüfte sie kritisch und erklärte, daß er den Weg nicht freigeben könne, da aus seinen Papieren nicht zu ersehen sei, daß der Hauptmann einen Befehl nach dieser Richtung habe. Der Weg könne nur mit besonderer Erlaubnis des deutschen Kommandos überschritten werden. Er müsse daher den Hauptmann und seine Abteilung bitten, ihm zum Stab zu folgen, etwa fünfzehn Kilometer von hier. «Ich bitte Herrn Hauptmann zu verstehen, daß es sich hier um keine Schikane handelt, sondern um eine Vorschrift, die unter keinen Umständen umgangen werden kann.»

Moraresc u geriet in Aufregung. Er versuchte dem deutschen Offizier zu erklären, daß er einen geheimen Auftrag hatte.

«Geheime Aufträge ohne unser Wissen gibt es hier nicht. Ich bin darüber nicht informiert worden und muß Sie bitten, mir zu folgen.»

Sein Ton war drohend. Ohne Zweifel, er hielt die ganze rumänische Abteilung für Partisanen. Er ließ einen schrillen Pfiff ertönen und fünfzehn Schwarzuniformierte sammelten sich auf beiden Seiten. Sie sahen aber nur Moraresccu und einige seiner Leute, während die andern noch durch den Wald ankamen. Morarescu hatte auf seinen Plan der Aushebung der Partisanen alle seine Hoffnungen gesetzt. Mit diesem Plan war seine Zukunft, seine ganze Karriere verbunden. Und jetzt kommt der verfluchte Deutsche und will ihm alles zunichte machen. Für einen Augenblick kam ihm der Gedanke, den Deutschen auf das Kommando zu folgen. Dort würde man ja sehen, mit wem man es zu tun hätte. Aber er ließ den Gedanken bald fallen. Eine so wichtige Arbeit werden die Deutschen ihm allein nicht überlassen. Dazu kam, daß er vom Obersten Lupescu in Czernowitz die Erlaubnis zu einem Handstreich nur unter der Bedingung erhalten hatte, daß er sich in spätestens vier Tagen mit seiner Mannschaft wieder in der Kaserne einfände. Drei Tage hatte es gedauert, bis sie sich unentdeckt von den Deutschen von Czernowitz hierher durchgeschlagen hatten. Es blieb demnach nur diese Nacht übrig. Auf dieser einen Nacht beruhte seine ganze Hoffnung. Er machte daher noch einen Versuch:

«Herr Oberleutnant, wenn Sie uns nicht trauen, schicken Sie mit uns doch einen Ihrer Leute mit.» Aber kaum ausgesprochen, wurde ihm die Lächerlichkeit dieses Vorschlages bewußt, und er fügte hinzu: «Herr Oberleutnant mit meinem Offiziersehrenwort ...»

Doch da ertönte das Kommando des Oberleutnants: «Eine Minute Zeit zum Waffenstrecken.» Morarescu sprang in den Wald zurück und kommandierte: Vorgehen. Die Schüsse knallten, die Maschinengewehre tackten. Morarescu hatte drei. Chaim hatte sich hinter einen Baum geworfen und den Kopf auf den Boden geduckt. Wie wird das ausgehen?

Nach einer Weile schien es ihm, als ließe das Feuer etwas nach. Kommandos wurden auf Rumänisch geschrien. Dann hörte das Feuer ganz auf.

Morarescu schrie nach seinen Unteroffizieren: «Nachsehen, wer tot ist. Zählen Sie! Es sind fünfzehn gewesen. Keiner darf entkommen! Sie, Herr Zapatanu, sind Sie da?»

«Jawohl, Herr Hauptmann.»

«Scheußlich! Das mußte uns passieren! Was wir für Zeit verlieren! Und die Bande, die Partisanen werden schon alarmiert sein! Aber jetzt muß die Sache durchgeführt werden. Wie lange nur diese Rindviecher von Unteroffizieren ...» Er nahm wieder einen Schluck Schnaps.

Endlich waren die Verluste klar. Morarescu hatte acht Mann verloren. Von den Deutschen aber waren der Oberleutnant und elf tot, zwei röchelten schwer verwundet und wurden mit Pistolenschüssen erledigt.

Sie schritten in den Wald hinein. Zum Eingraben war keine Zeit. Erst in einigen Tagen würden sie sich durch den Geruch bemerkbar machen. Aber da lagen noch die abgeschossenen Patronenhülsen. Und die konnte man im Dunkeln nicht aufsammeln.

«Los, weiter!» befahl Morarescu. Nachdem sie auf der andern Seite der Straße in den Wald gekommen waren und keine solche Vorsicht mehr nötig war, sagte der Hauptmann erregt und laut:

«Lieber Zapatanu. Weiß Gott, ein Morarescu schreckt vor ein paar lumpigen Leichen nicht zurück. Aber diesen Kampf habe ich nicht gewollt. Ich mag die Deutschen nicht. Trotzdem zweifle ich keinen Augenblick, daß wir sie brauchen. Wir stehen den Bolschewiken gegenüber und ohne deutsche Hilfe können wir mit ihnen nicht fertig werden. Aber soviel sie auch helfen, sie sind in vieler Hinsicht ein Stein im Wege. Dort, wo es Erfolge zu erringen gibt, lassen sie einen Rumänen den Kopf nicht hochheben. Immer sollen wir nur gehorchen und sie befehlen. Immer sollen wir in vorderster Reihe stehen, aber niemals eigene Initiative haben. Gleichberechtigte Verbündete Hitlers wollen wir sein. Mit uns darf man nicht umgehen wie mit den Polen oder mit den Serben.»

«Sehr richtig, Herr Hauptmann, das ist auch meine Meinung. Die Frage ist jetzt nur ...»

Morarescu unterbrach ihn: «Gott und Sie sind meine Zeugen, daß ich diesen Kampf nicht gewollt habe. Aber es blieb uns nichts anderes übrig. Nun, Herr Zapatanu, sind wir schicksalsverbunden. Meine Mannschaft, mich und Sie bindet ein strenges Geheimnis. Wenn dieses Geheimnis offenbar wird, dann können schwere Folgen nicht nur für uns, sondern für die gesamten deutsch-rumänischen Beziehungen eintreten. Nicht, daß ich Ihnen oder einem meiner Leute mißtraue. Sie haben heute Abend gezeigt, daß Sie Ihren Mann stellen können, und was meine Leute anbetrifft, so sind es erprobte Grenzkämpfer. Wir stehen zueinander in einem brüderlichen Verhältnis, wenn ich auch von vielen von ihnen Jahre abwesend war. Nichtsdestoweniger ist es bei uns Brauch, bei solchen Anlässen sich nochmals gegenseitig in einem feierlichen Eid die Treue zuzusichern. Wir wollen es auch diesmal nicht lassen. Durch diesen Eid, mein lieber Zapatanu, werden Sie einer der Unseren. Sie sind doch wohl damit einverstanden?»

«Vollkommen, Herr Hauptmann.»

Moraresc u gab den Befehl zum Halten, ließ die Mannschaft im Halbkreis um sich antreten, die Gewehre in die rechte Hand nehmen, sie in die Höhe heben und hielt folgende Ansprache: «Meine treuen Unteroffiziere und Soldaten. Ich bin nicht nur euer Hauptmann und ihr meine Untergebenen, sondern euer Kamerad. Ihr habt in schwerer Stunde eure Tapferkeit gezeigt. Ich habe es von euch nie anders erwartet. Jeder von uns wäre zufriedener gewesen, wenn es statt der Deutschen Russen gewesen wären. Aber der Kampf wurde uns aufgezwungen. Unsere Kameraden sind, wenn sie auch gegen die Deutschen kämpfen mußten, trotzdem für die antijüdische und antibolschewistische Sache gefallen. Ehre ihrem Andenken. Wir bedauern auch die toten Deutschen, denn sie kämpften für unsere Sache. Aber wir, die wir ständig im Grenzkampf stehen, wissen, daß der Kampf hart ist und daß man manchmal auch Bäume fällen muß, die man nicht fällen will. Die erste Etappe unseres Kampfes für das Unternehmen liegt hinter uns. Aber das Vorgefallene wird man im Augenblick an höherer Stelle vielleicht nicht verstehen. Uns, sowie der Sache, der wir dienen, drohen daher große Gefahren, wenn man erfährt, was sich hier abgespielt hat. Deswegen bitte ich euch alle, mir Wort für Wort den folgenden Eid nachzusagen: Wir schwören bei Gott, dem Allmächtigen, für die nächsten zehn Jahre niemandem, auch nicht unsern nächsten Angehörigen und militärischen Vorgesetzten von dem zu erzählen, was wir heute Nacht erlebt und gesehen haben, es sei denn, daß wir des Eides entbunden werden. Verflucht, wer diesen Eid bricht. Er und seine Familie seien geächtet. Jeder von uns gelobt, sich von diesem Augenblick an als Mitglied einer geheimen Junta zu fühlen und den Verräter zu töten, sowie auch an allen Familienmitgliedern des Verräters Rache zu nehmen. So wahr uns Gott helfe, Amen.»

Der Regen hatte aufgehört. Es war gegen zwei Uhr morgens, als man vom Wäldchen aus nach dem feierlichen Eid den Marsch weiter antrat. Morarescu war sehr redselig. «Ich bedauere», sagte er zu Chaim, «die acht Mann, die ich verloren habe. Aber für die Deutschen war es schon notwendig, von uns eine richtige Lektion zu bekommen. Bei dem Offiziersfest vorige Woche sagte ein deutscher Oberst zu mir: Rumänien ist ein großer Sumpf. Er war jedenfalls in angeheitertem Zustande. Aber Sie kennen doch unser Bauernsprichwort: Was bei einem Nüchternen auf der Lunge, ist bei einem Trunkenen auf der Zunge. Da sagte ich ihm: Herr Oberst, der Sumpf kann Sie verschlingen, wenn wir Sie nicht herausziehen. Es ist nicht so, daß Euer Schicksal das unsere sein muß. Ich glaube vielmehr, daß unser Schicksal auch das Eure sein wird. Wenn wir zusammenbrechen, dann geht auch Ihr unter. Ich sagte ihm ganz offen: Merken Sie sich, Herr Oberst, Morarescu ist Herr der Sümpfe. Und wenn Morarescu euch nicht aus den Sümpfen herauszieht, dann keiner in diesem Lande. Der Oberst schaute mich etwas verwundert an, aber er schwieg, denn Morarescu wagt keiner zu widersprechen.»

Die Wolken hingen schwer über ihren Köpfen. Man hörte nur das Auftreten der Stiefel und das schwere Atmen, denn jeder Stiefel schleppte dicke Lehmbatzen mit. «Im modernen Krieg» – nahm Morarescu seine Rede wieder auf – «spielt das Gelände eine große Rolle. Gegen Sümpfe versagen Tanks und Flugzeuge, gegen Sümpfe und Wälder versagt das Motorrad. Da kommt es nur auf die Tapferkeit und auf die Erfahrung des Einzelnen an. Und hier haben wir eine Chance. Worin liegt das Geheimnis des bolschewistischen Sieges in der Revolution? Sie haben auf ihrer Seite den Mann im Walde, den Besitzlosen, der jeden Weg und jeden Steg kennt. Auf die Weise haben sie damals in ihrem Bürgerkrieg die Macht der Interventionsarmeen gebrochen. Sie können auch heute im Kleinkampf, in unzähligen Sümpfen und Wäldern die große Kriegsmaschine vernichten. In mir finden sie den richtigen Gegenspieler. Wenn Sie, Herr Zapatanu, nachdem Sie durch ein Geheimnis vom Schicksal selbst mit uns verbunden worden sind, sich dauernd uns anschließen, dann können wir es gemeinsam zu etwas Großem bringen. Wir werden die Sümpfe beherrschen und damit die Entscheidung in diesem Kriege herbeiführen. Sie brauchen nicht sofort ja zu sagen. Ich verstehe, daß man sich in einer solchen Sache nicht von einem Augenblick auf den andern entscheidet. Aber in einigen Stunden, wenn der Sieg unser, wenn das Sumpfgebiet, auf das wir jetzt marschieren, erstürmt sein wird und Stolz und Siegesbewußtsein auch Ihre Brust erfüllen, dann geben Sie mir die Antwort, und ich zweifle nicht, daß sie positiv ausfallen wird.»

Chaim sah vor sich einige Büsche, von denen er wußte, hier geht es los. Hier wird der Weg unsicher. Er sagte Moraresc u: «Hier wird es gut sein, recht dicht zusammen zu bleiben. Denn hier ist der Weg schmal und einer muß immer aufpassen, wo sein Vordermann hingetreten ist.»

Der Hauptmann hielt und gab leise Befehle. Ich will Euch, dachte Chaim, ja nicht die Möglichkeit geben, daß die Letzten noch auf festem Boden sind, wenn die Katastrophe beginnt.

«Weiter!» rief Moraresc u leise.

Der Weg wurde schwieriger, der Boden gab manchmal nach.

«Haben Sie sich auch nicht geirrt, Zapatanu?», hörte Chaim die Stimme Morarescus.

«Sicher nicht. Ich kenne den Weg.»

Von rückwärts hörte man Geräusche und Schreie. Die Vordersten waren noch auf ziemlich festen Boden getreten. Jeder zweite sank tiefer ein.

«Zapatanu», rief der Hauptmann leise, «sind wir vielleicht vom Weg abgekommen?»

Keine Antwort.

Er machte einen Schritt nach links, wo er glaubte, es ginge weiter. Aber er sank ein bis zum Knie und sank weiter.

«Zurück! Zurück!» schrie er und versuchte rechts wieder aus der Gefahr zu kommen. Aber er konnte keinen Halt finden.

«Zapatanu! Zapatanu!»

Keine Antwort. Aber überall schrie und keuchte man.

«Werft die Waffen weg», schrie Moraresculatex. «Alles fort, was euch hinunterzieht! Zapatanu, wo stecken Sie? Haben Sie uns etwa verraten? Ich erschieße dich, du Hund!» Aber schon war er bis zum Bauch im Schlamm. «Zapatanu! Ich verspreche Ihnen, ich werde nichts erzählen. Niemand wird etwas sagen, aber führen Sie uns heraus!»

Er horchte und hörte nur andere so arbeiten wie sich selbst und fluchen. Es schien ihm, daß schon viele still geworden waren.

Da nahm er nochmals alle Kraft zusammen und schrie: «Zapatanu, Hilfe! Um Gottes willen, Hilfe!»

«Hilfe?» hörte er eine Stimme und das war Chaim. «Du hast Hunderte und Tausende gemordet, die für etwas Ehrliches gekämpft haben. Hier kommt niemand mehr heraus. Leider bist aber nur du es, du Bandit. Aber auch Antonescu und Hitler werden wir erwischen. Das hier ist der Anfang.»

«Zapatanu!» rief Morarescu noch einmal. Dann kam sein Mund unter Wasser. Eine Stunde später, als die Sonne aufging, sah man nur noch ein paar Kappen in Pfützen schwimmen.

XV

Es war gegen fünf Uhr morgens, als der SS-Mann, der einzige Überlebende von der Gruppe der Fünfzehn, die den Zusammenstoß mit Morarescu hatten, erschöpft, durchnäßt, mit einer Wunde im linken Arm, im Bahnhof von Czahor, einige Kilometer von Czernowitz anlangte. Dieser Bahnhof, auf der Hauptstrecke gelegen, war seit einigen Wochen die SS-Station für die Gegend südlich von Czernowitz bis zum Sereth-Fluß. Der SS-Mann brachte kaum die Kraft auf, über das Vorgefallene kurz zu berichten und sank infolge Blutverlustes ohnmächtig zusammen. Sein Bericht wurde mit großer Skepsis aufgenommen. Nicht etwa, daß man ihm mißtraute. Er genoß das volle Vertrauen und seine Wunde zeugte für die Wahrhaftigkeit der von ihm berichteten Tatsachen. Woran man zweifelte war, daß die Gruppe, gegen die sie den Kampf zu führen hatten, sich tatsächlich aus Morarescu und seinen Leuten zusammengesetzt hatte. Die Grenzsoldaten genossen wegen ihrer Brutalität und ihres Rekords an Pogromen Achtung und Ansehen bei der Gestapo. Der SS-Mann selbst war ja auch in seinem Bericht nicht sicher gewesen, ob es sich in der Tat um Morarescu oder um eine Partisanen-Gruppe gehandelt habe.

Auf jeden Fall flitzte der dortige Abteilungs-Leiter der SS sofort nach Czernowitz ins Gestapo-Hauptquartier, und gleichzeitig entsandte er eine Expedition von zwanzig Mann auf Motorrädern, um auf dem Kampfplatz Nachforschungen anzustellen. Die SS-Männer fanden Patronenhülsen und andere Kleinigkeiten, die nichts bewiesen. Erst als sie die Umgebung genauer absuchten, fanden sie die Leichen. In der Eile hatte Morarescu vergessen, seinen gefallenen Leuten ihre Militärausweise abzunehmen, so daß man feststellen konnte, daß es sich tatsächlich um Angehörige des 2. Bataillons des 4. Grenzregimentes handelte, das von Hauptmann Morarescu befehligt wurde. In Czernowitz stellte der Gestapo-Chef fest, daß Morarescu mit einer Abteilung von fünfzig Mann seit vier Tagen verschwunden war. Es ging alles drunter und drüber. Der Vorgesetzte Morarescus, Oberst Lupescu, der von der Gestapo in Gegenwart eines deutschen und rumänischen Generals vernommen wurde, verwickelte sich dauernd in Widersprüche. Er konnte keinen vernünftigen Grund angeben, weswegen er ohne Wissen des deutschen und rumänischen Kommandos von Czernowitz dem Hauptmann Morarescu die Erlaubnis zur Durchführung einer geheimen Mission erteilt hatte. Das Ganze schien um so verdächtiger, als der Oberst nicht einmal in der Lage war, über die Art der Mission und ihren Charakter zu berichten. Einige andere Offiziere des Regimentes wurden vernommen, und es ergab sich, daß sie von der ganzen Sache überhaupt nichts wußten. Der Oberst wurde von der Gestapo verhaftet, aber das Rätsel blieb.

Die deutschen und rumänischen Militärbehörden hielten gemeinsam mit der Gestapo und der Siguranza eine Beratung ab. Die Personalakten über Morarescu lagen im Regiment vor. Daß man ihn der Sympathie mit den Bolschewiken nicht verdächtigen konnte, darüber waren sich alle einig. Seiner ganzen Vergangenheit gemäß würden ihm die Bolschewiki nicht trauen und er niemals für sie arbeiten. Alle, die ihn kannten, sagten aus, daß er ein überzeugter Feind der Bolschewiki, der Demokratie und der Juden war und ein Anhänger der absoluten und brutalsten Rechtsdiktatur. Was also – war für alle die entscheidende Frage – kann einen solchen Offizier bewegen, eine SS-Abteilung zu überfallen und niederzumachen? Denn eine Notwendigkeit, den Kampf aufzunehmen, bestand ja für ihn nicht. Die Erlaubnis seiner Vorgesetzten zu einer militärischen Unternehmung hatte er besessen. Eine Ausweisung im Quartier der Gestapo hätte ihm schlimmstenfalls diese Erlaubnis entzogen, aber keineswegs irgendeine Strafe eingebracht. Also lag hier ohne Zweifel ein planmäßiger Überfall auf eine SS-Abteilung vor. Weswegen? Man kam zum Schluß, daß Morarescu ein geheimer Verbündeter der jetzt illegalen Rechtsorganisation der Eisernen Garde sein müßte, daß Morarescu die für die Kriegführung äußerst gefährliche Tendenz eines Kampfes gegen Ungarn und für die Rückeroberung Transsilvaniens verträte. Unter allen Umständen mußte Morarescu daher gefaßt und vernichtet werden.

Wo Morarescu suchen? In der Gestapo-Zentrale in Czernowitz lag ein Bericht von Franz Zimmerle und Hans Kruhle über das Sumpfgebiet von Pojeni vor. Hans Kruhle und Franz Zimmerle genossen das Vertrauen der Czernowitzer Gestapoleute. Und ihr Bericht lautete, daß sich im Sumpfgebiet von Pojeni einige aus dem Gutshof geflüchtete Kollektiv-Bauern, bestenfalls noch einige Zigeuner und Juden aus Sereth befänden. Also eine Gruppe mit bolschewistischer Tendenz, zu der sich Morarescu auf keinen Fall begeben haben könnte. Dazu kam, daß die Regengüsse der letzten Zeit das Eindringen ins Sumpfgebiet äußerst schwierig gemacht hatten. Wollten sie jetzt einen Sturm aufs Sumpfgebiet unternehmen, würde er mit großen Verlusten verbunden sein, wobei man mit Gewißheit sagen konnte, daß die im Moment gefährliche Gruppe Morarescus sich dort nicht befinde. Man müßte daher die Aufmerksamkeit einem Gebiete zuwenden, von dem anzunehmen war, daß Morarescu dort Verbündete hatte. Als ein solches Gebiet betrachtete man die Stadt Sereth und eine ebenfalls schwer zugängliche Insel im Sereth-Fluß in der

Nähe des Dorfes Rogatschesti, einige Kilometer östlich der Stadt. Denn Sereth war seit einem Jahr ein Konzentrationspunkt transsilvanischer Flüchtlinge, eines verbitterten antiungarischen und damit auch antideutschen Elements. Nach dem Zusammenstoß mit der Eisernen Garde sollten sich viele der transsilvanischen Jugendlichen in dieses Gebiet geflüchtet haben, um sich dem Militärdienst zu entziehen.

Vielleicht war die Liebe Franz Zimmerles zu Fräulein Henriette Popovic anfänglich gar nicht so stark. Aber die Schwierigkeiten, die sich der Eheschließung entgegenstellten, ließen ihm Henriette Popovic und die Ehe mit ihr als das höchste Ziel erscheinen. Zweimal war von der vorgesetzten Behörde sein Eheansuchen abgewiesen worden. Das erste Ansuchen kam mit dem kurzen Vermerk zurück: «Es gibt genug deutsche Frauen». Beim zweiten Ansuchen begründete man es schon näher. Der Führer lege Wert darauf, daß jeder Deutsche von der Verehelichung mit einer Angehörigen einer minderwertigen Rasse Abstand nehme, und man achte besonders bei Angehörigen der Elite darauf, wie es ja ein Mitglied der Gestapo wäre. Aber Franz Zimmerle ließ sich nicht abweisen. Hätte man es ihm allein überlassen, er hätte wahrscheinlich im letzten Augenblick gezögert, aus Furcht, seine Karriere könnte dadurch gefährdet werden. Aber die Widerstände stärkten seinen Willen und Otto von Raubnitz, der beim Sippenforschungsamt in Radautz Beziehungen hatte, griff zu seinen Gunsten ein. Man verschaffte Dokumente, wohl zweifelhafter Natur, aus denen, wenn man ein Auge zudrückte, hervorging, daß Fräulein Henriette Popovic germanischer Herkunft sei. Freilich, dem stand der rumänische Name im Wege. Aber Otto von Raubnitz fand auch hier einen Ausweg. In einer ausführlichen Abhandlung an das Sippenforschungsamt in Radautz wies er nach, daß in diesem Falle der Name mit dem üblichen rumänischen Namen nichts zu tun hätte. Einer von den Popovic, vielleicht war es fünf oder sechs Generationen her, hätte sich gegen die zwangsweise Rumänisierung gesträubt, und die rumänischen Behörden hätten ihm deswegen einen karikaturdeutschen Namen Popowisch gegeben, aus dem dann Popovic geworden sei. Man bestellte Braut und Bräutigam persönlich ins Sippenforschungsamt. Fachleute für Rassenforschung nahmen beim Fräulein Braut die üblichen Schädel- und Brustmessungen vor, und das Brautpaar befand sich im glücklichen Besitz der Zustimmung der Behörden.

In freudiger, ja fast ausgelassener Stimmung verließ das Brautpaar Radautz auf dem Wege nach Sereth. Es war ein schöner Sommernachmittag. Unterwegs erinnerte sich Franz Zimmerle, daß er im Dorfe Sankt Onufri schon längst die dortige Gendarmerie inspizieren wollte, und ließ den Chauffeur einen kleinen Umweg machen. Als der Wagen vor der Gendarmerie-Kaserne hielt und Franz ins Innere ging, blieb Fräulein Henriette allein im Wagen zurück. Sie blickte uninteressiert die Straße entlang, als ein junges Mädchen vorbei kam. War das nicht ihre Schulfreundin Lisa Adler? Und in ukrainischer Bauerntracht! So hat diese sich also vor der Gestapo verborgen, um nicht als Jüdin erkannt zu werden. Sie beobachtete, wohin das Mädchen ging, und als Franz erschien, um die Weiterreise anzutreten, teilte sie ihm ihre Entdeckung mit. Franz Zimmerle rief sofort den Gendarmerie-Wachtmeister herbei, erteilte ihm den Auftrag, das Mädchen zu verhaften und in die Stadt zu bringen.

Eine Stunde, nachdem das glückliche Brautpaar in Sereth eingetroffen war, führten zwei Gendarmen Lisa Adler die Serether Hauptstraße entlang über den Viehplatz ins Gebäude der Subpräfektur. Lisa Adler war die Tochter des früheren Tuchhändlers Alfred Adler. Am Tage, als alle Juden von Sereth verhaftet und auf den Friedhof gebracht worden waren, hatte sie sich retten können und war ins Dorf Sankt Onufri entkommen. Die dortigen Bauern hatten sie aufgenommen, ihr Bauernkleider gegeben, und sie lebte seitdem unter ihnen in ukrainischen Gewohnheiten, Tracht und Sprache. Nun führte man sie als Verbrecherin durch die Straßen von Sereth, durch die Straßen der Stadt, in der sie geboren war, und in der sie ihre Kindheit und alle Tage ihres Lebens bis zum Unglückstag der Juden verlebt hatte. Ihr Verbrechen bestand darin, daß sie noch lebte. Bei ihrer Verhaftung war es zu einem Auflauf im Dorfe gekommen. Die Gendarmen vermochten nur durch Schüsse in die Luft die Menge zu zerstreuen.

Lisa ging barfuß zwischen den zwei Gendarmen. Ihre dicken langen Zöpfe hingen ihr über die Schultern. Ihre großen schwarzen Augen blickten voller Schrecken, aber entschlossen in die Welt. Ihr Schritt war fest. Sie wußte, daß sie den letzten Weg ging. Die Menschenmenge, die ihr in Sereth folgte, wuchs von Minute zu Minute. Einige der transsilvanischen Flüchtlinge, besonders ältere Frauen, riefen ihr Schimpfwörter zu, während vielen Zuschauern Tränen in die Augen traten. Einer der zwei Gendarmen trug in der Hand ein Lederköfferchen. Darin befanden sich die Kostbarkeiten Lisa Adlers, alles, was sie mit sich genommen hatte, als sie an jenem Frühmorgen vor einigen Wochen mit Zustimmung der Eltern aus dem Hause nach Sankt Onufri geflüchtet war.

Was sich im Amtsraum Franz Zimmerles abgespielt hat, nachdem man Lisa Adler dort eingeliefert hatte, hat man genau nie erfahren. In der Stadt ging das Gerücht um, daß Lisa Adler sich gegen die Vergewaltigung durch Hans Kruhle mit aller Kraft zur Wehr gesetzt hätte, und daß Hans Kruhle sie mit Hilfe von Franz Zimmerle und Otto von Raubnitz überwältigt und mißbraucht und mit eigenen Händen erwürgt hätte. Jedenfalls war das Gesicht Hans Kruhles fürchterlich zerkratzt. Am gleichen Abend noch wurde Lisa mit dem Wagen des Gestapochefs auf den alten jüdischen Friedhof geschafft, denn der neue wurde bereits in einen Garten verwandelt, der dem Nachtlokal geschenkt worden war.

Jossel Schames und der Pfarrer Glurzanski gruben ihr das Grab. Jossel Schames durfte noch immer nicht angetastet werden. Kein Mensch störte ihn in seiner Arbeit beim Grabschaufeln. Der Pfarrer half ihm die Leiche waschen. Jossel sprach das Totengebet und seine Stimme durchdrang die Nacht: «Erhöht und geheiligt werde der Name des Allerhöchsten. In einer Welt, die er geschaffen hat nach seinem Willen. Es komme sein Reich, es geschehe sein Wille.» Und dann ging er auf Hiob über: «Ich hoffte auf das Gute und es kam das Böse. Ich hoffte auf das Licht und es kam die Finsternis.» Pfarrer Glurzanski drückte ihm die Hand und verließ den Friedhof. Die Wolken hingen tief. Die Gräber waren kaum zu sehen, auch nichts von der Verwahrlosung ringsum.

Die Stunden seit seiner Rückkehr aus Radautz waren für Franz Zimmerle keine Stunden ungetrübter Freude. Vergebens hatte er in Radautz ein Brautkleid für Henriette gesucht. Und Henriette hielt es für unmöglich, ohne Brautkleid zur Trauung zu gehen. Das bereitete ihm schwere Sorgen. Da erblickte er das Köfferchen der erwürgten Lisa Adler und öffnete es. Sein Auge fiel auf ein weißes Kleid. Es war eine schwere kostbare Seide, das Brautkleid Lisa Adlers. Denn ihre Hochzeit hatte bevorgestanden, als dann die Katastrophe kam und alles verhinderte. Dieses Kleid hatte sie als Rest ihrer Hoffnung im Leben mitgenommen. Und dieses Kleid hatte sie auch sehr sorgsam in ihr Köfferchen gelegt, als die Gendarmen ihr gesagt hatten, sie müßte mitkommen. Franz Zimmerle betastete es, er ließ die Seide durch seine Finger gleiten und freudig erregt eilte er zu seiner Henriette.

Henriette war in der Volksschule und im Lyzeum Mitschülerin Lisa Adlers gewesen. Nachdem sie ihren Bräutigam auf Lisa Adler aufmerksam gemacht hatte, war sie stolz, eine große Tat für ihren Mann, für die neue Volksgemeinschaft, der sie nunmehr angehören sollte, und für den Führer vollbracht zu haben.

Franz Zimmerle wollte seine Hochzeit vorbildlich für einen wahren Nationalsozialisten gestalten. Die Vorgesetzten in Czernowitz sollten sehen, daß es ihm gelungen war, das Gebiet, das ihm als Machtbereich im Auftrage des Führers zugewiesen war, nicht nur zu unterwerfen, sondern auch dem Reich dienstbar zu machen. Man organisierte die Hochzeit mit dem größten Pomp und es wurde bestimmt, daß Delegationen aus allen Schichten der Bevölkerung Huldigungen darbringen sollten. Denn Franz Zimmerle war nicht Franz Zimmerle privat, sondern der Chef der Gestapo, das Symbol des neuen deutschen Geistes in dieser Stadt.

Franz Zimmerle erschien zur Ziviltrauung im Bürgermeisteramt in der schwarzen Uniform eines Standartenführers, und Henriette Popovic im schweren weißen Seidenkleid mit einem Strauß weißer Blumen, blau umrandet. Eine schöne Braut, sagten die Gäste und Zuschauer, als das Brautpaar würdigen, langsamen Schrittes die Treppen des Gemeindehauses hinunterging. In dem Gebäude neben dem alten jüdischen Friedhof, das früher einmal einem Wunderrabbi gehört hatte, sollte das junge Ehepaar künftig sein Heim haben. Seit vierzehn Tagen hatten Zimmerleute und Dekorateure gearbeitet. Der Saal des Wunderrabbi war geschmückt mit den Bildern Adolf Hitlers, Heinrich Himmlers und Hermann Görings. In diesem Saal war nur für die deutsche Volksgemeinschaft gedeckt. Ihr gehörten jetzt alle alten deutschen Großgrundbesitzer der Umgebung an, sowie die neuen, denen man nach dem Abzug der Russen Güter zugewiesen hatte. Henriette und Franz saßen in feierlicher Stimmung an der Spitze der Festtafel. Nur die Braut schien abwesend.

Kein Wunder. Sie hatte schwere Auseinandersetzungen mit ihrer Mutter gehabt, die gerne eine kirchliche Trauung gesehen hätte. Aber Franz Zimmerle wollte nichts davon hören. Das widerspräche den Auffassungen des Führers über den unheldischen Charakter der Kirche, die außerdem international sei wie das Freimaurertum und die Kommunistische Internationale. Die Mutter hatte sich geweigert, zur Trauung zu kommen und am Festmahl teilzunehmen. Henriette fürchtete sich vor bösen Vorzeichen. Aber Franz tröstete sie: «Es heiraten jetzt hunderttausend Bräute in Abwesenheit der Eltern. Kriegstrauungen sind das Übliche in dieser bewegten Zeit.»

Kein Mensch, am wenigsten Franz Zimmerle zweifelte, daß Henriette ein tapferes Mädchen war. Aber sie hatte ihre Schwächen. Seit ihrer frühesten Kindheit fürchtete sie sich vor schneeweißen Hühnern. Warum? Das vermochte sie nicht zu sagen. Wenn ihr ein solches Huhn über den Weg lief, so war sie sicher, daß etwas Unangenehmes eintreten würde. Zu Hause bei ihnen züchtete man Schweine, Enten und Gänse, aber keine Hühner. Als ihr Vater noch lebte, versuchte er ihr das auszureden. Aber sein Bemühen war vergeblich.

Nun saß man bei Tisch. Die ersten Speisen wurden aufgetragen. Es perlte Tokaier Wein. Da geschah das Unvorhergesehene. Das Fenster war weit geöffnet und irgendwo hatte ein Hund ein weißes Huhn gejagt. Aufgescheucht und erschrocken kam es zum Fenster hereingeflogen, flatterte über die Braut weg auf den Boden und lief eilig zur offenen Tür hinaus. Alle lachten. «Die Farbe der Unschuld über der Braut», rief der dicke Herr von Sauer. Aber sie wurde kreidebleich. Hätte sie das Kleid doch nicht anziehen sollen? Es war Lisa, und ihr angetrauter Mann hatte Lisa umgebracht.

Otto von Raubnitz, der ihren Aberglauben kannte, versuchte die Lage zu retten, indem er sagte: «Wir Germanen sind eine Rasse, die nicht Tod noch Teufel fürchtet. Wir leiten unsere Tradition ab von Alarich und Alboin. Die deutsche Frau der Gegenwart muß sich an Rosamunde ein Beispiel nehmen. Sie war die Tochter des Fürsten der Gepiden, der von dem Langobardenkönig Alboin besiegt und getötet worden war. Danach nahm er Rosamunde zur Frau und beim Hochzeitsmahl wurde der jungen Königin ein Becher gereicht. Das war aber der Schädel ihres Vaters. Alboin befahl ihr daraus zu trinken, und sie gehorchte seinem Befehl ...»

Der alte Justfan unterbrach ihn: «Meine Margarita würde es nie machen. Ich sollte es bei dir versuchen, Margarita, nicht wahr? Ich hätte dann nichts zu singen.»

«Zu singen», nahm Otto von Raubnitz den Faden wieder auf, «hatte der König Alboin auch nichts. Rosamunde leerte den Becher mit den Worten: Der Wille meines Herrn geschehe. Aber sie nahm blutige Rache. In der gleichen Nacht legte sie sich zu einem Kämmerer des Königs ins Bett und tat so, als wäre sie dessen Geliebte. Er merkte seinen Irrtum erst, als es geschehen war. Denn da sagte sie ihm in ihrer herrischen Weise: Dein Leben ist verwirkt, da kein Sterblicher die Königin berühren darf, ohne es mit dem Leben zu büßen. Entweder du ermordest Alboin oder du wirst hingerichtet. Noch in dieser Nacht wurde König Alboin ermordet. Das ist germanischer Brauch. Wir wollen die Welt erobern und werden es. Und dazu dürfen wir nicht darauf achten, daß manchmal etwas Bitteres geschieht.»

Alle klatschten. Henriette gruselte es. Aber sie gab sich Mühe, munter und stark zu erscheinen.

Auch der alte Justfan wollte seinen Teil zur Beruhigung beitragen und sagte: «Man soll sich aus solchen Dingen nicht viel machen. Es sind etwa sechzig Jahre her, ich war damals ein kleiner Junge, da heiratete der Schuster Tschechowitsch, Gott habe ihn seelig. Seine Braut war ein bildhübsches Mädchen, alle beneideten ihn. Seine Braut glaubte, daß, wenn ihr am Hochzeitstage eine schwarze Katze über den Weg liefe, sie die erste Hochzeitswoche nicht überleben würde. Tschechowitsch und seine Eltern veranstalteten die Hochzeit in dem Hause, auf der andern Seite der Sereth-Brücke, nachdem sie sich vergewissert hatten, daß es in der ganzen Gegend dort keine schwarze Katze gäbe. Mitten im Hochzeitsmahl kam plötzlich eine schwarze Katze zum Fenster hinein. Man tröstete die Braut. Sie lachte, aber am nächsten Tag hatte sie die Sprache verloren. Sie kränkelte dann länger als drei Jahre und starb. Pfarrer Jockel wies in seiner schönen und rührenden Leichenrede darauf hin, daß die Braut sicher nicht wegen der schwarzen Katze, sondern wegen der Sünden gestorben war, die sie gegen andere begangen hätte. Man darf nicht abergläubisch sein, denn Gott straft nur wegen Verbrechen und nicht wegen einer schwarzen Katze.»

Otto von Raubnitz gab der Musikkapelle ein Zeichen, mit dem Horst-Wessel-Lied einzusetzen, damit dem Gespräch ein Ende gemacht würde. Man sang deutsche Studentenlieder und erzählte lustige und zotige Anekdoten, um den Vorfall vergessen zu machen. Aber es war, als hätten sich alle bösen Geister an diesem Abend gegen die Braut verschworen. Der Abend war angebrochen, die Stunde, in der das Fest auch für die geladenen rumänischen Gäste beginnen sollte.

Die ersten rumänischen Gäste, für die im Garten gedeckt war, waren bereits eingetroffen. Man schlug die Bierfässer an, die Otto von Raubnitz gespendet hatte. Der Bürgermeister, Stefan Zertian, der rumänische Gendarmerie-Wachtmeister und mehrere Mitglieder der alteingesessenen rumänischen Kolonie von Sereth hatten bereits an den Tischen unter den Apfel- und Pflaumenbäumen Platz genommen. Franz Zimmerle sagte zu Henriette, daß es an der Zeit wäre, sich vom Tisch zu erheben und zu den Rumänen zu gehen. Für das junge Ehepaar waren unter den rumänischen Gästen Ehrenplätze reserviert. Als sie erschienen, wurden sie mit mäßigem Applaus empfangen. Als erster von den Rumänen begrüßte Stefan Zertian und als zweiter der Bürgermeister das Brautpaar. Franz Zimmerle erwiderte: «Ich bin tief gerührt, aber ich nehme die mir dargebrachte Huldigung nicht für mich, sondern für den Führer in Anspruch. Meine Ehe soll der rumänischen Öffentlichkeit zeigen, daß der Deutsche bereit ist nicht nur im Kriege ...»

«Die Juden», schrie plötzlich jemand.

Die Juden? Außer Jossel Schames war in der ganzen Stadt kein Jude am Leben geblieben. Man hielt diesen Ruf für einen bösen, besonders hier unangebrachten Scherz. Aber siehe da, leicht tänzelnd kam eine Gruppe von Juden die Hohlgasse herabmarschiert und näherte sich dem eisernen Tor des Parkes. Schrecken erfaßte alle. Die tänzelnden Juden schwiegen. Ein leichter Wind bewegte die Zipfel der langen Kaftane, die sie trugen. Unter den Kaftanen leuchtete das Gelbweiß der Gebetsmäntel hervor. Jemand rief: «Es können doch nicht die Juden sein, die haben keine Bärte.»

Der alte Justfan antwortete: «Wo sollen sie Bärte hernehmen? Man hat sie ihnen doch schon gleich nach der Verhaftung ausgerissen. Und so sind sie wieder auferstanden.»

Zimmerle rief: «Gendarmen, kein Jude darf diesen Garten betreten.» Die Juden öffneten das Tor weit und kamen herein. Aber die Gendarmen rührten sich nicht. Die Hochzeitsgäste waren alle aufgestanden, starrten auf die Juden und wichen zurück, denn diese Juden setzten sich an die Tische und lachten. «Aber», rief Justfan, «das sind ja unsere transsilvanischen Flüchtlinge aus der Volksküche! Das habt ihr gut gemacht, das ist ein schöner Brautscherz. Ich erinnere mich, wie ich zwanzig Jahre alt war, machten wir einen Rekrutenball …»

«Werden Sie schweigen, Sie Idiot», schrie Otto von Raubnitz. «Und ihr, wer unter euch hat sich den sogenannten Scherz ausgedacht?»

«Nichts für ungut. Man hat uns zur Hochzeit eingeladen. Wir haben nichts als Lumpen und die Kleider, die man uns gegeben hat, sind die der toten Juden. Da haben wir sie eben angezogen, um doch nicht in unsern Lumpen zu kommen. Es ist ja nichts dabei. Ein donnerndes Hoch dem Brautpaar.»

Henriette war in Ohnmacht gefallen, noch bevor der Scherz aufgeklärt war, und Zimmerle trug sie mühsam hinein ins geschmückte Brautgemach.

Immer neue Fässer Bier wurden angeschlagen. Der alte Justfan rief: «Bei uns gibt es ein bekanntes Sprichwort: Bier auf Wein, das trinkt ein

Schwein. Wir Deutschen haben zuerst hier soviel Wein getrunken und jetzt verbittern wir durch das Bier den Wein.» Otto von Raubnitz war es peinlich, daß Justfan das Geheimnis verraten habe, daß zuerst ein intimes deutsches Fest stattgefunden hatte. Er trat ihm auf den Fuß. Justfan versuchte sich zu korrigieren und schrie: «Aber ihr Rumänen werdet jetzt besser daran sein als wir Deutsche, denn die zweite Hälfte des Sprichwortes lautet: Wein auf Bier, das rate ich dir. Den Wein her!»

Man begann rumänische Weine aufzutragen, leichte weiße Tischweine, rosa ungarische Weine und schwere rote Weine aus der Schwarzmeer-Gegend. Zuerst wurde getanzt, aber bald fiel einer nach dem andern unter den Tisch. Das Bier und der Wein taten ihre Wirkung. Stefan Zertian hatte es verstanden, seine Gläser immer daneben zu gießen und den Eindruck zu erwecken, als beteiligte er sich am Gelage. Hans Kruhle, der seine Zunge kaum noch bewegen konnte, rief ihm lallend zu: «Ihr Rumänen könnt mehr vertragen als wir. Trotzdem bleibt ihr doch eine minderwertige Rasse.» Stefan Zertian lächelte gezwungen und sagte: «In vino veritas.»

Simjon war unter den deutschen Ehrengästen gewesen. Aber jetzt setzte er sich zu Zertian hin, blickte vorsichtig um sich und sagte: «Ich finde keinen Nüchternen hier. Wie finden Sie dieses Fest, das ein Symbol des neuen Europas sein soll?» Zertian flüsterte: «Glauben Sie nicht, daß man die Gelegenheit ausnützen müßte, um ein für allemal hier mit dem ganzen Pack aufzuräumen? Wir haben sie ja jetzt in den Händen.»

«In der Tat,» sagte Simjon, «die Situation ist sehr verlockend. Man muß sich direkt Gewalt antun, um die Lage nicht auszunützen.»

«Warum nicht ausnützen? Worauf warten wir eigentlich? Vielleicht bietet sich kein zweites Mal eine solche Gelegenheit?»

Hans Kruhles Kopf war auf den Tisch gesunken und er lallte: «Franz läßt sich – Eheketten anlegen. Ich brauche so eins, zwei, drei fesche Rumäninnen – drei brauche ich. Heiraten sollen andere –».

Diese Worte brachten Zertian zum Kochen. «Ihr Schweinehunde», dachte er und merkte gar nicht, daß er den Gedanken laut aussprach. «Ihr Tiere, dazu sind wir euch gut genug.» Unwillkürlich hatte er bei diesem Gedanken seinen Revolver gefaßt. Aber da fühlte er eine Hand sich um die seine legen und eine Stimme sprach zu ihm warm und überzeugend: «Nein, Stefan, jetzt noch nicht. Uns sind größere Aufgaben gesetzt. Die da entgehen uns nicht, aber wir müssen alle Kräfte zusammennehmen, und müssen warten, bis ...»

«Bis wir was? Worauf warten?»

«Du weißt, daß sie unsere Stadt in ein Zentrum verwandeln. Sie wird Umladestation. Da kommt ein Getreidespeicher her und Mühlen und eine Raffinerie. Vorderhand ist noch nichts da, aber in einigen Wochen! Dann wird hier die Arbeit Tausender fleißiger Menschenhände aufgespeichert sein. Dann müssen wir den Vernichtungsschlag führen und sie mitvernichten, diese Bande! Durch solche Sachen wird ihre Unterdrückungsmaschine lahmgelegt, nicht durch das Umbringen von einigen Verbrechern.»

Auf diese Nacht hatte Franz Zimmerle viele Wochen gewartet. Von dieser Verbindung hoffte er den Stamm der Zimmerles zu erneuern. Sein Vater war im Kriege gefallen, ohne ihm was zu hinterlassen. Seine Mutter vermochte ihm nichts zu geben, nicht einmal seinen Hunger zu stillen. Er aber, er wäre in der Lage, seinem Sprößling Ruhm, einen Namen und ein Vermögen zu vererben. Hatte denn nicht Otto von Raubnitz recht, daß es in Deutschland nach dem Krieg nur wenig Leute mit Vermögen geben wird. Die Massen des Volkes werden eine Herde darstellen, die nichts besitzt, die arbeiten werden um ein Stückchen Brot und Margarine. Er weiß ja, wie es nach dem vorigen Krieg war. Aber wer Geld besitzt und noch einen Parteinamen dazu, dem werden sich ungeahnte Möglichkeiten öffnen. Tausend Familien vielleicht werden es sein, zweitausend vielleicht, sicher nicht mehr. Sie werden der Adel sein, der neue Adel, nicht nur Deutschlands, sondern ganz Europas. Ich werde einer von ihnen sein und mein Sprößling wird im Glanze aufwachsen und immer daran denken, daß sein Vater eine neue Aristokratenfamilie begründet hat, wenn es heißen wird: Gruppenführer Franz Zimmerle von Bukowina. Denn sicherlich könnte ich es zum Beherrscher nicht nur dieser Stadt, sondern zum Gauleiter des ganzen schönen Landes der Bukowina bringen.

Er blickte auf seine neuvermählte junge Frau. Sie lag blaß in bewußtlosem Zustand. Es sträubte sich etwas in ihm, einen Arzt zu holen. Was werden die Leute sagen? Ich würde als komische Figur dastehen, wenn ich in der heißersehnten Brautnacht einen Dritten zu Hilfe riefe, wenn auch der Dritte ein Arzt ist.

Der Lärm der Gäste, der bis ins Innere des Brautgemachs gedrungen war, nahm immer mehr ab. Er rieb Henriette die Schläfen mit Kölnisch-Wasser und flößte ihr von Zeit zu Zeit einige Tropfen Kognak in den Mund, während er ihr ins Ohr flüsterte: «Fasse dich, Liebling.» Henriette erwachte. Sie blickte zu ihm. Plötzlich begann sie zu schreien. «Was ist denn?» sagte er. «Das Kleid!» Sie begann daran zu reißen: «Hilf mir doch! Dieses Kleid ist schuld!»

Franz Zimmerle streichelte mit der Hand ihr Haar, seine Stimme aber verlor den weichen Klang und er sagte: «Fasse dich, Liebling. Vergiß nicht, daß du jetzt die Frau eines Mannes bist aus dem Geschlecht von Stahl und Eisen. Du bist Germanin geworden dem Gesetze nach und mußt es auch dem Willen nach werden.» Dabei zog er ihr das Kleid aus und trug es aus dem Zimmer.

Sie war allein geblieben. Da drang an ihr Ohr eine Stimme, wehmütig und klagend, die von jenseits der Friedhofsmauer kam. Jossel Schames stand zwischen den Gräbern des alten Friedhofes und sang mit seiner monotonen Stimme voller Trauer die Lieder des Dichters Jehuda Halevi und die Geschichte voller Leid des ewig wandernden Volkes, denn es war die Nacht auf den Tag, an dem die Juden seit mehr als zweitausend Jahren um den Untergang Jerusalems klagen: «Die Pracht Zions und ihrer Stadt gleicht dem Leid einer Witwe, die als letzte ihre Kinder zu Grabe gebracht hat. In Worms und in Speyer, in Sevilla und in Toledo überall durch die Jahrhunderte floß das Blut der Söhne Deines Volkes in Strömen. Auf den Scheiterhaufen verkündeten sie die Heiligkeit DEINES Namens. In Leid und in Gefangenschaft, zerstreut über alle Meere, schleppend die Ketten der Sklaverei, befinden sich meine Brüder.»

Henriette verstand kein Wort, aber sie wußte, von wem diese Worte kamen. Ihr war es, als stünde da zwischen den Gräbern in der Person von

Jossel Schames die ewige Drohung, als verkörpere sich in dieser Stimme ein nicht wegzuwischender Fluch, eine Rache, die unausbleiblich war.

Als Franz wieder das Zimmer betrat, ergriff sie seine Hände und zog ihn an sich. Das war aber das Grauen, das in ihr saß. Er fragte nicht, was es war, sondern war glücklich, daß sie ihn gewähren ließ.

XVI

Stefan Zertian forderte Otto von Raubnitz auf, Platz zu nehmen und fragte: «Was verschafft mir die Ehre Ihres Besuches?»

«Wichtige, äußerst wichtige Dinge, Herr Subpräfekt. Ich hätte gerne die Sache auch mit dem Herrn Kommissar Zimmerle besprochen, aber ich möchte ihn nicht gleich nach der Hochzeitsnacht stören. Auf einen oder zwei Flittertage hat man auch in dieser schweren Zeit Anspruch. Er wird es ja noch rechtzeitig erfahren. Recht unangenehme Geschichte, die drastische Maßnahmen erfordert. Vielleicht finden wir selbst eine Lösung.»

«Um was handelt es sich denn?»

Otto von Raubnitz öffnete eine große Aktenmappe und begann vor Stefan Zertian Gerichtsakten und Wechsel auszubreiten. «Im Prinzip», sagte er, «handelt es sich um eine rein juristische Angelegenheit, um eine zivilrechtliche. Das Gericht hatte auch, wie nicht anders zu erwarten war, sein Urteil gesprochen. Die Bauern wurden zum Zahlen ihrer Schulden aufgefordert. Sie zahlten nicht, obwohl man drei, fünf und sogar sieben Jahre Geduld mit ihnen hatte. Sie wurden gepfändet, das ist der normale Weg. Ich gab dem Gerichtsvollzieher als Hilfe und Begleiter meinen Vertrauensmann, Herrn Althof, mit; alles ging seinen normalen Weg. Das gepfändete Vieh sollte heute gesetzmäßig versteigert werden. Aber unterwegs, auf dem Wege von Rogatschesti hierher, gerade in der Mitte des Weges, etwa beim Kilometer sechs, wurden die zwei Gendarmen, der Gerichtsvollzieher und Herr Althof überfallen, blutig geschlagen und das gesamte gepfändete Gut weggeführt. Es handelt sich demnach, Herr Subpräfekt, um einen eklatanten Fall offener Rebellion. Die Sache scheint mir um so bedenklicher, als ja Rogatschesti sich bis zum 22. Juni dieses Jahres unter russischer Besetzung befunden hat. Es ist demnach klar, daß wir es hier mit einem bolschewistischen Ausbruch zu tun haben und damit tritt der Fall in ein militärpolitisches Stadium. Ich wollte mit Ihnen daher beraten, welche Maßnahmen Sie zur Niederschlagung der Rebellion für geeignet halten.»

Stefan Zertian war den Ausführungen Otto von Raubnitz' aufmerksam gefolgt, ohne aber die Akten und Wechsel, die der näher an ihn herangeschoben hatte, zu berühren oder auch nur anzusehen. «Darf ich Sie bitten, mir zu sagen, Herr von Raubnitz, um was für eine Art von Schulden es sich hier handelt?»

«Um Schulden, die das Gericht als berechtigt anerkannt hat. Hier liegen die Urteile und darüber zu entscheiden, ob das königlich-rumänische Gericht sie zu Recht oder Unrecht gefällt hat, kann nicht meine Aufgabe sein.»

Stefan Zertian blickte jetzt aufmerksam in die vor ihm liegenden Akten und sagte: «Halten Sie es für richtig, Herr von Raubnitz, daß wir jetzt in der Erntezeit zugunsten eines jüdischen Bankiers die Bauernschaft reizen? Übrigens fällt mir ein, daß unsere Regierung einen Zahlungsaufschub für alle Verpflichtungen von Christen an Juden erlassen hat. So weit mir bekannt ist, wurde diese Bestimmung bis heute nicht aufgehoben. Ganz im Gegenteil, die Regierung hat den Zahlungsaufschub in eine Tilgung der Schulden umgewandelt. Wenn demnach dieser Bankier Herr Kalman Wiegler versucht hat, das Gesetz zu umgehen, so wäre es Aufgabe des Gerichtes gewesen, ihm die richtige Antwort zu erteilen. Wenn aber das Gericht einem Irrtum zum Opfer gefallen ist, dann müssen wir sofort den Irrtum richtig stellen und gegen Herrn Wiegler wegen Gesetzesverletzung, ja sogar wegen Störung der öffentlichen Ruhe und Ordnung vorgehen. Ich bin Ihnen sehr dankbar, daß Sie mich darauf aufmerksam gemacht haben, und ich werde sofort das Notwendige veranlassen.»

Für einen Augenblick wurde Otto von Raubnitz verlegen. Er wußte nicht: Ist dieser Stefan Zertian naiv oder ein Feind. Wenn er ein Feind war, ließ seine Antwort auf eine Schlauheit deuten, die er diesem Rumänen nicht zugetraut hätte. «Verzeihen Sie, Herr Subpräfekt, eines habe ich gelernt und davon gehe ich nicht ab: Achtung vor der Justiz. Wenn einmal an der Justiz gerüttelt wird, dann sind die Grundlagen von Staat und Gesellschaft erschüttert. Wenn wir Deutschen heute einen Kampf auf Leben und Tod um ein neues Europa führen, so vor allem, um Recht und Ordnung für alle herzustellen.»

«Auch für die Juden? Der Schuldeneintreiber ist ja ein Herr Kalman Wiegler, ohne Zweifel ein Jude. Und, wie gesagt, auf administrativem Wege ist diese Schuldenfrage ein für allemal geregelt, das heißt, die Schuld ist getilgt. Das Gericht ist dazu da, um dem Gesetz Geltung zu verschaffen, nicht aber, um das Gesetz aufzuheben. Selbstverständlich konnten Sie, Herr von Raubnitz, von diesem Gesetz des Jahres 1938 keine Kenntnis haben, und es ist ehrend für Sie, daß Sie sich mit so viel Ausdauer für eine Sache einsetzen, die Sie für gesetzlich hielten. Es muß auch untersucht werden, wieso die Bauern dazu kamen, die Gendarmen und den Gerichtsvollzieher zu überfallen. Sie hätten ja nur zu mir kommen brauchen, und ich hätte das Notwendige veranlaßt. Jedenfalls danke ich Ihnen, daß Sie mich auf die Sache aufmerksam gemacht haben, und würde Sie sehr bitten, da ich in keinem dieser Urteile Wohnort und Adresse des Herrn Wiegler vermerkt sehe, mir die Adresse dieses Juden anzugeben, der es wagt, auf diese Weise das Gesetz zu umgehen.»

«Herr Subpräfekt, wir sprechen aneinander vorbei. Es ist Ihnen bekannt, daß ich seinerzeit, noch vor Kriegsausbrauch, hierher vom deutschen Militärkommando als Arisierungskommissar geschickt wurde. Dieser Jude Wiegler existiert nicht mehr. Als Arisierungskommissar bin ich sein rechtlicher Nachfolger. Das Gesetz des Jahres 1938 bezieht sich auf Schulden an Juden. Ich aber bin kein Jude, das werden Sie wohl gemerkt haben.» Bei diesen Worten verzog er den Mund zu einem süß-sauern Lächeln – «und die Bauern, deren Schulden zum Teil bis in die Jahre 1934 zurückreichen, hätten wohl daran denken müssen, diese zu begleichen. Denn wenn einmal das Schuldenzahlen aufhört, dann sind dem Chaos Tür und Tor geöffnet. Das Dorf Rogatschesti befand sich ein Jahr lang unter bolschewistischer Herrschaft, und ich habe nicht zufällig dieses Dorf als erstes herausgegriffen, um die Schulden einzutreiben. Denn es muß der Bevölkerung anhand von praktischen Beispielen der Unterschied zwischen bolschewistischer Unordnung und europäischer Zivilisation eingebläut werden. Um demnach jedes Mißverständnis zu vermeiden: Ich kam nicht hierher, um mit Ihnen über die Gültigkeit oder Ungültigkeit der gerichtlichen Urteile zu diskutieren. Die Urteile hat das königlich-rumänische Gericht gefällt, die Pfändung ist von einem königlich-rumänischen Beamten durchgeführt, der Überfall auf den Gerichtsbeamten und die Gendarmen ist, wie ich schon betont habe, ein Fall offener Rebellion. Was gedenken Sie, Herr Subpräfekt, gegen die Rebellen zu unternehmen, um ein Beispiel zu statuieren, das so abschreckend wirkt, daß sich kein zweiter solcher Fall wiederholen kann?»

Stefan Zertian hielt sich mit aller Gewalt von einem Wutausbruch zurück. Am liebsten hätte er dem vor ihm sitzenden Deutschen ins Gesicht gespuckt. Aber er bezwang sich so weit, daß er ihm in höflichem Tone antwortete: «Ich werde eine genaue Untersuchung einleiten, über den Fall dann meiner vorgesetzten Behörde Bericht erstatten und nach ihrer Weisung handeln. Jedenfalls muß ich Sie dringend bitten, bis zum Eintreffen von Instruktionen von weiteren Pfändungen Abstand zu nehmen.»

Nach diesen Worten erhob sich Stefan Zertian von seinem Sitz, womit er andeutete, daß er die Besprechung für beendet erachtete. Otto von Raubnitz erhob sich ebenfalls. Seinen Mund umspielte diesmal ein zynisches Lächeln und er sagte: «Selbstverständlich hängt hierzulande von Ihren Behörden alles ab. Wir Deutschen sind ja nur dazu da, um auf den Schlachtfeldern das Blut zu vergießen. Aber wenn Sie den Fall untersuchen und Ihrer Behörde Bericht erstatten, so möchte ich Sie so höflich wie dringend bitten, auch festzustellen, wer in den Dörfern unter der Bevölkerung das Gerücht verbreitet, daß dieses Land gegen Deutschland im Krieg steht und daß der Deutsche der Feind ist. Ich glaube, Herr Subpräfekt, daß das viel eher in Ihren Aufgabenkreis fällt, als die Nachprüfung solcher, von einem ordentlichen königlich-rumänischen Gericht gefällten Zivilurteile. Heil Hitler!»

Zertian fragte sich nach diesem Gespräch, ob er nicht zu weit gegangen wäre. Er wollte den Fall sobald wie möglich mit Simjon Straub besprechen. Er rief in der Brauerei an, aber Simjon war nicht dort. Während er noch darüber nachdachte und sich hinsetzte, um ein Protokoll an die vorgesetzte Behörde in Czernowitz abzufassen, meldete man ihm, daß eine Bauerndelegation aus Rogatschesti ihn zu sprechen wünschte. Er ließ die Bauern sofort eintreten.

Stefan Zertian kannte die Ortschaft Rogatschesti seit seiner Kindheit. Es war ein schönes Dorf, am Ufer des Sereth-Flusses, nur wenige Kilometer von dem Häuschen entfernt, in dem er geboren war und die ersten Jahre seiner Kindheit verbracht hatte. Rogatschesti war in der ganzen Gegend wegen seiner Kirschen und Pflaumen berühmt. Oft hatte er mit seinem Vater an Sommernachmittagen das Dorf besucht und für wenige Pfennige einen ganzen Obstkorb nach Hause gebracht. Es war ein gemischtsprachiges Dorf von Ukrainern und Rumänen. Wenige Bauern im Dorfe nur konnten lesen und schreiben, aber jeder beherrschte beide Sprachen. Der Führer der Delegation stellte sich Stefan Zertian als Bürgermeister der Ortschaft vor. Er entschuldigte sich, daß er bisher noch nicht erschienen war, um sich dem neuen Subpräfekten vorzustellen, wie es die Höflichkeit erfordere. «Aber um die Jahreszeit ist es für einen Bauern schwer, auch nur für eine Stunde die Arbeit zu verlassen. Wenn es die Umstände nicht erfordert hätten, wären wir auch heute nicht hier erschienen. Aber gestern sind im Dorfe widerrechtlich bei zweiundvierzig Bauern Pfändungen durchgeführt worden. Keiner von ihnen hat je eine Vorladung zu Gericht erhalten. Man hat ihnen gestern fertige Urteile vorgelesen und nicht einmal die vom Gesetz erforderlichen vierzehn Tage von der Urteilsfällung bis zur Pfändung abgewartet. Es handelt sich um eine Erpressung sondergleichen. Die Bauern aber haben sich trotzdem dem Druck des Gerichtsvollziehers, der Gendarmen und des Deutschen gefügt, weil die Deutschen heute Rumänien besetzt halten. Aber heute morgen sind im Dorfe acht Gendarmen erschienen. Nachdem sie gestern zweiundvierzig Familien das Vieh weggenommen hatten, suchen sie heute im Dorfe nochmals das Vieh mit der Behauptung, die Bauern hätten die Gendarmen überfallen und ihnen das Vieh wieder abgenommen. Wir bitten Sie, Herr Subpräfekt, um Schutz.»

Stefan Zertian erklärte ihnen: «Was die Pfändung anbetrifft und die Eintreibung der Schulden bin ich eurer Meinung, daß das Ganze nicht zu Recht besteht, und ich will versuchen, es auf gesetzlichem Wege rückgängig zu machen. Aber ich erwarte von euch, daß ihr mit mir offen sprecht. Denn durch den eigenmächtigen Überfall auf die Gendarmen und den Gerichtsvollzieher habt ihr einen schweren Akt der Selbstjustiz begangen, und ich fürchte, daß euch daher böse Folgen erwachsen.»

«Herr Subpräfekt, als die Pfändung durchgeführt wurde, herrschte im Dorfe eine solche Aufregung, daß es mir mit schwerer Mühe gelungen war, die Bauern vom offenen Widerstand zurückzuhalten. Sie können sich die Empörung der Bauern vorstellen. Seit Jahren nimmt man uns das Getreide ab und zahlt dafür mit Papieren, die man nirgends einlösen kann. Die Schulden sind auf diese Weise schon zehnfach getilgt. Dann hieß es plötzlich, die Rumänen sind wieder im Lande, wir werden befreit. Dann erscheint ein Deutscher an der Spitze einer Pfändungskommission, und man führt den Bauern das letzte Stück Vieh aus dem Hause. Wovon soll der Bauer leben und seine Kinder ernähren? Wir haben geschwiegen und wollten morgen hierher kommen, um uns auf gesetzlichem Wege zu beschweren. Da erscheinen die Gendarmen, durchsuchen jedes Haus und jeden Winkel und behaupten, wir hätten uns aufgelehnt. Ich schwöre Ihnen, Herr Subpräfekt, daß wir weder einen Überfall gemacht haben, noch von einem solchen Überfall etwas wußten.»

Zertian merkte, daß er die Wahrheit sprach. Der Überfall mußte von anderer Seite gemacht worden sein. Von welcher? Sollte dieser von Raubnitz selbst einen Überfall inszeniert haben, um gegen Rogatschesti vorzugehen? Dem wäre alles zuzutrauen. Aber auch das erschien ihm verrückt. Er sagte sich: Brauchen denn die Deutschen noch Ausreden? Nein, da muß jemand anderer eingegriffen haben. Sollten es die Leute Chaims sein? Auch das erschien ihm unmöglich. «Hat mir doch Simjon erst letzte Nacht versichert, daß man sich vorderhand zurückhalten muß, um, wenn die Lage reif ist, den entscheidenden Schlag zu führen.» Die

Bauern unterbrachen ihn in seinen Gedanken, indem zwei gleichzeitig zu reden begannen: «Wir müssen Sie bitten, uns zu helfen, denn die Gendarmen drohen alles kurz und klein zu schlagen. Sie sagen, wenn das Vieh nicht hergeschafft wird, nehmen sie die Bauern mit, denen es gehört hat. Von Ihnen hängt doch die Polizei ab. Haben Sie Erbarmen. Wir wissen nicht, wo das Vieh hingekommen ist.»

Stefan nahm das Telefon zur Hand und rief Franz Zimmerle an. Dieser wollte ihn zuerst nicht anhören. Aber als ihm Stefan von einer Bauerndelegation sprach, änderte sich sein Ton, und er erklärte sich äußerst freundlich bereit, um vier Uhr nachmittags die Delegation zu empfangen.

Die Bauern waren seit länger als einem Jahr nicht in Sereth gewesen. Denn als die Russen im Juni 1940 bis an das linke Sereth-Ufer kamen, bildete der Sereth-Fluß die Grenze und ihr Dorf gehörte bis zum Ausbruch des Krieges zur Sowjetunion. Die Getreiderequisitionen, die seitens der rumänischen Behörden in allen Dörfern durchgeführt wurden, hatten damals aufgehört. Unter der Sowjetherrschaft waren im Dorfe eine ganze Reihe von Einrichtungen entstanden, von denen die Bauern bis dahin kaum etwas gehört hatten. Ein fahrendes Kino war im Dorf erschienen. Es waren Kurse für Lesen und Schreiben für Erwachsene eingerichtet worden. In der Volksschule hatte man eine Bibliothek eingerichtet. Auch eine Beratungsstelle für landwirtschaftliche Fragen war im Dorfe geschaffen worden. Die Bauern hatten sich zu einer Kooperative zusammengeschlossen und die Kooperative war gerade daran gewesen, einen Traktor und mehrere landwirtschaftliche Maschinen anzuschaffen, als der Krieg ausbrach. Allen Bewohnern war es freigestellt worden, nach Rußland zu übersiedeln. Die älteren Bauern berieten mit dem Pfarrer. Dieser war der Meinung gewesen, daß man vor allem die Jugend wegschicken sollte, den älteren Leuten drohte ja keine Gefahr. Und so war ein großer Teil der Jugend des Dorfes der Roten Armee gefolgt. Dadurch war für die meisten Bauern die Lage im Dorfe schwierig geworden. Es fehlte an Arbeitshänden. An den Sommertagen arbeitete man von Sonnenaufgang bis in die Nacht hinein. Der Krieg, das wußte man, war ein Krieg gegen Deutschland. Der Deutsche galt als der Landesfeind. Wohl war einige Tage nach dem Abzug der Roten Armee im Dorf eine Kommission erschienen, die die Bauern zusammenberief und ihnen mitteilte, daß sie wieder frei wären. Und nun war der Deutsche aufgetaucht, um ihnen unter dem Vorwand einer Pfändung das Vieh wegzunehmen. Daß die rumänischen Gendarmen den Deutschen dabei halfen, fanden sie ganz natürlich, denn der Gendarm galt seit Jahr und Tag als der Feind der Bauern. Daß auch der Gerichtsbeamte mitkam, führten sie auf Zwang zurück. Das Land war von den Deutschen besetzt und der Beamte mußte sich fügen. Sie gingen zum Subpräfekten ohne Illusionen und fanden es selbstverständlich, daß dieser sie an den wahren Herrn verwies, der im Augenblick das Land beherrschte, an den Deutschen.

Von dem Augenblick, da sie die Subpräfektur verlassen hatten, bis zur Stunde des festgesetzten Empfanges bei dem Deutschen, waren es noch fünf Stunden. Was sollten sie in den fünf Stunden anfangen? Früher war das kein Problem gewesen. Man ging ins Wirtshaus zu Moschko oder Lewko, zu Herschko oder Chaimku. Aber jetzt erkannten sie die Stadt nicht mehr. Es gab kein Wirtshaus und keine Personen, die sie von früher her kannten. Sie gingen zur Schmiede und fanden auch die geschlossen. Schließlich landeten sie am jüdischen Friedhof. Denn während des ermüdenden Herummarschierens durch die Stadt hatten sie plötzlich beim jüdischen Friedhof Jossel Schames erblickt. Sie fühlten sich glücklich, ein bekanntes Gesicht zu sehen, setzten sich zu ihm, erkundigten sich bei ihm nach dem einen und dem andern. Da erst erfuhren sie von der Abschlachtung der Juden. Wohl waren schon früher Gerüchte über die Vorgänge in der Stadt nach Rogatschesti gedrungen. Aber die Bauern hatten es nicht glauben wollen. Jossel zeigte ihnen die Gräber. Er sprach zu ihnen in einem Gemisch von Rumänisch, Ukrainisch und Jiddisch. Manchmal redete er auch in einer Sprache, die ihnen vollständig fremd war. Bald gewannen sie den Eindruck, Jossel wäre vielleicht selbst ein Gestorbener. Sie blickten voller Schauer auf ihn. Sie knieten vor dem Massengrab, in dem die Juden verscharrt waren. Als der neue Friedhof umgegraben wurde, um mit ihm den Garten des Nachtlokals zu vergrößern, hatte Jossel Schames die freien Knochen zusammengesammelt und im alten Friedhof begraben.

So war die Zeit vergangen. Sie hörten von der Kirchturmuhr vier Schläge, verließen den Friedhof und standen vor dem Eingang des Hauses Franz Zimmerles. Die Bauern hatten sich überlegt, ob sie nicht ohne diese Audienz nach Hause zurückkehren sollten. Denn welchen Sinn konnte dieser Empfang haben, nach all dem, was Jossel Schames ihnen erzählt hatte. «Jeder dieser Deutschen», hatte er ihnen in feierlicher, nur halb verständlicher Sprache gesagt, «ist ein Teil jener Behemoth. Sie ziehen jetzt durch die Welt, mordend und plündernd. Sie töten die Juden, berauben die Bauern, zerstören die Städte und äschern die Dörfer ein. Die Heilige Schrift nennt sie auch Rahab, der im Uranfang gegen Gott um die Macht gerungen hat, den dann Gott in die Tiefe geschleudert und mit dem der Kampf ausgefochten werden muß, bevor die Finsternis aus der Welt verschwindet und dem Lichte weicht.» Was sollten sie mit dem Antichristen, dem Untier, sprechen? Er kennt keine Gnade. Aber Jossel Schames hatte ihnen gesagt: «Und trotzdem geht hin.»

Wie überrascht waren sie, als ihnen, kaum daß sie vor dem Garteneingang erschienen, das Tor geöffnet wurde und ein unbekannter Mann sie sowohl auf rumänisch als auch auf ukrainisch auf das Freundlichste begrüßte. Er führte sie zu einem Tisch im Garten, auf dem Brot, Speck, Schinken, Schnaps und Bier in Unmassen standen. Den Bauern kam es erst jetzt zum Bewußtsein, daß sie an diesem Tage noch nichts gegessen hatten. Sie hatten in aller Eile morgens ihre Wohnungen verlassen und nichts mitgenommen. Der freundliche Empfang war für sie eine solche Überraschung, daß einer den andern fragend anblickte, und als der Bürgermeister zugriff, griffen auch sie zu. Der Mann, der sie empfangen hatte, munterte sie immer auf, auch ein Glas Schnaps oder Bier zu trinken. Nach einigen Minuten des Wartens erschien ein schlanker Mann in schwarzer Uniform. Der ihnen das Tor geöffnet hatte, gab ihnen jetzt ein Zeichen, sich von den Sitzen zu erheben. Einige dieser Bauern waren im letzten Weltkrieg an den verschiedenen Fronten vier Jahre lang gewesen. Aber das Gesicht dieses Deutschen hatte etwas Unheimliches und flößte ihnen Grauen ein. Die blauen Augen waren tief eingefallen. Das Gesicht war langgezogen, die schmalen Lippen waren böse, die spitze Nase wirkte wie ein Dolch und die schwarze Uniform – die Bauern standen unter dem Eindruck dessen, was sie von Jossel Schames gehört hatten und glaubten, den leibhaftigen Teufel vor sich zu haben. Als der Mann sie anlächelte, erschien er ihnen noch unheimlicher. Er reichte jedem von ihnen die Hand und forderte sie auf, wieder Platz zu nehmen. Als sie sich setzten, erschien die Dame des Hauses. Der Deutsche stellte sie ihnen vor: «Das ist eine von Rumänien, eine Tochter dieses Landes, ein Kind dieser Stadt. Sie ist das Symbol meiner Verbundenheit mit euch und ich muß sagen, daß ich von der Huldigung, die ihr mir darbringt, tief gerührt bin. Ich nehme sie als Zeichen, daß ihr fühlt und anerkennt, was der Führer für euch getan hat, indem er euch vom bolschewistischen Joch für immer und alle Zeiten befreit hat. Hier könnt ihr ungeniert reden. Bei mir findet ihr jederzeit eine offene Tür und willige Ohren. Erhebt mit mir das Glas auf das Wohl eures Führers Antonescu und unser aller Führer Adolf Hitler.»

Die Bauern erhoben die Gläser. Sie staunten, daß diesen Lippen menschliche Worte entströmten. Dann trank man auf das Wohl der Landestochter, der Herrin des Hauses, die eine der ihren sein sollte. Und nun forderte Franz Zimmerle die Bauern auf, von ihren Leiden zu erzählen. «Ich verstehe, daß ihr das, was ihr in dieser grauenhaften Zeit mitgemacht und erlebt habt, kaum in Worten ausdrücken könnt. Aber es soll darüber in der Presse geschrieben und als Dokument aufbewahrt werden, damit man überall begreift, weswegen Adolf Hitler gezwungen wurde, das Schwert aus der Scheide zu ziehen und so viel zugefügtes Leid zu rächen.»

Der Führer der Delegation erzählte: «Wir waren gerade bei der Arbeit gewesen, da kam der Fremde mit dem Gerichtsvollzieher und brachte gleich auch Gendarmen ins Dorf. Geld forderten sie von uns, soviel wie wir noch niemals besessen haben. Und dann begannen sie das Vieh aus dem Stall herauszuholen ...»

«Das Vieh aus dem Stall», unterbrach sie Franz Zimmerle. Voller Empörung sprang er auf und rief: «Wenn man dem Bauern das Vieh nimmt, nimmt man ihm die Existenz und das Leben. Es war eine der ersten Taten des Führers, als er Deutschland befreite, ein Erbhofgesetz zu erlassen. Den Bauern darf kein Stück Vieh weggenommen werden. Der Bauer darf nicht gepfändet werden. Was ist der Bauer?» – redete er sich immer weiter in die Begeisterung hinein – «der Bauer ist die Grundlage unserer Existenz, der Bauer ist der Quell, aus dem wir unsere Lebenskraft ziehen. Nicht umsonst besagt ein altes deutsches Dichterwort: Und hätten wir den Bauern nicht, so hätten wir kein Brot. Sie geben vor, diese Feinde der Menschheit, das Vieh in Kollektiven zu verschleppen, den Bauern neue Lebensbedingungen zu schaffen. Aber in Wirklichkeit wollen sie nichts anderes als die Vernichtung des Bauern. Seid versichert, ihr meine Herren Bauern, daß jetzt so was nicht vorkommen wird. Dafür sind wir Deutsche die Garantie, wir, die Beauftragten des Führers. Heute ist eure Aufgabe, uns mit eurer Arbeit und Mühe zum raschen Sieg zu verhelfen, und ihr werdet morgen diejenigen sein, die die Frucht des Sieges ernten werden.»

Nach dieser feurigen Rede blickte er auf die Bauern und erwartete eine Gegenrede von einem von ihnen. Der Bürgermeister, der in seiner Erzählung durch den Begeisterungsruf Franz Zimmerles unterbrochen worden war, knüpfte an die gehörten Worte an und sagte: «Und unsere Lage ist schlimm. Das Vieh hat man uns weggenommen. Jetzt fordert man von uns, wir sollen es ersetzen. Sie behaupten, wir hätten es versteckt. Aber wie können wir ohne Vieh arbeiten? Und wenn wir damit arbeiten, sieht man es doch. Und ersetzen? Woher denn kriegen?»

«Es ist Krieg und es ist schwer, neues Vieh zu beschaffen. Aber unsere Soldaten dringen immer tiefer vor, sie stehen vor Kiew, sie nähern sich Moskau. Wir werden das Vieh von dort zurückholen und es bis zu euch bringen lassen. Ihr könnt jetzt ruhig nach Hause gehen, ich werde an euch denken.»

Die Bauern erhoben sich von ihren Sitzen und der Delegationsführer fragte noch zur Vorsicht: «Können wir uns darauf verlassen, werden Sie gleich die Weisungen geben?» «Merken Sie sich, meine Bauern, noch niemals hat der Führer sein Wort gebrochen. Und wenn ich zu euch spreche, spreche ich im Namen des Führers.»

Die Bauern wußten nicht, wie ihnen geschehen war. Sie wollten sich vor dem Ehepaar verbeugen und den Garten verlassen. Da sagte er ihnen: «Einen Augenblick nur, meine Herren Bauern, ich habe den Fotografen bestellt, er muß jeden Augenblick kommen. Unsere Bilder werden in Bukarest und in Berlin veröffentlicht werden. Ich werde dem Führer eine gemeinsame Fotografie von euch und mir schicken, als Zeichen der Verbundenheit der arischen Bauern aller Sprachen.»

In diesem Augenblick kam Otto von Raubnitz hereingestürzt. Er war aufgeregt, wischte sich den Schweiß vom Gesicht und grüßte kaum. Nur der Dame des Hauses gab er einen Handkuß und bat Franz Zimmerle, mit ihm für einen Augenblick ins Innere des Hauses zu kommen. Auch die Dame des Hauses folgte ihnen. Die Bauern blieben allein zurück. Der eine sagte: «Das ist kein gutes Zeichen. Es war alles zu schön und zu leicht gewesen.» Ein anderer antwortete: «Beiß' dir lieber die Zunge ab.» Und die Bauern warteten. Inzwischen war der Fotograf erschienen und begann alle Vorbereitungen für eine Aufnahme. Die Bauern blickten dem Vorgang interessiert zu. Aber es war ihnen nicht wohl dabei. Wozu will denn der ein Bild von uns? Die Minuten vergingen, aus dem Innern des Hauses drangen erregte Stimmen. Die Deutschen hatte anscheinend Krach miteinander.

Da erschien der Schwarzuniformierte in Begleitung des anderen Deutschen und ging zuerst auf den Fotografen zu: «Verschwinden Sie so rasch als möglich mit Ihrem ganzen Klapperzeug!» Als der Fotograf draußen war, begann er zu reden: «Ihr verdammten Bauernlümmel. Ihr Trottel mit eurer verblödeten Bauernschlauheit. Wolltet ihr mich, den Vertreter des Führers, hinters Licht führen? Ihr wolltet unsern deutschen, euren königlichen Gerichtsbeamten und eure königlichen Gendarmen als bolschewistische Räuber hinstellen? Wer seid ihr, ihr Idioten, Dummköpfe, schmutziges, lausiges Pack! Für euch vergießen unsere deutschen Soldaten das Blut auf allen Schlachtfeldern. Und ihr wollt der deutschen Armee die Nahrung entziehen? Ihr wagt es, gegen den Führer zu rebellieren? Kein Wort, ich habe angeordnet, daß binnen drei Tagen das von euch geraubte Vieh hier, merkt euch den Platz, zur Stelle sein muß. Ihr und das ganze Dorf seid Bürgen dafür. Redet euch nicht ein, daß ihr uns entgehen könnt, ihr Bolschewiken, ihr verfluchtes, lausiges, dummes Bauernpack. Und jetzt hinaus mit euch. In drei Tagen, merkt es euch noch einmal!»

Die Bauern gingen, so rasch ihre Beine sie trugen.

XVII

Franz Zimmerle hatte in mehr als zwei Jahrzehnten Zugehörigkeit zur Nazipartei gelernt, vor keinen Gewalttaten zurückzuschrecken. Er war gewöhnt, Schläge zu empfangen und über Leichen zu gehen. Aber die Sache mit den Bauern war für ihn eine schwere Enttäuschung. Er verfluchte Stefan Zertian, der ihm die Bauern geschickt hatte. Er verfluchte Otto von Raubnitz, der ihm gerade an diesem Tag solche Unannehmlichkeiten bereitete. Gewiß, er mußte sich sagen, daß Stefan Zertian an seiner Enttäuschung keine Schuld trug. Er hatte es als selbstverständlich genommen, daß an einem solchen Tag eine Bauerndelegation nur käme, um ihn zur Hochzeit zu beglückwünschen, weil sie sich glücklich fühlten, daß er, ein Deutscher, der Sohn der herrschenden Rasse, einer Rumänin die Hand zum ewigen Bund gereicht hatte. Stefan Zertian hätte selbst mit diesem Bauernpack fertig werden müssen. In solchen Fragen gibt es kein Verhandeln. Aber auch Otto von Raubnitz hätte mit der Eintreibung der Schulden noch einige Wochen warten können. Denn die Weisung von der Leitung in Czernowitz lautete klar und eindeutig: Es muß alles getan werden, um die Ernte zu sichern, und alles vermieden werden, was die Einbringung der Ernte verzögern oder gar verhindern könnte. Warum mußte der ausgerechnet an seinem Hochzeitstag es zu einem so ernsten Zusammenstoß kommen lassen? Nun ist es geschehen. Unter keinen Umständen darf den Bauern Schwäche oder gar Zögern gezeigt werden.

Er traute sich nicht, Henriette das Vorgefallene in seiner ganzen Schwere zu erzählen. Denn Henriette hatte sich von den Eindrücken des gestrigen Abends noch nicht erholt und befürchtete noch immer böse Vorzeichen. Zum Glück hatte sie sich während seines Gespräches mit Otto von Raubnitz und der letzten Szene mit den Bauern in ihrem Schlafzimmer befunden und nicht bemerkt, welche Wendung es mit der Bauerndelegation genommen hatte. Er hatte den Bauern drei Tage Frist gegeben. Aber solchen Banditen darf man nicht nur keine drei Tage, sondern nicht einmal drei Stunden geben. Was ist hier zu bedenken? Sie haben rebelliert, sie haben das Vieh zurückgeraubt und müssen es ohne Zögern und ohne Umstände den Gendarmen oder dem Gerichtsvollzieher aushändigen. Drei Tage hatte er ihnen gewährt, weil er Henriette versprochen hatte, wenigstens für diese Zeit eine kleine Hochzeitsreise mit ihr zu unternehmen. Das war bei ihrem Nervenzustand besonders notwendig, und außerdem gab er sich der Hoffnung hin, es würde ihm gelingen, sie während dieser Reise von dem Glauben an Jossel Schames abzubringen. Die Sache mit dem einen Juden, der in Sereth geblieben war, war ihm reichlich unangenehm.

Nachdem die Bauern gegangen waren und auch Otto von Raubnitz die Wohnung des jungen Ehepaares verlassen hatte, begann Franz Zimmerle die Koffer zu packen. Sie wollten mit ihrem Wagen noch in der Nacht den schönen Gebirgsort Solka im Südwesten der Bukowina erreichen, um dort drei Tage allein und weltabgeschieden zu verbringen. Der Chauffeur wartete. Henriette stand im Reisekostüm da, und er erteilte noch einige telefonische Weisungen an Zertian und an Hans Kruhle, als plötzlich ein Wagen der Gestapo, gefolgt von zwei Motorrädern, vor seinem Hause ankam. Franz Zimmerle erblickte zu seiner Überraschung seinen Vorgesetzten, den Chef der Gestapo für die ganze Bukowina, Johann Müller. Für einen Augenblick glaubte er, daß Johann Müller selbst, begleitet von einigen angesehenen Funktionären der Gestapoleitung, gekommen wäre, um ihn zur Hochzeit zu beglückwünschen. Die Stirne des andern war gerunzelt, jede Bewegung seines Gesichtes drückte äußerste Erregung aus. Sollte man in der Leitung in Czernowitz von den Vorfällen in Rogatschesti bereits erfahren haben und sie mißbilligen und für so schwerwiegend gehalten haben, daß der Chef selbst hierher geeilt ist? Er wünschte Otto von Raubnitz zu allen Teufeln, sah in ihm den Urheber seines Unglücks. Er half dem Chef aus dem Wagen und führte ihn ins Zimmer. Er konnte sich nicht beherrschen, zu warten, wie es bei der Gestapo üblich ist, sondern fragte eilig, ob denn etwas Besonderes vorgefallen wäre.

Johann Müller erzählte, daß der bekannte Hauptmann Moraresku, der in den rechtsgerichteten Kreisen Rumäniens und besonders unter der Eisernen Garde legendären Ruf genoß, plötzlich die Kaserne mit fünfzig Mann verlassen hätte. Unterwegs schoß er sich mit SS-Männern herum, die er alle bis auf einen niedermachte, wobei er selbst acht Mann verlor. «Moraresku gilt als der draufgängerischste Mann Rumäniens. Wenn der eine Sache in die Hand nimmt, dann verfolgt er sie bis ans Ende. Er hat sicher die Kaserne nicht verlassen, um fünfzehn SS-Leute zu erschlagen. Wenn dieser Bandit, auf dessen Mithilfe man im Kampf gegen den Bolschewismus gerechnet hat, nicht rechtzeitig eingefangen wird, dann ist das Schlimmste zu befürchten. Der Vorfall hat sich auf der Straße von Czernowitz nach Sereth abgespielt. Abteilungen von SS sind nach allen Richtungen ausgeschickt worden. Von unterwegs habe ich überall angerufen, aber bisher ist leider noch keine Spur von Moraresku und seiner Bande zu finden. Gewiß, wenn sich in Deutschland ein solcher Fall ereignet, dann funken ununterbrochen alle Sender. Dann wird die Bevölkerung gewarnt. Dann wird um den Banditen das Netz immer enger und man ist des Erfolges sicher. Aber hier in Rumänien kann man im Augenblick zu diesem Mittel nicht greifen. Denn eine Warnung durch die Radios wäre ein Zeichen für alle außerhalb des Gesetzes gestellten Angehörigen der Eisernen Garde, sich zu erheben und sich um Moraresku zu scharen. Man kann die Hilfe der Bevölkerung in diesem Falle nicht in Anspruch nehmen. Ja, man muß alles tun, um die Affäre vor der Öffentlichkeit geheim zu halten. Sie, Franz, müssen daher sofort den Chef der Siguranza, sowie seine engeren Vertrauensleute, aber nur die allerengsten seiner Berater, zusammenrufen.»

Franz Zimmerle war es klar, daß es mit seinem Urlaub und seiner Hochzeitsreise nun endgültig vorüber war. Trotzdem atmete er erleichtert auf. Gott sei dank gehörte die Gegend, wo sich der Kampf abgespielt hatte, nicht zu seinem Machtbereich. Er führte sofort die Anordnungen seines Chefs durch und verständigte Henriette, daß sie leider wegen außerordentlich wichtiger Ereignisse ihre Reise verschieben müßten. Merkwürdigerweise traf sie diese Nachricht nicht so hart, als er befürchtete. Sie nahm sie ruhig, ja sogar apathisch auf. Er stellte Henriette seinem Chef vor.

Als Stefan Zertian, Simjon Straub, Hans Kruhle und Otto von Raubnitz kamen, eröffnete Johann Müller die Beratung mit einer kurzen Ansprache: «Unsere vereinigten Armeen schreiten von Sieg zu Sieg. Ihre Leistungen haben kein Beispiel in der Geschichte. Aber es drohen alle Siege zunichte zu werden, wenn der Boden, auf dem wir stehen, unterwühlt wird. Wir spinnen ein gewaltiges Netz über Europa, in dem die neue Ordnung geschaffen wird. Die Morarescus aber und ihresgleichen sind die Ratten, die dieses Netz zerfressen.»

Nach dieser Einleitung berichtete er nochmals ausführlich über das Vorgefallene und sagte: «Es ist aber nicht zu erwarten, daß Morarescu und seine Leute in einer Stadt auftauchen. Es ist natürlich nicht ausgeschlossen, daß sie plötzlich einen Überfall auf eine Stadt machen, alles kurz und klein schlagen und wieder verschwinden. Aber ein Morarescu arbeitet nur, wenn er eine sichere Basis hat. Und die Frage, die ich zur Beratung stelle, ist, wo sich seine Basis befinden könnte. In eurem Gebiet gibt es zwei Gegenden, die als eine solche Basis eventuell in Frage kommen. Das Sumpfgebiet von Pojeni und das fast ebenso schwer zugängliche Gebiet auf den Sereth-Fluß-Inseln, in der Nähe des Dorfes Rogatschesti.»

Bei dem Worte Rogatschesti durchzuckte Franz Zimmerle ein Gedanke. Jetzt erschien die Angelegenheit der Bauern von Rogatschesti in einem ganz andern Licht. Er zweifelte nicht, daß zwischen der Bauerndelegation und Morarescu ein Zusammenhang bestünde. Das Gefecht Morarescus mit der SS, so erwog er, hatte sich vorgestern abgespielt. In den Vormittagsstunden fand die Pfändung in Rogatschesti statt, und am Nachmittag waren die Gendarmen und der Gerichtsvollzieher überfallen worden. Heute ist die Bauerndelegation in die Stadt gekommen. Wozu sonst, wenn nicht, um zu spionieren. Der Zusammenhang schien so klar, wie kaum sonst ein Fall. Ohne daß er ein Wort darüber gesprochen hatte, fing er einen Blick Otto von Raubnitz' auf – und sie verstanden einander. Auch Otto von Raubnitz war der gleichen Meinung. Anders aber dachte Stefan Zertian. Er kannte Morarescu und wußte, daß dieser Bandit niemals mit den Bauern gemeinsame Sache machen würde. Was Morarescu plante, was hinter der Sache steckte, war ihm aber nicht klar. Simjon war hier der einzige, der Bescheid wußte. Vor einer halben Stunde war er von Petruschka über den wahren Sachverhalt informiert worden und war noch nicht dazu gekommen, Zertian zu verständigen.

Franz Zimmerle ergriff als erster das Wort. Ein Gedanke durchzuckte ihn. Er könnte jetzt, was er so befürchtet hatte, den Konflikt mit den Bauern von Rogatschesti vor der Ernte, zu seinem Vorteil ausnützen. «Ich glaube», sagte er, «daß wir unsere Aufmerksamkeit dem Inselgebiet von Rogatschesti sowie dem Dorfe überhaupt zuwenden müssen. Mir ist es schon längst aufgefallen, daß dort etwas nicht in Ordnung ist. Wir haben eine Probe gemacht und dort eine Scheinpfändung durchführen lassen, um zu sehen, wie die Bauern zu uns und den Behörden stünden. Und da hat sich ein Fall offener Rebellion ereignet, am gestrigen Tage. Ich war gerade daran, einen Bericht abzufassen und hier schon die entsprechenden Maßnahmen zu treffen.» Dabei berichtete er alle Einzelheiten und stellte die Dinge in einem solchen Lichte dar, als hätte er nur aus besonderer Wachsamkeit gehandelt. Otto von Raubnitz nickte ihm dauernd beifällig zu. Franz Zimmerle erklärte noch, daß er den Bauern drei Tage Frist gegeben habe, weil er den letzten entscheidenden Schritt nicht ohne Zustimmung seines Chefs unternehmen wolle.

Simjon war es einerseits recht, daß die Aufmerksamkeit von Pojeni auf das Inselgebiet von Rogatschesti abgelenkt wurde. Er wußte, daß sich im Inselgebiet seit Jahr und Tag allerhand lichtscheues Gesindel befand, das in letzter Zeit durch Flüchtlinge aus den Kreisen der Eisernen Garde verstärkt worden war. Er befürchtete aber bei dieser Unternehmung das Schlimmste für die Bauern von Rogatschesti.

Stefan Zertian hatte zugehört und staunte. Er hatte mit der Delegation heute gesprochen. Er täuschte sich selten in Menschen. Nach all dem, was er von den Bauern gehört hatte, war er sicher, daß sie mit dem Überfall auf die Gendarmen nichts zu tun hatten und daß zwischen ihnen und Morarescu gar kein Zusammenhang bestehen konnte. Sollte er zugunsten der Bauern ein Wort sagen? Er war unentschieden und entschloß sich schließlich, doch zu sprechen: «Diese Bauern waren heute bei mir. Ich habe den Eindruck, daß sie an dem Überfall nicht beteiligt waren. Daß man die Bauern gerade jetzt mit der Eintreibung von Schulden belästigt, scheint mir unzweckmäßig, nachdem wir seitens des Kommandos die strikte Weisung haben, alles zu vermeiden, was der rechtzeitigen Einbringung der Ernte von Schaden sein könnte.»

Franz Zimmerle und Otto von Raubnitz warfen ihm haßerfüllte Blicke zu, wobei Franz Zimmerle bemerkte: «Es wäre Ihre Aufgabe gewesen, etwas mehr und besser über die Lage in Rogatschesti informiert zu sein. Auch den Inselbewohnern hätten Sie nicht nur als Hauptmann der Siguranza, sondern als Subpräfekt dieser Stadt mehr Aufmerksamkeit widmen müssen. Dann wären uns vielleicht solche Dinge, wie sie gestern vorgekommen sind, erspart geblieben.» Johann Müller war nicht einer von denen, die man leicht täuschen konnte. Er merkte sofort, daß an der Sache mit der Pfändung etwas nicht stimmte. Allerdings gefiel ihm das Eingreifen des rumänischen Subpräfekten nicht, aber andererseits konnte er ihm auch nicht unrecht geben. «Nein, meine Herren», sagte er, «nicht darum handelt es sich im Augenblick, wer Recht hat oder Unrecht, sondern darum, die Schuldigen zu fassen und sie unschädlich zu machen, bevor sie weiteres Unrecht anrichten können. Ich glaube, es steht vor allem eines fest: Auf dem Inselgebiet von Rogatschesti befindet sich ein feindliches Nest. Mit Wahrscheinlichkeit ist anzunehmen, daß Morarescu dort seine Basis hat. Wir müssen darüber beraten, welche Kräfte notwendig sind, um loszuschlagen. Denn daß das Nest ausgeräuchert werden muß, darüber sind wir uns alle klar und ebenso, daß zwischen den Bewohnern von Rogatschesti, dem Überfall auf die Gendarmen und Morarescu ein Zusammenhang bestehen könnte. Das muß aufs genaueste untersucht werden. Ich werde diese Untersuchung selbst leiten. Was ich besonders von Ihnen, Hauptmann Zertian, erwarte, ist eine Skizze der Zugänge zum Inselgebiet und eine Angabe der mutmaßlichen Stärke der dort vorhandenen Banditengruppe.»

Es war Petruschka gelungen, unbemerkt aus dem Sumpfgebiet von Pojeni herauszukommen und sich unbelästigt bis zum linken Sereth-Ufer und bis unmittelbar zum Eingang der Stadt durchzuschlagen. Das war nicht leicht gewesen. In der ganzen Gegend flitzten die Motorräder der SS herum auf der Suche nach Moraręscu und seiner Bande. Petruschka wurde vom Partisanengebiet ausgeschickt, um Simjon von dem Vorfall mit Morarescu zu benachrichtigen. Die Leitung hatte vorausgesehen, daß der Fall Morarescu die ganze Gestapo in Bewegung setzen würde. Sie nahmen an, daß Morarescu zum Feind erklärt werden würde, und waren bemüht zu verhindern, daß bei der Suche nach ihm, der ja nicht mehr lebte, die Spur auf das Sumpfgebiet von Pojeni gelenkt würde. Petruschka sollte daher Simjon über alle Einzelheiten unterrichten, damit dieser gemeinsam mit Zertian die Gestapo nach Möglichkeit von Pojeni ablenkte.

Der Fluß war nicht sehr angeschwollen und Petruschka überlegte, ob er den Fluß überqueren oder den Weg über die Brücke einschlagen sollte. Die zwei auf der Brücke wachthabenden Soldaten könnten ihn leicht festnehmen. Während er überlegte, bemerkte er plötzlich: Von der Stadt kam ein von vier Pferden gezogener Wagen nach der Brücke gefahren und von der entgegengesetzten Richtung raste ein Auto und dahinter zwei Motorräder. Die Pferde der Equipage wurden scheu, wichen nach rechts aus, den abschüssigen Abhang hinunter und dem Flusse zu. Augenscheinlich hatte der Kutscher die Gewalt über die Pferde verloren. Ein Stück weiter unten mußte die Equipage kippen. Die Leute auf der Straße wichen ängstlich zur Seite. Petruschka hatte in der Schmiede bei Chaskel Wagner den Umgang mit Pferden gelernt. Er hatte oft zugesehen, wie Chaskel die wildesten Pferde beruhigte und ihnen die Hufeisen aufschlug. Er lief in den Fluß und rannte durch, daß es nur so spritzte und faßte den beiden vorderen Pferden in die Zügel. Der Wagen kam zum Stehen und heraus beugte sich der Rittergutsbesitzer von Sauer. Er saß darin mit seiner ganzen Familie. «Bravo, Junge», rief er Petruschka zu. Dann aber war er mit seinen Frauen beschäftigt, die auf Entsetzen spielten, wie es bei den Landdamen noch immer Mode war. Nach durchtanzter Nacht bei der Hochzeit Zimmerles, dachte er, wird es jetzt doch besser sein, wir kehren in die Stadt zurück und lassen die Frauen ihre Hysterie ausschlafen.

Unterdessen hatte Petruschka unter Schnalzen die Pferde wieder auf die Straße geführt.

«Junge, steig' vorne auf», rief ihm Herr von Sauer zu.

Sie fuhren nach der Brauerei und vor das stattliche Gebäude, das die Familie Beil bewohnt hatte und jetzt Otto von Raubnitz gehörte. So oft die Sauers in die Stadt kamen, waren sie Gäste Otto von Raubnitz'. Sauer erzählte von dem Scheuen der Pferde und dem braven Benehmen Petruschkas. Unterdessen war der Brauereiarbeiter Michailo, der Vater Petruschkas herangekommen und packte seinen Sohn derb am Arm, was aber Liebe bedeutete, denn er hatte sich über sein Verschwinden Sorge gemacht. Simjon stand scheinbar unbeteiligt daneben, aber er hatte die Mundwinkel ein wenig hochgehoben. Er war zufrieden. Petruschka, der Held des Tages!

Herr von Sauer fragte den Jungen mit den hellen Augen, ob er bei ihm in Dienst treten wollte. Die Damen schrien durcheinander: «Ach, Herr von Raubnitz! Ich sah mich schon im Wasser liegen. In diesem engen Ballkleid, ich wäre verloren gewesen.» Man trat ins Haus, und jetzt erst fand Petruschka Gelegenheit, Simjon mitzuteilen, wie Morarescu untergegangen war.

«Telefon», rief jemand. «Herr Zimmerle wünscht Herrn Straub sofort zu sprechen.»

So war es gekommen, daß Simjon die Katastrophe Morarescus kannte, aber keine Zeit mehr fand, Stefan Zertian ins Vertrauen zu ziehen.

Nach der Sitzung bei Franz Zimmerle hatten alle Eingeladenen mit Ausnahme des Chefs und seiner Begleiter aus Czernowitz die Wohnung verlassen. Man ging zu zwei und zwei die Straße hinauf dem Ringplatz zu. Otto von Raubnitz unterhielt sich mit Hans Kruhle. Beiden kam der Zwischenfall mit Morarescu sehr ungelegen. Otto von Raubnitz befürchtete, daß man ihm die Schuldeneintreibungen im gegenwärtigen Augenblick während der Erntearbeiten schwer nachtragen würde, und Hans Kruhle hatte Angst, aus seiner Ruhe aufgescheucht zu werden. Nichts wäre ihm so unangenehm gewesen wie eine Versetzung in ein anderes Gebiet. Denn die letzte Zeit war für ihn hier ein Idyll gewesen. Otto von Raubnitz kannte Hans Kruhle zu genau, um nicht zu wissen, was ihn bewegte. Und als würde er seine Gedanken lesen, sagte er: «Wir müssen vorbauen. Wir müssen zeigen, daß wir hier besonders nützlich sind. Es wurde mir gesagt, daß die Russen bei ihrem Abzug aus dem umkämpften Gebiet alle junge Frauen mitgenommen haben. Unsere Armee soll sehr stark unter dem Mangel an Frauen in Etappen – und im engeren Kriegsgebiet leiden. Wenn wir hier eine Nachlieferungsstelle von Frauen für den Soldaten an der Front errichten, könnten wir uns nicht nur unentbehrlich machen, sondern uns auch neue Einnahmequellen schaffen.» Hans Kruhle griff diesen Vorschlag mit Begeisterung auf.

Und während diese Zwei Zukunftspläne für ihre Unentbehrlichkeit spannen, schritten hinter ihnen Simjon und Stefan Zertian. Simjon informierte Stefan Zertian über den Fall Morarescu, und sie berieten nun, was zu unternehmen sei. Es war ihnen beiden klar, daß Johann Müller, wenn er auch das Vorgehen Otto von Raubnitz' in Rogatschesti nicht billigen konnte, doch unter keinen Umständen zurückweichen würde. Denn das Ultimatum an die Bauern von Rogatschesti zurücknehmen, hieße die Autorität der Gestapo sowie der Deutschen überhaupt untergraben. Außerdem würde niemand den Bauern glauben, daß sie in keiner Beziehung zu den Bewohnern des Inselgebietes stünden. Man mußte die Bauern retten – das war klar. Die Bauern, nicht aber die Inselbewohner. Denn die Inselbewohner setzten sich aus Banditen und verlumpten Mitgliedern der Eisernen Garde zusammen. Wie aber die Bauern retten? Er oder Simjon konnten sie nicht warnen, denn ihnen würden die Bauern kaum trauen und sich nicht entschließen, ihre Erntearbeiten und alle ihre Habseligkeiten zurückzulassen und zu flüchten. Die Bauern würden mit

Recht die Frage stellen: Wohin? Sie konnten nur von den Partisanen des Sumpfgebietes von Pojeni gerettet werden. Aber das war nicht einfach. Auf allen Kreuzwegen und Straßen wimmelte es jetzt von SS, die sich auf der Suche nach Morarescu befand, aber glücklicherweise waren den Bauern noch drei Tage verblieben, denn es war anzunehmen, daß man vor Ablauf des Ultimatums nichts unternehmen würde, da ja für ein großes Strafunternehmen noch nichts vorbereitet war.

Sie betrachteten es beide als eine glückliche Fügung, daß Petruschka durch das Aufhalten der scheuen Pferde der Günstling von Sauers geworden war. Simjon übernahm es, Petruschka mit einer Botschaft ins Sumpfgebiet zu senden.

Barbarescu hatte Sereth nicht verlassen, um zu verschwinden. Als man ihm in der Sommernacht den Verlust seines einträglichen Nachtlokales so jäh mitteilte, dachte er sofort an seine Beziehungen in Bukarest. Aber schon am ersten Tag in der Hauptstadt mußte er erfahren, wie gründlich sich die Zeiten geändert hatten. Man hörte ihn im Innenministerium und in der Siguranza zwar an, antwortete aber nur: «Wenn ein Deutscher so verfügt hat, dann hättest du ohne weiteres zustimmen müssen. Stellst du dir vor, daß heute jemand in der Lage ist, den Kampf gegen die Deutschen aufzunehmen?»

Barbarescu kannte aber die Geliebte des Siguranza-Chefs von ganz Rumänien. Sie war vor Jahren einmal seine Freundin gewesen. Er ging zu ihr hin. Sie sah nicht so schwarz und machte ihm Hoffnungen: «Es wäre wahrlich das Ende Rumäniens, wenn ich nichts durchsetzen könnte. Wohin sollte das führen?»

In Hoffnung und Zweifel vergingen für Barbarescu in Bukarest vier Tage, bis ihm seine einstige Freundin eines Nachts gestand, daß auch sie nichts mehr vermochte. Schon wollte er nach Sereth zurückkehren, um wenigstens die Subpräfektur zu behalten, als er im Innenministerium die Mitteilung erhielt, daß sein plötzliches Verschwinden von seinem Posten die Deutschen veranlaßt hatte, seine Ersetzung durch einen andern zu fordern, und die wäre erfolgt. Verzweifelter als er gekommen war, reiste

Barbarescu von Bukarest nach Czernowitz ab, um hier sein Glück zu versuchen. Wochen lungerte er hier herum, ging von einem Büro ins andere, und kaum jemand wollte ihn empfangen, da er bei den Deutschen als in Ungnade gefallen galt.

Barbarescu kannte aus den Jahren seiner früheren Tätigkeit den Hauptmann Morarescu. In seiner Not erinnerte er sich an diese Bekanntschaft und wollte ihn aufsuchen, um seine Hilfe anzurufen. Da erfuhr er, daß Morarescu im Augenblick von der Gestapo gesucht und als der Hauptfeind angesehen wurde. Schrecken befiel ihn. Er befürchtete, mit in die Affäre Morarescu hineingezogen zu werden und faßte den Entschluß, nach Sereth zurückzukehren und Franz Zimmerle um eine Arbeit zu bitten. Wenn sich alle vom Innenministerium bis hinunter den Deutschen unterwerfen, weswegen sollte er eine Ausnahme bilden? Er verstand jetzt, daß er ohne Überlegung gehandelt hatte und wollte seinen Fehler berichtigen. Es gelang ihm, in Czernowitz einen Passierschein von der Siguranza für sich zu erhalten. So weit reichten seine Beziehungen noch. Es gelang ihm auch, mit dem Ausweis der Siguranza einen Platz in einem Eisenbahnzug zu erhalten, und so langte er zwei Stunden nach Eintreffen von Johann Müller und seinen Begleitern in Sereth an.

Vom Diener der Subpräfektur erfuhr er, daß sich seine Silvia bald nach seiner Abreise mit Althof verständigt hatte, dessen Geliebte geworden und jetzt die Mutter des Nachtlokales war. Das war für ihn keine Überraschung. Er kannte Silvia zu genau, um nicht zu wissen, daß sie sich dem in die Arme werfen würde, der Macht besaß und vor allem solch reiche Einnahmequellen wie das Vergnügungslokal. Nach den Erfahrungen der letzten Zeit dachte er gar nicht mehr daran, um Silvia zu kämpfen. Sein einziger Gedanke war, sich irgendwie eine Einnahmequelle zu verschaffen. Er überlegte lange und kam zum Entschluß, vor allem Otto von Raubnitz als den tüchtigsten Geschäftsmann aufzusuchen.

Dieser empfing ihn freundlicher, als er erwartet hatte. Otto von Raubnitz hegte ein Mißtrauen gegen den neuen Subpräfekten, die Art, wie Stefan Zertian sich benahm, als er ihm den Vorfall mit den Bauern vorgetragen hatte, löste bei Otto von Raubnitz Haß aus. Er vermutete in

Stefan Zertian vor allem einen nicht korrupten Menschen, und die haßte er. Gewiß, es lag nicht in seiner Macht, ihn abzusetzen, solange er gegen Zertian nichts Konkretes in Händen hatte. Er dachte daran, Simjon zu benutzen, um Zertian zu erledigen. Als jetzt Barbarescu bei ihm erschien, kam ihm der Gedanke: Das ist der geeignete Mann dafür. Ohne Zweifel, ein erfahrener Zuhälter, er könnte das Ganze organisieren. Außerdem könnte man vielleicht durch ihn etwas Näheres aus der Vergangenheit Zertians erfahren.

Bei Carol Barbarescu hatten sich im Laufe der letzten Wochen Erbitterung und Haß gegen die Deutschen gehäuft. Diese Gefühle aber begannen zu schmelzen, als er unerwarteter Weise von Otto von Raubnitz so warm begrüßt wurde. Kaum daß sie miteinander die üblichen Höflichkeitsphrasen gewechselt hatten, erschien an der Tür Hans Kruhle. Sein Gang war langsam und bedächtig, er glich dem einer Ente. Er ging, als wollte er mit beiden Händen seinen vollen Bauch stützen. Mit besonderer Liebe schien er an diesem Bauch zu hängen. Der Eindruck Carol Barbarescus war der: Der Mann will keinen Kampf. Er will Ruhe und ein gutes Leben. Das Gleiche wie ich. Mit dem kann man sich verständigen.

Das Gespräch kam auch bald ungezwungen in Gang. Es war so, als hätten sich drei Freunde nach längerer Abwesenheit getroffen. Carol Barbarescu erzählte von Bukarest und glaubte jetzt selbst an das, was er erzählte. Neues Leben ist in die Stadt gekommen. Deutsche und rumänische Uniformen geben dem Stadtbild das Gepräge und schaffen ein Gefühl der Sicherheit. Es ist, als verjüngte sich die Hauptstadt. Rumänien lernt Deutsch und deutsche Offiziere lernen Rumänisch.

Otto von Raubnitz schenkte Kognak ein und man trank auf das Bündnis und die Freundschaft zwischen den Rumänen und den Deutschen. «In diesem Kriege», bemerkte Otto von Raubnitz, «fällt der Frau eine entscheidende Rolle zu. An Offiziere und Soldaten werden Anforderungen gestellt wie noch nie in einem Kriege zuvor. Unsere Truppen, die im Geiste des Führers die Welt erobern, müssen von allen Hemmungen befreit sein. Ihren Liebesdurst zu stillen ist ebenso wichtig, wie sie mit Nahrungsmitteln und Munition zu versorgen.»

Bei diesen Worten leuchteten die Augen Barbarescus auf. «Diese Idee, verehrter Herr von Raubnitz, habe ich immer schon verfochten. Schon vor Jahren habe ich erkannt, daß in der gegenwärtigen Zeit ein Nachtlokal kein Privatunternehmen ist, sondern ein lebenswichtiger Betrieb ersten Ranges. Ich ...» Carol Barbarescu unterbrach sich selbst jäh. Bin ich, dachte er, vielleicht zu weit gegangen? Wozu alte Wunden aufreißen in einem Augenblick, wo ich auf die Leute angewiesen bin, wo Frieden und Verständigung für uns notwendiger sind denn je.

Otto von Raubnitz erriet seinen Gedankengang, griff ihn auf und sagte: «Wir haben in letzter Zeit oft daran gedacht, welche Verdienste Sie sich um das Vergnügungslokal erworben haben. Es sind auch unsererseits – warum nicht offen zugeben? – Irrtümer begangen worden. Aber nichts ist so schlimm, daß es sich nicht korrigieren läßt, wenn guter Wille vorhanden ist.»

In Barbarescu stiegen ungeahnte Hoffnungen auf, Hoffnungen, an die er nicht mehr zu glauben gewagt hatte. Sollte man ihm wieder das Vergnügungslokal und damit auch seine Silvia zurückgeben wollen? Noch bevor er eine Frage stellte, begann der Schweiger Hans Kruhle zu reden. Er sprach wie immer, wenn er sich entschloß den Mund zu öffnen, bedächtig und autoritär, als wäre jedes seiner Worte eine Perle: «Lassen wir das Geschehene vergessen sein. Vor uns stehen Aufgaben von viel größerer Bedeutung. Das Nachtlokal hier, dessen Aufschwung und Blüte vor allem Ihrer Tätigkeit, mein lieber Barbarescu, zu verdanken ist, dient der Etappe und erfüllt so eine wichtige Aufgabe. Aber wir müssen an die Front denken, an alle, die für den Führer und das neue Europa ihr Blut vergießen. Ihre Bedürfnisse zu befriedigen, das ist der höchste und edelste Zweck. Diese Aufgabe haben wir Ihnen zugedacht, natürlich in engster Zusammenarbeit mit uns.»

Barbarescu verstand den Sinn dieser Worte nicht. Er glaubte, daß man ihn von hier wieder wegbringen wollte, damit er unmittelbar an der Front ein Nachtlokal organisierte. Er haßte die Front. Ruhe wollte er haben und nicht dem Donner der Geschütze und der Gefahr von Bombardierungen ausgesetzt sein. «Ihr Vertrauen, meine Herren», sagte er, «ehrt mich. Aber ich fühle mich zu alt und zu geschwächt, um solchen Aufgaben noch gewachsen zu sein.»

Otto von Raubnitz erfaßte das Mißverständnis. «Keine Bescheidenheit, Herr Barbarescu. Bei einem Mann mit Ihrer Fähigkeit ist Bescheidenheit nicht am Platz. Woran wir denken, ist die Organisierung eines Nachschubes für die Front von hier aus. Wir haben in der Stadt Platz für ein zweites Vergnügungslokal. Daß Bedarf vorhanden ist, darüber können keine Meinungsverschiedenheiten herrschen. Aber das neu zu errichtende Vergnügungslokal, das gewissermaßen den Charakter einer direkten Heereslieferungsstelle tragen soll, soll sich von dem bereits vorhandenen darin unterscheiden, daß es sozusagen eine Durchgangsstation oder, militärisch gesprochen, eine Kadersammelstelle für Weiterleitung an die Front bilden sollte.»

Barbarescu verstand. Die Größe des Projekts und die Möglichkeiten, die es eröffnete, imponierten ihm. «Ich habe», sagte er, «schon immer betont, daß mir im Dienst für den Führer keine Aufgabe zu schwer fällt, wenn ich auch in meinem Alter eine bescheidenere Arbeit vorgezogen hätte.»

Man kam dann noch auf Zertian zu sprechen. «Ich kenne Zertian nicht näher. Vor Jahren bin ich mit ihm in amtlicher Eigenschaft in Czernowitz zusammengekommen. Er ist der Typ eines Beamten, der in die heutige Zeit, die so erfüllt ist von großen Zukunftsidealen, nicht hineinpaßt. Die Sturm- und Drangperiode, der Haß gegen die Juden haben bei Zertian nur kurze Zeit gewährt. Er träumt von Verhältnissen, die vielleicht nur auf dem Mond existieren, nicht aber in der Wirklichkeit. Ich jedenfalls liebe solche Typen nicht. Und das sage ich nicht etwa deswegen, weil Stefan Zertian mein Nachfolger geworden ist, sondern weil ich nichts anderes als die Wahrheit sagen kann.»

Als Carol Barbarescu die Wohnung Otto von Raubnitz' verlassen hatte, erschien ihm die Welt so rosig wie vor zehn Jahren. Er fühlte sich verjüngt und unternehmungslustig. Hans Kruhle hatte ihm eine Anweisung für ein schönes Zimmer im Hotel Hammerhof ausgehändigt. Er ließ durch den Diener der Subpräfektur seine Sachen dahin schaffen und machte sich gleich an die Arbeit. Es war ihm klar, daß zur Durchführung so großer Aufgaben vor allem eine Frau notwendig war, die ihm als guter Engel und Helfer zur Seite stehen könnte. Für einen Moment überlegte er, ins Vergnügungslokal zu gehen und das Projekt mit Silvia zu besprechen. Aber zu gut kannte er seine Silvia. Sie würde nur dann mittun, wenn bereits etwas Greifbares vorhanden wäre. Und dann, warum ihr nicht heimzahlen? Man beleidigt nicht ungestraft einen Carol Barbarescu. Wenn mein großer Plan erst Wirklichkeit ist, wird sie auf den Knien liegen und um Verzeihung bitten.

Er schrieb noch am gleichen Abend einen Brief an seine einstige Freundin und jetzige Geliebte des Bukarester Siguranza-Chefs, in dem er sie bat, ihm eine Freundin zu empfehlen. Zwei Tage später erhielt er ein Telegramm, daß sie sich selbst entschlossen habe, zu ihm zu kommen, um gemeinsam mit ihm an der Erfüllung der Aufgabe mitzuarbeiten, die er sich gestellt hatte.

XVIII

Das schwer zugängliche Inselgebiet am Sereth-Fluß befand sich vor dem Ersten Weltkrieg zwischen zwei Reichen: Der österreichisch-ungarischen Monarchie und dem Königreich Rumänien. Es war ein Niemandsland. Denn hier bildete damals der Sereth-Fluß die Grenze zwischen Rumänien und Österreich, um einen Kilometer weiter ganz zu einem rumänischen Fluß zu werden. Da hausten Leute, die im Volksmund schlechthin mit dem Worte Räuber bezeichnet wurden. Schuljungens aus Sereth pflegten bis in die Nähe dieses Gebietes Ausflüge zu machen und sich manchmal mit den Räubern zu unterhalten, die ihnen herablassend zu antworten pflegten. Sie bildeten den Gegenstand romantischer Bewunderung der gesamten Jugend. Manchmal tauchte sogar der eine oder der andere dieser Bewohner in Sereth auf, um Einkäufe zu besorgen. Sie zahlten mit gutem Gelde, wechselten Goldmünzen in der Bank und waren von den Kaufleuten gerne gesehen, da sie jeden Preis zahlten ohne zu feilschen. Und die österreichischen Behörden kümmerten sich sehr wenig um sie. Denn niemals vollführten sie Überfälle auf österreichische Bewohner oder machten sie Einbrüche auf österreichischem Gebiet. Dagegen langten oft bei den österreichischen Behörden Auslieferungsbegehren gegen Personen ein, die sich auf diesem Gebiet befinden sollten. Sie wurden mit Namen bezeichnet. Österreichische Gendarmen gingen im Auftrage der Gerichte hin, verhandelten außerhalb des schwer zugänglichen Gebietes mit dem einen oder anderen der dortigen Bewohner und kamen zurück mit der Feststellung, daß sich Leute, deren Namen in dem Auslieferungsbegehren genannt waren, nicht unter den Inselbewohnern befänden. Es war klar, daß die österreichischen Gendarmen keine Lust hatten, für fremde Regierungen ihr Leben zu gefährden. Den Serether Schülern gegenüber bezeichneten die Bewohner dieses unzugänglichen Gebietes ihr kleines Reich als Libertatia, was soviel wie Land der Freiheit heißen sollte. Sie erzählten, daß in ihre Gesellschaft nur Menschen aufgenommen würden, die mit den Behörden einer der Balkan-Regierungen auf Kriegsfuß stünden.

Die österreichisch-ungarische Monarchie verschwand. Das ganze Gebiet wurde rumänisch, aber Libertatia blieb unbehelligt. Von hier aus unternahmen die Bewohner Streifzüge auf reisende Kaufleute. Sie streiften bis ans Schwarze Meer. In der Bukarester Kammer gab es des öfteren Interpellationen. Die Regierung versprach Abhilfe, aber es wurde niemals etwas Ernstes unternommen. Ob das daher kam, weil Libertatia dem Gendarmerie-Kommandanten und Subpräfekten Tribut zahlte, oder weil die Gendarmen vor ihnen Angst hatten, keiner vermag es zu sagen. Als dann im Jahre 1940 die Russen das Gebiet bis zum Sereth-Fluß besetzten, blieb Libertatia unbehelligt, da es wieder einmal zwischen zwei Reichen lag und Niemandsland wurde. Zwischen den dortigen Bewohnern und den Bauern der Umgebung herrschte ewiger Friede. Von dem Augenblicke an, da die Deutschen ins Land kamen, betrachteten die Bewohner von Libertatia sie als Konkurrenten und Feinde, im Verlaufe der letzten Monate waren mehrere der dortigen Bewohner von SS-Leuten unterwegs abgefangen und kurzerhand erschlagen worden. Man sprach dort von einem neuen Räuberhauptmann in Europa namens Adolf Hitler, der jedem ehrlichen Räuber das Gewerbe unmöglich mache, weil er alle an Raub und Mord überträfe.

Als die Bewohner von Libertatia von der Pfändung in dem ihnen benachbarten Rogatschesti Kenntnis erhielten, unternahmen sie den Überfall auf die Gendarmen und den Gerichtsvollzieher. Sie führten das gepfändete Vieh auf ihre Insel, schlachteten es sofort und räucherten das Fleisch.

Als die Delegierten von Rogatschesti, voller Verzweiflung nach dem Gespräch mit dem Deutschen, mit einem dreitägigen Ultimatum heimkehrten, beschlossen sie, eine Intervention in Libertatia zu versuchen. Denn sie wußten, daß niemand als die dortigen Bewohner den Überfall gemacht hatten. Sie wurden freundlich aufgenommen, und man zeigte ihnen die Felle des von ihnen gesuchten Viehes und erklärte sich bereit, sie mit Geld zu entschädigen. Man zahlte sogar mehr als das Doppelte des üblichen Marktpreises. Die Bauern waren zufrieden und hofften nach abgelaufenem Ultimatum, wenn der Deutsche bei ihnen erschien, ihn ebenfalls mit Geld abfinden zu können. Denn mehr als Geld konnte er ja schließlich von ihnen nicht verlangen.

Im Sumpfgebiet von Pojeni freute man sich über die Nachricht, daß Petruschka jetzt beim Gutsbesitzer so gut angeschrieben war. Dadurch erhoffte man Möglichkeiten, die Spuren von sich abzulenken. Das Schicksal, das den Bauern von Rogatschesti infolge der Pfändung drohte, ging den Partisanen sehr nahe. Man beriet und kam zu der Meinung, daß man die Sache mit Geld erledigen könnte, da es sich um einen zivilrechtlichen Fall handelte. Schließlich konnte ja auch Otto von Raubnitz nichts anderes vorbringen, als daß man ihm die Wechselschulden mit den aufgelaufenen Spesen begliche. So beschlossen die Partisanen eine größere Summe nach Rogatschesti hinüberzuschicken. Dieses Geld wurde zwei Partisanen anvertraut, die am Abend in ihrer Bauerntracht den Weg nach Rogatschesti antraten.

Es war den zwei Partisanen gelungen durchzukommen, obwohl es in der ganzen Gegend von SS-Leuten wimmelte. Sie kannten den Bürgermeister des Dorfes. Als sie spät nachts bei ihm anklopften und ihm das Geld vorwiesen, betrachtete er es zuerst einfach stumm und schlug ihnen dann derb auf die Schulter, weil er so gerührt war und es nach Bauernart nicht zeigen wollte. Der Bürgermeister von Rogatschesti hatte früher zum Dorfsowjet gehört. Er betrachtete sich als einen Sowjetbürger und erkundigte sich, ob die Sowjets nicht bald wiederkämen, um die Bewohner von der deutschen und rumänischen Plage zu befreien. Es machte auf ihn einen starken Eindruck, daß man von ihrer Not erfahren hatte, daß man, obwohl das Land von den Deutschen und Rumänen besetzt war, ihrer gedacht hatte und die Partisanen ihnen helfen wollten. Er wies aber das angebotene Geld zurück, da er die notwendige Summe bereits von Libertatia erhalten hatte. Die Partisanen blieben im Dorf, um Näheres über Libertatia zu erfahren. Sie wollten auch Erkundigungen einziehen, wie weit es unter Umständen möglich wäre, dieses Gebiet für einen gemeinsamen Kampf gegen die Deutschen und Rumänen mit zu benutzen.

Am frühen Morgen erschien im Dorf der Subpräfekt Zertian. Er kam zum Bürgermeister. Der betrachtete ihn als einen Vertreter der feindlichen Macht, die das Land besetzt hatte. Aber Zertian war der Bauerndelegation gegenüber sachlich gewesen und daher wollte der Bürgermeister erst einmal abwarten, was der Gast wollte. Er forderte ihn auf, sich zu setzen.

Zertian nahm den Platz an: «Ich möchte Sie fragen, was Sie getan haben, ich meine wegen der Rückgabe des Viehs. Sie müssen sich darüber klar sein, daß die Deutschen bei Nicht-Erfüllung der Forderung Dinge tun könnten, die für das Dorf sehr böse wären. Ich denke, Sie verstehen mich.»

«Wir können das Vieh nicht zurückgeben, denn wir haben es nicht zurückgeholt. Aber wir wollen den Verlust bezahlen.»

«Bezahlen?» Zertian schüttelte den Kopf. «Ich fürchte, der Fall läßt sich mit Geld nicht mehr aus der Welt schaffen.» Er beugte sich vor und sagte leise: «Sie haben ja selbst gesehen, wieviel SS hier auf den Straßen herumwimmelt. Das hat eigentlich mit Ihnen nichts zu tun, sondern mit den Leuten von den Inseln – Libertatia oder wie sie sich nennen – und mit dem Hauptmann Moraresсu, der fünfzehn SS-Leute umgebracht hat.»

«Ich schwöre Ihnen, Herr Subpräfekt, wir haben damit nichts zu tun. Wir haben keine Beziehungen zu den Räubern. Und Moraresсu? Den Namen habe ich noch nie gehört.»

«Gut, ich glaube Ihnen das. Aber ich fürchte, daß andere Ihnen das nicht glauben werden – ich komme später wieder.» Damit ging er hinaus und in die Richtung des Insel-Gebietes. Er streifte da herum, blieb stehen, notierte sich etwas und ging dann nachdenklich weiter.

Am späten Nachmittag kam er zurück und zog den Bürgermeister in ein Verhör. Plötzlich unterbrach er sich: «Ich habe vom vielen Herumlaufen Durst bekommen.» Und zum Gemeindeschreiber gewendet: «Gehen Sie doch und holen Sie mir etwas da hinten aus der Kneipe. Sie wissen schon, Bier, wenn es da ist.» Dann sich an den Bürgermeister wendend: «Ich habe zu Ihnen Vertrauen und möchte mit Ihnen offen reden, weil mir Ihr Schicksal nahe geht. Es handelt sich nicht nur um Sie allein, sondern um die gesamte männliche Bevölkerung von Rogatschesti. Es steht fest, daß Sie Mitglied des Dorfsowjets waren. Man wird nach der Herkunft des Geldes, mit dem Sie bezahlen wollen, fragen. Niemand wird glauben, daß Sie mit den Bewohnern von Libertatia keine Berührung hätten. Wenn Sie sich nicht retten, sind Sie verloren. Ich kann Ihnen nicht mehr sagen und Sie werden verstehen, wenn ein Wort von unserem Gespräch herauskommt, habe ich meinen Kopf verwirkt.»

«Was sollen wir machen?» fragte der Bürgermeister.

«Das weiß ich leider selbst nicht. Ich bin so machtlos wie Sie. Wenn es Ihnen gelingt, zusammen mit den Bauern, die mit Ihnen als Abordnung in Sereth waren, zu den Sumpfbewohnern von Pojeni durchzukommen, so wäre das gut. Die Abordnung und vor allem Sie selbst gelten vermutlich bei den Deutschen als die Verantwortlichen. Wenn Sie aber nicht mehr da sind, so hoffe ich, werden die Deutschen für eine Zeit still sein, zumindestens bis die Ernte herein ist. Und inzwischen muß man weiter sehen.»

Leicht gesagt, daß man sich retten soll. Aber die Bauern hier lebten seit erdenklichen Zeiten auf diesem Boden. Vor fast zweihundert Jahren hatten die Bauern von Rogatschesti die Großgrundbesitzer verjagt und sich die alten Rechte auf Wald und Weide ertrotzt. Das war damals gewesen, als die Türkei diese Gegend an Österreich abtreten mußte. Aber die Großgrundbesitzer hatten sich damit nicht abgefunden und strengten Prozeß über Prozeß an, zuerst vor österreichischen und später vor rumänischen Gerichten. Viele Bauern von Rogatschesti waren im Laufe der letzten Jahrzehnte nach Amerika und Kanada ausgewandert. Nach ein bis zwei Jahrzehnten jedoch zog es sie wieder heim.

Schweren Herzens hatten viele ihren Jungen erlaubt, mit der Roten Armee abzuziehen, und das nur in der Hoffnung, daß sie nach dem Kriege zurückkehren würden. Durch die Wegnahme des Viehs wußten sie nicht, wie sie für sich und die Familie das kärgliche Maisbrot herschaffen sollten. Trotzdem wollten sie die Heimat nicht verlassen. Nun drohte ihnen, wie Zertian sagte, das Schlimmste, wenn sie nicht gingen. Vielleicht hätten sie's früher für eine Übertreibung gehalten. Aber sie hatten den Deutschen mit eigenen Augen gesehen. Der ist zu allem fähig. Der würde vor nichts haltmachen.

Alle Mitglieder der Delegation versprachen dem Bürgermeister zu schweigen. Sie waren der Meinung, daß die Gefahr ihnen und nur ihnen drohte. Man wollte keine Aufregung unter die Bewohner tragen. Da sie nach langen Hin- und Herberatungen keinen Ausweg sahen, beschlossen sie, die zwei Partisanen aus Pojeni zu Rate zu ziehen, die ihnen Geld und Hilfe angeboten hatten. Als diese hörten, was Zertian geraten hatte, sagte der eine: «Man muß auf ihn hören. Er ist ein Feind der Deutschen und schon dadurch ein Freund des Volkes. Daß ihr mit uns kommt, ist richtig. Aber wenn hier niemand weiß, was los ist, kann der Teufel weiß was geschehen. Ihr sollt einen ins Vertrauen ziehen. Dem gebt ihr, was ihr habt. Und der hat dann dort zu melden, wenn eure Familien in Not sind. Aber sonst niemandem was sagen. Die Polizei kommt ins Dorf und fragt so, daß die Gesichter rot anlaufen. Wenn dann keiner was weiß, kann dann keiner was sagen. – Bei uns im Sumpfgebiet natürlich ist es nicht leicht, immer in der Feuchtigkeit und im Nebel. Aber bei uns ist man frei und weiß, wofür man da ist.» Er lächelte, und sie wußten, daß er den Kampf meinte und an den schließlichen Sieg der Bauern glaubte.

Der Bürgermeister und ein anderer Bauer gingen zum Dorfpfarrer. Sie erzählten ihm alles ausführlich und verschwiegen nur den Namen Zertian. Der Pfarrer war nicht ganz ihrer Meinung. Aber er wollte nicht die Verantwortung auf sich nehmen, ihnen zum Bleiben im Dorfe zuzureden. Er erklärte sich gerne bereit, das Geld zu übernehmen und mit den Behörden zu verhandeln. Er wollte nur wissen, wie er sie verständigen könnte, wenn alles, wie er fast mit Sicherheit glaubte, einen günstigen Verlauf nehmen würde. Die Bauern versprachen, im Laufe der nächsten Tage jemanden zu ihm zu schicken, um von ihm Nachrichten zu bekommen.

Um vor der Dorföffentlichkeit und den eigenen Familien die Pläne zu verbergen, nahmen die Bauern bei Anbruch der Dunkelheit ihre Fischernetze und erklärten, daß sie versuchen wollten, in der Nacht im Flusse Fische zu fangen. Jeder wußte, daß es die Wochen der Schonzeit waren und daß sonst der Bürgermeister streng darauf achtete, daß um die Zeit keine Fische gefangen würden. Aber wenn es der Bürgermeister tat, so würde er wohl seine Gründe haben. Vielleicht hatten die Behörden in diesem Jahre das Fischfangverbot für die Schonzeit aufgehoben.

Wie Schatten bewegten sich in der Nacht die Bauern von Rogatschesti mit ihren Netzen auf den Schultern, geführt von den zwei Partisanen, den Sereth-Fluß entlang. Man ging sehr vorsichtig, horchte aufmerksam auf jedes Geräusch und war schon daran, das Sereth-Ufer in nördlicher Richtung zu verlassen, als jemand «Halt» rief. Die Bauern begannen ihre Netze auszuwerfen. Da standen zwei Gendarmen. Die Gendarmen waren ihnen nur zu gut bekannt. Sie waren vorgestern morgen ins Dorf gekommen und hatten auf die brutalste Weise Haussuchung durchgeführt und viele geschlagen, um von ihnen Aussagen zu erpressen, wo das Vieh sei. Dann hatten sie sich plötzlich zurückgezogen. Das war anscheinend auf Befehl des Deutschen geschehen, und die Bauern hatten sich dem Glauben hingegeben, daß sie bis zum Ablauf des Ultimatums frei und unbeobachtet wären. Aber sie hatten sich geirrt. Die Gendarmen hatten sich nur aus dem Dorfe zurückgezogen und beobachteten jede Bewegung. Sie hatten den Auftrag, darüber zu wachen, daß kein Bauer das Dorf verließ.

«Was macht ihr denn hier?»

«Wir fischen.»

«Das ist ja noch schöner! Der Herr Bürgermeister selbst, der dafür zu sorgen hat, daß die Schonzeit eingehalten wird, führt seine Gemeindemitglieder fischen.» Die Gendarmen waren zufrieden. Denn für das Einfangen eines Fischers während der Schonzeit erhielt man von der Subpräfektur eine Prämie. Das war ein alter Brauch.

Die Bauern und die zwei Partisanen aber wußten, daß es ihr sicheres Ende wäre, wenn die Gendarmen sie jetzt verhafteten und in die Stadt brächten; denn morgen lief das dreitägige Ultimatum ab. Hier gab es nur einen Weg: Mit den Gendarmen fertig zu werden. Der Bürgermeister versuchte ihnen auseinanderzusetzen, daß ja die Russen in diesem Jahre keine Kundmachung betreffs der Schonzeit erlassen hatten und von den Rumänen oder Deutschen der Gemeinde kein solcher Befehl erteilt worden wäre, sie sich berechtigt gefühlt hätten zu fischen. Die Gendarmen lachten hell auf, wurden aber dann ernst: «Da haben wir es. Hochverräter seid ihr. Ihr beruft euch auf russische Gesetze. Ihr betrachtet demnach dieses Gebiet als russisch. Morgen werdet ihr baumeln.»

Die zwei Partisanen hatten sich in der Dunkelheit hinter die Gendarmen geschlichen. Bevor die andern Bauern wußten, was geschehen war, lagen die Gendarmen am Boden. Sie wurden entwaffnet, erschlagen und ins Wasser geworfen. Die Bauern traten den Marsch über Dubowa in Richtung Pojeni an.

Weder Mendel Hecht noch seine Familie, noch sein Grundstück existierten im amtlichen Register. Sein Grundstück war aus dem amtlichen Grundbuch gelöscht, als wäre es durch irgendeine Erderschütterung von der Oberfläche verschwunden. Der kleine Besitz von Mendel Hecht mitten in den Rübenfeldern von Dubowa gehörte zu den schönsten Wirtschaften weit und breit. Der Urgroßvater hatte vor hundert Jahren, als es noch keine allgemeine Wehrpflicht gegeben hatte, in der kaiserlich-österreichischen Armee viele Jahre gedient. Nachdem er es zum Unteroffizier gebracht und sich in den Kriegen der Jahre 1848 und 1849 ausgezeichnet hatte, erhielt er von der Regierung als Abfertigung dieses kleine Grundstück geschenkt, und er verwandelte es allmählich in eine Musterwirtschaft. Ein Stall mit mehreren Kühen, ein Stier, Gänse, Hühner, Enten, ein schöner Obstgarten, sogar ein Fischteich. Unter der Judenschaft in Sereth genoß die Familie Hecht nicht allzu großes Ansehen. Die Städter blickten mit Verachtung auf die Analphabeten herab.

Auch Mendel, der einige Jahre in Sereth eine jüdische Religionsschule besucht hatte, war, wie man so zu sagen pflegte, in den kleinen Buchstaben nicht sehr beschlagen. Er hatte ein ukrainisches Mädchen geheiratet. Sein Vater aber beharrte darauf, daß sie sich formell zur jüdischen Religion bekennen sollte. Der Wechsel fiel ihr nicht allzu schwer. Denn im Hause Hecht wußte man von rituellen Dingen nicht viel. Nur zu Ostern pflegte man in der Stadt Mazzes zu kaufen, das war ein flaches ungesäuertes Brot, und für die hohen Feiertage im Herbst kam der alte Hecht mit seinem Sohn und seiner jüdisch gewordenen Schwiegertochter, die den Namen Ruth angenommen hatte, in die Stadt. In ihren Sitten und Gebräuchen unterschieden sie sich in nichts von der bäuerlichen Bevölkerung der Umgebung. Man sprach im Hause ukrainisch, wenn auch Mendel selbst etwas Jiddisch konnte.

Als König Carol im Jahre 1937 judenfeindliche Gesetze erließ und man Mendel Hecht amtlich mitteilte, daß er als Jude kein Recht mehr hätte, Grund und Boden zu besitzen, suchte er den damaligen Unterpräfekten Barbarescu auf und einigte sich mit ihm dahin, daß er um den Preis von zwei Pfund Karpfen wöchentlich, einem Huhn monatlich und einem Quantum Obst im Herbst aus dem amtlichen Register gelöscht würde. Barbarescu setzte es durch, daß Hechts Besitz auch aus der Steuerliste und dem Grundbuch gestrichen wurde. So hörte der Untertan und Steuerzahler Mendel Hecht samt Familie amtlich zu existieren auf.

Mendel hatte sechs Kinder. Vier Töchter im Alter von sechzehn bis zweiundzwanzig und zwei Jungen von sechs und zwölf Jahren. Er selbst war fünfundvierzig Jahre alt, seine Frau dreiundvierzig. In seiner Kleidung unterschied er sich allerdings von den übrigen Bauern, indem er einen Anzug wie ein Städter trug. Die Frau aber, die als die schönste Bäuerin der Umgebung galt, und die Kinder kleideten sich wie die übrigen Dorfbewohner. Als die Rote Armee ins Land kam, änderte sich einiges im Leben der Familie Hecht. Anfänglich wurde Mendel vom Wandel nicht berührt. Man ließ ihm seine kleine Wirtschaft und zog ihn sogar zu Rate, als man den nahegelegenen Gutshof Sauer in eine Kollektivwirtschaft umwandelte. Aber in seiner eigenen Wirtschaft nahm alles den gewohnten Gang. Daß er aus dem Serether Amtsbuch ausgelöscht war, wußten die neuen Behörden nicht, da die Stadt Sereth selbst ja im Besitz Rumäniens verblieben war. Angeregt durch die kulturelle Tätigkeit, die mit dem Einzug der Russen in der ganzen Umgebung entfaltet wurde, begannen auch die Kinder Mendel Hechts die Schule in der Kollektive von Pojeni zu besuchen. Sie lernten Lesen und Schreiben sowohl in ukrainischer als auch in rumänischer Sprache. Inzwischen aber brach der Krieg aus. Hechts kleiner Besitz befand sich abseits der Hauptstraße und blieb unbemerkt. Als nach der Vernichtung der Juden in Sereth ein Erlaß herausgegeben wurde, daß sich alle noch vorhandenen Juden in Stadt und Umgebung zu registrieren hätten, nahm Mendel davon keine Notiz, weil er ja, wie gesagt, amtlich nicht existierte. «Hab' keine Angst, Mendel», sagten die Bauern, «wir schützen dich. Du bist ein Bauer wie jeder von uns und dir kann nichts geschehen.»

Der Krieg, der in dieser Gegend nur einen Tag lang gedauert hatte, war um Hunderte Kilometer weiter vorgetragen und tobte jenseits des Dnjestr in der Ukraine. Hier in Dubowa, in der abgeschlossenen Siedlung, wußte und merkte man in den ersten Wochen nichts davon. Mendel hatte gehört, was seinen Glaubensgenossen in Sereth und in den umliegenden Dörfern zugestoßen war. Tiefe Trauer erfüllte ihn. Aber er und seine Familie blieben verschont. In seinem Garten reiften die Pflaumen und die Äpfel. Den Käse und die Butter, die Eier und die jungen Hühner, die zum Markt gebracht werden sollten, gab er Nachbarn mit. Er selbst fuhr nie nach Sereth. «Ich kann die Stadt nicht sehen, seitdem ich weiß, daß alle Juden dort abgeschlachtet sind.» Später schickte er auch die Eier und die Butter nicht mehr zum Markt, weil die Bauern erzählten, daß man für den Erlös nichts mehr kaufen konnte. Man half sich im Dorf gegenseitig. Man zündete Feuer wieder mit Steinen an, da es keine Streichhölzer gab. Man brannte Öllampen. Das Öl dazu preßten sie aus Sonnenblumenkörnern. Existierte Mendel Hecht für den rumänischen Staat nicht, so existierte der rumänische Staat ebenso wenig für ihn.

Und in einer dunklen Nacht, in einer schwülen Augustnacht pochte es heftig am Eingangstor seines Hofes. Die drei Hunde setzten mit einem Gebell ein, und bevor Mendel noch dazu kam, das Tor zu öffnen, war es eingeschlagen. Er glaubte zuerst, es handle sich um die Gendarmen. Die kannte er alle und sie kannten ihn. Sie pflegten oft des Nachts zu kommen, sich vollzufüttern, etwas Geld für Tabak mitzunehmen und wieder zu verschwinden. Auch hier zahlte er seinen Tribut, gab dem Gendarmen, was nicht des Gendarmen war, und hatte seinen Frieden. Weswegen die, dachte Mendel, heute das Tor eingeschlagen haben? Wahrscheinlich haben sie etwas über das Maß getrunken. Nichts ahnend lud er sie in sein Haus ein. Aber der fremde Klang der Sprache und der barsche Ton erschreckten ihn. Er bat sie, nicht so laut zu schreien, da das jüngste Kind seit morgens Fieber habe. Er erhielt einen Faustschlag ins Gesicht. Er taumelte ins erste Zimmer des Hauses, die Bewaffneten hinter ihm. Hier zündete er die zwei Öllampen an und erblickte vor sich einen Schwarm von Schwarzuniformierten. Ihr Blick verkündete nichts Gutes.

«Was weißt du von Morarescu? Sag', wo er sich versteckt hält?»

Auf diese in einem schlechten Rumänisch an ihn gerichtete Frage antwortete Mendel: «In diesem Dorf gibt es keinen Morarescu.»

«Also du willst nichts sagen, du Hund? Du bist mit dem Gauner, mit dem Bolschewik im Einvernehmen? Aber wir werden dich schon zum Reden bringen. Hast du Waffen? Bist du Rumäne?»

Noch bevor Mendel diese Fragen beantworten konnte, versetzte ihm ein anderer aus dem Schwarm einen Schlag mit dem Kolben auf den Kopf.

Mendel war ein starker Mann. Einmal war der Stier ausgerissen und drohte im Dorfe Unheil anzurichten. Alle im Dorf liefen von Entsetzen gepackt davon. Mendel hatte mit Einsatz seines Lebens den Stier gebändigt. Nach diesem Schlag aber wurde ihm schwarz vor den Augen. Er faßte nach einem Stuhl und riß ihn mit sich um. Gleich raffte er sich wieder auf, ergriff den Stuhl und bevor es einer aus dem Schwarm abwehren konnte, schleuderte er ihn mit solcher Wucht dem SS-Mann an den Kopf, daß der blutüberströmt zusammenbrach. Einer ergriff den Revolver, aber ein anderer faßte ihn an der Hand. «Ein so leichter Tod wäre für den Hund zu schade. Sag', wer du bist, du Hund.»

«Ich, ich –» antwortete Mendel, während ihm das Blut aus Nase und Mund strömte – «ich bin Jude.»

Nein, Mendel hatte zum Judentum bisher keine nahe Beziehung gehabt. Außer von wenigen Bräuchen zu Ostern und an den hohen Feiertagen wußte er vom Judentum nichts. Aber in diesem Augenblick drängte es ihn zu rufen: Ich bin Jude. Er war Soldat gewesen, hatte in der österreichischen Armee gedient, zwei Jahre an der Front gestanden, einen Revolver trug er immer in der Tasche, wie die meisten Bauern dieser Gegend. Bevor man es verhindern konnte, knallte er einen Schuß ab und traf einen zweiten der Bewaffneten.

In rasender Wut stürzten sie sich auf ihn. Keiner wollte ihn erschießen, weil sie sich an seiner Qual laben wollten. Man trat ihm in den Bauch, man trat ihn mit Stiefeln ins Gesicht. Mendel atmete nur noch schwer. In diesem Augenblick wurde eine andere Tür aufgerissen und eine Frau im Nachthemd erschien. Bei dem Anblick, der sich ihr bot, stieß sie einen Schrei aus. Die dreiundvierzigjährige Ruth war noch immer eine hübsche Frau. «Ergreift die Hure. Gießt dem Hund kaltes Wasser auf den Kopf, damit er wieder zu Bewusstsein erwacht und sieht, was wir mit seiner Frau machen.»

Die Hunde bellten. Die erwachsenen Mädchen und die jungen Kinder schrien. Der kranke sechsjährige Junge stürzte fiebernd herein und warf sich auf den entstellten Körper seines Vaters. Einer der Bewaffneten stieß ihm das Bajonett in den Rücken, so daß es Kind und Vater gleichzeitig durchbohrte. Rachel, die sich mit einer Decke umhüllt hatte, ergriff ein Gewehr, das abseits gestellt war und feuerte fünf Schüsse ab. Einer der SS-Männer wurde tödlich getroffen. Die drei Mädchen zerrte man auf den Hof. Alle von der Familie, die in der Stube geblieben waren, wurden ermordet. Im Hof erschoß man dann noch die drei Hunde. Die Mädchen lagen ohnmächtig am Boden.

Der SS-Führer ließ seine Mannschaft antreten. Von seinen zwölf Mann hatte er drei verloren. Jetzt zogen sie die Röcke aus und in Gier und Blutrausch warfen sie sich auf die Mädchen.

Wie durch ein Wunder war es dem zwölfjährigen Samuel gelungen, unbemerkt zu entkommen. Gesehen hatte er nichts. Aber er hatte die Schreie gehört und die klatschenden Schläge und Schüsse. Alle sind tot! – Dieser eine Gedanke beherrschte ihn. Er rannte in seinem kurzen Hemd barfuß. Alle sind tot. Zum nächsten Bauernhof waren es am Tage zehn Minuten. Er lief, stolperte und fiel. Alle sind tot. Nirgends ein Licht. Plötzlich lief er gegen etwas. Zwei Arme umfaßten ihn: «Wer bist du, Kind?»

Er erkannte die Stimme, es war die des Bauern Daniljuk aus Pojeni, eines der zwei Partisanen, die nach Rogatschesti gegangen waren und sich jetzt mit der Bauerndelegation auf dem Wege ins Sumpfgebiet befanden. Die Schreie, die Flucht und jetzt die befreundete Stimme, das war zu viel für ihn, den Zwölfjährigen. Er konnte nicht sprechen. Einer der Bauern hatte etwas Schnaps in seiner Flasche. Man rieb dem Jungen Schnaps an die Schläfe. Noch ganz benommen sagte er: «Alle sind tot.»

«Wer denn? Wer ist tot?»

Daniljuk ahnte, was da geschehen war. «Es können nur die Deutschen sein», sagte er, «wenn wir es geschickt anfangen, kommt keiner davon.»

«Wir müssen sehen, daß wir vor Tagesanbruch in Pojeni sind» – bemerkte einer der Bauern.

Aber Daniljuk sagte: «Was ist unser Ziel? Der Kampf gegen diese Banden. Jetzt bietet sich uns die Gelegenheit, eine solche Bande zu vernichten.» Ein Bauer blieb mit dem noch benommenen Jungen und die übrigen schlichen nach dem Hof Mendel Hechts.

Daniljuk sah den Posten gegen den dunklen Himmel. Er sah sich um, wie er hinter ihm war. Da waren dunkle Bäume, und er konnte kaum gesehen werden. Er machte sich niedrig, zog sein Messer aus der Tasche und rannte plötzlich den Schwarzuniformierten an. Der gab einen unbestimmten Laut von sich und fiel zu Boden. Er und noch einer betasteten ihn, ob er wirklich tot wäre und nahmen ihm das Gewehr und die Pistole ab. Jetzt hatte die Gruppe der Bauern drei Gewehre und vier Pistolen. Sie stellten sich zu beiden Seiten des Einganges zum Hofe bereit. Daniljuk gab das Handzeichen und hinein stürmten sie. Die SS war sofort in zwei Teile gespalten. Zu ihren Gewehren zu laufen, war zu spät. Sie konnten nur einige Revolverschüsse abgeben. Dann war es aus mit ihnen. Zwei der Bauern hatten leichte Schußwunden davongetragen. Von den Mädchen atmete nur noch Esther. Einer der Partisanen und zwei Bauern nahmen Esther und den Jungen und gingen direkt ins Lager nach Pojeni. Die andern schafften trotz der Gefahr die Leichen der SS-Leute ans Sereth-Ufer, an die gleiche Stelle, wo die zwei Gendarmen erschlagen worden waren und legten sie so hin, als hätte es einen Kampf zwischen rumänischen Gendarmen und deutscher SS gegeben. Aber sie zogen ihnen die schwarzen Uniformen aus. Vielleicht konnte man sie noch brauchen.

XIX

Johann Müller, der Gestapo-Chef der Bukowina, hatte während seiner Anwesenheit in Sereth Momente, wo er sich der Verzweiflung nahe fühlte. In seiner bisherigen Arbeit in Czernowitz als Gestapoleiter für die ganze Bukowina war er von Erfolg zu Erfolg geschritten. Einige Tage vor seiner Abreise nach Sereth konnte er triumphierend dem Führer berichten: Achtundsechzig Prozent der jüdischen Bevölkerung bereits ausgerottet. Er kam sich bei diesem Bericht vor wie Cäsar, als er dem Senat in Rom schrieb: Veni, vidi, vici. Er hoffte nach all diesen Erfolgen auf eine Rangerhöhung. Denn während sich im Gebiete nördlich des Pruth dauernd Zwischenfälle ereigneten, Eisenbahnen entgleisten, Gestapoleitungen überfallen wurden und Munitionsdepots in die Luft flogen, war das ihm zugewiesene Gebiet vom rechten Pruth-Ufer bis zur transsilvanischen Grenze friedlich und ruhig geblieben. Nun kam der Fall

Morarescu. Er traf ihn hart. Wie sollte er das dem Führer berichten, wie erklären, daß eine seiner besten Abteilungen von einem rumänischen Häuptling niedergemacht worden war, ohne daß er, Johann Müller, spätestens vierundzwanzig Stunden nach der Tat den Mörder und seine Bande dingfest gemacht hatte.

Nach der Aussprache mit Franz Zimmerle, Simjon Straub, Otto von Raubnitz, Hans Kruhle und Stefan Zertian hatte er den Plan gefaßt, ohne Verstärkung von Czernowitz anzufordern, mit den Abteilungen, die er in alle Richtungen auf die Suche nach Morarescu ausgesandt hatte, Libertatia, das Inselgebiet in der Nähe von Rogatschesti, zu stürmen. Er telefonierte in die umliegenden Städte und Stationen, daß seine Mannschaft in zwei Tagen in Sereth eintreffen sollte. Gleichzeitig beauftragte er Zertian, rumänische Gendarmen zusammenzuziehen, aber nur die aus dem Bezirk Sereth, damit nicht allzu viel Aufsehen erregt würde. Die Gendarmen wollte er als Vorhut benützen. Er hoffte mit den hundertundsechzig SS-Leuten, die ihm zur Verfügung standen, und den rumänischen Gendarmen, etwa vierzig Mann, Libertatia zu stürmen und den dort vermuteten Morarescu zu vernichten. Bei dieser Aktion wollte er auch den Bewohnern von Rogatschesti einen Denkzettel hinterlassen. Den Mitgliedern der Bauerndelegation – das war sein Beschluß – keine Milde. Sie müssen kurzerhand erschossen werden und den übrigen Bewohnern des Dorfes soll eine schwere Geldstrafe auferlegt werden.

Da ereilte ihn die Nachricht, daß man zwölf SS-Leute und zwei rumänische Gendarmen am Ufer des Sereth-Flusses tot aufgefunden hatte. Die zweite Abteilung im Verlaufe von wenigen Tagen. Er sagte sich, daß er unter diesen Umständen keinen Strafzug unternehmen dürfte, bevor er seinem Vorgesetzten Bericht erstattet hätte. Denn der Fall war ernster, als er ursprünglich gedacht hatte. Als er sich gerade in Begleitung von Franz Zimmerle, Hans Kruhle und Stefan Zertian auf den Weg machte zur Stelle, wo die Leichen der SS aufgefunden worden waren, kam die Nachricht, daß man in Dubowa, in einem entlegenen Häuschen, eine jüdische Familie tot aufgefunden hatte. Wenn er bisher noch gezweifelt hatte, daß hinter der ganzen Sache Morarescu steckte, so war jetzt der letzte Zweifel geschwunden. Denn wer sonst als Morarescu, der alte Judenfeind, hatte ein Interesse, eine im Verborgenen lebende jüdische Familie auszurotten? Die SS konnte es nicht gewesen sein, denn er hätte sonst sofort Bericht erhalten. Es erschien ihm daher als über jeden Zweifel erhaben, daß sich Morarescu in dieser Gegend herumtrieb. Was ihn noch mehr beunruhigte, war die Tatsache, daß den erschlagenen SS-Leuten die Uniformen abgenommen und nur bei einem in den Schuhen eine Legitimation gefunden worden war. Für einen Moment kam ihm der Gedanke, daß der Bericht vielleicht nicht stimmte, und daß sich der Gendarm, der die Leichen und die Legitimation gefunden hatte, auch geirrt haben konnte. Hals über Kopf fuhr man zum Tatort. Er erkannte in den Leichen seine Leute. Rätselhaft erschien ihm die Tatsache, daß nur seinen Leuten die Uniformen weggenommen waren, während sich die Leichen der Gendarmen in voller Ausrüstung befanden. Noch mehr, die Gendarmen waren gar nicht erschossen, sondern ertränkt worden, während seine Leute sowohl Schuß- als auch Stichwunden aufwiesen.

Da die Leichen in nächster Nähe des Dorfes Rogatschesti lagen, ließ er sie zuerst ins dortige Gemeindehaus überführen. Im Gemeindehaus stellte er fest, daß der Bürgermeister nicht da war. Er ließ ihn überall suchen und konnte ihn nicht finden. Die Bauern wurden von den Feldern geholt. Man fragte sie aus, schlug sie und drohte mit Erschießen. Aber nichts kam heraus. Sie beteuerten, sie wüßten nichts vom Aufenthalt des Bürgermeisters. Ohne Zweifel, dachte er, ist der Bürgermeister zu Morarescu gegangen. Vom Gemeindehaus blickte er aufs Inselgebiet Libertatia hinüber. Zu sehen war nichts. Weiden und Gestrüpp verhüllten das ganze Gebiet.

Da kam der Pfarrer des Dorfes, im vollen Ornat, als käme er zu einer Leichenfeier oder zu einem Gottesdienst. Das lange, graue Haar fiel ihm unter der schwarzen Topfmütze hervor, bis auf die Schultern und mischte sich mit seinem würdigen Bart.

«Sind Sie der Pfarrer dieses Ortes?»

«Jawohl, und ich komme in einer wichtigen Angelegenheit.»

«Was haben Sie mir zu sagen?»

«Ich wollte mit Ihnen über die Eintreibung und Begleichung der Schulden sprechen. Sie sind doch sicher einer von den Deutschen, die hier die Pfändung haben durchführen lassen.»

«Haben Sie nicht die Leichen unten in der Kammer aufgebahrt gesehen? Wer spricht in einem solchen Augenblick von Geld? Von Ihnen als Hirte dieser Gemeinde, als Pfarrer und Diener der Kirche erwarte ich, daß Sie der weltlichen Gerechtigkeit behilflich sein werden, die ruchlosen Mörder ausfindig zu machen.»

«Ich habe die Leichen gesehen und bin deswegen zu Ihnen gekommen, um Ihnen zu versichern, daß keiner aus meiner Gemeinde mit der Sache zu tun haben kann. Länger als vier Jahrzehnte bin ich Pfarrer dieses Dorfes. Ich kenne jeden einzelnen. Ich habe die meisten Bewohner dieses Dorfes aus der Wiege zur Taufe empfangen, sie getraut und ihre Kinder getauft. All ihr Tun und Handeln ist mir bekannt, es sind arme, gutmütige friedliche Bauern, die nichts anderes wollen als arbeiten und leben können.»

«Sie sprechen doch hier, Herr Pfarrer, merkwürdigerweise nicht wie ein Pfarrer, sondern wie ein gedungener Advokat. Wer hat Ihnen denn gesagt, daß ich Ihre Leute der Beteiligung am Mord verdächtige? Von Ihnen möchte ich nur wissen, da Sie doch, wie Sie sagen, jedes Tun und Handeln Ihrer Schafe kennen, wo sich der Bürgermeister befindet? Man verbirgt sich doch nicht und verschwindet nicht am helllichten Tage, wenn man nichts auf dem Gewissen hat. Wissen Sie etwas darüber oder nicht?»

«Ich komme im Auftrage des Bürgermeisters, um die Schulden zu begleichen, die mit der Pfändung des Viehs zusammenhängen. Und ich möchte damit die für meine Gemeinde so unglückliche Affäre aus der Welt schaffen.»

«Warum kommt er nicht selber? Wo ist er?»

«Das zu sagen, verbietet mir mein Amt. Sie wissen, Herr Offizier, daß kein Pfarrer ein ihm anvertrautes Geheimnis verraten darf. Nur Gott dem Herrn ist er Rechenschaft schuldig.»

«Haben Sie, Herr Pfarrer, diesen Grundsatz auch unter der bolschewistischen Herrschaft befolgt? Wie sind Sie überhaupt mit den Bolschewiken ausgekommen? Woher kommt es, daß Sie hiergeblieben sind, als die Bolschewiken ins Land kamen?»

«Wir hatten die Weisung des Metropoliten auf dem Posten zu bleiben. Nicht nur ich, sondern alle Pfarrer des Sprengels. Und ich bereue es nicht. Ich bin verblieben in der Hoffnung, meinen Gemeindemitgliedern in schwerer Stunde beistehen zu können. Hätten die Bolschewiken von mir etwas gefordert, was mit meinem Gewissen in Widerspruch steht, so hätten sie auf Granit gebissen. Ich habe stets die Antwort auf den Lippen, die Petrus dem Hohenpriester gegeben hat, wie es in der Apostel-Geschichte heißt: Man soll Gott mehr gehorchen als dem Menschen.»

«Ihre theologische Weisheit, Herr Pfarrer, interessiert mich nicht. Danach habe ich Sie nicht gefragt. Merken Sie sich eines: Vor den Vertretern Adolf Hitlers gibt es keine Geheimnisse. Da versteckt man sich nicht hinter Zitaten des Juden Paulus. Antworten Sie klar und eindeutig: Wo befindet sich der Bürgermeister dieses Dorfes? Wenn Sie mit der Antwort zögern, dann weiß ich, daß Ihre Hände nicht unschuldig sind am Blute derer, die unten aufgebahrt sind, die den Kampf für eine neue Ordnung und gegen die bolschewistische Barbarei geführt haben.»

«Es gibt keine Macht der Welt, die mich zwingen kann, meine Pflicht als Pfarrer zu verletzen. Hier ist das Geld. Unser HERR und Heiland hat gesagt: Gebt dem Cäsar, was des Cäsars ist. Mehr kann Cäsar nicht verlangen.»

«Du verteufelte Bestie. Wenn du so mit mir sprichst, dann werde ich dich aufknüpfen lassen, noch bevor sich der Tag seinem Ende neigt. Dich und alle, die von dir verführt sind. Deine Bibel kenne ich besser als du. Ich bin kein Schwächling wie Pontius Pilatus. Zum letzten Mal: Wo ist der Bürgermeister? Sprich, du Kanaille!»

Der Pfarrer schwieg.

An diesem Nachmittag näherte sich Sereth ein sonderbarer Zug. Voran fuhr Johann Müller mit seiner SS-Bewachung in einem offenen Auto.

Hinter ihm folgten Bauernwagen mit den Leichen der SS und der Gendarmen, und dahinter gingen wie bei einer Beerdigung der Pfarrer im Ornat, die sechs Gemeinderäte von Rogatschesti und ihre Familienangehörigen. Nur hatte man ihnen Handschellen angelegt, was aber so aussah, als hätten sie ihre Hände andächtig zusammengelegt. Johann Müller war noch aufgeregter als am Morgen. Verflucht noch einmal, dachte er. So von Pech verfolgt zu sein. Alles geht mir wider den Strich. Mitten in der Erntezeit muß ich mit den Bauern in Streit geraten. Wir sollen Auseinandersetzungen mit der Kirche vermeiden und nun gibt es gar dieses Schauspiel: Der Pfarrer gefesselt im vollen Ornat auf der Hauptstraße von Sereth. Aber was soll ich mit der alten Kanaille machen? Dieser alte Trottel von Pfarrer scheint sein Amt ernst zu nehmen, und die Gemeindemitglieder von Rogatschesti sind verschwiegen wie das Grab. Ich habe ihnen ja sogar Versprechungen gemacht, ja, ich wollte ihnen Prämien zahlen, wenn sie wenigstens den Weg ins Inselgebiet zeigen wollten. Aber kein Wort ist aus diesen Burschen herauszuholen.

Er rief Stefan Zertian zu sich und sagte ihm: «Hören Sie. Wollen Sie an Ihre vorgesetzte Behörde einen Bericht abfassen, daß der Pfarrer und die meisten Bewohner dieses Dorfes Ihnen als Bolschewiki bekannt sind? Denn Sie zweifeln wohl auch keinen Augenblick, daß dieses ganze Pack bolschewistisch verseucht ist?»

«Verzeihen Sie, Herr Kommissar. Ich kann einen solchen Bericht nicht abfassen, weil er im krassesten Widerspruch mit meiner Überzeugung steht.»

«Was heißt da Überzeugung? Ist es unsere Aufgabe, hier reinen Tisch zu machen oder nicht? Sie sind doch nicht der Pfarrer. Ich spreche doch wohl zum Hauptmann des Geheimdienstes und Subpräfekten Zertian?»

«Gerade deswegen. Wir wollen uns doch nicht lächerlich machen. Wer in Bukarest oder irgendwo in der Welt, glaubt, daß Morarescu mit den Bolschewiken irgendetwas zu tun hat? Und hier besteht doch der dringende Verdacht, daß der Bürgermeister nicht mit den Bolschewiken, sondern mit dem Antibolschewisten Morarescu gemeinsame Sache gemacht hat. Denn von wo hätte er sonst das Geld gerade in dieser Stunde aufgetrieben? Es kann sich nur entweder um Bolschewiken handeln oder um Moraresc u. Sind Sie denn anderer Meinung? Ich kann doch meiner vorgesetzten Behörde nicht einen solchen Widerspruch vorsetzen.»

Johann Müller mußte sich selbst eingestehen, daß diese Argumentation richtig war. Aber im Herzen haßte er den Rumänen, diesen Stefan Zertian. Gewiß kann er, Johann Müller, seinen Vorgesetzten nicht erzählen, daß Morarescu und Bolschewiki irgendwie miteinander verbunden wären. Aber was ist schon wichtig, was man den Rumänen sagt? Hauptsache für ihn war ja im Augenblick, Deckung dafür zu haben, daß er den Pfarrer folterte. Und dazu war es notwendig, ihn als Bolschewiken hinzustellen.

Nicht, daß es Franz Zimmerle bereute, geheiratet zu haben. Ganz erschreckt wies er diesen Gedanken von sich und wiederholte immer wieder: Welch ein Glück! Ist es nicht der Wille des Führers, daß jeder wertvolle Deutsche Nachkommen in die Welt setzt, Hitlerjugend, Soldaten des Dritten Reiches, Streiter für die deutsche Weltherrschaft. Auch fühlte er, daß er an Henriette hing, sogar mehr und stärker, als es einem SS-Mann und Gestapo-Chef erlaubt war. Aber er konnte sich nicht verhehlen, daß er sich die Ehe doch etwas anders vorgestellt hatte. Henriette war seit den bösen Vorzeichen am Hochzeitsabend mit dem Huhn und dem Scherz mit den Juden äußerst nervös geworden. Dazu kam die im letzten Moment durch das Erscheinen von Johann Müller verhinderte Hochzeitsreise. Franz Zimmerle hatte gehofft, daß Johann Müller die ganze Sache rasch erledigen, nach Czernowitz zurückkehren und Sereth wieder zu seiner Ruhe kommen werde. Aber es ging alles schief. Noch bevor man dazu kam, die toten SS-Leute und Gendarmen zu begraben und den genauen Plan des Sturms auf Libertatia und Rogatschesti auszuarbeiten, erhielt Johann Müller ein Telegramm, in dem ihm untersagt wurde, vor einer Beratung mit den Vorgesetzten irgendwelche Schritte zu unternehmen. Im Telegramm wurde ihm gleichzeitig der Befehl erteilt, unverzüglich nach Czernowitz zurückzukommen.

Noch niemals zuvor hatte Franz Zimmerle seinen Chef Johann Müller so aufgeregt und nervös gesehen wie in diesem Augenblick. «Verfluchte Sache, dieser Scheißdreck hier nimmt ernstere Formen an als ich gedacht habe.» Nachher berief Johann Müller Franz Zimmerle sowie Hans Kruhle zu einer geheimen Beratung. Nein, eine Beratung war es nicht. Es war ein Ausschimpfen in einem Ton, wie man ihn beim letzten Lausejungen anwendet. «Ihr habt euch hier auf die faule Haut gelegt. Sie, Franz Zimmerle, auf den ich soviel Hoffnungen gesetzt hatte, haben keine bessere Zeit für Hochzeit und Flitterwochen gefunden als diese sturmbewegten Tage. Der Führer gönnt sich keine Minute der Ruhe, um die Entscheidung raschestens herbeizuführen. Er arbeitet Tag und Nacht, führt seine Armeen, und ihr hier feiert Feste. Sie, Franz, spielen den verliebten Jüngling und sehen nicht, was vor Ihrer Nase vorgeht. Und Sie, Hans Kruhle, ein alter Kämpfer, sind ganz phlegmatisch geworden. Wäre mir nicht Ihre Vergangenheit bekannt, ich müßte annehmen, daß ich einen Taugenichts vor mir habe. Wissen Sie, in welchem Zustand Sie sich befinden? Sie sind reif für ein Altersversorgungsheim oder für eine Trinkerheilanstalt. Aber eines möchte ich euch sagen, meine Herren Parteigenossen: Wenn in diesen Laden nicht Ordnung kommt, bevor ich wieder hier bin, dann wird mit eisernem Besen ausgefegt. Gegen Libertatia und Rogatschesti darf nichts unternommen werden, bevor ich nicht wieder hier bin. Aber bis dahin muß ich genaue Auskunft haben über die Stärke der Besatzung von Libertatia, über die Verbindung zwischen den Bauern von Rogatschesti und diesen Banditen, sowie über die Herkunft des Geldes beim Pfarrer von Rogatschesti. Ihr könnt mit ihm machen, was ihr wollt. Aber bei meiner Rückkehr nach Sereth muß er sich in einem solchen Zustand befinden, daß ich noch das letzte Verhör mit ihm durchführen kann. Und auf diesen Rumänen Zertian haltet ein wachsames Auge. Ich habe nicht den Eindruck, daß er mit der Eisernen Garde oder mit der andern Seite irgendwelche Verbindungen hätte. Aber er ist das, was man einen Intellektuellen nennt, der von Gerechtigkeit und Kultur träumt. Der Idiot spricht von rumänischer Freiheit. Das ist immer eine Gefahr.

Nochmals: Keine unnötigen Reibungen mit ihm heraufbeschwören, aber Vorsicht und ein wachsames Auge.»

Johann Müller hatte samt Begleitung Sereth verlassen. Franz Zimmerle fühlte sich glücklich, daß Henriette nichts von diesem Gespräch gehört hatte. Er war auch glücklich, daß während der Anwesenheit Johann Müllers dieser alte Jude Jossel Schames sich nirgends zeigte. Aber Franz Zimmerle befand sich im Irrtum. Henriette hatte hinter der Tür das Gespräch belauscht. Sie war gewöhnt, in ihm den unumschränkten Herrscher und Helden zu sehen. Er hatte ihr erzählt, daß von dem Augenblick, wo die Schwierigkeiten für die Eheschließung überwunden waren und sie in die rein arische nordische Herrenrasse aufgenommen wurde, der Führer und alle Vorgesetzten Franz Zimmerles diese Ehe mit Wohlwollen betrachteten. Und nun mußte sie hören, daß man ihn seiner Liebe wegen wie den letzten Lausejungen ausschimpfte und daß man in einem Ton zu ihm sprach, der sie empörte, und daß er nicht einmal zu antworten wagte. Ihre Achtung vor ihm wurde dadurch erschüttert. Sie wurde verschlossen. Gerade das wirkte auf Franz anziehend. Wieder sah er in ihr die stolze unnahbare Vandalin. Ihm schien es, als wäre er noch nie bei ihr gewesen, als wäre sie die stolze Burg, die er erst erstürmen mußte. In der Nacht, als sie zu Bett gingen, ertönte vom Friedhof wieder einmal die Stimme Jossel Schames' so dunkel, tief und geheimnisvoll, als wäre sie die Stimme der Nacht selbst. «Mit dem mache ich morgen Schluß», sagte Franz Zimmerle nervös. «Da mußt du aber vorher mit mir Schluß machen», kam die energische Antwort in einem Ton, der jede weitere Verhandlung ausschloß. Sie drehte sich um und kein Wort mehr wurde gesprochen.

Man legte dem Pfarrer von Rogatschesti nach der Sitte der Siguranza heiße auf Kohlen gebratene Eier unter die Arme und preßte die Arme an den Oberkörper, um Aussagen aus ihm herauszuholen. Der greise Pfarrer wurde blaß. Schweißtropfen traten ihm auf die Stirn. Er zog den Mund vor Schmerz breit. Seine Nasenflügel hoben sich. Aber er sprach nicht. Als diese Folter nichts nützte, öffnete ihm Hans Kruhle mit einem

Eisen den Mund und goß ihm Rizinusöl hinein, dann wartete er. Als auch das nichts half, stach er ihn mit Nadeln. Der Pfarrer blieb stumm. Hans Kruhle riß ihm die Barthaare in ganzen Büscheln aus. Und der Pfarrer schwieg. Hans Kruhle murmelte vor sich hin: «Schöne Arbeit hat uns da der Chef aufgebürdet. Hol' aus so einem Tier ein Geständnis heraus und garantiere für sein Leben. Dieses Stück Arbeit möchte ich gerne ihm selbst überlassen.»

Franz Zimmerle war schon lange nicht so ratlos gewesen wie jetzt. Verreisen konnte er nicht, denn Johann Müller hatte ihm bestimmte Aufträge erteilt. Sein Ultimatum gegen die Bauern lief ab, ohne daß er etwas gegen sie unternehmen durfte. Die wichtigste Aufgabe kam nicht vorwärts, aus dem Pfarrer Auskunft über den Verbleib des Bürgermeisters und über die Herkunft des Geldes zu erpressen.

Der Pfarrer lag schwer krank danieder. Franz Zimmerle mußte sich bemühen, den alten Mann am Leben zu erhalten, damit Johann Müller ihn noch verhören konnte. Zu Hause war die Atmosphäre gespannt. Er beschloß daher, so unangenehm es ihm war, mit diesem Rumänen Zertian enger zusammenzuarbeiten. Schon am nächsten Tag wollte er gemeinsam mit ihm das Gebiet von Rogatschesti besichtigen und zusehen, ob er nicht durch Bestechung, Drohung oder auf welche Weise auch immer, genaue Auskunft über Libertatia erhielt. Besonders wollte er feststellen, ob sich dort tatsächlich Morarescu befand, wieviel Mann er hatte und wie sie bewaffnet wären.

Da erreichte ihn ein Telegramm aus Czernowitz. Einige Tage vorher noch hätte er ein solches Telegramm mit freudiger Erwartung geöffnet, in der Hoffnung, daß es Hochzeitsglückwünsche oder gar eine Rangerhöhung enthielte. Jetzt ahnte er nichts. Er öffnete das Telegramm mit zitternden Händen und las: «SOFORT BERICHTERSTATTUNG CZERNOWITZ KOMMEN FALL ERNST JOHANN MÜLLER.»

Franz Zimmerle stand auf und sah sich im Spiegel. Er erschrak und ärgerte sich über seine Blässe: «Was bist du, ein Soldat des Führers oder eine feige Memme? Du erschrickst vor einer Berichterstattung? Hast du denn was verbrochen? Als zweiter Kommandeur eines Konzentrationslagers in Deutschland habe ich mehr als vierzig Staatsfeinde ausgelöscht. Während sich in andern Lagern sehr oft Ausbrüche ereigneten und man dort sogar auf Vervielfältigungsapparaten abgezogene Antinazizeitungen entdeckt hatte, blieb unser Lager dank meiner Wachsamkeit von all dem verschont. In Polen war ich einer, den sie am meisten fürchteten. Sereth habe ich mit einer Geschwindigkeit judenrein gemacht wie kaum eine zweite Stadt der Bukowina. Freilich, dieser Jossel Schames. Und meine Henriette schützt ihn. Und ich? Als ob ich nicht noch mehr Verdienste hätte, zum Beispiel – ja, ich muß doch noch mehr Verdienste haben.» Aber es fiel ihm nichts ein. Niedergeschlagen, in Gedanken versunken überraschte ihn Henriette. Kühl fragte sie, was ihn denn bedrückte.

«Ich muß für einige Tage nach Czernowitz verreisen. Und du kannst dir vorstellen, mein Liebling, mein Schatz, wie schwer es mir fällt, in den ersten Tagen unseres Zusammenlebens dich allein zu lassen.» Er hatte sich bemüht, diesen Worten einen weichen Klang zu geben, und es war ihm nur teilweise gelungen.

«Pflicht geht vor Vergnügen», sagte Henriette.

Es blieb Franz Zimmerle kein anderer Ausweg, als Stefan Zertian zu beauftragen, selbst noch einmal nach Rogatschesti zu fahren. Er legte ihm ans Herz, ja alles daran zu setzen, um die nötigen Nachrichten zu erhalten. Er erinnerte ihn daran, daß die Gestapo von allen Geheimdiensten Europas die Siguranza am höchsten schätzte. «Ein Mann, mit den Erfahrungen und den Verdiensten wie Sie, wird doch noch mit so einer Angelegenheit fertig werden können.» Um Stefan günstig zu stimmen, erkundigte er sich bei ihm noch, wie es um die rumänische Jugendorganisation bestellt sei, deren Leitung ja in seinen Händen läge. Hans Kruhle empfahl er, sich zusammenzuraffen und sich während seiner Abwesenheit als wirklicher Leiter der Gestapo und der Verwaltung in Sereth zu zeigen. «Das ist um so notwendiger, als die hier garnisonierten Truppen schon in zwei Tagen abziehen, um näher an die Front verlegt zu werden, und wir nur fünfzig Gendarmen zugewiesen bekommen.» Schweren Herzens reiste er nach Czernowitz ab.

Als er abends in Czernowitz eintraf und bei der Kommandantur vorsprach, teilte man ihm mit, daß sich Johann Müller bei einer Konferenz in der erzbischöflichen Residenz befinde. Die war das schönste Gebäude im byzantinischen Stil in der ganzen Bukowina. Sie besaß dicke Mauern und galt dadurch als ein fester Platz gegen überraschende Angriffe. Er erfuhr, daß seit einigen Tagen die Gestapo hier ihren Sitz aufgeschlagen hatte. Anscheinend fühlte man sich außerhalb nicht sicher. Als er sich bei Johann Müller anmeldete, ließ ihn der zuerst länger als eine Stunde im Vorraum warten. Es war fast Mitternacht, als Johann Müller verschwitzt, müde zu ihm herauskam. Seine Gesichtszüge waren vergrämt. «Es findet hier gerade eine Beratung der Gestapo-Leute aller rumänischen Provinzen statt. In führenden Kreisen mißt man dem Fall Morarescu eine viel größere Bedeutung bei, als ich ursprünglich annahm. Das Hauptquartier wünscht keine blutige Auseinandersetzung, bevor nicht ein letzter Versöhnungsversuch unternommen wird.»

Franz Zimmerle war erstaunt. «Sollen wir vor so einem Zigeunerbanditen kapitulieren?»

«Nicht darum handelt es sich. Man ist vor Odessa festgefahren. Die Hunde, die Bolschewiken, leisten einen größeren Widerstand als zu erwarten war. Man munkelt sogar, daß der Krieg hier im Osten nicht so schnell zu Ende gehen wird. Manche sind so pessimistisch, daß sie glauben, daß wir mit der Roten Armee nicht vor Ende dieses Jahres fertig werden und daß man sich möglicherweise erst im kommenden Januar, das heißt in vier Monaten, mit den Japanern irgendwo in Asien treffen würde. Das bedeutet, daß wir rumänische Divisionen brauchen. Denn wir wollen ja nicht die ganze deutsche Jugend opfern. Nach dem Sieg müssen wir doch über genug Menschen verfügen, die ganz Europa, zwei Drittel Asiens und ganz Afrika und vielleicht auch Australien und Amerika verwalten können. Divisionen, lieber Freund, das ist es jetzt, was wir brauchen. Rumänisches Menschenmaterial, das wir vor Odessa, am Dnjepr und vor Moskau als erstes ins Feuer werfen können, um den Weg für unsere Truppen frei zu machen. Und da müssen wir manches Unangenehme schlucken. Morarescu genießt in der Armee und in nationalen

Kreisen ungeheures Ansehen. Du verstehst, daß wir vorsichtig vorgehen müssen.»

Franz Zimmerle atmete erleichtert auf. Er fühlte sich gehoben, daß man ihn herbestellt hatte, um ihn an einer so wichtigen Beratung teilnehmen zu lassen. Schon tat es ihm leid, daß Henriette nicht mitgekommen war, als er plötzlich eine Veränderung im Gesicht Johann Müllers bemerkte. «Ja, weswegen ich dich herbestellt habe?» Er zog ein Papier aus seiner Tasche und überreichte es Franz Zimmerle. Dieser las und konnte sich kaum auf den Beinen halten. «Unmöglich», sagte er, «unmöglich, da hat mir ein Feind einen bösen Streich gespielt. In Sereth kann so was nicht vorkommen. In der Brauerei? – Otto von Raubnitz ist treu bis auf die Knochen. Unmöglich zu glauben, daß gerade das Serether Bier bei den Soldaten Brechreiz, Dysenterie und andere Krankheiten hervorgerufen haben sollte. Vielleicht hat irgendein Unverantwortlicher an der Front unser Bier mit einem andern verwechselt.»

«Da liegt keine Verwechslung vor. Ich habe heute beim Etappenkommando vorgesprochen. Der Bericht bezeichnet genau die Faßnummern und den Firmenstempel. Die Krankheitserscheinungen sind nur bei den Bataillonen und Kompanien aufgetreten, die das Serether Bier getrunken haben. Eine chemische Untersuchung hat ergeben, daß in die Bierfässer vor ihrer Füllung ein Gemisch von Wagenschmiere und Rizinusöl hineingegeben worden ist. In einigen Bierfässern wurden tote Mäuse und Ratten gefunden. Du verstehst, lieber Freund, daß es schief gehen wird, wenn hier nicht die Schuldigen gefunden werden. Hat nicht dieser Rumäne, wie heißt er nur, dieser Zertian, etwas mit der Brauerei zu tun?»

«Leider nicht», kam es unwillkürlich bei Franz Zimmerle heraus. «Erst unlängst hat sich Otto von Raubnitz bei mir beklagt, daß dieser schweigsame verbissene Rumäne es bis jetzt nicht für nötig befunden hat, auch nur ein einziges Mal die Brauerei zu besuchen. Eine große Rolle in der Brauerei spielt Simjon Straub. Aber er ist einer unserer zuverlässigsten Leute, der Sekretär der Volksgemeinschaft des Bezirkes Sereth. Und diese Arbeit nimmt ihn so sehr in Anspruch, daß er kaum noch Zeit hat, sich viel mit der Brauerei abzugeben. Ich glaube mit Sicherheit sagen zu können, daß er über jeden Verdacht erhaben ist.»

«Weißt du überhaupt etwas Näheres über diesen Simjon Straub?»

«Er ist einer der wenigen unter den Deutschen von Sereth, die niemals umgefallen sind. Er ist gewissermaßen der Gründer der Volksgemeinschaft. Er hat niemals, wie viele andere in der Brauerei, einer der Gewerkschaften oder sonstigen marxistischen Organisationen angehört. Im vorigen Krieg hat er die große und die kleine silberne Tapferkeitsmedaille erworben. Was kann man von einem einfachen Mann im Auslande, einem Auslandsdeutschen, fern von engeren Verbindungen mit dem Volkskörper, mehr erwarten? Ich wäre glücklich, wir hätten viele solcher Simjons.»

«Lieber Freund, etwas mehr Vorsicht ist geboten. Übrigens steht ja im Augenblick nicht die Frage Simjon Straub an, sondern viel mehr. Ein Sabotageakt ist in Sereth verübt worden. Hunderte, vielleicht Tausende unserer Soldaten sind dadurch in ihrer Gesundheit und Kampffähigkeit geschädigt. Du weißt, daß vor dem Führer du der Verantwortliche in Sereth bist. Ob der eine Simjon und der andere Kunze heißt, das interessiert vielleicht dich. Der Führer und deine Vorgesetzten kennen in Sereth nur Franz Zimmerle und seinen Vertreter Hans Kruhle. Übrigens muß ich dir sagen, daß, wenn der Hans sich nicht zusammennimmt, es mit ihm böse enden kann. Nun, da du schon hier bist, warte noch bis morgen Abend, dann wird das Ergebnis unserer Konferenz bekannt sein, und ich werde dann sehen, was wir in der Frage Morarescu, Libertatia und Rogatschesti unternehmen. Sereth und Umgebung sind ein Saustall. Kräfte sind herangewachsen, feindliche Kräfte, während ihr euch in Sicherheit gewiegt habt. Das kann und darf nicht so weiter gehen. Also morgen sehen wir uns wieder.»

XX

Obwohl die Gestapo sich bemüht hatte, den Fall Morarescu geheim zu halten, konnte sie es nicht verhindern, daß man bald in allen militärischen Kreisen davon sprach. Es begannen sich phantastische Geschichten um Morarescu zu bilden. Morarescu, so hieß es, organisiere eine Armee des von den Ungarn besetzten rumänischen Transsilvanien. Siebenbürger Emigranten und Studenten aus den verschiedenen Provinzen machten sich auf die Suche nach Morarescu, um sich ihm anzuschließen. Es begannen illegale Flugschriften mit dem Bildnis Morarescus zu erscheinen. Die Presse führte einen heftigen Ton gegen Ungarn. Der Fall Morarescu wühlte die Öffentlichkeit auf. Der deutsche Gesandte und der Oberkommandierende für Rumänien wurden zu Hitler ins Hauptquartier berufen. Schließlich erhielt der rumänische Ministerpräsident Antonescu selbst eine Vorladung zu Hitler. Das war gerade in den Tagen, als die rumänischen Truppen am linken Dnjestr-Ufer schwer bluteten. Hitler empfing Antonescu sehr kühl. «Mein lieber Marschall», das waren Hitlers erste Worte. «Sie wollen also einen Krieg gegen unsern Verbündeten Ungarn vom Zaun brechen. Haben Sie diesbezüglich schon mit Stalin verhandelt? Von ihm können Sie für einen Krieg gegen Ungarn jede Unterstützung erhalten, wenn er nicht vorher nach Amerika geflüchtet ist oder sich in einem deutschen Gefangenenlager befindet.»

Antonescu war betroffen: «Ich habe diesen Vorwurf nicht verdient, mein Führer. Habe ich nicht anstatt der versprochenen zwanzig Divisionen bisher schon zweiunddreißig gestellt? Zählt meine Armee nicht bereits sechzigtausend Verluste an Toten allein? Bin ich nicht über unsere Abmachung hinausgegangen, haben nicht meine Truppen den Dnjestr überschritten, obwohl wir keine territorialen Ansprüche auf die Gebiete jenseits des Dnjestr erheben …»

Hitler ließ ihn nicht ausreden: «Exzellenz, das ist es ja. Wir wollen euch groß machen, auch gegen euren Willen. Ihr wißt ja nicht, was vorgeht. Sklaven wollt ihr bleiben. Warum nur bis zum Dnjestr? Odessa soll rumänisch werden. Ein großes Stück der fruchtbaren, reichen Ukraine sollt ihr erhalten. Das Schwarze Meer soll ein rumänisches Mare Nostrum werden. Aber ihr müßt auch etwas dafür leisten. Unter keinen Umständen kann ich dulden» – er begann zu schreien, als wäre er in einer Volksversammlung –, «daß Morarescu und ähnliches Gesindel uns einen Dolchstoß in den Rücken versetzen. Die rückwärtigen Verbindungen meiner Armee müssen frei von Banden sein. Über Budapest und Transsilvanien führen die wichtigsten Eisenbahnen. In spätestens fünf Tagen will ich Morarescu und seine Spießgesellen hinter Schloß und Riegel wissen. Wer ist dieser Moraresçu überhaupt?»

«Moraresçu ist einer unserer tüchtigsten Offiziere, einer unserer ergebensten Leute, ein Vorkämpfer gegen Judentum und Bolschewismus …»

Wieder unterbrach ihn Hitler sehr heftig: «Ein Mörder der SS ist er, ein Feind des Dritten Reiches, einer, der dem Bolschewismus in die Hände arbeitet.»

«Mein Führer, da ist etwas geschehen, das noch nicht aufgeklärt ist. Ich kenne Moraresçu. Er war mein Lehrer in der Artillerie-Schule. Er kann kein Feind des Dritten Reiches sein. Dafür verbürge ich mich. Wenn Sie gestatten, mein Führer, werde ich mich durchs Radio an ihn wenden, und wenn er sich nicht unterwirft, dann werden wir ihn vogelfrei erklären und alles daran setzen, um ihn und die anderen Rebellen unschädlich zu machen. Denn niemals, mein Führer, habe ich daran gezweifelt, daß es für den Moment für uns kein höheres Ziel geben kann, als den Bolschewismus zu vernichten und mit den Demokratien abzurechnen. Mit Ungarn tragen wir die Rechnung später aus.»

«Es gibt keine Rechnungen mit Ungarn. Die transsilvanische Frage ist entschieden. Rumänien bekommt Lebensraum am linken Dnjestr-Ufer. Außerdem haben wir Rumänien von sechshunderttausend Juden befreit. Also ich erwarte von Ihnen in fünf Tagen endgültige Resultate in der Frage Moraresçu. Bis dahin wird von unserer Seite nichts unternommen.»

Hitler wandte sich grußlos zum Gehen und ließ Antonescu stehen. Hitlers Adjudant geleitete den bestürzten rumänischen Diktator zum Automobil.

Als die kleine Partisanengruppe im Sumpfgebiet von Pojeni sich zu organisieren begann, hatten nur zwei von ihnen einen klaren Begriff davon, was sie eigentlich wollten. Es waren dies Chaim Lander und ein Bauer aus Pojeni. Dieser Bauer war als österreichischer Kriegsgefangener während des Bürgerkrieges in die Gefangenschaft Denikins geraten. Von dort flüchtete er und schloß sich einer Partisanengruppe in der Ukraine an, wo er bis zum Ende des Bürgerkrieges geblieben war.

Von den andern Angehörigen der Gruppe gab es keinen einzigen mit Ausnahme Petruschkas, der nicht direkt vom Krieg und den Brutalitäten der Nazis und der rumänischen Behörden betroffen war. Diese Menschen, sowohl die Juden, die aus Sereth geflüchtet waren, als auch die Bauern aus den Dörfern Pojeni und Rogatschesti waren durch länger als zwei Jahrzehnte rumänischer Herrschaft an Unterdrückung und Rechtlosigkeit gewöhnt. Es hatte Zeiten gegeben, wo in Rumänien formell Demokratie und Gleichberechtigung herrschten. Man rief diese Bauern zur Wahlurne. Die Gendarmen ließen ihnen aber nie das Recht, frei abzustimmen. Man pflegte jedem ein geschlossenes Kuvert auszuhändigen, mit der Begründung, die Wahl wäre geheim und der Wähler dürfte daher den Inhalt des Kuverts, das heißt den Namen des Kandidaten, für den er stimme, nicht kennen. Man preßte aus ihnen Steuern über das Maß ihrer Leistungsfähigkeit und lieferte sie dann noch in die Hände von unterbezahlten Beamten. Man hatte sie daran gewöhnt, daß Gerichte Urteile sprechen, ohne den Angeklagten anzuhören. Es war ihnen fast zur Selbstverständlichkeit geworden, daß der Kolben des Gendarmen und die Knute des Siguranza-Agenten die Symbole der Justiz waren. Bei dieser Gewöhnung an das Unrecht hätten die Nazis bei ihrem Einmarsch keinen Widerstand gefunden. Aber im Jahre 1940 war in das Gebiet des linken Sereth-Ufers die Rote Armee gekommen. Zuerst schien es den Bauern unbegreiflich, daß sie als Menschen überhaupt zählten. Aber allmählich hatten sie sich daran gewöhnt, daß sie im Dorfe nicht nur zählten, sondern zu entscheiden hatten. Als dann der Großgrundbesitzer, der Deutsche, von dem sie für immer befreit zu sein glaubten, von neuem erschien, empfanden die Bauern die Wandlung um so stärker. Es war, als wollte der Großgrundbesitzer nachholen, was ihm im Verlaufe des einen Jahres versagt gewesen war. Schon am ersten Tage des Einmarsches der Deutschen, denen der Rittergutsbesitzer von Sauer auf dem Fuße gefolgt war, wurden mehrere Bauern von Pojeni als Rädelsführer gehängt. Die erste Nacht des Regimewechsels war eine Nacht des Schreckens. Von den Angehörigen der deutschen Kolonne wurden die Frauen und Mädchen von Pojeni vergewaltigt. Drei fand man in ihren Betten erwürgt auf.

So flüchteten dann viele dieser Bauern ins Sumpfgebiet, entschlossen ihre Angehörigen zu rächen, den Kampf für das Verlorene aufzunehmen. Wie sie es machen wollten, davon hatten sie keinen Begriff. Sie waren ins Sumpfgebiet geflüchtet unter Führung des einen, der nach dem vorigen Krieg in der Ukraine gekämpft hatte.

Im Sumpfgebiet fanden sie den ihnen allen bekannten Serether Schmied Chaskel Wagner, seine junge Tochter Rebekka und eine Anzahl jüdischer Fleischhauer, Fiakerkutscher und andere Gewerbetreibende vor und fügten sich willig der Leitung Chaim Landers. Sie hatten kaum einen Begriff von der Stärke des Feindes und dem Umfang des großen Ringens, das in der Welt vor sich ging. Immer wieder wollten sie sofort zum Angriff übergehen. Chaim sagte ihnen: «Wir können jetzt, wo der Feind hier stark ist, nicht viel machen. Freßt eure Rachegefühle in euch hinein. Unser Tag kommt auch noch.»

Ein anderes Mal sagte er ihnen: «Wir sind hier abgeschnitten von der Welt und leben im Sumpf. Aber ab und zu kommt ein Bote von außerhalb. Wißt ihr wozu? Die andern da draußen, die heimlich in den großen Städten leben, haben Verbindungen wieder nach weiterhin, nach England und Amerika, von denen ihr fast nichts wißt, und nach der Sowjetunion, die ihr kennt. Was denkt ihr denn, warum sich die Rote Armee zurückzieht? Seht mal her! Hier habe ich ein Messer. Es hat eine gute Klinge, ja, ich kann sie biegen. Und je mehr ich sie biege, desto stärker schlägt sie zurück, wenn ich sie loslasse. Die Rote Armee ist eine gute Armee. Sie zieht sich zurück in die unendlichen Weiten Rußlands. Je weiter sie zurückgebogen wird, desto stärker wird sie einmal vorwärts schlagen.»

Sie nickten.

«Warten müssen wir und schießen lernen!» Er lächelte sonderbar und die andern lächelten auch ein ganz klein wenig. Nachher sagte der Bauer Jeremenko ganz laut: «Recht hat er, ich kann noch nicht richtig schießen.»

Sie gingen am frühen Morgen Beeren pflücken. Andere brachten Maiskolben, die man trocknete, sammelten in der Umgebung Äpfel ein, Rüben, Gurken und Kartoffeln. Denn sie mußten ihre Vorräte an Maismehl und einigen anderen Lebensmitteln für Zeiten aufbewahren, in denen es nichts zu finden gab. Der Bauer, der vor zwanzig Jahren unter den russischen Partisanen gelebt hatte, zeigte ihnen, wie sie es damals gemacht hatten. Wie man Feuer anzündet, ohne daß es Rauch gibt. Das war natürlich in dem feuchten Sumpf besonders schwierig. Sie trockneten das Holz immer am Tage vorher. Möglichst sollte auch das Feuer nie ausgehen. Er verbot ihnen, ungekochtes Wasser zu trinken und fand bald Pfefferminzkraut, um Tee zu kochen. An einigen Stellen machten sie unter seiner Leitung dichte Gestrüpphindernisse.

«Jede Woche», sagte er ihnen, «muß man mal hier herumgehen und die Sache von dort ansehen, von wo der Deutsche oder die Gendarmen ankommen müssen, wenn sie uns ausheben wollen. Unsere Hindernisse müssen so dicht sein, daß man von nirgendwo her unsern Lagerplatz sehen kann. Und sie müssen auch so aussehen, daß man sie für natürlich hält und auf einen falschen Weg gelenkt wird.»

Hütten wurden für den Winter gebaut, natürlich ohne Fenster, nur mit einem schrägen Dach, über das Erde und darauf Äste gelegt wurden. Diese Dächer mußten stark sein, um im Winter den Druck des Schnees auszuhalten. Als Lager hatten sie trockenes Riedgras und streuten darüber trockene Fichtennadeln.

Der alte Partisan verstand auch Bomben anzufertigen. «Wir haben nur sehr wenig Zündschnur», sagte er. «Deshalb müssen wir kurze Stücke verwenden und das bedeutet schnell ausreißen, wenn die Bomben gelegt sind.» Auch an Sprengstoff mangelte es. Sie bekamen ihn von dem Steinbruch an der Straße nach Dorohoi. Aber die Steinbrucharbeiter konnten ihnen nicht viel geben, sonst wäre es aufgefallen.

So lebte die Gruppe ein eigenes Leben, abgeschnitten von der Welt. Sie hatten einen Radioapparat mit Kopfhörern. Und dieser war ihre Verbindung zur Außenwelt. Chaim verschwand oft für Tage, tauchte wieder auf und erzählte ihnen dann, was er gehört hatte.

Petruschka war erst einige Tage nach der Katastrophe der Serether Juden bei der Gruppe aufgetaucht. Der Vater Petruschkas war selbst kein aktiver Mensch. In der Brauerei hatte er sich vorher an Lohnkämpfen beteiligt, stand aber den politischen Ereignissen ferne. Er wußte von der Liebe seines Sohnes zu Rebekka, der Tochter des Schmiedes Chaskel Wagner. Ihm gefiel der Mut des Jungen. Er hatte das Verschwinden und Wiederkommen seines Sohnes in den Tagen vor dem Kriegsausbruch und in der entscheidenden Nacht gemerkt und so getan, als hätte er nichts gesehen.

Petruschka hatte während seines Aufenthalts in der Gruppe zu Rebekka Wagner kein Wort von seiner Liebe gesprochen. Er putzte mit Rebekka Gewehre, die in der Feuchtigkeit leicht rosteten. Sie holten gemeinsam Holz zum Feuern und Bauen. Bei der Arbeit sprachen sie nicht. Aber sie kamen sich oft nah und sahen einander an. Da waren es oft Blicke und winzige Bewegungen, die genügten, um für Tage ein Glücksgefühl zu erhalten.

Dann war eine aufgeregte Nacht gekommen. Gegen Morgen hatte der alte Partisan alle geweckt: «Es schießt!»

«Wo? Wer ist es?»

«Still! Die Hindernisse besetzen!»

Sie hörten Gewehrschüsse und auch Maschinengewehrrattern. Das konnte nicht weiter als eine Stunde von hier sein. Wer konnte da nur schießen? In der Richtung gab es kein Dorf. An der großen Straße mußte es sein, auf der die Lastautos zur Front entlang liefen. Hatten sie etwa Juden von irgendwo geholt und erschossen sie sie da? Aber gab es denn in dieser Gegend überhaupt noch Juden?

Alle Zugänge wurden von ihnen besetzt. Chaskel, Rebekka und Petruschka standen lauschend an einem Gebüsch, wo ein Pfad vorbeiführte.

Da kam jemand von hinten, der alte Partisan: «Alles in Ordnung?» fragte er flüsternd.

«Alles in Ordnung.»

Der Partisan legte Petruschka die Hand auf die Schulter. Er verstand, daß der Alte lauschte.

«Mir war es eben, als hörte ich sprechen.»

Sie lauschten wieder. «Zapatanu», hörten sie deutlich. Der Gutsverwalter! Führt dieser Schuft etwa die Gendarmen hierher? – – – «Hilfe!»

«Wenn die Hilfe brauchen, die Gendarmenbande, dann ist es gute Luft für uns.»

«Hilfe?» – Sie erkannten die Stimme Chaims: «Ihr habt … gemordet … kommt keiner heraus, Antonescu, Hitler.»

Die Partisanen bewegten sich. Chaim sprach das nicht, als ob er in Not wäre. Kurze Zeit später hörten sie Schritte von vorne: «Halt, wer da?»

«Chaim.»

«Bist du allein?»

«Allein.»

Die Partisanen traten auf den Pfad. Eben begann die Morgendämmerung. Chaim lächelte: «Ich sehe, ihr seid wachsam gewesen.»

«Aber wer hat geschossen und später Hilfe gerufen?»

«Kommt mit zum Lager, ich erzähle euch das. Einer der schlimmsten Bauernschlächter ist tot. Dort vorne ist er ersoffen, mit seiner ganzen Bande.»

Dann kam eine neue Nacht voller Spannung. Am Tage zuvor waren zwei von ihnen nach Rogatschesti gegangen, und in dieser Nacht wurden sie zurück erwartet, vielleicht mit einigen Bauern. Es waren mehr Posten aufgestellt als sonst. Im Sumpf gibt es immer Geräusche. Da plätschert das Wasser von einem Vogel. Frösche quaken. Schüsse! Oder waren es keine? Es mußte recht fern gewesen sein. Waren die beiden etwa auf ihrem Rückwege angeschossen worden?

Petruschka öffnete den Mund und schloß ihn sehr fest. Er hörte Rebekka schnell atmen. Sie lauschten erregt, aber sprachen kein Wort.

Erst viel, viel später kamen Schritte. Das waren nicht zwei, sondern viel mehr. Sie sprachen ukrainisch und der Klang war bäuerlich. Trotzdem hoben die Wachhabenden ihre Gewehre.

Die andern kamen sehr langsam. «Gleich sind wir am Hindernis», hörten sie die Stimme Swetosars. «Gleich bekommt ihr Hilfe.»

Chaskel ging ihnen entgegen: «Wer ist da verwundet?»

«Verwundet nicht, sondern – ist nicht Rebekka da? Das Mädel gehört in ihre Pflege.»

«Wer ist das Mädel?»

«Die Tochter von Hecht, die einzige, die übrig geblieben ist. Aber fragt jetzt nicht, die muß in die Hütte und laßt sie zur Ruhe kommen.»

Rebekka legte die Bewußtlose auf ihr Lager und war um sie beschäftigt. Petruschka nahm den kleinen Hecht-Jungen mit sich. Der hatte ja nur ein Hemd an und klapperte vor Kälte, Übermüdung und Schreck. Petruschka sagte gar nichts, sondern lachte den Jungen an und wickelte ihn in seine Decke. Aber das Kind war zu erregt, um zu schlafen. Als Petruschka in die Hütte zurückkam, um selbst noch etwas zu schlafen, lag das Kind mit angsterfüllten Augen da und zitterte noch immer. Petruschka legte sich neben ihn, umfaßte ihn mit seinem Arm und sagte: «Schlaf jetzt! Du bist bei guten Leuten.» Kaum hatte er das gesagt, als er selbst schon gleichmäßig atmete und fest eingeschlafen war. Das Kind hörte auf zu zittern und schlief bis tief in den Tag hinein, als Petruschka schon lange Holz zu einer neuen Hütte heranschleppte. Die Bauern von Rogatschesti sollten in den feuchten Nächten nicht frieren.

Zu Mittag rief ihn Chaim: «Petruschka, ich weiß jetzt, wer du bist. Du bist zwar jung, aber ich weiß, wir können dir vertrauen. Willst du eine besonders schwere Aufgabe übernehmen?»

Petruschka wurde rot: «Klar, will ich – wenn du denkst, ich kann es.»

«Du sollst unser Bote nach außerhalb werden.»

An diesem Abend, als es dunkel wurde, ging Petruschka zu Rebekka. Sie sprach zum kranken Hecht-Mädchen. Sie tat das in einem fröhlicheren Ton, als sie sonst zu sprechen pflegte. Denn jene lag blaß und mit starren Augen da und Rebekka wollte sie von ihren Gedanken abziehen.

«Kannst du einen Augenblick herauskommen, Rebekka?»

Als sie draußen waren, wiederholte Petruschka jedes Wort, das ihm Chaim gesagt hatte. Dabei wurde er wieder rot und sah sie fragend an.

«Gut.» Rebekka wurde plötzlich auch rot. «Ich muß wieder hinein», sagte sie so hart sie konnte, aber das gelang ihr gar nicht.

Und eines Abends, als Chaim die Hörer des Radios an den Ohren hatte, sahen die andern, daß er plötzlich starr vor sich hinblickte. Er hörte eine Stimme im Radio und nach den ersten Worten begann er jedes Wort, das er hörte, laut vor sich hinzusprechen:

«Ich spreche hier, ich Antonescu, augenblicklich nicht als Premier, sondern als General, als Soldat, zu einem Kameraden und Kampfgefährten. Ich hoffe, du hörst mich, Morarescu. Du warst einer meiner Lehrer in der Artillerie-Schule. Zu dir blicke ich auf wie zum Muster eines Soldaten. Du hast, wohin auch immer du gestellt warst, Mut, Entschlossenheit und die notwendige Rücksichtslosigkeit gezeigt. Wo die Umstände und das große Ziel es erforderten, da bist du vor drakonischen Maßnahmen nicht zurückgescheut. Deine Taten am Dnjestr haben auf der einen Seite den Haß, auf der andern Seite die restlose Bewunderung und Anerkennung ausgelöst. Wie alle großen Taten haben auch deine den Zorn und den Neid des verfluchten vergangenen Regimes hervorgerufen. Du warst verfolgt, bist nicht auf den richtigen Posten gestellt worden. Als die große Zeit heranbrach, holte man dich wieder, vergaß es aber infolge der Hast der Ereignisse, die an dir begangenen Fehler wieder gut zu machen. Jetzt aber höre mich, Freund und Kamerad Morarescu. Deine Ungeduld hat dich zu einem verhängnisvollen Schritt verleitet. Ich weiß, daß du ebenso wie ich ein Bewunderer Adolf Hitlers bist. Ich weiß, daß auch du anerkennst, daß nur im Bündnis und in engster Zusammenarbeit mit dem Dritten Reich, im Zeichen des Hakenkreuzes, unser Heil und unsere Zukunft liegen. Du hast einen verhängnisvollen Schritt gemacht und kannst den Weg zurück nicht finden. Wir aber, deine Freunde, die deine guten Bestrebungen kennen, wollen dir helfen. Weder dir noch jemandem deiner Mitkämpfer soll ein Haar gekrümmt werden. Die unmittelbare Vergangenheit mit ihren tragischen Irrtümern soll vergessen und begraben sein. Wenn du dich im Verlaufe der nächsten fünf Tage meldest, so sollst du wieder in Dienst gestellt werden und deiner harren große Aufgaben. Vor dir brauche ich nicht erst zu betonen, daß der gemeinsame Kampf gegen die Demokratien des Westens und gegen den Bolschewismus die Anspannung aller Kräfte erfordert. Wir erwarten deine Antwort.

Heil Hitler! Heil Rumänien!»

«Das ist wichtig,» sagte der Schmied Chaskel.

«Nicht nur wichtig,» entgegnete Chaim, «wir könnten es ausnützen.»

Alle blickten gespannt auf Chaim.

«Vor allem ist es nötig, daß die Deutschen und Antonescu denken, daß Morarescu noch lebt.»

«Du willst also für ihn übers Radio sprechen? Aber wie denn eigentlich?»

«Nein, nicht so. Wir schreiben statt seiner einen Brief und Petruschka bringt den Brief fort.»

Sie rückten enger zusammen, und so entstand folgender Brief:

«Exzellenz, Kamerad Antonescu! Mir steht das Radio in meiner gegenwärtigen Lage nicht zur Verfügung. Verzeihe, daß ich mich auf diesem Wege an Dich wende. Als Du vor einem Jahr die Macht übernommen hattest, glaubte ich, daß eine neue Ära für Rumänien herangebrochen wäre, eine Ära in dem Geiste, in dem ich schon vor vielen Jahren als Pionier am Dnejstr gewirkt habe. Es ist hier überflüssig aufzuzählen, wieviel Bolschewiken und Juden ich selbst umgebracht habe. Du weißt, daß ich ein restloser Bewunderer Adolf Hitlers bin, daß ich stets die Bolschewiken gehaßt, die Juden verfolgt, die weichlichen Demokratien in Amerika und England aufs tiefste verachtet habe. Ich war und bin noch jetzt ein Anhänger unseres Bündnisses mit Adolf Hitler. Aber ich kann es nicht dulden, daß wir Rumänen als Zigeuner und als Parias behandelt werden. Bündnis bedeutet einen Vertrag zwischen zwei Partnern, die sich gleich achten. Die Deutschen aber behandeln uns wie eine minderwertige Rasse. Sie haben urrumänisches Gebiet, den ganzen Norden Transsilvaniens weggerissen und es den Magyaren ausgeliefert. Ohne Zweifel: Die Deutschen haben mit uns gemeinsam gewaltige Siege über den Bolschewismus errungen. Aber nicht nur zeigen sie keine Absicht, uns Transsilvanien zurückzugeben, sondern die deutlichsten Anzeichen sprechen dafür, daß sie uns noch weitere Gebiete wegnehmen wollen. Schon im Verlaufe weniger Monate ist die Bukowina zu einer deutschen Domäne geworden. Der Rumäne ist rechtlos.

Ich mache mir keine Illusionen. Ohne die Deutschen sind wir, die wir für ein faschistisches Rumänien kämpfen, verloren. Ich bin daher für das Bündnis, ja für die Vertiefung des Bündnisses mit Adolf Hitler. Aber ich fordere Garantien. Und Garantien können nicht in leeren Versprechungen bestehen, in Wechseln auf die Zukunft, die niemand einlösen wird. Wenn es Adolf Hitler ernst um das Bündnis mit uns zu tun ist, dann muß die Eiserne Garde sofort wieder als legal erklärt, dann müssen ihre verhafteten Mitglieder in Freiheit gesetzt werden, dann sollen die Magyaren aus Transsilvanien heraus. Ich bin zu Konzessionen bereit. Dieses rumänische Gebiet in Transsilvanien muß nicht sofort von uns besetzt werden, aber es darf sich keinen Tag länger unter magyarischer Herrschaft befinden. Eine deutsche Abteilung soll davon Besitz ergreifen und unter einer gemischten rumänisch-deutsch-ungarischen Kontrollkommission soll dort eine Abstimmung stattfinden.

Ich warte auf Deine Antwort. Die Antwort kann nur in Taten bestehen. Wenn ich höre, daß der Amnestie-Erlaß für die Eiserne Garde und der Räumungsbefehl an die Magyaren ausgegeben werden, dann werde ich mich mit dir vereinigen zu einer gemeinsamen Zukunft, für die Verwirklichung unserer gemeinsamen Ideale.

Dein Morarescu»

Anton Popescu, der Chefredakteur der «Dimneata» von Czernowitz, hatte es verstanden, sich im Verlaufe der wenigen Wochen, seitdem die Zeitung existierte, die Gunst und das Vertrauen des Gestapo-Chefs, Johann Müller, zu erwerben. Obwohl Anton Popescu nicht die Karriere vieler anderer rumänischer Nazis hinter sich hatte und nie in der Münchener Schule gewesen war, verstand er es besser als jeder andere, die Sprache der Nazis in seiner Zeitung zu führen. Er war der einzige Journalist in Czernowitz, der über den Fall Moraresc u von Müller selbst informiert worden war. Er hatte von der Vorladung Antonescus durch Hitler sowie vom Ultimatum an Antonescu direkt von Johann Müller Kenntnis erhalten. Nach der Rede Antonescus versuchte er sich mit Müller ins Einvernehmen zu setzen und von ihm zu erfahren, ob jetzt, wo der Fall Moraresc u bereits amtlich in der Öffentlichkeit bekannt war, die Zeitung in dieser Sache etwas unternehmen könnte. Aber Müller befand sich gerade im Hauptquartier des Führers.

Es war spät abends und der Umbruch in der «Dimneata» war fast fertig, als man Popescu einen Brief mit der Überschrift «dringend, streng vertraulich» überbrachte. Der Redaktionssekretär bemerkte bei der Übergabe des Briefes, daß sein Überbringer ein junger Mensch mit Schnurrbart gewesen war, der es eilig hatte. Als Popescu den Brief durchflog, war er außer sich vor Überraschung. «Schade», sagte er zum Sekretär, «daß Sie den Überbringer nicht festgehalten haben. Wir hätten eine große Sensation bringen können.» Er gab der Druckerei den Auftrag, die Zeitung vorderhand nicht zu drucken und auf der ersten Seite für hundert Zeilen Fettdruck und eine große Überschrift Platz freizumachen. Er selbst sauste in seinem Wagen zur Gestapo-Kommandantur. Dort erfuhr er, daß Müller eben zurückgekehrt sei und eine wichtige Besprechung habe. Er setzte sich selbst zur Schreibmaschine und schrieb den Moraresc u-Brief ab. Auf einem beigelegten Bogen bat er Müller, ihn sofort anzurufen, wenn er gegen die Veröffentlichung des Briefes wäre.

Müller befand sich nach der Rückkehr vom Hauptquartier in keiner rosigen Stimmung. Hitler war nervös, aufgeregt und ungnädig gewesen.

Er wolle, so hatte er ihm erklärt, den Fall Morarescu sobald als möglich aus der Welt geschafft wissen. Es gäbe zwei Möglichkeiten: Für den Fall, daß Morarescu sich auf den Aufruf des rumänischen Premiers hin stellte, sollte man ihn freundlich aufnehmen und ihn nach kurzer Zeit, sei es auf dem Wege eines bolschewistischen Überfalls oder durch Vergiftung, aus der Welt schaffen. Denn solche Burschen, die es wagten, sich der Autorität der Deutschen entgegenzustellen, hätten keine Lebensberechtigung. Sollte aber Morarescu den Appell des Premiers nicht beantworten, dann wolle der Führer in spätestens vierzehn Tagen von Johann Müller einen Bericht über die Gefangennahme Morarescus haben.

Müller wußte, was das zu bedeuten hatte. Er wußte, daß nun seine Karriere am Wendepunkt angelangt war. Entweder fing er Morarescu und ihm stand ein großer Aufstieg bevor, oder er konnte sich gleich eine Kugel durch den Kopf jagen. Er beriet mit seinen engsten Freunden, als man ihm den geschlossenen Brief Anton Popescus überbrachte, der die Überschrift trug: Dringende Angelegenheit der Redaktion. Er gab zur Antwort: «Er soll doch seine Sache allein machen, ich habe jetzt keine Zeit für ihn.»

Als Anton Popescu nach der festgesetzten Stunde keinen telefonischen Anruf erhielt, zögerte er noch immer mit der Veröffentlichung, versuchte, Müller zu erreichen, und erhielt zur Antwort, daß Müller gesagt habe, er sollte doch die redaktionelle Sache allein machen. Er glaubte daher, Müller hätte den Brief gelesen und überließe ihm die redaktionelle Abfassung. Er ließ eine Schlagzeile in den größten Buchstaben machen, die die Druckerei besaß: SENSATIONELLE ANTWORT MORARESCUS. Untertitel: MORARESCUS VORSCHLÄGE EINER VERHANDLUNGS-GRUNDLAGE.

Er druckte dann den Brief ab und gab noch folgende Bemerkung dazu:

«Die Redaktion betrachtet diesen Brief als einen Fortschritt in der ganzen Affäre. Sie muß aber bemerken, daß sogar von einem so verdienstvollen Mann für die Sache des Vaterlandes und für die große Sache, für die wir alle kämpfen, etwas mehr Mäßigung und weniger Anmaßung zu erwarten gewesen wäre. Jeder von uns muß in dieser entscheidenden Stunde erkennen, daß verantwortliche und bedeutende Männer, vor allem der Führer Adolf Hitler selbst, über das Schicksal Rumäniens wachen und am besten wissen, wann und wie die Frage Transsilvaniens gelöst werden soll. Auch ein Mann wie Morarescu darf sich nicht anmaßen, dem Führer des neuen Europa, ja dem Führer der Welt, ein Ultimatum zu stellen. Wir richten von dieser Stelle daher an Morarescu den Appell: Ziehe Deine Forderungen zurück. Unterwirf Dich reuig dem Führer, ergreife die Dir von Antonescu gnädig entgegengestreckte Hand. Reihe Dich ein in die Armee des Kampfes gegen Bolschewismus und Demokratie und Dein Bemühen wird von Erfolg gekrönt sein. Disziplin und Unterwerfung bedeuten in so ereignisreichen Zeiten mehr als Mut und Waghalsigkeit. Wahrer Mut heißt die Stärke haben, seinen eigenen Hochmut dem großen Ziel hintan zu stellen. Auch Dir muß ja der Grundsatz bekannt sein: Gemeinnutz geht vor Eigennutz.

Der Gefolgschaft Morarescus aber, den Intellektuellen und der gesamten rumänischen Jugend wollen wir von dieser Stelle aus sagen: Sollte Morarescu aller Vernunft zuwider den Weg der Rebellion wählen, sollte er von dieser wahnwitzigen Idee besessen sein, dann rückt von ihm ab, damit ihr nicht in seinen Untergang mit hineingerissen werdet. Wer sich gegen den Führer erhebt, der stellt sich außerhalb der menschlichen Gesellschaft. Aber wir hoffen, angesichts der Vergangenheit Morarescus, daß er reuig zum Führer und zu Antonescu zurückkehren wird.»

Bis fünf Uhr morgens hatte die Beratung gedauert. Johann Müller war danach von einer solchen Hoffnungslosigkeit befallen wie kaum je zuvor in seinem Leben. Er steckte den Brief Anton Popescus in die Tasche und las ihn erst zu Hause. Es war bereits morgens. Im Nu waren Müdigkeit und Schlaf von ihm fort. Er versuchte Anton Popescu zu erreichen, aber vergebens. Dieser war so froh und glücklich, daß seiner Zeitung die große Sensation zugefallen war, so stolz, daß es ihm vergönnt war, einen

Appell an den großen Moraresċu und an die rumänische Jugend zu richten, daß er in der Druckerei die Fertigstellung der Zeitung abwartete und durchsetzte, daß die vielfach vergrößerte Auflage mit den abgehenden Militärzügen nach allen Richtungen hin befördert wurde. Er erwartete für sich nicht nur einen materiellen Erfolg, sondern auch eine Auszeichnung. Oder würde er sogar dem Führer vorgestellt werden?

Johann Müller kaufte am Kiosk eine «Dimneata», las die Zeitung und dachte nur darüber nach, ob es für ihn nicht angesichts der neu geschaffenen Lage das Beste wäre, die noch verbliebenen dreizehn Tage gar nicht abzuwarten, sondern sich gleich umzubringen. Er gab seinen Leuten den Auftrag, die gesamte Auflage der «Dimneata» zu beschlagnahmen und sich auf die Suche nach dem Redakteur Anton Popescu zu machen.

Müde, gebrochen begab er sich in seine Wohnung, um im Schlaf wenigstens für einige Stunden Vergessen zu suchen. Als er seine Wohnung betrat, fand er dort Anton Popescu vor. Der strahlte über das ganze Gesicht. Er war gekommen, um sich für die sensationelle Aufmachung und den hinzugefügten Artikel die Anerkennung zu holen. Als er aber das verstörte Gesicht Müllers erblickte, verging ihm das Lachen, und er brachte kein Wort hervor. Johann Müller wollte sich gleich auf ihn stürzen und hatte das Bedürfnis, ihm ins Gesicht zu spucken, ihn zu erniedrigen, ihn zu zerstampfen. Eine Kugel, sagte er sich, ist für einen solchen Idioten zu schade. Aber in diesem Augenblick kam ihm der Gedanke, daß er durch ihn vielleicht doch auf die Spur Moraresċus kommen könnte. Jemand muß doch den Brief gebracht haben. Er versuchte sich zu fassen und fragte: «Sind Sie wahnsinnig geworden, Popescu? Wie konnten Sie mir so was antun?»

«Sind Sie wirklich der Meinung, daß ich in meinem Appell besonders an die Jugend und an die Intellektuellen zu scharf gegen Moraresċu war? Ich kenne den legendären Ruf wohl, den Moraresċu genießt, aber ich kenne auch unsere Jugend und glaube …»

«Verstehen Sie denn nicht, Sie Idiot, verstehen Sie denn nicht, um was es geht? Wie können Sie es überhaupt wagen …»

«Ich versichere Ihnen, mein Appell wird wirken. So oder so. Entweder Morarescu kommt oder ich bin bereit, in einigen Wochen einen zweiten Appell an die Jugend zu richten, noch stärker, noch betonter ...»

«Wer, frage ich Sie, hat Ihnen die Erlaubnis gegeben, ein so aufrührerisches, provokatorisches, rebellisches Dokument wie dieses zu veröffentlichen? Unsere schlimmsten Feinde hätten doch so was gar nicht erfinden können. Sind Sie vertrottelt? Was stellen Sie sich vor. Auf wen werden die Jugend und die Intelligenz hören? Auf Sie, einen unbekannten Schmierer oder auf Morarescu? Wer sind Sie? Was ist ein Appell von Ihnen? Verschmiertes Papier. Wie kommen Sie überhaupt dazu, erklären Sie mir, wie kommen Sie denn zu dem Dokument und wie kommen Sie zu seiner Veröffentlichung?»

Bei diesen Worten ergriff er ihn am Rock und schüttelte ihn derart, daß Popescu angst und bange wurde und er das Gefühl hatte, der Gestapogewaltige wolle ihn ermorden. «Sie haben mir doch sagen lassen, Herr Chef, daß ich das Redaktionelle selbst erledigen soll.»

«Idiot, begreifen Sie nicht, daß ein Fall Morarescu keine redaktionelle Angelegenheit ist? Der Führer selbst und Antonescu und die gesamte Gestapo hierzulande befassen sich mit dem Fall Morarescu, und Sie machen daraus eine Zeitungssensation! Aber sagen Sie mir, wenn Ihnen Ihr Leben noch was wert ist, wie Sie zu diesem Dokument gekommen sind? Haben Sie es mit der Post erhalten? Hat es Ihnen ein Bote gebracht? Haben Sie den Boten festgehalten?»

«Mein Sekretär erhielt den Brief durch einen Boten, der einen aufgezwirbelten Schnurrbart trug.»

«Einen umgehängten Bart hatte er nicht? Untaugliches Pack. Ihr braucht noch mindestens zwei Jahrtausende Peitsche, daß ihr wenigstens Sklaven sein könnt. Verschwinden Sie augenblicklich und halten Sie sich in der Redaktion zur weiteren Einvernahme bereit.»

Mit einer Verzweiflung, die an Regungslosigkeit grenzte, nahm Johann Müller den Bericht seiner Agenten zur Kenntnis: Die Zeitung war den Händlern nur so aus den Händen gerissen worden, und als die Agenten hinkamen, war nichts mehr da.

XXI

Stefan Zertian ließ seinen Wagen, dem zwei Pferde vorgespannt waren, die holprige Straße den Sereth-Fluß entlang im Trab fahren. Er hatte es nicht eilig. Seit seiner Kindheit hatte sich nur wenig verändert. Träge wie seine Pferde floß das Wasser im Sereth-Fluß, kristallklar. Da und dort ragten kleine Inseln hervor. Zu seiner Linken erstreckten sich die weiten Rübenfelder von Dubowa. Und darüber hinaus dann wieder kahle Strekken, die bereits ins Gelbliche umschlugen. Die Korn- und Weizenernte war vorüber und die Felder machten bereits einen herbstlichen Eindruck. Erfrischend wirkte auf ihn der Anblick, als er ins Maisgebiet kam. Hoch ragten die Maisstauden empor. Wie bekannt kam ihm hier alles vor. Von hier bis zu dem Häuschen, in dem er geboren war, wo er seine Kindheit verbracht hatte, waren es kaum zwei Kilometer. Er liebte die Maisfelder. Wie schön war es hier, Verstecken zu spielen. Stunden über Stunden pflegte er an solchen Tagen mit seinem Freunde Chaim und mit seinem Hunde Sultan hier zu verbringen. Nach Herumrennen, nachdem man einander mit Hilfe des Hundes aufgespürt hatte, lag und träumte man von fernen Ländern, von weiten Reisen.

Ohne daß er es bemerkte, war der Wagen in Rogatschesti eingefahren. Das Dorf lag an diesem schönen Augustmorgen wie ausgestorben da. Alle Bewohner befanden sich bei der Arbeit auf den Feldern. Nur Hunde waren im Dorf zurückgeblieben, um die kleinen Häuschen mit den Strohdächern zu bewachen. Beim Gemeindeamt ließ er den Wagen stehen. Er ging gar nicht ins Amt hinauf, da er doch wußte, daß der Bürgermeister geflüchtet war. Sein Entschluß war gefaßt. Er kannte den Weg, kannte ihn von seiner Kindheit her, obwohl er ins Gebiet selbst nie gegangen war. Denn auch dieses Gebiet Libertatia war für ihn voll von Jugenderinnerungen. An der Grenze zweier Reiche, wo seine Kinderstube sich befunden hatte, sprach man oft und viel von Libertatia. Sein Vater, der rumänische Grenzbeamte, pflegte sich des öfteren mit den österreichischen Beamten über diese Räuberrepublik zu unterhalten. Manchmal als Kind hatte er davon geträumt, einer von ihnen zu werden, einer von diesen kühnen Bewohnern. Bei einem vorbeiziehenden Buchhändler, der allerhand Kochbücher, Wunderrezepte und Räuberromane in Fortsetzungen feilbot, hatte ihm sein Vater so ein kleines Büchlein gekauft und es ihm zum neunten Geburtstag geschenkt. Es trug den Titel «Alibaba und die vierzig Räuber». Er hatte es gelesen, nochmals gelesen und gab es Chaim. Sie lasen es gemeinsam und kamen zum Entschluß, daß Libertatia, dieses Inselgebiet im Sumpf des Sereth-Flusses, in der Nähe von Unter-Synautz und Rogatschesti, nichts anderes als Bagdad sei.

Schon als Kind hatte er gehört, und erst kürzlich hatten es ihm die Gendarmen bestätigt, daß dieselben Sitten noch bestanden. Wenn jemand mit den Bewohnern von Libertatia verhandeln wollte, müßte er sich am linken Sereth-Ufer, beim Dorfe Rogatschesti mit einem weißen Fähnlein hinstellen und das Fähnlein so lange schwingen, bis einer der Bewohner erschien und mit ihm verhandelte. Wenn der Bewohner von Libertatia das Anliegen für wichtig genug hielt, verband er dem Anliege-Begehrenden die Augen mit einem schwarzen Tuch und brachte ihn zum Hauptmann hinüber.

Stefan Zertian wußte ja, daß Morarescu nicht mehr lebte und daß die Bewohner Libertatias mit all den Ereignissen der letzten Zeit, außer mit dem Raub des gepfändeten Viehs, nichts zu tun hatten. Aber vielleicht gerade deswegen zog es ihn hin. Auch er war zufrieden, daß die Spur auf Libertatia abgelenkt worden war. Seine Pflicht war es, das Gebiet für die Gestapo auszukundschaften. Sein Wunsch war es, der Gestapo hier eine Niederlage zu bereiten.

Etwa zwanzig Minuten lang hatte er am Ufer gestanden, als er plötzlich eine Hand auf seiner Schulter spürte. Aufgeschreckt blickte er um sich. Er hatte keine Schritte gehört. Es war, als wäre der Mann, der ihm die Hand auf die Schulter gelegt hatte, von unter der Erde aufgetaucht. Hinter ihm stand ein schlanker Mann, sein glattes Haar war nach hinten gekämmt und er trug einen Schnurrbart, der von der Stumpfnase aus nach beiden Seiten um die Mundwinkel herum nach unten hing.

«Wer sind Sie und was wünschen Sie?» fragte Zertian.

«Diese Frage wollte ich an dich richten, du hast mich hergerufen, nun mußt du auch sagen, wer du bist.»

«Ich bin der Subpräfekt von Sereth und wünsche euern Hauptmann zu sprechen.»

«Sie kennen unsere Regel» – es fiel Stefan Zertian auf, daß er ihn jetzt mit Sie ansprach und viel höflicher wurde. Und das mißfiel ihm und enttäuschte ihn. Jener setzte fort: «Sie müssen sich die Augen verbinden lassen und ich bringe Sie hinüber.»

Etwa zehn Minuten lang folgte er im Gestrüpp dem Mann, der ihn an der rechten Hand hielt. Dann wurde er in einen Kahn gesetzt. Bald war man an Land und nach wenigen Minuten befand er sich in einer primitiven Hütte. Da nahm man ihm die Binde von den Augen. «Das ist unser Hauptmann», sagte ihm der Führer, auf einen Mann hinweisend, der in einem gepolsterten Lederstuhl saß. Dieser Mann, der Hauptmann genannt wurde, hatte ein Alltagsgesicht und unterschied sich in nichts von dem, der ihn hergebracht hatte. Sein Führer bemerkte noch: «Das ist der Herr Subpräfekt von Sereth.» Der Hauptmann ließ ihn auf einer ungehobelten Bank neben einem Holztisch Platz nehmen. Er ließ eine Flasche Schnaps, Wurst und Tabak hereinbringen. «Schon viele Jahre, Herr Subpräfekt, daß ich nicht die Ehre so hohen Besuches hatte. Seit wann sind Sie eigentlich Subpräfekt in Sereth? Was ist Carol Barbarescu geschehen? Und was führt Sie zu mir?»

Und ohne die Beantwortung dieser Fragen abzuwarten, änderte der Hauptmann plötzlich seinen Ton und sagte: «Bei euch zu Lande gehen jetzt Dinge vor, die ich einfach nicht begreife. Der König soll mit vielen Millionen aus dem Lande geflohen sein. Wie vor einem Vierteljahrhundert herrschen bei euch wieder die Deutschen. Und diesmal habt ihr sie ohne Krieg und ohne Kampf hereingelassen. Jetzt habt ihr die Juden gemordet. Wovon sollen wir da noch leben? Auf Bauern machen wir keine Überfälle, da wir selbst von den Bauern kommen. Den Juden habt ihr alles weggenommen. Ihr nehmt uns das Brot weg und sollt euch nicht wundern, wenn wir eines Tages euch was wegnehmen. Denn auch wir wollen leben.»

Es trat Schweigen ein. Der Hauptmann blickte auf Zertian in Erwartung der Beantwortung all der gestellten Fragen. Zertian sagte: «Ich komme zu Ihnen, weil bei uns der dringende Verdacht besteht, daß ein gewisser Hauptmann Morarescu, der seine Truppe ohne Erlaubnis verlassen und vierzehn Deutsche ermordet hat, hierher geflüchtet ist. Dieser Verdacht wurde bei uns dadurch verstärkt, daß ihr die bestehenden stillschweigenden Abmachungen, von denen gerade Sie, Hauptmann, gesprochen haben, verletzt habt, indem ihr die zwei Gendarmen und den Gerichtsvollzieher überfallen und gepfändetes Gut geraubt habt. Es scheint demnach, daß ihr in einem offenen Krie ...»

Der Hauptmann ließ ihn nicht zu Ende reden. Die Erwähnung Morarescus wirkte elektrisierend auf ihn. Er sprang von seinem Stuhl auf. «Wie, Morarescu ist aus dem Heere fort? Er steht im offenen Kampf gegen die Deutschen? Mit Morarescu habe ich acht Monate zusammengearbeitet. Er ist der fähigste Bandenführer in Rumänien. Er weiß immer, was er tut. Wenn er gegen die Deutschen geht, dann weiß er, warum. Ja, sie nehmen uns wirklich alles weg. Ich habe immer gesagt, Morarescu ist der beste Räuberhauptmann in der Welt und wir gehen für ihn durchs Feuer.»

Er setzte zwei Finger in den Mund und pfiff. Die Hütte füllte sich: «Jungens, Morarescu, von dem ich euch so oft erzählt habe, ist wieder einer der Unsern geworden. Citraiasca! Bringt Gläser, los! In meinem Reich wird er der Kaiser, der König, ich sein Zweiter. Es lebe Morarescu. Sie, Subpräfekt, was haben Sie sich eigentlich vorgestellt? Die Bewohner von Libertatia werden Morarescu ausliefern? Nein und nie!»

Man trank auf das Wohl Morarescus. Jemand aus der Masse fragte: «Wo ist er?»

«Ja, Subpräfekt, wo ist er?» fragte der Hauptmann. Aus der Tasche zog er ein Bündel schmutziger Tausend-Lei-Banknoten, fuchtelte damit Stefan Zertian vor den Augen und sagte: «Hier, hier, sie gehören Ihnen, dir, euch allen. Dreimal soviel kannst du noch haben, wenn du mir sagst, wo Morarescu ist.»

«Merkwürdige Menschen seid ihr», sagte Stefan Zertian. «Ich bin hergekommen, um mich bei euch nach Morarescu zu erkundigen, und jetzt wollt ihr von mir wissen, wo er ist.»

Der Räuberhauptmann sprang wieder ganz erregt von seinem Sitz auf: «Wie kamst du überhaupt auf die Idee, daß wir den Morarescu verraten werden? Hältst du uns für Lumpen, für Galgenstricke, wofür hältst du uns eigentlich?»

«Beruhigen Sie sich, es gibt keinen Grund zum Streiten. Heute sind nicht wir, sondern die Deutschen die Herren und Sie, Hauptmann, haben es ja selbst gesagt. Hauptsache, daß ihr es wißt, und wir alle müssen damit rechnen. Der Deutsche kennt keinen Spaß. Wer nicht gehorcht, wird erschossen oder gehängt. Der Deutsche will Morarescu haben ...»

«Und er wird ihn nicht haben», schrie der Hauptmann. «Eher werden hier Haare wachsen» – er deutete auf seine innere Handfläche. «Wenn sich die in Bukarest beugen, dann ist es ihre Sache. Libertatia hat sich noch nie unterworfen und wird es auch nie tun.»

«Herr Hauptmann, ich erzähle Ihnen sicher nichts Neues, wenn ich Ihnen sage, daß die Deutschen vor keinem Mittel zurückschrecken. Ich weiß, es ist schwer, eure Insel zu stürmen. Aber die Deutschen haben Flugzeuge. Sie kommen in Massen und lassen ihre Bomben fallen. Was dann?»

«Ja, Herr Subpräfekt», er bemühte sich höflich zu sein. «Ich sehe schon, Sie sind mit den Deutschen auch nicht zufrieden. Das verstehe ich. Ich kenne viele Leute. Und sie sind nicht als Feinde zu uns gekommen. Vielleicht haben Sie Schwierigkeiten gehabt da mit den Deutschen. Auf uns kann man sich verlassen, wenn man es ehrlich meint. Wenn Sie wollen, wir nehmen Sie auf.»

«Ja, ich hasse die Deutschen, das ist wahr. Aber hier bleiben will ich nicht.» Er machte eine Pause und sagte eindringlich: «In einigen Tagen können die Deutschen kommen. Nicht nur ein paar, ein paar hundert und mit Maschinengewehren und Handgranaten, was ihr dann macht, das wißt ihr besser als ich. Ich bin hergekommen, um die Auslieferung Morarescus zu verlangen.» Er wiederholte noch deutlicher: «Ich bin hergekommen, um auf friedliche Weise die Auslieferung Morarescus zu verlangen! Sie, Hauptmann, haben das abgelehnt, nicht wahr?»

Der Räuberhauptmann dachte, was will der nur?

Zertian fuhr fort: «Sonst habe ich Ihnen nichts gesagt, nicht ein Wort! Wir haben uns nicht freundschaftlich unterhalten, verstehen Sie?»

Über das Gesicht des Räuberhauptmanns breitete sich ein Lächeln. «Verstanden, Herr Subpräfekt, ich habe verstanden.» Zertian erhob sich und streckte ihm die Hand entgegen. Der Räuberhauptmann nahm sie, zog ihn an sich und umarmte ihn.

Es war einer der Regengüsse, wie sie der Spätsommer bringt. Sie sind die Vorboten des kommenden Herbstes. Unaufhörlich schlugen die Regentropfen an die Fensterscheiben, trostlos, als sollte es für immer so bleiben. Henriette lag mit offenen Augen und blickte durch das Dunkel auf den neben ihr liegenden Franz, der laut schnarchte. Sie hatte ein Ekelgefühl. Das ist ihr Auserwählter, der Mann der Herrenrasse. Sie ahnte, weswegen er sie seit seiner Rückkehr aus Czernowitz nicht anrührte.

Der Wind blies von der Friedhofseite her und brachte die klagenden Töne von Jossel Schames von den Gräbern. Franz schnarchte immer lauter, um Schlaf vorzutäuschen. Nein, er verstand nicht die ihm fremde Sprache, die durch die Nacht klagenden Laute von Jossel Schames. Er verstand es nicht, aber es erregte ihn. Da lag er neben seiner Frau, die ihn anzog und konnte sie nicht anrühren. Er verfluchte Morarescu, verfluchte sogar die Gestapo, verfluchte seine Freunde, die ihn in Czernowitz in das Lokal verschleppt hatten. Er konnte sich doch nicht prüde zeigen. Was sollte er ihnen sagen? Ich bin erst seit wenigen Tagen verheiratet und mache nicht mit. Er hat es ihnen ja gesagt. Aber sie antworteten: Der einen Frau, die man als rassenrein befunden hat, macht man Kinder, zu den andern geht man, um Spaß zu haben. Sein Aufenthalt in Czernowitz hatte sich verzögert. Zuerst hieß es, daß er vierundzwanzig Stunden warten sollte. Dann kam die Radiorede Antonescus an Morarescu, dann der Brief Morarescus. Ja, was soll das alles, dachte er. Konnte er sich weigern, mit den Freunden auf ein Glas Wein zu gehen, und dann in benebeltem Zustand in ein Lokal? Konnte er ahnen, daß der Fluch gerade ihn treffen würde? Und dann mußte noch die Geschichte mit der Perlenkette kommen. Er wollte ihr ein wertvolles Geschenk nach Hause bringen. Hunderttausend Lei hatte er diesem Schurken von Siguranza-Agenten für die Perlenkette gezahlt. Und jener hatte sie ihm als echt gepriesen und ihm erzählt, daß sie zwanzigtausend Dollar wert wäre. War es nicht besser für ihn, als es noch normale Kaufläden gab? Man ging hinein in den Laden, kaufte beim jüdischen Juwelier den Schmuck und hatte die Garantie, daß man nicht übers Ohr gehauen wurde. Jetzt glaubt sie, er hätte sie verspotten wollen, daß er ihr einfache Glasperlen mitbrachte. Wie stolz sie ist! Mit welcher Geste sie mir diese gefärbten Glasstückchen heute vor die Füße geworfen hat. Wenn ich nur diesen Juden zum Schweigen bringen könnte! Aber noch damit hier anfangen?

Diese klagenden Töne von Jossel Schames entsprachen ganz Henriettes Stimmung. Sie merkte, daß Franz sich nur schlafend stellte. Sie merkte auch, wie ihm diese Klagetöne auf die Nerven gingen, und weidete sich daran. Nein, ich hänge nicht an diesem alten Juden, um irgendwelchen Goldes willen, das es vielleicht gar nicht gibt. Aber warum eigentlich? War es nicht viel schöner in der Vergangenheit, als es noch Juden gab! Sie erschrak vor diesen Gedanken. Hm, was verbindet denn mich blondes Mädchen mit dem Juden? Aber der Pfarrer? Als Franz fort war, hatte ihr die Mutter in den Ohren gelegen, sie müßte etwas tun, weil sie nicht kirchlich getraut war. Schließlich war sie zum Pfarrer Glurzanski gegangen. Er sprach vom Antichristen, der auf der Welt erschienen wäre, vom Reiche Magogs, das die Welt zur Hölle gemacht, von einem neuen Johannes, dem Täufer, der das kommende Reich kündet. Das Reich, das das Böse vernichten und das Gute auf Erden pflanzen würde. Und Jossel Schames erschien ihr, wenn sie die Worte des Pfarrers richtig deutete, als dieser neue Täufer. Was wollen sie denn anderes, diese Deutschen, als die Welt in ein Hurenhaus verwandeln. Ein Vergnügungslokal genügt ihnen nicht. Jetzt arbeitet Carol Barbarescu an den Vorbereitungen für die Eröffnung eines zweiten Bordells. Und dieses Tier, das da neben mir liegt! Erst tat er so, als wäre er ein Übermensch und ein ganz Auserlesener und hat fein von Liebe geredet. Und dann, ein paar Tage nach der Hochzeit geht er zur Hure und steckt sich an. Und dann wagt dieser ganz besondere Übermensch nicht einmal mir zu sagen, warum er nicht zu mir kommen will. Der große Held schnarcht da voll Angst, seine Frau könnte – ja was könnte ich eigentlich? Wovor fürchtet er sich denn?

Sie dachte plötzlich an Zertian. Sie dachte überhaupt öfter an ihn als ihr selbst lieb war. Der macht mir keine Liebe vor. Aber er heuchelt auch nicht. Verschlossen ist er. Was eigentlich verschließt er? Sollte er –? Ja natürlich, das wird es sein. Er empfindet denselben Ekel wie ich. Anders vielleicht, männlicher. Er haßt die Deutschen richtig. Und ich? Wer weiß?

Franz Zimmerle kam zu dem Schluß, der einzige Ausweg für ihn wäre eine mehrtägige Inspektionsreise. Der Arzt hatte ihm versichert, daß er schon in einigen Tagen geheilt sein werde. Freilich, dann müßte er zu Hause sitzen und sich pflegen. Daran war nicht zu denken. Wenn er unter dem Vorwand einer Inspektionsreise zu Sauers hinausfährt, Herr von Sauer ist ein guter Freund. Wenn erst einmal die Begrüßung durch seine Damen vorbei ist. Ach, wird das wieder ein Geschrei geben. Wie freue ich mich! Und Ihre Frau Gemahlin ist nicht mitgekommen? Ach, nicht ganz wohl? Na, hoffentlich gibt sich das bald! Aber die Herren wollen allein sein. Damit rauscht sie arschwackelnd hinaus. Ja, der Sauer ist ein Mann von Geschmack. Er hat seinen Damen beigebracht, daß Männer allein zu lassen sind, wenn es um wichtige Dinge geht. Und meine Henriette? ... Bei Sauers kann ich die Geschichte rasch los werden und den häuslichen Frieden wieder herstellen. Ich werde dort einen Bericht über die Gegend abfassen. In dem Zustand, in dem sich Johann Müller jetzt befindet, wird sogar dieser schlaue Fuchs nicht merken, daß der Bericht gekünstelt ist. Ich werde mich in der Abfassung des Berichtes auf das stützen, was mir Stefan Zertian erzählt hat. Dieser Rumäne ist so unheimlich. Da traut sich so ein Kerl allein ins Lager dieser Untermenschen. Freilich gesagt haben sie ihm nichts. Aber immerhin ist er drin gewesen. Er hat auch einiges gesehen, und ... Ach ja, Johann Müller hat mir doch ausdrücklich gesagt, ich soll seine weiteren Anordnungen abwarten. Der Schlag gegen Libertatia und gegen die Dorfbewohner von Rogatschesti kann ja nicht lange auf sich warten lassen.

Daß Johann Müller nichts von sich hat hören lassen, ist wahrlich kein gutes Zeichen. Aber er wird es schon irgendwie regeln. Auf Johann Müller kann man sich verlassen. Und plötzlich erinnerte er sich. Da war ja auch noch der Sabotageakt in der Brauerei. Das habe ich über dem persönlichen Dreck ganz vergessen. Ich muß morgen früh – ach, wenn es nur schon Tag wäre – Otto von Raubnitz, Simjon Straub und Hans Kruhle zu einer Besprechung zusammenrufen. Wenn es ihnen hier nicht gelingt, die Täter festzustellen – ist nicht heute eine weitere Biersendung abgegangen? Das muß gestoppt werden, murmelte er. Man könnte die Waggons noch in Hliboka aufhalten.

«Schläfst du nicht, Liebling?»

Mit Schrecken bemerkte Franz Zimmerle, daß er aus seiner Schlafrolle gefallen war. «Beunruhige dich nicht, mein Schatz, mir hat was Böses geträumt.»

«Auch solche tapferen Männer haben böse Träume? Sagtest du mir nicht erst vor einigen Tagen, daß eine deutsche Frau mutig und tapfer sein muß und nicht Stimmungen verfallen dürfte?»

Franz Zimmerle hielt es für das Beste, wieder in die Rolle des Schlafenden zu fallen. Unausgesetzt schlugen die Regentropfen an die Fensterscheiben und die Stimme von den Gräbern erschien noch warnender, mahnender, klagender.

«Nein», sagte Franz Zimmerle, «es liegt kein Zweifel vor. Es ist eindeutig festgestellt, daß die Fässer aus unserer Brauerei kamen. Und es haben sich Schmieröl, tote Ratten und ähnliches zersetzendes Zeug darin befunden. Könnt ihr euch vorstellen, was es bedeutet? Johann Müller sagte mir, daß dies glücklicherweise noch nicht zu Ohren des Führers gekommen ist. Stellt euch das einmal vor, wenn der Führer erfährt, daß ausgerechnet in unserer Brauerei, die eine deutsche Gründung ist, die immer deutsches Eigentum gewesen war, so was geschehen konnte. Habt ihr Phantasie genug, die Folgen davon auszudenken? Ja, was ich noch sagen wollte, bevor wir weiter beraten. Rufen Sie an beim Bahnvorstand von Hliboka, daß die Eisenbahnwaggons ... wieviel Waggons sagen Sie, sind abgegangen – sofort nach Sereth zurückdirigiert werden müssen.»

«Aber Franz», schrie Otto von Raubnitz. «Das ist, denke ich, keine Frage der Eisenbahnverwaltung. Die ganze Linie steht unter Militärkommando. Das Ganze ist Armeegut für die Soldaten an der Front. Wir können abgefahrene Wagen nicht zurückholen.»

Hans Kruhle ging trotzdem ins andere Zimmer, um zu telefonieren. Alle warteten gespannt. Er kehrte bald zurück: «Die Wagen sind schon gestern abends abgerollt.» In diesem Augenblick trat der alte Justfan ein. Man hatte ihn kommen lassen, weil er jeden in der Stadt und auch die Arbeiter der Brauerei kannte, man hoffte vielleicht durch ihn etwas zu erfahren. Außerdem hatte Johann Müller Franz Zimmerle die Weisung erteilt, alle Mitglieder der Volksgemeinschaft in stärkerem Maße als bisher zur Mitarbeit heranzuziehen. Wozu ist denn sonst die Volksgemeinschaft vorhanden?

Als Justfan eintrat, wiederholte Franz Zimmerle: «Jeder von uns muß tausend Augen haben und darf seine Zunge nur dann bewegen, wenn es gilt, uns etwas mitzuteilen.»

Justfan lachte dabei hell auf und sagte: «Ich würde schon für meine zwei Augen eine gute Brille benötigen. Seitdem der Soonnreich, den Optiker meine ich, nicht mehr da ist, ist auch keine Brille mehr zu haben. Man tastet sich rum wie ein Blinder. Vielleicht, daß man aus Deutschland eine Brille bekommen kann. Und was die Zunge anbetrifft ...»

Franz Zimmerle unterbrach ihn: «Lassen Sie die Dummheiten und hören Sie lieber, um was es sich handelt. Man hat tote Ratten und Schmieröl in den Bierfässern gefunden.»

«Tote Ratten in den Fässern und Schmierölgeruch im Bier», rief Justfan, «das wißt ihr nicht, woher das kommt? Das kann euch meine Frau genau sagen.» Franz Zimmerle blickte erstaunt auf. «Wissen Sie auch, Herr Justfan, was Sie reden?»

«Und ob ich weiß, was ich rede. Glaubt ihr, ich bin von heute oder gestern? Acht Tage, bevor der erste Krieg ausgebrochen war, als ich dem damaligen Bezirkshauptmann Josefowitsch die chiffrierten Telegramme aus Wien überbrachte, las er sie in meiner Gegenwart. Wo der jetzt nur sein mag? Ich wollte schon längst fragen. Das war ein anständiger Bezirkshauptmann. Wissen Sie, meine Herren, solche Zeiten kommen nie wieder. Ja, was ich noch ...»

Franz Zimmerle, der schon seit seiner Rückkehr und besonders durch die Vorgänge in der Nacht sehr nervös war, konnte sich bei den Worten Justfans vor Erregung nicht mehr halten. «Wollen Sie nicht endlich zur Sache reden. Sie haben hier gegen Ihre Frau einen schwerwiegenden Verdacht ausgesprochen. Wollen Sie uns erklären, was Sie damit gemeint haben?»

«Ich, einen Verdacht? Ein Glück, daß meine Frau das nicht gehört hat. Ich wollte nur sagen, daß sie in dieser Sache am besten Bescheid weiß, weil ...»

«Jetzt aber schweigen Sie», schrie Franz Zimmerle und wandte sich an Hans Kruhle: «Veranlassen Sie, daß Frau Justfan sofort hergebracht wird. Herr Justfan wartet inzwischen im Nebenzimmer.»

Die Zurückgebliebenen blickten einander erstaunt und verwundert an. Sollte es sich hier um einen Unsinn handeln, den der Alte unbedacht ausgesprochen hatte oder wußte Frau Justfan wirklich was. Otto von Raubnitz, den die Sache mit dem Bier aufs Härteste getroffen hatte, sagte: «Diese alte Frau kam mir längst schon etwas verdächtig vor. Im vorigen Jahr, als ich herkam, sprach sie oft von Rassekühen, die sie nicht ausliefern würde. Sie hält ihren Garten und ihren Stall so merkwürdig sorgsam abgeschlossen, als hätte sie schwere Geheimnisse zu verbergen. Ich habe munkeln hören, daß sie früher nur in jüdischen Häusern zu verkehren pflegte. Gewiß hatten infolge der schweren politischen Verantwortung weder ich noch Simjon Straub Zeit, uns um die Vorgänge in der Brauerei zu kümmern. Leider ist es so, daß wir in unserer Brauerei mangels Arbeitskräften bisher keine systematische Arbeitsverteilung durchführen konnten. Dieselben Arbeiter, die beim Hopfen und Malz beschäftigt sind, waschen und füllen gleichzeitig die Fässer. Es handelt sich hier insgesamt um hundertundfünfzig Arbeiter, so daß man die Befugnisse schwer abgrenzen kann. Sicher müssen zwei oder drei ihre verruchten

Hände mit im Spiel haben. Vielleicht stehen diese Leute im Bunde mit Frau Justfan. Vielleicht hat hier der Alte etwas ausgeplaudert, von dessen Tragweite er selbst keine Ahnung hat. Warten wir ab, bis die Alte hereingebracht wird.»

Es dauerte nicht lange und Hans Kruhle führte Frau Justfan ins Zimmer herein. Er hatte ihr nicht gesagt, um was es sich handelte, sondern sie mit den Worten hergelockt, daß man sie einer äußerst wichtigen Beratung beiziehen wolle. Frau Justfan erkundigte sich bei ihm noch eingehend, und er mußte ihr die Versicherung geben, daß ihren Kühen keine Gefahr drohte. Denn seitdem damals in dem Brief von Rassen gesprochen wurde, lebte Frau Justfan in ständiger Angst, der Führer hätte es auf ihre Rassekühe abgesehen, um die sie die ganze Stadt beneidete. Sie erlaubte keinem Menschen, ihren Stall zu betreten, damit kein böses Auge auf die Kühe geworfen würde, und erzählte, wo sie nur konnte, daß die Kühe jetzt sehr wenig Milch gäben. Auch jetzt beim Eintritt begann sie, bevor man sie etwas fragte, von den Kühen zu reden. «Alles mit der Rasse», sagte sie «ist eine Lüge. Das haben unsere schlimmsten Feinde ausgedacht. Nichts kommt davon heraus.»

Ist die wahnsinnig geworden, dachte Franz Zimmerle. Worauf stützt sich die alte Hexe, daß sie so zum offenen Angriff übergeht? «Wissen Sie nicht, Frau Justfan, daß die Rassenlehre der erste Grundsatz des neuen Deutschland ist? Wie können Sie es überhaupt wagen, Sie als deutsche Frau ...»

«Vielleicht gibt es in Deutschland solche Rassen, bei mir ist es eine Verleumdung unserer Feinde, die mir nichts Gutes gönnen.»

«Schweigen Sie und antworten Sie nur auf die Fragen, die man Ihnen stellt», schrie jetzt Franz Zimmerle. «Was ist Ihnen über die Ratten in den Bierfässern und über den Schmierölgeruch im Bier bekannt?»

Frau Justfan atmete erleichtert auf. Gottseidank, dachte sie, daß man nicht von den Kühen spricht. «Das hätten Sie mich gleich fragen sollen, Herr Kommissar, da hätten wir uns beide nicht schon am frühen Morgen so aufregen müssen.»

«Also antworten Sie auf meine Frage, Frau Justfan!»

«Mir ist nichts bekannt. Sehen Sie, das hätte ich Ihnen gleich sagen können.»

«Aber Ihr Mann hat doch behauptet, daß Sie uns darüber Auskunft geben können?»

«Meiner Seel, das habe ich mir vom ersten Moment gedacht, daß der Alte schon wieder einmal gefaselt hat. Ich sage Ihnen, meine Herren, was der zusammenschwätzt. Eine andere Frau hätte mit ihm nicht fünf Jahre zusammen gelebt. Könnt ihr euch vorstellen, daß ich mit dem sieben Kinder habe, mit diesem Schwätzer, mit diesem Quatschkerl, mit diesem Taugenichts. Aber er ist ja nicht hier, da kann ich es ruhig sagen. Er ist ein braver Mann. Wenn er nur weniger reden würde.»

«Frau Justfan», sagte Franz Zimmerle und bemühte sich, ruhig zu sprechen. «Ihr Mann hat uns allen hier erklärt, daß Sie in der Lage sind, über diese heikle Frage mit den Bierfässern Auskunft zu geben.»

«Also, wenn der das noch einmal sagt, meine Herren, dann kratze ich ihm die Augen aus, obwohl wir schon fünfundvierzig Jahre verheiratet sind. Was sage ich, fünfundvierzig Jahre, lassen Sie mich mal nachdenken, meine Herren. Es war Sonntag nach Pfingsten. Ich erinnere mich noch, als wäre es gestern. Achtundvierzig Jahre sind es her. Damals hätten Sie ihn sehen sollen, obwohl ich ...»

«Frau Justfan, werden Sie uns sagen, was Sie über die Fässer, die Ratten, das Schmieröl ...»

«Jetzt beginnen Sie schon wieder mit dieser Sache, wo ich Ihnen gesagt habe, ich kratze dem Alten die Augen aus.»

Franz Zimmerle winkte Hans Kruhle und er führte Justfan herein. Wie seine Frau ihn erblickte, da ging es los, wie ein Wasserfall. «Du Esel, du alter. Man darf dich aber schon keinen Schritt allein gehen lassen. Was quatschst du über Dinge, ohne mich zuerst zu fragen. Was hast du hier von Fässern, von Ratten und von Schmieröl erzählt?»

Franz Zimmerle klopfte auf den Tisch: «Hier ist eine amtliche Untersuchung. Sie, Frau Justfan, schweigen und Sie, Herr Justfan, antworten Sie: Haben Sie gesagt, daß Ihre Frau zur Frage über die gefundenen Ratten in den Bierfässern und den Schmierölgeruch des Biers Auskunft geben kann? Antworten Sie mit Ja oder Nein!»

Angesichts dieses strengen Tones erwachte in Justfan der alte Beamte und er antwortete kurz: «Jawohl.»

«Also was haben Sie damit gemeint?»

«Wenn meine Frau schweigt, werde ich reden», sagte Justfan und senkte den Blick zu Boden. Er wagte nicht, seine Frau anzusehen. Sie aber stand mit sehr geradem Rücken. Auch die andern saßen voller Spannung. Franz Zimmerle ermahnte ihn streng, die Wahrheit zu sagen und nichts zu verbergen. Justfan antwortete in einem gemütlichen österreichischen Ton: «Keiner wird dem alten Justfan vorwerfen und niemals ist es in seiner ruhmreichen langen Beamtenlaufbahn geschehen, daß er nicht die Wahrheit und nicht zur Sache gesprochen hätte. Also hören Sie, meine Herren. Schade nur, daß es jetzt die Juden nicht mehr gibt, die unsere besten Kunden waren und die es hier bestätigen können. Keine in Sereth kann so gut in Fässern Kraut einlegen wie meine Frau. Im Herbst wurden die Fässer präpariert, die Räder geölt und das Kraut eingelegt. Vor Weihnachten wurde nicht verkauft. Am Tage des Heiligen Abends öffneten wir immer das erste Faß und da warteten die Leute schon mit Ungeduld, um bei uns das Sauerkraut zu kaufen. Und jetzt – ich erinnere mich noch ganz genau, es war am Heiligen Abend-Tag, in dem Jahre vor Kriegsausbruch – da …»

«Wollen Sie nicht endlich zur Sache reden?»

«Aber ich rede doch zur Sache, Herr Kommissar. Ich will doch den Fall aufklären. Ich hatte die Post ausgetragen. An einem solchen Tag war viel zu tragen. Gratulations- und Wunschkarten, Geld aus Amerika. Ich kam erst um zwei Uhr von der ersten Post nach Hause. Kunden warteten schon auf das Sauerkraut. Ich öffne das Faß, gebe das Sauerkraut aus und Frau Ollinger verzieht die Nase. Das ist bei mir noch nicht vorgekommen. ‹Wenn Ihnen das Kraut nicht paßt›, sage ich ihr, ‹können Sie es gleich stehen lassen. Zehn andere Kunden haben wir für einen.› Frau Ollinger sagt: ‹Ihr Kraut stinkt nach Schmieröl.› Meine Frau hat sie gleich hinausgeworfen. Das erste Faß Kraut ging ab wie heiße Semmeln.

Keiner der Kunden wagte noch etwas zu sagen. Und ich muß Ihnen gestehen, als wir abends am Boden des zweiten Fasses angelangt waren, fanden wir eine tote Ratte. Können Sie sich das vorstellen? Ich habe selbst die Fässer geputzt, gereinigt, sie verschlossen und doch ist durch das Rad, das ich mit Öl gesäubert hatte, Schmierölgeruch eingedrungen. Aber wie können Sie, meine Herren – vielleicht können Sie das – mir die tote Ratte erklären?»

«Hinaus! Verlassen Sie augenblicklich den Raum! Und halten Sie sich zu unserer Verfügung!»

Als Justfan gegangen war, wandte sich Franz Zimmerle an Frau Justfan, die bisher geschwiegen hatte: «Sie sind vernünftiger als Ihr Mann. Ein reumütiges Geständnis und Sie werden geschont. Ja, wir werden Ihren Namen nicht erwähnen. Aber Sie müssen so offen zu uns sprechen, wie Sie in Ihrem Herzen zum lieben Herrgott sprechen.»

Frau Justfan stand bleich und zitterte am ganzen Körper. «Ja, ich will ein Geständnis ablegen. Ich sollte es eigentlich nicht tun, denn er hat es nicht verdient, geschont zu werden. Aber ich schwöre bei Gott, daß ich die reinste Wahrheit und nichts als die Wahrheit sprechen werde. Er war dafür, daß wir das Kraut aus dem Faß, in dem sich die Ratte befunden hatte, nicht verkaufen, sondern hinausschmeißen. Man kann, sagte er, Kunden, die uns vertrauen, so etwas nicht antun. Aber ich wollte dem Jungen, der damals beim Kavallerie-Regiment in Kremsier diente, fünf Gulden extra schicken. So haben wir die Ratte weggeworfen und das Kraut verkauft. Ich bin bereit zu büßen, jede Strafe anzunehmen, wenn sie nicht hoch ist. Nun habe ich ein Geständnis abgelegt und fühle mein Gewissen, was mich so lange geplagt hat, erleichtert.»

Verzweifelt sagte Franz Zimmerle: «Gehen Sie nach Haus, Frau Justfan. Nehmen Sie den alten Idioten gleich mit.»

XXII

Rittergutsbesitzer von Sauer bedauerte sehr, daß die Frau Gemahlin des Chefs, Frau Zimmerle, nicht mitgekommen war. «Ich verstehe, ich verstehe», sagte er, nachdem die erste Überraschung und Begrüßung vorüber waren – «ich verstehe, daß Sie nur dienstlich gekommen sind. Harte Zeiten, nicht einmal für Flitterwochen bleibt uns Muße übrig. Aber Ihre Frau Gemahlin hätte ja einige Tage hier verbleiben können. Auf diesem Flecken herrscht noch Frieden. Hier vergißt man die Welt, obwohl wir wahrlich nicht auf der faulen Haut liegen.»

Er führte Franz Zimmerle durch die Wirtschaftsräume des Gutes. «Die haben ja beim Abzug» – sagte er – «wie die Barbaren gehaust, die Bolschewiken. Was kann man von denen auch anderes erwarten. Aber zum Glück scheinen sie keine Zeit gehabt zu haben, gründlich zu zerstören. Abgebrannt sind nur die Anlagen aus Holz. Dagegen ist alles geblieben, was aus Stein und Ziegeln war. So konnten wir die Brennerei und die Branntweindestille vorige Woche wieder in Gang setzen. Auch die Stallungen, sehen Sie, haben wir zur Not wieder hergerichtet, so daß das Vieh nicht dem Regen und der Kälte ausgesetzt ist. Jawohl, Herr Chef, hier wird gearbeitet. Ich würde Sie bitten, wenn Sie Ihren Bericht abfassen, gerade darauf hinzuweisen. Es wird ja den Führer interessieren, was deutscher Wille und deutscher Fleiß auch dann vermögen, wenn man nur auf die Hilfsarbeit des ukrainischen Packs und der rumänischen Zigeuner angewiesen ist. Denn deutsche Arbeitshände stehen ja leider hier nicht zur Verfügung. Das Aufhängen der Rädelsführer gleich nach meiner Rückkehr hat Wunder gewirkt. Ich sage Ihnen, unsere alten Methoden, abschreckende Beispiele zu statuieren, verfehlen nie ihre Wirkung. In dieser Hinsicht ist mir der Führer ein leuchtendes Vorbild. Hängen – das muß das Symbol und die Losung unseres neuen Europa werden. Dann wird uns auch der Erfolg nicht versagt bleiben. Dafür spricht diese Wirtschaft ein beredtes Zeugnis.»

Franz Zimmerle folgte dem alten Sauer, der rüstig voranschritt, von den Stallungen in die Brennerei, von der Brennerei in die Destille und von da in die Gerätekammer, besichtigte die Dreschanlage und sah überall fleißige Hände. Er beruhigte sein Gewissen, daß er gerade in so einem kritischen Augenblick Sereth verlassen hatte, um, wie er vorgab, eine Inspektionsreise zu machen. Auch ein Gestapo-Chef, sagte er sich, muß vor allem Frieden im Hause haben, um seine Pflicht, ja noch mehr, Übermenschliches zu erfüllen. Ohne Zweifel würden Simjon Straub, Otto von Raubnitz und Hans Kruhle die Verbrecher in der Brauerei ausfindig machen. Die Weisungen, die ich ihnen gegeben habe, müssen zum Erfolg führen. Das Netz ist so gelegt, daß die Verbrecher ihm nicht entschlüpfen können. Ich habe ihnen gesagt, daß man von nun ab, immer je fünfundzwanzig Arbeiter der Brauerei zum Waschen der Fässer und zum Neufüllen einteilen soll. Wenn die Fässer gefüllt sind, werden Stichproben gemacht und wenn dann dieser Schmierölgeruch festgestellt wird, weiß man genau, an wen man sich zu halten hat. Es können eben dann nur die betreffenden fünfundzwanzig und kein anderer sein. Außerdem werde ich persönlich das Verhör leiten. Hier hat entweder eine kommunistische Gruppe oder die Eiserne Garde die Hand im Spiele. In dieser Hinsicht ist es vielleicht besser, daß ich aus der Stadt abgereist bin. Die Verbrecher werden sich jetzt um so sicherer fühlen und in die Falle gehen.

Vor seinem Fenster rankten grüne Zweige mit langen braunen Flaschenbirnen. Auch Äpfel reiften irgendwo. Ihr Duft war da und der Hauch von frischem Heu. Er lag hingestreckt auf der Couch, rauchte eine Pfeife. Um halb zwei Uhr nachmittags klopfte der Hausherr an seine Tür und lud ihn zum Mittagessen ein. «Wir sind einfache Landleute und Sie werden mit dem vorlieb nehmen müssen, was hier in der Weltabgeschiedenheit geboten werden kann.»

Eine kräftige Suppe dampfte auf dem Tisch. Dann gab es Leberpastete und danach Paprikahühnchen. Er blickte darauf und mit einer leichten Verneigung zur Hausfrau: «Ich weiß, Ihre Küche, gnädige Frau, ist die Vollkommenheit selbst. Aber Sie wissen, wir hatten allerhand Aufregungen in letzter Zeit, ich muß mich erst etwas entspannen.» Das klang durchaus nicht echt und war es auch nicht. Der Arzt hatte ihm den Genuß gewürzter Speisen verboten. Auch den Schaumwein und den schönen ungarischen Riesling mußte er mit schwerer Überwindung und unzähligen Entschuldigungen unberührt stehen lassen.

Während des Essens erschien Petruschka. Alle in der Familie nickten ihm zu. Sauer nahm an, vielleicht hatte es ihm Petruschka auch gesagt, daß der Junge kein Deutsch verstünde, und fragte Franz Zimmerle, ob er was dagegen hätte, daß er den Jungen mit zu Tisch einlüde. «Seitdem er uns das Leben gerettet hat, haben wir ihn oft hier bei Tisch. Ein intelligenter Junge. Schade, daß er kein Deutscher ist. Man müßte ihn auf eine Schule in die Heimat schicken, da wird er uns sehr nützlich sein. Schon jetzt kann man ihn gebrauchen. Er hat mir selbst gestanden, daß er einmal in eine jüdische Maid verschossen war. Aber davon ist er jetzt gründlich geheilt.»

Franz Zimmerle nickte zustimmend, obwohl ihm das Gesicht dieses Jungen gar nicht gefiel. Dann bemerkte er zum alten Sauer: «Ich mag keine Intelligenz bei Nichtdeutschen. Man kann nie wissen. Denken Sie nur an die Schwierigkeiten mit der Eisernen Garde und an den Fall dieses Banditen, Sie wissen, wen ich meine. Der Führer hat einen Grundsatz, den dürfen wir nie vergessen: Die Intelligenz der Andern muß mit der Wurzel ausgerottet werden, im Keime erstickt, bevor sie zur Entfaltung kommt. Nur auf diese Weise können wir ein neues Europa schaffen, wie wir es haben wollen.»

Als man den Kaffee reichte und Franz sich eine Zigarre ansteckte, fragte er Petruschka, ob er ihn nicht für eine Stunde in der Gegend herumführen möchte. Er hoffte, daß er vielleicht durch Petruschka Näheres über das Sumpfgebiet erfahren könnte. Petruschka führte ihn bis zur alten rumänischen Grenze.

«Könnten wir nicht einmal hinüber ins Sumpfgebiet?» fragte Zimmerle.

«Versuchen könnte man es, aber es ist sehr schwierig.»

«Gut, morgen.»

Spät nachmittags fuhr Petruschka mit dem Wagen in die Stadt zurück, der Kartoffeln, Gemüse und Obst ins Deutsche Haus brachte. Er wollte am nächsten Tag wiederkommen. Am Abend kam der erste telefonische

Bericht aus der Stadt. Am Apparat befanden sich sowohl Hans Kruhle als auch Otto von Raubnitz und Simjon Straub. Aus Czernowitz war keine Nachricht da. In der Sache Morarescu ebenfalls nichts Neues. Die erste Untersuchung in der Brauerei war ergebnislos verlaufen. Man hatte nicht nur Stichproben gemacht, sondern alle gefüllten Fässer aufgebohrt und das Bier erstklassig gefunden. Das beweise freilich noch gar nichts, und man wolle morgen mit andern Arbeitern den gleichen Versuch anstellen und hoffe, vielleicht da etwas herauszukriegen.

Der Rittergutsbesitzer von Sauer war auf seine Destille besonders stolz. Die Anlage war eine recht unmoderne, ein Kessel, der achttausend Liter faßte. Darunter war ein offenes Feuer, auf das ein Mann ab und zu Scheite nachlegte. Vom Kessel führten gewundene Rohre nach draußen in eine Wasseranlage. Das Wasser kam aus dem Sereth-Fluß in einem Kanal von mehreren Kilometern Länge. Im Kessel kochte der Branntwein, dem Anis und Korn beigegeben wurden. Der Branntwein stieg als Dampf im Rohr hoch, das sich dann hinabbog und in vielen Windungen durch fließendes Wasser abgekühlt wurde. Von den Windungen floß der Schnaps in große geschlossene Bottiche und von da wurden die Flaschen gefüllt, um an die Front abzugehen. Früher einmal hatte sich Sauer vergebens bemüht, königlich-rumänischer Armee-Lieferant zu werden. Es war ihm nicht gelungen. Die Konkurrenz war zu groß. Außerdem erhielten die rumänischen Soldaten niemals destillierte Schnäpse. Jetzt aber wollte von Sauer zeigen, was deutsches Können auch in der Ferne vermag. Mit seiner altmodischen Anlage wollte er einen besseren Kornschnaps erzeugen als den, der aus Deutschland kam.

Franz Zimmerle lag des Nachts im unruhigen Halbschlaf. Was wohl Henriette denken mag. Ahnt sie, weswegen ich sie des Nachts unberührt ließ, als ich von der Reise zurückkehrte, weswegen ich als Flucht vor ihr die Dienstreise angetreten habe? Sie weiß gar nicht, sie ahnt nicht, welch schweres Opfer ich ihr bringe. Ich bin ja zu ihr nur aus dem Grunde nicht gekommen, damit ich sie Gott behüte nicht anstecke. Aber Frauen geben sich ja gar keine Mühe, einen zu verstehen. Konnte ich denn in Czernowitz anders handeln? Ich bin doch kein Gerichtsschreiber oder kleiner Kaufmann, sondern stehe auf einem Posten mit gesellschaftlichen Verpflichtungen. Man muß mit Kollegen umgehen und mitmachen, oder man wird bald als einer verschrien, mit dem nichts anzufangen ist.

Plötzlich hörte er ein Aufzischen, als schösse eine Granate vorbei. «Handgranaten bereit legen!» schrie er aus dem Schlaf. «Maschinengewehrzug rechts! Dauerfeuer! Tot oder lebendig, wir müssen den Hund haben mit seiner ganzen Bande.» Erstaunt blickte er um sich. Vor ihm stand mit einer Laterne in der Hand der Rittergutsbesitzer von Sauer. «Kommen Sie rasch, Chef. Vor allem erschrecken Sie nicht. Es mag ja sein, daß es sich um einen reinen Zufall handelt. Vielleicht ist ein schwerer Wagen über den Feldweg gefahren und das Wasserrohr lag nicht tief genug, obwohl ich selbst die Anlage beaufsichtigte und darauf geachtet habe, daß man es zwei Meter unter die Erde legt. Aber Regengüsse und der Teufel weiß was mögen die Erde aufgeweicht haben. Jedenfalls ist das Unglück passiert. Der Kessel samt allen Anlagen ist in die Luft gesprengt. Sie löschen jetzt schon. Vier Arbeiter sind dabei zum Teufel gegangen, wie es scheint. Sie sind verbrüht worden. Glücklicherweise ist unser deutscher Chemiker mit dem Wagen nachmittags in die Stadt gefahren und ist dort über Nacht geblieben, so daß er auf die Weise dem Tode entronnen ist.»

Franz Zimmerle verstand gar nichts. «War es nicht Moraresku?» fragte er. Sauer mußte ihm alles noch einmal erklären. «Die Explosion kann nur dadurch gekommen sein, daß kein Wasser mehr zufloß. Eine furchtbar peinliche Geschichte. In zwei Tagen sollten die ersten Sendungen an die Front abgehen. Das Schlimmste ist, daß es mindestens zwei Monate dauern wird – sofern unter den gegebenen Umständen aus Deutschland ein neuer Kessel überhaupt zu kriegen ist – bis man wieder eine solche Destille in Betrieb setzen kann. Ich bin nur froh, daß Sie selbst hier sind und feststellen können, daß mich keine Schuld trifft. Man kann ja mitten im Kriege nicht solche Sicherungen treffen wie in normalen Zeiten. Ich glaube übrigens nicht an Sabotage.»

Franz Zimmerle ärgerte sich, daß er so früh aus dem Schlaf gerissen wurde. Nicht für einen Tag kann man Ruhe finden. Da flüchtet man in die Weltabgeschiedenheit, um zwei bis drei Tage auszuspannen, und wieder kommt man in die Unruhe.

Die Durchsuchung der Brauerei in Sereth wurde erst abends durchgeführt, nachdem die erste Probe bei der Füllung der Fässer kein Resultat ergeben hatte. Sie wurde von Hans Kruhle und Simjon Straub in Begleitung von Raubnitz und Zertian durchgeführt. Simjon war es noch im letzten Moment gelungen, zwei seiner Freunde zu warnen, sie sollten vorderhand keine Sabotageakte mehr machen.

Man suchte nach Schmieröl. Man kam heran an die Maschinen. Dort befanden sich Krüge mit Öl und Benzin in einer Menge, die immer in der Nähe von in Betrieb befindlichen Maschinen vorrätig sein muß. Man ging in die Lagerräume für Gerste und Hopfen, besichtigte die Maschinenvorrichtungen und fand nirgends eine Spur von Schmieröl. Auf Ratten stieß man bei der Durchsuchung im Keller in großer Zahl. Aber das bewies nichts, es waren lebendige Ratten, die vorbeihuschten und verschwanden. Simjon kannte das Versteck des Schmieröls. Es befand sich hinter der Wasserstauungsanlage. Aber was ist denn das nahe dem großen Wehr? Man kam auch dort vorbei. Hans Kruhle hielt in der Hand einen Eisenstock mit einer scharfen Spitze, wie ihn die Grenzwächter besitzen, um im Heuwagen nach Schmuggelwaren zu suchen. Simjon hatte Herzklopfen. Aber glücklich kam er über diese Stelle hinweg.

Die Untersuchung war in jeder Hinsicht ergebnislos verlaufen. Otto von Raubnitz war froh und hoffte, daß die Sabotageakte außerhalb seiner Brauerei verübt würden. Als man im Büro von Hans Kruhle Platz nahm, der für diese Tage Franz Zimmerle vertrat, um über weitere Maßnahmen zu beraten, sagte Raubnitz: «Sollen wir denn von vornherein die Möglichkeit von der Hand weisen, daß der Sabotageakt auf der Strecke von hier zur Front stattgefunden hätte? Vergessen wir nicht, daß die meisten Eisenbahner gewerkschaftlich organisiert waren und daß viele von ihnen unter dem Verdacht stehen, mit den Roten zu sympathisieren. Man mußte bei ihnen ein Auge zudrücken, weil wir Mangel an geschulten Eisenbahnern haben. Unter ihnen befinden sich ja sogar getaufte Juden. Ich glaube, wir kämen rascher und sicherer zum Ziel, wenn wir mit der nächsten Bierladung einen Mann mitschickten, der die Dinge unbemerkt zu beobachten versteht.»

Auf seine Bemerkung ging man kaum ein. Die nächste Biersendung sollte ja erst in einer Woche abgehen und bis dahin würde Franz Zimmerle längst zurück sein. Das Militärkommando und die Gestapo in Czernowitz aber forderten Ergebnisse. Man saß schweigend längere Zeit, dann bemerkte Hans Kruhle: «Es wird Abkommandierungen geben und vielleicht Schlimmeres. Mit negativen Ergebnissen gibt man sich bei uns nie zufrieden. Wir müssen Schuldige finden. Ich würde aus ihnen schon das Notwendige herausholen.»

Otto von Raubnitz sagte: «Mit einer Belegschaft von dreihundert Arbeitern kann ich nicht die gestellten Forderungen erfüllen. Und wenn erst die Arbeiter mißtrauisch werden, wohin soll das führen. Gegen die Schuldigen mit der schärfsten Strenge. Aber wenn man Unschuldige mit in die Sache hineinzieht, könnte ich gleich den Betrieb schließen.»

Man kam zum Ergebnis, das Beste wäre, eine Belegschaftsversammlung einzuberufen. Dort würde man die Dinge schildern, eine hohe Prämie für den aussetzen, der die Aufklärung des Falles ermöglichte. Otto von Raubnitz bemerkte: «Ich möchte nochmals bitten, daß man alles vermeiden soll, was den normalen Gang des Betriebes beeinträchtigen könnte. Ich bin im Augenblick ein Beauftragter für die Lieferung einer bestimmten Menge von Bier für die Armee. Ebenso wie andere verantwortlich sind für die Feststellung der Verbrecher und Saboteure, so bin ich es für Termin und Menge der Lieferung.»

«Nicht weniger aber auch für die Güte», fügte Hans Kruhle hinzu.

Stefan Zertian wäre nach Aufhebung der Sitzung am liebsten mit Simjon allein geblieben. Aber das ging nicht. Er verabschiedete sich von den Dreien und trat allein einen Spaziergang an. Er mied den Platz, auf dem es von transsilvanischen Emigranten wimmelte und von Frauen, die der Prostitution Konkurrenz machten, und bog in die Gasse ein, die den alten jüdischen Friedhof entlang führte und in der sich die Villa Franz Zimmerles befand. Daran hatte er in dem Augenblick gar nicht gedacht. Er war in

Gedanken versunken. Man hatte ihn über die Sabotage in der Brauerei nicht informiert. Das nahm er den Leuten nicht übel. Gerade jetzt bei der Untersuchung fand er, daß es besser sei, wenn nur wenige von solchen Akten Kenntnis hatten. Er konnte bei der Besprechung viel unbefangener erscheinen, weil er davon wirklich nichts gewußt hatte. Diese unterirdische Gruppe scheint sehr gut zu arbeiten. Nichts ist herauszukriegen. Wenn ich nur mehr tun könnte! Gewiß, ich tue auch was, aber noch viel zu wenig. Jetzt wird das ganze rumänische Volk erniedrigt, wie man sie geschändet hat! Damals in der Nacht, wie sie sich das Leben nahm. Die Leute, die berufen waren, dagegen zu kämpfen, sind zu Lakaien der Deutschen herabgesunken. Die wenigen Würdigen arbeiten im Untergrund. Simjon Straubs Lage ist noch schwieriger als die meine. Ich kann mich vorderhand als rumänischer Beamter abseits von jeder Vertrautheit mit diesen Burschen halten. Simjon aber muß mit ihnen saufen, ja bis zu einem gewissen Grad ihre Schandtaten mitmachen. Das ist wahrlich nicht leicht.

Da hörte er plötzlich: «Guten Abend, Herr Subpräfekt.» Er blickte auf und sah Henriette, die Frau Zimmerles. Sie stand im Garten ihrer Villa. Es fiel ihm auf, daß sie ihn in Rumänisch angesprochen hatte. Es war dies das erste Mal, seitdem er sie kannte, daß sie rumänisch sprach. Der Höflichkeit halber blieb er stehen. Sie öffnete die Gartentür. Er küßte ihre Hand und sagte: «Sie haben wirklich, gnädige Frau, dieses Stückchen Platz in ein Rosenparadies verwandelt. Ich habe Sie gar nicht bemerkt, weil man im Vorbeigehen von dem Duft, der aus diesem Garten strömt, vollkommen berauscht ist.»

«Es ist schwül in diesen Tagen. Sogar die Abende bringen keine Abkühlung. Man sehnt sich nach Regen.»

«Es hat ja erst vor einigen Tagen geregnet. Allzu viel Regen um die Jahreszeit und die Einbringung der Ernte würde zur Katastrophe werden. Und die Ernte ist jetzt die Lebensfrage in diesem schweren und für unser aller Zukunft weltentscheidenden Krieg.»

«Sprechen wir lieber nicht von Politik. Es ist schade, dadurch einen schönen Abend zu verderben.»

Stefan blickte bei diesen Worten etwas erstaunt auf. Spricht da nicht die Frau des Gestapochefs zu ihm, die Rumänin, die sich zur Germanin hat umstempeln lassen? Was soll das bedeuten? Hat man die Rumänin auf ihn losgelassen, um ihn zu entlarven? Ihr Gesicht sah nicht danach aus. Ihre Augen verrieten zu seinem großen Erstaunen Erregung, ja Begehren. Sie war schön. Das blonde Haar stand in Gegensatz zu ihren schwarzen Augen. Für einen Augenblick war es, als springe ein elektrischer Funke von ihr zu ihm über. Gedanken und Gefühle jagten einander. Seit Monaten war er bei keiner Frau gewesen. Er hatte auch kein Bedürfnis danach gehabt. In seinen Träumen lebte er noch mit der toten Virgilia zusammen. Jetzt, da er Henriette in die Augen blickte, durchlief es ihn. Er hatte Mühe, vor ihr die Erregung zu verbergen. Er wußte nicht, wieso es kam, ihre Hände berührten einander. Er wollte sich rasch verabschieden.

«Darf ich Ihnen eine Erfrischung anbieten? Ein Glas eisgekühlten Schaumwein?»

«Danke bestens, Gnädigste, ich trinke Alkohol nur in Gesellschaft und nur, wenn es unbedingt notwendig ist.»

«Wenn ich ein Glas mittrinke, ist es ja in Gesellschaft. Aber vielleicht einen Schwarzen oder einen eisgekühlten Tee, wenn Sie unbedingt keinen Alkohol wollen?»

Seine Blicke trafen sich mit denen Henriettes. Er wollte weg, war aber zu verlegen, um es zu können, und er wollte auch nicht wirklich. Bald saß er am Tisch unter den Bäumen neben ihr.

«Es ist eigenartig», sagte sie, «daß wir doch Landsleute sind und einander so fremd. Gehören wir nicht demselben Volke an? Es tut wohl, wieder einmal in seiner Sprache zu reden.»

«Ich dachte, Sie fühlen sich wohl als Germanin, als neue Deutsche, wie es jetzt so viele geworden sind, die ihrem Volke und ihrer Sprache entsagt haben.»

«Diesen Vorwurf machen Sie mir? Dienen Sie nicht den Interessen der Deutschen? Ich verstehe nicht viel von Politik. Aber es heißt doch allgemein, daß wir schicksalsverbunden wären, daß die Deutschen hergekommen sind, um uns zu helfen. Aber Sie wissen es doch besser als ich.»

«Ich bin Beamter und erfülle meine Pflicht. Bei uns war es immer so, daß der Beamte nichts zu fragen, sondern zu gehorchen hat.» Nach diesen Worten trat Schweigen ein.

«Finden Sie nicht», fragte sie, «daß das Leben sich verändert hat und man kann nicht sagen zum Vorteil?»

Stefan blickte sie durchdringend an. Die Worte klangen wie eine Herausforderung. Die Augen sprachen anders. Er legte seine Linke in die Rechte und hielt sie fest umklammert, da er sich mit Gewalt davor zurückhalten mußte, den Arm um die neben ihm sitzende Frau zu legen und sie an sich zu drücken, ihre Mundwinkel zu küssen. Er fürchtete, daß er, wenn noch eine Berührung erfolgte, seiner nicht mehr mächtig sein würde. Nein, sagte er sich, so darf das nicht geschehen, daß ich wegen einer Liebesgeschichte, gar keiner Liebesgeschichte, wegen des Abenteuers eines Augenblicks den Plan meines Lebens zunichte mache. Er versuchte mit Gewalt seinen Gedanken und Gefühlen Richtung zu geben, sie auf seine Virgilia zu lenken. Vierzehn Monate war es her, daß sie zusammen gewesen waren. Damals plante er noch eine Urlaubsreise ans Schwarze Meer, und dann verließ er dienstlich Czernowitz und sein Haus und sah seine Frau erst wieder, als sie tot vor ihm lag.

Henriette sprach, vielleicht sprach sie schon lange und er hatte es nicht gemerkt: «Ja, man ist ein Gefangener der Gesellschaft und der Verhältnisse, in denen man lebt. Er ist heute Professor in Bukarest. Damals vor fünf Jahren sprach meine Mutter von ihm als einem armen Schlucker. Du bist, sagte sie zu mir, zu etwas Besserem geboren. Vergiß nicht, daß dein Onkel Gouverneur der Österreich-Ungarischen Bank war, vergiß nicht, vergiß nicht, vergiß nicht – das mußte ich immer wieder anhören. Ich habe mich vergessen. Ich bereue es nicht. Ich wollte, ich hätte mehr vergessen und wäre damals mit ihm gegangen. Heute wünsche ich, es hätte Folgen gehabt. Es hatte keine. Und so bin ich die Frau dieses Deutschen geworden. Sie staunen, daß ich gerade zu Ihnen so spreche. Sie werden fragen: Warum? Ich kann Ihnen keine Antwort geben, ich weiß es selber nicht. Ich habe mich oft im Leben Träumen hingegeben, aber noch niemals ist die Enttäuschung so rasch gekommen, ja, ich weiß nicht, ob ich Sie nicht langweile, ja ...»

Ihre Hand lag auf der seinen. Er stand plötzlich auf und hörte seine eigene Stimme: «Ich möchte Sie nicht noch um eine Illusion ärmer machen. Ich gehöre nicht mir, ich gehöre einer Toten, deren Vermächtnis ich im Leben zu erfüllen habe.»

Sie streckte ihm die Hand entgegen. Ihr Gesicht war glühend, ihr Atem heiß. «Aber wir wollen Freunde sein. Nicht wahr, wir wollen? –» sagte sie und drückte ihm einen heißen Kuß auf die Stirne.

Am Gartentor stieß Zertian mit Hans Kruhle zusammen. Ihre Blicke trafen sich. Aus dem Blicke Hans Kruhles sprühte Haß. Hatte er etwas gesehen?

Als in der Ferne die Schritte Stefan Zertians verklungen waren, fragte Hans Kruhle Henriette: «Was suchte der Zigeuner hier?»

«Er ist kein Zigeuner, sondern ein Rumäne, Herr Kruhle, und darf ich Sie darauf aufmerksam machen, daß ich derselben Nation angehöre?»

«So, so, sind irgendwelche Depeschen eingelaufen?»

«Ja, es sind einige.» Er folgte ihr über den Empfangssalon, nahm die Depeschen, drehte sie in der Hand, ohne sie zu öffnen, und sagte: «Also hast du die Zeit der Abwesenheit deines Mannes gut ausgenützt, Süße?»

Sie blickte erstaunt auf. Seit wann dieser vertrauliche Ton? Nie hatte sie mit ihm per Du gesprochen, nie war ein Wort der Freundschaft zwischen ihnen gewechselt worden. Ist er betrunken? Sie blickte ihn an und wich erschreckt zurück. Nie hatte ihr dieses Gesicht gefallen, so aufgedunsen mit den kleinen Schweinsaugen. Aber jetzt schien es nichts Menschliches in sich zu haben. «Na, na», sagte er, «tu' nicht so spröde. Was du dem Zigeuner gewährt hast, wirst du doch mir, dem Deutschen, nicht versagen.»

«Verlassen Sie augenblicklich das Haus!»

Der Chauffeur war mit Franz Zimmerle fort. Das Mädchen schlief in der Mädchenkammer, die nach hinten an den Friedhof hinaus ging. Ihr ahnte Böses. Sie wollte ins andere Zimmer hinein und die Tür verriegeln. Aber mit einem Sprung kam ihr Hans Kruhle zuvor. Er legte seine Arme um sie. Sie wehrte sich, zerkratzte ihm das Gesicht. Und allmählich begannen ihre Kräfte zu versagen.

Es war eine Stunde später. Henriette lag im zerwühlten Bett. Die Tränen liefen ihr ununterbrochen übers Gesicht. Sie lief zum Schrank, griff nach dem Kleid Lisa Adlers. Sie zögerte und nahm es sorgfältig vom Bügel. Dann aber wickelte sie es rasch zu einem Knäuel, lief leise in die Küche – das Mädchen sollte nichts hören. Sie nahm die Blechkanne mit Petroleum und schlich zurück in ihr Zimmer. Da goß sie Petroleum auf das weiße Seidenkleid, schmiß es in den Kamin und zündete es an. Sie erhob sich und starrte ins Feuer wie geistesabwesend, bis nur noch einige Reste glühten.

Ihr halbzerrissenes Nachthemd nahm sie in die Hand, setzte sich auf den Boden vor den Kamin und schlief dort ein.

Die Sonne stand bereits hoch am Horizont, als sie geweckt wurde.

«Wer war es?» fragte die Stimme Franzens.

«Dein Freund Hans Kruhle.»

XXIII

Um zehn Uhr morgens hatte Franz Zimmerle die Leute zu sich kommen lassen. Hans Kruhle und Otto von Raubnitz machten den Eindruck, als hätte man sie aus dem Schlaf herausgerissen. Franz Zimmerle blickte niemand in die Augen. Er blätterte in einer von ihm aufgeschlagenen Ledermappe zwischen Depeschen und Akten und sagte: «Man kann sich hier auf keinen verlassen.» Er richtete plötzlich den Blick herrisch auf Hans Kruhle: «Oder ist ein positives Ergebnis in der Sache der Brauerei zu verzeichnen?»

Hans Kruhle biß nervös seine Zigarette zwischen den Zähnen und antwortete: «Vorderhand noch gar nichts.»

«Natürlich noch gar nichts», nahm Franz Zimmerle seine Bemerkung wieder auf. «Die machen, was sie wollen und hier interessiert man sich für weiß Gott was. Wenn es so weiter geht, dann können wir einpacken. In Pojeni haben sie die Branntweindestille samt allen Anlagen in die Luft gesprengt, gerade einen Tag, bevor die ersten Sendungen an die Front abgehen sollten. Schön versorgen wir die Armee. Bier und Schmieröl und Ratten, keinen Schnaps, aber ...»

Hans Kruhles Gesicht zuckte und er tat so, als wollte er was sagen. Schwieg aber.

«Ich bin der Meinung», ließ sich plötzlich Otto von Raubnitz hören, «daß hier gar nicht Sabotage ...»

«Der Führer will von uns keine Meinung, sondern Tatsachen. Und Tatsache ist, daß wir hier auf der ganzen Linie versagen. Das scheint man ja in Czernowitz bereits gemerkt zu haben. Es wird mir mitgeteilt, daß zur Verstärkung unserer Arbeit fünfzehn Mann von der Gestapo und zehn Mann von der Siguranza hierher abkommandiert werden.» In diesem Moment betrat Simjon den Raum. Franz unterbrach seine Mitteilung und warf Simjon einen vorwurfsvollen Blick zu mit der Bemerkung: «Gut geschlafen? Wir werden noch die größten Ereignisse verschlafen, wenn das so weitergeht, gerade wenn man über Sachen der Brauerei spricht, sollte man erwarten, daß Sie mehr Interesse zeigen.»

«Aber ich wurde erst vor zehn Minuten gerufen.»

Franz Zimmerle wiederholte seine Worte und fuhr fort: «Die fünfzehn Gestapoleute und die zehn Siguranza-Mann kommen hierher als rumänische Emigranten aus Ungarn. Wir müssen sie auf die wichtigsten Stellen verteilen. Ich glaube, es wäre das Beste, wenn wir angesichts der Lage in der Brauerei mindestens zwanzig dort unterbringen. Fünf sollen in der Mühle arbeiten. Man muß für Unterkunft sorgen. Natürlich können wir sie nicht im Hotel Hammerhof wohnen lassen. Das würde auffallen. Von den Siguranza-Leuten müssen einige in der Volksküche wohnen, damit wir die Stimmung dort kennen lernen. Für die andern soll man sofort das Haus des Juden Schaffer, des früheren Mühlenbesitzers, herrichten. Sie, Herr Zertian, übernehmen die Sorge dafür. Achten Sie darauf, daß anständige Wäsche und Bettzeug hingeschafft werden. Und Sie, Herr von Raubnitz, werden heute in der Brauerei unauffällig die Mitteilung verbreiten, daß Sie in Czernowitz um neue und mehr Arbeitskräfte für die Brauerei angesucht haben, da größere Anforderungen an den Betrieb gestellt werden.»

Er wandte sich wieder an Stefan Zertian: «Sobald die Leute angekommen sind, bringen Sie mir die Namensliste. Ich möchte die Leute selbst sprechen, bevor sie ihre Arbeit antreten. Am besten ist es, wenn Sie die Zusammenkunft für zehn Uhr abends ansetzen. Um die Zeit ist in der Mühle kein Mensch, es wird deswegen nicht auffallen, wenn ich hinkomme. Selbstverständlich, Herr Straub, fällt Ihnen die Aufgabe zu, darauf zu achten, daß im Betrieb keine Reibungen entstehen. Vor allem darf unter der Belegschaft kein Mißtrauen gegen die Neueintretenden vorhanden sein. Denn nur auf die Weise wird gearbeitet werden können.»

Franz Zimmerle erhob sich, womit er andeutete, daß die Besprechung zu Ende sei. Stefan Zertian ging, aber die drei Deutschen blieben noch. Nachdem Stefan gegangen war, sagte Franz Zimmerle zu Simjon. «Berufen Sie für morgen Abend eine Vollsitzung der Volksgemeinschaft in meine

Wohnung ein. Mit dem weiteren Verhör des Pfarrers werde ich mich selbst befassen.»

Außer Hans Kruhle hatte niemand die Ursache des Grimms und der Verstimmung Franz Zimmerles begriffen. Sein plötzliches Auftauchen war allen ein Rätsel, er hatte noch den letzten Abend, als man mit ihm telefonisch sprach, durch nichts merken lassen, daß er schon in mehreren Stunden nach Sereth zurückkommen wollte. Aber diese plötzliche Rückkehr war auch für Franz Zimmerle selbst eine Überraschung. Er hatte seinen Aufenthalt unterbrochen, weil er überzeugt war, daß zwischen der Sabotage in der Brauerei und der Sprengung der Destille ein Zusammenhang bestünde. Er war mit der Absicht gekommen, mit Henriette offen zu reden. Er hatte sich vorgenommen, ihr zu sagen: «Sieh, in meiner Stellung und in meiner Lage ist man manchmal zu Schritten gezwungen, die man ungern tut. Kannst du dir denn wirklich vorstellen, daß ich, der ich mich so lange nach dir gesehnt habe, Lust hatte, zu einer Hure zu gehen? Aber man saß beisammen und trank ein Glas nach dem andern … Ja und, dachte er selbst und wie soll ich dir das sagen, ich bin doch hingegangen … Und, so würde ich ihr sagen, und dann weiß ich nicht, was kam und wie es kam. Wäre nicht diese scheußliche Folge, glaube mir, Henriette, ich hätte gar nicht gewußt, daß ich diesen Schritt getan habe. Ich schämte mich vor dir. Ich wollte dein keusches Empfinden nicht verletzen. Deswegen habe ich geschwiegen. Die Schwäche einer Minute und dazu noch in betrunkenem Zustand kann doch keinen Schatten zwischen uns werfen.»

So wollte er reden. Aber inzwischen war das mit Henriette geschehen. Hat es Sinn, darüber mit Hans Kruhle zu reden? Ich weiß doch im voraus, was er antworten wird. So sprach man und handelte man in der Hitlerjugend und in den Lagern. Und schließlich – er dachte das mit Erbitterung – wird er sagen, daß es besser ist, daß sie von einem Deutschen angepufft ist als von einem Zigeuner. Was soll ich darauf antworten? Alles stimmt und doch stimmt etwas nicht. Henriette würde es nicht verstehen. Vielleicht hätte ich keine Rumänin heiraten sollen? Vielleicht bin ich wirklich ein Spießer geworden. Wenn man nur wüßte, wie sich der Führer in einem solchen Fall verhalten würde.

Mit diesen Betrachtungen war er, ohne daß er es merkte, in seiner Wohnung angelangt. Zögernd betrat er das Schlafzimmer. Henriette lag, den Kopf in die Kissen vergraben, und als sie sich ihm zuwandte, fragte sie: «Hast du ihn erschossen?» «Kind» sagte er, «die Zeiten haben sich geändert. Wir Nationalsozialisten haben andere Begriffe.» Sie wandte sich empört von ihm ab. «Mißverstehe mich nicht, Henriette. Nicht, daß ich die Tat von Hans billige.» Sie wandte sich jäh wieder zu ihm: «Mit dem Vornamen nennst du ihn? Das zeigt, daß er für dich noch der intime Freund ist.»

«Nein, laß mich doch ausreden. Ich verurteile seine Handlung aufs Schärfste. Aber stell' dir mal vor, was man in höheren Kreisen darüber denken würde, wenn ich jetzt im Augenblick, da der Führer um die Zukunft der Herrschaft des deutschen Volkes, um ein neues Europa ringt, da wir daran sind, den Baustein zu legen für weitere Jahrtausende, für jeden Deutschen und für die zukünftigen Generationen, da wir hier vor schwierige Probleme gestellt sind – wenn ich mich da auf einen persönlichen Streit einlasse!»

«Hinaus mit dir! Du Memme! Nichts bist du als ein Werkzeug. Ein Werkzeug habe ich nicht geheiratet. Einen Mann habe ich gesucht, einen Kerl mit Mannesstolz.»

Franz Zimmerle ließ sie allein. Er hatte allerhand Berichte zu machen und brachte nichts zustande. Schluß machen, dachte er. Schluß machen. Ich bin verloren, wenn ich nicht die Kraft aufbringe, mit ihr Schluß zu machen. Vergiften wäre das Einfachste. Kein Mensch würde nachforschen. Ich würde ein Kondolenz-Telegramm, wenn nicht vom Führer, aber vom obersten Gestapo-Chef, erhalten. Schön würde es klingen: Zum tragischen Unglück in dieser heroischen Zeit unserem tapferen Kämpfer Franz Zimmerle. Vielleicht würden sie sogar einen Kranz schicken. Nein, vergiften nicht. Warum nicht den Mut haben, sie gleich mit dem Revolver niederzuknallen? Aber einmal möchte ich noch bei ihr sein. Da kam ihm die Zeit in Polen in Erinnerung. So oft er ein jüdisches

Mädchen vergewaltigt hatte, schoß er ihr immer eine Kugel in den Mund. So trieb er es gemeinsam mit Hans viele Wochen, Nacht für Nacht. Eigentlich könnte er es gleich machen. Es ist eines Nationalsozialisten unwürdig, gefaßte Beschlüsse hinauszuschieben.

In diesem Augenblick pochte es an die Tür. Stefan Zertian trat ein. Die angekündigten Gestapo- und Siguranza-Leute waren eingetroffen. Ihre Wagen hatten sie jenseits der Brücke umkehren lassen und waren zu Fuß in die Stadt gekommen, um den Eindruck von Flüchtlingen zu erwecken.

Franz Zimmerle ließ sich die Liste zeigen. Von den Siguranza-Leuten kannte er keinen. Dafür aber fand er auf der Liste der Gestapo-Leute vier ihm bekannte Namen. Er hatte mit ihnen im Lager von Dachau zusammengearbeitet. Knorke Kerle, die vor nichts zurückschrecken. Er sagte zu Stefan Zertian: «Diese Vier sollen unbedingt im Hause des früheren Mühlenbesitzers untergebracht werden. Wie ist es übrigens um die Arbeit in der Mühle bestellt?»

Stefan war über diese vom Thema abweichende Frage erstaunt. «Die Mühle ist seit fünf Tagen in Vollbetrieb. Sie arbeitet sowohl mit dem Wasserrad als auch mit einem Motor. Es werden jetzt durchschnittlich zwei Waggons Getreide am Tag vermahlen. Auch die Speicher stehen bereit. Es ist Platz für dreihundert Waggons Mehl. Wir werden im Herbst der große Lieferant sein. Weder Storozynetz, noch Czernowitz haben es meines Wissens nach fertig gebracht, in dieser kurzen Zeit einen so lebenswichtigen Betrieb nicht nur instand zu setzen, sondern auszubauen und zu vergrößern. Wir besitzen heute, glaube ich, in Sereth die größte Mühle der Bukowina.»

Franz Zimmerle sprang begeistert auf. Vergessen waren in diesem Augenblick die Leiden, Betrachtungen und Entschlüsse von eben. Er drückte Stefan die Hand und sagte: «Sie haben wirklich in kurzer Zeit ein großes Werk vollbracht. Im Bericht, den ich heute abfasse, werde ich Ihren Namen erwähnen. Nein, nein, wehren Sie nicht ab. Ehre wem Ehre gebührt, das ist unser Grundsatz. Jetzt heißt es dafür sorgen, daß die Ablieferung und Zufuhr an Getreide zunimmt, damit wir der Heeresleitung zeigen, daß wir den an uns gestellten Forderungen gewachsen sind. Und wir sind ihnen gewachsen. Ja, was ich noch sagen wollte, Herr Zertian, vergessen Sie nicht, meinen Freunden zu sagen, daß ich gegen zehn Uhr abends bei ihnen sein werde.»

Franz Zimmerle fühlte sich wieder der alte. Als Zertian gegangen war, huschte seine Feder hurtig über das Papier. Er sagte in seinem Bericht, wie schnell die Mühle in Gang gebracht worden war. Aber mitten im Schreiben blieb er stehen. Man erwartete von ihm eigentlich einen Bericht über die Brauerei. Darüber kann ich noch gar nichts sagen. Aber der Erfolg der Mühle ist größer, als ich und die Vorgesetzten erwartet haben. Ich bin jetzt in der Lage, ein unerwartetes Geschenk anzubieten. Wie, wenn ich ihnen schreibe: Schickt dreißig leere Waggons und schon jetzt, Ende August, schicke ich sie euch mit Mehl aus der neuen Ernte zurück und nur aus dem Teil in Sereth, in dem sich früher die Roten befunden haben.

Er hob das Telefon ab und ließ sich mit dem Rittergutsbesitzer von Sauer verbinden: «Wie stehts bei Ihnen mit den Drescharbeiten? Nein, von der Destille wollen wir im Augenblick nicht sprechen. Es ist ein Unglück, ohne Zweifel. Unwachsamkeit werden Ihnen manche vorwerfen. Aber wenn wir sagen: Dieses Getreide kommt aus Pojeni, einer früheren roten Kollektive, gemahlen in Sereth – wir haben es geschafft allen Schwierigkeiten zum Trotz, dann wird man von der Destille gar nicht sprechen, dann wird man es anerkennen. Also abgemacht. Die Zufuhr an die Mühle beginnt mit dem heutigen Nachmittag. Sechs Waggons Weizen, zwei Waggons Korn und zwei Waggons Mais. Keine Sorge, es bleibt noch immer genug für die Schweine. Ja, ich kenne die Vermischungsvorschriften, dreißig Prozent Mais, zwanzig Prozent Korn und fünfzig Prozent Weizen. Zwei Waggons reines Weizenmehl schenken wir den Offiziers-Spitälern. Aber lächerlich. Das Geld bekommen Sie von mir. Natürlich nur den festgesetzten Preis. Die Anerkennung ist doch mehr. Ich kann dann mit Leichtigkeit einige Pferde und sogar Vieh aus der Ukraine hierher schaffen. Also abgemacht.»

Er verließ das Haus. Für den Nachmittag hatte er keine Vereinbarungen mehr. Er ging ins Amt, wußte aber nichts anzufangen. Er war ungeduldig auf das Wiedersehen mit den Freunden aus dem Lager von Dachau. Er wollte die Zeit bis dahin rasch hinter sich haben. Er ließ den Wagen vorfahren und gab dem Chauffeur den Befehl, ihn ins nächstgelegene altrumänische Städtchen zu fahren, wo es besondere Leckerbissen gab und man ungestört die Zeit verbringen konnte. Unterwegs begegnete er zwei Wagen mit Getreidesäcken. Er ließ halten und fragte die Kutscher, woher sie kämen. Er erfuhr, daß sie vom Gutshof Pojeni kamen und das Getreide zur Mühle führen wollten. Das müßten seine Vorgesetzten sehen! Johann Müller würde ihm sagen: Rasch und prompt gearbeitet, alter Junge. So arbeitet ein Franz Zimmerle, jawohl. Sein Wagen fuhr in Mihaleni ein. Das Städtchen mit den kleinen niedrigen Häusern lag gottvergessen wie ausgestorben in der heißen Nachmittagssonne. Hier hatte der Krieg keine Spuren hinterlassen. Das Städtchen sah so aus wie vor einem Jahr, als er zum ersten Male hier gewesen war. Es gehörte zu einem moldauischen Verwaltungsbezirk, der in die Kriegszone nicht miteinbezogen war. Als der Wagen sich durch die schier endlose Hauptstraße bewegte – das Städtchen besaß fast keine andere Straße –, fielen ihm einige Juden auf den Gehsteigen auf. Er blickte in einen offenen Schusterladen hinein, und auch da saß ein Jude an der Arbeit. Ja, dachte er, so sieht es aus, wenn kein Franz Zimmerle da ist. Leider untersteht dieses Drecknest nicht direkt uns Deutschen. Aber ich werde noch heute mit dem Subpräfekten von hier sprechen.

Außerhalb des Städtchens in einem kleinen Wäldchen befand sich ein schönes Restaurant. Es war ein Treffpunkt der höheren Beamten, Offiziere und Großgrundbesitzer der ganzen Umgebung. Die Küche war berühmt. Die Spezialität des Hauses waren Gänse am Spieß gebraten. Er ließ sich an einem Tisch im Garten nieder. Überall hörte er Geflüster von Offizieren mit ihren Mädchen. Als er sich beim Wirt erkundigte, erfuhr er, daß sich seit Kriegsausbruch in der Nähe ein rumänisches Offiziersspital befände. Ein Drückebergernest, murmelte er vor sich hin. Wir kämpfen und bluten und die prassen hier! Nach dem vierten Gericht, nachdem er die zweite Flasche Tokaier geleert hatte, erinnerte er sich, daß er auf der Straße Juden gesehen hatte.

«Sagen Sie mal, Wirt, hat man denn hier den jüdischen Einfluß noch nicht gebrochen?»

«Und ob», antwortete der Wirt. «Aber es gibt hier im Städtchen keinen einzigen nichtjüdischen Handwerker und so mußte man einen Teil der Juden am Leben lassen. Gleich nach Kriegsausbruch sind auch hier achtzig jüdische Familien, die aus der Bukowina und Transsilvanien stammen, verhaftet und ausgerottet worden. Aber schließlich konnten wir nicht ohne einen Arzt und ohne Handwerker bleiben. Wir haben ja vorläufig niemanden, der sie ersetzen könnte.»

«Schöne Ordnung», brummte Franz Zimmerle.

Der Wirt blickte ihn erstaunt an und verschwand.

Im Gegensatz zu Hans Kruhle war Franz Zimmerle kein Trinker. Aber in der Partei, in der Zusammenarbeit mit der SS hatte er sich das Trinken angewöhnt und konnte viel vertragen. Wegen seiner Ansteckung hatte ihm der Arzt für einige Tage jeden Alkoholgenuß untersagt. Jetzt aber wollte er keine Rücksicht darauf nehmen. Als er die dritte Flasche geleert hatte, wurde ihm so angenehm warm zumute. Er gab sich, was im nüchternen Zustande nicht seine Gewohnheit war, Betrachtungen hin: Glück muß der Mensch haben. Wenn ich zum Beispiel früher geboren worden wäre, zu der Zeit, als es noch keinen Führer in Deutschland gab, was wäre aus mir geworden. Nichts. Ich wäre, wofür mich meine Mutter bestimmt hatte, ein Gehilfe in einem Lebensmittelladen. Und meine Talente, das arisch-nordische Genie, das in jedem von uns lebt, wären sinnlos zugrunde gegangen. Jawohl, der Führer ist ein Geschenk Gottes. Er erinnerte sich, daß ihm einer der Vorgesetzten im Lager von Dachau, an einem Abend, nachdem sie sechzig Politische umgebracht hatten, sagte: Das Zeichen der Größe unserer Zeit liegt im Schnurrbart, wie ihn der Führer besitzt. Alle SS-Männer dort im Lager hatten Schnurrbärte nach dem Muster des Führers. Trotzdem erschien es allen im ersten Augenblick komisch, daß das Zeichen der Stärke im Schnurrbart liegen sollte. Der SS-Mann, der diese Behauptung aufgestellt hatte, war ein Gymnasiallehrer und erklärte: Lacht nicht. Ich werde euch die Richtigkeit meiner Behauptung beweisen. Jedes Volk hat seine Epoche und jede Epoche ihre

Zeichen. Die Stärke der alten Juden lag im langen Haar. Ihr Held Simson trug langes Haar, und die Arierin Delila aus dem Stamme der Philister brach seine Macht und vernichtete seine Kraft, als sie ihm das Haar schnitt. Der Prinz Absalom war in dem Moment erledigt, als sich sein Haar am Ast eines Baumes verstrickte. Damit war sein Schicksal besiegelt. Die Macht der alten Römer lag in der Toga. Sie besiegten die semitischen Phönizier, unterwarfen die gesamte antike Welt und alle barbarischen Völker, solange sie die Toga trugen. Als die alten Tugenden verschwanden und mit ihnen das Nationalkleid, die Toga, da war die Macht der Römer gebrochen und das Christentum umhüllte mit seinen schwarzen Flügeln die ganze Welt. Der Schnurrbart des Führers ist das Herrschaftszeichen der arisch-nordischen Rasse, die niemals mehr besiegt und niemals mehr unterjocht werden kann.

Da fiel Franz Zimmerle plötzlich ein, daß Hans Kruhle keinen Schnurrbart trug. Ohne Zweifel wird es mit ihm ein böses Ende nehmen. Als er das erste Glas der vierten Flasche hinuntergoß, spazierten an ihm die führenden Persönlichkeiten der Nazipartei vorbei. Weder Göbbels noch Göring hatten Schnurrbärte. Auch das kann nicht gut enden. Sicher werden sie noch eines Tages gegen den Führer rebellieren und ihr verdientes Ende finden. Natürlich ist nicht jeder Schnurrbart ein Zeichen des Genies und der Kraft. Im Gegenteil: Es gibt Schnurrbärte, die ein deutliches Merkmal des Niederganges und der Minderwertigkeit sind. Die polnischen Schnurrbärte zum Beispiel – ich habe es doch selbst erlebt – wie degeneriert ihre Träger sind. Als ich einmal so einen Polen an seinem aufgezwirbelten Schnurrbart aufknüpfen ließ, da krepierte er, noch bevor man ihn hochzog. Der Schnurrbart des Führers ebenso wie mein eigener kann zum Aufknüpfen gar nicht benützt werden. Pfui Teufel, das Gehenktwerden wäre auch eines Deutschen unwürdig.

Da erblickte er plötzlich den Führer vor sich. Er saß an einem Tisch gegenüber und verzehrte ein auf Kohlenfeuer geröstetes Fleisch. Merkwürdig, er ißt doch sonst nur Gemüse? Aber der Führer weiß, was er tut. Er blickte von seinem Glas wieder auf. Der Führer sah ihn an. Da vermochte er nicht länger an sich zu halten. Er erhob sich, ging auf ihn zu, fiel auf die Knie. Er küßte den Saum seines weißen Mantels und schrie: «Mein Führer, verfüge über mich.» Der Führer aber stieß ihn weg. Da kam der Wirt und sagte: «Bitte wollen Sie freundlichst die Gäste nicht belästigen!» Der Führer aber erhob sich und verschwand. Franz schrie verzweifelt: «Warum mag der Führer mich nicht mehr? Warum verschwindet er – mein Führer verfüge über mich –»

«Aber mein Herr, das war der Siguranza-Chef von Mihaleni, Vintila Nihilescu.»

«Was? Der Rumäne, der Zigeuner wagt es, einen Schnurrbart wie der Führer zu tragen, Beine wie der Führer zu haben. Unerhört. Das muß mit Blut gesühnt werden.»

Als Franz Zimmerle erwachte, wußte er gar nicht, wo er sich befand. Er blickte um sich und wähnte in seinem eigenen Garten zu sein. Wie sich alles verändert hatte. Die Apfelbäume hatten sich in Kastanienbäume verwandelt und die Blätter waren gelb geworden. Da kam der Wirt und legte ihm die Rechnung vor. Er zahlte und stieg in den Wagen. Die frische Luft wirkte ernüchternd. Als sie sich Sereth näherten, gab er in einer plötzlichen Eingebung dem Chauffeur den Befehl, ihn zur Wohnung Simjon Straubs zu fahren. Er traf Simjon zu Hause an, ließ ihn zu sich in den Wagen steigen und sie fuhren zur Stadt hinaus. Er erzählte ihm, daß er heute morgen die Nachricht erhalten hätte, daß Johann Müller in den nächsten Tagen mit dreihundert Mann eintreffen würde, um einen Strafzug gegen Libertatia und Rogatschesti zu machen. Er hatte das bei der Besprechung von heute morgen nicht gesagt, damit alles bis zum Eintreffen der Leute geheim bliebe. Sonntag nachts würden die Leute mit einem Extrazug in Sereth ankommen. Außer ihnen beiden dürfte niemand etwas darüber erfahren. Nur sie allein würden sich zum Empfang am Bahnhof einfinden. Es wäre wahrscheinlich, daß Johann Müller mit seiner engeren Garde schon einige Stunden vorher in Sereth sein würde.

Als Franz Zimmerle gegen zehn Uhr abends seine Wohnung betrat, fand er zu seiner großen Überraschung im hellbeleuchteten Salon Hans Kruhle, Stefan Zertian und Otto von Raubnitz sitzen. Man trank eisgekühlten Whisky-Soda, und bevor er noch fragen konnte, was sie denn herführte, betrat Henriette in einem schönen langen Hauskleid den Raum. Sie gehörte anscheinend mit zur Gesellschaft. Denn am Tisch vor ihrem Sitz stand ebenfalls ein halbgeleertes Glas. Er kam aus dem Staunen nicht heraus. Nein, es war nicht dieselbe Henriette, wie er sie heute Mittag gesehen hatte. Sie war frisch, munter, aufgemacht, ja kokett und besonders anziehend.

«Was ist denn hier los?» fragte er.

Hans Kruhle antwortete: «Um sieben Uhr bist du gewöhnlich im Amt. Als es acht Uhr geworden war und du nicht kamst, wollte ich hier nachsehen, was los wäre. Deine Frau sagte mir, sie wisse nicht, wohin du verschwunden wärest. Ich dachte, du wärest, da du keine Botschaft hinterlassen hast und nichts besonderes für die nächsten Tage in Aussicht genommen ist, wieder nach Pojeni hinausgefahren. Inzwischen ist ein wichtiges Telegramm hier angekommen, in dem mitgeteilt wird, daß die Ankunft Johann Müllers und der Truppen um vierundzwanzig Stunden vorverlegt ist. Ich telefonierte nach Pojeni und erfuhr, daß du nicht dort wärest. Da berief ich Otto von Raubnitz und Herrn Zertian, um mit ihnen das Wichtigste in dieser Frage zu besprechen.»

Franz Zimmerle warf einen Blick auf Henriette. Er sah, daß ihre Augen gierig auf Stefan Zertian gerichtet waren. Gleichzeitig aber konnte er sich des Gefühls nicht erwehren, daß Henriette und Hans Kruhle heute Abend wieder zusammen gewesen waren. Und diesmal schien sie sich nicht gewehrt zu haben. Was gestern mit Gewalt erzwungen worden war, war heute freiwillig gewährt worden. Heute hat sie Hans Kruhle besessen und morgen wird sie sich Stefan Zertian an den Hals werfen. Er erinnerte sich, daß er für zehn Uhr abends bei den eingetroffenen Gestapo-Leuten angesagt war. Er sagte: «Es ist ein wichtiges Telegramm da und wir werden morgen die Details besprechen. Ihr könnt jetzt gehen.»

Hans Kruhle aber fragte: «Du hast uns doch heute Morgen nichts von einem bevorstehenden Strafzug gesagt?»

«Ich habe nach der Sitzung ein anderes Telegramm erhalten und bin noch nicht dazu gekommen, mit euch darüber zu sprechen. Jetzt ist es überholt. Also bis morgen, meine Herren.»

Dieses bis Morgen, meine Herren, war in einem Tone gesagt, der nicht mißverstanden werden konnte. Stefan Zertian erhob sich, seinem Beispiel folgte Otto von Raubnitz und zuletzt auch Hans Kruhle. Als sie gegangen waren, lachte Henriette hellauf und verließ das Zimmer. Er sprach kein Wort, nahm den Mantel und rannte zur Mühle.

Es waren durchwegs Untergeordnete, die hergekommen waren. Das wußte er von vornherein. Aber er ging doch gerne hin. Als er sie begrüßte, freute er sich. Es tat ihm wohl, Gesichter zu sehen, die ihn an die Zeit erinnerten, als er selbst noch von einer Dirne zur andern ging, da ihm die Ehe als etwas Spießerhaftes erschien. Ohne Zweifel: Er setzte sich über solche Dinge hinweg, wie die zwischen Hans und Henriette. Aber eine lächerliche Figur wollte er nicht sein. Morgens war er entschlossen gewesen, Henriette zu ermorden und mit Hans Kruhle die Beziehungen aufrecht zu erhalten, als wäre nichts vorgefallen. Aber das Auflachen Henriettes hatte ihn im tiefsten Innern verletzt und er empfand jetzt, daß er lächerlich gemacht wurde. Mit einer Herzlichkeit, wie es bei der SS Untergeordnete von Höherrangigen nicht erwarten, begrüßte er die Neuangekommenen. Die Vier, die ihm persönlich bekannt waren, umarmte er, und die Zeit verrann im Anhören von Dingen und Anekdoten aus den Lagern, aus denen sie kamen und wo er selbst früher Dienst geleistet hatte. Er erkundigte sich nach Gefangenen sowie nach Kameraden.

«Das dicke Schwein», berichtete der eine, «dieser katholische Prälat aus Schlesien, der auf jede Frage mit dem Psalm Deprofundis zu antworten pflegte, ist jetzt endgültig hin. Man sollte nicht glauben, was so ein Untier ertragen kann. Wir ließen ihn an einem heißen Tag von frühmorgens bis zum Anbruch der Dunkelheit angebunden an der Stange bei der Baracke der Arbeitsgeräte stehen und haben ihm Öl auf den Kopf geschüttet. Und da hat ihn doch der Schlag getroffen. Um drei Uhr nachmittags ging Jochen hin – du erinnerst dich noch an Jochen, er ist übrigens jetzt nach Frankreich gegangen. Der Jochen setzte ihm eine Dornenkrone auf den Kopf und wollte ihn den andern, wenn sie von der Arbeit zurückkamen, als Christus, König der Juden, vorstellen. Aber er kam zurück und sagte: Der Fettkoloß atmet kaum noch mehr. Da gingen wir hinaus, um ihn mit kaltem Wasser etwas zu erfrischen. Denn wir wollten doch nicht den Spaß verlieren. Aber er hing als Leiche in den Stricken.»

Alle lachten bei dieser Erzählung und auch Franz Zimmerle kam in bessere Stimmung. Als er nach der Uhr sah, war es Mitternacht. Froh und erleichterten Herzens verabschiedete er sich von ihnen.

XXIV

Die Versammlung in der Brauerei war für sieben Uhr angesetzt. Es war vorgesehen, daß Otto von Raubnitz als Direktor des Betriebes einige Worte sagen und nach ihm ein Arbeiter auf ukrainisch und ein anderer auf rumänisch sprechen sollte. Franz Zimmerle stand in einer Ecke des Brauereisaales und dachte: So gut wie ich es gemacht habe, hätte es ein anderer kaum machen können. Meine fünfzehn Leute arbeiten ab morgen in der Brauerei. Sie werden schon die Feinde herausfinden. Es wird seine Wirkung nicht verfehlen, daß man den Arbeitern eine Prämie in Tabak, Salz und Streichhölzern versprochen hat, nicht in Geld, wofür man nichts kaufen kann. Alles geht gut, nur zu Hause ist kein Zuhause mehr.

Raubnitz schlug mit dem Hammer auf den Tisch. Er sprach in einem gebrochenen Rumänisch: «Die heutige Belegschaftsversammlung soll dazu dienen, Mißstände im Betrieb im Interesse der Arbeiter selbst abzustellen. Es sind Leichtfertigkeiten beim Waschen der Fässer und beim Einfüllen festgestellt worden. Das muß unter allen Umständen vermieden werden. Man darf nicht vergessen, daß die Möglichkeit besteht, daß sogar die führenden Männer, die heute in ihren Händen die Zügel ganz Europas haben, von diesem Bier genießen. Wißt ihr, daß das heutige deutsche Reich geführt und geleitet wird von der Nationalsozialistischen Deutschen Arbeiterpartei? Jawohl, Deutschland ist ein Arbeiterstaat und die Deutschen sind hergekommen, nur weil das frühere System die Arbeiter unterdrückt hat, weil der Arbeiter vollkommen rechtlos war. Der

Führer hat das nicht länger dulden können. Alle Arbeiter müssen sich vereinigen in der Rumänischen Arbeitsfront. Sie müssen sich darüber klar sein, daß es heute keinen Unternehmer im alten Sinne mehr gibt. Die Brauerei ist der Familie Beil entrissen worden, weil diese Familie jüdisch-kapitalistisch-bolschewistischen Interessen gedient hatte. Ihr habt ja selbst gemerkt, daß es heute keine Unternehmer mehr gibt, sondern nur Führer und Gefolgschaft. Ich sorge für den Absatz und auch dafür, daß jeder das Nötige zum Leben erhält. Euer Kamerad, der jetzt sprechen wird, wird es euch bestätigen.»

Es gab ein wirres Durcheinander. Jeder wollte reden. Aber so war es nicht gedacht. Etwas verschüchtert traten die zwei vorbestimmten Redner hervor. Beide trugen die Nationaltracht. In dieser Beziehung unterschieden sich Rumänen und Ukrainer in nichts voneinander. Über dem selbstgewebten Leinenhemd und der Leinenhose trugen sie den Serdak aus grauer gestampfter Wolle. Im Gasthaus galten sie beide als Schwätzer und Schläger. Jetzt aber fühlten sie sich unsicher und eingeschüchtert. Zuerst sprach der eine auf Rumänisch. Anfänglich verstand man kein Wort, weil er zu leise sprach. Aber allmählich steigerte sich seine Stimme. Es war nicht schwer zu erkennen, daß jedes Wort eingelernt war. «Ein Kilo Salz jeden Monat, zwei Päckchen Tabak und ein Liter Naphta – das ist jedem zugesichert. Wir werden einen eigenen Konsumverein haben ...»

«Hat man auch unter dem alten System bekommen. Tabak, Salz und Naphta konnte man früher in den jüdischen Läden haben, soviel man nur wollte!» schrie man aus der Menge.

Otto von Raubnitz gebot Ruhe. Der Rumäne konnte den Faden nicht mehr finden und zog sich zurück. Jetzt trat der Ukrainer vor: «Früher waren wir Sklaven. Früher hat der Beil eine jüdische Braut gehabt!»

Aus der Menge schrie jemand: «Was geht das dich an?»

Währenddessen flüsterte Raubnitz dem Ukrainer etwas ins Ohr und der sagte: «Ich meinte, früher hat der Beil durch seine jüdische Geliebte uns an die Juden verschachert.»

Jemand schrie aus der Menge: «Welchem Juden warst du denn verschachert?»

Der Ukrainer stockte und dann brüllte er: «Hundert Päckchen Tabak jedem, der Angaben machen kann, man will wissen, wer Schmieröl, Fässer, tote Ratten, Tabak und Streichhölzer jedem ...»

«Eine stinkende Ratte bist du selbst.»

«Früher ...»

«Haben wir zehn Stunden am Tag gearbeitet», schrie man aus der Menge, «und jetzt von sechs Uhr morgens bis sieben Uhr abends. Früher hat man kaufen können ...»

«Ruhe hier!» Hans Kruhle war auf die Bühne gesprungen. «Ihr verdammten Hunde. Wo glaubt ihr, seid ihr? In der bolschewistischen Hölle? Hier spricht die Deutsche Nationalsozialistische Arbeiterpartei. Hier heißt es schweigen. Ich werde euch lehren! Baumeln werdet ihr. Tabak soll man euch geben?»

Die Versammlung löste sich in einem Tumult auf. Als man das Gebäude verließ, sagte Franz Zimmerle zu Hans Kruhle in galligem Ton: «Wir werden miteinander noch ein Wort zu reden haben. Du vergißt, wo wir uns befinden und was der Führer uns aufgetragen hat. Was du hier gesagt hast, grenzt an Sabotage ...»

«Das lasse ich mir nicht gefallen. Ich war es, der dich zur Partei gebracht hat. Was wärest du ohne mich?»

«Wir werden ja noch sehen, wer von uns den kürzeren zieht.»

Otto von Raubnitz bemühte sich, die Gemüter zu besänftigen.

Als man im Amtszimmer Franz Zimmerles beisammen saß – Hans Kruhle war nicht mit heraufgekommen –, sagte Franz Zimmerle vor Erregung seiner kaum mächtig: «Wenn hier etwas schief geht, dann werden wir wenigstens wissen, wo die Urheber zu suchen sind. Jawohl, es ist kein Zufall, daß der Führer den Alkohol verachtet. Alkohol ist aller Laster Anfang. Er war einmal ein guter Parteigenosse. Ein Säufer ist er geworden, ein Taugenichts und dadurch ein Schädling. Meine Geduld ist zu Ende. Ich kann und ich darf nicht länger schweigen, ohne mich mitschuldig zu machen. Wer hat ihn ermächtigt, in meiner Abwesenheit den Inhalt vertraulicher Telegramme weiterzugeben? Wir sind uns doch darüber klar, daß durch sein Eingreifen die heutige Versammlung ein Fiasko war. Natürlich haben wir Widerspruch erwartet. Aber unsere Aufgabe war es, die Leute zu beruhigen, sie für uns zu gewinnen und nicht abzustoßen. Wie man Leute aufhängt, brauche ich bei ihm nicht zu lernen, und es wird hier gehenkt werden. Aber alles zu seiner Zeit. Wenn der Führer es für richtig halten und der Moment gekommen sein wird, reinen Tisch zu machen, dann wird in diesem Drecksnest wie in zehntausend anderen kein Stein auf dem andern bleiben. Ihr könnt euch darauf verlassen. Dann brauchen wir nicht einzeln hängen, sondern wischen alles so weg, als wäre es nie gewesen. Man braucht das Bier aus dieser Brauerei. Man braucht das Getreide von den Feldern, das Mehl von den Mühlen. Man braucht vor allem noch die Arbeitskraft dieser Untermenschen. Und wir sind dazu hergeschickt, um das alles herauszuholen!»

Daß es nicht allein die Sprache ist, die das Vertrauen unter den Arbeitern eines Betriebes herstellt, erfuhren die fünfzehn Gestapo-Leute, die als Arbeiter in der Brauerei jetzt beschäftigt waren, schon im Verlaufe von vierundzwanzig Stunden. Sie sprachen ausgezeichnet rumänisch und ukrainisch. Sie waren überall tätig, sie verschenkten in der Mittagspause unter den Kollegen Streichhölzer und Tabak. Sie erzählten, daß sie auf der Flucht vor den Ungarn ein ungarisches Militärmagazin geleert hätten. Sie erzählten auch, daß die Ungarn aus Haß gegen die Rumänen und Ukrainer auf ihre Köpfe hohe Summen gesetzt hätten. Aber was nützte das alles? Man konnte nicht feststellen, woher es kam, aber das Gerücht hatte sich verbreitet, sie wären weder Arbeiter noch Rumänen noch Transsilvanier, sondern deutsche Spitzel. Wo sie sich bewegten, hörten sie das Wort Niemtsy, Deutsche. Man mied sie. Keiner nahm ein Streichholz an, ebenso wenig eine Zigarette oder ein Päckchen Tabak, obwohl das alles rar war.

Franz Zimmerle sagte zu Simjon: «Ich habe keine Anhaltspunkte, aber ich bin fast sicher, daß die Sache von Hans ausgeht, weil er mich hier unmöglich machen will. Er hat sich in den Kopf gesetzt, daß ihm hier die Leitung gebührt. Schließlich handeln wir alle auf Weisung und nach den Bestimmungen des Führers. Wir sind nur Vollzieher seines Willens. Aber Hans Kruhle ist derart gesunken, daß er das Selbstverständliche gar nicht mehr begreift. Sie, Straub, sind meine einzige Hoffnung. Sie müssen versuchen, da Sie seit vielen Jahren im Betrieb arbeiten und doch mehr das Vertrauen der Leute genießen als unsereiner, die Leute in Gruppen zusammenzufassen. Wir führen sie alle auf der Liste der rumänischen Arbeitsfront, aber wir wollen uns doch nicht selbst täuschen. Keiner von ihnen mit Ausnahme der zwei Idioten, die bei der Versammlung die paar Sätze nicht einmal richtig hersagen konnten, haben bisher für die Organisation auch nur das geringste Interesse gezeigt. Sie allein, Sie müssen versuchen, immer wieder je vier oder fünf ins Gasthaus oder zu sich einzuladen und auf die Weise eine feste Stütze im Betrieb zu schaffen. Davon hängt unsere ganze Arbeit und die Zukunft des Betriebes ab. Ihnen brauche ich ja nicht zu sagen, wie notwendig es ist, daß wir den Forderungen der Front nach Bier nachkommen. Denn diese Bestien, die Bolschewiken, haben bei ihrem Rückzug sogar das Wasser ungenießbar gemacht.»

Simjon Straub folgte willig den Weisungen. Wie im Augenblick die Dinge stehen, dachte er, werden wir in vierzehn Tagen ruhig und ohne Schwierigkeiten die Arbeit mit dem Schmieröl wieder aufnehmen können. Er dachte über neue Methoden nach. Aber es war ihm klar, daß seine kleine Gruppe vorderhand keine weiteren Aktionen unternehmen könnte ohne vorheriges Einvernehmen mit den Partisanen. Vor sechsunddreißig Stunden, sofort nachdem er die genaue Ankunft der Strafabteilung erfuhr, hatte er Petruschka zu Chaim mit dem Bericht hinausgeschickt und um eine Zusammenkunft mit ihm gebeten. Die Frage war nur, wie diese Zusammenkunft auf die vorsichtigste Weise bewerkstelligen. Es beunruhigte ihn, daß sich Petruschka seitdem noch nicht gemeldet hatte. Jetzt war eine neue Situation geschaffen. Die Arbeiter des Betriebes waren für eine größere Aktion zu haben. Das hatte die letzte Versammlung gezeigt. Die Anwesenheit der fünfzehn Gestapo-Leute im Betrieb erschwerte wohl die Arbeit, aber glücklicherweise wußte heute jeder, mit wem er es zu tun hatte.

Hans Kruhle kannte die tieferen Ursachen von Franz Zimmerles Einstellung gegen ihn. Als man in der Brauerei allgemein davon sprach, daß die fünfzehn Gestapo-Leute keine Rumänen seien, stieg in ihm der Verdacht auf, daß kein anderer als Simjon Straub der Feind in den eigenen Reihen wäre. Er hatte ursprünglich Stefan Zertian verdächtigt. Er beobachtete ihn genau, schlich hinter ihm wie ein Schatten her und stellte fest, daß Stefan in den letzten zwei Tagen mit niemandem außer mit Simjon zusammengekommen war. Aller Berechnung nach konnte es nur Simjon und kein anderer gewesen sein, der die fünfzehn Gestapo-Leute der Arbeiterschaft verraten hatte. Der Feind saß in den eigenen Reihen und war noch dazu der engste Vertrauensmann des Gestapo-Chefs. Wie einen Ausweg finden, mit wem sprechen? Johann Müller wird bald hier sein. Aber Johann Müller vertraut Franz Zimmerle mehr als mir. Trotzdem kann und darf ich nicht schweigen.

Er lag in der Nacht hinter dem Garten des Vergnügungslokales versteckt, von wo man Simjons Wohnung genau beobachten konnte. Stunde um Stunde verrann und nichts Verdächtiges zeigte sich. Im Hause Simjons war Licht. Da bemerkte er eine Gestalt sich vorsichtig an das Haus heranschleichen. Er hörte einen Pfiff, das Fenster öffnete sich und die Gestalt kletterte hinein. Ihm klopfte das Herz vor Freude. Also doch. Mein Verdacht hat sich bestätigt. Einen Hans Kruhle täuscht man nicht. Es ist traurig, wenn das Ei klüger sein will als das Huhn. Franz Zimmerle will sich selbständig machen und führt alles, was aufgebaut ist, unvermeidlich dem Abgrund entgegen. Es dauerte etwa eine halbe Stunde, da öffnete sich das Fenster und dieselbe schlanke Person kam wieder heraus. Vorsichtig schlich sie sich am Zaun des Vergnügungslokales entlang in der Richtung dem Flusse zu. Da, sie war einen Schritt vor ihm, nahm er den Revolver in die Linke und mit der Rechten ergriff er den Vorbeischleichenden am Fuß, so daß der mit dem Gesicht zu Boden fiel. Er stürzte sich auf ihn, umklammerte ihn mit der Rechten und hielt ihm mit der Linken den Revolver vors Gesicht. «Wer bist du?» Und bevor der noch eine Antwort geben konnte, erkannte er Petruschka.

«So ist es! Du bist der Kurier. Auf dich habe ich schon lange gewartet, mein Junge. Also entweder du erzählst mir alles, dann werde ich es nicht einmal bekannt geben, dann trittst du in unsern Dienst, oder du hast die längste Zeit gelebt.»

Petruschka versuchte sich der Umklammerung zu entwinden. Mit einer geschickten Bewegung war es ihm gelungen, Hans Kruhle den Revolver aus der Hand zu schlagen. Aber in diesem Augenblick versetzte ihm Hans Kruhle einen solchen Schlag ins Gesicht, daß er betäubt zu Boden fiel. Hans Kruhle durchsuchte seine Taschen, die Schuhe – nichts, nichts war zu finden. Nicht ein geschriebenes Wort. Verteufelt noch einmal. Diese Bande ist vorsichtig, ist geschult.

Nur mit schwerer Mühe vermochte Stefan Zertian, der, auf einem Spaziergang begriffen, zufälliger Zeuge der ganzen Szene war, sich zurückzuhalten. Er wollte im ersten Augenblick auf Hans Kruhle losgehen, ihn niederschlagen und Petruschka befreien. Als Petruschka bewußtlos am Boden lag, überlegte Stefan Zertian: «Für Hans ist es ja wichtig, Petruschka lebendig zu haben, um ihn als Zeugen vorführen zu können. Springe ich jetzt ein, dann ist es ein offener Kampf. Gelegenheit, Petruschka zu befreien, kann sich immer bieten. Dagegen könnte ein unüberlegter Schritt unabsehbare Folgen für meine Arbeit und für die der Partisanen haben.» Er beobachtete, wie Hans Kruhle Petruschka einen Knebel in den Mund legte und folgte ihm wie ein Schatten, als er den Jungen vor sich herstieß.

Hans Kruhle bewohnte seit mehreren Wochen ein schönes Häuschen unweit vom Vergnügungslokal. Stefan Zertian begriff nicht, weswegen Hans Kruhle den Petruschka nicht ins Gebäude der Subpräfektur, sondern in seine eigene Wohnung brachte. Er schlich noch einige Zeit um Hans Kruhles Wohnung herum und beobachtete, wie dieser Petruschka an Händen und Füßen band und ihm den Knebel entfernte. Er merkte auch, daß Hans Kruhle sich vergebens bemühte, aus dem Jungen Aussagen zu erpressen. Stefan Zertian begab sich vorsichtig in die Wohnung von Simjon. Hier wurden ihm bald die Zusammenhänge klar. Mit dem Jungen in seinem Besitz wollte Kruhle einen Trumpf gegen Franz Zimmerle ausspielen. Stefan erfuhr erst jetzt, daß die Feindschaft zwischen Hans Kruhle und Franz Zimmerle einen hohen Grad erreicht hatte. Simjon war der Meinung, daß hier eine Frau im Spiele wäre, und zwar die Frau Franz Zimmerles. Stefan dagegen konnte es nicht glauben. Nach langen Beratungen kamen sie zum Entschluß, die Wohnung Hans Kruhles zu bewachen und zu sehen, was er vorhatte. Würde er morgen versuchen, Petruschka in die Subpräfektur zu bringen, dann müßte man alles riskieren, Hans Kruhle überfallen, niederschlagen und Petruschka befreien. Sollte dagegen Hans Kruhle Petruschka als seinen Privatgefangenen behalten, um ihn erst Johann Müller vorzuführen, dann wäre die Sache einfacher. Sobald Hans Kruhle die Wohnung verlassen haben würde, könnte man Petruschka ohne Schwierigkeiten befreien.

Die kurzen Sommernächte erschienen Franz Zimmerle endlos. Er fand keine Ruhe mehr. Ihn erfüllte der Gedanke: Vergeltung an Kruhle. Henriette lag des Nachts im andern Zimmer und der Haß gegen ihren Mann wuchs, der gar keinen Versuch mehr unternahm, sich mit ihr zu versöhnen. Sie sann darauf, wie sie ihn noch mehr erniedrigen könnte. Ach, dachte sie, wenn Stefan Zertian für mich nur was übrig hätte. Ihn könnte ich lieben tief und innig. In Wirklichkeit ist er der Mann, von dem ich all die Jahre geträumt habe. Vielleicht könnte ich bei Stefan Zertian eine Begierde erregen, wenn ich mich öffentlich mit Hans Kruhle zeige, wenn es ihm dadurch zum Bewußtsein kommt, daß ich zu haben bin. Es wird dann keine Liebe sein, er wird mich verachten, aber er wird zu mir kommen. Und wenn er erst einmal kommt, dann werde ich ihn auch zu gewinnen und zu halten verstehen.

Noch bevor der Morgen graute, verließ Franz Zimmerle die Wohnung. Er war müde, unausgeschlafen, fühlte sich zerschlagen. Er beschloß, ein frisches Bad im Fluß zu nehmen und dann seine Freunde in der Mühle aufzusuchen. Um halb sieben mußten sie bei der Arbeit sein, und der frühe Morgen bot die einzige Gelegenheit, sie zu sehen und zu sprechen. Bei ihnen vergaß er die triste Gegenwart, mit ihnen zusammen lebte die Vergangenheit schöner und ungetrübter, als sie in Wirklichkeit gewesen war.

Hans Kruhle war sich darüber im Klaren, daß er gegen jede Regel gehandelt hatte, als er Petruschka überfiel und ihn mit sich nahm. Das lernte jeder Gestapo-Mann am ersten Tag, daß man einen Kurier oder Verbindungsmann nicht verhaften darf, ohne ihn längere Zeit beobachtet zu haben. Denn nur durch Beobachtung kann man die Nester der Feinde ausfindig machen und ausheben. Er war sich dessen bewußt, daß er diesen Schritt unternommen hatte, um einen lebendigen Zeugen gegen Simjon Straub und damit gegen Franz Zimmerle zu haben. Für ihn und Franz war kein Platz mehr nebeneinander. Ein Kopf mußte rollen. Und der Junge sollte dazu dienen, daß es Franz Zimmerles Kopf und nicht sein eigener wäre. Wenn er nur den Jungen dazu bringen könnte, mitzuarbeiten, dann wäre alles in bester Ordnung. Der Zusammenhang war für ihn klar. Simjon Straub war der Vertrauensmann Morarescus und durch Petruschka wurde die Verbindung aufrecht erhalten. Hier konnte man mit einem Schlag – wenn nur dieser verfluchte Junge reden wollte – alles gewinnen: Die Vernichtung Franzens und Simjons und die Gefangennahme Morarescus ohne schwere Opfer. Der Führer selbst würde dann von ihm Kenntnis nehmen. Er würde ohne Zweifel einen viel höheren Posten bekommen, vielleicht sogar Gestapo-Chef der Bukowina werden. Er sprang vom Bett auf, öffnete seinen eisernen Schrank, nahm ein Bündel Dollarnoten und eine Menge Gold und Schmuckstücke, machte Licht und trat vor Petruschka hin: «Sieh mal, Junge, die Glückschance bietet sich manchen Menschen überhaupt nie und manchen einmal im Leben. Höre, was ich dir sage. Da hast du Gold, da hast du Banknoten, ich kann dir auch noch rumänisches Geld geben. Du sollst deine Studien beenden. Ich kann dich dem Führer empfehlen. Menschen wie du sind bei uns gesucht, wir schätzen sie höher als solche, die schon immer bei uns waren. Wir schicken dich auf die Schule nach München. Du kannst der kommende Mann Rumäniens werden. Noch niemals öffneten sich einem jungen Menschen wie dir solche ungeahnten Möglichkeiten. Sag' nicht nein. Vielleicht willst du, daß man nicht erfährt, wer es war, bevor die, die du für deine Freunde gehalten hast, vernichtet sind. Auch das kann ich dir versprechen. Denn du mußt gar nicht als Zeuge auftreten, wenn du mir den Aufenthaltsort Morarescus angibst. Du bleibst hier nur so lange, bis wir die Bande ausgehoben haben. Dann bist du frei, dann bringe ich dich direkt zum Führer. Du wirst im Radio sprechen. Dein Bild wird in der ganzen Presse des Reiches erscheinen. Rede doch, warum schweigst du?»

Der Junge blickte mit Augen voller Verachtung und sagte: «Ich weiß von nichts.»

«Was hast du dann bei Simjon Straub gemacht?»

«Wir sind Nachbarn, seitdem ich mich erinnern kann. Simjon war immer ein väterlicher Freund zu mir. Seit Jahren bin ich es gewohnt, nie zu Bett zu gehen, ohne ihm Gute Nacht zu sagen.»

«Diesen Unsinn glaubt dir doch kein Mensch. Du weißt, daß wir Mittel genug haben, dich zum Reden zu bringen. Du wirst reden und das Leben verlieren. Es ist doch besser für dich, daß du lebst und Glück und Karriere machst.»

«Ich kann nur wiederholen, was ich schon gesagt habe.»

«Wir werden deinen Vater zum Reden bringen. Er wird ja noch wissen, wo sein Sohn sich herumtreibt.»

«Mein Vater kann nicht mehr sagen, als was ich schon gesagt habe. Denn mehr als die Wahrheit oder etwas anderes als die Wahrheit kann keiner von uns sagen.»

«Wenn wir deinem Vater glühende Kohlen unter die Sohlen legen, wenn wir ihm jedes Haar extra auszupfen, dann wird er reden. Und das wird in deiner Gegenwart geschehen. Du wirst die Verantwortung tragen für das Leben und die Qual deines Vaters. Wir haben Stärkere zum Reden gebracht. Dein Vater ist über fünfzig. Ihm bietet sich die Möglichkeit, den weiteren Teil seines Lebens ruhig und sorgenlos zu verbringen, du aber wirst sein Mörder. Auf dich wird man hinweisen und sagen: Das ist der vertierte Sohn, der unnatürliche, der entmenschte, der seinen eigenen Vater auf den Galgen gebracht hat. Baumeln wird er vor deinen Augen und die Menschen werden auf dich spucken und die Kinder werden mit Steinen nach dir werfen.»

Petruschka biß die Zähne zusammen und schwieg.

«Ob du auch schweigen wirst, wenn du sehen wirst, wie ihm Glied um Glied herausgerissen wird? Wir werden ihm die Augen ausstechen, wir werden ...»

Gequält schrie Petruschka auf: «Hinweg, du Henker. Auf euch wird man spucken und mit Steinen werfen. Denn jeder in der Welt kennt heute die wahren Mörder.»

«Du hast Zeit, es dir zu überlegen. Bald geht dein Vater zur Arbeit, ahnungslos. Er wird denken, daß er einen lieben Sohn hat, die Stütze seines kommenden Alters. Abends bin ich wieder hier. Denke daran, daß in deiner Hand nicht nur dein Schicksal, sondern auch das deines Vaters liegt.»

Die Nebel hoben sich, die ersten Sonnenstrahlen wärmten. Einer der schönen Augusttage kündigte sich an. Die alte jüdische Friedhofsmauer entlang schlich in einem Reisekostüm Henriette. Eine fixe Idee hatte sich in der Nacht ihrer bemächtigt und ihr keine Ruhe gelassen. Als Hans Kruhle vorgestern abend bei ihr war, hatte er ihr die Schlüssel zu seiner Wohnung zurückgelassen. Sie entschloß sich, zu ihm zu gehen. Wieso der Entschluß zustande kam, konnte sie selbst nicht verstehen. Als er das letzte Mal bei ihr war, empfand sie ein Gefühl des Ekels. Ihr war es damals, als wäre sie von einer Höhe gestürzt und schwebte mit ihm gemeinsam einem tiefen Abgrund zu, aus dem ihr ein unerträglicher Gestank entgegenströmte. Und jetzt zog sie dieser Gestank an. Sie schlich sich die Friedhofsmauer entlang, voller Verachtung für sich selbst, für Hans Kruhle und voller Haß für Franz Zimmerle. Sie wollte bei ihm bleiben, bis der Ekel ganz von ihr Besitz ergriffen und in diesem Gefühl des Ekels wollte sie dann mit ihm gemeinsam über den Ringplatz spazieren, am Gebäude der Subpräfektur entlang, wo ihr Mann saß. Er sollte sie durchs Fenster sehen, jeder sollte sehen und wissen: So sieht es im Hause des allmächtigen Chefs von Sereth aus.

Aus dem Friedhof trat ihr eine Gestalt entgegen. Im ersten Augenblick wich sie zurück. Die Gestalt zog den Samthut vom Kopf, verbeugte sich tief und sprach. Sie verstand die Worte nicht, aber sie ahnte, daß es etwas Grauenhaftes war. War das nicht die Stimme, die allnächtlich zu ihr drang?

Ja, es war doch der alte Jude Jossel Schames. Sie schlich weiter, öffnete mit dem Schlüssel die Haustür, betrat den Vorraum und dann das Schlafzimmer. Sie hörte schweres Atmen, die Jalousien waren herabgelassen, tiefe Dunkelheit herrschte. Sie machte Licht. Das Bett war leer, aber in einem Winkel kauerte jemand. Als sie näher blickte, erkannte sie Petruschka, der an Händen und Füßen gefesselt war. «Wie kommst du her?» fragte sie. Da bemerkte sie, daß dem Jungen ein Knebel im Mund steckte.

Gerade als sie daran war, Petruschka vom Knebel und von den Fesseln zu befreien, betrat Stefan Zertian den Raum. Ihr Erstaunen war groß. Einige Minuten herrschte Schweigen. Dann trat Stefan Zertian an den Jungen heran und entfernte ihm den Knebel aus dem Mund. Der Junge atmete tief, zog die Luft in vollen Zügen ein. Stefan durchschnitt mit einem Messer die dicken Schnüre und Henriette schaute erstaunt zu. Sie wandte sich an Stefan und fragte: «Kamen Sie zu mir oder zum Jungen?»

«Zum Jungen. Aber auch zu Ihnen. Sie dürfen es nicht machen. Warum werfen Sie sich weg?»

Henriette setzte sich aufs Bett, bedeckte das Gesicht mit beiden Händen und weinte still in sich hinein. Und dann kam ein Schluchzen aus dem tiefsten Innern, das sie nicht mehr zurückhalten wollte. Stefan trat zu ihr, streichelte ihr das Haar und sie sagte: «Ich habe es nicht gewollt. Hätten Sie mich an dem Abend damals verstanden, alles wäre anders gekommen. Ich suchte einen Menschen und ein Tier kam über mich.»

«Die Minuten sind kostbar. Wir dürfen keinen Augenblick verlieren. Ich muß den Jungen in Sicherheit bringen. Hat Sie jemand auf dem Wege hierher gesehen?»

«Ich glaube nicht.»

«Also gehen Sie nach Hause und legen Sie sich ins Bett. Sie waren nicht hier, Sie haben das Haus nicht verlassen, Sie haben nichts gesehen. Sie sind ein junger gesunder Mensch. Werfen Sie sich nicht weg. Noch ist es Zeit. Es ist nicht aller Tage Abend. Nur von Ihnen hängt es ab.»

«Nein, Stefan, von Ihnen. Nur Sie können mir helfen.»

«Helfen können vor allem nur Sie sich selbst. Was in meiner Macht liegt, werde ich tun. Aber jetzt verlassen Sie dieses Haus.»

XXV

Nachdem Hans Kruhle den Jungen als Gefangenen in seiner Wohnung zurückgelassen hatte, trieb er sich stundenlang im Wäldchen außerhalb der Stadt herum und langte gegen acht Uhr morgens am Ringplatz an. Er konnte mit sich noch immer nicht ins Reine kommen. Was sollte er mit dem Jungen machen? Der Dienstordnung gemäß war er verpflichtet, Franz Zimmerle darüber ausführlich Bericht zu erstatten und ihm den Jungen vorzuführen. Aber gerade das wollte er vermeiden. Denn ist aus dem Jungen etwas Positives herauszuholen, etwas, das in der Sache Morarescu zu einem Erfolg führt, dann wird es Franz Zimmerle für sich ausnützen, dann wird Franz Zimmerle die Lorbeeren einheimsen. Im andern Fall – es kann ja gar keinen andern Fall geben. Denn wozu sonst sollte der Junge ihn auf so geheimnisvolle Weise in der Nacht besuchen? Warum schwieg er so beharrlich und verbissen? Nein, er ist der Verbindungsmann zwischen Morarescu und Simjon, dem jetzigen Freund und Vertrauensmann Franz Zimmerles. Einen Hans Kruhle täuscht man nicht. Aber wie über den Kopf Franz Zimmerles mit Johann Müller sprechen, ohne gegen die Ordnung zu verstoßen? Darauf konnte er keine Antwort finden. Da erblickte er von der Ferne Simjon Straub. Der ging festen und sicheren Schrittes in Richtung Brauerei. Hans Kruhle empfand ein Gefühl der Befriedigung in der Vorahnung der kommenden Rache. Da gehst du so sicher einher und ahnst nicht, daß das Netz ausgebreitet ist. Die Stunden deines Daseins sind schon gezählt.

Dieses Gefühl kommender Rache wirkte beruhigend auf seine Nerven. Zum ersten Mal, seitdem er seine Wohnung verlassen hatte, verspürte er eine Müdigkeit und auch ein Bedürfnis, etwas Warmes zu sich zu nehmen. Das einzige Lokal, in dem er frühstücken konnte, war das Hotel Hammerhof. Kaum, daß er an einem Tisch Platz genommen hatte, erblickte er Carol Barbarescu. Es war nicht lange her, seitdem besprochen worden war, daß er gemeinsam mit Barbarescu für die Errichtung eines neuen Lokals sorgen und Mädchen an die Front nachschicken sollte. Seitdem hatte sich aber viel ereignet und er hatte sich gar nicht um die Sache gekümmert. Auch Franz und die andern schienen es vergessen zu haben. Zu seiner Beruhigung aber sagte er sich: Carol Barbarescu ist nicht der Mann, der solche Sachen vergißt. Für ihn bedeutet es ja seine Hauptarbeit und seine Existenz. Ich werde mal mit ihm reden. Als der andere ihn erblickte, sprang er von seinem Sitz auf und begrüßte ihn ehrerbietig. «Gerade heute wollte ich zu Ihnen herüberkommen. Sie haben sich ja verdammt wenig um unsere Sache gekümmert. Ich verstehe, verstehe, viel Arbeit. Das Amt frißt einen ja ganz auf. Ich war ja auch einmal von der Branche. Sprechen wir lieber von unserer Sache. Wollen Sie sich nicht setzen? Bei einer Tasse Tee am Morgen läßt sich besser plaudern. Also, ich habe die Sache fix und fertig. Heute Abend ist die Eröffnung. Nein. Einzelheiten will ich Ihnen nicht erzählen. Ich möchte Ihnen die Überraschung nicht vorweg nehmen. Aber eines kann ich Ihnen jetzt schon sagen. Obwohl ihr Deutschen einem Rumänen doch nicht viel an Organisation zutraut, werdet ihr sehen, was in diesen wenigen Tagen geleistet worden ist. Ich sage Ihnen, einfach in den Schatten gestellt ist Althof mit seinem Lokal. Und die Perlen von Frauen, junges frisches Blut. Haben sich etwas gesträubt, aber ein Barbarescu bringt jedes Mädchen zur Vernunft. Selbstverständlich bleibt es bei der Abmachung, daß Sie am Lokal, das heißt an den Erträgnissen, prozentual beteiligt sind. Otto von Raubnitz mußte ich zehn Prozent zusichern. Ein tüchtiger Kaufmann. Ich hoffe, Sie erweisen uns die Ehre und kommen heute Abend. Es wird eine Eröffnungsfeier sein, würdig einer der großen Städte des neuen Europa. Sie werden allen Grund haben, mit mir zufrieden zu sein.»

Im ersten Augenblick war Hans Kruhle etwas bestürzt. «Heute Abend?» fragte er und dachte dabei: Gerade jetzt, unmittelbar vor der Ankunft Johann Müllers und der Strafabteilung, gerade jetzt, da ich mit dem Jungen beschäftigt bin und den Kampf gegen Franz Zimmerle auszufechten habe.

Carol Barbarescu merkte seine Bestürzung, wußte nicht, worauf sie zurückzuführen sei und sagte: «Seien Sie unbesorgt. Wir werden sicher eine Anerkennung von höherer Stelle bekommen. Man arbeitet kaum irgendwo anders so rasch wie wir hier.»

Hans Kruhle schwieg, noch immer mit der Frage beschäftigt, wie Johann Müller die Eröffnung des Lokals gerade im Augenblick eines so wichtigen Unternehmens aufnehmen würde. Eigentlich kann ja auch Johann Müller nichts dagegen haben. Ganz im Gegenteil. Ist es denn nicht ebenso wichtig für die Armee, Mädchen nachgeliefert zu bekommen wie Bier, Schnaps und Lebensmittel? Nein, Johann Müller kann nichts dagegen haben. Vielleicht wird er es sogar gut finden.

Barbarescu begriff das Schweigen nicht. «Ich wette», sagte er wie zum Spaß, «Sie sind um die Rentabilität des Unternehmens besorgt. Die Garnison, so denken Sie, hat die Stadt verlassen und ist nach Bessarabien in die Etappe gegangen und wir hängen in der Luft. Aber erstens sind wir ja nicht ein Unternehmen für Sereth selbst, und zweitens ist vor einigen Tagen, wie Sie wissen, im Gutshof Adlersberg ein großes Offiziersspital eingerichtet worden. Keine Sorge um Zuspruch.»

Hans Kruhle hörte ihm zu und dachte: Jemanden muß ich ins Vertrauen ziehen. Er kennt hier jeden und weiß Bescheid. Ich soll mit ihm zusammenarbeiten. Warum nicht gleich mit ihm über Petruschka und Simjon reden. Er ist heute von mir abhängig und will mit mir zusammenarbeiten. Er hat auch keinen politischen Ehrgeiz, dafür aber Erfahrung und Ortskenntnis. Mit seiner Hilfe könnte man den Jungen an einen sicheren Ort bringen, vielleicht auch seinen Vater und Simjon, um erst fertige Tatsachen zu schaffen. «Hören Sie, Herr Barbarescu», sagte er. «Ich möchte in einer Vertrauenssache mit Ihnen reden.»

Barbarescu war so erfüllt von dem Gedanken der heutigen Eröffnung, daß er sich gar nicht vorstellen konnte, daß jemand von etwas anderem reden konnte als von seinem Freudenhaus. Er hatte einige Glas Kognak getrunken und den vor ihm stehenden Tee kaum berührt. Der Kognak hatte ihn erwärmt und die Worte Hans Kruhles vom Vertrauen machten ihn kühner und aufgelockerter. Er sagte: «Ich wette, ich weiß, worüber Sie mit mir sprechen wollen. Sie haben die Absicht, einem Ihrer Vorgesetzten ein besonderes Geschenk zu machen, so ein junges unberührtes

Ding, eine echte Bukowinaer Schönheit. Damit führt man sich gut ein und ich kann das besorgen.»

«Wie, was sagen Sie?» fragte Hans Kruhle. Keine schlechte Idee, dachte er bei sich. Damit könnte man bei Johann Müller Eindruck machen. Und laut sagte er: «Nein, kommen wir zur Sache selbst. Ja, ich möchte Sie dringend sprechen, aber nicht hier und nicht jetzt. Etwas später, in einer wichtigen Sache. Erwarten Sie mich um die Mittagszeit.»

Zum großen Erstaunen Barbarescus verließ Hans Kruhle eiligst das Lokal. Er wollte den Gedanken, der in ihm aufblitzte, zu Ende denken. Wenn er Henriette dem Gestapo-Leiter für den ganzen Kreis Süd-Ost zuführte, als Geschenk? Er könnte über den Kopf Franz Zimmerles und Johann Müllers Karriere machen. Ein Geständnis des Jungen, das auf die Spur Morarescus führt, und so ein Geschenk dazu!

Nein, jetzt nach Hause zu gehen, hat keinen Sinn, dachte er. Er hatte Henriette den Schlüssel zu seiner Wohnung gegeben. Sie hatte ihm versprochen, ihn im Laufe des Vormittages zu besuchen. War sie noch nicht dort, dann konnte er sich nicht hinsetzen und warten. Bei dieser Frau kann man nie Gewißheit haben. Aber er wollte gleich mit ihr reden. Ihr einfach sagen, um was es geht. Sie will ja auch Karriere machen.

Er schlug den Weg zu ihr ein. Formell konnte er sich ja nach Franz erkundigen. War Franz im Amt, dann um so besser. Er betrat den Garten Franz Zimmerles. Der Schäferhund sprang ihm freudig entgegen, woran er erkannte, daß Franz nicht zu Hause war. Denn sonst saß der Hund morgens zum Frühstück neben seinem Herrn. Er pochte lässig an die Tür, wartete aber gar nicht das «Herein» ab und öffnete sie. Henriette saß in einem bequemen Lehnstuhl und las. Bei seinem Eintritt blickte sie auf und fragte: «Sie wünschen, mein Herr?»

«Ich wollte ...»

«Herr Zimmerle ist nicht zu Hause, dürfte im Amt sein.»

«Das hoffte ich und bin deswegen hergekommen.» Er trat an den Stuhl heran, legte seine Hand um ihre Schulter, beugte sein Gesicht zu dem ihren nieder und sagte: «Bei schlechter Laune, Liebling? Nicht gut geschlafen? Du siehst, ich hatte Sehnsucht nach dir und kam her.»

Sie entfernte seinen Arm ziemlich unsanft. Er aber tat, als ginge ihn das gar nichts an und fuhr fort: «Kommt der Berg nicht zu Mohammed, kommt Mohammed zum Berg.»

Sie sprang auf und rief sehr energisch: «Verlassen Sie augenblicklich das Haus.»

Er lachte auf: «Diese Worte habe ich schon einmal gehört, und dann kam es doch anders. Schon vergessen, was? Wozu die Keusche spielen? Heute kannst du es noch weniger als das erste Mal.»

Der Schlag ins Gesicht betäubte ihn mehr wegen der Überraschung als der Stärke. Das hatte er nicht erwartet. Bevor er noch zu sich kam, hatte sie einen Pfiff ertönen lassen. Der Hund kam und sie hetzte ihn auf den überraschten Hans. Der Hund selbst schien erstaunt. Aber er gehorchte seiner Herrin und sprang Hans mit einem starken Gebell an. Das Hausmädchen, das im Garten gearbeitet hatte, kam erschrocken hereingerannt und Henriette rief ihr zu: «Wirf diesen Lumpen da heraus!»

Hans Kruhle bemühte sich, den Hund abzuwehren. Sein Gesicht war feuerrot. An der Tür drehte er sich um und sagte auf Rumänisch, offenbar, damit das Mädchen es verstehen sollte, zu Henriette: «Du Hure, dir werde ich es noch zeigen.»

Auf der Straße angelangt, blickte er nach allen Seiten um sich, unschlüssig, wohin er seine Schritte lenken sollte. Da fiel ihm im nächsten Block ein verfallenes, leerstehendes Häuschen auf. Im Hofe befand sich ein Brunnen. Er ging hin, wusch sich das Gesicht, blieb ein paar Minuten sitzen und schlug dann den Weg zum Ringplatz ein. Er wollte jetzt zu Barbarescu. Ja, er sah in ihm den einzigen, den er ins Geheimnis um Petruschka und Simjon einweihen konnte. Barbarescu sollte ihm, wie er schon früher gedacht hatte, sowohl beim Hinüberbringen des gefangenen Jungen in ein sicheres Lokal als auch bei der Festnahme Simjons behilflich sein. Da bemerkte er plötzlich auf der Straße, die vom Ringplatz zum Serethufer führte, einen großen Menschenauflauf. Er ging näher hin und sah, daß die Menschen sich hier um ein Mobilisierungsplakat drängten. Zwei Jahrgänge wurden zu den Fahnen gerufen. Da aber fiel ihm auf, daß die Aufmerksamkeit der Menschen nicht diesem Plakat galt, sondern einem darunter geklebten Zettel, der etwas in Schreibmaschinen-Schrift enthielt. Einer las diesen Handzettel laut vor:

Das Vaterland ruft

Antonescu beruft im Namen des Königs, des Hohenzollern-Prinzen Michael, zwei weitere Jahrgänge unter die Fahne. Das entspricht der rumänischen Tradition. Im vorigen Krieg haben wir gegen die Deutschen gekämpft, die das Land verwüstet, sogar die Humusschichten aus dem Lande herausgeführt haben. Diesmal hat Antonescu selbst die Deutschen ins Land gerufen. Die zwei Jahrgänge braucht er nicht nur als Kanonenfutter, sondern er möchte die Männer weghaben, damit die Deutschen sich unserer Wohnungen bemächtigen, damit sie unsere Frauen und Schwestern in Bordelle verschleppen. Es soll heute Abend hier in der Stadt ein zweites Bordell eröffnet werden. Das Vaterland ruft. Aber der Ruf des Vaterlandes ist ein anderer: Geht in die Wälder und Schluchten, schließt euch dort den Patrioten an und kämpft gegen den deutschen Unterdrücker, gegen Antonescu und seine Mithelfer.

DER PATRIOTENBUND DECEBALUS

«Schaut, daß ihr wegkommt», schrie Hans Kruhle die Menge an und begann die Handzettel mit den Nägeln wegzukratzen. Die Menge stob auseinander und er ging eiligen Schrittes ins Gebäude der Subpräfektur. Beim Eintreten in den Amtsraum Franz Zimmerles fand er dort Simjon Straub, Stefan Zertian, Otto von Raubnitz und einige der neuangekommenen Gestapo-Leute vor. Franz Zimmerle hatte sich angesichts der Provokation mit den Handzetteln entschlossen, einige dieser Gestapo-Leute offen als Mitarbeiter heranzuziehen.

Obwohl Hans Kruhle merkte, daß man hier schon von dem Zettel wußte, entglitt es ihm gegen seinen Willen: «Habt ihr schon das Plakat auf den Straßen gesehen?» Franz Zimmerle antwortete gereizt: «Nein, auf deine Wachsamkeit haben wir gewartet. Seit länger als einer Stunde sucht man dich überall, aber du hast anscheinend andere Sorgen.»

Hans Kruhle wollte antworten, hielt sich aber zurück. Seine Schläfen waren heiß, er spürte, wie ihm das Blut in den Kopf stieg. Er wollte auf Simjon zeigen und rufen: Da steht er, der Verräter. Aber er schwieg. Ihm fiel jetzt ein, daß Petruschka, als er in der Nacht am Fenster Simjons pochte, in der Hand ein Paket hielt. Kein Zweifel: Der Junge hat von auswärts die Handzettel gebracht. Wäre er Petruschka nachgegangen, als er durchs Fenster stieg, er hätte beide mit den Flugzetteln überraschen können. Dann wäre jedes Leugnen und jedes Ausweichen unmöglich. Aber der entgeht mir auch so nicht. Wenn ich nur wüßte, was dieses Wort Decebalus zu bedeuten hat? Da könnte ich gleich drauf kommen, um was für eine Geschichte es sich da handelt. Ist dieser Decebalus ein Stalinmann oder einer dieser Morarescu-Leute?

Als Franz Zimmerle Raubnitz das Wort erteilte – anscheinend hatte das Eintreten von Hans Kruhle die Verhandlung mitten im Gang unterbrochen –, kam der alte Justfan hereingestürzt. Franz Zimmerle herrschte ihn an: «Wie können Sie ohne Anmeldung in den Verhandlungssaal kommen. Wer hat Sie gerufen, was haben Sie hier zu suchen?» Der alte Justfan ließ sich nicht aus der Ruhe bringen. Aus einer Briefträgertasche, die er in der Hand hielt, zog er einen Stoß Briefe. «Ich habe Anweisung, Stichproben zu machen und Briefe zu öffnen, wenn viele von der gleichen Art eingeworfen werden. Das habe ich getan und habe das gefunden.» Er schob Zimmerle einen Zettel hin und sagte: «Ich bringe sie her und möchte bitten, mir zu sagen, ob wir die Briefe befördern sollen. Drollige Zettel. Die Leute lachen sich krank auf der Straße. Ich habe auch gelacht. Das hätten sie ja gleich ins Plakat hineindrucken können, da hätte man nicht besondere Briefe schicken müssen und die Ergänzungen neben die Plakate kleben. Ich erinnere mich an eine solche Geschichte, es war noch tief in Friedenszeiten unter dem Kaiser, als eine neue Bierhalle eröffnet wurde ...»

«Hören Sie auf, Sie Idiot. Alle Briefe sollen sofort hergebracht werden bis auf den letzten. Und jetzt schauen Sie, daß Sie rauskommen!»

Justfan sagte eingeschüchtert: «Aber ich hab' doch meine Pflicht getan. Es kommt immer wieder darauf hinaus, daß meine Frau Recht hat.

Sie sagt immer, lieber zehnmal was machen, als einmal fragen.» Und er ging fort.

«Wühlarbeit im schlimmsten Sinne des Wortes,» sagte Franz Zimmerle. «Wir müssen überlegen, von welcher Seite das kommt.»

«Herr Zertian, was soll der Name Decebalus-Bund bedeuten?» fragte Hans Kruhle.

«Decebalus war einer der letzten unabhängigen Dacierkönige. Er hatte den römischen Armeen die schwersten Niederlagen beigebracht und wurde in langjährigen Kämpfen nur durch die Übermacht der römischen Truppen besiegt, die Kaiser Trajan gegen die Dacier vereinigt hatte. Er ist seitdem zur nationalen Legende der Bewohner der Gebiete geworden, die damals zu Dacien gehörten und das ist der weite Landstrich zwischen der Theiß, dem Pruth und dem Schwarzen Meer. Decebalus war und ist das Symbol des Widerstandes des rumänischen Volkes gegen die Fremdherrschaft.»

«Wollen Sie damit sagen», schrie Hans Kruhle Stefan Zertian an, «daß das rumänische Volk sich jetzt in einem Zustand befindet, in dem es die Fahne des Widerstandes gegen einen Unterdrücker entfalten muß? Sind wir nicht als Freunde und Befreier hierher gekommen?»

Die Erklärung Stefan Zertians traf auch Franz Zimmerle hart. Aber in seinem Haß gegen Hans Kruhle nahm er für Stefan Zertian Stellung: «Du hast dem Herrn Subpräfekten eine Frage gestellt und er hatte die Güte, uns Aufklärung zu geben. Aus dieser Aufklärung, meine Herren, geht unzweideutig hervor, daß es sich hier um einen Anschlag von nationalistischer Seite handelt.»

Alle nickten zustimmend. Franz Zimmerle setzte fort: «Es handelt sich ohne Zweifel um Moraresccu. Seit Wochen hält dieser Bandit nicht nur die Gestapo unseres Landes, sondern sogar führende Kreise der Armee in Alarm. Es ist eine Provokation, wie wir sie in unserer Praxis kaum erlebt haben. Wenn es uns nicht gelingt, mit dem Banditen fertig zu werden, dann sind unsere Schwierigkeiten hier unabsehbar. Das erste, was wir tun müssen, ist eine gründliche Durchsuchung aller Wohnungen, Schlupfwinkel und Verstecke nach Schreibmaschinen und einem Abziehapparat. Obwohl nicht anzunehmen ist, daß diese Flugzettel hier in der Stadt geschrieben und abgezogen worden sind. Aber solche Dinge eifern an. Und wir können es erleben, daß noch selbst hier solche Zettel angefertigt werden. Die Adressen der Briefe müssen aufs genaueste geprüft werden.»

Er wandte sich an die Neuangekommenen: «Ab heute arbeitet ihr nicht mehr in der Brauerei, sondern bleibt lieber auf der Straße. Zwei von euch werden im Postamt sitzen. Die zehn Siguranza-Leute, die angekommen sind, wird euch Herr Zertian zur Verfügung stellen. Morgen schon trifft Johann Müller ein und wir müssen dann wenigstens eine Spur haben.»

«Ich verpflichte mich», sagte Hans Kruhle plötzlich, «in achtundvierzig Stunden einen bis zwei der Täter dingfest zu machen, wenn mir freie Hand gelassen wird, unabhängig von dem, was sonst in dieser Sache unternommen wird.»

Alle blickten erstaunt auf. Wer kann sich trauen, Verpflichtungen einzugehen, ohne für deren Erfüllung den leisesten Anhaltspunkt zu haben? Franz Zimmerle fragte: «Bist du auch voll bei Sinnen, weißt du, was du sprichst?»

«Ich bin lange genug in der Bewegung und in der Arbeit. Ich fordere, wie gesagt, nichts anderes als vollständige Bewegungsfreiheit, ohne während der kommenden achtundvierzig Stunden Rechenschaft abgeben zu müssen. Dann könnt ihr mich zur Verantwortung ziehen, wenn ich nicht die klaren Beweise vorlege.» Bei diesen Worten blickte er auf Simjon, der den Blick ruhig auffing, ohne mit der Wimper zu zucken. Franz Zimmerle antwortete: «Schön, ich erwarte dich übermorgen um elf Uhr hier.»

XXVI

In der Partisanengruppe im Sumpfgebiet von Pojeni herrschte große Spannung. Man hatte bisher ohne Verluste Erfolge erzielt. Die Vernichtung Morarescus und seiner Bande, die Veröffentlichung eines Briefes in der Czernowitzer Zeitung unter dem Namen Morarescus, die Ausrottung einer SS-Bande in der Nähe von Dubowa und die Sprengung der Destille von Pojeni. Jetzt aber bereitete man sich auf das erste Gefecht vor. Petruschka war nochmals nach Sereth gegangen, um womöglich Einzelheiten von den dortigen Freunden zu erhalten über den Zeitpunkt der Durchfahrt des Zuges mit der SS-Strafabteilung. Petruschka hatte gleichzeitig Klebezettel mitgenommen, die an den Mobilisierungs-Plakaten angebracht werden sollten. Und Petruschka kam nicht wieder. Für sechs Uhr morgens hatte man seine Rückkehr erwartet. Stunde um Stunde verging und Petruschka kam nicht. Hatte man ihn mit den Flugblättern abgefangen?

Viel Zeit war nicht zu verlieren. In drei Tagen sollte nach dem ersten Bericht, den sie besaßen, die Strafabteilung den Wald von Franzenstal passieren. Man hatte Vertrauen zu Petruschka. Aber niemand kann mit Sicherheit sagen, bis zu welchem Grade ein Mensch der Folter standhalten kann. Und wenn gar mit Petruschka Simjon und vielleicht gar Stefan verhaftet worden sind? Konnte sich da nicht der Überfall auf den Zug in eine Falle verwandeln? Um neun Uhr morgens entschloß man sich schweren Herzens, Rebekka, die Tochter Chaskel Wagners, auf ihr Drängen hin in die Stadt zu schicken. Sie wurde als Bauernmädchen verkleidet, mit je einem Körbchen Obst in der einen und Eiern in der anderen Hand. Sie erhielt den strengen Auftrag, mit niemandem zu sprechen und sich unauffällig in der Stadt umzusehen und herumzuhorchen, ob dort von Klebezetteln gegen die Mobilisierung etwas zu merken sei.

Der Tag verging in banger Erwartung. Weder Rebekka noch Petruschka kamen zurück. Man zweifelte nicht mehr daran, daß sie beide in die Hände der Gestapo gefallen wären. Chaim Lander saß in der Baracke neben dem Feldtelefon und dem Radioapparat. Vielleicht, daß durchs Radio etwas gesagt wurde von der Verhaftung gefährlicher Untergrundleute. Aber im Radio wechselten Siegesnachrichten mit Tanzmusik, Versenkung englischer Schiffe, Bombardierungen in England, Nachrichten über Einmarsch in Leningrad, über Siege bei Smolensk und Kiew. Da tauchte plötzlich Petruschka auf und mit ihm sein Vater, der Brauereiarbeiter.

Petruschka erzählte, wie ihn Hans Kruhle überfallen und zu bestechen versucht hatte und wie ihn dann Zertian befreite. Petruschka hatte keine Gelegenheit, Simjon noch einmal zu sehen. Kaum war es ihm gelungen, seinen Vater, der sich zuerst sträubte, davon zu überzeugen, nicht mehr in die Brauerei zu gehen. Den ganzen Tag mußten sie sich verborgen halten, und erst, nachdem es dunkel geworden war, konnten sie es wagen, ins Sumpfgebiet zu gehen. Petruschka teilte auch mit, daß die Ankunft der Strafabteilung gegen Libertatia um einen Tag vorverlegt war. Als man ihm sagte, Rebekka wäre in der Stadt und noch nicht zurück, wollte er gleich umkehren. Aber man verbot es ihm.

Rebekka hatte die Stadt in Aufregung gefunden. Überall sprach man von den Klebezetteln. Sie nahm das als gutes Zeichen und wollte den Heimweg antreten, als eine frühere Nachbarin plötzlich laut rief: «Rebekka, du hier. Du bist noch am Leben? Und wir dachten, daß außer Jossel Schames alle Juden tot sind.» Rebekka versuchte, zu entkommen. Niemand war hinter ihr her. Aber sie wagte nicht, während des Tages ins Sumpfgebiet zurückzukehren. Sie schlich Zäune entlang über verfallene Häuser, entlegene Gäßchen, als sie wieder ihren Namen rufen hörte. Es war Henriette Zimmerle, die sie von früher her kannte. «Mädchen, was machst du hier? Wie wagst du dich in die Stadt? Bist du denn von den Toten auferstanden? Nimm dich in acht vor den Deutschen hier, sie werden dich ermorden, wie sie Lisa Adler ermordet haben. Du bist doch die Freundin Petruschkas? Komm rasch zu mir. Nein, was soll ich nur mit dir anfangen? Gehe zum Pfarrer Glurzanski. Der ist ein guter Mensch. Er wird dir helfen. Ich schwöre dir bei meinem Leben, daß ich dich nicht verraten werde.»

Rebekka lief weiter. Sie lief am Hause des Pfarrers vorbei und versteckte sich zwischen den Grabsteinen des alten Friedhofes. Henriette ließ es keine Ruhe. Sie bemerkte, daß Rebekka nicht in das Haus des Pfarrers eingekehrt war und wollte sie nochmals beschwören. Sie wollte sie sogar zu sich nehmen. Aber Rebekka war verschwunden. Wohin? Henriette dachte: Nur auf dem Friedhof kann sie sein. Sie schlug ein Kreuz: «Habe ich einen Geist gesehen? Und ist sie vielleicht vom Grab aufgestiegen? Und Lisa Adler?» – Es grauste sie. Aber wenn sich die Verstorbenen als Geister zeigen? – Wenn sie sie nur sehen könnte, sie würde die Angst vor dem Tod überwinden, sie würde auf die Knie sinken, sie um Verzeihung bitten. Ohne sich Rechenschaft darüber abzugeben, was sie tat, wollte Henriette durch die kleine Holztür auf den alten Friedhof. Die Tür knarrte in den verrosteten Angeln. Sie sah darauf, aber fuhr erschreckt auf, als sie eine Bewegung bemerkte. Der alte Jossel Schames mit ganz eingefallenen Zügen stand vor ihr. Der Wind bewegte etwas seinen langen weißen Bart. Er hob die Hand und sah sie stumm und vorwurfsvoll an. Sie schloß die Tür schnell wieder, lief zu ihrem Hause und blieb vor dem Eingang stehen. Dieser alte, halbverhungerte Jude! Sie fühlte eine Herzensangst und konnte nicht atmen. Stufe für Stufe stieg sie mühsam – es war nicht hoch – und öffnete die Tür zum Salon. Hans Kruhle sprang von seinem Polster auf: «Was ist denn?» Sie war kreideweiß und ihre Augen erschienen grün. Sie hob stumm die Hand und dachte: Wie der alte Jude. Muß ich jetzt? – Sie zeigte stumm auf die Tür.

«Henriette, ich komme nicht wie heute morgen. Es handelt sich um eine ganz andere Sache. Waren Sie in meiner Wohnung? Sagen Sie es mir. Ich will nichts mehr von Ihnen. Ich werde Sie nie mehr belästigen, nur antworten Sie mir auf das eine: Waren Sie in meiner Wohnung?»

Sie blieb stumm und deutete auf die Tür. Welches Schwein! Jetzt nennt er mich Sie!

«Henriette, verstehen Sie mich doch. Hier handelt es sich um keinen Flirt mehr. Es geht um Ihren Mann! Sie sind auch in Gefahr. Ich auch. Aber das sagt Ihnen vielleicht nichts. Es ist wichtig für die Bewegung. Für den Krieg! Und Sie haben den Schlüssel zum Rätsel.»

Henriette wandte sich um und ging raschen Schrittes ins andere Zimmer. Er dachte, sie würde nicht wiederkommen. Aber sie nahm nur aus ihrer Handtasche den Schlüssel zu seiner Wohnung. Mit hochgezogenen Augenbrauen kehrte sie in den Salon zurück und warf ihm den Schlüssel klirrend vor die Füße.

«Frau Henriette, nicht diesen Schlüssel habe ich gemeint. Ich betone nochmals: In Ihrer Hand liegt der Schlüssel zum ganzen Rätsel. Sie sind die einzige, die außer mir einen Schlüssel meiner Wohnung besitzt. Etwas Furchtbares hat sich heute morgen in meiner Wohnung ereignet und nur Sie können Aufklärung geben.»

In diesem Augenblick betrat Franz Zimmerle den Raum. Er warf einen Blick auf beide und sagte mit vor Erregung zitternder Stimme: «Ihr amüsiert euch wohl.»

«Ja», antwortete Henriette, «wir amüsieren uns. Er ist doch dein Freund. Und ich dachte, es wäre bei euch so, daß deine Freunde auch die meinen sein sollen. Zumindest hat mir Hans das gesagt. Nicht wahr, Hans?» Sie ging auf Hans zu, der mit gesenktem Kopf dastand. Sein Gesicht war rot aufgelaufen und ließ die Augen noch kleiner erscheinen. Sie sagte laut und wie ohne Seele: «Warum schweigst du, Hans? Du hast mir doch gesagt, daß bei euch solche Dinge selbstverständlich sind, daß sie sogar zu euren Ehrbegriffen gehören.»

«Ich dachte, Parteigenosse Hans Kruhle», sagte jetzt Franz Zimmerle, «daß Sie auf dem Wege sind, das Rätsel der Flugblätter aufzuklären. Sie wollten mir ja in achtundvierzig Stunden Bescheid geben? Stattdessen führen Sie hier Unterhaltungen, wie im tiefsten Frieden. Wollen Sie sich nicht lieber gleich jetzt an die Arbeit machen und Ihren Pflichten nachkommen?»

«Ich melde gehorsamst, daß ich mich hier dienstlich befinde. Zwischen mir und Ihrer Frau bestehen jetzt keine wie immer gearteten Beziehungen.»

«Das ist eine Lüge», schrie Henriette. «Wir sind aufs engste befreundet. Da liegt der Schlüssel, den er mir gegeben hatte, damit ich jederzeit in seine Wohnung kommen kann. Pfui Hans, schäme dich, daß du nicht den Mut hast, dich zu deiner Tat zu bekennen.»

«Ich erwarte Sie, Parteigenosse Hans Kruhle, nach Ablauf der achtundvierzig Stunden, damit Sie mir über den Erfolg Ihrer Arbeit Bericht erstatten. Und früher wünsche ich Sie nicht zu sehen.»

Hans Kruhle erhob sich und sagte: «Franz, wir waren mal Freunde. Der Wille des Führers hat uns hier gemeinsam auf Wachposten gestellt. Ich bin dahinter gekommen, daß der Feind in unsern eigenen Reihen sitzt. Kann ich mit dir allein sprechen?»

«In achtundvierzig Stunden erwarte ich den Bericht über den Erfolg Ihrer Arbeit.»

«Wenn dem so ist, dann werden Sie es schwer bereuen.» Er schlug die Hacken militärisch zusammen, aber sah Zimmerle mit offenem Haß an. Dann marschierte er hinaus.

Selbständige Beschlüsse fassen und rasch handeln, gehörte nicht zur Arbeit von Hans Kruhle. Er war zu jeder Grausamkeit bereit, wenn er im Auftrage handelte. Er war als junger Mensch zu den Nazis gekommen, als er gemerkt hatte, daß die Mitgliedschaft in der Nazipartei mit keinen Gefahren verbunden war. In den Konzentrationslagern und in der SS war er unbarmherzig im Schlagen der wehrlosen Gefangenen. In Polen verrichtete er Grausamkeiten, im Bewußtsein, im Auftrage und im Geiste des Führers zu handeln. Er hatte Geld und Wertgegenstände zusammengeklaubt. Jetzt zum ersten Mal vor ein Problem gestellt, wußte er nicht, was er tun sollte. Wer anders sonst, fragte er sich, als Henriette konnte Petruschka befreit haben? Und ob hier des Rätsels Lösung liegt? Steht sie im Bund mit den Feinden? In seiner Not erinnerte er sich an Carol Barbarescu.

Ja, er ist der einzige, mit dem ich sprechen kann. Er hat Erfahrung, er kennt die Personen und kann mir behilflich sein. Er erinnerte sich, daß Barbarescu jetzt das Haus des früheren Präsidenten der Jüdischen Kultusgemeinde bewohnte. Es war ein altes, aber schönes Gebäude mit Vorgärtchen, in der Nähe der Synagoge. Er klingelte und das Mädchen führte ihn die Steintreppe hinauf in einen Warteraum. Er war erstaunt, wie schön es hier eingerichtet war, obwohl doch nach der Verhaftung der Juden alle Wohnungen geplündert worden waren. Nach einigem Warten erschien eine aufgedonnerte, etwa vierzigjährige Frau, deren Beruf unschwer zu erkennen war. «Carol», sagte sie, «ist vor einer Stunde ins Offiziersspital nach dem Gutshof Adlersberg abgefahren, um die Herren

Offiziere zur heutigen Eröffnungsfeier unseres neuen Vergnügungsetablissements persönlich einzuladen. Ja, ich habe ganz vergessen mich vorzustellen. Ich bin Mariechen, seine jetzige Freundin und Mitarbeiterin. Sie staunen wohl, daß ich aus Bukarest in dieses Nest gekommen bin. Aber was tut man nicht alles für einen alten Freund? Und offen gesagt: Ich habe das Großstadtleben satt. Es läßt sich hier ohne Zweifel viel machen, und wenn Carol sich auch rühmt, ein Fachmann zu sein, ohne mich ist er hilflos. Was wir hier geleistet haben, werden Sie ja heute Abend sehen können.»

«Wann kommt denn Herr Barbarescu zurück?» fragte Hans Kruhle, ohne auf den intimen Ton einzugehen.

«Das weiß ich nicht. Es hängt davon ab, wie lange ihn die Herren Offiziere aufhalten. Er ist schon sehr aufgeregt. Er ist ganz bei der Sache. Und das liebe ich bei ihm. Wir haben auch allen Grund, stolz zu sein. Sie werden ja sehen, Sie werden ganz erstaunt sein, Sie werden ...»

Hans Kruhle hatte keine Geduld, ihr zuzuhören. Es war ihm klar, daß er vor der Eröffnung des Lokals mit Barbarescu nicht ernst reden konnte. Es wäre doch das Beste, man hätte die Sache bis nach dem Kommen Johann Müllers und seiner Wiederabreise verschoben. Aber jetzt wird sich wohl kaum was ändern lassen. Denn alle Vorbereitungen sind getroffen und den eingeladenen Offizieren, die sicherlich in großer Zahl kommen werden, kann man keine Enttäuschung bereiten. Vielleicht wird Johann Müller die Sache sogar gut finden. Sicher. Warum auch nicht? Eines stört ja das andere nicht. Aber was soll ich jetzt anfangen? Ich werde wohl bis morgen warten müssen.

Auf der Straße lief ihm Otto von Raubnitz in die Arme. Einen Augenblick dachte er, mit ihm über die ganze Sache zu reden. Er ging auf ihn zu, aber von Raubnitz begrüßte ihn sehr kühl. Es wäre ein Unsinn, sagte er sich, gerade mit ihm vertraulich zu sprechen. Er hängt ja an Simjon und vertraut ihm ebenso wie Franz Zimmerle. Er versuchte, seine innere Erregung zu verbergen und fragte: «Kommst du heute Abend zur Eröffnung des neuen Vergnügungslokales?»

«Na, selbstverständlich. Wie sollte man sich ein solches Vergnügen entgehen lassen?»

«Glaubst du nicht, daß es im Augenblick etwas ungelegen kommt?»

«Ungelegen? Nein. Solche Dinge sind immer willkommen.»

Der Eingang zur Synagoge war mit bunten Lampions und Girlanden geschmückt. Offiziere strömten hinein, deutsche und rumänische durcheinander. Die langen Säbel schlugen an die Stiefel, die Sporen klirrten. In der Vorhalle standen Barbarescu und Mariechen, verbeugten sich vor jedem Eintretenden und wiesen die Plätze: «Bitte nach rechts, Herr Oberst, nach links, Herr Major, da in die Mitte, Herr Hauptmann. Dort oben in der obersten Reihe, Herr von Sauer, Herr Baron von Grigorci.» Ein deutscher Oberst blickte um sich und sagte: «Famos. Sind auch die Priesterinnen da?»

Der Raum der Synagoge, der am heutigen Abend festlich in ein Bordell umgewandelt werden sollte, ließ beim ersten Anblick nichts von der Umwandlung erkennen. Es brannten nur einige Öllampen. Barbarescus aufgedonnerte Freundin, von den andern einfach die Bordellmutter genannt, hatte zu ihm gesagt: «Weißt Du, Carol, ein bißchen Mystik ist heute als Auftakt zur Liebe modern. Wenn wir eine Art ewiges Licht brennen lassen, dann fühlen die Offiziere ein leichtes Gruseln.»

«Denkst du denn, daß die deutschen Offiziere wirklich etwas von der Kabbala wissen?»

«Ach nein, aber dafür die rumänischen. Und die deutschen? Was die immer von verborgenen Schätzen reden, das ist doch so dumm und geheimnisvoll. Glaub mir, die Offiziere fallen auf den billigsten Trick herein.»

Durch das Halbdunkel schien der Raum der Höhe nach unbegrenzt. Und es war, als ließen die kleinen Ölflammen ihre dünnen Rauchwolken in einen unendlichen Raum emporsteigen. Jeder Eintretende warf in diesem dunklen Raum weite Schatten um sich. Man hörte Flüstern, als wagte niemand laut zu sprechen. Es war eine Stunde vor Mitternacht. Ein Signal ertönte und eine Kapelle setzte mit einer Melodie ein, die ein Gemisch war von Jazz und schmachtenden rumänischen Weisen. Barbarescu drückte auf einen Knopf und Hunderte von Lampen leuchteten mit einem Male auf. Auf der Tribüne, in der Mitte des Hauptschiffes dieses gotischen Baus, von wo aus am Sabbath aus den Thorarollen gelesen zu werden pflegte, saß die Musikkapelle und über ihren Köpfen war auf weißer Leinwand in roten Buchstaben eine Inschrift angebracht: HIER IST DER TEMPEL DER VENUS, GEWIDMET DEN KÄMPFERN DES GROSSEN REICHES UND SEINER VERBÜNDETEN. Ein Hurra ertönte. In den Nischen standen wie Säulen nackte Frauen, junge blonde und dunkle Ukrainerinnen mit erschrockenen Augen, zitternd vor Kälte und Scham. Mariechen gab zur Rechten dem Mädchen das Zeichen zum Marsch, Barbarescu zur Linken. So setzten sich zwei Züge nackter junger Mädchen in Bewegung. Sie marschierten so durch den Saal, daß sie von allen Seiten gesehen werden konnten und begegneten einander auf der Tribüne. Barbarescu gab der Kapelle das Zeichen zum Spielen, als plötzlich von einem oberen Fenster aus der früheren Frauenabteilung ein Schrei ertönte: «Schweigt, ihr Übeltäter, ihr Schänder und Gotteslästerer.»

Alle blickten hin. Man sah nichts anderes als eine Hand sich bewegen. Aus den Reihen der Gäste rief jemand: «Um Himmelswillen, die Hand an der Wand.»

Viele glaubten offenbar, daß es sich um eine raffiniert ausgeklügelte Finesse Barbarescus handelte. Aber die meisten standen unter dem Bann der sich bewegenden Hand. Nein, die Hand schrieb keine Flammenzeichen an die Wand, wie es im Buche Daniel vom Königsmahl Belsazars erzählt wird. Aber eine Stimme ertönte tief und eindringlich. Es war, als redete die Hand, als käme die Stimme aus einer andern Welt. Keiner verstand den Sinn dieser Worte. Sie kamen ohne Hast, eindringlich, schwer. Da tauchte plötzlich auf der Tribüne der Pfarrer Glurzanski auf. Sein Haar, das über den Nacken herunter hing, wallte weit auseinander. Er erhob die Hand und rief: «Das ist das Zeichen an der Wand. Hört ihr nicht, versteht ihr nicht? Zu euch spricht der alte Jude, der einzige, den Ihr nicht gemordet habt. Sie nennen ihn Johannes den Täufer, denn Johannes ist sein wirklicher Name. Wie jener Johannes, der das Kommen verkündet hatte. Denn auch jener Johannes war vom Stamme der Juden. Hört ihr, was er ruft? Gott, Unwürdige haben Dein Erbe betreten. Verunreinigt haben sie Deine heiligen Hallen, verwandelt haben sie Jerusalem in eine Wüste. Deine Diener haben sie den Vögeln des Himmels zum Fraß vorgeworfen, das Fleisch Deiner Treuen den Tieren der Erde. Sie haben Blut vergossen wie Wasser. Um Jerusalem liegen die Leichen und keiner ist da, der sie bestattet. Wir sind zur Schande für unsere Nachbarn geworden, zum Gespött für unsere Umgebung. Wie lange noch, Herr, willst Du zürnen? Wann wird wie ein Feuer Deine Rache entbrennen? Gieße Deinen Zorn auf die Unwürdigen, die Dich nicht anerkennen, auf die Reiche, die Deinen Namen nicht anrufen.»

Die Stimme oben war längst verstummt, als Pfarrer Glurzanski noch schrie: «Nicht nur die Juden habt ihr vernichtet. Ihr habt friedliche Dörfer überfallen, ihr habt den Pfarrer von Rogatschesti ermordet, ihr habt diese jungen unschuldigen Bauernmädchen ihren Eltern entrissen und sie zu Huren gemacht. Ihr habt ...»

Mariechen schrie: «Schweig, du Pfaffe. Du hast hier nichts zu suchen. Dein Platz ist in der Kirche. Verschwinde von hier. Findet sich keiner, der diesen Alten da wegführt?»

Die nackten Mädchen umringten den Pfarrer. Eine schrie: «Väterchen, befreie uns. Wir wollen nicht. Sie und der haben uns geschlagen, wir wollen nicht.»

Pfarrer Glurzanski sagte: «Kommt mit mir, meine Kinder.»

Da sprang Mariechen hinzu, ergriff den Pfarrer am Bart, spuckte ihm ins Gesicht. In diesem Augenblick krachte ein Schuß. Pfarrer Glurzanski brach wortlos zusammen. Die Mädchen brachen in krampfhaftes Weinen aus. Eine schrie immer wieder dasselbe Wort auf Ukrainisch, das die Offiziere nicht verstanden.

Da sah man plötzlich eine Gestalt sich bewegen. In einen weiten Mantel gehüllt, den eine dicke Schnur zusammenhielt, die Füße in Holzpantoffeln, kam die Gestalt von der Frauenabteilung herunter. Sie bewegte sich durch den Mittelgang der Tribüne zu. Der graue Bart reichte bis zur Brust. Ein weiter Samthut bedeckte das Haupt. Alle wichen erschreckt zurück. Die Mädchen hörten auf zu schreien. Die Gestalt band die Schnur um die Lenden auf, nahm den Mantel ab, legte ihn auf den toten Pfarrer. Sie richtete sich auf, eine dünne Greisengestalt in weißen Totenkleidern. Da erlosch das Licht. Jemand hatte den elektrischen Draht durchschnitten. Es entstand ein Durcheinander, alles drängte zum Ausgang. Auf der Tribüne stand Jossel Schames in seinen Totenkleidern neben der Leiche des Pfarrers und sprach: «Geheiligt werde der Name des Allmächtigen in einer Welt, die er geschaffen hat nach seinem Willen …»

Und dann hörte man noch in rumänischer Sprache: «Und ich sage euch: Die Edlen der Völker stehen Gott näher, näher sogar als die Kinder Israels.»

Es war Mitternacht. Die meisten Gäste waren im großen Saal des Caféhauses des Hotels Hammerhof zusammengeströmt. Ein Offizier tobte: «Es ist ja unglaublich, daß man sich vor einem Spuk fürchtet, vor einem Pfaffen und vor einem alten Juden. Es ist ein Skandal sondergleichen. Wie kommt es überhaupt, daß hier noch ein Jude am Leben ist?»

Franz Zimmerle, der mit Raubnitz an einem Tisch saß, sagte: «Jetzt aber ist Schluß. Der alte Jude muß erledigt werden. Ich kann weder auf dich noch auf Henriette Rücksicht nehmen.»

In der Wohnung Carol Barbarescus saß Hans Kruhle. Er wartete, und Carol Barbarescu kam gegen drei Uhr morgens ganz verstimmt. «So viel Arbeit», sagte er, «soviel Hoffnungen und alles durch einen Juden zunichte gemacht. In der allgemeinen Verwirrung sind die Mädchen weg und der alte Jude ist verschwunden.»

Hans Kruhle tröstete ihn. «Mädchen werden wir genug finden. Nicht auf die Eröffnung kommt es an, sondern auf die Sache selbst. Die Mädchen werden wir morgen wiederhaben. Was mir viel wichtiger erscheint, ist herauszufinden, wer die Lichtleitung unterbrochen hat. Es ist dieselbe Verbrecherhand, die seit Wochen hier in der Stadt, ja im ganzen Lande gegen uns arbeitet. Es ist unser aller Feind und den müssen wir suchen.»

Barbarescu hatte sich seinerzeit damit abgefunden, mit Politik nichts mehr zu tun zu haben. Das neue Gewerbe, so sagte er sich, entspricht mehr meinem Wesen. Damit habe ich meine Laufbahn begonnen. Ich möchte nicht gerne noch einmal in eine politische oder administrative Sache hineingezogen werden. Aber das, was Hans Kruhle jetzt sagt, leuchtet mir ein. Ohne Zweifel, es ist dieselbe Hand. Und nur in gemeinsamer Arbeit könnte man dem Unbekannten, der einen so verheißungsvollen Abend zunichte gemacht hat, fassen. Er sagte zu Hans Kruhle: «Ich bin bereit, meine Arbeit in den Dienst der guten Sache zu stellen, wenn wir das Hauptaugenmerk auf den wirklichen Verbrecher richten. Ich will Ihnen offen sagen, daß mich das Politische weniger interessiert. Ich will, daß man hier ruhig arbeiten kann, denn meine ungestörte Arbeit dient den Interessen der Armee. Das habt ihr ja seinerzeit auch anerkannt, als die Gründung meines Lokals beschlossen wurde.»

«Leider läßt sich das eine vom andern nicht trennen. Unsere Arbeit wäre vergebens, wenn wir die eine Spur verfolgen und die andere vernachlässigen würden.»

Hans Kruhle entschloß sich, Carol Barbarescu über den wahren Stand der Dinge in Sereth zu unterrichten und ihm sogar seine Gegensätze mit Franz Zimmerle nicht zu verschweigen. Je weiter Hans erzählte, desto mehr stieg bei Carol das Interesse. Jetzt erinnerte er sich von neuem an all das Böse, das ihm Franz Zimmerle angetan hatte. Ihm leuchtete auch ein, daß Simjon eine entscheidende Rolle in all den unsichtbaren Kämpfen spielte.

Nachdem Hans Kruhle länger als zwei Stunden gesprochen hatte, wobei er nichts verschwieg, auch nicht sein Abenteuer mit Henriette, überlegte Carol Barbarescu lange: «Daß Henriette mit einer feindlichen Gruppe in Verbindung steht, glaube ich nicht. Es ist aber trotzdem nicht ausgeschlossen, daß sie aus Hysterie oder aus Rachegefühl Petruschka befreit hat. Simjon aber ist ohne Zweifel der Vertrauensmann einer feindlichen Macht. Mit Morarescu steht er nicht in Verbindung. Denn niemals war Simjon in einer unserer nationalistischen Organisationen. Gewiß, er ist ein Deutscher und kein Rumäne. Aber er hat vorher nie Sympathien für die deutsche nationale Bewegung gezeigt. Ich halte es sogar für wahrscheinlich, daß er mit der Gruppe in Verbindung steht, die gestern Morgen die Handzettel angebracht und heute Nacht unseren Eröffnungsabend zu einem Mißerfolg gemacht hat. Wenn wir seine Spur verfolgen, kommen wir nicht zu Morarescu, aber zu einer staatsfeindlichen Gruppe, die nicht weniger gefährlich ist.»

Hans Kruhle war froh, daß Carol Barbarescu in der Einschätzung Simjons einer Meinung mit ihm war. «Wollen Sie also mitmachen?» – fragte er, direkt auf die Sache eingehend.

«Wie meinen Sie das?»

«Indem wir, ohne Wissen Franz Zimmerles und ohne besonderen Auftrag, bei Simjon eine Haussuchung durchführen.»

«Das können wir aber nur in seiner Abwesenheit.»

«Selbstverständlich, und ich übernehme die ganze Verantwortung.»

Hans Kruhle war mit dem Ergebnis der Aussprache zufrieden. Es war ihm gelungen, Barbarescu für die Sache zu interessieren. Sie beschlossen um zehn Uhr morgens Simjons Wohnung zu durchsuchen. Sie machten große Umwege, denn sie wollten von niemandem gesehen werden. Carol Barbarescu sagte zu Hans Kruhle, der nervös zu sein schien: «Wenn wir ihn zu Hause antreffen, sage ich ihm, daß ich ihn zu einem Abend in meinem Lokal einladen möchte.»

Sie pochten an die Tür Simjons, aber niemand antwortete. Da machten sie sich gleich an die Arbeit. Sie hoben das Hinterfenster heraus, ohne daß sie von der Straße bemerkt werden konnten und befanden sich im Schlafzimmer. Da erblickte Carol Barbarescu eine Gestalt auf dem Bett, eingehüllt in eine Decke. Er winkte Hans Kruhle zu und sie zogen sich fast geräuschlos ins andere Zimmer zurück.

«Haben Sie die Gestalt bemerkt?» – sagte Carol Barbarescu. «Er scheint ein Mädel zu haben – eine ganz natürliche Sache. Im Vergnügungslokal hat man ihn noch nie gesehen und wie ein Asket sieht er auch nicht aus.»

«Wenn es auch sein Mädel ist, müssen wir wissen, mit wem er Beziehungen unterhält.» Sie zogen die Decke vom Bett und erblickten ein

Bauernmädchen mit auffallend hübschem Gesicht. Das Wegziehen der Decke störte das Mädchen anscheinend im Schlafe nicht. Barbarescu sagte zu Hans: «Nein, das ist kein Bauernmädchen. Ich kann im Augenblick nicht sagen, wer sie ist, aber ich habe sie oft in Sereth gesehen. Das ist ein jüdisches Mädchen. Urteilen Sie selbst.»

«Kein Zweifel. Das schwarze Haar und der Schnitt des Gesichts. Hei, wer bist du?» – rüttelte Carol Barbarescu die Schlafende.

«Das Hausmädchen von hier» – antwortete sie in Rumänisch.

«Und woher stammst du?»

«Aus dem Dorfe Banila.»

«Wie kommst du hierher?»

«Während der Kämpfe vor sieben Wochen sind meine Eltern verschwunden. Ich bin geflüchtet, kam hierher und wurde hier aufgenommen.»

«Das ist eine Lüge. Ich war oft hier im Hause und habe dich niemals gesehen. Dafür habe ich dich oft in Sereth gesehen. Du hast damals keine Bauernkleidung getragen. Ein Schulmädchen warst du.» Und als käme über ihn eine Erleuchtung, schrie er: «Jetzt weiß ich auch, wo ich dich gesehen habe. Du bist die Tochter des jüdischen Schmieds an der Serethbrücke. Jawohl, da wird dir kein Leugnen helfen. Gestehe die Wahrheit. Wir versichern dir, wenn du die Wahrheit sprichst, wird dir nichts geschehen, obwohl du Jüdin bist. Du weißt, ich bin Subpräfekt der Stadt und der Herr hier ist vom deutschen Kommando. Wenn wir etwas versprechen, sind wir auch in der Lage, es zu halten.»

Das Mädchen schwieg.

«Wir werden dir Einzelfragen stellen und du mußt darauf antworten. Stelle dir aber nicht vor, daß du uns belügen kannst. Seit wann bist du in dieser Wohnung?»

«Seitdem man alle Juden in Sereth verhaftet hat.»

«Das ist nicht wahr. Du bist seinerzeit mit den andern Juden zu den Russen hinübergegangen.»

«Mein Vater ist gegangen. Ich habe nie mehr was von ihm gehört. Er wollte mich nicht mitnehmen, weil es mit zu großen Gefahren verbunden war. Ich bin in der Nacht hierher gelaufen, als die meisten Juden am Friedhof waren. Ich wollte zu ihnen, aber ich hatte Angst vor dem Friedhof in der Nacht, und da pochte ich am ersten Hause, wo ich Licht sah. Das war hier. Der Herr öffnete mir und nahm mich auf.»

«Das ist nicht wahr.» Hans Kruhle trat an sie heran. «Du hast die Möglichkeit, dir Leben und Freiheit zu sichern, wenn du uns die Wahrheit sagst.»

«Ich habe die Wahrheit gesagt. Ich befinde mich seit mehr als zwei Monaten hier. Der Herr des Hauses wollte mich schon mehrere Male wegschicken, aber ich habe geweint, und so bin ich hier geblieben.»

«So, du bist also die ganze Zeit hier. Das können wir ja gleich feststellen. Wo schläfst du? Es gibt nur das eine Bett.»

«Ich schlafe im andern Zimmer am Boden.»

«Wenn du wirklich dort schläfst, dann sage mir, wer vorgestern nachts durch das Fenster gerade dieses Zimmers in die Wohnung gestiegen ist.»

Rebekka dachte nach und antwortete: «Ich habe einen Freund und er kam zu mir.»

«Wer ist er?»

«Petruschka, der Sohn des Brauereiarbeiters. Er war schon auf der Schulbank mein Freund.»

Diese Antwort des Mädchens wirkte auf beide verblüffend. Carol Barbarescu erinnerte sich jetzt, daß Petruschka eine jüdische Freundin hatte. Er erinnerte sich auch, daß der Schülerklub der Eisernen Garde seinerzeit den Ausschluß Petruschkas aus der Schule wegen seiner Freundschaft zur Tochter Chaskel Wagners gefordert und durchgesetzt hatte. Das Mädchen spricht also die Wahrheit. Wie, wenn die Behauptung Hans Kruhles falsch wäre, daß Petruschka zu Simjon in einer geheimen Mission gekommen sei. Dann wären ja auch seine eigenen Vermutungen falsch, daß neben Morarescu und unabhängig von der Morarescu-Clique eine sowjetisch-bolschewistische Organisation bestünde. Aber für jeden Fall genügte die Anwesenheit dieses Mädchens hier, um Simjon unmöglich zu machen. Der Sekretär der Deutschen Volksgemeinschaft, der Vertrauensmann des Gestapochefs, hält ein jüdisches Mädchen bei sich versteckt und fördert rassenschänderische Beziehungen zu einem Rumänen!!

Er äußerte seine Bedenken zu Hans Kruhle im Flüsterton. Hans Kruhle war anderer Meinung. «Wenn es sich nur darum handelte, hätte der Junge ein Geständnis abgelegt. Ihm droht ja schließlich keine Gefahr. Das Schlimmste, das hätte eintreten können, wäre, daß man ihm diese Beziehungen untersagt und das Mädchen eingesperrt hätte.»

«Nein, da kennen Sie Jungens von diesem Schlage schlecht» – sagte Carol Barbarescu. «Unsere rumänische Jugend hat sich einen ritterlichen Geist bewahrt. So ein jugendlicher Hitzkopf ist imstande, nicht nur seine Zukunft aufs Spiel zu setzen, wie er es schon in der Schule bewiesen hat, sondern auch sein Leben. Er wird seine Freundin nicht verraten.»

«Mit einer solchen Jugend werden Sie es nicht weit bringen in diesem Lande. Trotzdem halte ich es nicht für ausgeschlossen, daß doch noch etwas Komplizierteres dahinter steckt. Nehmen wir das Mädchen für alle Fälle mit. Wir werden aus ihr schon was herausholen. Wir werden ja sehen, wie Simjon reagiert, ob er auch den Mut haben wird, das jüdische Mädchen zu verteidigen.»

Hans Kruhle blieb in der Wohnung, während Carol Barbarescu verschwand, um mit einem geschlossenen Wagen das Mädchen abzuholen.

Rebekka wehrte sich nicht. Sie wurde in das Gebäude der früheren jüdischen Synagoge und des jetzigen Nachtlokals Carol Barbarescus gebracht und in einem Einzelraum eingeschlossen. Hans Kruhle kündigte ihr an, daß er in der Nacht zu einem Verhör kommen würde.

Bis in die Nähe des Bahnhofs Tereblesti, sechs Kilometer hinter der Sereth-Brücke, war Franz Zimmerle mit Simjon hinausgefahren, um Johann Müller und seinen Trupp zu empfangen. Der größte Teil der Begleitmannschaft sollte sowohl im Gutshof Adlersberg als auch im Gutshof Baumann untergebracht werden. Für den nächsten Morgen erwartete man die Ankunft des Zuges mit den Waffen und den SS-Abteilungen, um dann den Strafzug gegen Libertatia zu unternehmen.

Johann Müller begrüßte Franz Zimmerle sehr herzlich, konnte aber eine gewisse Zurückhaltung gegenüber Simjon nicht verbergen. Als dann

Franz Zimmerle zu ihm in den Wagen gestiegen war, sagte Johann Müller: «Dieser Simjon Straub gefällt mir nicht. Ich habe es dir schon früher gesagt. Ich an deiner Stelle würde ihm gegenüber vorsichtiger sein. Aber vielleicht irre ich auch. Jedenfalls möchte ich ihn bei den Besprechungen heute Abend nicht haben.»

Franz Zimmerle fühlte sich betroffen, wagte aber nicht zu widersprechen und sagte nur: «Man weiß heute wirklich nicht mehr, auf wen man sich noch verlassen kann. Hans Kruhle ist ganz heruntergekommen und trinkt mehr, als er vertragen kann. Der Alte, den wir damals zum Präsidenten der Volksgemeinschaft bestimmt hatten, dieser Justfan, ist sehr beschränkt und mußte bald nach Beginn unserer Arbeit ausgeschaltet werden. Dem Otto von Raubnitz gibt die Brauerei mehr zu tun, als wir gedacht haben. Unsere Freunde, die deutschen Rittergutsbesitzer, wollen sich heraufarbeiten. Denn die haben ihre Ablieferungspflichten. Der Rumäne Stefan Zertian ist steif und verschlossen. Man weiß nie, woran man bei ihm ist, wenn er auch korrekt seine Pflicht erfüllt. Die Neuangekommenen sind gute Leute, von denen ich einige von früher kenne. Aber sie müssen sich erst einarbeiten. Ich kann doch nur mit dem Menschenmaterial arbeiten, das mir zur Verfügung steht. Ich möchte dir nicht widersprechen, aber ich habe bis heute noch nicht den geringsten Anlaß zu irgendeinem Mißtrauen gegen Simjon gefunden. Ich habe ihn beauftragt, der Sache mit der Sabotage in der Bierbrauerei nachzugehen und seitdem ist alles in Ordnung, wenn wir auch die Urheber noch nicht ausfindig gemacht haben.»

«Gerade das macht mir den Mann noch mehr verdächtig. Und noch etwas: Der Mann hat früher gar keiner Organisation angehört. Und jetzt ist er plötzlich so geschickt und eifrig. Leute, die zwei Jahrzehnte sich nirgends betätigen, sind entweder Trottel und bleiben es bis ans Ende ihrer Tage, oder sie haben geheime Aufträge gehabt. Simjon aber ist kein Trottel. Im Gegenteil, er macht einen sehr intelligenten Eindruck. Nun war er weder Mitglied der Sozialdemokratie noch der Gewerkschaften, noch des Deutschen Hauses. Was also war er? Ein stumpfer Arbeiter? Nein, lieber Freund. Das war er nicht. Wir werden ja sehen. Der Mann ist ein trojanisches Pferd in unseren Reihen. Neben unserem Hauptziel, der Vernichtung Morarescus, müssen wir auf Simjon aufpassen. Höre, was dir ein alter Freund sagt. Ich spreche im Augenblick zu dir nicht als der Chef und Vorgesetzte, sondern als dein Freund: Sei vorsichtig!»

Als sie am Hause Franz Zimmerles vorfuhren und aus dem Wagen stiegen, wandte sich Franz Zimmerle an Simjon, der mit einem andern Wagen gleichzeitig ankam. «Der Chef ist müde. Er möchte heute keine Besprechungen haben. Ich werde Sie verständigen, wann unsere nächste Besprechung stattfindet.»

Simjon schlug die hügelige Straße dem Ringplatz zu ein. Was die Worte von Franz Zimmerle zu bedeuten hatten, darüber war er sich im Klaren. Der Verdacht konnte nur von Johann Müller ausgegangen sein. Schon während seiner letzten Anwesenheit in Sereth hatte sich Johann Müller zu ihm kühl und abweisend verhalten. Aber um offen ein solches Mißtrauen auszusprechen, dafür mußten die Leute Gründe haben. Sollte vielleicht Hans Kruhle Petruschka noch einmal abgefangen und darüber nach Czernowitz berichtet haben? Die Möglichkeit durfte nicht außer Acht gelassen werden. Petruschka war ja am Vormittag noch nicht bei den Partisanen zurück gewesen. Und deshalb haben sie gestern Rebekka in die Stadt geschickt. Jedenfalls steht fest, daß ich unter Verdacht bin und bei mir im Hause befindet sich Rebekka. Sie muß so rasch als möglich verschwinden, bevor eine Haussuchung stattfindet.

Da bemerkte er den alten Justfan. Dieser kam direkt auf ihn zu, begrüßte ihn freundlich und sagte: «Ich suche den Chef Franz Zimmerle, um ihm etwas Interessantes mitzuteilen. Als ich gestern das Postamt verließ, um dem Chef von den eingeworfenen Briefen und diesen Zetteln Mitteilung zu machen, hatte ich vergessen, die Briefträger zu beauftragen, daß solche Briefe nicht ausgetragen werden dürfen. Jetzt erfuhr ich zufällig, daß nur ein Paket in meine Hände gekommen ist, während zwei andere Pakete ausgetragen wurden.»

«Dank wird Ihnen der Chef dafür nicht wissen. Mehr Vorsicht, Herr Volksgenosse.»

«Ich weiß ja überhaupt nicht, was an diesen Zetteln Schlimmes dran ist. Ich habe einen solchen Zettel nach Hause mitgenommen und ihn dem Pfarrer Glurzanski gezeigt. Er sagte, daß es stimmt. Ich erinnere mich ja auch, daß im vorigen Krieg die Rumänen gegen die Deutschen gekämpft haben, und daß die Deutschen hier die Vergnügungslokale besuchten und zu Frauen gingen, deren Männer an der Front waren – unter uns gesagt, Herr Simjon, welcher Soldat macht das nicht? Waren Sie oder ich anders? Komisch ist, daß die Leute erst die Soldaten daran erinnern wollen. Der Soldat weiß schon allein, was er zu tun hat.»

«Herr Justfan, ich hätte an Sie eine Bitte» – unterbrach Simjon das Geschwätz – «ich bin müde, habe Kopfweh und kann heute nicht mehr in die Brauerei. Heute wird Bier verladen. Dabei bin ich immer anwesend. Würden Sie mir eine Gefälligkeit erweisen, in die Brauerei hinübergehen und den Leuten sagen, daß ich nicht kommen kann und daß sie die Arbeit ohne mich machen sollen.»

«Aber mit Vergnügen, Herr Straub. Ich gehe gleich. Da bekommt man immer ein Glas Bier, frisch von der Quelle.»

«Ja, Herr Justfan, was ich noch sagen wollte. Es wäre vielleicht gut, wenn Sie das mit den Flugblättern auch in der Subpräfektur mitteilen. Ich würde es selbst tun, aber ich bin zu müde.»

Als er in seine Wohnung kam, merkte er gleich, daß hier jemand gewühlt hatte. Und Rebekka? War sie entkommen oder verhaftet? Unter der Decke fand er einen Zettel rasch und flüchtig hingekritzelt: «Ich danke Ihnen, daß Sie mir zwei Monate Zuflucht und Gastfreundschaft gewährt und daß Sie mir ermöglicht haben, mit meinem Freunde Petruschka in Verbindung zu bleiben.» Ja, die Sache ist klar. Sie haben sie verhaftet, während ich mit Franz Zimmerle zum Empfang Johann Müllers gefahren bin. Ohne Zweifel, es ist das Werk Hans Kruhles. In mir wollte Hans Kruhle auch Franz Zimmerle treffen. Verflucht nur, daß dieser Bursche gerade an dem Tag handeln mußte, an dem sich durch einen unglücklichen Zufall Rebekka in meiner Wohnung befand. Ihr Verhalten war richtig. Meine Aussage muß das bestätigen, was sie geschrieben hat. Ob die es glauben werden oder nicht, ist unwichtig. Oder wäre es nicht richtiger, solange noch Zeit bleibt, den Versuch zu unternehmen, sich ins Partisanenlager durchzuschlagen, um mit den dortigen Freunden über weitere Schritte zu beraten? Als er zum Fenster hinausblickte, bemerkte er hinter der Friedhofsmauer zwei Schatten. Der Fluchtweg war demnach abgeschnitten.

Er verließ die Wohnung und beschloß, ins Gastlokal Hammerhof zu gehen, um zu sehen, ob er sich in seiner Annahme nicht geirrt hatte und die Leute ihm nachgingen.

Inzwischen hatte Hans Kruhle Johann Müller über die Beobachtung Simjons, die Verhaftung und Entführung Petruschkas, die Festnahme Rebekkas und seinen Verdacht gegen Henriette Bericht erstattet. Franz Zimmerle fühlte sich geschlagen. Blinde Eifersucht und verletztes Selbstgefühl haben mich in diese Sackgasse getrieben. Denn, wenn dieser Simjon nichts anderes angestellt hatte, als ein Judenmädchen zwei Monate bei sich zu behalten, dann ist er ein Verräter und diesem Verräter habe ich vertraut. Das einzige, das mir übrig bleibt, ist eine Kugel. Dieser Hans wollte ein Freund sein! «Ich bin schuldig», sagte er zu Johann Müller «aber», er wies auf Hans, «er nicht weniger. Ich bin bereit, die Konsequenzen zu tragen.»

Johann Müller antwortete: «Nur nicht übereilt handeln. Ich bin überzeugt, daß du im guten Glauben gehandelt hast. Wenn es uns gelingt, Morarescus habhaft zu werden, wird der Führer Gnade statt Recht üben. Jedenfalls mußt du dich von deiner Frau sofort trennen. Ich werde sie selbst verhören. Aber erst nach der Expedition. Sie darf vorderhand nichts merken.»

Spät nachts ließ Johann Müller noch die Offiziere der Polizei-Staffeln herüberkommen, die in den Gutshöfen Adlersberg und Baumann untergebracht werden sollten. Er entwickelte ihnen den Plan, wie man Libertatia ausheben sollte. Als man aus dem Hause trat, um auseinanderzugehen, kam ein Motorrad angerast. Der SS-Mann wandte sich an Johann Müller: «Der Zug ist überfallen, die kleine Brücke in Franzenstal ist gesprengt, die Lokomotive und ein Waggon sind abgestürzt. Zum Glück sind die Opfer nicht groß. Wir hatten ein Gefecht mit den Banditen.

Unsere Verluste sind vier Tote und drei Verwundete. Die Banditen waren in der Minderzahl. Verfolgung war unmöglich, weil sie sich in den dichten Wald zurückgezogen hatten.»

Johann Müller wurde kreidebleich. «Die Ankunft des Zuges ist von hier aus verraten worden. Der Verräter kann kein anderer sein als Simjon Straub.»

«Ich sehe ein», sagte Franz Zimmerle mühsam, jetzt erst sahen die andern, wie fahl er war, «daß ich hier schuldig bin. Für mich ist das Leben sinnlos.» Johann Müller unterbrach ihn barsch. «Laß das sein jetzt. Wichtigeres interessiert uns. Ist es euch gelungen, jemanden von der Bande festzunehmen?»

Hans Kruhle schrie dazwischen: «Das ist ein bolschewistischer Überfall. Meine Vermutung hat sich als richtig erwiesen. Simjon ist das Haupt einer bolschewistischen Bande.»

«Einen Moment» – sagte Johann Müller überlegen. «Zu Vermutungen haben wir noch Zeit genug. Vor allem möchte ich wissen, ob es den Überfallenen gelungen ist, jemanden von der Bande gefangen zu nehmen?»

«Nein, aber sie haben zwei Tote zurückgelassen. Das waren zwei Soldaten des Grenzschutzes. Hier sind ihre Papiere.»

Johann Müller setzte sich und prüfte eingehend die Ausweise: «Sie scheinen echt zu sein. Aber vergleichen wir die Namen mit der Liste der Soldaten, die mit Morarescu verschwunden sind – ja, hier sind die beiden.» Er hob den Kopf und sah Hans Kruhle an: «Du siehst, daß man nicht zu übereilt Schlüsse ziehen darf. Jedenfalls stellt uns die ganze Sache vor ein schweres Rätsel. Die Durchfahrt des Zuges ist verraten. Verraten durch wen und an wen? Verraten durch Simjon? Aber derselbe Simjon behält ein Judenmädchen. Morarescu ist ein unerbittlicher Antisemit und kämpft gegen das Judentum. Da stimmt etwas nicht.»

Franz Zimmerle, der niedergeschlagen dagesessen hatte, hob plötzlich den Kopf: «Der Mann, der als Sekretär der deutschen Volksgemeinschaft ein Judenmädchen bei sich versteckt gehalten hat, kann nicht derselbe sein, der den Plan an Morarescu verraten hat. Und da kann ich nicht umhin, den schärfsten Tadel gegen Hans Kruhle auszusprechen. Als ich vor einigen Tagen spät abends nach Hause kam, saßen hier Hans Kruhle, Otto von Raubnitz und Stefan Zertian. Ich hatte die Ankunft der Strafabteilung und die Zeit der Durchfahrt des Zuges vor allen, außer vor Simjon, geheimgehalten. Als ich aber hier ankam, stellte ich mit Entsetzen fest, daß Hans Kruhle, allen Regeln zuwider, den geheimen Eilbefehl, der die Vorverlegung der Expedition um vierundzwanzig Stunden ankündigte, geöffnet hatte. Demnach hatten von der Durchfahrtszeit des Zuges nicht nur Simjon, sondern auch Otto von Raubnitz, Stefan Zertian und Henriette Kenntnis. Es ist also geradezu unwahrscheinlich, daß Simjon verraten hat, und wahrscheinlich, daß es ein anderer war.»

Diese Mitteilung verfehlte ihre Wirkung auf Johann Müller nicht. Er sagte: «Du bist dir darüber im Klaren, Franz, daß hier der Kreis eng gezogen ist. Otto von Raubnitz scheidet aus. Es gibt gar keinen Grund zur Annahme, daß er mit einem Moraresсu in Verbindung treten würde. Klar.»

«Jawohl» – sagten alle gleichzeitig.

«Also bleibt der Verdacht auf zwei Personen lasten. Auf deiner Frau und auf Stefan Zertian. Der zweite Fall, Stefan Zertian, ist von vornherein nicht von der Hand zu weisen. Er hat einmal der nationalistischen Bewegung angehört. In seiner Familie ist etwas geschehen, das ihn schwer gegen uns einnehmen könnte. Andererseits wissen seine Vorgesetzten nur Lobendes über ihn zu berichten. Von euch hat keiner etwas bemerkt, was einen Schatten auf ihn werfen würde. Aber, wie gesagt, schalten wir in der Perspektive diese Möglichkeit nicht aus. Dagegen ist der Fall mit deiner Frau sehr verdächtig und nimmt konkrete Formen an. Es besteht doch kein Zweifel, daß sie es ist, die diesen Jungen Petruschka befreit hat. Angesichts der neu geschaffenen Lage werde ich sie sofort verhören müssen.»

Er unterbrach die Beratung und ging ins hinten gelegene Schlafzimmer Henriettes. Er weckte sie etwas unsanft: «Gnädige Frau, Verzeihen Sie meinen Einbruch zu so unpassender Stunde. Aber der Befehl und der Wille des Führers stehen höher als alles. Es handelt sich um eine Sache, die keine Sekunde Aufschub duldet. Wenn Sie guten Willens sind, dann ist alles in ein paar Minuten vorüber und Sie können ungestört weiter schlafen.»

Henriette konnte sich im ersten Augenblick nicht zurecht finden. Sie hielt die Augen zu, weil sie das Licht blendete. Allmählich erkannte sie, wen sie vor sich hatte. «Kommen Sie mit Zustimmung meines Mannes?» fragte sie in sarkastisch-beißendem Ton.

«Jawohl, gnädige Frau. Mit seiner Zustimmung und seinem Willen.»

«Ich habe ihm erst heute Mittag gesagt, daß es bei euch so zu sein scheint, daß man zusammen mit dem Mann die ganze Partei heiratet. Wie nennt ihr das? Parteifrau oder Parteihure? Steigen Sie rasch ein, Herr Chef. Der Wille meines verehrten Gemahls ist mir Befehl.»

«Verzeihen Sie, gnädige Frau. Es liegt hier ein bedauerliches Mißverständis vor. Ich will Sie nur einige Minuten belästigen, ich ...»

«Ich weiß, ich weiß. Zuerst kam er selbst daran, dann sein Assistent Hans Kruhle und jetzt sein Chef. Geht es so bis zum Führer?»

«Schweigen Sie. Lassen Sie den Führer aus dem Spiel. Hier spricht zu Ihnen ein verantwortlicher Leiter des Geheimdienstes und antworten Sie mir kurz und klar: Haben Sie heute morgen in der Wohnung Hans Kruhles einen Jungen von den Fesseln befreit und eigenmächtig freigelassen?»

«Jawohl, das habe ich getan.»

«Haben Sie in irgendeinem Auftrag gehandelt?»

«In meinem eigenen.»

«Was hat Sie dazu bewogen?»

«Haß und Ekel. Hans Kruhle hat mich vergewaltigt, anscheinend mit Wissen meines Mannes. Dann ging ich freiwillig in Kruhles Wohnung. Dort fand ich den Jungen vor. Anscheinend wollte er mit dem Jungen dasselbe machen, was er mit mir gemacht hat. Da habe ich den Jungen befreit, was, glaube ich, auch jede andere Frau getan hätte. Ich kenne den Jungen seit seiner frühesten Kindheit.»

«So, Sie kennen ihn seit seiner frühesten Kindheit? Wußten Sie auch, daß er in intimen Beziehungen zu einem jüdischen Mädchen stand?»

«Jawohl.»

«Und trotzdem haben Sie es getan?»

«Jawohl.»

«Dann sagen Sie mir, wer Ihr Mitwisser ist und in wessen Auftrage Sie gehandelt haben?»

Bisher hatte Henriette gehöhnt. Jetzt schrie sie den Gestapochef an: «Meine Auftraggeber sind der Haß und die Verachtung gegen euch. Und einen Mitwisser habe ich auch, das ist mein Gewissen.»

«Sie sind verhaftet. Wir werden mit Ihnen noch ein Wörtchen reden. Sie werden anders antworten. Sie kennen uns noch nicht. Sie werden aber rasch unsere Bekanntschaft machen.»

XXVII

Nichtsahnend erschien der alte Justfan im Büro des Subpräfekten Stefan Zertian. Mit seinem gutmütigen Lächeln grüßte er und sagte: «Die Hitze nimmt heute jeden her. Sogar Simjon Straub fühlt sich nicht gut.»

«Simjon Straub fühlt sich nicht gut?» – Stefan Zertian sprang auf: «Liegt er zu Bett, hat man einen Arzt geholt?»

«Es wird schon nichts Ernstes sein. Gerade bin ich ihm vor einer halben Stunde auf der Straße begegnet. Er sah müde und abgespannt aus und bat mich, ihn in der Brauerei zu entschuldigen und auch Ihnen zu sagen, daß er sich schlecht fühlt. Die heutige Generation, sage ich Ihnen, ist etwas ganz anderes. Ich in seinen Jahren habe zweimal täglich Post ausgetragen, habe am Tage vielleicht dreißig Kilometer zurückgelegt, und wenn ich nach Hause gekommen bin, da hat mich meine Frau immer eingespannt für die Obstbäume, für junge Kartoffeln oder für das Füttern der Schweine. Ja, einmal war es anders. Wir Alten …»

Stefan Zertian hatte verstanden, was ihm Simjon da sagen ließ: «Entschuldigen Sie, ich habe leider viel Arbeit.» Mit diesen Worten verabschiedete er den Alten.

Also Simjon steht unter Verdacht. Vielleicht eine übertriebene Vorsicht? Kaum war der alte Justfan gegangen, verließ Stefan den Amtsraum, um selbst zu sehen, wie weit die Annahme Simjons stimmte. Als er am

Hause Simjons vorbeikam, bemerkte er zwei Gestapoleute, die dort herumschlichen. Was kann ich tun? fragte er sich.

Seit Stefans Begegnung mit Chaim Lander war Simjon seine einzige Verbindung zur Untergrundbewegung gewesen. Diese Verbindung hatte in ihm die Hoffnung auf Rache an den Deutschen lebendig gehalten. Und nun war die Verbindung gerissen. An wen sich wenden?

Ratlos ging er durch die Straßen, ohne daß er hätte sagen können, wen er suchte. Denn ihm war außer Petruschka keiner der Mitarbeiter Simjons persönlich bekannt. Da fielen ihm die Worte Chaims ein, die er vor seiner Abreise gesagte hatte: «Wir sind unsichtbar und sind überall. Einer von uns ist gegangen und unzählige andere nehmen seinen Platz ein. Wir sind unzerstörbar, wir können von einem Sturm niedergeschlagen werden und beim ersten Sonnenstrahl erheben wir uns, wie die Ähren zum Himmel sich strecken. Verloren ist der, der den Glauben an unsere Sache verliert. Denn unsere Sache ist die Wahrheit, die verdunkelt, durch Wolken verdeckt, aber niemals vernichtet werden kann.» Er war fast sicher, daß jemand bald auf ihn zukommen würde. Es kam niemand. Immer wieder kehrte er zum Ringplatz zurück, wo an diesem Spätsommerabend reges Leben herrschte. Die Flüchtlinge in ihren zerschlissenen Kleidern, elegante Offiziere aus dem nahegelegenen Offiziersspital, Frauen, Prostituierte bevölkerten den Platz. Einmal hatte er das Gefühl von jemandem vertraulich berührt worden zu sein. Er wagte nicht, sich umzublicken, denn er war fast sicher, daß man ihm auf diese Weise eine Mitteilung hatte zukommen lassen. Rasch eilte er nach Hause, durchsuchte seine Taschen und fand nichts. Die Enttäuschung war groß. «Ich kann doch nicht tatenlos das Kommende abwarten.» Er wußte aber doch nichts zu unternehmen und wälzte sich schlaflos auf dem Bett. Das Einzige, was ihn beruhigte, war, daß morgen der Austauschmarkt stattfinden sollte. Dieser Markt war vor kurzem auf Antrag Simjons eingeführt worden und wurde einmal in der Woche abgehalten. Die Bauern erhielten die Möglichkeit, ihre Produkte gegen Salz, Petroleum und Streichhölzer einzutauschen. Dieser Tausch geschah im Gebäude der Subpräfektur, unter seiner Leitung. Simjon hatte ihm erklärt, daß diese Märkte unter

Umständen eine Lebensfrage für die Untergrundarbeit sein könnten. Denn zum Markt kommen viele Leute in die Stadt und unter ihnen auch welche, die man braucht. Und die Gestapo hat keinen Grund zur Verdächtigung. So erhoffte er, daß der morgige Markt ihm eine neue Verbindung zur Untergrundbewegung schaffen würde.

Die Stunden dieser Nacht schienen sich ins Endlose zu ziehen. Da pochte es an die Tür. Er zog sich den Bademantel an und öffnete. Ein SS-Mann stand vor ihm. War er gekommen, um ihn zu verhaften? Der SS-Mann grüßte vorschriftsmäßig: «Der Chef ist gestern Abend angekommen und möchte Sie, Herr Subpräfekt, gerne sprechen.»

«Ist es sehr eilig?»

«Der Chef erwartet Herrn Subpräfekt in einer halben Stunde in der Wohnung des Herrn Standartenführers Franz Zimmerle.»

Im Empfangsraum Franz Zimmerles brannten noch die Lampen, obwohl schon erstes Morgenlicht durch den Nebel blickte. Im Empfangsraum saßen die Chefs der Gestapo. Auf dem Tisch standen leere Kaffeetassen, die Gesichter waren übernächtigt, abgespannt und doch voller Spannung. Johann Müller ging Stefan Zertian drei Schritte entgegen.

«Guten Morgen, verehrter Herr Subpräfekt. Ich wollte Ihnen die Nachtruhe nicht rauben, mußte Sie aber doch zu so früher Morgenstunde zu einer Beratung herbitten. Es sind verflucht ernste und verwikkelte Probleme, die vor uns stehen. Gott verdamm' mich. Nehmen Sie Platz. Ich werde Sie kurz informieren. Den Zweck unseres Herkommens kennen Sie. Es ist diese Angelegenheit mit Morarescu, die leider noch immer nicht geklärt ist. Als ich hier ankam, habe ich unerfreuliche Verhältnisse vorgefunden. Wenn ich das so offen und gerade heraus sage, so ist es nicht als Vorwurf gegen Sie gedacht, sondern gegen meine eigenen Leute. Wir haben hier die elementarsten Regeln der notwendigen Vorsicht außer Acht gelassen. Stellen Sie sich vor, daß Simjon Straub in seiner Wohnung ein jüdisches Mädchen versteckt hielt. Es ist in der Tat unvorstellbar, wenn man bedenkt, daß dieser Bursche der Sekretär der Deutschen Volksgemeinschaft und unser Vertrauensmann war. Ihn hatten wir mit der Ausforschung der Sabotageakte in der Brauerei betraut.

In dem Moment hörte die Sabotage auf, aber die Schuldigen hat man nicht gefunden. Kann denn noch ein Zweifel darüber bestehen, daß dieser Simjon Straub der Urheber der Sabotage ist? Vor einer halben Stunde habe ich ihn festnehmen lassen. Sie, Herr Subpräfekt, haben ja in unserem Auftrage mit ihm zusammengearbeitet. Ist Ihnen in der kurzen Zeit der Zusammenarbeit ein Verdacht gegen diesen Mann aufgestiegen?»

«Ich muß gestehen, daß ich nichts Verdächtiges bemerkt habe. Vielleicht kam es daher, weil ich den Auftrag meines Vorgesetzten hatte, jedem Menschen, der mir von Ihrer Seite zur Verfügung gestellt wird, so zu vertrauen wie meinen eigenen Leuten.»

«Ist Ihnen vielleicht etwas Näheres über die Vergangenheit dieses Mannes bekannt?»

«Mir persönlich nicht. Ich weiß nur, daß er niemals einer Gewerkschaft oder einer linken Organisation angehört hatte.»

«Aber auch keiner rechten. Uns interessieren jetzt folgende Fragen: Hatte er dieses jüdische Mädchen von früher versteckt gehalten, war sie seine Freundin oder ist sie ein Kurier?»

«Wann und von wem ist das entdeckt worden? Ich bin ja über nichts informiert.»

«Herr Hans Kruhle hatte gegen diesen Simjon Straub Verdacht geschöpft, ihn beobachtet und festgestellt, daß ein rumänischer Junge dieser Stadt, namens Petruschka, vorgestern nachts in die Wohnung Simjons gegangen ist. Von diesem Jungen wußte man in der Stadt, daß er seit langem zu einem jüdischen Mädchen, zu dem gleichen, das man in der Wohnung Simjons gefunden hatte, in Beziehungen stand. Trotzdem hatte man diesen Jungen unbeobachtet gelassen. Noch mehr: Er wurde der Liebling einer deutschen Familie, man hatte es nicht für notwendig gehalten, diese deutsche Familie zu warnen.»

«Ich bin ganz erstaunt. Als ich hier mein Amt antrat und über die Verhältnisse durch Herrn Standartenführer Franz Zimmerle unterrichtet worden bin, erfuhr ich, daß mit Ausnahme eines einzigen alten Mannes kein Jude mehr in der Stadt existierte. Von der Existenz dieses Jungen

Petruschka erfuhr ich erst vor kurzem, als er die Gutsbesitzerfamilie von Sauer beim Scheuwerden ihrer Pferde gerettet hatte.»

«Das ist es ja, was ich Ihnen sage, daß man hier die elementarsten Regeln der Wachsamkeit vernachlässigt hat. Selbstverständlich wäre es die Pflicht meiner Leute gewesen, Sie über alles zu informieren. Und nun hören Sie weiter: Hans Kruhle hat in der vorgestrigen Nacht diesen Jungen festgenommen ...»

«Verzeihen Sie, Herr Kommissar. Davon erfahre ich erst jetzt, obwohl ich doch nicht nur der Subpräfekt, sondern auch der Sicherheitschef dieser Stadt bin.»

«Da ist eben der große Fehler begangen worden, und wir kommen damit zu einem weiteren entscheidenden Punkt. Der Junge ist aus der Wohnung Hans Kruhles verschwunden.»

«Verschwunden? Ist die Tür eingebrochen worden?»

«Nein, Herr Subpräfekt, die Frage ist kompliziert, sogar etwas delikat. Einen zweiten Schlüssel zu dieser Wohnung besaß – es ist peinlich darüber zu reden, aber wir können es nicht umgehen – die Frau des Standartenführers Franz Zimmerle. Also die Freilassung des Jungen ist durch diese Frau erfolgt. Fassen wir die Dinge zusammen, so ergibt sich folgendes: Morgens wird ein verdächtiger Junge von der Frau unseres Vertrauensmannes in dieser Stadt befreit. Dieser Junge kann der Schlüssel zur Lösung des ganzen Rätsels werden. Die Frau, die ihn entläßt, ist erst seit kurzer Zeit in die deutsche Gemeinschaft aufgenommen. Sie ist aber Rumänin. Wir haben über diese Frau vorher Erkundigungen eingezogen, möchten aber von Ihnen wissen: War diese Frau je in der nationalen Bewegung dieses Landes tätig? Haben Sie diese Frau näher gekannt?»

Bei diesen Worten waren die Blicke aller auf Stefan Zertian gerichtet.

«Sie wurde mir am ersten Tag nach meiner Ankunft hier von Herrn Zimmerle als seine Braut vorgestellt. Über ihre Vergangenheit und ihre Gesinnung ist mir nichts bekannt.»

Hans Kruhle sprang auf, um etwas zu sagen, aber Johann Müller gab ihm ein Zeichen zu schweigen.

«Für uns, Herr Subpräfekt, ist von entscheidender Wichtigkeit die Frage, ob zwischen der Freilassung des Jungen und dem Versteck dieser jüdischen Dirne im Hause Simjon Straubs irgendein Zusammenhang besteht. In der ganzen Sache ist ein auffallender Widerspruch vorhanden. Hat die Frau Henriette, frühere Popovic, als Nationalistin gehandelt? Dann steht das doch in einem Widerspruch zu diesem jüdischen Mädchen?»

«In der Tat, ein auffallender Widerspruch.»

«Aber damit sind wir noch nicht am Ende des Mysteriums. Ich habe den Zug mit der Ankunft meiner Leute für einen Tag später angekündigt, den wahren Zeitpunkt aber dem Standartenführer dann bekanntgegeben. Durch eine Unvorsichtigkeit von Hans Kruhle ist das Geheimnis auch Ihnen und dem früheren Fräulein Popovic anvertraut worden. Nicht, daß ich Sie verdächtige! Aber unser Zug ist diese Nacht überfallen worden. Man hat also das Geheimnis verraten.»

«Sind die Täter bekannt?»

Aus einer Mappe, die vor ihm lag, zog Johann Müller zwei Legitimationen hervor und überreichte sie Stefan Zertian. Er las: 2. Bataillon, 4. Grenzregiment. «Morarasculeute», sagte er.

«Ohne Zweifel. Das steht eindeutig fest. Also wieder das gleiche Rätsel. Die Frau unseres Vertrauensmannes hier in der Stadt befreit einen verdächtigen Jungen, der Sekretär unserer Volksgemeinschaft hält eine Jüdin versteckt. Er untersucht die Sabotageakte in der Brauerei und in dem Moment hört die Sabotage auf. Das Geheimnis der Durchfahrt unseres Zuges wird an den Nationalistenführer und Judenfeind Morarescu verraten. Sollen hier sich Bolschewiken und extreme rumänische Nationalisten verbunden haben? Denn wir können doch nicht annehmen, daß der Deutsche, Simjon Straub, ein rumänischer Nationalist ist. Halten Sie, Herr Subpräfekt, als gewesenes Mitglied der Eisernen Garde, eine solche Verbindung für möglich? Wie sehen Sie überhaupt die ganze Sache? Ist Ihnen je in Ihrer Tätigkeit als Beamter des Geheimdienstes ein ähnlicher Fall unterlaufen?»

«Ich halte eine Verbindung zwischen Morarescu und Bolschewiken für ausgeschlossen.»

«Wie aber erklären Sie die Zusammenhänge?»

«Die Sache muß geprüft und durchdacht werden.»

«Für uns, Herr Subpräfekt, liegen zwei ganz konkrete Anhaltspunkte vor. Die Tatsache der Auffindung des jüdischen Mädchens in der Wohnung des Simjon Straub und die Befreiung des Jungen durch Henriette Popovic. Ich würde Sie bitten, mir für einige Augenblicke ins andere Zimmer zu folgen.»

Johann Müller erhob sich, Stefan folgte ihm, während Hans Kruhle und Franz Zimmerle am Tisch sitzen blieben, ohne mit der Wimper zu zucken. Offenbar verstanden sie, um was es sich handelte.

«Sehen Sie, Herr Subpräfekt. Es ist uns zu Ohren gekommen, daß Sie zum früheren Fräulein Popovic in einem Verhältnis standen. Ich meine ...»

Stefan unterbrach ihn: «Das stimmt nicht. Ich habe die Dame erst in Sereth kennengelernt und kam hierher ins Haus in meiner amtlichen Eigenschaft.»

Johann Müller blickte ihm scharf in die Augen und sagte: «Ich danke Ihnen. Verzeihen Sie, daß ich diese Frage so direkt stellte, aber Sie verstehen es am besten. Im Laufe des Vormittags trifft unser Zug ein und wir werden dann eine Beratung über unsere weiteren Schritte abhalten. Für den Augenblick möchte ich nicht weiter Ihre Zeit in Anspruch nehmen.»

Der Laden des Austauschmarktes im Gebäude der Subpräfektur wurde schon um sieben Uhr morgens geöffnet. Als Gehilfen hatte Stefan Zertian vier transsilvanische Flüchtlinge. Aber kaum waren die ersten Kunden in den Laden gekommen, begann man die Eier zu zählen, Petroleum und Salz auszugeben, meldeten sich bei Stefan zwei von den unlängst eingetroffenen Gestapoleuten. «Der Herr Kommissar Zimmerle hat uns hergeschickt, in der Annahme, daß Sie Hilfe brauchen. Wir stehen hier zu Ihrer Verfügung.»

Stefan wies ihnen Arbeit zu. Der Verkehr im Laden wurde immer größer. Bauern drängten sich und wollten rasch abgefertigt werden, da, wie sie sagten, um diese Jahreszeit jede Stunde kostbar ist. Der Austausch ging ohne Reibungen vor sich. Einen Geldverkehr gab es in diesem Laden überhaupt nicht. Die Berechnung wurde nach einem bestimmten Schlüssel durchgeführt. Sobald eine Ware übernommen worden war, stellte man den Bauern einen Schein aus. Diesen überreichte er Stefan Zertian, und der gab Anweisung für die Gegenleistung.

Gegen zehn Uhr tauchten Johann Müller und Franz Zimmerle auf. Sie besuchten Stefan in seinem Arbeitsraum, hinter dem Laden. Johann Müller sprach sich sehr anerkennend über das hier Geschaffene aus. «Ich werde in Czernowitz zur Nachahmung empfehlen.»

Lange konnten sie sich aber nicht aufhalten, da Stefan kaum Zeit hatte, ihnen irgendwelche Aufmerksamkeit zu widmen. Gegen halb zwölf Uhr, eine Stunde vor Ladenschluß, kam ein Bauer, der sehr viel Ware abgeliefert hatte. Die Rechnung war etwas komplizierter. Während Zertian die Anweisung ausfertigte, hörte er: «Ist etwas von Rebekka bekannt?»

Nur an der Stimme hatte er Chaim erkannt. In kurzen Worten berichtete er über alles Vorgefallene und Chaim sagte ihm, daß er sich bemühen sollte, abends in der Wohnung Franz Zimmerles zu sein.

XXVIII

Früher nannte man diesen Raum die Stätte der Weltvergessenen. Er befand sich in einem Nebenraum der großen Synagoge. Der Name Stätte der Weltvergessenen kam daher, weil hier alle Tage zehn alte Leute saßen, die den Talmud und andere heilige Schriften für das Seelenheil Verstorbener studierten. Diese zehn alten Leute, die stets, wenn einer aus dem Leben schied, durch einen andern ersetzt wurden – ihre Zahl durfte nie weniger als zehn sein – wurden aus Hinterlassenschaften der Leute erhalten, für deren Seelenheil sie alle Tage ihres Lebens heilige Bücher studierten und Totengebete sprachen. Der Raum war dunkel und weit, im Erdgeschoß. Die Wände waren von Bücherschränken verdeckt. Da standen uralte Bücher, Talmudfolianten, große Bände verschiedener Bibelausgaben mit Kommentaren, Gebetbücher und mystische Schriften. An Wochentagen pflegten des Morgens und des Abends Gottesdienste abgehalten zu werden, weil die große Synagoge nur an Samstagen und Feiertagen geöffnet war. Um diesen Raum kreisten früher allerlei Legenden. Viele Juden fürchteten des Nachts den Raum zu betreten, weil es hieß, daß die Seelen derer, für deren Heil von den Weltvergessenen während des Tages Gebete gesprochen und heilige Studien betrieben wurden, des Nachts ihre Gräber verließen und hierher kämen. Tag und Nacht pflegten hier Kerzen zu brennen, die den Raum gar nicht beleuchten konnten. Er besaß nur zwei große Fenster mit buntbemalten Scheiben, die auf einen Hof hinausgingen.

Als Barbarescu die große Synagoge in ein Nachtlokal verwandelte, wurde dieser Raum benützt, um eingefangene widerspenstige Mädchen und Frauen zahm zu machen. Barbarescu besaß seine eigenen Methoden hierfür. Er erzählte den Mädchen: In diesem Raum trieben immer noch des Nachts Geister ihr Wesen. Er ließ in der Dämmerung um die Wände herum Geräusche ertönen, bis die Mädchen zu Tode erschreckt flehten, daß man sie in die oberen Räume bringe voller Licht und Gesang und daß sie von nun ab zu allem bereit wären, nur um diesem gruseligen Raum zu entrinnen.

Als man Henriette in diesen Raum hineinstieß, war sie zuerst so apathisch, daß sie an nichts dachte, nichts fühlte und nichts wollte. Finsternis umgab sie. Die eine rötliche Flamme des Öllämpchens, das da hing, zuckte manchmal hoch und fiel wieder in sich zusammen. Das war also der Raum, wo die Geister der alten graubärtigen Juden spukten. Aber mögen sie kommen. Selbst Gespenster können nicht schlimmer sein als diese Deutschen waren. Vor vierzehn Tagen erst wurde ich die Frau des Gestapo-Chefs. Was für ein dummes Ding war ich! Die Leute haben mir gesagt, was die Gestapo ist, und ich wollte es nicht glauben. Der eine hat mich vergewaltigt. Und der stolze Ritter, mit dem ich zum Standesamt gegangen war, war kein Ritter, sondern eine elende feige Knechtskreatur. Er nahm die Vergewaltigung seiner Frau als Selbstverständlichkeit hin. Er saß im Nebenraum heute, als ich, die Erbin des Gouverneurs der österreich-ungarischen Bank, in meiner Wohnung, in meinem Bett von einem Zuchthäusler, der sich Gestapo-Chef nennt, von Johann Müller geohrfeigt wurde. Schamlos hat er mir die Decke vom Bett gezogen. Das Hemd vom Leibe gerissen und mich geschlagen, um von mir Aussagen zu erpressen. Ich rief um Hilfe und im Nebenraum saß der Feigling, der sich vor dem Gesetz mein Gemahl nennt und schwieg. Er schwieg? Nein. Ihr kam die ganze Szene nochmals in Erinnerung. Als sie Johann Müller Widerstand leistete, als sie ihre langen spitzen Nägel in sein Gesicht drückte – hoffentlich sieht man es recht lange – da kamen Hans Kruhle und ihr Gemahl selber, um diesem Henkersknecht zu helfen. Drei Männer gegen eine Frau! Das sind die Helden, die die Welt erobern! Das sind die, die von einer neuen Ordnung in der Welt sprechen, die sich das Geschlecht von morgen nennen. Und jetzt haben sie mich hierher gebracht. Anscheinend wollen sie mich hier zu einer Regimentshure machen. Aber sie sollen ihre Wunder an mir erleben. Ich werde es hinausschreien in die Welt. Mörder werde ich ihnen zurufen, Auswurf der Menschheit. Und plötzlich begann sie zu schreien: «Zuhälter, Verbrecher, macht auf, laßt mich frei. Ich bin eine Tochter dieses Landes. Wer hat euch hierher gerufen? Hilfe!»

«Wir, ja wir werden auch dir helfen» sagte eine weibliche Stimme leise, ganz vom andern Ende des Raumes. Henriette schauerte zusammen. Was war das? Wo? Sie bohrte ihre Augen durch die Finsternis. Aber sie kam rasch zu sich. Sie griff sich mit einer sinnlosen Bewegung ans Kinn. Nicht fürchten, sagte sie sich, nicht fürchten. Das war ein Mensch, der da gesprochen hat. Sie nahm sich zusammen und sagte mit einer so ruhigen Stimme, daß sie sich selbst darüber wunderte: «Wer spricht da?»

«Rebekka heiße ich, Rebekka Wagner.»

«Du bist es Rebekka? Sie haben dich doch gefaßt. Hierher ins Hurenhaus haben sie dich geworfen? Sie wollen dich ermorden, ich habe es dir schon vorgestern gesagt, wie sie Lisa Adler ermordet haben. Ja, um Lisa Adlers willen hat mich der Herr so schwer bestraft. Ich verdiene die Strafe. Begonnen hat es, als ich am Hochzeitstag ihr Kleid anzog. Ihre Seele ist zu mir gekommen, an meinen Tisch bei der Hochzeit. Sie ist in der Gestalt eines weißen Huhnes gekommen. Da hätte ich mich erheben müssen und auf den Friedhof gehen, mich dreimal vor ihrem Grabe verneigen und es laut sagen, daß ich eine schwere Sünde begangen habe an ihr. Statt dessen habe ich sie töten lassen. Nein, glaube das nicht Rebekka! So verkommen war ich nicht. Aber es war doch durch meine Schuld, daß sie umkam. Ich habe ihren Mörder geheiratet. Dir muß ich es beichten, Rebekka. Sie haben unsern Seelsorger umgebracht. Du bist nicht die Hure, die sich für ein glänzendes Leben hingibt. Haben sie dich mißbraucht, haben sie dir Gewalt angetan? Sprich, mein Kind!»

«Sie waren gestern hier, die zwei, die mich festgenommen haben. Der frühere Subpräfekt Carol Barbarescu und dieser Deutsche mit der herabhängenden Oberlippe. Aussagen sollte ich. Und als ich schwieg, haben sie in einen Napf geschifft und mich das schlucken lassen. Und als ich nichts sagte, und sie nichts mehr hatten, haben sie Salzwasser geholt und es mir mit Gewalt eingeflößt. Und jetzt habe ich einen Durst. Niemand bringt mir was zu trinken. Und ein Gefühl habe ich, Ekel, und es schmerzt mich überall.»

Sie hatte mit immer höherer und ängstlicherer Stimme gesprochen. Dann machte sie eine Pause und sagte unweiblich: «Und sie werden doch nichts herauskriegen aus mir.»

Da hörte man dumpfe Schläge aus dem Nebenraum und Schreie. Rebekka sagte: «Da schlagen sie Simjon. Sie haben ihn sicher verhaftet und foltern ihn, weil er mich in seiner Wohnung versteckt hat.»

Die Tür wurde aufgeschlossen, mit einer Blendlaterne in der Hand erschien – Henriette erkannte ihn jetzt am Schritt – Johann Müller, gefolgt von zwei andern. Die zwei andern ergriffen Rebekka und zerrten sie hinaus. Johann Müller hielt die Blendlaterne auf die Augen Henriettes gerichtet, so daß sie vor Blendung ihre Lider zusammenzog.

«Hören Sie, Henriette. Vergessen Sie, was heute morgen zwischen uns geschehen ist. Ich habe in meiner Eigenschaft als Beauftragter des Führers gehandelt. Da ich die Verantwortung für Millionen trage, habe ich auch im Interesse Ihrer Zukunft und Ihres Heils gehandelt. Noch sind nicht alle Brücken abgebrochen, noch stehen Ihnen alle Türen zu einem freien und glücklichen Leben als deutsche Frau offen. Davon, daß Sie hier sind, weiß außer Hans Kruhle, der verschwiegen ist wie das Grab, Ihrem Gemahl und mir kein Mensch. Denn diese jüdische Hure hier, die wird nie mehr Gelegenheit haben zu reden. Ihre Stunden sind gezählt. Zu leugnen hat keinen Sinn. Zertian hat ein Geständnis abgelegt. Er hat gestanden, daß er mit Ihnen, seit dem zweiten Tage seines Eintreffens als Subpräfekt hier, Beziehungen unterhalten hat. Er hat gestanden, daß er im Dienste und im Auftrage einer verbrecherischen Organisation gehandelt hat, deren Haupt der Bandit Morarescu ist. Er hat auch ausgesagt, daß Sie sich ihm in die Arme geworfen und ihn verführt hätten. Er erklärt, daß Sie von ihm fünfzigtausend Dollar bekommen haben. Sein Verhalten beim Verhör war ganz unritterlich. Mit einer Frau ein Verhältnis zu haben und sie dann noch zu verraten, ist eines Menschen unwürdig. Sie sehen, daß Sie sich einem Unwürdigen hingegeben haben. Reden Sie, erleichtern Sie Ihr Gewissen. Jeder Frau kann das einmal passieren. Wir sind nur schwache Menschen und auch der stärkste und stolzeste hat seine schwachen Stunden. Ich bin überzeugt, daß das mit dem Geld nicht stimmt.»

Johann Müller war nach der Aussprache heute morgen mit Stefan Zertian davon überzeugt, daß Stefan im Dienste der rumänischen nationalistischen Kreise stünde. Er war überzeugt, daß zwischen Stefan und Henriette noch vor der Hochzeit Henriettes mit Franz Beziehungen bestanden hätten. Hans Kruhle hatte es ihm versichert. Er kam daher zu Henriette mit dem Entschluß, alles aus ihr herauszuholen, was sie wußte. Denn er war jetzt noch wirrer als vorher. Befand sich Morarescu im Sumpfgebiet oder in Libertatia? Die Erkundungspatrouille, die er um das Sumpfgebiet hatte machen lassen, war ergebnislos verlaufen. Nirgends war etwas Verdächtiges zu bemerken. Ein Sturm auf das Sumpfgebiet würde, wenn sich dort tatsächlich organisierte Feinde befinden sollten, größere Vorbereitungen und mehr Kräfte erfordern, als ihm im Augenblick zur Verfügung standen. Der Führer aber fordert von ihm Taten. Der Führer hat ihm für die Ergreifung Morarescus eine Frist gesetzt, die in vier Tagen abläuft. In vier Tagen aber konnte man das Sumpfgebiet nicht stürmen, ohne die ganze Abteilung zu gefährden. Alles würde sich klären, wenn diese hartnäckige Hure nur sprechen wollte. Denn vollkommen unklar erschien die Rolle Simjons. Aus Überzeugung konnte Simjon der Deutsche, der ein jüdisches Mädchen bei sich versteckt hielt, nicht gehandelt haben oder – ist vielleicht die ganze Sache mit Simjon harmlos? Er besitzt keine Frau und hat sich die Jüdin, die ohne Zweifel hübsch ist, für seine sexuellen Zwecke gehalten. Um sie gutmütig zu stimmen, hat er den Jungen Petruschka nachts zu ihr gelassen. Die Folterung Simjons hatte nichts Positives ergeben. Der Kerl hat betreffs der Jüdin ein Geständnis abgelegt, beteuert in sexueller Besessenheit gehandelt zu haben. Und seine Aussagen decken sich mit denen der Jüdin. Wenn Henriette nur sprechen würde!

Henriette aber schwieg. «Frau Zimmerle. Ich spreche zu Ihnen wie zu einer deutschen Frau. Eine deutsche Frau bleibt auch dann eine deutsche Frau, wenn sie einmal im Leben geirrt hat, aber reumütig zurückkehrt. Sie sind jung, Sie sind schön, Ihnen steht die Welt offen. Hier bietet sich Ihnen die letzte Gelegenheit. Sie haben die Wahl. Wählen Sie das glückliche Leben.»

«Oder, was sonst?» fragte Henriette.

«Lassen Sie mich das andere lieber nicht aussprechen. Das Grauen soll nicht genannt werden. Um es Ihnen zu ersparen – zu dem Zweck bin ich hergekommen.»

«Das ist alles Lüge. Niemals hat mich ein anderer Mann berührt vor Ihrer Kreatur, meinem Gemahl, dem Feigling und elenden Zuhälter Franz Zimmerle. Kein Mann wagte mich zu beleidigen, bis ich in Ihre Gemeinschaft gekommen bin, bis Ihr Adjutant und Gehilfe Hans Kruhle mir Gewalt angetan hat. Niemals habe ich mit dem Subpräfekten dieser Stadt etwas gehabt. Mit keinem andern Subpräfekten und mit keinem andern Mann. Von euren schmutzigen Geschäften weiß ich nichts.»

«Zum letzten Mal, Frau Henriette, warne ich Sie. Er hat ein Geständnis abgelegt. Die Sache ist uns klar. Wenn ich zu Ihnen gekommen bin, so nur in Ihrem Interesse. Ich habe nicht viel Zeit zu verlieren. Gestehen Sie jetzt und Ihnen öffnen sich die Tore dieses gruseligen Hauses. Ein freundliches Heim, ein Garten voller Sonne, ein Leben voller Glanz harrt Ihrer. Sie tragen unter Ihrer Brust vielleicht sogar ein deutsches Kind, einen Menschen, der berufen ist, eine führende Rolle in einer neuen Welt zu spielen. Schon im Namen dieses Ungeborenen haben Sie kein Recht, einen andern Weg zu gehen als den des Lebens und der Zukunft. Wenn ich nicht irre, sind Sie gläubig. Sie stehen auf dem Boden der Kirche. Sie begehen ein Verbrechen gegen Gott, ein Verbrechen gegen Ihr eigenes Blut, wenn Sie sich in diesem Moment anders entscheiden. Also zum letzten Mal: Lassen Sie die Gelegenheit nicht entschlüpfen. Sie bietet sich Ihnen nie wieder im Leben. Legen Sie ein Geständnis ab und in wenigen Minuten sind Sie frei.»

«Ich habe nichts zu gestehen.»

«Dann wirst du herabsinken in den Zustand der niedrigsten Hure. Du wirst das sein, was du zu sein verdienst. Noch heute werden über dich unzählige Männer kommen. Morgen schon wirst du an die Front abgeschoben als Hure nicht für Offiziere, sondern für Soldaten, die seit Wochen im Schützengraben gelegen haben. Nach einigen Wochen oder Monaten wirst du als verfault rausgeschmissen werden aus dem Puff, als stinkendes Aas verachtet von jedem. Große Reiche, mächtige Armeen, kein Herrscher dieser Welt hat es gewagt, sich dem Willen Hitlers zu widersetzen. Du wirst die Konsequenzen tragen. Weil du aber die Frau eines der Unsern bist, komme ich in einer halben Stunde wieder, dann aber zum letzten Mal.»

Als Johann Müller nach einer halben Stunde erschien, hatte Henriette das sichere Empfinden, daß sie aus dem Vorraum die Stimme ihres Mannes Franz Zimmerle hörte. Johann Müller sagte: «Es ist die letzte Gelegenheit. Lassen Sie sie nicht ungenutzt. Sie bietet sich kein zweites Mal. Also wollen Sie reden? Meine Zeit ist knapp bemessen.»

«Ich will reden, wenn mein Mann dabei ist.»

Johann Müller rief Franz Zimmerle herein und machte gleichzeitig das Licht an. Franz Zimmerle war bleich und hielt den Kopf gesenkt, während die Blicke Henriettes auf ihn gerichtet waren.

«Also Sie wollen uns jetzt alles erzählen, gnädige Frau. Ihr Verstand, Ihr Gefühl und Ihr guter Instinkt haben Sie doch auf den richtigen Weg geführt.»

«Ja, mein Verstand und mein Gefühl haben mich auf den richtigen Weg geführt. Und ich habe den Richtigen gewählt. Da steht er.» Und sich an Franz Zimmerle wendend: «Sieh mich doch an, du mein mir fürs Leben angetrauter Gatte! Du deutscher Ritter aus dem edlen Geschlecht! Du Nachkomme, wie du mir oft sagtest, der auserwählten Söhne Germaniens, die für Frauen, Ehre und Tugend stets gefochten haben. Warum hältst du den Blick gesenkt? Richte ihn doch auf mich, auf deine Auserwählte! Jawohl, ich will reden. Ich bin aufgenommen worden unter euch und würdig befunden worden, deine Gattin und Lebensgefährtin zu sein. Und schon nach einigen Tagen hat mich dein Freund und engster Mitarbeiter vergewaltigt. Du hast nichts daran auszusetzen gehabt. Denn du bist ein Zuhälter! Und ihr alle seid Zuhälter. Für euch ist die ganze Welt ein großes Bordell und Schlachthaus. Ihr Helden und Ritter seid eine Herde von willenlosem Vieh und gehorcht einem Henker. Das seid ihr. Und jetzt mordet mich. Was könnt ihr mir noch antun, ihr feigen Hunde? Mich zur Hure machen, das habt ihr längst schon getan. Euer Held, Horst Wessel ...»

«Schweig», schrie Franz Zimmerle, «du hast deinen Mann betrogen und das deutsche Volk. Du hast dich unwürdig erwiesen ...»

«Unwürdig eines Tieres und Mörders, ja!»

Johann Müller versetzte ihr einen Fußstoß. Sie sprang auf und schlug ihm ins Gesicht. Da stürzte sich auch noch Franz Zimmerle auf sie und warf sie zu Boden.

Sie mußte böse gefallen sein. Aber sie hob den Kopf und lachte die vor Erregung keuchenden Männer an. Sie verließen aufgeregt den Saal. Im Vorraum wuschen sie sich die Gesichter und versuchten, so ruhig wie möglich zu erscheinen. Es war ein heißer Spätsommertag. Die Straßen waren belebt wie schon lange nicht. Am Ringplatz spielten zwei Zigeuner und sammelten entwertetes Papiergeld ein. Der Laden der Subpräfektur war bereits geschlossen, und Stefan Zertian hatte sich auf sein Büro zurückgezogen. Johann Müller und Franz Zimmerle hatten die Absicht ins Büro Stefans hinaufzugehen, um ihn in ein Gespräch zu verwickeln. Johann Müller war sicher, daß er in der Lage sein würde, Stefan im Verlaufe eines Gespräches in eine Falle zu locken. Da bemerkten sie, daß über die Brücke der Eisenbahnzug einfuhr. Es war seinen Leuten also gelungen, die Schäden rascher zu reparieren, als sie angenommen hatten. Beide begaben sich zum Bahnhof. Auf dem Wege dorthin kehrten sie in der Wohnung Franz Zimmerles ein, wo sich viele der SS-Leute befanden, und beauftragten vier Mann, vor der Subpräfektur Aufstellung zu nehmen.

Die Ankunft des Zuges zu dieser ungewohnten Stunde erregte in der ganzen Umgebung Aufsehen. Schwarzuniformierte entstiegen den Waggons. Johann Müller und Franz Zimmerle gingen die Front ab, an den Waggons entlang, wo die Uniformierten in militärischer Ordnung Aufstellung genommen hatten. Man stellte fest, daß die Schäden verhältnismäßig gering waren. Nur ein Maschinengewehr und zwei Dutzend Munitionskisten waren kaputt gegangen. Johann Müller gab den Befehl, die Zelte aufzuschlagen. Im Verlauf von weniger als einer Stunde war auf der Wiese um den Bahnhof herum ein großes Lager entstanden. Es dampften die Feldküchen. Eine Kantine war eingerichtet und man hatte Bierfässer herangerollt. Man hätte glauben können, daß hier seit Tagen gearbeitet worden wäre.

Stefan wußte, daß er ein Gefangener war. Er hatte keine Lust ins Hotel Hammerhof zu gehen, mit vier SS-Leuten hinter sich, um etwas Warmes zu sich zu nehmen, und ließ sich Tee und geröstetes Brot ins Amt bringen. Er saß im Amt so ruhig und gefaßt wie nur je: ganz ein der Pflicht und der Arbeit ergebener Beamter. Die Weisung seiner vorgesetzten Behörde aus Czernowitz war mit Verspätung angelangt, daß am heutigen Abend auch in Sereth die Befreiung der Bukowina und Bessarabiens zu feiern sei. Er telefonierte mit Johann Müller, und dieser sagte ihm, die Feier für sieben Uhr abends anzusetzen. «Gegen die Einladung der Offiziere aus dem Militärspital Adlersberg ist nichts einzuwenden. Auch die Mitglieder der rumänischen Jugend können in Nationaltracht erscheinen. Sie, Herr Subpräfekt, reden im Namen der Rumänen aber nicht länger als zehn Minuten. Es ist hauptsächlich auf das enge, unzertrennliche Bündnis zwischen den Völkern hinzuweisen. Ich werde einige Worte im Namen des Führers sprechen.»

So organisierte Stefan alles telefonisch. Das Fest sollte in der Halle der Bierbrauerei stattfinden. Um mit der Bierbrauerei die Einzelheiten zu regeln, rief Stefan bei Otto von Raubnitz an. Dieser war von einer Freundlichkeit wie noch nie zuvor. «Es ist mir eine Ehre, daß gerade die Bierbrauerei für diesen edlen Zweck gewählt worden ist. Ich werde gleich das Notwendige veranlassen und die Halle mit den deutschen und rumänischen Flaggen schmücken lassen.»

Mit diesen Vorbereitungen flossen die Stunden dahin und trugen viel zur inneren Entspannung Stefans bei. Er zweifelte keinen Augenblick daran, daß man mit seiner Verhaftung bis nach dem Feste warten wollte. Aber er hatte auch das Gefühl, daß diesen Abend etwas geschehen würde, sonst hätte ihm ja Chaim nicht gesagt, sich am Abend in der Wohnung Franz Zimmerles einzufinden. Da kam plötzlich einer der Wache haltenden SS-Leute heraufgerannt und sagte ihm, ein Bauer wünsche ihn zu sprechen. Er ließe sich nicht abweisen und sage, daß er dem Subpräfekten eine wichtige Botschaft persönlich zu übergeben hätte. Stefan ließ ihn heraufkommen. Der Bauer trat etwas linkisch ein. Plötzlich hob er den Fuß und riß sich den Stiefel herunter. Die SS-Leute, die ihn herbegleitet hatten, sprangen auf und hielten ihn an. Sie dachten, er hätte da eine Waffe verborgen. Aber der Bauer hatte schon einen Brief herausgezogen und sagte in feierlichem Ton: «Von meinem Chef, dem Hauptmann Moraresccu, an den Herrn Subpräfekten von Sereth.» Die zwei SS-Leute blickten überrascht. Stefan nahm den Brief, öffnete ihn langsam und mit neugieren Blicken auf den Bauern. Er las ihn laut, so daß die SS-Leute jedes Wort hören konnten:

> «Sehr verehrter Herr Subpräfekt! Ich wende mich an Sie als einen Rumänen und als den höchsten Beamten dieser Stadt. Sie haben direkt mit dieser Sache nichts zu tun. Aber ich bitte Sie um Ihre Vermittlung. Durch einen unglücklichen Zufall ist es zwischen mir und den Deutschen, die ich ungemein hoch schätze, zu schweren Zusammenstößen, ja zu Blutvergießen gekommen. Es sind Opfer gefallen, die um so mehr zu beklagen sind, als wir doch den glei-

chen Feind haben und dem gleichen Ziel zustreben. Ich habe es nicht gewollt, obwohl ich nicht von vornherein jede Schuld von mir abwälzen möchte. Nun genug des Blutvergießens. Ich war anmaßend, als Antonescu sich an mich wandte. Es war ein schwerer Fehler meinerseits. Sprechen Sie mit dem Leiter des deutschen Kommandos, das heute hier in der Stadt eingetroffen ist. Ich bin bereit mich zu ergeben und stelle nur eine Bedingung. Ich unterwerfe mich vorbehaltlos dem Urteil unseres Führers General Antonescu und baue auf die Großzügigkeit Adolf Hitlers. Wenn der Kommandant mir verspricht und das in einem Schreiben bestätigt, daß er mich, sobald ich mich ihm ausliefere, an Antonescu überstellt, dann will ich heute Abend bei ihm erscheinen. Ich komme ohne Waffen und bin bereit, das deutsche Kommando in mein Lager zu führen, ebenfalls unter der Bedingung, daß meiner Mannschaft dasselbe versprochen wird wie mir. Die Leute haben nur meinen Befehlen gehorcht als ihrem gesetzmäßigen militärischen Vorgesetzten.

Mit Heil Antonescu und Heil Hitler

Ihr

Morarescu

Hauptmann im königlich-rumänischen Grenzregiment Nummer 2.»

Stefan Zertian rief Johann Müller an, und dieser bat ihn, mit dem Boten sofort zu ihm zu kommen. Zwei der SS-Leute stiegen unaufgefordert mit in den Wagen ein. Johann Müller las den Brief aufmerksam, hielt ihn prüfend zwischen den Fingern und ließ sich von dem Bauern seine Papiere zeigen. Es war eine echte Legitimation des 4. Zuges des Kapitäns Morarescu, des Grenzregimentes Nr. 2. Johann Müller versuchte den Boten auszufragen. Aber der weigerte sich, etwas über den gegenwärtigen Aufenthalt der Abteilung zu verraten. «Dieser Brief ist mein Auftrag. Jawohl, wir haben den Überfall auf den Zug bei Franzenstal gemacht und zwei Mann verloren. Weiter kann ich nichts sagen.»

Johann Müller erinnerte ihn an seinen Eid. «Sie haben dem König und Antonescu Treue geschworen.»

«Jawohl», antwortete der Bote, «und diesen Eid wollen wir auch erfüllen. Mein Hauptmann und wir alle unterwerfen uns bedingungslos dem Urteil Antonescus. Der Hauptmann hat es im Lager verkündet, die gesamte Mannschaft ist damit einverstanden.»

Und mehr war aus dem Boten nicht herauszuholen. Er sagte noch: «Ich habe den Befehl von meinem Chef erhalten, nicht ins Lager zurückzukommen, wenn mir jemand folgt. Der Chef selbst wird bei Anbruch des Abends hier sein.» Johann Müller überlegte, ging ins andere Zimmer, rief Czernowitz an und kam befriedigt zurück. Er gab dem Boten folgende Zeilen an Morarescu mit:

«Herr Hauptmann, ich und das Kommando in Czernowitz akzeptieren Ihre Vorschläge. Sie werden morgen, sobald Sie uns Ihr Lager übergeben haben, mit einer Ehrenwache nach Bukarest gebracht. Ihre Mannschaft bleibt unter Bewachung bis nach Ihrer Aussprache mit seiner Exzellenz, dem Herrn Regierungschef General Antonescu. Wir erwarten Ihr Erscheinen mit der Zusicherung freien Geleits, wie es unter Offizieren üblich ist.

Heil Antonescu! Heil Hitler!

Ihr

Johann Müller

SS-Gruppenleiter»

XXIX

Nach der Aufregung mit Johann Müller und ihrem Mann war bei Henriette eine Entspannung eingetreten. Sie wurde innerlich ganz still und hockte in einer Ecke ohne sich zu rühren. Ihre Augen hatten sich an die Dunkelheit gewöhnt. Aber der Raum, in dem sie sich befand, verlor nicht seine mystische Kraft. Sie sprach vor sich hin, ohne den Mund zu öffnen und hörbar zu werden: Hier könnte man meinen, nach oben wäre es offen, aber ganz ohne Sterne und ohne Licht. Nur Finsternis. Und auch die Zeit scheint nicht zu fließen. Oft strömt sie und stürzt über Felsen. Jetzt ist sie ein Teich, still, der keinen Zufluß und keinen Abfluß hat.

Sie sah zur Seite, wo neben der Tür ein brauner Krug mit Wasser stand, auf dessen Rand ein Stück Brot lag. Durch die Mauern drangen Geräusche. Einmal war es ihr, als hörte sie Rebekka schreien. Dann haute jemand auf einem Klavier ein Stück herunter und eine betrunkene Frauenstimme sang dazu. So sind sie, die Barbaren. Da haben sie das Bordell und Foltergefängnis der Gestapo in einem Haus. Wo ist eine Grenze bei diesen Menschen? – Nein, nicht Menschen. Dann war es lange Zeit still. Hatte Henriette ein wenig geschlafen? Die Tür wurde aufgeschlossen. Herein fiel ein dickes Bündel schwer wie nasse Wäsche und blieb liegen. Die Tür ging zu, der Schlüssel schloß ab.

Das Bündel bewegte sich etwas und ein Stöhnen kam heraus. Sie stand leise auf, ging nahe hin und beugte sich über das stöhnende Bündel. Es war Rebekka. Henriette nahm das Brot vom Krug und sah sich nach einer Schöpfkelle um. Da war die Kupferpfanne, mit der sich früher die Beter die Hände zu waschen pflegten. Damit schöpfte sie Wasser und ließ einige Tropfen auf die Stirne und die Augen der ohnmächtigen, zerkratzten Rebekka fallen. Rebekka regte sich etwas, und mit schwacher Stimme: «Wo bin ich – Ist Petruschka hier – Ist der Überfall gelungen?»

Sie ist nicht richtig bei sich, dachte Henriette. Was für ein Überfall? Gut, daß sie das vor mir sagt und nicht vor der Gestapo. Aber hier muß ich helfen. «Du bist bei mir, bei deiner Schwester.»

«Ich, ich hab' doch keine Schwester – wie gerne hätte ich eine gehabt – meine Mutter ist doch bei der Geburt meines Schwesterchens gestorben und mein Schwesterchen dann auch.»

Henriette blickte auf sie nieder. Unter dem rechten Auge hatte sie einen dunklen Fleck, wohl blutunterlaufen. Solche jüdische Mädchen sind meine Schulfreundinnen gewesen. Sie waren nicht anders als ich. Sie schwärmten und waren betrübt wie ich. Ihr Herz war leichter gerührt als meins. Sie waren Freundinnen. Sie hatten eine andere Religion. Aber waren sie deswegen anders? Oder weil sie eine andere Sprache redeten …

«Wasser, ein bißchen Wasser.»

Das Kupfergefäß hatte Grünspan angesetzt. Henriette wollte ihr daraus kein Wasser zum Trinken geben. Sie wußte sich nicht zu helfen. Dann ging sie zur Wasserleitung, nahm Wasser in die beiden Handflächen und ließ Rebekka trinken. Sie nahm sie auf ihren Schoß, wärmte sie mit ihrem Körper und redete in sie hinein: «Du bist meine Schwester, du bist mein Kind, das ich unter meinem Herzen trage. Der Pfarrer Glurzanski sagte mir, daß der Antichrist gekommen ist. Dieser Deutsche, das ist der Antichrist und alle, die er hergeschickt hat, sind die Dämonen seiner Boten. Was sagt euer Rabbiner? Aber ihr habt doch gar keinen mehr; euch haben sie alle vernichtet. Pfarrer Glurzanski sagte, daß die Ermordung der Juden die zweite Kreuzigung Christi ist. In euch haben sie den Erlöser zum zweiten Male gekreuzigt, der aus eurem Volke, aus eurem Stamme kommt. Hörst du mich, Rebekka? Der Pfarrer sagte, daß wie nach der ersten Kreuzigung der Erlöser auch diesmal wieder auferstehen wird, und das Himmelreich wird auf Erden sein. So sagte er. Ein Ende, sagte er, hörst du, mein Kind, wird es nehmen mit allem Bösen auf dieser Welt.»

Der Schlüssel wurde umgedreht und mit einem Fußstoß die Türe aufgestoßen. Ein Lichtstrahl drang in den dunklen Raum. Vier Schwarzuniformierte traten ein, zerrten die zwei Frauen aus dem Raum und warfen sie in einen geschlossenen Wagen. Sie wurden in die Wohnung Franz Zimmerles gebracht und ins Schlafzimmer Henriettes geführt.

In einem anderen Raum derselben Wohnung saß Johann Müller. Im letzten Moment hatte er seine Beteiligung an der Siegesfeier abgesagt. Statt ihm sollte ein Offizier aus dem Militärspital Adlersberg reden. Seinen Leuten hatte er den Auftrag erteilt, Stefan Zertian keinen Augenblick unbeobachtet zu lassen. Er selbst saß und wartete. Es war bereits neun Uhr abends. Das Telefon ging unaufhörlich. Er bediente es selber, weil er Anrufe erwartete, die er keinem andern anvertrauen wollte. Er vermochte sich nur mit dem Trinken von schwarzem Kaffee und Kognak aufrecht zu erhalten. In den vergangenen zwei Nächten hatte er kein Auge geschlossen. Zuerst die schier endlose Beratung in der Nacht vor der Abreise in Czernowitz, dann die Vorbereitungen und Vorkehrungen für den Strafzug, dann die Beratungen in Sereth die ganze Nacht hindurch. Jawohl, was er da vorgefunden hatte, war ein Saustall. Und wen wird der Führer mit Recht verantwortlich machen, wenn nicht ihn. Schließlich war er es und kein anderer, der Franz Zimmerle und Hans Kruhle hierher gesandt und Otto von Raubnitz mit der Arisierung beauftragt hatte. Auf Franz Zimmerle besonders hatte er viel gesetzt. Und wenn man bedenkt, daß sie da mit einem Rumänen wie Stefan Zertian seit vielen Wochen zusammenarbeiteten, mit Simjon, und keine Ahnung haben, ob die Leute Feind oder Freund sind und, wenn Feind, von welcher Seite? Es ist einfach zum Haareausreißen. Wie konnte er sich nur in Franz Zimmerle so täuschen? Weil er ihn an die unrichtige Stelle gesetzt hatte. Nichts wird oft im Leben einem Menschen so zum Verhängnis, als wenn er auf den unrichtigen Posten kommt. Ob einer in einem Steueramt oder in einer Bank an dem einen oder dem andern Schalter sitzt, ist unwesentlich. Aber es ist wesentlich für einen Menschen und seine Arbeit, welches Maß von Verantwortung ihm auferlegt wird. Es gibt Menschen, die erstklassige untergeordnete Beamte sind. Stellt man sie aber an verantwortliche Stellen, dann versagen sie und die ganze Arbeit nimmt einen katastrophalen Verlauf. Ebenso, wenn man Menschen, die ihrem Wesen nach verantwortliche Arbeit machen können, in untergeordnete Stellungen bringt. Franz Zimmerle gehörte ohne Zweifel zu denen, die sich für untergeordnete Arbeit eignen. Derselbe Zimmerle …

Zum Teufel noch einmal, wegen dieses Telefons kann man sich auf keinen Gedanken konzentrieren … Ja, das Fest nimmt einen ruhigen, würdigen Verlauf. In der Stadt alles in bester Ordnung. Von Morarescu noch keine Spur … Gewiß, wenn er bis Mitternacht nicht kommt, wird der Strafzug durchgeführt … Es ist nicht anzunehmen, daß die Bauern sich für Morarescu einsetzen werden. Natürlich, sobald etwas Neues zu berichten ist, wird angerufen. Die Posten berichten jede halbe Stunde und konnten bisher nichts Verdächtiges wahrnehmen. Heil Hitler!

Die im Hauptquartier scheinen ja noch ungeduldiger zu sein als ich. Wenn Morarescu tatsächlich kommt, ist der Erfolg gar nicht auszudenken. Ich persönlich werde ihn zu Antonescu und dem Führer begleiten, sofern der Führer Interesse haben wird, diesen Kerl zu sehen. Ja, Morarescu scheint das Gegenstück von Franz Zimmerle zu sein. Er, der allen Berichten nach für einen höheren leitenden Posten geschaffen ist, wurde auf eine untergeordnete Stelle gesetzt. Der richtige Mann am richtigen Platz – das ist die entscheidende Frage.

«Herein», rief er, als heftig an die Tür gepocht wurde.

«Melde gehorsamst, Hauptmann Morarescu.»

Obwohl seit Stunden seine Gedanken mit nichts anderem beschäftigt waren, traute er seinen Ohren nicht. «Führen Sie ihn ins andere Zimmer, übrigens in das neben dem Schlafzimmer ganz hinten», sagte er beherrscht zur Ordonnanz. «Ist jemand mit ihm gekommen?»

«Zwei unserer Leute stehen etwa zwanzig Schritte hinter ihm.»

«Schicken Sie sie herein, nachdem Morarescu in dem angewiesenen Zimmer mit einer Ehrenwache von vier Mann untergebracht ist.»

«Also ihr wart hinter Morarescu her. Wie ist er an euch herangekommen?»

«Wie er an uns herangekommen ist, ist uns unerklärlich. Plötzlich war er da. Als wir ihm die Revolver vorhielten, zuckte er nicht mit der Wimper. Weisen Sie mir den Weg zu eurem Kommandanten, sagte er nur. Und so haben wir ihn hergebracht. Er verlangte nur, wir sollten zwanzig Schritte hinter ihm gehen und immer im voraus den Weg sagen.»

«Seid ihr sicher, daß er es ist?»

«Er hat uns seinen Ausweis gezeigt und die Fotografie, die wir haben, stimmt mit dem Mann überein, den wir hergebracht haben.»

«Warten Sie draußen auf weitere Befehle.»

Im Nu war die Telefon-Verbindung mit Czernowitz hergestellt. Schwerer als bisher vermochte Johann Müller die Erregung in seiner Stimme zu dämpfen: «Jawohl, er ist hier. Ich werde ihn gleich befragen ... Natürlich wird er mit der größten Schonung und Vorsicht behandelt ... Das wird sich ja ergeben ... Ja, ich werde es beim Feste mitteilen ... Ohne Zweifel wird es auf das reibungslose Einrücken der Rekruten eine günstige Wirkung haben. Sie sollen trinken soviel sie wollen ... Das hängt von der Aussprache mit ihm ab. Sollte dieses Lager Libertatia, wie sie es nennen, sich als eine reine Banditenangelegenheit erweisen, so wird der Strafzug nicht durchgeführt, sondern hinausgeschoben ... Es hängt natürlich davon ab, ob Moraresçu uns sein Lager übergibt mit all seinen Leuten, und ob wir feststellen können, inwieweit die andern Erscheinungen mit ihm zusammenhängen. Ich berichte in spätestens einer Stunde ausführlich. Heil Hitler!»

Er überlegte, ob er Moraresçu hereinführen lassen, oder ob er ihn selbst in höflicher Weise aus seinem Zimmer holen sollte. Da fiel ihm noch etwas ein. Er ließ die zwei SS-Leute hereinkommen und fragte: «Habt Ihr Moraresçu die Waffe abgenommen?»

«Als er erschien, übergab er uns als erstes seinen Revolver. Hier ist er.»

Johann Müller betrachtete aufmerksam die Waffe. Es war ein schönes Stück mit Elfenbeingriff, das folgende Widmung trug: «Das Grenzregiment Nr. 2 in Bessarabien seinem verehrten Hauptmann Moraresçu gewidmet am 12. Juli 1927, anläßlich seines Geburtstages.» Sein Mund zog sich breit und er zuckte ein wenig. Er gab den zwei SS-Leuten das Zeichen zum Abtreten, blieb wieder allein im Raum, und zum ersten Mal seit Tagen fand er eine Entspannung. Die letzten Zweifel waren gewichen. Woran er kaum noch zu glauben gewagt hätte, war Wirklichkeit geworden. Sein Gedanke war richtig. Moraresçu ist kein Staatsfeind. Er war nur auf den unrichtigen Posten gestellt und – es wird sich ja bald feststellen lassen, durch welchen unglücklichen Zufall – aus der Bahn gedrängt worden.

Er entnahm dem Revolver die Patronen, steckte ihn in die Tasche und ging zu dem Zimmer, in dem sich Moraresçu befand. Die Ehrenwache grüßte stramm und Johann Müller fragte: «Hauptmann Moraresçu?»

«Das bin ich.»

«Gruppenführer der SS, Johann Müller. Herr Hauptmann, Sie sind unser Ehrengefangener, und unseren Abmachungen gemäß überreiche ich Ihnen hiermit Ihre Waffe. Sie haben sie in Ehren erworben. Sie haben sie uns zum Zeichen Ihrer Ergebung überreicht und sollen Sie der Großzügigkeit des Führers gemäß in Ehren weitertragen. Über Ihr Schicksal kann ich nicht entscheiden. Das ist Sache der höheren Stellen. Aber ich kann Ihnen schon jetzt sagen: Die Armee des Führers kämpft nicht gegen Patrioten und aufrechte Männer. Hier, Ihr Revolver. Bitte seien Sie so freundlich mir zu folgen.»

Die zwei Männer saßen einander gegenüber. Johann Müller dachte: Es wäre in der Tat ein Unglück, wenn wir gegen einen solchen Mann kämpfen müßten. Es gibt unter uns nur wenige, die in der Vernichtung der Juden so viele Verdienste haben wie Hauptmann Morarescu. Solche Männer können auch einmal gefährlich werden. Jetzt aber brauchen wir sie.

«Wo ist Ihre Mannschaft, Herr Hauptmann?»

«In meinem Lager.»

«Und Ihr Lager?»

«In das führe ich Sie. Meine Mannschaft ist mir in jeder Hinsicht ergeben. Sie ist bereit, die Waffen zu strecken, wenn ich ihr die Versicherung gebe, daß alles abgemacht ist, daß keinem bis zur Entscheidung durch Antonescu und den Führer ein Haar gekrümmt wird. Was mit mir geschieht, ist unwichtig. Die Mannschaft ist mir als ihrem Vorgesetzten gefolgt und verdient auch dann Anerkennung, wenn ihr Weg ein falscher war. Denn ich allein trage die Verantwortung.»

«Es bleibt, Herr Hauptmann, bei unserer Abmachung. Ich kann Ihnen nicht mehr versprechen, als ich Ihnen im Brief schon geschrieben habe.»

«Ich verlange auch nicht mehr. Auf Grund dieses Briefes bin ich hergekommen.»

«Nun, Herr Hauptmann, werde ich mir gestatten, einige Fragen an Sie zu richten, deren Beantwortung zur Klärung der Lage hier an Ort und Stelle notwendig ist. Das ist keine Verletzung unserer Abmachung und hat mit Ihrem weiteren Schicksal nichts zu tun.»

«Ich stehe ganz zu Ihrer Verfügung, Herr Gruppenführer.»

«Ist der Überfall auf den Zug in der vergangenen Nacht von Ihnen durchgeführt worden?»

«Jawohl.»

«Ist das Wasserrohr zur Destille in Pojeni von Ihnen oder Ihren Leuten gesprengt worden?»

«Jawohl.»

«Hier sind zwei Zettel angebracht worden, die die Mobilisierung der letzten zwei Jahrgänge zu hintertreiben suchen. Stehen Sie in irgendeinem Zusammenhang damit?»

«Ich bin ihr Verfasser. Und gerade diese Zettel waren die treibende Kraft, die mich veranlaßt hat, umzukehren. Nach der Abfassung und Anbringung dieser Zettel ist es mir klar geworden, daß ich auf einen Weg geraten bin, der meiner Tradition und all meinen Bestrebungen entgegengesetzt ist.»

«Von wem wurden diese Zettel in der Stadt angebracht?»

«Von einigen meiner Leute, die ich hierher gesandt hatte.»

«Hier in der Stadt waren in letzter Zeit schwere Sabotage-Akte zu verzeichnen. Das Bier, das von hier an die Soldaten an die Front versandt wurde, ist dort in einem ungenießbaren, ja gesundheitsschädlichem Zustand angelangt. Stehen Sie damit in irgendeiner Verbindung?»

«Diese Tätigkeit hat tiefere Zusammenhänge als Sie annehmen. Ich muß Sie bitten, mir zu gestatten, auf diese Frage an höherer Stelle Auskunft zu geben, da das zur Aufdeckung eines Netzes führen wird, das weit verzweigt ist. Was ich im Augenblick sagen kann, ist nur, daß diese Sache nicht hier ihre Wurzel hat. Ich bin nämlich auch dahinter und schmeichle mir, das Netz aufgedeckt und auf die Weise einer gefährlichen Organisation auf die Spur gekommen zu sein. Das wird Ihre Vorgesetzten besonders interessieren. Es wäre für mich das größte Glück, wenn ich darüber dem Führer persönlich Bericht erstatten könnte. Gerade diese Sache, an deren Aufklärung ich seit langem arbeite, war die unmittelbare Veranlassung, mich mit einem Brief an Sie zu wenden.»

Diese Worte beeindruckten Johann Müller. Ein gefährlicher Bursche, dachte er. Und gerade deswegen kann er einer der nützlichsten für uns werden. «Gut, es ist Ihnen überlassen, darüber zu berichten, wo Sie es für richtig halten, und ich werde Ihnen die Möglichkeit dafür geben.

Aber ich möchte Sie bitten, mir noch einige Fragen zu beantworten, die für mich hier von unmittelbarem Interesse sind. Kennen Sie den hiesigen Subpräfekten Stefan Zertian?»

«Er war einmal in der Bewegung im lokalen Maßstabe ein bekannter Mann. Nicht weiter von Bedeutung, glaube ich. Persönlich kenne ich ihn nicht.»

«Der Form halber noch eine Frage. Ist Ihnen ein hiesiger Deutscher namens Simjon Straub bekannt?»

«Nein, ich kenne diese Stadt überhaupt nicht. Der Zufall hat mich in diese Gegend gebracht und in der Stadt bin ich jetzt zum ersten Mal.»

«Ich danke Ihnen. Gestatten Sie mir, daß ich Sie auf Ihr Zimmer zurück begleite. Sie können jetzt ausruhen. Und sobald ich Sie brauche, werde ich Sie wieder bemühen.»

Kaum befand sich Johann Müller allein, als er zum Telefon griff. Es war ein Jubelruf: «Der Gesuchte ist da. Ich würde vorschlagen, daß jemand vom Oberkommando und ein weiterer von der Partei sofort im Auto herkommen. Die Dinge sind sogar vielversprechender als vorauszusehen war ... Ja, kein Zweifel. Übrigens wird man ja selbst beurteilen können ... Nein, gar keine Zwischenfälle, Feststimmung. Wenn man kommt, wird sich ja alles an Ort und Stelle klären. Große und angenehme Überraschungen. Heil Hitler!»

Es war bereits die dritte Nacht, daß Johann Müller nicht geschlafen hatte. Noch vor einer Stunde war er so müde gewesen, daß ihm immer wieder die Augen zufielen. Das Gespräch mit Morarescu hatte ihn vollkommen aufgefrischt. Seit Tagen war er in einer Art Verzweiflung, und jetzt fielen ihm lauter angenehme Dinge ein. Jetzt gestand er sich ein, daß er nach all dem Vorgefallenen an die Festnahme Morarescus nicht mehr geglaubt hatte. Nun habe ich die Möglichkeit, ein weitverzweigtes Netz aufzudecken. Ob sie den Kerl am Leben lassen, zur Mitarbeit heranziehen oder ihn erschießen? Das wird sich zeigen, nach der Aussprache mit den leitenden Stellen. Der Führer selbst wird wie immer das Richtige herausfinden. In zwei Stunden werden sie von Czernowitz hier sein, dachte er. Sie sollen ein Fest erleben in ganz großem Maße. Er nahm das

Telefon zur Hand und ordnete an: «Bier ausgeben soviel da ist. Sie sollen sich belustigen. Man soll die Befreiung der Bukowina und Bessarabiens durch deutsche Truppen bis in den Tag hinein feiern. Die Ablösung der Wache? Wo Doppelposten gestanden haben, genügt ein einfacher. Ja, unsere Leute haben Anspruch auf Ruhe. Wie war die Rede Zertians? ... Ist das das Richtige. Wenn ihr meinen nächsten Telefon-Anruf erhaltet, sollen Freudenböller abgeschossen werden ... Ja, wenn ihr etwas Besonderes zu berichten habt. Heil Hitler!»

Johann Müller überlegte. Die Vermutung Hans Kruhles war auf der ganzen Linie falsch. Dummes Geschwätz und Hurengeschichten. Ja, der Simjon hatte es ehrlich verdient, festgenommen zu werden, wenn auch dahinter nichts anderes als ein sexuelles Verhältnis zu stecken schien. Mädels gibt es genug, da braucht nicht der Sekretär der deutschen Volksgemeinschaft eine Jüdin bei sich zu halten und noch Beziehungen zwischen ihr und einem rumänischen Jungen zu fördern. Letzten Endes sind die Rumänen soviel wert wie die Juden und die Juden soviel wie die Rumänen. Schließlich wird ja der Tag kommen, da wir mit ihnen das tun, was wir mit den Juden getan haben. Aber heute brauchen wir sie, und sie sollen das Gefühl haben, daß auch sie, die Zigeuner, eine höhere Rasse sind als die Juden.

Von der Brauerei her hörte er Tanzmusik. Es klang wehmütig und bald ausgelassen fröhlich. Plötzlich fiel ihm Henriette wieder ein. Eine Hure wie alle. Sie hat mit Zertian geschlafen, weil der Franz, wie er mir eingestanden hat, in Czernowitz diesen Unfall gehabt hat. Pech, wenn das einem gerade zwei Tage nach der Hochzeit passiert. Sie war gereizt und wollte befriedigt sein. Ein hysterisches Weibsbild. Aber heute ist sie unser Feind, für uns nie wieder zu gebrauchen. Eine weniger. An der Front wird man von ihr noch Gebrauch machen können. Nicht von Wichtigkeit.

Er war eingeschlafen. Da hörte er ein Auto vorfahren. Er sprang auf und lief hinaus. Es war ein Oberst der SS und ein anderer Oberst der regulären Armee. Beide begrüßten ihn besonders herzlich. Er führte sie hinein und berichtete mit allen Details über das, was seit seiner Abreise aus Czernowitz vorgefallen war, auch über die Festnahme Henriettes und wie es dazu kam. Die zwei lachten hell auf, als sie von dem Unfall Franz' in Czernowitz hörten. Man trank ein Glas Kognak nach dem andern und sie verlangten Moraresc u zu sprechen. Johann Müller holte ihn selbst herein. Er wurde den zweien mit dem Zeremoniell vorgestellt, wie es bei Offizieren üblich ist. Ganz nach dem Brauch eines Ehrengefangenen. Der Oberst der SS sagte: «Es liegt mir ferne, aus Ihnen jetzt etwas herausholen zu wollen, was Sie erst Antonescu oder unserm Großen Hauptquartier zu berichten sich vorbehalten haben. Worüber wir aber jetzt einiges wissen müssen, und das steht nicht im Gegensatz zu dem Ihnen zugesicherten freien Geleit, sind die Motive, die Sie veranlaßt haben, Ihre Kaserne zu verlassen und in einen unglücklichen Gegensatz zur deutschen Besatzung zu geraten. Es hat zu schweren Verwicklungen geführt und – wir haben Ihren Lebenslauf und die Berichte Ihrer Vorgesetzten über Sie aufs Genaueste studiert – alles, was Sie in letzter Zeit getan haben, steht im Gegensatz zu Ihrem bisherigen Leben, zu Ihrer Weltanschauung und zu dem, wofür Sie immer mutig und tapfer mit Wort und Tat eingetreten sind.»

«Das kann und will ich erklären.»

«Nehmen Sie eine Erfrischung zu sich.»

Moraresc u dankte und begann zu erzählen: «Wenn Sie, meine Herren, meinen Lebenslauf studiert haben, dann wird es Ihnen bekannt sein, daß ich den Krieg gegen Rußland am Dnjestr schon 1924 begonnen habe. Und nicht nur den Krieg gegen Rußland. Ich habe den Ausrottungskrieg gegen die Juden und die Bolschewiken schon zu einer Zeit begonnen, als man in Deutschland noch nicht davon geträumt hat.»

«Verzeihen Sie, Herr Hauptmann, unser Führer hat in Deutschland diesen Kampf schon im Jahre 1919 begonnen.»

«Das weiß ich und war ein Bewunderer Ihres Führers vom ersten Tage an, seit ich von Ihrer Bewegung gehört habe. Aber es hat fast anderthalb Jahrzehnte gedauert, bis er an die Verwirklichung seines Planes herangehen konnte. Ich aber habe ohne Hilfe, ohne Unterstützung, ja im Gegensatz zu den damaligen Regierungen unseres Landes diesen Krieg unerbittlich geführt. Wenn Sie meine Lebensgeschichte studiert haben, werden Sie auch wissen, daß ich und meine Abteilung viele Tausende Juden aus der Welt geschafft haben. Die Wasser des Dnjestr sind meine Zeugen. Im Parlament hat man Interpellationen gegen mich eingebracht. Ich wurde aus dem Dienst entfernt. Ich habe dann in der nationalen Bewegung gearbeitet. Aber was wollen Sie, ich bin Soldat. Herumpolitisieren widerspricht meinem ganzen Wesen. Der Tag des Krieges gegen Rußland war der glücklichste Tag meines Lebens. Wohl erinnerte man sich meiner. Ich bekam wieder den Rang eines Hauptmanns, und ich kam wieder zu meinem alten Regiment. Aber während alles in voller Bewegung war, mußte ich in der Stunde der Abrechnung im Hinterland sitzen. Während die meisten meiner Berufskollegen, mit denen ich zusammen gearbeitet habe, bereits Oberste waren, nach Bessarabien gehen durften, blieb ich als unbedeutender, unbekannter Hauptmann in Czernowitz. Verstehen Sie, meine Herren, in welcher Verfassung ein Mensch und Offizier von meiner Art sich befinden mußte?»

Der Oberst erwiderte: «Was Sie sagen, erklärt Ihre Verfassung, erklärt aber nicht, wieso Sie diesen verhängnisvollen Schritt tun konnten, der direkt oder indirekt zum Feinde führt.»

«Ich schrieb Briefe an Antonescu, der mein Schüler in der Artillerie-Schule gewesen war. Sie wurden anscheinend unterschlagen und haben Antonescu nie erreicht. Ich kenne ihn zu genau, um nicht zu wissen, daß er mir sofort geantwortet hätte. Da hörte ich eines Tages, daß sich hier, in der Nähe von Pojeni, im Sumpfgebiet, eine Partisanengruppe eingenistet hätte. Ich stellte Nachforschungen an und erfuhr, daß der Leiter dieser Partisanengruppe ein Mann ist, dem ich seit 1924 auf der Spur bin, ein gefährlicher jüdischer Untermensch. Ich erfuhr, daß mit ihm einige Partisanen zusammen arbeiten, die Schulung und Erfahrung aus dem russischen Bürgerkrieg haben. Sie sammelten Rumänen, Ukrainer und Juden und planten etwas gegen uns, wer weiß was. Am Dnjestr habe ich jahrelang den Kampf gegen diese Elemente geführt. Es war mein Ehrgeiz, Antonescu und eurem Führer zu zeigen, was Moraresku kann. Und ich beschloß auf eigenes Risiko, eine Expedition gegen dieses Partisanen-Gebiet zu machen.»

«Wie, was sagen Sie? Ein Partisanengebiet, hier in der Nähe?»

«Jawohl und sogar eine der gefährlichsten Partisanengruppen. Aber kein Grund zur Beunruhigung. Sie werden ja hören. Ich reiste also mit Zustimmung meines Obersten von Czernowitz ab, mit fünfzig Mann, von denen ich sagen kann, daß jeder von ihnen ein Kämpfer ersten Ranges ist. Wir mußten alles vermeiden, was unsere Pläne vorzeitig enthüllen konnte. In der Nähe von Hliboka, von wo der Weg durch einen Wald in dieses Sumpfgebiet führt, stießen wir auf einen Mann, der, wie er vorgab, aus dieser Gegend stammte. Er behauptete, der Gutsverwalter des Rittergutes von Sauer zu sein. Er übernahm die Führung, das heißt natürlich nicht die militärische. Da stießen wir unglücklicherweise auf eine SS-Abteilung. Die schien uns für die Partisanengruppe zu halten. Sie wollte den Weg nicht freigeben. Ich erklärte ihrem Leiter, daß ich Hauptmann im königlich-rumänischen Grenzregiment bin, daß ich einen geheimen Auftrag durchzuführen hätte. Es nützte nichts. Es war ein Verhängnis. Der SS-Offizier erteilte den Befehl zum Schießen und wir mußten uns wehren.»

Der Oberst überlegte. Alles, was der Mann sagte, stimmte. So hatte auch der einzige entronnene SS-Mann den Vorfall geschildert. Und er fragte: «Aber wie konnten Sie als Offizier es auf einen solchen Kampf ankommen lassen? Was wäre Ihnen denn geschehen, wenn Sie dem SS-Offizier gefolgt hätten? Man hätte Sie identifiziert, und nichts wäre Ihnen dann im Wege gestanden, Ihren Plan durchzuführen.»

«Die Partisanen wären vielleicht gewarnt worden. Das Ganze wäre einen Weg gegangen, der nicht zum Ziele geführt hätte. Sehen Sie, meine Herren, ein Morarescu hat niemals einen Kampf gegen die Elite-Truppen des Führers gewünscht und gewollt. Aber das Ziel war groß und verlockend. Der Kampf wurde uns aufgezwungen. Opfer mußten fallen im Interesse des großen Zieles. Wir hatten keinen andern Ausweg. So hat das Verhängnis begonnen, daß Bruder gegen Bruder kämpfte.»

«Woher kam es aber, daß Sie dann diesen Weg, auf den Sie ein unglücklicher Zufall gedrängt hat, fortsetzten? Haben Sie den Sturm auf das Partisanenlager unternommen? Oder war das Ganze nur ein falscher Alarm gewesen?»

«Nein, die Partisanen waren da. Der angebliche Gutsverwalter und Kenner des Sumpfgebietes schritt in jener regnerischen und finstern Nacht an meiner Seite. Wir betraten das Sumpfgebiet. Plötzlich begannen wir zu sinken ...»

Die zwei Angekommenen sprangen von ihren Sitzen auf. «Was ist denn los?» schrien sie, «was sind das für Schüsse?»

Johann Müller beruhigte: «Diese Idioten. Ich habe angeordnet, daß zu Ehren eurer Ankunft hier sofort nach meinem Anruf Salut-Schüsse abgegeben werden. Aber es hat eine Stunde gedauert, bis diese Idioten zum Schießen gekommen sind.»

Die zwei setzten sich wieder. «Erzählen Sie weiter, Herr Hauptmann.»

«... plötzlich begannen wir zu sinken. Meine Leute schrien um Hilfe. Sie warfen die Ausrüstung und die Waffen von sich, um von ihnen nicht heruntergezogen zu werden. Ich wollte diesen angeblichen Gutsverwalter fassen. Doch er war nicht mehr da. Die Stimmen meiner Leute wurden schwächer. Sie waren bis zum Hals in den Sumpf geraten. Ich sank immer tiefer. Ich spürte, meine letzte Stunde ist gekommen. Und je mehr ich mich emporzuringen versuchte, desto tiefer sank ich ...»

«Und wie kamen Sie doch heraus?»

«Ich kam gar nicht heraus. Wir sind versunken und die ganze Abteilung Morarescu, die auf eine so ruhmreiche Vergangenheit zurückblickt, hat ein klägliches elendes Ende gefunden.»

«Was sagen Sie? Wie sind Sie dann hier?»

«Ich, ich?» Er schlug mit der Faust auf den Tisch. In den Raum stürzten sechs SS-Leute mit Handgranaten. «Hände hoch!» schrien sie.

Ein Schauer hatte Johann Müller und seine zwei Czernowitzer Freunde erfaßt. Sie griffen zu den Revolvern. Aber schon waren sie von den eingedrungenen SS-Leuten überwältigt.

«Ich», sagte der angebliche Morarescu, «ich bin der Leiter der Partisanen-Gruppe. Einem Toten habt ihr nachgejagt und auf Lebende seid ihr gestoßen! Auf Lebende, die nie untergehen!»

Während die SS-Leute die Offiziere banden, brachte Johann Müller mühsam heraus: «SS gegen ihre Führer?»

«Wir sind keine SS, wir sind die Partisanen. Das sind nur eure Uniformen.»

An den Fenstern wurde ein roter Schein sichtbar. Chaim sah hinaus: «Gut! Seht ihr das, ihr Hüter der germanischen Ordnung? Die Flammen da! Der Bahnhof, auf dem ihr die Güter für die Front verladet, brennt. Die Mühle brennt mit dem von euch geraubten Mehl. Es brennt die Petroleum-Raffinerie. Das wird euch mit dem Brand des Benzins den Atem rauben. Und auch die Bierbrauerei und die Synagoge, die ihr in ein Freudenhaus verwandelt habt, brennen.»

Die Tür sprang auf und herein stürzte Stefan Zertian, den Revolver in der Hand. Hinter ihm drängten sich Bauern. Es füllte sich der Raum mit Männern, die neugierig die gefesselten Offiziere am Boden betrachteten. Einige der Männer hatten schwarze SS-Uniformen an, andere dunkelgrüne Röcke der rumänischen Gendarmen. Stefan Zertian steckte den Revolver ein: «Alle Telefon- und Telegrafen-Drähte sind durchschnitten. Von der SS lebt keiner mehr außer diesen Lumpen.» Er deutete auf die drei am Boden Liegenden. «Leider ist Simjon tot. Sie haben ihn bei der Vernehmung totgetreten. Barbarescu ist erschossen. Der Bahnhof, die Brücke und alle Waggons mit Getreide sind in die Luft gesprengt. Zehn unserer Leute suchen noch in der Stadt, ob sich welche Hunde vielleicht verborgen halten.»

«Und wo sind Franz Zimmerle und Hans Kruhle, ja der Raubnitz?»

«Sie sind in der Brauerei von den Arbeitern erschlagen worden.»

An der Tür war eine Bewegung. Sie machten dem starken Schmied Chaskel Wagner Platz, der seine tote, entstellte Tochter trug. Henriette kam hinter ihm und war leichenblaß und sie sah niemanden an. Petruschka war an der Tür stehen geblieben.

An der Friedhofsmauer rief Jossel Schames in die Nacht und den von Flammen erleuchteten Himmel: «Und sie haben gesagt: Verdorrt sind unsere Gebeine, verloren unsere Hoffnungen. Verschnitten sind wir für ewig. Aber ich öffne eure Gräber und aufsteigen werdet ihr aus ihnen zu neuem Leben.»

Nur Chaim verstand die Worte des Greises. Er hatte den Kopf gesenkt und lauschte. Dann richtete er sich auf und sagte: «Das haben wir geschafft. Aber jetzt müssen wir an den Rückzug denken. Keine Waffe bleibt hier und keine Patronen. Wir werden weiter kämpfen müssen und schwer. Die drei Kerle da nehmen wir mit. Er wandte sich an Zertian: «Und du?»

«Ich kann nicht anders, ich muß mit. Du, ihr habt mich wieder zu einem Menschen gemacht. Ich möchte …» er stockte verwirrt.

«Ja», sagte Chaim und streckte ihm die Hand hin.

In langem Zug verließen sie die brennende und rauchende Stadt. Henriette hatte sich dem Schmied angeschlossen, der seine Tochter trug.

Nachwort

Vor fünfzig Jahren, am 9. August 1954, verstarb mein Vater relativ jung im Alter von 62 Jahren an einem Herzinfarkt. Sein Leben war tief geprägt von den großen Krisen der ersten Hälfte des 20. Jahrhunderts.

Die ersten 22 Jahre verbrachte er in seinem kleinen Heimatstädtchen Sereth, das an der Grenze der k.u.k. Monarchie zu Rumänien lag. Die überwiegend jüdische Bevölkerung von Sereth widerspiegelte die heterogene soziale und kulturelle Zusammensetzung des Judentums im Habsburgerreich. Unterschiede bestanden nicht nur zwischen arm und reich, sondern auch zwischen streng orthodoxen, religiösen Juden, die vorwiegend Jiddisch sprachen, und solchen, die sich der deutschsprachigen österreichischen Kultur angepaßt hatten und stolz darauf waren, daß das Deutsch der Bukowina als das beste der Monarchie galt. Mein Großvater war Chassid. Ich habe ihn nie gekannt, aber Bilder von ihm gesehen. Er trug einen langen, weißen, wallenden Bart, besaß ein kleines Holzgeschäft und wurde in der jüdischen Gemeinde als ein «Weiser» angesehen. Obwohl er nicht Rabbiner war, kam man zu ihm, um Zwistigkeiten familiärer und geschäftlicher Natur zu schlichten und Erläuterungen des Talmuds zu erbitten. Er hatte zwei Söhne und fünf Tochter, und mein Vater, der ältere Sohn, war von seinem Vater ausersehen, Rabbiner zu werden. Mit drei Jahren wurde er in die jüdische religiöse Schule, den Cheder, geschickt, wo er Hebräisch in Wort und Schrift lernte. Er erzählte mir immer wieder, wie leicht ihm das Lernen in der österreichischen Volksschule, in die er mit sechs Jahren kam, fiel, nachdem er bereits drei Jahre in anderer Sprache und anderer Schrift Lesen und Schreiben gelernt hatte.

Der Traum meines Großvaters, daß sein Sohn Leo die Rabbinerlaufbahn ergreifen würde, fand 1907 ein jähes Ende. Als 15jähriger erlebte Leo den großen Bauernaufstand im benachbarten Rumänien. Einen der Führer des Aufstandes kannte er als Kunden aus dem Geschäft seines

Vaters. Als der Aufstand ausbrach, überquerte mein Vater illegal die Grenze – sowohl die österreichischen wie die rumänischen Behörden hatten sie gesperrt – und wurde dort Zeuge des Aufstands, zunächst seines Aufschwungs und dann der blutigen Niederschlagung. Mein Vater muß sich schon vorher in irgendeiner Form mit dem Sozialismus beschäftigt haben, doch diese Erfahrung machte ihn zum Sozialisten. Es kam bei ihm zu einem Bruch mit der Religion, allerdings nicht, wie bei vielen anderen, die eine ähnliche geistige Entwicklung durchliefen, zu einem Bruch mit dem eigenen Vater und dem Judentum. Was ihm vom Cheder blieb, war die Liebe zur Bibel und eine tiefe Beziehung zum Judentum, die bis zu seinem Lebensende andauern sollte. Er besaß eine hebräische Bibel, und ich sehe ihn vor mir, wie er fast jeden Abend in ihr las. Vor allem faszinierten ihn die Propheten, die er als Vorläufer des Sozialismus betrachtete. Meine Mutter erzählte mir, daß mein Vater mir aus der Bibel vorlas, als ich noch ein Baby war und weinte, worauf ich mich sofort beruhigte.

Nachdem er die Volksschule beendet hatte, schickte ihn sein Vater nicht ins Gymnasium, sondern ließ ihn in seinem Holzgeschäft arbeiten. Daneben allerdings, meist bei Nacht, bereitete sich Leo auf die Matura vor. Das war ein schwieriges Unterfangen. Maturaschulen, wie sie heute bestehen, gab es damals, zumindest in Sereth, nicht. Für einen privaten Lehrer hatte er kein Geld. Unterricht genoß er bloß von Freunden, die das Gymnasium besuchten. Sie hatten das schriftstellerische Talent meines Vaters rasch erkannt, und im Austausch dafür, daß er ihre Aufsätze schrieb, gaben sie ihm Nachhilfe in Mathematik und in den Naturwissenschaften.

Im Alter von 22 Jahren bestand er in Wien die Matura als Externist. Kurz danach brach der Erste Weltkrieg aus. Glücklicherweise war mein Vater so kurzsichtig, daß er bei der Musterung als wehruntauglich eingestuft wurde und nun in der Lage war, sein Studium an der Universität Wien aufzunehmen. Vier Jahre lang hungerte er sich durch das Studium. Von zuhause bekam er kein Geld, und er lebte von der Nachhilfe, die er Mittelschülern erteilte. Selbst in normalen Zeiten hätten diese Einnahmen nur zu einem kärglichen Lebensunterhalt gereicht. Das Leben wurde für ihn noch härter, als in den letzten Kriegsjahren die Lebensmittel rationiert wurden und Zusätzliches nur sehr teuer am Schwarzmarkt zu kaufen war. Das hielt ihn allerdings nicht davon ab, sich mit vollem Einsatz gleichermaßen ins Studium und in die Politik zu stürzen. Es ist bezeichnend, daß sein Hauptinteresse der jüdischen Geschichte galt. Er studierte Aramäisch und befaßte sich mit altjüdischer Geschichte. Seine Dissertation indes schrieb er über ein Thema aus dem europäischen Mittelalter, die Auswirkungen des schwarzen Todes (der Pest) auf die Lage der Juden in Deutschland.

Vom ersten Tage an lehnte er den Krieg ab und war in Opposition gegen die Führung der sozialdemokratischen Partei, die den Krieg hinnahm. Er wurde Mitglied einer oppositionellen Gruppe – der Freien Vereinigung Sozialischer Studenten –, die immer aktiver gegen den Krieg auftrat. Es ist nicht überraschend, daß die Oktoberrevolution in Rußland und Lenins Appell, den Krieg sofort zu beenden, ohne Annexionen und Reparationen, auf enormen Zuspruch bei ihm und anderen Mitgliedern der Freien Vereinigung Sozialistischer Studenten stieß. Geschlossen traten sie 1919 in die neu gegründete Kommunistische Partei Österreichs (KPÖ) ein.

Als mein Vater 1920 promovierte, stand es um seine Berufsaussichten denkbar schlecht. Die k.u.k. Monarchie war zusammengebrochen, und das kleine Restösterreich befand sich in einer Wirtschaftskrise. Selbst unter bestmöglichen Umständen wäre in dieser Zeit eine akademische Laufbahn nur schwer zu beschreiten gewesen. Für meinen Vater, der als Kommunist abgestempelt war, war dies noch schwerer. Sein Judentum war sicher auch kein begünstigender Umstand. Mein Vater wurde Mitarbeiter der neu gegründeten kommunistischen Zeitung *Die Rote Fahne*, doch die Zeitung hatte kein Geld, ihre Mitarbeiter zu bezahlen. Diese Situation veranlaßte meinen Vater Anfang der 1920er Jahre dazu, eine Einladung seiner Schwester Fanny in die Vereinigten Staaten anzunehmen. Fanny war nach Chicago emigriert, wo sie als Textilarbeiterin tätig war. Ihre Beziehung zu meinem Vater war immer eng gewesen, und aus ihrem nicht gerade üppigen Gehalt brachte sie das Geld zusammen, um die Überfahrt meines Vaters nach New York zu bezahlen.

Die Entscheidung meines Vaters in die USA zu reisen war ihm nicht leicht gefallen. Einige Monate vor seinem Reiseantritt hatte er meine Mutter Bronia Rein kennegelernt, die die große, wie ich glaube, einzige Liebe in seinem Leben war. Sie war zehn Jahre jünger als er und war während des Krieges mit ihren Eltern aus ihrer Heimatstadt Kolomea nach Wien geflüchtet, nachdem sie in Kolomea, als die Stadt durch russische Truppen besetzt war, ein Pogrom erlebt hatte.

In Wien studierte meine Mutter Klavier am Konservatorium und fand darin auch viel Anerkennung, mußte allerdings dieses Studium abbrechen, als ihre Mutter starb, da sie sich nun um ihren 13 Jahre jüngeren Bruder Ossi kümmern mußte. Mein Vater war von ihrer Schönheit und Intelligenz fasziniert und von der Tatsache, daß sie, wie er, die «bürgerliche Gesellschaft» ablehnte. Diese Ablehnung drückte sich bei meiner Mutter zunächst in anderer Form als bei meinem Vater aus. Sie war nicht Kommunistin, sondern Angehörige einer zionistischen Jugendorganisation, Haschomer Hazair, die den Sozialimus in Gestalt landwirtschaftlicher Kommunen, Kibbutzim, anstrebte. Der Weg vom Marxismus des Haschomer zum Marxismus der KPÖ war in dieser Zeit nicht allzu weit, und es fiel meinem Vater nicht allzu schwer, meine Mutter politisch umzustimmen.

Zunächst schlug er sich in New York wie so viele Einwanderer mit verschiedensten kleineren Arbeiten durch. Unter anderem tat er sich mit einem anderen Serether namens Benzer zusammen. Er erzählte mir häufig davon, wie er zusammen mit Benzer Luftballons und Süßigkeiten am Strand von Coney Island verkaufte. Mein Vater hatte dafür offenbar weder die Begabung noch die Geduld. Mir gestand er, daß er nach zwei Stunden die Luftballons gratis an die begeisterten Kinder verteilte.

Nach nicht ganz zwei Jahren kehrte er 1922 nach Wien zurück, wo er 1924 meine Mutter Bronia Rein heiratete. Dennoch bedeutete der Aufenthalt in den Vereinigten Staaten einen entscheidenden Wendepunkt im Leben meines Vaters. In New York nahm er Teil an der Gründung einer linken, der kommunistischen Partei nahestehenden Zeitung in jiddischer Sprache, der *Morning Freiheit*. Die Aufsätze, die er für diese Zeitung schrieb, scheinen die Redaktion so begeistert zu haben, daß sie ihn zu ihrem Europakorrespondenten ernannten. Durch seine Tätigkeit für die *Morning Freiheit* konnte er Verbindungen zu einer Reihe jiddischsprachiger sowjetischer Zeitschriften und Zeitungen knüpfen. Die 1920er Jahre waren in der Sowjetunion noch eine Zeit des Aufblühens jiddischer Kultur. Für viele, vornehmlich arme Juden stellte die Sowjetmacht zunächst eine Befreiung von der antisemitischen Politik und den Einschränkungen der Zarenzeit dar. Noch fühlte sich Stalin nicht stark genug, um den Antisemitismus, der in seinen späteren Jahren zum Durchbruch kam, in die Tat umzusetzen.

Das Leben meiner Eltern in den zwanziger Jahren hatte etwas Bohèmehaftes an sich. Mein Vater reiste für seine Reportagen durch ganz Europa, und meine Mutter reiste mit ihm. Sein Lieblingsaufenthalt war Paris. 1927 kehrten sie nach Wien zurück, wo ich geboren wurde, und mein Vater wurde wieder Mitarbeiter des kommunistischen Organs *Die Rote Fahne*. Sehr wohl scheint er sich dort nicht gefühlt zu haben, was angesichts der politischen Verhältnisse verständlich war. Die kleine kommunistische Partei war in Österreich eine Sekte, die sich aufgrund von Stalins Direktiven völlig von der sozialdemokratischen Partei isolierte. In Österreich hatte sich, im Unterschied zu Deutschland, die sozialdemokratische Partei nicht in einen rechten und linken Flügel gespalten. Der linke Flügel der Sozialdemokratie war in der Partei geblieben. Das war kein Zufall. Der Marxismus war in der österreichischen Sozialdemokratie mit den sozialreformerischen Bestrebungen weit inniger verbunden als in der deutschen Schwesterpartei. Das Rote Wien, mit seinen Wohnbauten, seinen sozialen, kulturellen und bildungspolitischen Einrichtungen, war eine in Europa einmalige und in der ganzen Welt bewunderte Erscheinung. Immer wieder erinnerte sich mein Vater, wie traurig ihm beim kommunistischen Maiaufmarsch das Häuflein erschien, das sich nach der großen sozialdemokratischen Kundgebung zusammenfand. Es überrascht deshalb nicht, daß er mit Begeisterung eine Einladung der Kommunistischen Partei Deutschlands (KPD) annahm, nach Berlin zu übersiedeln und als Feuilletonredakteur des Parteiorgans *Die Rote Fahne* zu arbeiten. Den für ihren Humor nicht gerade bekannten deutschen Kommunisten war die Begabung meines Vaters für Satire und Ironie aufgefallen.

1930 – ich war damals drei Jahre alt – übersiedelten wir nach Berlin. Der Kampf gegen die Nazis wurde zum Hauptinhalt seines Lebens. Er schrieb beißende Satiren gegen Hitler, die allerdings unter einem Pseudonym (Maus) erschienen, da wir österreichische Staatsbürger waren. Die gewaltigen Maiaufmärsche der KPD, so verschieden von den kleinen Demonstrationen der KPÖ, begeisterten meine Eltern und führten auch bei ihnen zu der irrigen Vorstellung, Hitler werde in Deutschland nie durchkommen. Ein wichtiger Teil im Leben meines Vaters war der Kontakt mit deutschen und deutschsprachigen Linksintellektuellen der Weimarer Zeit. Er freundete sich mit Ernst Bloch, Wieland Herzfelde und anderen an, erneuerte seine Freundschaft mit Egon Erwin Kisch, den er schon in Wien kennengelernt hatte. Die Politik der KPD muß bei meinem Vater gewisse Zweifel geweckt haben. War es richtig, die Sozialdemokratie derart zu bekämpfen, wo die Nazis sich im Vormarsch befanden? In der *Roten Fahne* konnte er diese Zweifel nicht äußern. In der *Morning Freiheit* scheint er es getan zu haben.

Nach dem Reichstagsbrand und dem Verbot der KPD versuchten meine Eltern, den Kampf in Deutschland illegal fortzusetzen. Die KPD war für die Illegalität allerdings weitgehend unvorbereitet und hatte nicht begriffen, was Illegalität wirklich bedeutete. So wurde mein Vater, als wäre nichts geschehen, ausgeschickt, Mitgliedsbeiträge zu kassieren. Eine groteske Episode ereignete sich, als er an der Tür eines KPD-Mitglieds, Müller, läutete. Die Tür öffnete sich, und Müller erschien in SA-Uniform. Mein Vater schreckte zurück, doch Müller sagte ihm: «Keine Sorge, Genosse Katz. Ich schulde euch noch fünfzig Pfennig Mitgliedsbeitrag, und deswegen gelte ich noch bis heute Nacht als Mitglied. Ab morgen muß ich dich verhaften, wenn ich dich sehe.» Als leitender Redakteur der *Roten Fahne* war er besonders gefährdet und schlief schon nicht mehr zu Hause. Eines Tages kam er zusammen mit einem Freund in die Wohnung, wo sie im Hinterzimmer Flugblätter auf einer Abziehmaschine vervielfältigten. Als sie mitten in der Arbeit waren, klingelte es an der Tür. Mein Vater ging hinaus, öffnete die Tür, und ein Polizist kam herein. Der begann ihn eingehend zu vernehmen. Er fragte, ob mein Vater bei der *Roten Fahne* tätig gewesen sei, was dieser verneinte. Dann legte er ihm eine fast vollständige Liste aller Artikel vor, die er dort unter einem Pseudonym veröffentlicht hatte. Mein Vater leugnete alles. Der Polizist setzte die Befragung fort, und es wurde immer klarer, daß er sehr wohl und sehr genau über die Tätigkeit meines Vaters informiert war. Er verfaßte ein ausführliches Protokoll. Mein Vater war überzeugt, daß nun eine Hausdurchsuchung folgen und der Polizist die Abziehmaschine und die Flugblätter entdecken würde. Das hätte für meinen Vater KZ bedeutet. Statt dessen stand der Polizist auf, zerriß das Protokoll und sagte: «Herr Katz, ich glaube Ihnen kein einziges Wort. Aber ich gehe jetzt. Verlassen Sie Deutschland so schnell wie möglich. Ich weiß nicht, wer nach mir kommt.» War dieser Polizist ein alter Sozialdemokrat oder einfach ein anständiger Mensch, der wußte, was meinen Vater erwartete, wenn er in die Fänge der Nazis geriet? Hätten sich diese Ereignisse einige Monate später abgespielt, wäre vemutlich ein Gestapo-Beamter bei uns erschienen, und der Ausgang wäre ein ganz anderer gewesen. Die Gestapo war allerdings erst im Entstehen begriffen, und die Nazis mußten sich noch auf viele alte Polizeibeamte, die nicht immer mit ihnen einverstanden waren, verlassen.

Mein Vater begriff die Bedeutung dieser unmißverständlichen Warnung und fuhr noch in der gleichen Nacht nach Paris. Die Warnung des Polizisten sollte sich als berechtigt erweisen. Meine Mutter war mit mir in Berlin geblieben, um unseren Haushalt aufzulösen. Etwa ein Monat nach der Abfahrt meines Vaters klingelte es wieder an der Tür, und ich erinnere mich noch, daß vor meinem Kinderbett zwei SA-Männer standen und meine Mutter einvernahmen. Diese zeigte ihnen eine Postkarte meines Vaters aus Paris. Nach kurzer Zeit zogen sie ab. Ich weiß bis heute nicht, ob uns die österreichische Staatsbürgerschaft oder vielmehr der

Umstand, daß meine Mutter bei der sowjetischen Handelsvertretung beschäftigt war, schützte. Aber kurz danach übersiedelten auch wir nach Paris.

Nach Österreich wollte mein Vater in dieser Zeit keineswegs zurückkehren. Das hatte weniger damit zu tun, daß sich der Sieg des Austrofaschismus in Österreich bereits abzeichnete, als damit, daß er in Paris ein Leben führen konnte, das von dem der meisten deutschsprachigen Emigranten sehr verschieden war. Es war ihm in Paris die Chefredaktion der neugegründeten jiddischsprachigen Zeitung der kommunistischen Partei Frankreichs, *Neie Presse*, angeboten worden. In Paris erlebte er voll Begeisterung den gemeinsamen Aufmarsch von Kommunisten und Sozialdemokraten im Februar 1934, der den Putschversuch französischer Faschisten vereitelte. Im Jahre 1936 jedoch veränderte sich das Leben meines Vaters auf eine Weise, von der er nicht im entferntesten geträumt hätte. 1936 begann in Spanien der Bürgerkrieg. Rechtsgerichtete Generäle erhoben sich gegen die demokratisch gewählte Volksfrontregierung der Spanischen Republik. Die westlichen Demokratien erklärten, keine der beiden Parteien im Bürgerkrieg zu unterstützen, und verhängten ein Waffenembargo gegen Spanien. Dieses Embargo war Teil eines internationalen Nichteinmischungsabkommens. Weder Hitler noch Mussolini hielten sich an das Abkommen. Beide lieferten nicht nur massenhaft Waffen, sondern entsandten auch reguläre militärische Einheiten, die an der Seite der Franco-Truppen kämpften. Die Kommunistische Internationale unterstützte daraufhin die Bildung von Internationalen Brigaden in Spanien und startete zugleich den Versuch, das Embargo gegen die Spanische Republik durch Waffenschmuggel zu durchbrechen. Einer der Männer, die von der Komintern ausersehen wurden, eine derartige Schmugglertätigkeit auszuüben, war Leo Katz. Mir ist bis heute ein Rätsel, wie sie auf meinen Vater gekommen sind. Er war nie Soldat gewesen und hat nie eine Waffe besessen. Und seine Geschäftstätigkeit hatte sich bisher auf den Verkauf von Luftballons in New York beschränkt. Dennoch entwickelte er ein erstaunliches Talent. Kurze Zeit, nachdem er mit seiner Tätigkeit begonnen hatte, übernahm ihn die spanische Regierung offiziell als Mitarbeiter Alejandro Oteros, eines Gynäkologen, der gleich nach Ausbruch des Bürgerkrieges sein gesamtes Vermögen der Republik gespendet hatte und als stellvertretender Minister im Heeresministerium für Waffenbeschaffung verantwortlich war.

1999 erschien ein Buch des englischen Historikers Gerald Howson, *Arms for Spain*, in dem der Autor auf Grund von jetzt zugänglichen Akten die gesamte Geschichte des legalen und illegalen Waffenkaufs für die Spanische Republik untersuchte. In einem Bericht des spanischen Gesandten in Prag, Jimenez de Asoa, wurde Leo Katz als «mutig, absolut ehrlich in all seinen Beziehungen mit den Republikanern und sehr intelligent» bezeichnet. Howson schildert ein äußerst kompliziertes Geschäft, bei dem der türkische Heeresminister fünfzig Flugzeuge aus Kanada für die Türkei bestellte, die in Wirklichkeit in Frankreich landeten und von dort nach Spanien geschmuggelt wurden. Offensichtlich war der türkische Heeresminister, der danach auch zurücktrat, bestochen worden. «Der Mann, der diese komplexe Verschwörung geplant hatte, war Leo Katz.»

Mein Vater führte in dieser Zeit ein keineswegs ungefährliches Leben. Agenten der Gestapo folgten ihm auf Schritt und Tritt. Er flog öfter nach Spanien, wobei die Gefahr, von der Luftwaffe Francos, die in der Luft die Übermacht hatte, abgeschossen zu werden, ständig vorhanden war. In Barcelona geriet er eines Tages zufällig in die Hände von Anarchisten, die ihn beinahe als ausländischen Spion erschossen hätten, ehe die republikanischen Behörden im letzten Moment eingriffen. Die vielleicht dramatischste Episode, bei der er um ein Haar dem Tod entging, ereignete sich auf einem Flug von Paris nach Prag. Als das Flugzeug über Deutschland war, entlud sich ein heftiges Gewitter, und der Flughafen München forderte den Piloten auf, sofort zu landen, sonst bestünde die ernstliche Gefahr eines Absturzes. Außer meinem Vater befanden sich im Flugzeug noch zwei Passagiere. Als der Flugkapitän die bevorstehende Landung mitteilte, brach der Sitznachbar meines Vaters in Tränen aus. Er war Jude, war aus Deutschland geflüchtet und fürchtete, nicht noch einmal lebend davonzukommen. Daraufhin gestand mein Vater dem Piloten, daß auch er eine Landung mit dem Leben bezahlen würde. Nachdem sich Pilot und Kopilot beraten hatten, teilten sie den Passagieren mit, daß sie bereit wären weiterzufliegen, wenn alle drei Passagiere einwilligten. Alles hing nun vom dritten Passagier, einem Holländer, ab. Dieser erklärte nach kurzer Überlegung, daß er in Deutschland nichts zu befürchten habe, aber bereit sei, den Weiterflug anzutreten. Als der Sturm immer stärker wurde, entschlossen sich die Piloten zur Notlandung auf einem Feld. Die Landung gelang, aber nicht einmal den Piloten wußten, in welchem Land man sich befand. Nach einer kurzen Zeit bangen Wartens erfuhren sie von Einwohnern eines nahen Dorfes, daß sie sich auf der tschechischen Seite der deutsch-tschechoslowakischen Grenze befanden.

Seine Tätigkeit für Spanien führte Leo quer durch Europa und in die Vereinigten Staaten. Meine Mutter war ebenfalls unterwegs. Sie arbeitete für die *Rote Hilfe*, zusammen mit vielen anderen Freiwilligen, so der bekannten italienisch-mexikanischen Fotografin Tina Modotti. Als solche fuhr sie, was ebenfalls nicht ungefährlich war, mit falschen Pässen nach Deutschland und in die Balkanländer, um antifaschistische Widerstandskämpfer mit Geld zu versorgen. In dieser Zeit verbrachte ich fast zwei Jahre in einem Kinderheim. Wenn meine Eltern nach Paris zurückkamen, holten sie mich nach Hause. Mein Vater verbrachte viele Stunden mit mir. Er war ein wunderbarer Erzähler und konnte stundenlang Geschichten erzählen: Geschichten aus Sereth, Geschichten von seiner Tätigkeit. Wenn er mich nicht mit Geschichten versorgte, redete er von der Geschichte. Es ist kein Zufall, daß ich Geschichte studierte und Historiker wurde.

Die Umtriebe meines Vaters blieben den französischen Behörden nicht verborgen. Solange die Volksfrontregierung an der Macht war, wurden sie von den Behörden stillschweigend geduldet. Wahrscheinlich setzte die französische Regierung darauf, daß auf diese Weise der enorme Vorteil, den Franco dank der Waffenlieferungen aus Deutschland und Italien genoß, zumindest teilweise wettgemacht werden könne. Als sich 1938 die Niederlage der Spanischen Republik abzeichnete und sich in

Frankreich selbst ein Rechtsruck vollzog, hörte die Duldung der französischen Regierung auf, und mein Vater erhielt einen offiziellen Brief, in dem ihm mitgeteilt wurde, daß er aus Frankreich ausgewiesen sei. «Cher M. Katz, j'ai l'honneur de vous communiquer que vous êtes expulsé de la France. Veuillez agréer, cher Monsieur, l'expression de mes sentiments les plus distingués.» («Teurer Herr Katz, ich habe die Ehre, Ihnen mitzuteilen, daß Sie aus Frankreich ausgewiesen sind. Wollen Sie, verehrter Herr, die Ausdrücke meiner vorzüglichen Hochachtung entgegennehmen.») Die Ironie, die sich aus dem Kontrast zwischen der blumigen Sprache und dem vernichtenden Inhalt ergab, konnte niemandem entgehen. Meine Eltern standen nun vor dem gleichen Problem, das Tausende andere deutsche und österreichische Emigranten ohne permanente Aufenthaltsbewilligung in Frankreich hatten. Wohin? Glücklicherweise war mein Vater, seit er zum ersten Mal als Geschäftsmann und Waffenschmuggler in die Vereinigten Staaten gereist war, im Besitz eines mehrere Jahre gültigen Besuchervisums, das auch für meine Mutter galt. Und die Ausweisung meines Vaters aus Frankreich war nicht öffentlich bekannt gegeben worden; derartige Ausweisungen waren damals gang und gäbe. Meine Eltern entschlossen sich, in die Vereinigten Staaten zu fahren. Das Problem war ich. Sie befürchteten, die amerikanischen Behörden würden Verdacht schöpfen, wenn sie ein Visum für mich beantragten: Wenn die ganze Familie kam, könnte es mehr als ein bloßer Besuch sein. Sie entschieden sich, mich, einen elfjährigen Jungen, ins Konsulat mitzunehmen, in der Hoffnung, der Konsul werde keine Bedenken haben, auch mir ein Visum auszustellen. Mir wurde mehrfach eingeschärft, ich sollte erklären, daß ich unbedingt die Vereinigten Staaten, von denen meine Eltern mir so viel erzählt hätten, kennenlernen wolle, aber natürlich ebenso schnell wieder bei meinen Freunden in Paris zu sein wünsche. Obwohl mir damals nicht klar war, was auf dem Spiel stand, erinnere ich mich noch heute an die offensichtliche Nervosität meiner Eltern. Die Vorsprache im Konsulat verlief reibungslos, und kurze Zeit danach fuhren meine Mutter und ich mit dem Passagierschiff Normandie nach New York. Mein Vater kam erst später nach. Nicht zuletzt deshalb, weil er bei der amerikanischen Einwanderungsbehörde nicht den Argwohn erregen wollte, daß hier eine ganze Familie in die USA einwandere.

Der Weggang aus Paris bedeutete eine einschneidende Veränderung im Leben meines Vaters, obwohl er seine politischen Ideen und Überzeugungen keineswegs aufgab. Er wirkte zwar am Aufbau einer österreichischen Emigrantenorganisation in den Vereinigten Staaten mit, doch zum ersten Mal scheint er ernstlich eine literarische Tätigkeit erwogen zu haben. Er verwendete den Großteil seiner Zeit in New York dafür. Dort verfaßte er einen ersten Roman, *Brennende Dörfer*, der erst viele Jahre nach seinem Tod in Wien veröffentlicht wurde. Der Roman ist teilweise autobiographisch; es geht in ihm um das tägliche Lebens in Leo Katz' Heimatstadt Sereth, den Bauernaufstand von 1907 in Rumänien und die Reaktion der jüdischen Gemeinde auf ihn.

Der Aufenthalt meiner Eltern in New York war in mehrfacher Hinsicht prekär. Beide durften nicht arbeiten und lebten hauptsächlich von Ersparnissen. Die Visa waren abgelaufen. Die US-Behörden schickten sie zwar nicht nach Europa zurück, forderten aber im Jahre 1940 von allen Exilierten genaue Auskunft über ihre Tätigkeit vor der Ankunft in den Vereinigten Staaten. Mein Vater befand sich nun in einem Dilemma: Berichtete er den Behörden von seinem Waffenschmuggel für Spanien, konnte er dafür inhaftiert werden. Verschwieg er diese Tätigkeit, konnte er wegen Meineids angeklagt werden. Um dem zu entgehen, bemühte er sich um ein Visum für ein anderes Land auf dem amerikanischen Kontinent. Es ist sehr wahrscheinlich, daß ihm spanische Freunde, die ihn aufgrund seiner Tätigkeit für die Spanische Republik kannten und in Mexiko Asyl gefunden hatten, behilflich waren. 1940 wurde ihm von der linken Regierung des mexikanischen Präsidenten Lázaro Cárdenas ein Visum ausgestellt; er wurde in Mexiko als Flüchtling anerkannt.

Wir verließen New York auf einem Schiff nach Vera Cruz. Ich glaube, meine Eltern waren ebenso betrübt wie ich, New York verlassen zu müssen. Die Stadt war mir, obwohl ich dort nur zwei Jahre gelebt hatte, praktisch zu einer neuen Heimat geworden. Hier wohnten nicht nur Tausende Emigranten aus Deutschland und Österreich, die Stadt war auch das Zentrum der US-amerikanischen Linken. In vielen Teilen der Stadt kam man mit Deutsch oder Jiddisch sehr gut durch. Mexiko, wo wir nach fünf Tagen angenehmer Schiffsreise eintrafen, war eine für uns fremde Welt. Keiner von uns sprach Spanisch; trotz seiner Tätigkeit für die Spanische Republik hatte mein Vater nur einige Brocken dieser Sprache aufgeschnappt. Bekannte hatten meine Eltern kaum, und es war ihnen auch nicht klar, wovon sie leben sollten. Das New Yorker Joint Antifascist Refugee Committee war bereit, Flüchtlinge, die für die Spanische Republik gekämpft oder sonst für sie tätig gewesen waren, zu unterstützen. Mein Vater, der noch einige Ersparnisse besaß, weigerte sich, diese Unterstützung anzunehmen. Er lehnte auch ein einzigartiges Angebot seines ehemaligen Chefs Alejandro Ortero ab. Otero war vor seiner Zeit als Minister für Munitionsbeschaffungs der Spanischen Republik ein weltbekannter Gynäkologe gewesen. Im mexikanischen Exil nahm er seine Praxis wieder auf und wurde in Mexiko-Stadt bald zu einer Art Modearzt. Wohlhabende Mexikanerinnen kamen zu ihm. Von ihnen verlangte er hohe Honorare, dafür behandelte er Emigrantinnen – nicht nur aus Spanien, sondern auch aus anderen Ländern – unentgeltlich. Als mein Vater ihn kurz nach unserer Ankunft in Mexiko aufsuchte, erklärte Otero ihm: «Katz, ich weiß genau, daß du keinen Pfennig von den Millionen mehr hast, die unter deinem Namen auf der Bank lagen. Ich schlage dir vor, mein Vermögen mit dir zu teilen.» Es war ein einmalig großzügiges Angebot, das mein Vater dankend ablehnte. «Ich hing sehr an ihm», schrieb mein Vater einige Jahre später, als wir vom Tod Oteros erfuhren, an einen Freund: «Ich wußte manchmal nicht, wenn ich bei ihm saß, worüber mit ihm reden. Aber er stand mir sehr nahe. Man begegnet im Leben nicht vielen Oteros.»

Mit Ausnahme Oteros und einiger spanischer Flüchtlinge, die mein Vater kannte, trafen wir zunächst kaum auf Bekannte in Mexiko. Das sollte sich allerdings schnell ändern, als Egon Erwin Kisch und André Simone, die ebenfalls in den USA gewesen waren und dort nicht weiter bleiben konnten, in Mexiko eintrafen. Zusammen mit den Schriftstellern Ludwig Renn und Bodo Uhse, die schon zuvor aus Spanien nach Mexiko gekommen waren, stellten sie sich der Aufgabe, möglichst viele Flüchtlinge aus Deutschland und Österreich, die sich noch in Frankreich befanden, zu retten. Frankreich hatte kapituliert, und die Vichy-Regierung hatte sich Hitlerdeutschland gegenüber verpflichtet, Flüchtlinge, die aus Deutschland, Österreich und von Deutschland besetzten Ländern stammten, an die Nazis auszuliefern. Sofern diese Flüchtlinge politisch links von der Sozialdemokratie standen, weigerten sich die Vereinigten Staaten und die meisten lateinamerikanischen Länder, ihnen Asyl zu gewähren. Die linksorientierte Regierung Lázaro Cárdenas, die Zehntausenden spanisch-republikanischen Flüchtlingen, die in Frankreich festsaßen, Asyl gewährt hatte, war ihre letzte Hoffnung. Cárdenas Amtszeit endete jedoch Mitte 1940, und der Nachfolger, Avila Camacho, und vor allem dessen Innenminister, Miguel Aleman, waren weit konservativer. Visa, die bereits ausgestellt waren, wurden wieder rückgängig gemacht. Mittels einer Intervention bei Lázaro Cárdenas, der noch immer Einfluß hatte, und beim Gewerkschaftsführer Vincente Lombardo Toledano gelang es, Dutzende Visa für Flüchtlinge aus Frankreich, die meisten davon KPD-Mitglieder, zu erhalten. So kamen die Schriftstellerin Anna Seghers, der KPD-Politiker Paul Merker, die Journalisten Alexander Abusch und Bruno Frei nach Mexiko. Mexiko wurde zu einem Zentrum der deutschsprachigen Emigration in intellektueller, literarischer und politischer Hinsicht.

Mit Hilfe meines Vaters wurde 1942 die Zeitschrift *Freies Deutschland* gegründet, die politisch und literarisch weltweit eine wichtige Rolle für die deutsche Emigration spielte. Nicht nur Mexiko-Emigranten, auch Schriftsteller wie Heinrich Mann und Bertolt Brecht, die sich in den Vereinigten Staaten befanden, arbeiteten mit. Ein *Heinrich Heine Klub* wurde gegründet. Fast jeden Monat fanden Vorträge von Schriftstellern sowie Theater- und Musikaufführungen statt, an denen Künstlerinnen aus Deutschland und Österreich mitwirkten. Dies stieß bei den in Mexiko alteingesessenen Deutschen auf geringes Echo. Die meisten von ihnen waren auf die eine oder andere Art mit den Nazis verbunden. Die jüdischen Emigranten aus Deutschland waren durchwegs an den kulturellen

Veranstaltungen interessiert, doch fühlten sich die meisten von ihnen keineswegs Deutschland zugehörig und unterstützten daher die politischen Zielsetzungen der Bewegung *Freies Deutschland* nicht. Dieser distanzierten Haltung näherte sich auch mein Vater immer mehr an. Je schlimmer die in Mexiko eintreffenden Nachrichten über die Judenvernichtungen wurden, desto reservierter wurde Vater gegenüber Deutschland. Ihn empörte die sture Haltung des Leiters der deutschen KPD-Gruppe, Paul Merker, der unbeeindruckt weiter seine Überzeugung ausdrückte, die Mehrheit des deutschen Volkes bestehe aus Nazigegnern. Sehr einleuchtend schilderte ein anderer österreichischer Emigrant in Mexiko, Bruno Frei, die Haltung Merkers. «Hartnäckig wiederholte er die Behauptung, die Mehrheit des deutschen Volkes sei Hitler feindlich gesinnt. Wilhelm Koenen in London war anderer Meinung. Auch in der ganzen Zeit der Niederlagen nach Stalingrad, während der Rückzüge über den Don, die Newa, die Weichsel und die Oder, während all dieser vernichtenden Niederlagen, die die Rote Armee der Hitlerarmee beibrachte, hat diese angeblich vorhandene hitlerfeindliche deutsche Masse sich nicht gerührt. Tatsächlich ist die Mehrheit des Volkes Hitler bis ans Ende gefolgt.»[1]

Mein Vater beschuldigte Merker des Deutschnationalismus, und es kam zum Bruch. Darum nahm Leo Katz auch Merkers sehr ehrlich gemeinte Forderung nach Wiedergutmachung für die aus Deutschland vertriebenen Juden nie ernst. 1943 schieden mein Vater und Bruno Frei aus der KPD-Gruppe in Mexiko aus und gründeten eine eigene österreichische Gruppe. «In der österreichischen Parteigruppe», schildert Bruno Frei, «stießen die Meinungen heftig aufeinander. Unter dem wortkargen Vorsitz von Josef Foscht, eines mehr durch gewissenhafte Niederschriften als durch kühne Entscheidungen ausgezeichneten Kameraden, versammelten sich die Versprengten der KPÖ, denen sich nach ihrer Loslösung von der deutschen Gruppe Leo Katz, kauziger Erzähler ostjüdischer Kleinstadtgeschichten, und Bruno Frei zugesellt hatten, in einem kärglich möblierten Wohnzimmer, um über die Zukunft Österreichs zu beraten. Niemand hatte ein Mandat von der Heimat; kaum einer Kontakt. Die beiden Neuösterreicher waren überdies seit Jahren dem Lande entfremdet, für das sie sich entschieden hatten.»

Diese Entschiedenheit für Österreich war allerdings nur für Bruno Frei selbst zutreffend. Mit den sich mehrenden Nachrichten über den Holocaust entfremdete sich auch Österreich meinem Vater zusehends. Mehr denn je wendete er sich dem Judentum zu. So wurde er Chefredakteur einer in jiddischer Sprache erscheinenden Zeitung, *Frai Welt*. Eine mexikanische Historikerin spricht von meinem Vater in ihrem Buch über die Geschichte der jüdischen Gemeinde in Mexiko als einem Mann, «der tiefe Kenntnisse der jüdischen Kultur hatte und Jiddisch verwenden konnte ... Katz ist in vieler Hinsicht symptomatisch für die Stimmung, die in dieser Zeit diese [exilierten kommunistischen und anderen linken] Juden erfüllte: Die jüdischen Fragen wurden ihnen zum Prisma ihres Verständnisses der internationalen Politik. Mehr als irgendein anderer nahm Katz an den inneren Angelegenheiten der jüdischen Gemeinde Anteil ... Er war der einzige der Juden dieser Gruppe, der, nachdem er Mexiko verlassen hatte, eine unzerstörbare Verbindung mit Israel und dem Judentum empfunden zu haben scheint, die fast stärker wurde als seine frühere kommunistische Tätigkeit.»[2]

Diese neue und tiefe Zuwendung zum Judentum drückte sich vornehmlich in der Tätigkeit aus, die nun das Leben meines Vaters mehr und mehr beherrschte: der literarischen Tätigkeit. Deren erster Ausdruck war das Buch *Totenjäger*, das im Frühjahr 1944 vom Emigrantenverlag *El Libro Libre* in Mexiko veröffentlicht wurde und in Argentinien auch in spanischer Übersetzung erschien. Eine nicht zuletzt durch Entfernung geprägte, idealisierte Vorstellung der Sowjetmacht war verbunden mit einer durchaus realistischen Vorstellung des Horrors der deutschen Okkupation. Das Buch erregte viel Aufsehen in der Emigrantenwelt. Leo Katz' alter Freund Ernst Bloch schrieb ihm begeistert: «Vor kurzem kam Dein Buch an. Glückwunsch und Respekt. Ich las es in einem Zug, dem einen und einheitlichen Zug gemäß, der durch die Menschen und handlungsreiche Komposition hindurchgeht und sie zusammenhält.»

«Höchst spannend die Handlung. Höchst spannend der Schauplatz. Stark der Stoff des Anfangs und der Mitte. ... Der ansteigende Judenmord. Stark begeisternd und folgenreich der Stoff des Endes.»[3]

Allerdings brachte das Buch kein Geld ein. Mein Vater lebte von den kargen Beiträgen, die linke Mitglieder der jüdischen Gemeinde der Zeitschrift *Frai Welt* spendeten und dank der Arbeit meiner Mutter, die zunächst als Kassiererin in einem Geschäft arbeitete und später als Sekretärin der in spanischer Sprache erscheinenden Zeitschrift *Tribuna Israelita* beschäftigt war.

Mein Vater überarbeitete das in New York geschriebene Werk *Brennende Dörfer*, versah es mit einem neuen Titel, *Die Saat*, und schickte das Manuskript an den führenden Verlag der Vereinigten Staaten, den Alfred A. Knopf Verlag. Große Hoffnungen, daß dieser Verlag das Werk eines nahezu unbekannten Autors, der noch dazu in deutscher Sprache schrieb, veröffentlichen würde, hegte er kaum. Um so überraschter war er, als ein Lektor des Verlages, ein Mann namens Joel Ames, ihm schrieb, von dem Buch begeistert zu sein und es übersetzen zu wollen. Auf Grund von Ames' Empfehlung und Angebot erklärte sich Knopf bereit, das Buch zu veröffentlichen. Es erschien 1947 in New York. In literarischer Hinsicht war es ein außerordentlicher Erfolg. Die *New York Times* bezeichnete *Seedtime* (dies war der englische Titel des Romans) «als einen Roman voller Humor und Menschlichkeit, schwankend zwischen Farce und verhaltener Tragödie. Man kann *Seedtime* sehen als eine nostalgische Erinnerung an die späte Zeit der Doppelmonarchie oder als eine universelle Episode in der Geschichte der ewigen ‹scapegoats› der Welt, der Juden.» (New York Times, 20. 1. 1947). Der *New Yorker* sprach von einem Werk voll von einem Humor, der an Gogol erinnere, und die *Saturday Review of Literature* verglich meinen Vater mit Scholem Alejchem. In New York wurde das Buch ins Jiddische übersetzt. In Deutschland und Österreich indes konnte mein Vater keinen Verleger finden. Durch eine Freundin in Wien, Hilde Koplenig, wurde das Buch dem der kommunistischen Partei gehörenden Globus-Verlag angeboten. Der Verlag würdigte meinen Vater nicht einmal einer Antwort. «Sie nennen sich

Globus und haben ein Benehmen wie in einem Krähwinkel», meinte Vater dazu.[4]

In diesen Jahren schrieb Leo Katz auch Zeitungsartikel, doch der Inhalt seines Lebens war die Literatur. Jeden Tag ging er pünktlich um die gleiche Zeit auf dem Paseo de la Reforma, der Prachtstraße von Mexiko-Stadt, spazieren und legte sich das nächste Kapitel eines neuen Buches zurecht. Jahre später schrieb er an einen Freund: «Ich muß dir gestehen, daß ich mich und gar nicht selten an die Einsamkeit zurücksehne, in der ich in Mexiko gelebt habe, nach dem für mich weltentlegenen Paseo und nach den einsamen Spaziergängen dort.»[5]

Mit dem Ende des Krieges stellte sich für die Emigranten die dringende Frage, wohin? Sollten sie in Mexiko bleiben oder nach Deutschland und Österreich zurückkehren? Während die große Mehrheit der jüdischen Flüchtlinge in Mexiko blieb bzw. von dort in die USA weiterwanderte, kehrten die kommunistischen Flüchtlinge in ihrer Mehrheit entweder in die spätere DDR oder nach Österreich zurück. Mein Vater war hier allerdings eine Ausnahme. Angesichts der Verbrechen des Nationalsozialismus war er zutiefst abgeneigt, wieder in Deutschland oder Österreich zu leben. Selbst wenn er das gewollt hätte, wäre es aus gesundheitlichen Gründen vorerst schwer möglich gewesen. Weihnachten 1946 hatte er einen Herzinfarkt erlitten, und die Ärzte untersagten ihm zunächst jegliche Reise. In Mexiko wollte mein Vater aber auch nicht bleiben, denn er fühle sich hier als Schriftsteller entwurzelt. Etliche Jahre später schrieb er an einen Freund: «Wenn Du mich ernst vor die Frage stellen würdest, willst Du nach Mexiko zurückkehren, müßte ich es verneinen … Denn ich bin vor allem ein Schriftsteller. Bücher kann man nur schreiben, wenn auch die Möglichkeit besteht, sie herauszugeben, und wenn man weiß, daß sie auch von vielen gelesen werden. Die Möglichkeit aber, daß Bücher von mir erscheinen, bestand in Mexiko nicht mehr, und auch nicht, wenn ich weiter in Mexiko wohnen geblieben wäre.»[6]

Aus Wien trafen immer häufiger Briefe von Freunden und alten Genossen ein, die ihn zur Rückkehr nach Österreich aufforderten. Die Partei brauche ihn dringend. Mein Vater wollte nicht. Nach all dem Geschehenen wollte er nur mehr in einem jüdischen Staat leben und traf Vorbereitungen, nach Israel zu übersiedeln. Die wahren Gründe für diese Entscheidung wollte er Hilde Koplenig und damit der KPÖ nicht anvertrauen. «Nun, wir beabsichtigen auch nicht so lange hier zu bleiben. Wenn man vollkommen gesund ist und noch über die notwendigen Mittel verfügt, kann man Pläne machen. Ich bin physisch lange nicht der, der ich vor dem Kriege war, als ich Meere durchreisen und Kontinente durchfliegen konnte. Damals spielte das Klima für mich keine Rolle. Heute stehe ich unter dem Diktat der Ärzte. Es kann das eine ein Wunsch sein, aber die Notwendigkeit ist eine andere … Heute empfehlen die Ärzte Palästina. Das ist nicht so einfach. Geld haben wir keines. Die Reise erfordert viel und dabei steht die Frage, welche Möglichkeiten zum Leben gibt es dort, und welche Zukunft für den Friedl; eine Frage, die nicht die unwichtigste ist.»[7]

Trotz wiederholter Anfragen aus Österreich blieb mein Vater bei seinem Entschluß. Mit Hilfe von Freunden brachte er die nötigen Mittel auf. In der zweiten Hälfte des Jahres 1949 unternahmen wir eine lange Reise, die uns über Genua, Wien und Marseille schließlich nach Israel führte.

Was ihn zweifellos auch nach Israel zog, war die Möglichkeit, mit Angehörigen seiner Familie zusammenzutreffen. Zwei seiner Schwestern, die den Holocaust in Rumänien überlebt hatten, waren nach Palästina ausgewandert und lebten in Jaffa, bei Tel Aviv. Seine Lieblingsschwester Fanny, die ihn in den zwanziger Jahren in die Vereinigten Staaten eingeladen hatte, war nun pensioniert und wollte ihren Lebensabend ebenfalls in Israel verbringen. Auf dem Weg nach Israel erfuhr mein Vater, daß Fanny einige Tage nach ihrer Ankunft in Tel Aviv verstorben war. Zum ersten Mal in meinem Leben sah ich ihn weinen.

Der Aufenthalt in Israel war für ihn in jeder Hinsicht enttäuschend – familiär, gesundheitlich, und politisch. Er merkte sehr bald, daß er mit seinen Schwestern, die er Jahrzehnte lang nicht gesehen hatte, und die ungebrochen die kleinstädtische Mentalität der Serether bewahrten, nichts mehr gemeinsam hatte. Gesundheitlich wirkte sich das feuchte und heiße Klima Israels nicht gut aus. Er hatte ständig Herzbeschwerden. Vor allem aber ergaben sich sowohl arbeitsmäßig als politisch keine Möglichkeiten für ihn. Für die Zionisten war er nach wie vor Kommunist. Den Kommunisten kam er verdächtig vor. Kommunisten, es sei denn sie hatten keinen anderen Ausweg, sollten nicht nach Israel einwandern.

Nach einigen Monaten entschlossen wir uns doch, das Angebot aus Österreich anzunehmen. Mein Vater wurde freier Mitarbeiter der *Österreichischen Volksstimme*, des Organs der KPÖ, und meine Mutter arbeitete als Sekretärin in der ungarischen Handelsvertretung in Wien. Diese Umstände erlaubten meinem Vater, sich seinen dringendsten Wunsch zu erfüllen: weiterhin schreiben zu können. Die Mitarbeit an der *Volksstimme* erforderte nur geringen Zeitaufwand, und mein Vater widersetzte sich jedem Versuch der KPÖ, ihn in den politischen Apparat der Partei einzubinden. Sein literarisches Schaffen ging nun in zwei Richtungen: Kinderbücher und historische Romane. Die Hinwendung zur Jugendliteratur schien naheliegend. Er war ein wunderbarer Erzähler. An jedem meiner Geburtstage faszinierte er meine zu uns eingeladenen Freunde stundenlang mit seinen Erzählungen. Weshalb er sich nun der Jugendliteratur zuwandte, erklärte er mir nicht. Ich fand die Erklärung erst jetzt, in einem Brief an einen Freund: «Ich glaube, daß es die langen Monate des Liegens im Bett waren, die mich veranlaßt hatten, einen Teil, vielleicht einen entscheidenenden, auf Kinderliteratur umzustellen. Ich schreibe diese Sachen leidenschaftlich gerne, wenn man manchmal dabei auch auf schier unüberwindliche Schwierigkeiten stößt.»[8]

Diese Zeit war intellektuell ergiebig, wenn auch in mancher Hinsicht nicht leicht. «Materiell schlagen wir uns durch», schrieb er an einen Freund. «In Deutschland verdiene ich ja mit meinen Büchern sehr viel Geld. Es gibt nur keine Möglichkeit, es zu transferieren. Sonst wäre ich vielleicht sogar – lache nicht — ein reicher Mann. Wenn ich nach Deutschland komme, habe ich immer wieder die Möglichkeit, mir Luxusdinge zu kaufen, die man sich sonst nicht leisten kann. Etwas kraß ausgedrückt, würde ich folgendes sagen: Meine Bücher bringen mir wohl Kuchen, aber kein Brot. Da ich Artikel schreibe und Bronia arbeitet, kommen wir aus.»[9]

Die letzten vier Jahre seines Lebens, von seiner Ankunft in Wien 1950 bis zu seinem Tode 1954, waren von erstaunlicher Produktivität. Er schrieb sieben Romane. «Nun ist ja das Buchschreiben nicht nur eine schwere Arbeit, die den Schlaf der Nächte raubt. Das Buchschreiben ist auch eine Leidenschaft und ein Selbstzweck.»[10] Vier dieser Romane, die Kinderbücher *Tamar* und *Die Grenzbuben*, die historischen Romane *Die Welt des Kolumbus* und *Der Schmied von Galiläa*, wurden in der DDR veröffentlicht. Drei Manuskripte – zwei historische und ein Kinderbuch – wurden Opfer der ideologischen Zensur. Meinem Vater wurde nie gesagt, warum die beiden Manuskripte, *Christentum wird Staatsreligion*, das sich vornehmlich mit der Beziehung zwischen Judentum und Christentum in den ersten Jahrhunderten unserer Zeitrechnung befaßte, und *Kirche, Moschee und Synagoge*, das ebenfalls ein eminent jüdisches Thema zum Inhalt hatte, nämlich die Geschichte der Juden in Spanien, von den Verlagen der DDR ohne nähere Begründung abgelehnt wurden. Es hieß nur, daß sie mit der gegebenen Interpretation sowjetischer Historiker nicht übereinstimmten. Ich hege den starken Verdacht, daß der jüdische Inhalt dieser Bücher hier eine entscheidenende Rolle gespielt haben mag. Das traf für des dritte Manuskript, ein Jugendbuch über Thomas Münzer und den deutschen Bauernkrieg, nicht zu. Juden kamen darin nicht vor. Aber Thomas Münzer war eine der Säulen der Selbstlegitimation der DDR. Deshalb war jede originelle Darstellung, die auch nur einen Millimeter von der offiziellen Interpretation abwich, verpönt.

Der Geist des Kalten Krieges wirkte dergestalt, daß ein Autor, der seine Werke in der DDR veröffentlichte, in der Bundesrepublik und in Österreich keine Chance hatte. Erst vor wenigen Jahren konnte das erste seiner Bücher, *Brennende Dörfer*, in seiner Heimat Österreich erschienen.

Mein Vater starb am 9. August 1954 an einem Herzinfarkt. In einem Nachruf schrieb sein Freund, Kollege, Genosse und Mitstreiter Bruno Frei: «Leo Katz gehörte nicht zu jenen, die für sich die Reklametrommel rühren. Er gehörte zu den Stillen im Lande. Dennoch ist sein Wesen und Wirken jenen unauslöschlich eingeprägt, die je mit ihm näher zu tun hatten. Ich war mit Leo Katz bittere sechs Emigrationsjahre in Mexiko in enger Arbeitsgemeinschaft verbunden. ... Dabei war Leo Katz das Gegenteil eines sturen Eiferers, ein warmer, gutherziger, menschlicher Mensch, mit einem überraschend reichen Schatz echten Humors, der aus der Tiefe des jüdischen Volkstums kam, dem Leo Katz enstammte, und dem er sich zugehörig fühlte, auch als guter Österreicher.

Leo Katz hat viele Jahre «nur» als Mitarbeiter von Zeitungen gewirkt. Was seinen Beiträgen Glanz verlieh, war eine eigenartige Hintergründigkeit, die gern zurückgriff auf Uraltes, zum nachdenklichen Vergleich Anregendes. Leo Katz liebte das Historische, nicht so sehr als Stoff, denn als Reizstoff, als Ferment. Ein erzählerisches Talent versteckte sich da, neben der historischen Neugier, deren drängendstes Motiv die Aktualität war. Ein Marxist von Rang, war Leo Katz zutiefst an echten geschichtlichen Analogien interessiert. Er verstand es, seine reichen Funde nicht nur lehrhaft, sondern auch unterhaltsam anzuwenden.

Da kam dann der Erzähler Leo Katz zum Vorschein, in dessen Kunst das Erbe eines Scholem Alejchem unverkennbar war. Sein erster Roman, geschrieben in Mexiko, hieß «Totenjäger»; in ihm lebten Menschen aus Sereth, jenen Grenzfleck in der Bukowina, dessen ruhelosem Völkergemisch Leo Katz ein literarisches Denkmal setzte.»

Friedrich Katz

Anmerkungen

1 Bruno Frei: Der Papiersäbel. Frankfurt a.M. 1972, S. 247–248.
2 Adina Cimet: Ashkenazi Jews in Mexico. Ideologies in the Structuring of a Community. New York 1997, p. 143.
3 Ernst Bloch an Leo Katz, 21. April 1944.
4 Leo Katz an Hilde Koplenig, 13. September 1948.
5 Leo Katz an George Marschak, 6. März 1952.
6 Ibid.
7 Leo Katz an Hilde Koplenig, 13. September 1948.
8 Leo Katz an George Marschak, 4. Februar 1952.
9 Leo Katz an George Marschak, 6. März 1952.
10 Ibid.

Editorische Notiz

Im Exil hatte Anna Seghers ihren Roman «Das siebte Kreuz» zwei Jahre vor dem Krieg begonnen und mit Ausbruch desselben abgeschlossen. Dieses Buch, das sie den toten und lebenden Antifaschisten Deutschlands gewidmet hatte, erlebte in den USA recht schnell hohe Auflagen und wurde 1943 sogar erfolgreich verfilmt. Dem Roman «Totenjäger», im gleichen Verlag wie «Das siebte Kreuz» erschienen, blieb dagegen der große Erfolg – trotz den rasch vergriffenen Übersetzungen ins Jiddische und Spanische – versagt. Teuer gehandelt konnte ich im Antiquariat ein Exemplar erwerben. Sechzig Jahre nach Erscheinen soll nun mit dieser Edition der Roman dem Vergessen entrissen werden.

Bernhard Albers

* * *

«Und wozu wären dann die Poeten, wenn sie bloß die Geschichte eines Historikers wiederholen wollten! Der Dichter muß weitergehen und uns womöglich etwas Höheres und Besseres geben.»

Johann Wolfgang von Goethe

Heinz Kreutz

Zeichnen heißt ein Zeichen finden

Der Künstler, der seine Ideen auf einer Fläche darstellt, sucht unentwegt nach Formen und Vokabeln, die ihm als Fundament und zur Stütze seiner künstlerischen Arbeit dienen könnten. Zu dieser Formensuche benutzt er vorrangig die vielfältigen Möglichkeiten des Zeichnens. Er zeichnet aber nicht im Sinne des «Abzeichnens», sondern er versucht sich im Bereich des «erfinderischen» Zeichnens.

Er begibt sich hinein in ein Experiment mit unsicherem Ausgang, in eine Koketterie mit dem Zufall. Er sucht nach einem festen Halt inmitten einer noch nebelhaften Vision. Er wagt ein Spiel mit geraden und gekrümmten Linien. Zahlreiche Einfälle, aber auch Zufälle schreibt er nieder, um letzlich aus der Fülle sein Wunschbild zu formen. Er probiert eine Säule im Sandkasten zu errichten.

Es ist daher kein Wunder, daß derartige Arbeiten keine Zeichnungen im klassischen Sinn darstellen, wie wir sie vom Portrait oder von der Landschaft her kennen. Es sind zuallermeist Papierarbeiten mit vielen Korrekturen und Umgestaltungen. Mit Deckweiß übermalt oder abgeschnitten und wieder angeklebt. Ganz verschiedene Materialien werden bemüht, vornehmlich jedoch Bleistift und Feder. Aber auch Farbstift, Kohle, Tusche und selbst das Aquarell müssen von ihren Höhen herabsteigen und sich der suchenden Hand des Künstlers fügen.

Trotz ihres rudimentären Zustands eröffnet dieses Blatt auf dem Umschlag des Buches «Totenjäger» dem Kenner und Kunstfreund einen Weg oder auch einen Stolperpfad hin zu einem späteren Bild oder zu einer später entstandenen Bilderreihe, oder gar im allerschönsten Falle, zu einer ganzen Schaffensperiode eines Künstlers, die eine Bereicherung seines seitherigen Werkes manifestiert.

Dann kann man sagen: er hat im Chaos der Linien ein Zeichen gefunden.

18. Mai 2004

Moses Rosenkranz

Kindheit – Fragment einer Autobiographie

Hrsg. von George Guțu und Doris Rosenkranz
mit einem Essay von Matthias Huff
(Texte aus der Bukowina, Bd. 9)

256 S., brosch., 3. Auflage 2003, ISBN 3-89086-758-8

Der Autor, geb. 1904 in Berhometh am Pruth, lebte bis 1930 vorwiegend in der Bukowina, dann in Bukarest. 1941 bis 1944 war er in Arbeitslagern der rumänischen Faschisten interniert; 1947, verschleppt nach Rußland, verschwand er für 10 Jahre im Gulag. 1961, wieder politisch verfolgt, mußte er aus Rumänien fliehen und kam nach Deutschland. Er lebte im Schwarzwald, wo er am 17. Mai 2003 gestorben ist.
(Weiteres zu seinem Lebenslauf findet sich im Essay von Matthias Huff.)

Die ersten fünfzehn Jahre dieses Lebens, das noch viele Katastrophen unseres Jahrhunderts durchlaufen sollte, schildert der Dichter im vorliegenden Buch.

«Das Wunder dieses Buches ist Rosenkranz' Deutsch, das so wenig standardisiert ist wie sein ganzer Bildungsgang und sein Lebenslauf. Es ist ein intensives, hochpoetisches, präzises, wie hastiges und zugleich unverbildetes Deutsch, das Resultat des Versuchs, gewissermaßen dichterisch und unmittelbar auf die Möglichkeiten der deutschen Sprache durchzugreifen. […]
Diese gar nicht herleitbare Liebe zum Deutschen prägte, zusammen mit der Geschichte dieses Jahrhunderts, sein Leben, und wir haben den Gewinn in Gestalt eines dichterisch bedeutenden und als Zeitzeugnis unvergleichlichen autobiografischen Fragments […].» *Jörg Drews, Süddeutsche Zeitung, 16. Mai 2001*

«Sehr fremd und unheimlich vertraut mutet diese Geschichte an, rücksichtslos schön erzählt, zart und rabiat im Wechsel, der Umstände halber häufig düster. […] ‹Kindheit› ist […] ein Kleinod von besonderer, im wahrsten Sinne seltsamer Größe.»

Der Spiegel, 30. Juli 2001

«[…] an diesem Buch wird deutlich, was für eine Chance darin liegen konnte, vom Deutsch der Nazi- und der Nachkriegszeit verschont zu bleiben […] Die 200 Seiten […] steigern für diejenigen, die davon etwas erfahren wollen, Wert und Ehre und Glanz unserer Sprache; wir sollten diese Prosa, auch die Gedichte in seinem Band ‹Bukowina› zur großen deutschen Literatur des 20. Jahrhunderts rechnen.»

Jörg Drews, Badische Zeitung, 11. August 2001

Reinhard Kiefer
Halbstadt
Roman
ca. 300 S., fadengeh. Broschur,
ersch. Sommer 2005
ISBN 3-89086-648-4

In sechzehn Kapiteln wird der Weg von drei jungen Menschen Toni Klingson, Alexander Müller und Veronika Vogler beschrieben. Klingson versucht sich als Schriftsteller, Müller als Maler und die Vogler als Muse. Das alles spielt in den 80er Jahren. Dabei werden immer wieder, wenn auch verfremdet, Elemente der Zeitgeschichte eingefügt (die Friedensdemonstration im Bonner Hofgarten, Tschernobyl, der Fall Barschel, der Fall der Mauer). Anfang und Schluß des Romans finden am Silvestermorgen und -nachmittag des Jahres 1989 statt. Das erste und das letzte Kapitel bilden den Rahmen, in dem die Geschichte von Klingson und Müller erzählt wird.

Der Autor, 1956 in Nordbögge (Westfalen) geboren, studierte Literaturwissenschaft. Er ist Herausgeber der Sämtlichen Gedichte Ernst Meisters und lebt in Aachen.

Zuletzt erschienen:

Café Moka
Nachschreibungen zu Agadir.
(Rimbaud-Taschenbuch Nr. 22/23)
144 S., fadengeh., 2003
ISBN 3-89086-685-9

Café Moka, das sind 114 Abschnitte mit Notizen zum Alltag in Agadir, mit Märchen aus 1001 Nacht, Taxifahrten, dem Platz der Gehenkten in Marrakesch, Geschichten aus der Zeit nach dem Paradies, Gedanken zum Koran, Ansichten zur arabischen Welt.

Gottesurteil
Paul Wühr und die Theologie
(Rimbaud-Taschenbuch Nr. 16)
80 S., TB brosch., 2003
ISBN 3-89086-702-2

Texte aus der Bukowina Bd. 23
Hrsg. von Bernhard Albers und Reinhard Kiefer
Redaktion: Bernhard Albers

Umschlag: Zeichnung von Heinz Kreutz
47 × 50 cm, Privatbesitz
(siehe dazu den Text Seite 405)

Gedruckt mit Unterstützung
der Stadt Wien – Kultur,
der **KUNSTSTIFTUNG ⊖ NRW**
und der Kunstsektion des
österreichischen Bundeskanzleramtes.

Bibliografische Information Der Deutschen Bibliothek
Die Deutsche Bibliothek verzeichnet diese Publikation in der
Deutschen Nationalbibliografie; detaillierte bibliografische Daten
sind im Internet über http://dnb.ddb.de abrufbar.

gemeinsam mit dem Verlag der
Theodor Kramer Gesellschaft Wien
Postfach 10 01 44, D-52001 Aachen
Schrift: Stempel Garamond
Gedruckt auf säurefreiem Papier
ISBN 3-89086-672-7
ISSN 1614-2632

für Österreich
ISBN 3-901602-22-4
Printed in Germany
www.rimbaud.de